中国语言文学文库·典藏文库

吴承学　彭玉平　主编

方孝岳中国文学论集

方孝岳　著

冯先思　选编

中山大学出版社

·广州·

版权所有　翻印必究

图书在版编目（CIP）数据

方孝岳中国文学论集/方孝岳著；冯先思选编.—广州：中山大学出版社，2018.12

（中国语言文学文库·典藏文库/吴承学，彭玉平主编）

ISBN 978-7-306-06495-0

Ⅰ.①方…　Ⅱ.①方…②冯…　Ⅲ.①中国文学—文学评论—文集　Ⅳ.①I206-53

中国版本图书馆 CIP 数据核字（2018）第 280714 号

出 版 人：	王天琪
策划编辑：	嵇春霞
责任编辑：	粟　丹
封面设计：	曾　斌
版式设计：	曾　斌
责任校对：	陈　霞
责任技编：	何雅涛
出版发行：	中山大学出版社
电　　话：	编辑部 020-84110283，84111996，84111997，84113349
	发行部 020-84111998，84111981，84111160
地　　址：	广州市新港西路 135 号
邮　　编：	510275　传　真：020-84036565
网　　址：	http://www.zsup.com.cn　E-mail：zdcbs@mail.sysu.edu.cn
印 刷 者：	佛山市浩文彩色印刷有限公司
规　　格：	787mm×1092mm　1/16　22.25 印张　365 千字
版次印次：	2018 年 12 月第 1 版　2018 年 12 月第 1 次印刷
定　　价：	78.00 元

如发现本书因印装质量影响阅读，请与出版社发行部联系调换。

中国语言文学文库

编委会

主　编　吴承学　彭玉平

编　委（按姓氏笔画排序）

　　　　王　坤　王霄冰　庄初升

　　　　何诗海　陈伟武　陈斯鹏

　　　　林　岗　黄仕忠　谢有顺

总　序

吴承学　彭玉平

中山大学建校将近百年了。1924年，孙中山先生在万方多难之际，手创国立广东大学。先生逝世后，学校于1926年定名为国立中山大学。虽然中山大学并不是国内建校历史最长的大学，且僻于岭南一地，但是，她的建立与中国现代政治、文化、教育关系之密切，却罕有其匹。缘于此，也成就了独具一格的中山大学人文学科。

人文学科传承着人类的精神与文化，其重要性已超越学术本身。在中国大学的人文学科中，中国语言文学学科的设置更具普遍性。一所没有中文系的综合性大学是不完整的，也几乎是不可想象的。在文、理、医、工诸多学科中，中文学科特色显著，它集中表现了中国本土语言文化、文学艺术之精神。著名学者饶宗颐先生曾认为，语言、文学是所有学术研究的重要基础，"一切之学必以文学植基，否则难以致弘深而通要眇"。文学当然强调思维的逻辑性，但更强调感受力、想象力、创造力和语言表达能力。有了文学基础，才可能做好其他学问，并达到"致弘深而通要眇"之境界。而中文学科更是中国人治学的基础，它既是中国文化根基的重要组成部分，也是中国文明与世界文明的一个关键交集点。

中文系与中山大学同时诞生，是中山大学历史最悠久的学科之一。近百年中，中文系随中山大学走过艰辛困顿、辗转迁徙之途。始驻广州文明路，不久即迁广州石牌地区；抗日战争中历经三迁，初迁云南澄江，再迁粤北坪石，又迁粤东梅州等地；1952年全国高校院系调整，始定址于珠江之畔的康乐园。古人说："艰难困苦，玉汝于成。"对于中山大学中文系来说，亦是如此。百年来，中文系多番流播迁徙。其间，历经学科的离合、人物的散聚，中文系之发展跌宕起伏、曲折逶迤，终如珠江之水，浩浩荡荡，奔流入海。

康乐园与康乐村相邻。南朝大诗人谢灵运,世称"康乐公",曾流寓广州,并终于此。有人认为,康乐园、康乐村或与谢灵运(康乐)有关。这也许只是一个美丽的传说。不过,康乐园的确洋溢着浓郁的人文气息与诗情画意。但对于人文学科而言,光有诗情是远远不够的,更重要的是必须具有严谨的学术研究精神与深厚的学术积淀。一个好的学科当然应该有优秀的学术传统。那么,中山大学中文系的学术传统是什么?一两句话显然难以概括。若勉强要一言以蔽之,则非中山大学校训莫属。1924年,孙中山先生在国立广东大学成立典礼上亲笔题写"博学、审问、慎思、明辨、笃行"十字校训。该校训至今不但巍然矗立在中山大学校园,而且深深镌刻于中山大学师生的心中。"博学、审问、慎思、明辨、笃行"是孙中山先生对中山大学师生的期许,也是中文系百年来孜孜以求、代代传承的学术传统。

一个传承百年的中文学科,必有其深厚的学术积淀,有学殖深厚、个性突出的著名教授令人仰望,有数不清的名人逸事口耳相传。百年来,中山大学中文学科名师荟萃,他们的优秀品格和学术造诣熏陶了无数学者与学子。先后在此任教的杰出学者,早年有傅斯年、鲁迅、郭沫若、郁达夫、顾颉刚、钟敬文、赵元任、罗常培、黄际遇、俞平伯、陆侃如、冯沅君、王力、岑麒祥等,晚近有容庚、商承祚、詹安泰、方孝岳、董每戡、王季思、冼玉清、黄海章、楼栖、高华年、叶启芳、潘允中、黄家教、卢叔度、邱世友、陈则光、吴宏聪、陆一帆、李新魁等。此外,还有一批仍然健在的著名学者。每当我们提到中山大学中文学科,首先想到的就是这些著名学者的精神风采及其学术成就。他们既给我们带来光荣,也是一座座令人仰止的高山。

学者的精神风采与生命价值,主要是通过其著述来体现的。正如司马迁在《史记·孔子世家》中谈到孔子时所说的:"余读孔氏书,想见其为人。"真正的学者都有名山事业的追求。曹丕《典论·论文》说:"盖文章,经国之大业,不朽之盛事。年寿有时而尽,荣乐止乎其身,二者必至之常期,未若文章之无穷。是以古之作者,寄身于翰墨,见意于篇籍,不假良史之辞,不托飞驰之势,而声名自传于后。"真正的学者所追求的是不朽之事业,而非一时之功名利禄。一个优秀学者的学术生命远远超越其自然生命,而一个优秀学科学术传统的积聚传承更具有"声名自传于后"的强大生命力。

为了传承和弘扬本学科的优秀学术传统,从 2017 年开始,中文系便组织编纂中山大学"中国语言文学文库"。本文库共分三个系列,即"中国语言文学文库·典藏文库""中国语言文学文库·学人文库"和"中国语言文学文库·荣休文库"。其中,"典藏文库"(含已故学者著作)主要重版或者重新选编整理出版有较高学术水平并已产生较大影响的著作,"学人文库"主要出版有较高学术水平的原创性著作,"荣休文库"则出版近年退休教师的自选集。在这三个系列中,"学人文库""荣休文库"的撰述,均遵现行的学术规范与出版规范;而"典藏文库"以尊重历史和作者为原则,对已故作者的著作,除了改正错误之外,尽量保持原貌。

一年四季满目苍翠的康乐园,芳草迷离,群木竞秀。其中,尤以百年樟树最为引人注目。放眼望去,巨大树干褐黑纵裂,长满绿茸茸的附生植物。树冠蔽日,浓荫满地。冬去春来,墨绿色的叶子飘落了,又代之以郁葱青翠的新叶。铁黑树干衬托着嫩绿枝叶,古老沧桑与蓬勃生机兼容一体。在我们的心目中,这似乎也是中山大学这所百年老校和中文这个百年学科的象征。

我们希望以这套文库致敬前辈。

我们希望以这套文库激励当下。

我们希望以这套文库寄望未来。

2018 年 10 月 18 日

吴承学:中山大学中文系学术委员会主任、教授,长江学者特聘教授

彭玉平:中山大学中文系系主任、教授,长江学者特聘教授

方孝岳的中国文学批评研究
（代序）

彭玉平

引 言

在 20 世纪中国文学批评学术史上，方孝岳的《中国文学批评》是不可忽略的一本，他与郭绍虞和罗根泽的批评史同在 1934 年出版，以此而共同形成了中国文学批评史研究的第一个高峰。郭绍虞和罗根泽几乎终身从事于批评史的研究，所以其批评史研究的业绩得到了学术界的公认，而方孝岳在《中国文学批评》出版后，几乎停止了相关的研究，后来又转向经学和音韵学等研究，所以方孝岳在中国文学批评史方面的建树，在 20 世纪中国文学批评学术史上并没有得到足够的重视，更遑论专门的研究了。但我们细绎这本《中国文学批评》，无论在批评史料的开掘和批评原理的勾勒，还是在对批评现象的评判和批评体系的建构方面，方孝岳都有不少先着一鞭、直中奥窾的地方，也因此使这本看上去薄薄而似乎并不起眼的著作，带上了厚实而凝重的色彩，并透示出独特的才胆识力的气息。

方孝岳（1897—1973），名时乔，字孝岳①，以字行。安徽桐城人，或称其为清代散文桐城派嫡系后裔②。其父方槃君为知名诗人和书法家，其岳父为近代古文名家马其昶。方孝岳幼承庭训，独好文史之学。1918

---

① 方先生也曾一度用过"乘"的名和"御骖"的字，但其后废去不用。
② 此说参见宣阁（即刘麟生）的《中国文学批评·跋》。但方先生哲嗣舒芜先生著《我非方苞之后》《平凡女性的尊严》等文即指出，桐城素有三方：桂林方，鲁谼方，会宫方。三"方"同姓不同宗。方苞是桂林方，方孝岳先生则是鲁谼方。本文所用方孝岳《中国文学批评》版本，为 1985 年北京中国书店据 1936 年世界书局版影印本，系刘麟生主编之《中国文学八论》之第七种。以下引用方著，只标页码。

年毕业于上海圣约翰大学。曾任北京大学（预科）讲师，上海商务印书馆编辑，华北大学、东北大学、中山大学教授等。其中于1932年至1938年、1948年至1971年，两度任教于中山大学，前后长达30余年。方孝岳治学多门，在法学、文学、经学、音韵学、汉语史等领域不仅开辟蹊径，而且卓有建树。1921年和1923年在日本东京大学修习法律期间，他即编译了《大陆近代法律思想小史》（上、下册）；20世纪30年代前期专研中国文学和文学批评，撰成《中国文学批评》《中国散文概论》二书，均收入刘麟生主编的"中国文学丛书"中；40年代以后则致力于经学研究，先后出版了《春秋三传学》《左传通论》《尚书今语》三书，方孝岳的经学研究兼重音韵、训诂、义理，解决了许多历史遗留问题；50年代后期，全国院系大调整，王力、岑麒祥调去北大，方孝岳因为教学需要而改研汉语史等学科。他以古代音韵学为核心，系统钻研了《广韵》《切韵》等韵书，分类编辑著述了《广韵声类表》《广韵韵图》《广韵便览》《广韵又音谱》《广韵研究导论》《集韵说文音》等著作，其中《广韵韵图》一书，注反切于韵图之中，明确显示反切的声母和韵母类别，运用等韵门法研究《广韵》，是研读《广韵》者重要的参考读物①。他的《汉语语音史概要》一书完成于1962年，也是汉语语音史研究方面的重要著作。② 虽然说音韵之学"绝无通解"③，但方孝岳的音韵学研究，无疑是朝着"通解"的方向在迈进。

方孝岳的《中国文学批评》大概构思动笔于1932年，至1934年初已全部完稿，历时近两年。④ 原书在"导言"以下分上、中、下三卷，先秦（一至六）为卷上，两汉魏晋南北朝为卷中（七至十八），唐以下为卷下（十九至四十五）。但在1936年世界书局的排印本中，三卷的分法就已失去影踪，未知何故？中国书店1985年影印世界书局本，自然也是一仍其

---

① 参见罗伟豪《音韵学研究中的创新——读方孝岳先生遗著〈广韵韵图〉》，载《中山大学学报》1990年第3期。

② 关于方孝岳先生的著述情况，可参考李新魁《方孝岳先生的治学方法》，载《学术研究》1983年第1期。

③ 陈寅恪：《东晋南朝之吴语》，见《金明馆丛稿二编》，上海古籍出版社1980年版，第267页。

④ 宣阁的《中国文学批评·跋》写于1934年1月27日，在跋中，他说："两年前，孝岳答应我们做《中国文学批评》……"

旧。1986年三联书店重版此书，又恢复了卷上、卷中、卷下的分法，但宣阁（刘麟生）的跋文却弃之而未收①。此书不仅见解深刻，而且取材能开辟新域②，尤其是方孝岳贯穿在书中的开阔视界在当时的学术界令人瞩目，他说："百年以来，一切社会之思想或制度的变迁，都不是单纯的任何一国国内的问题。""海通以还，中西思想之互照，成为必然的结果。"（第159页）这种跨国界、全球化的学术观念，使他在对中国古代文学批评中的一些理论或范畴的定位时，能够更到位、更精确。

一、"活看"与批评本能

近代西学东渐，中国学人在涉猎西方学术严谨科学的特性后，再来反观中国古典学术，往往有我不如人的感叹，对中国古代文学批评的特殊形式，不是从民族特性上去体察和勘查，而是一味鄙薄国学。方孝岳一方面认为中国古代的"论文的书"，都是"兴到而言"，但正是这种"兴会上的事体"才流露了真实的感情和思想，"凡是赏鉴一国文学，我以为都是藉助这些真情所露兴会所到没有背景的批评为最好"（《导言》）。方孝岳把"兴到而言"的中国文学批评的特色看作是一种文学批评的经典，他的这部《中国文学批评》在研究方法上便以"兴到而言"为基本取则，注重研究者的"活看"与自身的批评本能。

史实还原中的"活看"与历史评判中研究者自我批评潜能的激活，是方孝岳十分重视的。对于如何理解或解读古典文论，或许是"兴到之言"难免来去无端，所以方孝岳主张："我们对于一切言论，都应当从四方八面来活看才好。"各种文学批评之发生，都各有主客观方面的机缘，正如朱自清所说："各时代的环境决定各时代的正确标准，我们也是各还其本来面目的好。"以当代的标准来衡量古人，自然就难得公允了。如钟嵘《诗品》批评沈约的声律理论，并非是对理论本身的彻底否定，而是太把声律当回事，以至淹没了真性情，所以严格意义上来说，钟嵘不是反对声律，而是反对过分讲究声律而已。再如方孝岳从《青箱杂记》和

---

① 舒芜在《中国文学批评·重印缘起》中曾提及删跋的原因："原有刘麟生先生的一篇跋，我父亲生前有一次谈起过，现在我遵照他的意思删去。"三联书店1986年版，第9页。

② 舒芜在《中国文学批评·重印缘起》中曾引述"几位师友"之语："此书不以材料胜，而以见解胜，以内行胜。"三联书店1986年版，第7页。

《归田录》两则记述晏殊对于"富贵"话题的观点,来说明"只有天怀淡泊超然于实境之外的人,才可以安享富贵,领略富贵的趣味"(第67页)。但何以在晏殊的时代能将"富贵"作为一个学术话题而引申出来呢?方孝岳这样分析说:"本来宋朝到这时候,政治上是很清明的;自从太祖重书生,文人的际遇,也算古今第一。好像钱若水、杨亿、王珪、宋庠、晏殊这班人,都是文章知遇,身登台阁,声华很盛。耳濡目染,自然都是富贵欢愉之事。"(第66页)特别是王珪、韩琦等人更以作富贵诗而得名,这是第一层"活看"。而又何以晏殊能从风趣的角度来欣赏富贵,王珪等人却不能呢?这里面就涉及到个人襟怀气质的不同了,方孝岳援引了《宋史》晏殊本传中说他"虽处富贵,奉养如寒士,樽酒相对,欢如也"来说明"神存富贵,始轻黄金"的道理。所以以一时代文人的际遇来说明"富贵"话题产生的必然性,又以晏殊的个性来说明晏殊审美观的独特性,两层"活看",确实将这一话题导向了深入。这个"活看"的方法把握到了中国古代文学批评的命脉所在,活的文论当然存在活的理解中,所以"活看"真是对中国文学批评深造有得之论。其实不唯研究中国文学批评需要"活看",研治其他古典学术,例也当如此。昔陈寅恪在《冯友兰中国哲学史上册审查报告》中曾说:"对于古人之学说,应具了解之同情,方可下笔。盖古人著书立说,皆有所为而发。故其所处之环境,所受之背景,非完全明了,则其学说不易评论。"陈寅恪"了解之同情"的治学理念与方孝岳的"活看"说,堪称不谋而合。

"活看"是为了最大程度地予研究对象以真实的还原。而在方孝岳的观念中,这种真实的还原只是立论之基础,并非终极之目的,治史应该是一种史实描述与治史者自我裁断的一种有机结合。方孝岳一直强调人人都有一种批评的本能,当然对于文学批评本身,也不可失了这种批评的本能,治史者自身的思想才是一部历史著作的个性和闪光点所在。所以方孝岳直言:"我们所需要于批评家者,正是恰恰到他能代过能点化而止,不是执着他人的批评而忘了我们自己也能批评的本能。换一句话说,不过是借他们的帮助,来引起自己的思想罢了。专听人家的批评,不管他于心安不安,或者听人家一句批评,不能触类旁通引出自己许多批评来,又或者听了人对于某种文学的批评,就自以为可以完全认识那种文学而不肯用一点脑筋去自己研究,这几种人都是自失其本能,把工具当作目的了。"所以"凡是研究文学批评的人,随时顾到自己的批评本能,那才是上上等"。所以文学批评史的研究境界，视研究者本人的素养而呈现出来。宣阁在《中国文学批评·跋》中引用安诺德的"好的文学批评，本身就是文学批评"的话来说"这本《中国文学批评》，同时也是方孝岳氏的文学批评"，这话头的基础便是方孝岳由批评本能而激发出来的时时散布在书中的益人神智的批评话语。从这一角度来说，方孝岳的这本《中国文学批评》列入"上上等"，也是可以的。如他一方面肯定王夫之对《三百篇》辞理的推求，堪称"精卓"，但另一方面也时时提醒读者对王夫之的推求不要死守，"无论如何都不可把自己的灵机锢闭不用"（第130页）。他论方回《瀛奎律髓》的一章，就几乎是在与纪昀在《四库全书总目》中对方回此书的"提要"在做激烈的对话，方孝岳对方回的维护——或者说是了解之同情，确实可以反衬出纪昀立论的偏颇，在辨明理论史实的同时，方先生自己批评的本能也酣畅地表现在里面了。

二、诗史互证与比较研究

重视诗史互证，也是方孝岳这本批评史的一个重要特色。他说："诗与史的关系很密切。读诗而不读史，对于事实的环境，不能深知，就不能深得诗旨。但史是直叙事实，诗是因事实环境深有感触而发表情感，使人读著如身历其境。所以读史又兼读诗，就更可以对于当时的事实，有深刻的印象。这种诗史相通之义，无论读后来何代的诗，都应该知道。"（第11～12页）方孝岳注意到在传统的批评方式中，有一种专说本事的，如唐代孟棨的《本事诗》、宋代杨绘的《本事词》等等，方孝岳认为这种方式体制由《左传》开端，中经《毛诗序》发挥，而逐渐形成一新的传统。他在《左传的诗本事》一章，就当时赋诗的两种基本形式：一为引现成的诗以明自己的志；一为自己作诗以明自己心迹。其中后一种即初具"本事"的色彩。《左传》的作者左丘明本是史官，但《左传》一书又时时说到诗本事，则"本事"的批评方式其实是由来已久的了。方孝岳在书中举了《左传·隐公三年》"卫庄公娶于齐东宫得臣之妹曰庄姜，美而无子，卫人所为赋《硕人》也"之事，以及闵公二年"狄人伐卫……遂灭卫。卫之遗民……立戴公以庐于曹。许穆夫人赋《载驰》。齐侯使公子无亏帅车三百乘，甲士三千人，以戍曹"之事，来分别说明《诗经》中《硕人》和《载驰》二诗的本事，诗、史互证，确实能更好地把握诗的要义。方孝岳说："读史到此，应将《硕人》那首诗参看一番，然后对于那时的情况和许多曲折的内容,更可以了然了。这岂不是示人以诗与史相通的要义吗?岂不是最好的诗本事吗?"(第12页)确实,对于一些叙事色彩比较浓厚的诗歌,参诸史实,将文外之意作了抉发,对诗歌的解读显然要更为到位。以前研究文学批评的人,由于这类本事著作的理论性不强,往往也就不予重视,方孝岳的识力在这些地方又得到了体现。不过诗史互证,方孝岳也并非要据为定说,譬如他引用刘勰所说的"正始仙心,江左玄风,宋初山水",以及唐代王维、孟浩然的山水诗,白居易的闲适诗之类,方孝岳就认为:"这些诗,实在都不能一一求其本事。如果一定要求其本事,就不无拘泥之过。这也是后来的诗轶出《三百篇》范围以外之一点。"(第62页)

比较的方法和梳理相关理论的流脉,是方孝岳此书中时时可以感受和寓目到的。作为一门以理论为特色的学科,理论本身往往并不存在着绝对的是与非,有的理论的建立带有一定的偶然性,则这种是非之间的不稳定就更为常见。方孝岳除了注意尽量在特定的语境中还原其理论的特定内涵之外,更注意通过相似或相关理论的对勘比较,来凸显其合理性。譬如方回的《瀛奎律髓》和高棅的《唐诗品汇》都是建立在对宋诗特性的判断上的,但方回是在基本维护的前提下予以修正,而高棅则是在基本否定的基础上进行转向,两个批评家,两种思维模式,两种学术判断,简单地肯定和否定都将使理论的内涵有所缺失。方孝岳在缕析各自理论后,如此比较说:"方回《瀛奎律髓》正和高棅的书,立在相反的地方,方回专以诗的内容情事为类别,而所讨论的,多是诗外的人事和文字的技术,不是从外面的涵泳诗的体制音调,宋人家法略可代表。但他和高棅这书,实在可以互为医药。高棅的好处,是有功于唐音,亦暗合《三百篇》的书式……自高棅此书出,明朝诗人又承流不返,大家虚拟揣摹,不见性情,但见虚壳,不见骨格,但见浮声,方回的书,对于这种流弊,未尝不是救药。"(第107页)无论是宋人家法,还是唐人音调,其理论的正偏确实是要在这种比较中得出结论的。

三、从诗文评到诗文集

朱自清在为郭绍虞《中国文学批评史》(上卷)写的书评里,即提出文学批评史的研究除了关注传统的"诗文评"外,也应该关注诗文集、笔记、史书。其实方孝岳的《中国文学批评》在这方面正是实践着这样一种取材的方法，对"总集"的关注已是方著的重要特色①，他对《尚书》《左传》等史书、《青箱杂记》《归田录》等笔记的涉及，不仅钩玄，而且提要，同样是可圈可点的。

方孝岳本人的研究兼及文学史和批评史，文学史方面的著述除了《中国散文概论》之外，还有《关于屈原〈天问〉》②等重要论文。他的《中国文学批评》在确立批评史的价值方面，就特别重视通过对批评史的梳理来鉴照文学史的发展面目，他在导言中说："我们现在把一个国家古今来的文学批评，拿来做整个的研究，其目的在于使人藉这些批评而认识一国文学的真面。批评和文学本身是一贯的，看这一国文人所讲究所爱憎所推敲的是些什么，比较起来，就读这一国的文学作品，似乎容易认识这一点。"同样，研究文学批评，目光便不能不关注文学创作。方孝岳说："我们研究一国的文学批评，第一要注意文学批评和文学作品的本身有互相影响的关系……第二要注意的，就是文学批评和文学作品本身的风气，又可以互相推动。"方孝岳打了一个形象的比方：文学作品好像是食料，文学批评好像是消化的胃口。胃口有偏嗜，所以文学批评的眼光也就各有区别。

因为注重文学创作与文学批评之间的互动关系，所以在文学批评史的取材上，方孝岳大力提倡总集的价值和意义，体现出非同寻常的学术锐识。此前或当时的批评史研究更多是关注《四库全书总目》中的"诗文评"类里面的著作，但这并非古代文学批评的早期形态，尤其是就其影响来说，甚至还不是主流形态。而《隋书·经籍志》"总集"类中收录的挚虞的《文章流别集》、萧统的《文选》和刘勰的《文心雕龙》、钟嵘《诗品》等书，客观上昭示我们："凡是辑录诗文的总集，都应该归在批评学之内。"其原因有二：一是"选录诗文的人，都各人显出一种鉴别去取的眼光，这正是具体的批评之表现"；二是"总集之为批评学，还在诗文评专书之先"。方孝岳的这两点眼光，真是有大过人处，衡诸中国文学批评的实际，可谓契若针芥。所以方孝岳提出，中国批评学的正式祖范应是挚虞的《文章流别集》，其分类编选的体例和推源溯流的批评方法，都

---

① 张伯伟在《一部颇有识力的中国文学批评史》中说："《中国文学批评》的篇幅不大，但并不意味着该书在材料的挖掘与运用上没有自己的特色……方先生的《中国文学批评》则进一步将范围扩大到了总集，并且予以高度的重视与评价，为中国文学批评的研究提示了新次材料来源。"载《中国社会科学》1987年第6期，第196页。

② 载《中山大学学报》创刊号，1955年。

开后来文学批评之法门。从"势力影响"方面来说,"总集的势力,又远在诗文评专书之上。像《文心雕龙》《诗品》这种囊括大典的论断,虽然是人人所推戴,但事实上实在不曾推动某一时的作风。像《文选》,像《瀛奎律髓》,像《唐宋八大家文钞》,这些书就不同了,他们都曾经各演出一番长远的势力,都曾经拿各人自己的特殊的眼光,推动一时代的诗文风气。所以'总集'在批评学史中,实占着很重要的部分,这一层我们不可不注意"(第4页)。"其实有许多诗话文话,都是前人随便当作闲谈而写的,至于严立各人批评的规模,往往都在选录诗文的时候,才锱铢称量出来。"方孝岳的这种锐见,不仅使他本人的批评史著作,在当时具有不可替代的地位,同时也为后来的批评史研究指引了一条正确的康庄大道。使原本较为注重"诗文评"著作内部的理论演绎扩展为文学创作、文学选本与批评专书多路并进、彼此参证的研究局面。宣阁在《中国文学批评·跋》中说:"至于材料方面,作者能于诗选、文选和论诗绝句中,字里行间,抽出许多妙论,也是极合理性的方法。"确是中心有感之言。方孝岳不仅在书中为《文章流别集》《文选》《瀛奎律髓》都列了专章,更有《宋朝几部代表古文家的文学论的总集》专章,分别就吕祖谦的《古文关键》、楼昉的《崇古文诀》、真德秀的《文章正宗》、谢枋得的《文章轨范》等,对其古文思想特别是与理学的关系做了简明扼要的分析,至其立论牵涉而及的选本就更多了。特别是对于《文选》和《瀛奎律髓》二书,方孝岳堪称情有独钟。他对萧统正面提出"以能文为本"的主张,极致赞同,认为"把文学当作欣赏玩悦用的,不必当作道德事功上实用的东西,这种观念,是因他而建立了"(第42页)。又对萧统不拘传统而揭出"时义"二字,也认为是对挚虞、任昉拘泥传统体制的一种超越,有着"深远的眼光",体现了文学发展的自然法则。在论《文选》一节的结尾,方孝岳带有抒情意味地说:"我们试想想看,假如没有《文选》这部书,我国文学界,是何等的黯淡。要正式认识中国文学,还有哪一部书比《文选》更可以做中心的标准吗?"(第45页)而在全书不足18万字中,给《瀛奎律髓》的篇幅即长达1万余字,其心中所重,确乎是可以看出来的。① 所以在方孝岳看来,诗文选本,无论是按文体分,

---

① 1947年,郭绍虞在其《中国文学批评史》下卷中论述到方回一节时特地指出:"惟近人方孝岳所著《中国文学批评》一书,较能阐述虚谷论诗之旨,而此书也以这一章为较佳"。

如《文选》，或者按事类分，如《瀛奎律髓》，或者按人来区分，都各有各的精彩。"以人为类的选法，可以见一个人的精采；以体为类的选法，能见一体之流别；至如欲观内容之指事抒情和个人心手异同之处，那么这种一事类为别的选法，也未尝无功。"（第 87 页）

因为古代并无严格意义上的专职批评家，以作家的立场来客串批评就成为常有的情形，兼之"批评和文学本身是一贯的"（第 2 页），文学批评史本来就是由文学批评与文学创作的互动而形成的，所以方孝岳在呼吁批评史研究界重点关注总集的同时，也呼吁关注诗文集，隔岸观火的批评家总不如身历创作过程的批评家来得真切自然。他说："各大家的诗文集里，往往有不少精心结撰的论文之言，以作家的眼孔，论作家的文章，对于其中的甘苦之情，更能说得透彻。"（第 5 页）从现在的学术观念来看，方孝岳的这个观点不仅略显陈旧，而且在 20 世纪的批评史研究过程中久被实施过了的。但在 1934 年——可能更早一点时间，能够把目光从一般的"诗文评"转移到"诗文集"，还是相当前沿的学术思维。起码在此前六七年出版的陈中凡的《中国文学批评史》，尚无这种明晰的意识，以此而言，方孝岳在批评材料的开掘上又发现了一方更为开阔的领域。在《陆机文赋注重文心的修养》一章中，方孝岳说："文学本也是很玄妙的。陆机当六朝的初叶文学领域日渐美观的时候，自己又是太康文坛的健将，以大作家的手来雕刻文心，其价值之精贵，可想而知。况且他做这篇文章，看他自己的小序，分明是对于文章的内心经过沉思苦练而产出的结果。"（第 38 页）这真有点像司马相如论赋"斯乃得之于内，不可得而传"，创作的感受是无法替代的。晚唐标举味外味的司空图，在其著名的《与李生论诗书》中在提出"辨味"理论后，列举的便是自己的诗句，以做例证。韩愈《答李翊书》讲写作古文的途径，更多的是结合自己的创作经验来谈。方孝岳在分析元好问诗学思想时，一方面揭示其强调北人悲歌慷慨之风的特点，同时也结合元好问自己的诗歌创作"雄壮之中，仍有温润之美"（第 99 页）的特色，来说明其理论的主次之分。换个角度来说，批评家的批评也有很多是在深入被批评作品的创作情景中才总结出来的，所以纯粹客观的批评家几乎是不存在的——而且是不必要的，他在论金圣叹一章中说："普通人对于批评家的观念，总以为批评家都是站在旁观的地位，做客观的批评。其实不然。杜甫说：'文章千古事，得失寸心知。'虽然作者的寸心，不是别人可以完全知道，但如果想对于一个作品加以批评，至少也要设身处地，替作者多设想一下。否则，作者的心理和读者的心理，两不相关，隔岸观火，如何能够说得中肯呢？告诉我们这种批评原理的人，莫善于明末清初的金圣叹。"（第150页）这话真是概括得不错。金圣叹批点《西厢记》说："我真不知作《西厢》者之初心，其果如是否耶？设其果如是，谓之今日始见《西厢记》可，设其果不如是，谓之前日久见《西厢记》，今日又适见别一《西厢记》可。"金圣叹的这一节话似乎有些"绕"，但方孝岳说："他这些话，虽然说得好像很奇怪，但也实在是告人要把自己的心思和作者的心思凑泊到一起。"（第154页）这种"了解之同情"其实正是建立在古代批评家兼有作家身份这个基础之上的，如果失去了这一基础，则"设身处地"本身也变得不可靠了。这些既是中国文学批评史的一般现象，也是追寻中国古代文论特征的一个重要方面，方孝岳特别提出这一种方法，是深契批评史实际的。

四、批评原理与批评学之关系

朱自清曾说，要把"中国文学批评史"建立成大家所能接受的一门独立的"学问"，其困难有二：其一在于开掘收集资料之不易；其二在于建立一个"新系统"之艰难。而后者之难犹在前者之上。方著开掘资料之成就已见上述，而其建立"新系统"之努力，则犹待发明。

在方著出版之前七年，已有陈中凡的《中国文学批评史》先行梓行问世，但材料上的"掇拾而成"和说解上的"顺文敷衍"，使"体系"的概念尚显得相当蒙昧。郭绍虞的批评史以文学批评与学术思想的结合为基本方法来建立自己的体系，但就像郭著自序里面所说的，郭著体例上或以家分，或以人分，或以时代分，或以文体分，或以问题分，这种过于随意的分法虽然以"思想背景的不同"作为依据，毕竟使体系的逻辑性受到影响。罗根泽的批评史合编年体、纪事本末体、纪传体为一体而创立一种"综合体"，其实是难以兼顾各体的。方著的体系性在体例上即已显出一种特别的识力，他自称"以史的线索为径，以横推各家的义蕴为纬"（第5页），实际上是大体以史的线索为序而排列各家的意蕴而已，统一齐整的批评原理成为全书的骨架，而"史"的线索只是一种隐形的存在而已。

与中国古代文学批评著作特别是诗话词话类著作，往往采用随笔札记的方式，在著作形式上确实予人以零散而欠缺体系的印象相似，方孝岳的《中国文学批评》在形式上的涣散也是客观存在的。但形式的涣散不等于内在结构的涣散，方孝岳立足圆心、辐射历史的内在理路还是清晰可见的。如果要在《中国文学批评》中找出一个关键词的话，我以为非"批评原理"莫属，而批评原理恰恰是逼近中国古代文论的核心层面的问题。方孝岳这种单刀直入、直抵心源的研究方法，使他在梳理中国文学批评发展历史的同时，把中国古代文学理论的精华也过滤了出来，批评原理的历史发展流脉在事实层面上构成了中国古代文论的隐性体系。六朝及此后批评家的批评原理的抽绎，自然是梳理批评史的主要工作，但方先生同时也认为，即便是"古时的经典，本非专门的文学书，也没有专门文学批评家。但是经典的话，含义甚多，我们现在拿文学眼光抽出几句来讲，也未尝不可以得很好的批评原理"（第13页）。其笼圈条贯全书的孔门诗教和赋家之心，方先生追源溯流，都是从"非专门的文学书"中开辟话头的。因为注重批评原理的提炼，方孝岳可能故意淡化了朝代的意识和文体的观念。在《中国文学批评》中，方孝岳虽然也有不少辨别文体体制的话语，但方孝岳的本意并非以辨别体制为目的，而是通过对各种文体与各家批评原理的分析梳理，来建构文学批评学的体系。方孝岳明确说："我这书不是讨论专门的戏曲学或小说学，也不是讨论专门的诗学或散文骈文学，本书的目的，是要从批评学方面，讨论各家的批评原理。"（第155页）以"批评学"来统率各文体和各朝代。换言之，从单一文体角度的立论并不是终极目的，兼顾众体、不囿一体的泛文体理论体系，才是方先生努力追求的。方孝岳在论《典论·论文》一节曾说："孔子的六诗四始之分，为文章辨体的作始者。魏文帝这种辨体裁的看法，也下开陆机、挚虞、刘勰一班人的思路。但古时的文章分体，是不拘形貌的。那时一切，既以根本思想为主，当然对于无论什么文章，都在根本上批评，所谓分体，可以说是就抽象的作用上分的。"（第36页）这是所谓古代的情形，《典论·论文》开文体形貌之分的先河，这与文学的自觉、文体的繁富是有着直接对应关系的。而严羽《沧浪诗话》说："作诗正须辨尽诸家体制，然后不为旁门所惑。"则同样也是有着充足的理论背景的。譬如对于赋体文学，方孝岳在一一分析扬雄和司马相如等人的观点后说："赋这件东西，是一种很伟大的文学，上结《诗》《骚》之局，从'六义'中专抽出'赋'之一义来建立他的体裁，可以说是写实文学之大观……他的真价值,在于典丽裔皇深刻物象。"(第30页)对于以"温柔敦厚"的立场来臧否赋体,予以了澄清。方先生著作本身似乎并没有从形式上体现出这种体系的特点来,但其书的基本思想,却是一直连贯的。譬如辞赋家的"心法"与孔门的诗教,便时时在他的书中成为一种直接的对照,他对于清代的金圣叹、李渔、袁枚等,便都认为是隐承了"心法",而沈德潜、翁方纲则是诗教的光大者,大约偏重性情和艺术的人,方先生都归入"心法"一脉,而重视思想和内容的,则视为是"诗教"的承袭者。这种两分法,当然不免显得简单,但主流倒确乎是不错的。方先生勾勒出来的"批评原理"其实在此书的目录中已经可以看得很清楚了。

在这个目录里面,我们看不到明晰的历史朝代沿革的进程,甚至连某一朝代的文论概述也付之阙如,我们从章节标题里看到的只是一个一个鲜活的理论,这一个一个批评的原理,不仅各自呈现出各个批评家的眼光来,更是构成中国文学批评史发展的一种精神脉络。如其论王夫之说:"他论诗,一切拿'兴观群怨'那四个字为主眼,以为无论什么作品,如果不能使人看了有所兴感,那种作品,就不足置论。"(第127页)所以在这一章的标题上,果然就将"兴观群怨"四个字作为基本的批评原理昭示出来。又说:"渔洋一生结穴之论,就是推重王孟以及韦柳,以清澄妙远的神韵为宗。"(第132页)所以"神韵"二字便自然成了王士禛的基本批评原理了。此外,如把"义法"和"音节高神气必高"分别作为桐城派方苞和刘大櫆最可注意的批评原理等等,都是遵循着同一的著述理路。从著述形式上来说,也许这种不分朝代的单拈直通的原理不免显得涣散,但精神体系却有一种内在的关联——何况还有一统摄万绪的"导言"在。方孝岳在"导言"中即已明确指出:"我国的文学批评学,可以说向来已经成了一个系统。"(第4页)这个系统,方孝岳没有明晰地总括出来,这个遗憾我们当然不用讳言,但有心的读者,还是可以从他这本书里面读出这一系统来。他在"导言"中认为文学批评与文学作品之间的错综互动,就形成一国的文学批评史,即已带有"系统"的色彩。就断代的文学批评来说,在章节设置上,虽然不能直接地看到,但他通过章节与章节之间的承传而自然表现出来,有时更以简要的"点化"来突出某一朝代或某一时期的文学批评的主流状貌。如他以孟棨的《本事诗》多选"才调清美"的诗,而认为"可以代表晚唐诗人欣赏的兴趣"(第62页),而传为司空图所作的《二十四诗品》及司空图的论诗杂著,"大体上看来,似乎他主张兼信众美,但其实他是爱好风神"(第63页)。方孝岳其实正是以孟棨和司空图为代表,将清美风神的晚唐风韵勾勒了出来。又如明代特别是明末的"异论纷起",各据一说以自高,但方孝岳在解说诸家后,接以钱谦益,并认为:"他的议论,对于有明一代的文学批评,可算是一个总结。"(第123页)这种以钱谦益来收束明代的文学批评,其由分到合的系统性也就自然呈现出来了。方孝岳此书往往把主要的精力放在铺垫厚实的学术基础上,而将这最后总结、收束和创造的功夫留给了读者,这或许是他在呈现自我批评本能的同时,也有要激发读者的批评本能的意图在吧。其书不以"史"为名,根源当亦在于此。

如果再进而论之,方孝岳的这种对中国文学批评原理和体系的抽绎,还有更大的企图,那就是建立"比较文学批评学"。他在《中国文学批评》煞尾的一章,便直陈他的这一理念。他说:"近代的文学批评,我们最应该注意的,就是那些标新立异的见解,其余的颠倒唐宋,翻覆元明,都是'朝华已披'了。百年以来,一切社会上思想或制度的变迁,都不是单纯的任何一国国内的问题,而且自来文学批评家的眼光,或广或狭,或伸或缩,都似乎和文学出品的范围互为因果,眼中所看到的作品愈多,范围愈广,他的眼光,也从而推广。所以'海通以还',中西思想之互照,成为必然的结果。"(第159页)这真是有远见的看法,学术体制和话语的国际化作为一种潮流,确实是不可阻挡的。大约正是鉴于这种发展的眼光,方孝岳对于"五四"以来的新文学运动,持一种肯定的态度,因为中国的新文学运动在思想上对西方的"借照"确乎是有迹可寻的,如胡适等人提出的国语文学与西方的文、言一致,提倡平民文学与西方的阶级思想,都可以找到一种显的对应。方孝岳在考察了这段刚刚逝去的历史后说:"这种错综至赜的眼光,已经不是循着一个国家的思想线索所能讨论。'比较文学批评学',正是我们此后工作上应该转身的方向。"(第159页)我们处于方孝岳发表此言的七十余年后的今天,再来细思方先生的这段话,也不能不为这种充满学术胆魄的前瞻意识而感到惊讶和赞叹。如今,科学研究的全球化与国际性,已成为一种认识的基点,比较文学和比较文艺学作为一门学科,也已经取得了自身的地位,其中对中国古代文学批评的取资,也是昭然可见的。宣阁在《中国文学批评·跋》中评论方著"眼高而手也高",洵非虚誉。确实西方的思想不仅不可回避,而且可以说,如果没有西方的学科分类意识,作为学科的"中国文学批评史"恐怕还要在传统经、史、子、集中"集部"的"诗文评"中彷徨甚至沉睡。

但从另一角度来说,方孝岳对于中西文学思想比较互照之展望,也是有一定的前提的。这个前提在他发表在《新青年》第三卷第二号的一篇《我之改良文学观》中有清晰的表述,他认为这种互照是以对中西文学的正确认知为前提的,知其异同,才能明确改良的基本方向,所以一味的固守中国传统,或者一味的以西律中,都不为他所取。这与后来朱自清的观点堪称不谋而合。朱自清在为郭绍虞的《中国文学批评史》上卷写的书评中即已指出:"现在学术界的趋势,往往以西方观念(如'文学批评')为范围去选择中国的问题,姑无论将来是好是坏,这已经是不可避免的事实。但进一步,直用西方的分类来安插中国材料,却需审慎。"陈寅恪在《冯友兰中国哲学史下册审查报告》中也说:"其真能于思想上自成系统,有所创获者,必须一方面吸收输入外来之学说,一方面不忘本来民族之地位。"这代表了在西学潮流来势汹涌之时,一些学者的理性态度。方孝岳对于西方文学思想的接纳是毫不犹豫的,但同时在价值评判上又是极为审慎的。就这本《中国文学批评》而言,方孝岳的目的在于厘清中国文学批评的原貌,以为中西文学思想的融合奠定基础,所以他只是在煞尾的一节才把自己的展望提出来。在方孝岳之前,既已有这方面的倡议,如刘永济在1922年写成的《文学论》中即已提出"参稽外籍,比附旧说"的研究方法问题,杨鸿烈著于1924年的《中国诗学大纲》也已在实践的层面上"援引欧美诗学家研究所得的一般诗学原理,来解决中国诗里的许多困难问题"(《自序》),在1927年出版的陈中凡的批评史里,也同样提出了"以远西学说,持较诸夏"的基本方法。在此背景下来考量方孝岳的展望,可以看到方孝岳不是仅仅在方法上来进行中西的"互照",而是要由这种方法的"互照"来达成新学科的建立,其学术眼光显然要更为深远了。所以方孝岳在"导言"里直言:他的这部《中国文学批评》"不过是个引子",还有待于"更邃密的劳力",才能将文学批评的研究整体推向前进,但他的方法是不妨"略略参考一下"的。

余　　论

在梳理20世纪中国文学批评史学术史的著作里,方孝岳虽然时时被提起，但也只是被提起而已，系统而深度的研究却一直付之阙如。① 在1934年所出的三种批评史中，郭著至北宋而至，罗著写到南北朝时期，方孝岳则几乎是写到他生活的时期，是陈中凡之后的第二部批评通史。而且观点脱俗，自出裁断，同时也不带有盲目的新派的做法，自自然然，活活泼泼，把古人的文心和自己的文心交融在一起。"在评论上，非深得其旨之论不写，非深造自得之语不说"②，其学术个性不仅在以前的陈著中找不到相似的地方，即在后来纷纭而作的十多种批评史中，也是个性独出的，而且这种个性独出，不止是观点方面，就是其叙述风格的亲切从容，也时时在读者的心里泛着涟漪。老诗人陈迩冬先生自称一生受泽于钱基博《现代中国文学史》和方孝岳《中国文学批评》，其《追谏方孝岳先生并题其〈榘楹集〉遗稿》二律其二云："文学批评史，先生早启予。服膺卅载久，胜读十年书。"③ 这是说出来的声音，那些类似的没有说出来的声音就应该更多了。诚如有学者所说："并不一定要大部头的著作才能够入学术名著之列，而学术名著可以同时是入门书。"④ 方孝岳的这本薄薄的《中国文学批评》正是这样的一本兼有学术名著与入门书特点的书。

---

① 李新魁《方孝岳先生的研究业绩》曾有对这本书不到1500字的例证性说明，载《学术研究》1994年第1期；蒋述卓等著的《二十世纪中国古代文论学术研究史》将方孝岳与朱东润、傅庚生合为一节，其中论述方孝岳的文字约三页半，与介绍陈钟凡的六页、郭绍虞的八页、朱东润的四页相比，其地位也可略见，见北京大学出版社2005年版；黄霖主编、黄念然执笔的《20世纪中国古代文学研究史》（文论卷）因为体例的原因，也没有对方孝岳的中国文学批评史研究业绩予以系统研究，见东方出版中心2006年版；笔者此前与吴承学合作的《中国文学批评史研究的回顾与展望》一文，也只是简单提及，载《中国社会科学》1997年第5期。倒是张伯伟《一部颇有识力的中国文学批评史》一文，对方孝岳此著的特点和地位予以了较高评价，载《中国社会科学》1987年第6期。

② 邱世友：《考证辞章一例收，桐城文理竞风流——方孝岳教授二三事》，见《水明楼补遗》，中山大学出版社2006年版。

③ 转引自舒芜《七十二年后的重印》，载《读书》2006年第6期。

④ 舒芜《七十二年后的重印》，载《读书》2006年第6期。

目 录

第一部分　中国文学批评

导　言 ··· 3
上　卷 ··· 8
　一、《尚书》中最早的诗的欣赏谈 ··· 8
　二、《周礼》分别诗的品类 ··· 10
　三、吴季札的诗史观 ·· 12
　四、《左传》的诗本事 ·· 13
　五、古时对于理论文和"行人"辞令的批评 ···························· 15
　六、孔门的诗教 ·· 18
中　卷 ··· 27
　七、《诗》三百篇后骚赋代兴的时候的批评 ··························· 27
　八、司马相如论赋家之心 ·· 31
　九、扬雄与文章法度 ·· 32
　十、扬雄、桓谭的文章不朽观 ·· 33
　十一、王充论创作的文学 ·· 35
　十二、魏文帝《典论》里的文气说 ······································· 37
　十三、陆机《文赋》注重文心的修养 ··································· 39
　十四、挚虞的流别论 ·· 41
　十五、昭明《文选》发挥文学的"时义" ······························ 42
　十六、沈约的声律和文章三易 ·· 47
　十七、发挥"文德"之伟大是刘勰的大功 ······························ 50
　十八、单刀直入开唐宋以后论诗的风气的《诗品》 ················· 52
下　卷 ··· 56
　十九、从治世之音说到王通删诗 ··· 56

二十、别裁伪体的杜甫 …………………………………………… 58
二十一、蓄道德而后能文章是韩愈眼中的根本标准 ………… 60
二十二、白居易的讽喻观和张为的《诗人主客图》 ………… 63
二十三、可以略见晚唐人的才调观的《本事诗》和《才调集》 …… 65
二十四、标举味外之味的司空图 ……………………………… 67
二十五、西昆家所欣赏的是"寓意深妙清峭感怆" ………… 68
二十六、晏殊对于富贵风趣的批评 …………………………… 70
二十七、欧阳修文外求文的论调 ……………………………… 72
二十八、欧阳修和梅圣俞同心爱赏"深远闲淡"的作风 …… 73
二十九、邵康节的忘情论 ……………………………………… 76
三十、宋人眼中老杜的诗律和《江西宗派图》 ……………… 77
三十一、宋朝几部代表古文家的文学论的总集 ……………… 83
三十二、针对江西派的《沧浪诗话》 ………………………… 86
三十三、《瀛奎律髓》里所说的"高格" …………………… 90
三十四、元遗山以北人悲歌慷慨之风救南人之失 …………… 101
三十五、宋濂论"模仿"和高棅的"别体制审音律" ……… 107
三十六、李东阳所谈的"格调"和前后七子所醉心的"才" … 113
三十七、唐顺之的"本色"论和归有光的《史记评点》 …… 120
三十八、竟陵派所求的"幽情单绪"和陈眉公的"品外"观 … 125
三十九、钱谦益宗奉杜甫的"排比铺陈" …………………… 129
四十、王船山推求"兴观群怨"的名理 ……………………… 133
四十一、王渔洋"取性情归之神韵" ………………………… 137
四十二、清初"清真雅正"的标准和方望溪的"义法论" … 144
四十三、金圣叹论"才子"李笠翁说明小说戏曲家的
　　　　"赋家之心" ………………………………………… 157
四十四、随园风月中的"性灵" ……………………………… 162
四十五、眼力和眼界的相对论 ………………………………… 165

第二部分　中国散文概论

上卷　本体论 ………………………………………………………… 169
　一、散文的含义 ………………………………………………… 169

二、散文学的演进 … 170
下卷　方法论 … 174
　　三、字句的格律（上） … 174
　　四、字句的格律（下） … 183
　　五、篇章的体裁 … 188
　　六、议论文之体裁 … 190
　　七、儒家的论（上） … 191
　　八、儒家的论（中） … 194
　　九、儒家的论（下） … 195
　　十、纵横家的论 … 197
　　十一、名家的论 … 199
　　十二、魏晋本名家的论 … 201
　　十三、叙事文的体裁（上） … 202
　　十四、叙事文的体裁（中） … 206
　　十五、叙事文的体裁（下） … 208

第三部分　方孝岳文存

上卷　文选 … 213
　　一、国学流别叙目 … 213
　　二、国学流别（史法篇） … 214
　　三、左传略 … 246
　　四、公羊旁记 … 254
　　五、桐城文概 … 264
　　六、文章流别新编序 … 277
　　七、文章流别今编序 … 278
　　八、尚书读序 … 279
　　九、公羊注疏索引自序 … 280
　　十、腊斋诗集序 … 282
　　十一、藤花别馆诗钞序 … 283
　　十二、椒远堂诗钞序 … 283
　　十三、恬园诗草题辞 … 284

十四、题《层冰文略》……………………………………………285
　　十五、跋临桂龙翰臣先生《经籍举要》……………………………285
　　十六、致刘严霜书……………………………………………………285
　　十七、跋吴荷屋家书册………………………………………………286
　　十八、李蘅甫先生家传………………………………………………286
　　十九、先母丁安人行状………………………………………………287
　　二十、古直、曾运乾、陈鼎忠、方孝岳四位先生的意见…………289
中卷　白话文选……………………………………………………………290
　　一、我之改良文学观…………………………………………………290
　　二、关于屈原《天问》………………………………………………293
下卷　诗词选………………………………………………………………312

附录　方孝岳先生小传……………………………………………………322
后　记………………………………………………………………………325

第一部分　中国文学批评

导　言

　　世界上的人，不能够个个都是文学家，但可以说个个都是文学批评家，否则文学这件东西，不会有这样不朽的价值咧。

　　口之于味，目之于色，耳之于声，鼻之于臭，无时无刻不在那里起"评判"的作用，评判它的美恶，鉴别它的精粗。这种评判鉴别的本能，实在是人生日常活动的中心。鉴别的本能，虽然各有高下程度之不齐，但是一样能够鉴别，这一点是不变的。所以换一句话说，人人都算是批评家了。

　　大块文章，不限于有文字或无文字，无往而不呈露出来，供人家的赏鉴。美景良辰，使人愉快；凄风苦雨，使人悲愁。白居易的诗，"王公妾妇牛童马走之口无不道"。陆宣公的《兴元大赦诏》，使"骄兵悍将无不流涕"。人类都是情感相维系，为人类互通情感之邮的，就是文学。所以文学之诉及全人类的同情，不限于哪一阶级；人类对于文学之欣赏，也是随所在而皆然。这样看来，不但人人都是批评家，而且人人都是文学批评家。

　　不过天地间的风云花鸟人物山川，这些自然界的文章，凡是具有五官的，自然都可以欣赏。至于有文字的文章，有些说得平易近人的，儿童老妪都可以了解，也自然可以博得无限制的欣赏。但是有些内中所说的事情、所指的境界和所用的材料，不是个个人所知道所身历的；又有些文章，是作者专为少数朋友中间互相喻义而设的；又有些文章，是作者自道其隐怀，并不期望人人知道但期望有一二个知音的人来欣赏的。我们有这种种不同的文章，因此就各占一部分欣赏界的领域。然而这都是非自然的限制，对于人人固有的批评文学的本能，仍然没有丝毫妨碍。人生不能一天缺少精神上的安慰，就不能一天缺少文学上的欣赏——无论有文字的文学，或无文字的文学。文学所以为"不朽之盛事"，正是建立在这一点上咧。

　　但是人人心中所含蓄的意思，不见得人人都能从口中表达出来。往往有一个人代为说出，于是乎人人都觉得"如我所欲言"了。我们说人人都是批评家，原是就本能上讲的，事实上不见得个个人都能够了于心又了于口。因为个个人不能够都把心中所领略的所批评的意思表达出来，所以就有产生少数具体的批评家之必要了。批评家的职务，就是说出人人心中所欣赏或憎恶之点。又或者有些人的批评本能含苞未放，有待于雨露之点化。某种文章，有某种好处，有某种坏处，经批评家一一指点出来，然后人人都觉得如梦初醒、豁然大悟，这就是他们含苞未放的批评本能，经批评家点化出来了。批评家之有益于人，原来是有这样的切要啊。

我们翻开我国所有的论文的书来一看，觉得它们都是兴到而言，无所拘束的。或友朋间的商讨，或师弟间的指点，或直说自己的特别见解，都是兴会上的事体。至于我们现在把一个国家古今来的文学批评，拿来做整个的研究，其目的在于使人借这些批评而认识一国文学的真面。批评和文学本身是一贯的，看这一国文人所讲究所爱憎所推敲的是些什么，比较起来，就读这一国的文学作品，似乎容易认识一点。我们现在所抱的这种目的，当然不是我们古来的那些批评家所想到要做的；但是我们要知道，唯其它们都是兴会所到真情流出的批评，所以我们现在把它整个地叙述出来，才可以使人从许多个别的"真"得到整个的"真"。凡是赏鉴一国文学，我以为都是借助于这些真情所露兴会所到没有背景的批评为最好。我上文所讲人人固有的批评本能，有的心知而不能口达，有的含苞而有待于点化，其所需要人家代达或点化的，正是这一种，而不是其他有背景有颜色的批评。我所以再三郑重地说，人人都是文学批评家，因为知道这个意思，就可以知道文学是人人都能欣赏的公器；它的利病，也是丝毫没有掩饰地露给人家看，有许多地方，是人人所见，大抵相同。批评家不能拿有背景的批评来使人相信，也和不能使自己相信一样。

再者，我们研究一国的文学批评，第一要注意文学批评和文学作品的本身有互相影响的关系。某时代有某种的批评，多半不离乎一时文学本身的风气。六朝尚藻丽，所以昭明太子就以沉思翰藻为鉴衡。宋人尚义理，所以真西山就以文章言理为正宗。时代风气所激荡，个人师友所熏陶，因此论文之言，就不知不觉有万态千形不名一格之妙了。第二要注意的就是文学批评和文学作品本身的风气，又可以互相推动。一种文体发生流弊的时候，往往会产出一种批评来做改革的先驱。一种批评操之过甚，也不免生出毛病，于是文学本身又因之而兴起一种变革。西昆体的诗做到僻涩不堪，所以欧阳修《六一诗话》就提倡豪放率意之作风。王渔洋（王士禛）的神韵说风行得太过，所以后来翁方纲等，就大开清代后半叶做宋诗的风气。合以上两点错综的关系，就形成一国的文学批评史。

文学作品，好像是食料；文学批评，好像是消化的胃口。人的胃口往往各有偏嗜，好甜好酸好苦好辣，各有偏重偏轻的嗜好。至于偏得太过的，就成了病态的胃口了。到了胃口有病，所消化的食物，就不必一定正当。所以有的人欢喜有刺激性的文章，有的人欢喜愁苦怨叹的文章，有的人欢喜离奇怪僻的文章，有的人欢喜妖冶佚荡的文章。这些癖嗜，都不能说它们没有病态。我们要把这些病态的胃口，来接受健全胃口的医方。所以我们研究古今来各名家的文学批评，对于我们这些病态的欣赏力，或者不无小补咧。

至于各种批评之发生，都各有它所以发生的机缘，和它针锋所指的对象，并且各有个人学问遭际上的关系。我们如果不把这些地方弄清楚，执着人家片面之言，认为一成不变的定论，那也会发生误会的。譬如钟嵘的《诗品》，不以沈约的平上去入蜂腰鹤膝那些声律为然，这不过恐怕人家陷溺太过，所以略下针砭。《梁书》上说他对沈约有私怨。我们如果固执于此的话，认为沈约那些声律，确乎是不足挂齿的，那么，对于后来的律诗的声调，岂不是简直没有法子研究吗？又譬如王船山在明末的遗老中，尤为韬光匿采嫉恶最严的人，他自己那种坚贞之性、济物之怀，觉得凡是稍稍急功近利近于为私的话，都万分可耻。所以他的《诗广传》（卷一）说杜甫的"残杯与冷炙，到处潜悲辛"仍是关心自己的衣食，近于哀鸣游乞之音，说不上稷、契的志事。船山这个话的本意，当然不错，但是对老杜未免过于苛刻了。所以我们对于一切言论，都应当从四方八面来活看才好，对于各种批评的"旁因"，不可不研究咧。

我国的文学批评学，可以说向来已经成了一个系统。我们看清《四库全书总目》（又称《四库全书总目提要》，或简称《四库提要》），不是有"诗文评"的专类吗？但是我们如果对于"诗文评"这一门学问，稍稍上溯他的流别，就可以知道除了评论诗文的专书而外，还有许多可以说的。自从《隋书·经籍志》立"总集"一类，把挚虞《文章流别》（简称《流别》）、昭明《文选》、刘勰《文心雕龙》、钟嵘《诗品》这些书，都归纳在里头，我们于是知道凡是辑录诗文的总集，都应该归在批评学之内。选录诗文的人，都各人显出一种鉴别去取的眼光，这正是具体的批评之表现。再者，总集之为批评学，还在诗文评专书发生之先。挚虞可以算得后来批评家的祖师。他一面根据他所分的门类，来选录诗文，一面又穷源溯流，来推求其中的利病。这是我国批评学的正式祖范。所以《隋书·经籍志》推他为总集的创始者，拿他来冠冕后来一切的总集和其他解释评论的书。后来人有的专著诗文评而不著诗文选，有的专作诗文选而不作诗文评，就没有一定了。我们如果再从势力影响上来讲，总集的势力，又远在诗文评专书之上。像《文心雕龙》《诗品》这种括囊大典的论断，虽然是人人所推戴，但是事实上实在不曾推动某一时的作风。像《文选》，像《瀛奎律髓》（简称《律髓》），像《唐宋八大家文钞》，这些书就不同了，他们都曾经各演出一番长远的势力，都曾经拿各人自己特殊的眼光，推动一时代的诗文风气。所以"总集"在批评学史中，实占着很重要的部分，这一层我们不可不注意。《唐书》以后的《艺文志》中，又分立了"总集"和"文史"两类；"文史"附在"总集"之后，凡是诗文评的专书，都归在"文史"一类。到清朝定《四库全书》就有"总集"和"诗文评"二类了。一脉相承，本都是原本《隋书·经籍志》的义例，但因此不免略引起学者的误会。研究文学批评学的人，往往只理会那些诗话文话，而忽略了那些重要的总集了。其实有许多诗话文话，都是前人随便当作闲谈而写的，至于严立各人批评的规模，往往都在选录诗文的时候，才锱铢称量出来。

　　批评家固然站在旁观的地位，但是天下事往往要身历其境的人，才能说得清楚；隔岸观火，终不能得其究竟。我们常时听见人家说"眼高手低"，又有人说"眼有神，笔有思"，这就是说只能批评而不能动笔。这种人比较既能评又能作的人，就不免相差一筹了。各大家的诗文集里，往往有不少精心结撰的论文之言；以作家的眼孔，论作家的文章，对于其中甘苦之情，更能说得透彻。这些可宝贵的材料，更是不得不研究的了。

　　我这本书，大概是本着以上各点做叙述的义例。大致是以史的线索为经，以横推各家的意蕴为纬。力不从心，不见得能够办到和自己的期望一样。但是无论如何，这部书不过是个引子。研究中国的文学批评，还有待于更邃密的努力。至于采用我的方法，或不采用我的方法，那自然不必一定；如果研究的时候，能够拿我的方法，略略参考一下，那么，我这书就不为白做了。即便完全赞成我这书的人，我也希望他不要以为得着这一部书，就可以知道中国文学批评的总相，我希望他把古今来论文的原书，仍要自己去一部一部地用心看过。赅括的叙述，终于不能使人满足的。

杜甫有两句诗说得好："文章千古事，得失寸心知。"这两句诗，可以算是文学批评中的"微言"。本来文章的好坏和作者用心的曲折，不一定都是旁人所能批评得到的。这个意思，我们不可不知道。知道这个意思，就可以明白我们所需要于批评家者，究竟为了什么。我在前面说过，人人有批评的本能，有的心知而不能口达，有的含苞而有待于点化；但是我们务必牢记在心，我们所需要于批评家者，正是恰恰到他能代达能点化而止，不是执着他人的批评而忘了我们自己也能批评的本能。换一句话说，不过是借他们的帮助，来引起自己的思想罢了。专听人家的批评，不管他于心安不安；或者听人家一句批评，不能触类旁通引出自己许多批评来；又或者听了人家对于某种文学的批评，就自以为可以完全认识那种文学而不肯用一点脑筋去自己研究：这几种人都是自失其本能，把工具当作目的了。那些有背景戴有色眼镜的批评家，正是要找得这几种人做信徒了。老杜"得失寸心知"之叹，大概也是有感而发的。他这两句诗，实在值得我们吟咏。凡是研究文学批评的人，随时顾到自己的批评本能，那才是上上等！

上　　卷

一、《尚书》中最早的诗的欣赏谈

我国古时的经典，乃至于诸子百家的书，都不能专门当作文学看。古代也没有专门的文学批评家。比较可以专当文学看的，就是太史公所说的古诗三千余篇和我们现在所有的《诗》三百篇。所以我们要研究中国的古代文学批评，就应当把古代论诗的话来寻索一番，找出其条理和批评所根据的基点，就自然可以得到古时人鉴赏文学和辨别美恶的方法。这些批评虽然散在各书，只是零星的单词片义，但是往往影响很大；后来人的文学论评，都时时上推到这些古义，拿它做出发点。

诗的起源，大概是很早。郑康成《诗谱·序》里说："诗之兴也，谅不于上皇之世。大庭、轩辕逮于高辛，其时有亡，载籍亦蔑云焉。《虞书》曰：'诗言志，歌永言，声依永，律和声。'然则诗之道放于此乎。"这就是说大庭、轩辕以来大概就有诗。到唐虞的时候，更是有据了。这些诗，不是现在所存的三百篇。三百篇外，古来的诗本多丧失。《论语》《礼记》《左传》（简称《左》）里引逸诗很多。司马迁《孔子世家》也说："古诗三千余篇。"古时这样多的诗，恐怕没有到孔子的时候，已经散失很多了。这些诗虽然不存，但是我们有了《虞书》所载加于这些诗上的批评，也就十分可宝咧。

"诗言志，歌永言，声依永，律和声，八音克谐，无相夺伦，神人以和。"这是《尚书·虞书》里的话。舜命夔典乐，教胄子，告诉他这几句话；从诗的创作到诗的格律，从作者方面到读者方面，一一都讲到了。但他实在是偏重用诗一方面——就是欣赏方面——的话。他的大义，是说诗本是自言己志的东西，习诗可以使人生长志意，所以教胄子以诗言志，可以导胄子之志，使他们有所开悟。作诗的人，直言不足以申意，所以要长歌之，教胄子令歌咏其诗之义以长其言。长歌必有声音之曲折，声音曲折皆合于律，就叫作和。（根据孔安国的传、孔颖达的疏的解释。）用这样方法，才可以领会到诗的好处，得到诗的用处，使读者的志意、作者的志意、听者的志意三者融合成一片，然后就可以互相感应，可以移易性情，可以神人以和了。所以"直而温，宽而栗，刚而无虐，简而无傲"，都是从欣赏诗而得的结果。舜命夔教胄子学诗，就是拿这个做目标了。郑康成《诗谱·序》引《虞书》"诗言志"几句话，以为诗之道放于此。孔颖达在《诗谱疏》里说："郑所谓放于此者，谓今诵美讥过之诗，其道始于此。非初作讴歌始于此。讴歌之初，疑其起自大庭时矣。"这也是说舜论诗的话，是就诗之作用而言，不是专说作诗的本始。郑的意思，以为后世往往以诗来规谏，或以诗来赞美，都是从舜这几句话里生出来的道理。因为舜说诗以言志，又长言咏歌引声协律以畅达这个志，能够这样，自然听的人更容易感动，无论赞美或规谏，都可以得宜了。

再者，古诗皆以入乐。音乐本是由人心生的。《礼记·乐记》里说："凡音之起，由人心生也。人心之动，物使之然也。感于物而动，故形于声。声相应，故生变。变成方，谓之音。比音而乐之，及干戚羽旄，谓之乐。"诗是人的心声，由曲折酣畅的节奏以畅达出来。所谓音乐，就是拿种种金石丝竹的器具，来描摹这曲折有节奏的心声，或是为这心声来助势。所以孔颖达在《诗谱疏》里说："大庭、轩辕疑其有诗者，大庭以还，渐有乐器。乐器之音逐为人辞，则是为诗之渐。"但是社会由野而渐及于文，人的诗，当然也由简单质直而进为郁郁有文，而音乐也不免由粗糙笨拙而进为精密。音乐虽逐人而生，虽然先有徒歌的诗，而后才有合诗的乐，但是到了后来，诗与音乐实相为因果。音乐固逐诗而成，诗也恐怕要以中于尽美尽善的乐律者为上。舜命夔的话，从诗言志一直说到八音克谐无相夺伦，正是注重于诗要协律。诗的节奏，克谐八音而不夺伦的为上；反过来说，就是音节不谐而夺伦的，自然就不是好诗了。舜的时候的音乐，比较太古的蒉桴土鼓，当然进步得多。《尚书·皋陶谟》里称舜时的音乐，有"箫韶九成，凤凰来仪"的话。后来孔子也有在齐闻韶，三月不知肉味的事。舜时音乐之美，总是可信。那个时候的声调谱究竟是什么样子，我们固无从知道；后来像沈约一直到赵执信，所有《四声谱》《声调谱》之类，当然不能比附这种意义，但是舜这几句话，无论如何，也是开后来论诗言声律的先声。

二、《周礼》分别诗的品类

《尚书》里所论的诗，自然不是特别指某篇诗或某人的诗而言。舜所说的是通论诗的全体。那时诗的品类分部如何，剖音析律的方法如何，我们难知其详。到了周朝，所谓郁郁有文的时候，诗与乐都大备了。对于诗之一物，就有很精密的衡量。郑康成的《六艺论》中说："唐虞始造其初。至周分为六诗。"（孔颖达《诗谱疏》引）我们看《周礼·春官》有"太师教六诗。曰风，曰赋，曰比，曰兴，曰雅，曰颂。以六德为之本。以六律为之音"。这些话，与《舜典》里论诗的话不同。《舜典》里是说诗之所由生与诗之为用，语意很浑括的。这《周礼》的话，是讲到诗的精细的格律和品类分部了。这里的六诗，并不完全就是现在的《诗》三百篇。因为《周礼》一书，相传是周公所定的制度。现在的《诗》三百篇中几乎大半是周公以后的诗。所以六诗之分，是周初周公的事。他所编订的六诗，大概除了现在《诗》三百篇中关于文王时候的诗而外，都是周以前的诗了。但这样六诗的分法，后来周朝还是一直遵从。因为周朝前后一切的制度，《周礼》这部书，总是备其大凡了。我们看后来吴季札观诗的时候，诗的编类也和《周礼》一样。我们现在单就这《周礼》里论诗的话来研究。

本来六诗之目，也见于后来的《毛诗·大序》。但是他那里称作六义。他所解说，是注重义的一方面。这《周礼》称作六诗，连带下文所说的六律，是注重声律一方面。古时，诗与乐不能分。一说到诗，就是和乐夹在一起。上边所引《虞书》，和这里《周礼》的话，都是如此。《周礼》风、雅、颂、赋、比、兴的分目，当然也有义理在内。他把当时所有的诗，分为六部。照郑康成的注，"风，言圣贤治道之遗化也。赋，言铺陈今之政教善恶。比，见今之失不敢直言，取比类言之。兴，见今之美嫌于媚谀，取善事以喻劝之。雅，言今之正者以为后世法。颂，诵今之德广以美之"。这是他分部的意义。这些意义，也与后来《毛诗·大序》微有不同。《毛诗·大序》是兼正风正雅、变风变雅而言。《毛诗》中正风正雅，都是文王时候的诗，变风变雅，都是文王、周公以后的诗。《周礼》所说的，专言正风正雅。所以孔颖达《周礼·太师》疏，也说郑康成是据二南、正风与雅中之《鹿鸣》《文王》等篇而言。像邶、鄘、卫诸国的风，和雅中的美宣王，刺幽、厉等诗，当然不是周公的时候所能采的了。这些关于六诗的义理方面的话，留到将来再说。周公采诗，本以入乐为主。郑康成《仪礼·乡饮酒》注说："昔周之兴也，周公制礼作乐，采时世之诗以为乐歌，所以通情相风切也。"所以他这六诗的分目，总是以声律为主。大概风雅颂尤为诗律的定体。孔颖达《诗·大序》疏也说："风雅颂者，诗篇之异体。赋比兴者，诗文之异辞耳。"风雅颂，实是声音之不同。孙诒让《周礼正义·春官·龠章》疏说："风者，各以其国之方言为声也。二雅者，以王都之正言为声也。颂者，荐之郊庙，则其考声尤严，若后世宫庙大乐之声也。"又说《春官·龠章》所谓吹《豳诗》吹《豳雅》吹《豳颂》，以《七月》一篇，而有三种吹法者，"以豳之土音为声，为吹《豳诗》。以王畿之正音为诗，为吹《豳雅》。以宫庙大乐之音为声，为吹《豳颂》"。这完全是声律不同的说法了。所以《周礼》说六声，所注重的是"六德为之本，六律为之音"。诗是性情的表现，有各种性情，就有各种诗，要诗好，先要正性情，所以要以六德为之本。六德，照郑康成的解释，就是智仁圣义中和。"所教诗，必有智仁圣义中和之道，乃后可教以乐歌。"孔颖达的疏说："凡受教必以行为本，故使先有六德为本，乃可习六诗也。"这就是说，诗既是言志的东西，这个志，应当先求他端正。有智仁圣义中和的志，然后诗的根本才算建立。但是人的性情气质各有不同，所表现出来的诗也自然有异。而读诗的人，也各就性情气质的偏近，各有契合。所谓"以六律为之音"，照郑注的说法，就是"以律视其人为之音，知其宜何歌"。《礼记·乐记》里有"师乙曰，宽而静，柔而正者，宜歌颂。广大而静，疏达而信者，宜歌大雅。恭俭而好礼者，宜歌小雅。正直而静，廉而谦者，宜歌风"。这就是"以六律为之音"的解释。歌者固然各有所宜，而在诗的本身方面，也就是说颂的声律，是宽静柔正；大雅的声律，是广大疏达；小雅的声律，是恭俭；风的声律，是正静廉谦。

总而言之，《周礼》这几句论诗的话，本来也和《虞书》里的话大致相同，但是精密多了。总括起来说，《周礼》的意思，就是以为诗虽是言志，而构造出来的语气，就形成声调。就声调之宽柔廉俭不同，可以知道诗人各个的志性。所以就声调之不同而为之分部，习诗的人，也可以各就性之所近，涵泳而有得了。

三、吴季札的诗史观

到春秋时候，吴季札对于全部的风雅颂，以政俗兴衰的眼光加以批评，是古代最有系统的具体的诗评了。《左传》襄公二十九年，吴公子札到鲁国来聘问。他要观周乐，于是鲁国人就命乐工为之歌诗，从周南、召南、邶、鄘、卫等十五国风，一直歌到大小雅及颂。他所观的诗的名目、编次（略有不同）、内容都和后来孔子所订的《诗》三百篇一样，大概孔子所订的《诗》三百篇，也是根据旧日的蓝本而略有刊定。季札听见歌诗，就因诗而论及各国的成败兴衰，这是超出《尚书》《周礼》论诗的范围以外的。我们看后人说杜甫是诗史（《新唐书·杜甫传》），因为他的诗善陈时事，诗中有史笔，就他的诗，可以观察当时政治风俗的得失；这种看诗的方法，实在是吴季札开其端了。但是我前面说过，古时说到诗，就和乐夹在一起。所以季札的观诗，我们不要误会以为和现在的人手里拿着诗本子寻行数墨专读文字的一样。他那时，是把诗唱出来给他听，并且有许多乐器来助唱诗的声调。好像现在戏台上唱戏，将剧本上的词句由声歌管弦之会表达出来，如此才有意味，听的人才能有深刻的感动。不然，照着剧本白白地看一遍文字，是没有味的。关于这一层，季札的看法，也和《虞书》《周礼》里所注意的差不多，总是从长歌咏叹声调之美恶中，领略诗人的思致和诗人所受环境的影响，不过所说的方面较多一点。他所评的，有好几层。一曰声调的概论。例如，听见邶、鄘、卫的诗，说它"渊乎"；听见齐诗，说它"泱泱乎"；说秦风是"夏声"；说大雅是"熙熙乎"：这些都是统论那一类诗的声调。二曰诗调的品格。例如，说郑风"其细已甚"；说豳风"乐而不淫"；说魏风"大而婉，险而易行"；说小雅"思而不贰，怨而不言"；说大雅"曲而有直体"；说颂"直而不倨，曲而不屈……"三曰诗的思潮。例如，听邶、鄘、卫风，以为是"康叔武公之德"；听王风以为"其周之东乎"；听唐风以为"其有陶唐氏之遗民乎，不然，何忧之远也。非令德之后，谁能若是"；听小雅以为"其周德之衰乎，犹有先王之遗民焉"；听大雅说"其文王之德乎"；听颂以为"盛德之所同也"：这都是推论诗人的思潮，认为这些诗是受这些潮流所激荡而生的。四曰诗的影响。以为声音之感召，于人事上大有影响。就某种声音，可以推测将来影响于政俗或风化上是如何的情状。例如，说郑风"其细已甚，民弗堪也，是其先亡乎"；听齐风以为"表东海者其太公乎。

国未可量也"；又说秦风"能夏则大"；说魏风"以德辅此，则明主也"；说陈风"国无主，其能久乎"。他这几层，是一贯的看法。由声调的总衡量，进而考究诗品与诗格，然后上推他的诗潮，下论他的影响。如此，就构成他全部精密的诗史观了。后来人评论诗文，从这里得了许多法门。

四、《左传》的诗本事

后来诗评里，有一种说本事的，像唐代孟棨的《本事诗》，说明作诗的人因某事而作某诗，使读者容易领会他的意义。这本是取法于《毛诗·诗序》。再上推之，实在是由《左传》开其端。

古时没有个人诗集文集的流传。所有各地方的诗，都由朝廷上采集拢来，做两种用处。一以编为乐歌，就是前面所引郑康成《仪礼注》谓"周公采诗以为乐歌"之用。又一种，是采诗以观各地方的民风。就是《礼记·王制》里所说："命太师陈诗，以观民风。"郑注说："陈诗谓采其诗而观之。"这两种都是说采诗的用处。但是这些诗，用的时候，是由乐官把他歌出来（太师也是乐官，陈诗的时候，当然也是唱出来），而平日这些诗，都经过史官考究过的。所以《毛诗·大序》说："国史明乎得失之迹。"而孔颖达疏也说：国史对于这些诗"明其好恶……选取付乐官"，就是说国史知道诗人心中所指的事。所以后来也有人根据《毛诗·大序》这句话，认为《诗序》是国史所作。（见朱子《诗序辨》）史官既然熟于各地掌故，对于诗的本事，自然容易考明。左丘明也本是史官（杜预《春秋左传集解·序》里说"身为国史"），《左传》里时时说到诗本事，不为无故咧。

《左传》时时说到诗，叙朝聘会盟的时候，往往多有赋诗。但有些赋诗，是说赋诗见志，引现成的诗，以表见自己的志意，不是自己作诗。至于说某人自己作诗，也有好几处，那就十分有意义了。本来，诗与史的关系很密切。读诗而不读史，对于事实的环境不能深知，就不能深得诗旨。但史是直叙事实，诗是因事实环境深有感触而发表情感，使人读着如身历其境。所以读史又兼读诗，就更可以对于当时的事实有深刻的印象。这种诗史相通之义，无论读后来何代的诗，都应当知道。《左传》说到诗本事，就是深深地告诉我们这个意义了。《左传》隐公三年："卫庄公娶于齐东宫得臣之妹曰庄姜，美而无子；卫人所为赋《硕人》也。"这个赋诗，是说作诗，不是引诗。庄姜贤而无子，因此卫庄公又娶厉妫和戴妫，生了些儿子，又和一嬖人生了州吁。既没有嫡子，所以这些庶子互相争位，引起数世之祸。《左传》叙这些事，说得很沉痛。但他于"庄姜贤而无子"下，就点出"卫人所为赋《硕人》也"一句，看来好像于叙事无关，而实则这一句更是加重之笔。意思是说卫国数世之祸，都因庄姜无子所致，这个关系很重大的。庄姜既贤且美，其所以无子的缘故，因为庄公惑于嬖妾，不理庄姜。庄姜出身高贵，她虽是一妇人，而关心国家兴衰，性情十分恺恻；看《毛诗》里《邶风·燕燕》和《绿衣》诸篇可以知道。无奈庄公不明白，不和她亲近，卫国当时人早已"闵而忧之"（《硕人》诗序），这是当时卫国史上一个最重要的可歌可泣的事。《左传》叙到这里，就说起卫国人当时因此作首《硕人》的诗，就是特别告诉人这件事的重要，的确有可歌可泣的地方。指点人读史到此，应将《硕人》那首诗参看一番，然后对于那时的情况和许多曲折的内容，更可以了然了。这岂不是示人以诗与史相通的要义吗？岂不是最好的诗本事吗？

又闵公二年："冬十二月，狄人伐卫。……遂灭卫。卫之遗民……立戴公以庐于曹。许穆夫人赋《载驰》。齐侯使公子无亏帅车三百乘，甲士三千人，以戍曹。"这里又是说《诗经》中《载驰》那首诗的本事。他这里的用意，是说卫国这时候君死国亡，只剩下遗民五千人，勉强立了一个君，跑到一个偏僻的小邑去建都，情形危险极了，人民、土地、财产，都几于荡尽，非有别国的资助，决无复兴之望。许穆公的夫人是卫戴公的姊妹，感叹自己所嫁的许国势力太小，不能有救于母国，哀痛之至，作了这首诗，诗中有"控于大邦，谁因谁极"的话。读史到这里，参看那首诗，就可以深知那时卫国危急待救的迫切和戴公、许穆夫人诸兄弟姊妹同心协力以图复兴的志事。所以下文就紧接着齐侯居然来帮助的话，也正是许穆夫人意中所求祷希望的事。在《左传》，是一直叙下来，点出诗本事，以加重其文章的精神。在我们读《载驰》诗的人，本来已感觉这首诗的委婉凄凉，得着《左传》的本事，又更为惊心动魄了。

又闵公二年，有"郑人恶高克。使帅师次河上，久而不召。师溃而归。高克奔陈。郑人为之赋《清人》"这几句话，尤其好像是专为《清人》诗作本事了。

本来，诗本事的好处，是要发明作诗者所由发生情感的事由。这种事由，是诗本文之内所没有讲的，必待于说明，如果诗中已讲出来，就不用本事了。所以孟棨《本事诗·序》说："其间触事兴咏，尤所钟情。不有发挥，孰明厥义？"《左传》说明这几首诗的缘起，都恰能疏导这几个作诗的人所感触的事境，妙达文外之意。凡文学所以要批评，因为我们可以借助于批评，更容易领会文学的本身。诗本事这一类的书，列于文学批评之类，也是本于这个道理。像白香山的《长恨歌》，那种长庆体的诗，诗中都把事实说尽了，哪里用得着陈鸿那篇《长恨歌传》呢？

五、古时对于理论文和"行人"辞令的批评

上面都是说古代的诗评，其次就要讲到孔子个人论诗的话了。左丘明虽然与孔子同时，但他本是史官，他所述的，都是将旧史编定起来的，所以也把他归在上面讲了。孔子对于诗，有很重要的工作，弟子相传，议论极多，我们应该特别注意。在未讲到孔子的诗论以前，我们先将古时对散文的评论考究一下。

我上面说过，古时经典，本非专门的文学书，也没有专门的文学批评家。但是经典的话，含义甚多，我们现在拿文学眼光抽出几句来讲，也未尝不可以得很好的批评原理咧。

文章体裁，大概可括为三类：一是著述，二是告语，三是记载。曾国藩《经史百家杂钞》是这样分法，是很得要领的。诗赋都可以包括在著述类。论理论事都是理论文，也是著述类。行人辞令，好像后来的书疏来往，是归在告语一门。再次就是记事记物的文了。上面所讲古时的诗评，和将来要讲的孔子的诗评，都是对于著述文的批评。现在来讲古时对于著述类中理论文的批评和对于告语类的批评。

古书上论文的话，本来很多。像《周易·艮卦》说："言有序。"《家人》卦："言有物。"《尚书·毕命》："辞尚体要。"《左传》襄公二十五年引孔子的话："言以足志，文以足言。不言谁知其志？言之无文，行而不远。"《论语》说："辞达而已矣。"这许多话，都是后来论文的出发点；但是也论不胜论。又都是很浑括的主张，不是具体的批评。我们不必繁为比附。现在所讲的，是专拣具体的、有条理的、有所专指的批评。

《周易·系辞下篇》说："将叛者其辞惭，中心疑者其辞枝，吉人之辞寡，躁人之辞多，诬善之人其辞游，失其守者其辞屈。"这几句话，就是对于一切理论文最精密的批评了。《易经》的道理当然很多，但是不妨说他也是理论文的始祖。《颜氏家训》也说："序述论议，生于《易》者也。"所以《系辞》推论《易经》所以示人的道理，最后就说出这几句话

来。说到论之一体，刘勰《文心雕龙》里，有几句说得极好。他说："原夫论之为体，所以辨正然否，穷于有数，返于无形，钻坚求通，钩深取极，乃百虑之筌蹄，万事之权衡也。故其义贵圆通，辞忌枝碎。必使心与理合，弥缝莫见其隙。辞共心密，敌人不知所乘。斯其要也。是以论如析薪，贵能破理。斤利者越理而横断，辞辨者反义而取通。览文虽巧，而检迹如妄。惟君子能通天下之志，安可以曲论哉？"刘氏这一段话，真可算是《系辞》那几句话的确诂。一切的文章，本都是人的内心的表现。所以批评一切文章，都从作者的为人来着眼，才是高人一着。论之外，其他的文章，如诗、如告语类的文章，本也是如此。但是诗的意思最含蓄，告人之文，多少有些环境和客观的关系；只有论之一体，是完全主观的、直质的、内心的表现了。所以对于论的看法，更要注重人的根本。因为不从这一点看，高下就难得标准。诸子百家之著书，都是发挥心中的理论；但是不能说他们中间没有高下。心中的道理有高下，文章也有高下。近人章炳麟《国故论衡》里，对于论的文体，分别儒家的论、纵横家的论、法家的论种种。这种拿古人著作分别家数的办法，本有《汉书·艺文志》分得最清楚，但不是照文体而分的。然而就《艺文志》所讲各家的得失而看，也可以参证他们的文章美恶。《艺文志》说："儒家者流……。游文于六经之中，留意于仁义之表。……于道为最高。"又说："孔子曰：'如有所誉，其有所试。'唐虞之隆，殷周之盛，仲尼之业，已试之效者也。"这就是说，儒家有这样高醇的学养，所重又在立德立功，而不重在立言。我们就可以知道儒家的文章，是这样的本原。儒家不得已而有言的时候，就称心而谈，没有徇人之见，话说到尽意而止，不必烦言取悦。所以我们看《论语》《孟子》和汉朝董仲舒、刘向那些儒家的论著，都有宽宏简当、优游不迫的气味，就是这个缘故。那么，我们拿《系辞》里的话来一比，就是所谓"吉人之辞寡"了。《艺文志》说到纵横家，以为"邪人为之，则上诈谖而弃其信。"这就是说纵横家之末流，都是以巧辞炫人，卖弄自己以取悦于人。我们看苏秦、张仪的那些文章，都是一片揣摩利害的机心，反复辩论，烦碎而放恣，实在都不是诚意，不本于道义。这又是《系辞》所说"躁人之辞多。诬善之人其辞游"了。诸如此类，我们把他引申起来，对于古今一切的论著，用这样法子去审察，就可以知道《系辞》这几句话所赅括的很多，而又深探文心。后来孟子有"知言养气"的话，就是从这里脱胎。而且这一种的批评原理，一直到后世，都有极大的权威咧。

告语之文，是将自己的意思告诉别人；除了私人随便谈心外，还往往希望自己的话得人家听了，可以收一种效果。这就是辞令的用处。后来的书札疏牍，都是这一类。古时对于一切文学，都不看作私人随便玩悦的东西，都视为社会上有用的东西。因此，所有的批评，都是从源头上或效用上着眼，很少说到文学本身的技艺。但是辞令这种东西，不像其他的文章，专明自己的理。像论著一类的文章，都是作者直诉胸襟的作品；记载一类的文章，又是为着永久传后之用，都和辞令文的性质不同。辞令的用处，是要当前见效，总有希望人家见听的意思。希望人家见听，当然要设法引人入胜，所以对于辞气的构造，就不可不商量，不可不说到本身的技术了。各国互相往来，使者聘问（专做出使的官就叫作行人，《周礼》有《大行人》《小行人》），关系很为重要。即使两国开战的时候，也仍有使者往来。所以使者的辞令，一言可以致福，一言可以致祸，可以斡旋危难，可以敦睦邦交。凡一切政治上的文字，都有这种情形。《仪礼·聘礼记》中说："辞无常，孙而说。辞多则史，少则不达。辞苟足以达，义之至也。"我们就可以知道，使者在外的辞令，要随事变通以应付当前的事态，要言不烦而可以达意，使人听了可以动容；要落落大方，中于机宜，立言得体。不要絮絮叨叨的烦文，不要不真切的浮藻和呆板重赘的烂套。像那些专门守死书的史策史祝，先写好了几句话，到时照念一遍，就不是临机应变有济世才的人所应当学的了。我拿个比喻来说，譬如现在讣文上"……不自陨灭，祸延显考"，或者"寒门不幸，蹇及原配"，这些都是烂套浮藻，就等于古时史策史祝之言。如若真正对于朋友亲戚写封告哀的信，或见面哭诉哀痛，当然不是这些烂套所能表达衷情的。《论语》里"质胜文则野，文胜质则史，文质彬彬，然后君子"，本也和《仪礼》这些话，大致同意，但《仪礼》此处所讲的，是专有所指的批评了。《左传》一书，记各国使臣的辞令，可谓极其大观。像齐桓公召陵之战，楚国屈完的口才，虽管仲亦无奈他何，结果齐桓公也只好罢兵。晋国的叔向到楚国来（昭公五年），楚王一肚皮骄矜寻衅的心，都为他化为乌有。这都是卓卓可传的大辞令家，无非是立言得体，合于《仪礼》里所谓"义之至"的道理。又昭公十二年："楚子围徐，次于乾谿。"这时楚王穷兵黩武之欲，盛到极点。子革想谏阻他。子革正和楚王说话的时候，左史倚相在前面走过。楚王顺口夸赞左史倚相"能读三坟五典八索九丘"，子革就引起周穆王的事，说曾经问过倚相，他都不能回答，何能知道远古的事。于是子革自己就将穆王的事说出来。楚王听了，才大受感动。这里子革固然是借题发挥，不必一定就是骂左史倚相；但是我们不妨拿来做《仪礼》上那几句话的注疏，可见守文的"史"，不如"孙而说"的辞令家了。如果这个读书渊博的倚相，能够劝阻楚王，也用不着子革来讲话了。

至于记载类的文章，古书上讲到的也多，譬如《尚书·益稷》里"书用识哉"，好像就是讲彰善瘅恶的史笔。老子《道德经》里有"信言不美，美言不信"，老子是史官，他这话也可看作记史的大例，记载的文，以质而不诬者为上了。此外孔子作《春秋》，孔门弟子所作的传中，说到书法凡例和用笔的大义，开后来史传文多少的法门，那更多了。但这些话的性质太专门了，不必多论。

六、孔门的诗教

我前边说过，古代的经典，比较以《诗经》为专门的文学书。所以我现在还要讲到《诗》的批评——孔子的《诗》论。孔子述六经，其用意的方面很多；但是孔门教弟子，分明有文学一科，子游、子夏并且专长文学。可见孔子的论文的话，比较古书上那些单义孤证，更为有系统，更可以深深研究了。但是孔子著书，自己讲过是"述而不作"。他述的时候，自有他的一番鉴别的眼光。不是把古书钞辑一番就了事。好像后来黄山谷说杜诗韩文，无一字无来处；但尽管有来处，而仍不失为杜甫、韩愈自己的诗文。（见《渔隐丛话》卷九）孔子这些鉴别的眼光，自己固然也是偶然道及，例如《论语》中"诗三百……思无邪""可以兴，可以观"，伏生《尚书大传》里说，孔子对于《尚书》的七观。这些话很多，但也是很浑括的。我们要详细研究孔子的文学批评，除了这些自己所说的而外，大部分要根据孔门弟子所传的解释，和汉朝那些经生所传授的意义，才能详得其条理。《汉书》（简称《汉》）上说："孔子没而微言绝，七十子丧而大义乖。"所以我们只好凭孔门授受下来较有凭据的解释来研究了。

孔子论《诗》的话，《论语》所记的很多，大致可分为三类：一是说《诗》的根本思想，如"诗三百，一言以蔽之：曰，思无邪"；二是《诗》的品类，如"《关雎》之乱，洋洋乎盈耳哉""放郑声，远佞人，郑声淫，佞人殆""吾自卫反鲁，然后乐正，雅颂各得其所""《关雎》乐而不淫，哀而不伤"；三是《诗》的功用，如"《诗》，可以兴，可以观，可以群，可以怨，迩之事父，远之事君，多识于鸟兽草木之名""不学《诗》，无以言""人而不为《周南》《召南》，其犹正墙面而立也欤""诵诗三百，授之以政，不达，使于四方，不能专对，虽多，亦奚以为""兴于《诗》"。此外尚有《礼记·经解》里引孔子所说的"温柔敦厚，《诗》教也"，也是说诗的功用。

这些批评，确是所包甚广，后来人论诗的话，百变不离其宗；但是我们若不拿后世所传的话来解释，对于其中义理，就难得畅晓了。

孔子是私门教授，不像舜和周公居位执政制礼作乐，所以《舜典》和《周礼》所讲的，比较偏重音律；而孔门所传的，虽然也有不少论音律的，但是实在偏重文义的一方面了。

"思无邪"一句，是总论《诗》的思想，是根本的要义。这也和《虞书》里的"言志"，《周礼》里"六德为之本"，是一样的说法。本来古人看文章，都先从思想的根本上注意；上边引的《周易·系辞》，就吉人躁人，而论言辞之美恶，也是这样着眼。《诗》的"思无邪"，我们是承认的。我们看《周礼》分明说"六德为之本"，孔子删诗，也是"取可施于礼义"（见《史记·孔子世家》），所以凡是周公、孔子所录的诗，当然都是"思无邪"的了。不但这些所录的诗是这样，他还希望读诗的人，也本着"思无邪"的眼光去看，作诗的人，也本着"思无邪"的意思去做。这就是孔子说出这句话的意思。现在的《诗》三百篇，自然多是思想纯正的，但这里有个小小问题，就是那些郑、卫风的淫诗，是不是"思无邪"呢？这是历来经学家争论的焦点，若详细说来，不是短篇幅所能尽的。我现在只能说个大概。不过这个问题很重要，若没有一个正确的观念，在文学上会发生流弊的。西汉的经生，都算是孔子弟子的支流余裔。《诗经》的齐、鲁、韩、毛，都是如此的。齐、鲁、韩三家的诗说，都失传了。现在所传的，就是《毛传》。《毛诗序》对于那些说淫奔的诗，都说是诗人讥刺那些事的诗。照《毛诗·大序》的意思，以为这些变风的诗人，都是"达于事变，怀其旧俗"。他们作诗，都是想匡救世乱，或陈说古时的美政，希望当时的人反省，或指陈当时淫荒的事，希望听者悔悟，所以就直说出这些淫奔的情节了。后来朱子作《诗经集传》，不从《毛传》的解释，别创新解，以为这些诗，是淫奔者自己作的。朱子的意思，以为孔子删诗而录淫奔者之词，正是"严立其词以为戒"，好像"《春秋》所记，无非乱臣贼子之事，盖不如是，无以见当时风俗事变之实,而垂戒于将来"(朱子《诗序辨说》)。朱子这话,又经马贵与《文献通考》里加以反驳,以为如果照朱子的话,"淫昏不检之人,发为放荡无耻之辞,其诗篇之多如此,夫子犹存之,则不知所删何等篇也"。后来驳朱子的人也多,他们的理由,都很烦的,不必多引。这两方所争的焦点,都是研究这些诗究竟是谁作的这个问题。其实关于孔子所以录这些直陈淫乱的诗的缘故,两方所说的,都不大离。我以为无论是淫奔者自己作的,或是别人作来讽刺的,孔子录诗的意思,无非是因他将这些坏事写了出来,可以使人借此观察这一国的风俗,可以鉴得失和兴衰。孔颖达《毛诗·大序》疏里说得很好。他说:"作诗止于礼义,则应言皆合礼。而变风所陈,多说奸淫之状者,男淫女奔,伤化败俗,诗人所陈者,皆乱状淫形,时政之疾病也。所言者(就是所以要说的意思),皆忠规切谏,救世之针药也。"孔子录这些诗,大概就是这个缘故,至于一定要追求是某人某人作的,本可不必。我们看《毛诗序》关于这些诗,只说是"刺奔也"(例如《卫风·桑中》),或说"刺乱也"(例如《郑风·溱洧》),就是使人知道是刺的意思罢了;何人所作,是不可考的。朱子后半截的话,并没有错,但前半截一定要定为是淫奔者自作,是可以不必的。说到这里,又有一点意思要注意。就是后世有些过于媟亵的诗文和那些诲盗诲淫的小说,难道也可以比附这个意义说是思无邪吗?这一层实在有点分寸。本来写实的文章很难做。写好的写得太好,近于饰词谄佞;写坏的写得太坏,就近于诲盗诲淫了。我现在引王船山一段话,来做这个问题的结论。王船山的《夕堂永日绪论》里说:"艳诗有述欢好者,有述怨情者,'三百篇'亦所不废。顾皆流览而达其定情,非沉迷不反,以身为妖冶之媒也。嗣是作者,如'荷叶罗裙一色裁''昨夜风开露井桃',皆艳极而有所止。至如太白《乌栖曲》诸篇,则又寓意高远,尤为雅奏。其述怨情者,在汉人则有'青青河畔草,郁郁园中柳',唐人则有'闺中少妇不知愁''西宫夜静百花香',婉娈中自矜风轨。迨元(稹)、白(居易)起,而后将身化作妖冶女子,备述衾裯中丑态。杜牧之恶其蛊人心,败风俗(《唐书·白居易传赞》引),欲施以典刑,非已甚也。"知道这个意思,就可以知道郑、卫的淫诗虽然是淫,孔子还收录不除,原是有点分寸的了。陶渊明的《闲情赋》尚且为昭明太子所讥,说是"白璧微瑕"(昭明太子《陶靖节集序》),没有收入《文选》;孔子录诗,当然更有鉴别了。录淫奔之诗,所以为鉴戒,这个道理,固然应当知道;这些诗虽是说淫奔而仍然没有诲淫,这一层也应当知道。知道这两层,就懂得孔子这句"思无邪"的总评了。

孔子对诗分别品类而总为一集,这种工作,实是开后来"总集"之先声,也实是我国批评学中一大支派。凡是选录诗文的人,本不是随便杂钞,都有各人去取的眼光和义例。关于这种眼光和义例,有些人自己说出来,有些人自己未曾说出来。即使未曾说出来的人,他也有一种"不着一字,尽得风流"的批评眼光,暗示于人。好的"总集",往往主持一种文风,影响很大。萧统的《文选》、茅坤的《唐宋八大家文钞》、高棅的《唐诗品汇》,这许多有名的总集,岂不是各造风气而影响久长吗?这种工作,就是孔子开其端。孔子对于诗的品汇的话,像"《关雎》乐而不淫,哀而不伤""郑声淫"这些话,不过是泛论各类诗入乐时的声调,一时兴到之言,非严格的评文。最重要的就是"乐正,雅颂各得其所"那一句了。这句话的争论也多。有人说正乐与正诗不同,有人说正乐就是正诗,这些辩论很烦的。我们现在所注意的,是风、雅、颂这些分类的问题。风、雅、颂、赋、比、兴的分目,《周礼》里已经有了,不过那里是说声律和教人习诗的方法。孔子对于这些分类,就注重文义了。这种异点,我上边都讲过。我们现在所要知道的,正是孔子这种文义上的分析。欲详细研究,又不能不根据《毛诗》。《毛诗·大序》说:"诗有六义。"他的次序,也是风、赋、比、兴、雅、颂。又说:"是谓四始。"他的解释,是"上以风化下,下以风刺上,主文而谲谏,言之者无罪,闻之者足以戒,故曰风。雅者正也,言王政之所由废兴也。政有大小,故有《小雅》焉,有《大雅》焉。颂者,美盛德之形容,以其成功告于神明者也。"底下就接着说:"是谓四始,诗之至也。"这些话对于诗的各类的文义,较古时各种评论,精密得多了。孔子对于诗,自然有一番订文编类的工夫。《史记·孔子世家》说:"古诗三千余篇。孔子去其重,取可施于礼义者,三百五篇。"这个话,孔颖达在《诗谱疏》里加以驳议。以为"如《史记》言,则孔子以前诗篇多矣。按书传所引之诗,见在者多,亡逸者少,则孔子所录,不容十分去九。"后来这种争论也极多。其实《史记》(简称《史》)的话,并不甚错。自《舜典》说诗起,一直到春秋时候,时间如此之长,难道除了殷周二代的《诗》三百篇而外,就没有诗吗?这些诗,到孔子的时候,还有存的。我们看季札观乐,除了合于《诗》三百篇所有的而外,还观"舞《大夏》""舞《韶箾》"。古时诗乐合一，歌和舞不过是器具和仪式上的差异（《墨子》有歌诗三百，舞诗三百），而其所歌所舞的，都是诗。"舞《大夏》""舞《韶箾》"，不是还有虞、夏的诗吗？说孔子删诗，是靠得住的话。《汉书·艺文志》也说："孔子纯取周，上采殷，下取鲁。"他限于殷、周二代，所以虞、夏的诗，他都不要了。既曰"取"，又曰"采"，分明对于殷、周、鲁的诗，也有去取了。所以孔子不是钞胥，是评选诗文的祖师了。但孔子评选的义例是如何呢？我们可以说他有两种义例：一是正思想，二是辨体裁。正思想就是前面所说的"思无邪"，已经略略说明过。这辨体裁，就是六义、四始之分了。六义中，以风、雅、颂为外表上、大义上的差别，赋、比、兴为内容上、构造上的差别。孔颖达《诗大序》疏说："赋之言铺也。铺陈善恶，则诗文直陈其事，不譬喻者，皆赋辞也。比者，比方于物，诸言如者，皆比辞也。兴者，托事于物，则兴者起也，取譬引类，起发己心，诗文诸举草木鸟兽以见意者，皆兴辞也。风、雅、颂者，诗篇之异体，赋、比、兴者，诗文之异辞耳。大小不同而得并为六义者，赋、比、兴，是诗之所用，风、雅、颂，是诗之成形。用彼三事，成此三事，是故同称为义，非别有篇卷也。"他这三经三纬之说，解得甚对。所以《诗》三百篇里只标出风、雅、颂的类目，而没有标出赋、比、兴的类目，就是这个道理。风、雅、颂，是立意；赋、比、兴，是用笔。本来一切文章，无论是讥刺（风者，讽也），是赞美（颂者，美盛德之形容），是不讥不赞的正说（雅者，正也，言王政所由兴衰也），那做的方法，不是老实铺陈（赋），就是借事比譬（比）；不是借事比譬，就是借端兴感（兴）。用笔的方法，总不外这三种。所以赋、比、兴的分目，是告诉我们评次文章，也要论及他内容的技术。至于风、雅、颂的标准，又是告诉我们凡为文章不要无所为而作，总要有关风教有关政俗的，才可以入选；不然，专说小己私情的文章，就没有多大意味了。顾亭林《日知录》里说："文须有益于天下。文之不可绝于天地间者，曰明道也，纪政事也，察民隐也，乐道人之善也，若此者，多一篇多一篇之益矣。若夫怪力乱神之事，无稽之言，剿袭之说，谀佞之文，若此者，有损于己，无益于人，多一篇多一篇之损矣。"他这个话，也是从孔子的诗教里出来的。至于四始之分，照郑康成的笺，"始者，王道兴衰所由"，实在简单说起来，就是说每一类中，按照事迹的次序而编定诗的先后。《史记·孔子世家》所说："《关雎》为风始，《鹿鸣》为小雅始……"也就是指其以始统终的篇次。再者六义的品目，也可以范围后世一切的诗。关于这种意思，自从汉朝淮南王说《离骚》出于国风、小雅；后来钟嵘《诗品》，也判定各家的诗，以为或出于风，或出于雅；而清代章学诚在《文史通义·诗教篇》中说得更为宽广，他的意思，以为后世一切的文章，无论诗与文，都源于诗教，都是六义的支流；如果打破后世文集中拘于形貌的分类，都可以拿六义来分类的。这样看来，凡是评次文章，先辨别它的思想，再辨别它的功用，再次辨别它的体裁和内容技术之美恶，用这样法子去看，就是本于孔子的诗教，可以算得批评的准绳了。后来的总集，往往只能偏得一义，不能兼备许多眼光，例如《文选》专以"能文为本"而不重"立意为宗"，而明代贺复征的《文章辨体汇选》，又珠砾兼收，只求备体，不管美恶，都是只得其一端啊。

至于孔子说到诗的效用"可以兴，可以观，可以群，可以怨。迩之事父，远之事君。多识于鸟兽草木之名"，这一节话是结晶之论，其余关于诗的功用的话，都可以包括在这里头。本来凡是作诗，文字上所表见的，不外情和景两样。言志言理，都是情；言风景言山川草木一切事物，都是景。或即景生情，或即情写景。这两样是交互的元素。我们看诗的人，从他所说的这两样，以溯求他的意志；也同时可以因他所说的这两样，引起我们自己的意志。这就是孔子这几句话的宗旨。简单说起来，就是凡看一首诗，这诗中所说的情景，不能使我们明白它的用意，又不能使我们有所感动，这就不是好诗。读诗而看不出它的兴观群怨之怀，或引不出我们自己的兴观群怨之怀，这诗便是死诗。因为兴观群怨这几层，实包括人事上一切的情感。诗而没有情感，或不能引人的情感，还用诗做什么呢？人与人的关系，都是情感相维系的。人事的设施，也是情理相往来。情感情理的推动，是一切人事的根本。情感情理，以合于"温柔敦厚"的为妥当。所以推广起来，就可以"言"，可以"事父""事君"，可以"使于四方"，可以"授之以政"了。《论语》里说，孔子和子贡论贫富之德，而子贡就了解"如切如磋，如琢如磨"那两句的诗意；子夏问"巧笑倩兮……素以为绚兮"的诗意，而孔子告诉他"绘事后素"。这都是因诗人所说而明白诗人的意志。《周易·系辞》里说，孔子因"鸣鹤在阴"那几句诗，而推到"言行君子之枢机"。《礼记·大学》里说，孔子因"穆穆文王"那几句诗，推到"为人君止于仁，为人臣止于敬……"这都是因诗人所说而引起自己的感想。后来孟子所说的"不以辞害意"

和"以意逆志",也是这两种看法。至于说到"鸟兽草木之名",也不过是诗人借这些鸟兽草木来托出自己的意思,就是即景生情,而不是堆砌辞藻毫无取意的。但是我们也可以就这些所说的鸟兽草木、山川风土,知道当时社会上的事物实况,也是博物家所不废。再者,孔子这句话,又是告人作诗毕竟不能不借用辞藻,因为诗究竟是要含蓄,不像散文那样直质,又究竟是美的文学,也要有美的外表。所以《礼记·学记》也说:"不学博依,不能安《诗》。"郑康成的注说"博依,广譬喻也",就是这个意思。又董仲舒说"诗记山川溪谷禽兽草木,故长于风"(《史记·自序》引),更是表明诗之所以能够感动人,就因为有这些有趣的材料了。但是辞藻典故也不可乱用,不可弄错。孔子这"多识于鸟兽草木之名"的"识"字,就是教人要弄清楚不要弄错的意思。我们看《孔子家语·好生篇》(王肃注本)说:"孔子曰:'小辨害义,小言破道。《关雎》兴于鸟而君子美之,取其雌雄之有别。《鹿鸣》兴于兽而君子大之,取其得食而相呼。若以鸟兽之名嫌之,固不可行也。'"这几句话,就是告我们"识"鸟兽草木之名的方法,就是说,凡用辞藻典故,要用得适合,而又不要拘泥了。后采刘勰《文心雕龙·比兴篇》说:"比类虽繁,以切至为贵,若刻鹄类鹜,则无所取焉。"《颜氏家训·文章篇》批评潘岳的赋里"雊䳏䳏以朝雊",和陆机的书里"有如孔怀",都是误用《毛诗》。这些话,都是有得于孔子之说。

以上都是就孔子自己的话,来加以发挥。至于孔门这一派相传的诗学,像孟子、荀子,也有偶然论诗的话。因为大致也不出孔子的范围,所以也不必条举细论。到汉朝就有齐、鲁、韩、毛四家的《诗》学。这四家中现在仅存的,只有一部《毛诗故训传》和一部《韩诗外传》。这都是自成一书,不是单词片义,而且各有特色,我们可以略为谈谈。毛公(名亨)的《传》,对于《诗》的文学方面所特别注重的,就是六义中的"兴"义。《毛传》对于六义,除了"兴"而外,都没有标明。他所标明的,例如"关关雎鸠,在河之洲"的底下,毛公就注明"兴也"。"南有樛木,葛藟累之"的底下,毛也注明"兴也"。他标明"兴"的共有一百六十条,而没有一条举明某句诗是"赋"或是"比"。后来笺《毛诗》的郑康成也说:"篇中意多兴。"毛公所以只举"兴"而不举"比"的原因,照《文心雕龙·比兴篇》说,因为"风异而赋同,比显而兴隐"。后来孔颖达的《毛诗疏》,也以为"《毛传》特言兴,为其理隐故也"(《诗大序》疏)。他们解得不错。本来"兴"之一义,是文学上最难得的境界。照孔颖达那个解释,"兴"是取譬连类,起发己心,实在就是随事感触,因物兴怀;虽是借物喻义,而所以有取于那个物的用意,含而不露,不要说破,使人含味而自得之。这就是兴的境界。《文心雕龙·比兴篇》特别推重"兴"义,他说:"兴之托谕,婉而成章,称名也小,取类也大。"他并且叹息后世丧失"兴"义,说:"炎汉虽盛,而辞人夸毗。诗刺道丧,故'兴'义销亡。"但"兴"之与"比",究竟有何分别呢?照上边所引孔颖达的解释,"比"是"比方于物","兴"是"取譬连类,起发己心",这两种不是差不多吗?但是事实上这两种,确是大有分别。兴之所以不同于比,最要紧的就是下头这一句"起发己心"。例如《毛传》在"南有樛木,葛藟累之"的下面,就说:"兴也,木下曲曰樛。"郑康成笺说:"木枝以下垂之故,葛藟得累而蔓之。兴者,喻后妃能以意下逮众妾,使得其次序,则众妾上附事之,而礼义亦俱盛。"这就是表明《毛传》的意思,是说"南有樛木,葛藟累之"这两句之所以为"兴",是因为这两句能引起下面两句"乐只君子,福履绥之"的本意。有些地方,或者所引起的本意未曾说出,但无论如何是有本意的。《毛传》因为"兴"的意思很隐微,不容易看得出,所以就特别点明,这就是《毛传》之功,这就是他对于文学中"兴"义的大贡献了。至于"比"和"赋"的意思,十分明显,用不着注明。我们看孔颖达说:"比者比方于物,诸言如者皆是也。"照这样说来,譬如《卫风·硕人》章"手如柔荑,肤如凝脂"这些句子,已经自己比譬得很明白,自然完全用不着注明。至于"赋"之写实,更不用说了。后来梅圣俞主张诗要"含不尽之意见于言外"(《六一诗话》引),和严沧浪《沧浪诗话》里所主张"盛唐诸人惟在兴趣,羚羊挂角,无迹可求……言有尽而意无穷",都仿佛得着"兴"的意思。王渔洋论诗,也主张蕴藉含蓄而标出他的《唐贤三昧集》(简称《唐贤三昧》或《三昧集》),总都是推"兴"之一义,为六义中之最高境界。再者"兴"之所以可贵,我们根据郑康成的解释,又可得一种道理。《周礼·太师》郑注说:"兴,见今之美,嫌于媚谀,取善事以喻劝之。"这样看来,"兴"的意思,是欢愉之情多,而愁苦之音少了。这"劝喻"二字,是说劝人守着这个美点不要失坠,而且可以为法于将来的意思。本来,后人往往说诗文穷而后工,又说诗文多是不平之鸣,这些话,不过偶然就其一端而言,不足为据。文学所以言志言情,人有喜怒哀乐之志，不能说一切皆是哀苦之音。韩愈《荆潭唱和诗序》里说："夫和平之音淡薄，而愁思之声要妙。欢愉之辞难工，而穷苦之言易好也。"他这话说得最好。我们如知道这个道理，就可以知道"兴"之所以可贵。《诗》三百篇所以高于后世的诗，正因为多能用"兴"，所以他那种和平之音、欢愉之辞就独步千古，尤其那些所谓正风正雅，更为难及了。所以然者，正因他能叹美善政，不嫌其媚谀，而且可以为法于将来，笔致十分清美。例如正风的首章《关雎》一篇，《毛诗序》说是"后妃之德也，所以风（同讽）天下而正夫妇也"，就是表明这首诗是叹美善事而劝人效法的。《毛传》注明《关雎》这首诗是"兴"，也正足以表明诗人用笔的精神。齐、鲁、韩三家诗，有说《关雎》是刺诗的，其实也和《毛诗》的意思差不多，不过推广讽喻之意罢了（参见魏源《诗古微·毛诗义例篇》）。作诗叹美而不肤阔，讽喻而不刻露，可以说是最高境界的诗了。王渔洋说："盛唐之诗，原非空壳大帽，其中蕴藉风流，包含万物。"他的门人张萧亭说："阐理敷词，成于意兴。严沧浪云：'南朝人尚词而病于理，宋人尚理而病于意兴，唐人尚意兴而理在其中。'善读者三复厥词。"（见《燃灯记闻》和《师友诗传录》）这些话都足以为"兴"义张目。毛公专标此义，深有功于诗学了。

　　至于《韩诗外传》，可以算是后来诗话之先驱。又后来的诗有专尚理趣的，像《文心雕龙·明诗篇》所说："江左篇制，溺乎玄风。"以及后来欢喜说理的宋诗，都可以拿《韩诗外传》做他们开风气的祖师。我们看现在的传本《韩诗外传》前面，有一个陈明的序，序中说："孔孟每取《易》《诗》中要语推广之，阐幽显微，以尽其蕴。韩婴作《诗传》，凡诗言约旨远者，悉肆力极致，上推天人之理，下及万物之情，以尽其意。"这几句话，可以说明《韩诗外传》的美点了。他这种诗话，虽然旁推理趣、断章取义，而不是发明本义，但是推衍诗句的义理，也未尝和本文无关。我们看《周易》《论语》《孟子》里引孔子、孟子解《诗》的话，多半也是用这样旁推义理的方法，韩婴是有所本的了。至于古人论诗文，本来很少专就本文之工拙上立论，所以他这诗话，自然和后人的诗话不同。后人讲《诗经》的，也偶有一二人用这个方法，像宋朝刘敞（《公是先生弟子记》里），明末顾亭林（《日知录》里），他们讲《诗经》，都往往推衍诗句的义理，或就诗句而别生感想，而王船山的《诗广传》，尤其是专摹《韩诗外传》的大著作了。

中　卷

七、《诗》三百篇后骚赋代兴的时候的批评

古代论文的话，总是注重根本的思想、情感和作用，很少说到本身构造的技术，所以虽然是论文，实在是重义而不重文。我们看上边几章所说，可以知道。在《诗》三百篇后，骚和赋代兴的时候，批评家更拿这些古义做标准，来衡量这些骚赋。这种回光返照的势力，越可以显出古代文学观念的性质。

由春秋到了战国，诸子百家分头并起，各家的论著固然很多，但都是"立意为宗""不以能文为本"。只有屈原专作辞章，上承《诗》三百篇之流派，和其他诸子专著书谈理论者不同。我们可以说，古代文学一线之传，到了屈原的身上了。《诗》三百篇不算是个人文学，乃是国家文学、社会文学。因为这些诗是采来观风俗、备乐歌，重在通观其全体，而无从篇篇考究个别的作者。列国聘问往来，赋诗见志，像《左传》上所记的，也都是把诗看作有用的东西。到后来，礼乐聘问，皆荒废不行，于是私人的吟咏就出头了。所以屈原以一私人辞赋而为文学之大宗，流风甚远，在当时楚国也"玮其文采，以相教传"（王逸《楚辞章句·序》），就是这个道理。《汉书·艺文志》说："春秋之后，聘问歌行不行于列国，学诗之士，逸在布衣，而贤人失志之赋作矣。大儒孙卿及楚臣屈原，离谗忧国，皆作赋以风，咸有恻隐古诗之义。"这一段话，正是诗和骚赋嬗递的历史。荀子的赋，在后来影响不大。屈原的《离骚》，就成为批评家重要的题目了。

自从孔子发出兴观群怨、温柔敦厚那些诗论以后，后人总以这些话为出发点，就是拿"温柔敦厚"的诗教来做标准，凡作品与"温柔敦厚"的意思相违背的地方，往往加以纠弹。这种看法，是很严格的。汉朝的武帝喜欢读《离骚》，命淮南王安为《离骚》作传。(《汉书·淮南王传》)淮南王安就对《离骚》加以很重要的批评。他说：

> 国风好色而不淫，小雅怨悱而不乱，若《离骚》者，可谓兼之。蝉蜕浊秽之中，浮游尘埃之外，皭然泥而不滓。推此志，虽与日月争光可也！
>
> （王逸《楚辞章句》引班孟坚序中述淮南之言）

后来只有班固大加诋毁，说："屈原露才扬己，竞乎危国群小之间，以离谗贼。多称昆仑冥婚宓妃虚无之语，皆非法度之政，经义所载。谓之兼《诗》风、雅而与日月争光，过矣。"（王逸《楚辞章句》引班孟坚序）这是反对淮南王安的批评了。但是班固的话，毕竟不能成立。从王逸在《楚辞章句·序》里加以反驳，引《诗经》上的话，做屈原的护符。后来刘勰《文心雕龙·辨骚篇》，更有一番极畅的申论，可以作为淮南王安的话的注疏。他把《离骚》里的词句摘出来，细加评量，分别它合于风、雅和不合于风、雅的地方。他说："将核其论，必征言焉。故其陈尧舜之耿介，称汤武之祇敬，典诰之体也。讥桀纣之猖披，伤羿浇之颠陨，规讽之旨也。虬龙以喻君子，云蜺以譬谗邪，比兴之义也。每一顾而掩涕，叹君门之九重，忠怨之辞也。观兹四事，同于风、雅者也。至于托云龙，说迂怪，丰隆求宓妃，鸩鸟媒娀女，诡异之辞也。康回倾地，夷羿弹日，木夫九首，土伯三目，谲怪之谈也。依彭咸之遗则，从子胥以自适，狷狭之志也。士女杂坐，乱而不分，指以为乐，娱酒不废，沉湎日夜，举以为欢，荒淫之意也。摘此四事，异乎经典者也。"他这样详细的剖析，可谓十分周密，都是上承古代批评家的风气，一切以风雅诗教做批评的绳尺，斤斤较量，皆根据这种严格的眼光。但刘勰对于这位《楚辞》的始祖——屈原——有几句总断的评论："论其典诰则如彼，语其夸诞则如此，固知《楚辞》者，体慢于三代，而风雅于战国，乃雅颂之博徒，而辞赋之英杰也。观其骨鲠所树，肌肤所附，虽取镕经意，亦自铸伟辞。"这几句话，真可以算得屈原的定评。我把他抄在这里，足以补充淮南之言，为向来批评《离骚》的总汇了。本来大家的作品，总是自成面目。《离骚》固然是义本风雅，但毕竟是"风雅博徒……辞赋英杰……自铸伟辞"了。

《离骚》既为辞赋的先声，所以汉赋就因之而起。但汉人的赋，又更为丽靡。因此批评家又时时反顾诗教的古义，加以裁制。这些情形，皆可以证明我上文所说"这种回光返照的势力，越可以显出古代文学观念的性质"。

说到赋的流品，最重要的，就是扬雄那几句话。他说：

> 诗人之赋丽以则，辞人之赋丽以淫。如孔氏之门用赋也，则贾谊登堂，相如入室矣，如其不用何？
>
> 或问："吾子少而好赋？"曰："然，童子雕虫篆刻。"俄而曰："壮夫不为也。"或曰："赋可以讽乎？"曰："讽则已，不已，吾恐不免于劝也。"

(《法言·吾子篇》)

这都是觉得汉人的赋，比起《诗》三百篇或荀子、屈原的赋来，总是过于侈丽而埋没了讽喻的本意。因为古时总不把文学当作随便玩悦的东西，总要有益于人的思想行为。赋虽是宏美富丽，而作赋者，总是有所劝诫。譬如枚乘的《七发》开头，揣摩声色口腹的嗜好，其归结的意思，是希望太子闻"要言妙道"而"霍然病已"；司马相如上《大人赋》，原来是欲谏止武帝之好神仙。但是为要引人入胜起见，先必美丽其辞，侈陈物欲，描写得天花乱坠，而最终才折以正义。这样一来，看的人往往为前幅所炫耀，流连而忘返，就不管后边的正义了。譬如后来人做小说，都说是寓言讽世。但是读《水浒传》的，多引起强暴不法的思想，有几个留心忠奸邪正之辨呢？读《石头记》的人，多溺于儿女的私情，有几个注意作者精心结撰的人生哲学呢？扬雄所说"讽则已，不已，吾恐不免于劝也"，正是这个意思。李轨的《法言注》说："言极其丽靡之辞，然后赋之以正。如其不已，乃复成劝，言不正也。"我们就可以知道扬雄的意思，是说赋家如果先极其丽靡之辞，而自谓可以使闻者生戒，恐怕是靠不住的。因为这些丽靡淫汰之辞，反而可以劝人为恶，而不见得能警戒人使不为恶。所以《汉书·扬雄传》里推论扬雄之意，说"雄以为赋者将以风也。必推类而言，极丽靡之辞，闳侈巨衍，竞于使人不能加也，既乃归之于正，然览者已过矣。往时武帝好神仙，相如上《大人赋》欲以风（同讽），帝反缥缥有凌云之志。由是言之，赋劝而不止明矣"，更解得清楚了。"诗人之赋丽以则，辞人之赋丽以淫"，这两种赋的分别就是一种有讽喻之意，一种过于丽靡而失却讽喻之意。严格说起来，贾谊、相如的赋，都是"丽以淫"，都是孔门所不用的了。

但是，严格就不好的一方面说，这些辞人之赋，是"丽以淫"；就好的一方面说，这些赋也自有它本身的价值。我们看《汉书·王褒传》里说，汉宣帝同武帝一样的好辞赋，时时命褒等作辞赋歌颂。当时的人，多以为淫靡不急之务。宣帝说："辞赋大者与古诗同义，小者辩丽可喜。譬如女工有绮縠，音乐有郑、卫，今世俗犹皆以此娱说耳目。辞赋比之，尚有仁义风谕，鸟兽草木多闻之观，贤于倡优博弈远矣。"这段话，可以调停两方面的评论。赋之评价，正是如此。讽喻仁义，是赋家的口号，而"辩丽可喜"，终是它所以能够立于文学之林为一大宗的特色。不过抱守诗教的人，想推崇一种作品，总要拿"温柔敦厚"来标榜这作品的价值，而对于"辩丽可喜"的地方，总是不屑于称说。司马迁在《司马相如传》后所批评的话，正是拿"温柔敦厚"的诗教，来高抬相如，对于相如赋"辩丽可喜"的地方，反视为应该掩护的弱点。他说："《春秋》推见至隐，《易》本隐以之显，大雅言王公大人而德逮黎庶，小雅讥小己之得失，其流及上，所言虽殊，其合德一也。相如虽多虚辞滥说，然要其归，引之于节俭，此与《诗》之讽谏何异。"这段话推崇相如的赋，以为合于诗教，那种虚辞滥说的地方，虽是小过，但认为他归宿的思想是好的了。

其实汉赋之所以昌盛，完全由于人主的嗜好，把它当作玩悦的东西。发生的缘由，已经和《诗》三百篇不同。而那些人主看待赋家，也不过当作排忧取乐的清客一样。枚皋"自悔类倡"（《汉书·枚乘传》），东方朔"俱在左右，诙啁而已"（《东方朔传》），扬雄讥刺那些赋家"颇似俳优"（《扬雄传》），《严助传》里说："朔皋不根持论，上颇俳优蓄之。"这样看来，赋之作旨，无非是供人玩悦，体裁并不甚尊。不过作赋的人，究竟是文人学者，不是真正俳优。他们利用文学来讽议人主的行事，说得太直率，恐怕人主动怒，因而得祸，所以就故意多多地铺陈辞藻，使得他读着有趣，读到后面，或者也可以为篇终的正义所感动了。这样曲折矛盾的心理，就产生汉赋这种作品。这也和战国时候那些纵横策士巧言游说的风气差不多。像《诗》三百篇那样直陈善恶没有妨碍，这本是时代环境不同。赋家处在后来那种时代，不得不拿丽靡的文辞，来代替简质的古诗了。批评家一定要拿简质的古诗作法，和"温柔敦厚"的诗教，来衡量后来的辞赋，这不过是一统相传古代文学观念的特性，重义而不重文，一种回光返照的势力之大大的表现。其实赋的本身价值，还是在于"闳侈巨衍""极丽靡之辞""辩丽可喜"啊。

但是说到赋的价值，固是如此，而扬雄所指摘的毛病，仍是精确而不可拔。"极丽靡之辞……既乃归之于正……然览者已过矣。"这正和我在《孔门的诗教》里所说写实文之难作，和录淫奔之诗而仍然没有诲淫，那些道理所注重之点是一样的，读者再拿来比附着寻思一番，就可以深深认识所谓古代文学观念是如何地注重根本思想和作用了。

八、司马相如论赋家之心

上章是就《诗》三百篇后批评家那种牢守古义的态度略略谈及，使人知道这种回光返照的批评眼光是何等的有力。但是到这个时候，文学家对文学，实在已经不能像古代那样专讲思想作用而不论本身的技术。因为文学已渐渐开辟自己的领土，表现出美的价值。赋这件东西，是一种很伟大的文学，上结《诗》《骚》之局，从"六义"中专抽出"赋"之一义来建立它的体裁，可以算是写实文学之大观。西汉的赋，如日中天，不但空前，而且绝后。后来人的赋，实在是赶不上的。它的真价值，在于典丽矞皇，深刻物象。就是我上章所说"赋的本身价值，还是在于极丽靡之辞"。关于这种地方，相如、子云这些大赋家都曾经讲过，我们把它举出来看看。

西汉的赋家，推司马相如为第一，大家都自以为不能及他。例如枚皋"自言为赋不如相如"（《汉书·枚乘传》），扬雄"每作赋，常拟之以为式"（《汉书·扬雄传》），盛览问相如以作赋，"终身不敢言作赋之心"（《西京杂记》）。司马相如有几句说作赋的话：

> 合綦组以成文，列锦绣而为质，一经一纬，一宫一商，此赋之迹也。赋家之心，包括宇宙，总揽人物。斯乃得之于内，不可得而传。
>
> （《西京杂记》）

赋之所以伟大，他这几句话，说得很明白。所以他自己作起赋来，运思结构，都显示出很大的魄力。《西京杂记》又说："司马相如为《上林》《子虚》赋，意思萧散，不复与外事相关。控引天地，错综古今，忽然如睡，焕然而兴，几百日而后成。"这一段故事，描写作赋之心，可以使人想见这种大赋家的绝人天才和广大精微的意趣。所以我们要知道赋的特质，究竟不是"温柔敦厚"的诗教所能范围。好的赋，可以提高人的意趣，脱离世上终日尘污束缚的思想，一旦破空而游，别生境界，即使所说是日常习见的事，而经赋家的手一来点缀，自然可以使人即日常的环境中发生娱快怡情的美感。这都是赋家的绝技。譬如汉武帝读《子虚赋》，恨不得与作者同游，读《大人赋》，飘飘有凌云气游天地之间意（《汉书·司马相如传》），岂不是动人观感到极点吗？我们不妨说句笑话，《诗》三百篇的诗人，是心游六合之内；赋家的心，有的时候，能够游于六合之外。这就是诗赋之分，就是赋的价值终以"闳侈巨衍"为主的意思了。

扬雄也未尝不知道这一点。他自己本是极好沉博绝丽之文，专于模仿相如的一个人。大概到晚年做《法言》的时候思想稍变，一切都专守孔门的经教，才自悔少而好赋的。他称赞赋的本身价值的话，也是极有意义。《西京杂记》里说："扬子云曰：'长卿赋不似从人间来，其神化所至耶。'"又说："或问扬雄为赋，雄曰：'读千百首赋，乃能为之。'"这些话对于作赋的甘苦，说得更透彻了。"神化所至，不从人间来"，就等于相如所说的"赋家之心"；"读千赋乃能为"，又等于相如所说的"赋之迹"。我们看他两人论赋的话，就可以知道扬、马之所以并雄于西汉一代，并称千古的缘故了。

九、扬雄与文章法度

扬雄的思想，确有早晚之分。早年好赋，晚年悔之，这是最好的证明。他晚年著《法言》，论文的话很多，可以算是具体有表现的批评家了。他这部书，一切都折中于孔子的经教。像前章所引"诗人之赋丽以则，辞人之赋丽以淫"那一类的话，都是很严正守法的。所以班固在《扬雄传》里，叙述他作《法言》的缘起，说："雄见诸子各以其知舛驰，大氐诋訾圣人，即为怪迂析辩诡辞以挠世事。虽小辩，终破大道而惑众，使溺于所闻而不自知其非也。及太史公记六国，历楚汉，讫'麟止'，不与圣人同是非，颇谬于经。故人时有问雄者，常用法应之，撰以为十三卷，号曰《法言》。"他这"用法应之"的态度，虽不专指论文一方面，但我们看《法言》里那些论文的话，正是守着孔门的经教为法度。我们可以说，扬雄对于文章的观察，是注重法度的了。他讲到文章法度的地方很多。例如说"诗人之赋丽以则"，这"则"就是法度。又《汉书·扬雄传》里，叙述他批评当时人的赋，以为：

又颇似俳优淳于髡、优孟之徒,非法度所存贤人君子诗赋之正也。

又《法言·吾子篇》说:

或问:"公孙龙诡辞数万以为法,法欤?"曰:"断木为棊,梡革为鞠,亦皆有法焉。不合乎先王之法者,君子不法也。"

这表示他所谓"法"者,就是合于圣贤经义的意思。还有他所做的《解难》一篇(《汉书·扬雄传》载),都是主张法圣法经,心目中悬着一种最高的准则。我们看《解难》里说:

昔人有观象于天,视度于地,察法于人者。天丽且弥,地普而深;昔人之辞,乃玉乃金。

下文又接着称说宓牺、文王、孔子的著作,和典谟雅颂之声,这些话都足以证明他胸中有一种最高的文章法度。他既然一切要"用法应之",所以就不肯追逐当时流俗的声气,自守清静寂寞了。清朝桐城古文家,讲求文章义法,曾经振起一时的风气,其实讲求文章义法的祖师,还应该推这位扬子云。

十、扬雄、桓谭的文章不朽观

我前边说,古代把文学不看作独立艺术,而看作有用的东西,就是把文学看作道德和政治的附属品。古时本有立德、立功、立言三种的分别,都把立言看作立德、立功的附庸。所以文学批评,都含这种眼光。我所说的"抱守古义""回光返照",都是这种情形。扬雄是抱守古义的健将,我们看他的批评,是何等的严正。

但是这里有一种变化,不知不觉地从扬雄身上生了出来。古时人并不把著书、做文章,当作一回了不得的事。即便孔子定六经,也不过是借经明道,并不以文章艺术为六经本身的价值,也未尝以为即此可以不朽。文学本身可以不朽,这种观念,反从这位"抱守古义"的扬雄引了出来。《汉书·扬雄传》说:

> 雄实好古而乐道,其意欲求文章成名于后世。

我们通观扬雄一生的历史,就可以知道他抱这种观念是很坚牢的。一切荣利声名,皆不屑意,但只默默地做文章。他实在是有乐于此,认为这是一种了不得的事。孔子是不行道于当时,然后才著书,扬雄并没有立功于当时的意思。他是生性恬淡、爱好文学,因此就觉得文学领域的里面,大可以回旋咧。后来魏文帝《典论》里说:"文章经国之大业,不朽之盛事",可以说是扬雄开其端。

与扬雄同时而年辈差后,又最佩服扬雄的,就是桓谭。他时时和扬雄讲论。他两人的主张,可算是"沆瀣一气"。桓谭的《新论》,本也是批评界里一种好古书,但可惜已经丧失不传。清代严可均的《全上古三代汉魏六朝文》里搜辑了一点,只可略见大凡。我们看王充《论衡》里推崇桓谭说:"子长、子云论说之徒,君山(桓谭字)为甲。"由此,我们就可以知道桓谭的批评眼光是如何的有价值。现在就他们所辑的残缺不全的《新论》来看,这位批评家一说到文学,必推尊扬雄。他很明白地说扬雄是圣人,又说少时极慕子云之丽文高论,要从他学赋。这些零辞断句是很多的,读者可以自己去翻阅严可均的辑本。我这里所要说的,只是他和扬雄心心相印的文章不朽观。

扬雄在当时是寂寞少人知的。只有侯芭、桓谭一二人是他的真知己。桓谭表彰他的话尤多。《汉书·扬雄传》说:

> 时人皆蚩之……而桓谭以为绝伦。

又说:

> 时大司空王邑、纳言严尤闻雄死,谓桓谭曰:"子常称扬雄书,岂能传于后世乎?"谭曰:"必传,顾君与谭不及见也。凡人贱近而贵远,亲见扬子云禄位容貌不能动人,故轻其书。……若使遭遇时君,更阅贤智为所称善,则必度越诸子矣。"

桓谭心中以为文章之传,不必借声名势利,文学的本身,毕竟能够自己表现出来,供人家鉴赏,好文章必有"贤智称善"鉴别它的价值的。

又《新论》里说：

> 谓扬子云曰："如后世复有圣人，徒知其材能之胜己多，不能知其圣与非圣人也。"子云曰："诚然。"
>
> （严可均辑本）

这虽是残缺的断句，但也可以见得他两人相信文章魔力之大了。大概桓谭说这话时，是正在那里和子云谈论子云自己的文章。子云本是自拟于圣人的，桓谭也推他为圣人，他这话的意思，是说将来如果再出一个圣人，他看了你的文章，必佩服你的才能在他自己之上，至于你是圣人或不是圣人，恐怕他就不能知道了。这分明是说，"文"和"道"比较起来，"文"的不朽性或感人之点，远胜于"道"了。

文学之独立不朽，到这里就成了一定的观念。

十一、王充论创作的文学

桓君山的文章不朽观，到王充《论衡》里，又大张旗鼓了。王充是很佩服扬雄和桓谭的人，所以他的论调和扬、桓二人最相同，而且还要更进一步。王充也是一个淡泊自居爱好文章的人，他看文学的价值高于一切。他以为不特文学不必借道德事功而增重，反而道德事功要借文学而增重。《论衡·佚文篇》说：

> 玩扬子云之篇，乐于居千石之官，挟桓君山之书，富于积猗顿之财。

又说：

> 文人之休，国之符也。望丰屋知名家，观乔木知旧都。鸿文在国，圣世之验也。

他这样看法，已经超过扬、桓二人了。所以他认为世间一切的东西，没有比文学更为重要的。《佚文篇》又说："《易》曰：'大人虎变，其文炳；君子豹变，其文蔚。'又曰：'观乎天文，观乎人文。'此言天人以文为观,大人君子以文为操也。"又《书解篇》说:"地无毛则为泻土,人无文则为朴人。"这些话更是把文学当作人生必要的条件了。王充对于文学批评最重要的贡献,就是分别纯文学和非纯文学。他的《佚文篇》里说:

> 论发胸臆,文成手中,非说经艺之人所能为也。

又《书解篇》说:

> 著作者为文儒,说经者为世儒。世儒业易为,故世人学之多。……文儒之业,卓绝不循人,寡其书,业虽不讲,门虽无人,书文奇伟,世人亦传。……汉世文章之徒,陆贾、司马迁、刘子政、扬子云,其材能若奇,其称不由人。世传诗家鲁申公,书家千乘、欧阳、公孙,不遭太史公,世人不闻。夫以业自显,孰与须人乃显?

他这文儒和世儒的分别,即是纯文学和非纯文学的分别。照他这样看来,像扬、马诸人的鸿文大笔,才有价值。凡是创作的文学,直说己意的文学,方可为贵。那依草附木、傍人门户的作品,就不足论了。本来汉朝的文人,有一种专于讲说六经、拘守章句的。这种叫作章句之儒。至于一班有天才的文人,多不愿做这种事。我们看司马相如、扬雄、桓谭,照班固、范晔所叙,都是一种佚荡不羁、博通今古而不为章句之业的人们。

但是我们要晓得,王充所分别的,并非就和后来六朝人分别美的文学,像萧统《文选》所代表的观念一样。王充所大声疾呼的,不过是说一个文人,应该尽量发挥自己的意志,发为著作,方为可贵。那些经生拘守章句,依人篱下,即有作品,也不是自己的面目,不足为奇。他并不一定说作诗赋辞章的,才算文学。他所注重的,反是那些论理论事的著作。不过自从他建立了创作的天才高于笃实的学者这一种观念,文学的真价值就特别表露出来。他的话,一半也是针对当时的弊病讲的。汉朝的经生,多趋于利禄之徒,有些人品很卑污的,曲学阿世,或者甚至于附会当时的妖言惑众的话,以取悦人君,取悦世俗。像西汉的公孙弘,以《春秋》附会惨刻的政令,东汉的经生,又欢喜说谶纬之言,以迎合光武诸帝的嗜好,都是很可笑的。我们看司马相如谏神仙、谏封禅,扬雄恬淡、不求荣利，桓谭当着光武面前，极力排斥谶纬之言，岂不都是风骨高超、加人一等吗？即便王充自己，《论衡》里，也时时对于世俗一班迷信妄诞的议论，像祥瑞鬼神等等，都大声纠正，毫不苟且。从这种超然物外的精神产生出来的文学，文学之超于一切，岂不是应该的吗？这也正是文学所以能够独立不朽的缘故了。

十二、魏文帝《典论》里的文气说

文学之自成领域，到魏晋以下，更为明显。因此批评文学的书，也随之而盛。建安的文学，上接两汉，下开六朝。曹氏父子兄弟，都是风雅的班头，和所谓"建安七子"在一块儿互相鼓吹。大家都有点儿把文学当作纯艺术了。对于内容技术，讨论得更为深入。魏文帝的《典论》里《论文》一首（昭明《文选》载），可谓开六朝以后论文的规模，虽然还没有像陆机《文赋》说得那样精微，但是比较以前的人，却是为文学而谈文学了。《典论·论文》里有几种特点。第一是对于文学最高的评价。他说：

> 盖文章经国之大业，不朽之盛事。年寿有时而尽，荣乐止乎其身，二者必至之常期，未若文章之无穷。是以古之作者，寄身于翰墨，见意于篇籍，不假良史之辞，不托飞驰之势，而声名自传于后。

这些话本也和桓谭、王充的见解差不多，不过说得更为透彻一点。"经国大业"一句，竟是把文学看作包括万事的大制作了。第二是分别文的形体。例如：

> 夫文本同而末异。盖奏议宜雅，书论宜理，铭诔尚实，诗赋欲丽。

我前边所说孔子的六诗、四始之分，为文章辨体的作始者。魏文帝这种辨体裁的看法，也下开陆机、挚虞、刘勰一班人的思路。但古时的文章分体，是不拘于形貌的。那时一切，既以根本思想为主，当然对于无论什么文章，都在根本上批评。所谓分体，可以说是就抽象的作用上分的。譬如《诗》三百篇，在后来人看，都是四言诗，但孔门所传，把它分出风、雅、颂来。在形貌上，统是四言诗，而风、雅、颂之分，乃是抽象的作用。后来像扬雄所说的"诗人之赋"和"辞人之赋"，也是抽象的分法。又譬如《文选》里有"骚"和"赋"的分目，但是《汉书·艺文志》原来说的"大儒孙卿，楚臣屈原，皆作赋以讽"，乃是认为讽的意思相同，所以归在一类来讲，并不拘"骚"和"赋"的形貌。就散文而言，譬如司马迁的《史记》，后来人不待言，是认为记事的文章，扬雄所著《法言》，自然是论说一类，但是王充便统而言之地说"子长、子云论说之徒"，岂不也是不拘形貌吗？魏文帝这种分体的方法，乃是开形貌之分，但也是因为后来文章的名目日渐其多，比较以形貌而分，容易有标准，所以自从他这样明白地列举出来，后世就永远用这方法了。再者他这种批评，我们一看就知道是不注重根本的思想，不但对于体裁之分别是根据外表的形貌，即便对于文之美恶，也是多在外表上讲究。所谓"丽"，所谓"实"等等，岂不是一览便知的外貌吗？他所谓"诗赋宜丽"，尤为大变古代批评的律令，我们看扬雄岂不是大反对"丽靡之辞"吗？看魏文帝这种批评，就可以知道此后文学观念和文章风气的面目了。本来文学批评也是和文学本身的风气互为因果，互为转变的。

魏文帝重要的议论，还是另有所在。我们可以说他第三特点就是文气说。《典论·论文》的后段说：

> 文以气为主。气之清浊有体，不可力强而致。譬诸音乐，曲度虽均，节奏同检，至于引气不齐，巧拙有素，虽在父兄，不能以遗子弟。

本来孟子有"我知言，我善养吾浩然之气"和"持其志，毋暴其气"的话，对于言语文字标出"气"的批评，应该推孟子为始。再推上去，曾子也有"出辞气，斯远鄙倍矣"一句话。不过古人的话很浑括的，况且他们所说的气，总是关于人的道德修养，都有性理上的意义。魏文帝所说，可以说是才气之气。这一种，在他的批评眼光里，算是结晶之点。他虽然分别各种文的体裁，但又要拿一个扼要的标准来判断文章的高下，所以就提出一个"气"字。这样看来，他也不是完全只管外表而不管内容。不过他所谓内容，仍是技术构造的内容，而不是像古代批评专讲根本思想的内容。看他说："徐干时有齐气""应玚和而不壮，刘桢壮而不密，孔融体气高妙",都是就才气上说。实在他这文气之说,关系很大。文而无气,就靡靡不振,虽有很多的辞意材料,然而力不能举了。后来《文心雕龙·养气篇》所说"钻砺过分,则神疲而气衰",也是注意这个道理。我们看魏文帝的话,可以揣想他们那时一班朋友所兢兢切磋之点,所以建安文章,终于能得有"骨"之称。钟嵘《诗品》不是说"建安风力"吗?李白的诗,不是有"蓬莱文章建安骨"一句吗?后来韩愈大张文气之说,振起六朝以来颓废萎靡的文风,也可以说是魏文帝的嗣音了。

十三、陆机《文赋》注重文心的修养

越研究越精密,越推阐越鲜明,论文之作,到了晋朝陆机的《文赋》,更是斐然可观了。他这篇文章本身的美点也极多,情思声色,无一不精,在《文选》里,是人人爱读的一篇文章,通篇辞采丰美,简直可以说是文学批评界一部小辞典。后来人批评诗文,引用他的词句,不计其数。《文赋》所讲的,从文学根本的涵养、思想的陶熔、文体的分析,一直到作文时谋篇命笔、缀辞引旨的种种甘苦,没有一点不曾说到。与他同时的人张华曾对他说:"人之为文,常恨才少,而子更患其多。"我们对于他这篇《文赋》,也可以说是"才多"了。

本来"赋"这件东西,我前边说过,是要"雕刻物情"。陆机这篇《文赋》里也说:"赋体物而浏亮。"这种"体物"的精神,就是要钩深索隐,说到他的深深处所。赋别的东西,或者还容易,赋文就非自己曾经寝馈于文、深知甘苦的人,不容易说得透彻。好像谈禅理的人,总以为非自己亲身有所证悟,不容易说得亲切。文学本也是很玄妙的。陆机当六朝的初叶文学领域日渐美观的时候,自己又是太康(晋武帝年号)文坛的健将,以大作家的手,来雕刻文心,其价值之精贵,可想而知。况且他做这篇文章,看他自己的小序,分明是对于文章的内心经过沉思苦练而产出的结果。较之以前的批评家,那样笼统,就大不相同了。看他自己讲:

余每观才士之作,窃有以得其用心。……每自属文,尤见其难。恒患意不称物,文不逮意。……故作《文赋》以述先士之盛藻,因论作文之利害所由。他日殆可谓曲尽其妙。至于操斧伐柯,虽取则不远,若夫随手之变,良难以辞逮,盖所能言者具于此云。

他所谓"得其用心"和"作文之利害所由",就是深入内心,有所证悟,不是泛泛的评论,所谓"随手之变,良难以辞逮,盖所能言者具于此",尤可以使人知道文学的精微,有些不是言语所能达到的。文学的造诣,各有高下不同,完全由各人所到的境界不同,而生出领悟上的差别。所以文心之精微,也是父不能喻之子,兄不能喻之弟。我前边所引司马相如论赋的话,也说:"斯乃得之于内,不可得而传。"所以陆机的眼光,是很有独到之处了。陆机虽然说"能言者具于此",似乎还有不能言的地方,但他所说的,已经很精微了。他最好的地方,是能将文家那种心游万境,会于一心,然后自然流露成为文章的情景,描写得十分活跃。《文赋》里说:

其始也,皆收视反听,耽思旁讯,情鹜八极,心游万仞。其致也,情曈昽而弥鲜,物昭晰而互进,倾群言之沥液,漱六艺之芳润,浮天渊以安流,濯下泉而潜浸。于是沉辞怫悦,若游鱼衔钩而出重渊之深;浮藻联翩,若翰鸟缨缴而坠层云之峻。

像这一类的话,我们读了,似乎也不知不觉地文心飞动起来。其余《文赋》中紧要的话自然很多。他对于思想根本也很注意,例如:

虽区分之在兹,亦禁邪而制放。

他又以为文章要剪裁得适当。他的绳尺是:

苟铨衡之所裁,固应绳其必当。……苟伤廉而愆义,亦虽爱而必捐。

他主张文的命意和遣词,都要恰到好处。要烦简得中,又不要抄袭陈言,自己要有警策的意思。这些话,他自己说得很清楚。但他归结的意思,还是注重平日的涵养,临文时自然流露出来。他总以为文之工拙,好像有时是不由自主的。天机的驱使,最为可贵。所以他说:

方天机之骏利,夫何纷而不理。思风发于胸臆,言泉流于唇齿。……或竭情而多悔，或率意而寡尤。

我们看他这收尾一段话，就可以知道他品藻的眼光所在了。

十四、挚虞的流别论

晋朝又有挚虞作《文章流别》。《隋书·经籍志》列《文章流别集》四十一卷，又《文章流别志论》二卷。《文章流别集》是分体选集古今的文章。《文章流别志论》是就各体的文章，分论他的流别。这两书都失传了。但他这种《文章流别志论》散在各种类书里，后人曾搜辑了一点出来。张溥《汉魏六朝百三家集》和严可均《全上古三代汉魏六朝文》里都有辑录。

从他们所辑的来看，他所谓"流别"，是对于每种文体必推求他的发源，然后下溯他的变迁。根据原来创立那种文体的初意，和立言措辞的派头，来鉴定后人所做的是否合体。魏文帝、陆机等本已有区分文体的话，但他们所说的，不过是略备大凡。魏文所说"奏议宜雅，书论宜理"，陆机所说"诗缘情而绮靡，赋体物而浏亮"，都是粗论形貌的话。如果学者只奉此为圭臬，结果必是知其然而不知其所以然，一片模糊影响的观念罢了。我们有了挚虞的解释，然后才算得着辨别体裁的标准。例如他说：

> 古者圣帝明王，功成治定，而颂声兴。于是史录其篇，工歌其章，以奏于宗庙，告于鬼神。故颂之所美者，圣王之德也。……扬雄《赵充国颂》，颂而似雅，若马融《广成》《上林》之属，纯为今赋之体，而谓之颂，失之远矣。

在他看来，像"颂"这种文体，既是原来颂美帝王成功之德而歌于宗庙鬼神的，那么，后人称美其他的事件的文章，即使所说也关于政事，只能归在"雅"之一类，不能算是"颂"。本来，文体是时时变化的。即便袭用旧日的名目，而内容会变出别的样子。即如"赋"之一体，自然以屈原、荀卿为正宗，汉初的赋，也还是《楚辞》的一派，但到了后来，照班固的《两都赋序》所说，已经是"雍容揄扬……雅颂之亚"了。天下事往往有原本一脉而日渐支离的，就是这一种了。但是我们仍要时时推究他的源流，然后才不至于太过离题。这种就叫作"流别"论。"流别"

是很要紧的。太不顾"流别"的人，结果就有作诗作得像散文，作散文作得像诗的了。明朝李东阳的《怀麓堂诗话》说："诗太拙则近于文，太巧则近于词。宋之拙者皆文也，元之巧者皆词也。"乃至于作诗作得像卜卦的卦辞、汤头歌诀、寺庙里的神签的人，都是离题太过了。

挚虞这种工作，为文章辨体的总龟，为撰辑总集的巨范，所以《隋书·经籍志》说总集始于挚虞，清《四库全书总目》总集类的小序也说："'三百篇'既列为经，王逸所哀，又仅《楚辞》一家，故体例所成，以挚虞《流别》为始。"就是说正式的总集，应当推挚虞为始了。自从他开了总集之端，历代所传，遂有整千整万的总集；但是各有各的宗旨，各有各的形态。有的特标一种抽象的宗旨，有的只求广备形体。像挚虞这样剖析精微，就各种形体中，辨别它当与不当，循流溯源，由本及末，这种规模就难得了。清朝姚鼐的《古文辞类纂》（简称《类纂》）和李兆洛的《骈体文钞》，分别门类，详论源流，略仿挚虞的规模，已经是一代传诵的总集。所以挚虞《文章流别》之丧失不传，是文学批评界一桩何等可惜的事！

挚虞有几句广为传诵的话。他对于赋的批评是：

> 古诗之赋，以情义为主，以事类为佐。今之赋，以事形为本，以义正为助。情义为主，则言省而文有例矣。事形为本，则言富而辞无常矣。文之烦省，辞之险易，盖由于此。夫假象过大，则与类相远。逸辞过庄，则与事相违。辨言过理，则与义相失。丽靡过美，则与情相悖。

我们读了这一段深刻的批评，对于以前所有论赋的话，像扬雄那种"丽以则""丽以淫"的笼统的口号，岂不是可以一旦大彻大悟，得着明了的标准吗？

十五、昭明《文选》发挥文学的"时义"

挚虞的著作，沾溉后人，十分长远。齐梁以下，有许多论撰文学的人，都出不了他的规模。任昉的《文章缘起》，昭明太子的《文选》，刘勰的《文心雕龙》，钟嵘的《诗品》，这些书都是在《文章志》和《文章流别》所打开的道路上走。任昉《文章缘起》原书，已丧失了。现在所传的，照清《四库全书总目》里讲，是唐朝张绩所补，大概就是张绩所依托的，不是完全真的。但虽然是依托，而大致总是依照原式。任昉的原书，本来叫作《文章始》，最初见于《隋书·经籍志》里，是这样称呼的。后来宋朝王得臣的《麈史》里说："梁任昉集秦汉以来文章名之始，目曰《文章缘起》，自诗、赋、《离骚》至于契约，凡八十五题，可谓博矣。"于是就通名《文章缘起》了。他考求每种文章名目，是始于何人。这也是挚虞《流别》之类。不过他是专言外表的名目，不管内容。又是专就秦汉以下而言，不管秦汉以前的。有些人指摘任昉的谬误，往往忽略这一点。例如任昉说三言诗起于晋夏侯湛，而唐刘存以为起于《诗经》"鹭于飞，醉言归"。任昉以为铭起于秦始皇会稽刻石，而刘存以为黄帝有巾几之铭（参看清《四库全书总目》诗文评类《文章缘起》下），其实他们都不曾注意任昉是只说秦汉以后的。他这种看法也不错。原来一切文章体裁，都可说是始于六经，《文章缘起》的序已经自己说："六经旧有歌诗书诔箴铭之类。"足见任昉也不是不知道。不过诗文自成一类，而脱离那些论道经邦的书的范围以外，总是后来的事。所以从秦汉以后说起，比较是有具体成形的标准。实在我们辩论文体，岂能一件件定要回复古初。譬如古代的碑，不过是宗庙里系牲口的石柱子，并没有刻文字，《礼记·祭义》里，有"入庙门，丽于碑"；又古代所谓铭，是死人出殡时棺柩前的旗帜，《周礼·春官·司常》，有"大丧共铭旌"，但是后来的人，就有墓碑墓铭了。所以文体的变化，实非人力所可阻止。秦汉以后和秦汉以前文体的差别，大有鸿沟之别，任昉从这里说起，也正是大有别裁了。

任昉的书，我们略略知道他这些意思就够了，不必深论。让我们现在来研究昭明太子的《文选》。

挚虞的《流别》，既然已经失传，我们就以昭明太子的《文选》为编"总集"的正式祖师。我前边说过，凡是选录诗文的人，都算是批评家，何况《文选》一书，在总集一类中，真是所谓"日月经天，江河行地"。那么，他做书的目的，去取的标准，和所有分门别类的义例，岂不是在我国文学批评学中，应该占一个很重要的位置吗？我们要研究《文选》，先要读昭明太子自己的序。

《文选》的总标准是：

> 事出于沉思，义归乎翰藻。

凡是"以立意为宗，不以能文为本"的，都在他所略去之列。大概总是以后世单篇整齐的诗文为主，像那些经典子史大部诸作，本也另是一回事，无从割取，所以他就专录后世的篇翰，而大致以"入耳之娱""悦目之玩"为目的。这样一来，把文学当作欣赏玩悦用，不必当作道德事功上实用的东西，这种观念，是因他而建立了。

至于他分别文体的方法，又是兼有挚虞、任昉之长。挚虞好像一切以最初的形体为标准，他的批评，也多半是古而非今。任昉又只断自秦汉以后。昭明太子就不同了。他知道本，也知道末，不执末而忘本，也不执本而忘末。王充《论衡》里说："知古而不知今，谓之陆沉；知今而不知古，谓之盲瞽。"昭明太子没有这样毛病了。他以为一切文章，固然皆有最初的发源，但是到了后来，一定会有变化，不必都和发源时代一样，这种"时义"，是不可不知的。我们看他的《文选·序》说：

> ……文之时义远矣哉。若夫椎轮为大辂之始，大辂宁有椎轮之质。增冰为积水所成，积水曾微增冰之凛。何哉？盖踵其事而增华，变其本而加厉，物既有之，文亦宜然，随时变改，难可详悉。

他标出"时义"二字，真是有绝顶的聪明、过人的领悟。本来，数典忘祖，固然是可耻的事，而食古不化，也未尝不可笑。人间事无不受环境的变迁和思想的潮流所影响，文学也不能例外。知道"时义"，才可以算个通人。譬如挚虞说诗，以四言为正，其余非音之正（看张溥辑本）。昭明太子则以为：

> 自炎汉中叶，厥涂渐异。退傅有"在邹"之作，降将著"河梁"之篇。四言五言，区以别矣。又少则三字，多则九言，各体互兴，分镳并驱。

知有自然的异涂，而不必强加正伪之分别了。又譬如挚虞说赋，以《楚辞》为善，而昭明把"骚人之文"当作赋中之一种，对于其他述邑居、戒畋游、纪咏风云禽鸟草木虫鱼的赋，也都一律作平等之观，和刘向

《七略》、班固《艺文志》记载诗赋的方法是一样的。他这种圆融广大知古知今的气象，真是不可多得。他选文的次序，以赋诗为首，其次才是论序诏令书奏哀祭一类的文章。这种也是深得文章的源流。我们看《汉书·艺文志》有诗赋一类，为后世目录家所列"集部"之滥觞。"总集"是把"别集"总合起来，也应当依照"集部"发生的历史。文学自成领域，本是汉赋所开辟，其他论序表奏那些文章，严格说来，都不是纯文学。照刘向父子和班固的目录学，凡是这些文章都应该就他所说的内容，分别归在六艺诸子之流的。昭明首赋诗而次杂文，正是大有条理。再者他把赋放在诗的前面，又是很有用意的。《汉书·艺文志》诗赋类，本是赋在诗先。《诗》三百篇后，就有骚赋。所以上接《诗》三百篇之文统的，正是赋，而不是汉魏的五言诗。况且五言诗也本是发生在赋之后的。那些束皙、韦孟的四言诗，不过略存一格，绝不能上接风诗冠冕这部《文选》的。所以昭明在《文选·序》里，断论得十分清楚。他说：

　　古诗之体，今则全取赋名。

分明是说古来的诗和现今的赋，虽名目不同，而内容确是一脉相承的了。至于他选那些论序书奏的杂文，也不苟且。他所谓"以立意为宗，不以能文为本"，他的意思，是说对这些书应当求其意，不能专求其文，并不是说他文章不好。本来六经诸子，如果整部地搬进《文选》里去，岂不要把这部书胀破了肚子吗？反过来说，如果要割裂挑选，岂不是又将好好完整的东西，弄得破碎不堪吗？况且选又如何选法呢？所以他一概不要，而但取那些原来自成篇幅、整齐有首尾的文章了。六经诸子的文章，并不是不好，但是我们看后来那些高头讲章的书，什么《周文归》（明钟惺选）、《古文观止》之类，割裂经典，乌烟瘴气地闹些什么"起承转合"，贻误学人，就知道昭明太子这种森严的界限是有深远的眼光了。曾国藩的《经史百家杂钞》，也是大可不作的。此外还有苏东坡《志林》里说《文选》编次无法，大概他看《文选》的分目太过于零乱琐碎了。其实《文选》是以赋、诗、杂文，为大段的类别，他自己序中分明说得很清楚，并且说：

　　凡次文之体，各以汇聚。诗赋体既不一，又以类分。类分之中，各以时代相次。

就是告人以大段的分类为主。至于内中的子目,不过各依原名,集在一起,便于观览罢了。苏东坡又说他不取陶渊明的《闲情赋》,为强作解事。又有人说昭明不取王羲之的《兰亭序》,因为"丝竹管弦"四个字用重复了,于是讥昭明未曾查过《汉书·张禹传》(孙梅《四六丛话》引《懒真子》)。但是这些地方,我们认为昭明太子偶尔遗漏也可,认为他体例谨严也可,都是无关轻重了。

总而言之,我们从《文选》这部书,可以得两种好处:一是得了辨别文章源流之正轨,知古亦可知今,执末而不忘本;二是得了欣赏文学的妙趣,拿文学来怡情悦性,比较是一种超远的观念,不必一定看作"经国大业,不朽盛事"那样地严重,那样地拘泥。清孙梅《四六丛话》卷一的小序,专论《文选》,可以当作《文选》的小赞:

> ……若乃悬衡百代,扬榷群言,进退师于一心,总持及乎千载,吾于昭明见之矣。……揆厥所长,大体有五。曰通识。《五经》纷纶,而通识训诂者有《尔雅》。诸史胚璽,而通述纪传者有《史记》。《选》之为书,上始姬宗,下迄梁代,千余年间,艺文备矣。质文升降之故,风雅正变之由,云间日下,接迹于简编,汉妾楚臣,连衡于辞翰,其长一也。

这一段是说《文选》之综集艺文,与《尔雅》之综训诂,《史记》之综纪传,鼎立而三。又铺陈文章的流别,使人知道质文升降风雅正变的源流,为"总集"之大规模。又说:

> 曰博综。自昔文家,尤多派别。《文志》表江左之盛,《典论》诠邺下之贤。《选》之所收,或人登一二首,或集载数十篇。诗笔不必兼长,淄渑不必尽合。《咏怀》《拟古》,以富有争奇。《元虚》《简栖》,以单行示贵。其长二也。

这是说昭明太子的门庭广大。不拘于一派的文章。他绝无门户之见,也无拘守时代风气之见。又说:

曰辨体。风水遭而斐亹作,心声发而典要存。敬礼工为小文,长卿长于典册。体之不图,文于何有。分区别类,既备之于篇;溯委穷源,复辨之于序。勿为翰林主人所嗤,匪供兔园册子之用。其长三也。

这是说昭明辨别文体,极其精微。对于某种文体,以某人为擅场,考究得很清楚,不是随便抄写作类书的。好像《西京杂记》里说:"扬子云曰:'戎马之间,飞书驰檄,用枚皋。朝廷之中,高文典册,用相如。'"人各有能有不能,体各有善有不善。昭明选文,对于这一点,大有眼光。不但每人的佳作,都已入选,并且所选作品,多半足以代表各个人一生的精神。又说:

曰伐材。文字英华,散在四部。窥豹则已陋,祭獭则无工。惟沉博绝丽之文,多左右采获之助。王孙驿使,雅故相仍;天鸡蹲鸱,缤纷入用。是犹陆海探珍,邓林撷秀也。其长四也。

这又是说昭明所选,有许多沉博绝丽之文,可以供给作文者以极丰富而又极雅醇的辞藻材料。学者得此,可以免除俗陋之讥。最末他又说:

曰熔范。文笔之富,浩如渊海;断制之精,运于炉锤。使汉京以往,弭抑而受裁,正始以还,激昂而竞响。虽"禊序"不收,少卿伪作,各有指归,非为谬妄。谓小儿强解事,此论未公;变学究为秀才,其功实倍。其长五也。

这又是称赞昭明太子选政之公,去取之当了。

我们试想想看,假如没有《文选》这部书,我国文学界是何等的暗淡。要正式认识中国文学,还有哪一部书比《文选》更可以做中心的标准吗?

十六、沈约的声律和文章三易

当齐梁之交,沈约是个大作家。他以声律论文,自矜独得之秘。曾经著有《四声谱》。《南史·沈约传》说他:"以为在昔词人,累千载而不悟，而独得胸襟，穷其妙旨。"四声之发明，或者不始于沈约。《隋书·经籍志》有晋代张谅《四声韵林》，又有刘善经《四声指归》，也列在沈约之前，都是小学一类的书。钟嵘《诗品》也说："王元长创其首，沈约、谢朓扬其波。"大约沈约的地望尤为高华，所以他就独擅其名。四声的专论，当然是小学音韵一类的学问，况且他的书，又已失传，详细不得而知。我们所重的，是他以声律论文的话。《南史·陆厥传》说：

> 永明末盛为文章。吴兴沈约、陈郡谢朓、琅邪王融，以气类相推毂。汝南周颙，善识声韵。约等文皆用宫商，以平上去入为四声，以此制韵，有平头、上尾、蜂腰、鹤膝。五字之中，音韵悉异，两句之类，角徵不同，不可增减。世呼为永明体。

《诗人玉屑》里，又引沈约所谓诗病有八，所谓平头、上尾、蜂腰、鹤膝、大韵、小韵、旁纽、正纽。这些名词，《唐音癸签》里都有解释。都是诗的戒律，也不知是否确是沈约的意思。我以为沈约的精论，尚不在此。他的《宋书·谢灵运传》论说：

> 若夫敷衽论心，商榷前藻，工拙之数，如有可言。夫五色相宣，八音协畅，由乎玄黄律吕，各适物宜。欲使宫羽相变，低昂舛节，若前有浮声，则后须切响，一简之内，音韵尽殊，两句之中，轻重悉异，妙达此旨，始可言文。至于先士茂制，讽高历赏，子建"函京"之作，仲宣"灞岸"之篇，子荆"零雨"之章，正长"朔风"之句，并直举胸情，非傍诗史。正以音律调韵，取高前式。自灵均以来，多历年代，虽文体稍精，而此秘未睹。至于高言妙句，音韵天成，皆暗与理合，匪由思至。张蔡曹王，曾无先觉。潘陆颜谢，去之弥远。世之知音者，有以得之，知此言之非谬。如曰不然，请待来哲。
>
> （据《文选》参校）

这才是他的结晶的批评，这才是他"商榷前藻"的妙论。本来《尚书》里"声依永，律和声"和《周礼》里"六律为之音"，都可以说是论诗言声律的先声。但是古时这些话，是就以诗入乐而言；既有音乐做标准，考较文字上的声律，当然容易。后来的诗，不用入乐，而且也没有定谱。文人作诗，都是随意命笔，不必协于唇齿。沈约提出声律，也可算是探本之论。文章本要动人观感，如果扣之无气，读之无声，就未免索然少兴。《尚书》里所谓"歌永言"，似乎就是说"文气"，至于"声依永，律和声"，即是说声律了。文气以声律为借，声律又以文气为根本。魏文帝以文气论文，沈约的声律论，足以补充魏文帝之不足。《毛诗·大序》也说："长言之不足，不知手之舞之，足之蹈之。""长言"即是气，"手舞足蹈"，即是声律之形容了。但是沈约四声八病之论，实在不过是一种外形的标准，他所注重的，是"音韵天成，皆暗与理合，匪由思致"。所以他《答陆厥书》（《南史·陆厥传》）说：

> ……高下低昂，非思力所学……自古辞人，岂不知宫羽之殊，商徵之别，虽知五音之异，而其中参差变动，所昧实多，故鄙意所谓"此秘未睹"者也。以此而推，则知前世文士，便未悟此处。……故天机启，则律吕自调，六情滞，则音律顿舛也。……韵与不韵，复有精粗，轮扁不能言之，老夫亦不尽辩此。

分明告诉人说音律之变动参差，要各人自悟，要自启天机，不是几句外形的标准所能说尽。如果外形标准可以说尽，岂能算作"独得胸襟"呢？钟嵘《诗品》里讥刺沈约，以为"使文多拘忌，伤其真美。余谓文制本须讽读，不可蹇碍；但令清浊通流，口吻调利，斯为足矣。至平上去入，则余病未能，蜂腰鹤膝，闾里已具"。他这话拿来指摘专拘声病、不求根本的人，确是很对的，但不能罪及沈约。沈约的主张，本和钟嵘不甚相远。我们又看《颜氏家训·文章篇》引沈约的话：

> 凡为文章，当从三易：易见事，一也；易识字，二也；易读诵，三也。

一切都要"易"而不要艰涩，正是他精神的表现，哪里还有拘忌呢？但是这个"三易"也不是容易做到的。虽然不可以拿琐碎的拘忌做唯一的法宝，但也未尝没有自然的法度。参差变动，自有天机，总要自己悟入。他这三易之说和声律之说，正是两两相需，相成而不相反，是文学论评中千古的珍秘,我们不可漠视。沈约之诗,任昉之笔,一时并名(梁简文帝《答湘东王书》,张溥辑本),但是任昉总嫌笔底质重,诗也"不能有奇致"(钟嵘《诗品》)。《北齐书·魏收传》里,也有"见邢魏之臧否,即是任沈之优劣",沈之所以优,正是因为能主张三易了。清新谐畅,总是文家的高致。滞重庸俗的骈文、局促拙劣的散文,乃至于鞠躬佶屈的诗,都应该拿沈约的话,来医他一医。

十七、发挥"文德"之伟大是刘勰的大功

《文心雕龙》,是文学批评界唯一的大法典了。这是人人心中所承认的公言,无论哪一派的文家,都不能否认。不但能上括经史诸子的文心,中包魏晋六朝的辞理,即便后来唐宋元明一直到了现在,一切的单辞片义只证孤标,无不一网兼收,洪炉并铸。他的规模,真是大不可言。孙梅的《四六丛话》卷三十一里说:"按士衡《文赋》一篇,引而不发,旨趣跃如。彦和则探幽索隐,穷形尽状。五十篇之内,百代之精华备矣。其时昭明太子纂辑《文选》,为词宗标准。彦和此书,实总括大凡,妙抉其心,二书宜相辅而行者也。自陈隋下及五代,五百年间,作者莫不根柢于此;乌乎盛矣!"其实彦和所说的,还有超过昭明太子的地方;深探经史诸子立言的条理,是昭明所不曾做到的了。对于《文心雕龙》这部书的特色,我们来说,不如彦和自己说。凡是古人这种大著作,所有的自序,都是自表曲折的用心,详细告人以探索的门径,不是随便说一点缘起的。要知道《文心雕龙》的宗旨,务必要细读他的《序志》。

他做这部书的宗旨,好像是自居于孔门文学之科。他说他自己梦见孔子之后,就想"敷赞圣旨"。但是:

> 敷赞圣旨,莫若注经。而马郑诸儒,弘之已精,就有深解,未足立家。惟文章之用,实经典枝条。五礼资之以成,六典因之致用,君臣所以炳焕,军国所以昭明,详其本源,莫非经典。

他觉得文章是一切的根本,所以就以推阐文心,为"敷赞圣旨"的工作。看他意思,好像以为这种工作的价值,还在马郑注经之上。我们看近代古文家的健将曾国藩说:"古之知道者,未有不明于文字。……所贵乎圣人者,谓其立行与万事万物相交错而曲当乎道,其文字可以教后世

也。吾儒所赖以学圣贤者，亦借此文字，以考古圣之行，以究其用心之所在。"这种精义，岂不早有刘彦和先发其覆吗？彦和又以为后世文风日坏，应该拿古圣的正训，来提醒学者。所以他《序志》里又说：

> 而去圣久远，文体解散。辞人爱奇，言贵浮诡，饰羽尚画，文绣鞶帨，离本弥甚，将遂讹滥。盖《周书》论辞，贵乎体要；尼父陈训，恶夫异端。辞训之异，宜体于要。于是搦笔和墨，乃始论文。

这又是针对时弊的话。从前有人说：陶渊明人非六朝之人，文亦非六朝之文。刘彦和这种抗心独往冥契道真的态度，也可以说是人非六朝之人了。他的书，除了《序志》一篇外，共四十九篇。前二十五篇，分论各种文体，是论其外形。后二十四篇，评论文章的做法，是论其内心。他自己所谓篇数准乎"大《易》之数，其为文用，四十九篇而已"，正是他托体甚尊的地方，也就是说这《序志》一篇，通贯四十九篇的宗旨。我们看他自己顺叙四十九篇的篇意，十分清楚：

> 盖《文心》之作也，本乎道，师乎圣，体乎经，酌乎纬，变乎骚。文之枢纽，亦云极矣。若乃论文叙笔，则囿别区分。原始以表末，释名以彰义，选文以定篇，敷理以举统。上篇以上，纲领明矣。至于割情析采，笼圈条贯，摛神性，图风势，苞会通，阅声字，崇替于《时序》，褒贬于《才略》，怊怅于《知音》，耿介于《程器》，长怀《序志》，以驭群篇。下篇以下，毛目显矣。

足见得他的分篇和次叙，皆有用心。上二十五篇为大纲，下二十四篇为细则。从前孔门六义之分，以风、雅、颂为《诗》之异体，以赋、比、兴为《诗》之异辞，前者为外形，后者为内心，以内心成外形，所谓以此三事成彼三事。彦和的衡鉴方法，大有得于孔子的规模。本来自魏文《典论》以后，论文的书很多，彦和所以不同于人的地方，他自己也有详说：

> 魏《典》密而不周，陈《书》辨而无当，应《论》华而疏略，陆《赋》巧而碎乱，《流别》精而少巧，《翰林》浅而寡要……并未

> 能振叶以寻根，观澜而索源。不述先哲之诰，无益后生之虑。

"振叶寻根""述先哲之诰"，是他的特色了。至于他每篇所说的话，自然不见得句句和人家无所雷同，但他又明白告诉人说：

> 及其品列成文，有同乎旧谈者，非雷同也，势自不可异也。有异乎前论者，非苟异也，理自不可同也。

这种公正的态度，正是他所以自成其伟大的缘故。

至于我们想领略刘彦和这个人的精神和他全书总相，我以为即开宗明义第一篇的《原道》，可以代表。"道"就是自然之道，大宇宙中一切万事万象，无往不是道，即无往不有文章。道因人而垂文，人因文以明道，鼓天下之动存乎辞，知道这个道理，就知道"文德"之所以大。魏文提出文气，沈约提出文律，彦和的"文德"说，正是"振叶寻根"的议论，高于一切了。所以"文德"之说，可以做他的总代表。其他小的美点，本也一时说不尽。我略举一端做个例子。譬如唐朝刘知几的《史通》，自然也是了不得的书；虽是专门论史，但他自负兼有从《法言》一直到《文心雕龙》这些书的美点。像他那些《惑经》《疑古》诸篇，拘文牵义，琐琐争辩，实在全没有通人的气象。我们只要一看《文心雕龙·夸饰篇》所说："虽《诗》《书》雅言，风格训世，事必宜广，文亦过焉。是以言峻则嵩高极天，论狭则河不容舠，说多则子孙千亿，称少则民靡孑遗，襄陵举滔天之目，倒戈立漂杵之论。辞虽已甚，其义无害也。……孟轲所云'说《诗》者不以文害辞，不以辞害意'也。"这一段话，就可以大破知几之妄。一个是鸿文妙手，一个是拘墟之儒了。没有文学修养的人，不但不可以做文人，也何尝能够通经著史呢？彦和的学问十分博大，他这书可以说是总括全体经史子集的一部通论。他并且深通内典，手定定林寺的经藏，著有《众经目录》，《梁书》里说他"博通经论，区别部类，而为之序"，那又可以说是他为内典而作的《文心雕龙》了。

十八、单刀直入开唐宋以后论诗的风气的《诗品》

文章到了齐、梁，算是文弊得很了。梁元帝《金楼子》抨击这时的文风说："苟取成章，贵在悦目。"《颜氏家训》也说："趋末弃本，率多浮艳。"但是像刘勰这种体大思精的著作，其中所包的头绪很多；虽有针对当时的话，但不是单刀直入的说法。和他同时，有一个单刀直入的批评家，就是钟嵘了。以前的批评家，实在多半是一种泛论的态度，自从有了钟嵘《诗品》，才算建立了严格的批评学，他下开唐宋以后诗话之风，影响十分长远。他的机锋，多半是针对当时文弊而发的。他标出"风力""清刚""吟咏性情，何贵用事"这些口号，做他的宗旨，又说沈约的声律，"使文多拘忌，伤其真美"。总括起来，他是以清新自然为宗。其实凡是一个大作家，所讲的话，都极有分寸；他所特别说明的，不过是表现他的特别观察点，足以补充前人所没有说到的，并不是只管这一点，对于其他各点，一概不管。沈约何尝有拘忌，我在上章里已经说过。但是有一班附和的人，专把四声八病当作无上法宝，就正用得着钟仲伟这个批评。钟仲伟足以补前人所未及，也正在此。不过我们不能说，只有他一人知道这个道理，其他的人概不知道罢了。

他的书，专论汉魏以来的五言诗。他看这些诗，是汉朝人的特创，不是上承衰周。本来，我前边说过，承接《诗》三百篇的文统的，是骚赋，而不是汉魏的五言诗。这个观念，六朝人都很清楚。所以《文选》就把赋列在诗前。钟仲伟开头不说《诗》三百篇，但说"李陵始著五言之目"，于是截断众流，断然地说：

推其文体，固是炎汉之制，非衰周之倡也。

他对于汉朝，说得很略，大意认为篇章太少，无从详论。他心中以为论五言诗，应该断自曹魏，曹魏的诗，才算五言的正经。《古诗十九首》，他未曾像《玉台新咏》那样地说是枚乘所作，他并且疑为曹植所作，所以他便推曹魏的五言如日中天了。他所赏的，是"建安风力"，以为永嘉以后：

建安风力尽矣。

但他还赞美：

郭景纯用俊上之才……刘越石仗清刚之气。

于是总起历代的诗人,以为:

> 陈思为建安之杰,公幹、仲宣为辅。陆机为太康之英,安仁、景阳为辅。谢客为元嘉之雄,颜延年为辅。斯皆五言之冠冕,文辞之命世也。

他认为诗的极则是要:

> 宏斯三义(赋、比、兴)而用之,干之以风力,润之以丹彩,使味之者无极,闻之者动心,是诗之至也。

又以为诗的毛病,一是贪于用典。他说:

> 至于吟咏性情,亦何贵于用事?"思君如流水",既是即目;"高台多悲风",亦惟所见;"清晨登陇首",羌无故实;"明月照积雪",讵出经史。观古今胜语,多非补假,皆由直寻。

他以为第二种毛病,是拘牵声律。但是他虽不赞成拘牵声律,也主张唇吻协调。他说:

> 古曰诗颂,皆被之金竹,故非调五音无以谐会。……今既不被管弦,亦何取于声律也。……王元长创其首,沈约、谢朓扬其波。……士流景慕,务为精密,襞积细微,专相陵架。故使文多拘忌,伤其真美。余谓文制,本须讽读,不可蹇碍,但令清浊通流,口吻调利,斯足矣。至于平上去入,则余病未能;蜂腰鹤膝,闾里已具。

这里是指一班随声附和的人,并没有直责沈约。不过沈约心中,以为欲口吻调利,也必须天机自悟,不是随便可以做到的,总要对于声音之变化,下一番参究的工夫。这个意思,本来很精,音乐本是由人而生的,不一定合入音乐,才要讲诗律。仲伟是没有注意这一层了。

《诗品》把历来的诗人,分作上、中、下三品,不过他自己很谦恭地说:

三品升降，差非定制。

清代王士禛《渔洋诗话》里指摘钟嵘的品次多谬。他以为像魏武、陶潜，宜在上品；陆机、潘岳，宜在中品；曹植与刘桢，相差太远，指出不公平的地方很多；甚至于骂钟嵘"黑白淆讹"。本来明朝王世贞的《弇州山人四部稿》里，有《诗品总评》，已略略说到钟嵘品次之不当。这些话，很难裁判的。《四库提要》说："梁代迄今，邈逾千祀，遗篇旧制，什九不存，未可以掇拾残文，定当日全集之优劣。"这段话或者是比较持平之论。但《太平御览》五百八十六引钟嵘《诗评》（《隋书·经籍志》亦作"诗评"），原将陶潜放在上品。安知我们现在的传本，不是后人的窜乱呢？又钟嵘往往说某人的诗源出某人，《四库提要》说他附会。章实斋《文史通义》说："论诗论文，而知溯流别，则可以探源经籍，而进窥天地之纯，古人之大体。"又把钟嵘看作和刘向、刘歆一样的通人。实在《诗品》所推流别，不尽可信，但古人的作品，散亡很多，也难以实证。我们通其大体而观，《诗品》实是一部有本有末的好批评。他特别指明诗是吟咏性情，又指明诗是生于各人的遭际。这两个观念，已经是立其大本。其余主张风力，主张清新调利，都是极中正的议论，至于品次诗人的高下，或者他有他的一种比较加减的标格。看他推崇曹植为文章之圣，好像以他为千古第一人似的，知道他是以兼有"风骨""辞采"为第一圆满的诗。他说陈思王"风骨奇高，词采华茂，情兼雅怨，体被文质"，这四句肯定的批评，似乎十分斟酌。"骨""采""情""体"四者俱优的人，本来是很难得。譬如他说魏武帝"古直，甚有悲凉"之句，似乎是风骨可取，至于"采""情""体"三样，未见得都是精美了。即便照后人看起来，陈思王当然是正宗，当然是可以取法的。魏武、渊明，各有奇才异秉，岂是人人所能希冀的吗？后人论唐诗，也说杜甫为诗圣，而不能人人学李白，这样地看来，钟嵘也没有错。譬如王荆公编李、杜、韩、欧四家诗，以杜甫为第一，其次是欧，其次是韩，最后是李，不是自有他的解释吗？（《渔隐丛话》卷六引《遁斋闲览》）章实斋说："《文心》体大而虑周，《诗品》思深而意远。"这两句话，可以算是定论了。

下　卷

十九、从治世之音说到王通删诗

梁陈轻薄侧艳的文风，到隋朝已经有改革的动机。大概六朝的末叶，一班文人所钻研揣摩的，不外那些流行的诗赋藻缋的文章。对于经典子史高文大册，很少注意。好像以为文家做工夫，用不着这样深求的意思。本来六朝的初叶，大家早已置儒家经典于度外。《文心雕龙·明诗篇》已经告诉我们说："正始明道，诗杂仙心。……江左篇制，溺乎玄风。……宋初文咏，体有因革。庄老告退，而山水方滋。俪采百字之偶，争价一句之奇。"到了梁朝，梁简文帝和梁元帝在上提倡缘情闺闼的文章。简文并且有"立身须谨慎，文章须放荡"的主张（《诫当阳公大心书》，张溥辑本）。从此以后，侧艳之风，日渐其盛了。我们看《隋书·李谔传》里，有李谔上隋高祖的书说："江左齐梁，其弊弥盛。贵贱贤愚，惟务吟咏。遂复遗理存异，寻虚逐微。竞一韵之奇，争一字之巧。连篇累牍，不出月露之形，积案盈箱，惟是风云之状。……于是闾里童昏，贵游总丱，未窥六甲，先制五言。至于羲皇舜禹之典，伊傅周孔之说，不复关心，何曾入耳。以傲诞为清虚，以缘情为勋业，指儒素为古拙，用词赋为君子。故文笔日繁，其政日乱。"这样看来，齐梁以后，文学中美的特质，可算得登峰造极了。但是美虽美，总不切于实用。这种情形，和政治风俗有关。我国自古把文学当有用的东西，又认文学与政治相通，《礼记·乐记》说："声音之道，与政通矣。"就是建立这个观念。照历史上看来，凡是美的文学独立出风头的时候，多半是乱世。譬如荀卿、屈原这些"贤人失志之赋"，六朝轻艳的诗赋，五代的小词，乃至于宋词元曲，都不是盛世之音。所以往往一逢盛世开国的时候，都有厘正文体的举动。例如隋开皇四年（584年）令"公私文翰，并宜实录"的诏，唐宋的复古运动，清初清真雅正的标准，都是一种对于文学风气大有影响的举动。这些举动的意义，也是根据古代的经义，不把文学当作随便玩悦的东西。以为一个人应当在大处用心，不应当敝精力于美艳的小文艺；以为正当的文学，是表现道德事功的工具，要求真切，用不着专求美艳。美艳奇巧的文辞，不免使人的心术陷于轻薄局促的境界，或者甚至于使人荡检逾闲，有影响于政治风俗，所以要革除。这也是乱极思治的一种动机。他们的意思，大致是这样了。

隋朝虽有改革文体的诏，但事实上它的国祚甚短，没有多大影响。但是隋朝的王通，讲学龙门，收了不少的河汾弟子，他自己固然是追踪洙泗，自负是承先启后的人，他的门人和弟子，多做了唐朝的开国元勋、盖代的文士，因此对于学风和文体上，发生了不少的影响。房、杜诸巨公姑且不论，像王绩是他的弟弟，王勃是他的孙子，都是文坛的健将，都有振起颓风的本领。我们看杨炯的《王勃集序》说勃祖父通，"闻风睹奥，起予道惟；揣摩三古，开阐八风；始摈落于邹韩，终激扬于荀孟"。这种态度的人，居然出现于陈隋之末，可谓奇事。王通论文的话，见于他的《中说》。《中说·事君篇》说：

……子谓文士之行可见。谢灵运小人哉，其文傲，君子则谨。沈休文小人哉，其文冶，君子则典。鲍照、江淹，古之狷者也，其文急以怨。吴筠、孔珪，古之狂者也，其文怪以怒。谢庄、王融，古之纤人也，其文碎。徐陵、庾信，古之夸人也，其文诞。

他还比较赏识陆机，又说颜延之、王俭、任昉"有君子之心焉，其中约以则"。他又说："古之文也约以达，今之文也繁以塞。"他的标准很严，主张典约有则之文章，而反对"怪""诞""冶""碎"。这种意思，可以说和扬雄是一个鼻孔出气。他并且学孔子删诗，把汉魏以下的诗，定成一部《续诗》，上继《诗》三百篇（王通事迹，不见于《隋书》。但唐人文集里有许多说到他的。杨炯的《王勃集序》、李翱的《读文中子》、刘禹锡的《王华卿墓志》，以及皮日休、司空图二人，都有《文中子碑》，皆言通此事）。他这部书虽然失传，但《中说》里有论《续诗》的话，什么"四名""五志"（一曰化，天子所以风天下；二曰政，藩臣所以移其俗；三曰颂，以成功告神明；四曰叹，以陈诲立家诫。凡此四者，或美焉，或勉焉，或伤焉，或恶焉，或诫焉，是谓五志）。那些选例，自然都是仿效《诗经》的"四始六义"。我们现在不必管人家所骂他的僭经之罪，我们只可惜这部代表一种批评眼光的"六朝诗选"之失传了。王船山的《诗绎》说得好："仲淹续经，见废于儒先旧矣。……卫宣、陈灵，下逮乎《溱洧》之士女，《葛屦》之公子，亦奚必贤于曹、刘、沈、谢乎？仲淹之删，非圣人之删也，而何损于采风之旨乎？"沈德潜的《古诗源序》也说："后世攻王氏曰僭。夫王氏之僭，以其儗圣人之经，非谓其录删后世诗也。使误用其说，谓汉魏以下学者不当搜辑，是惩热羹而吹齑，见人噎而废食，其亦蕞蕞拘拘之见尔矣。"都是说王通选诗之事不可厚非。僭经不僭经，又另是一个问题。但他的选诗是根据孔门的诗教。这又是回顾古义的批评，和我前边所说骚赋代兴的时候的批评家那种回光返照的眼光是一样的。我们要知道这种回光返照的势力，在我国文学潮流中，是不断地表演出来，差不多可以说是我国文学批评史的干线。本来六朝之末，徐陵选《玉台新咏》，已略有这种动机。《大唐新语》里说："梁简文为太子，好作艳诗，境内化之。晚年欲改作，追之不及，乃令徐陵为《玉台集》，以大其体。"我们看徐陵那篇《玉台新咏》的序，确有化宫闱之燕昵为文翰之怡情的意思，并且有"曾无参于雅颂，亦靡滥于风人"这么两句做他的宗旨。足见梁陈侧艳之风，也是当时有识者所欲改革。到了唐朝，这个运动，就成熟了。《唐书·虞世南传》里说虞世南劝太宗不要作宫体诗，就更是旗帜鲜明了。王通的《续诗》既然丧失，他究竟怎样选法，无从知道，但是我们承认他的学说，在唐初是有影响的。

二十、别裁伪体的杜甫

文章艳丽，本不能算为恶点，所怕的是没有气势和风骨。梁、陈的文章所缺的在这一点。初唐四杰所以比较能振起的，也在这一点。但是梁、陈的徐、庾，实在是开初唐的门径的人。徐、庾有清俊之气，所以杜甫也有"清新庾开府"之评。初唐四杰得了这种清俊之气，又加上盛世的环境，所以就不同了。不过虽然清俊，还不能到高古雄浑的境界。高古雄浑的文章，要算陈子昂、张说开其端。到了李、杜、韩、柳，就光焰万丈了。李白说："蓬莱文章建安骨，中间小谢又清发。"（《宣州谢朓楼饯别校书叔云》）他的主张，当然是以风骨清发的为上。杜甫更有详细论文的话，我们不可不研究。我们要知道杜甫之所以伟大，和他折中八代之正法眼藏，不可不读他的论文六绝——就是他集中所题的《戏为六绝句》：

庾信文章老更成，凌云健笔意纵横。今人嗤点流传赋，不觉前贤
畏后生。

杨王卢骆当时体，轻薄为文哂未休。尔曹身与名俱灭，不废江河
万古流！

纵使卢王操翰墨，劣于汉魏近风骚，龙文虎脊皆君驭，历块过都
见尔曹。

才力应难跨数公，凡今谁是出群雄？或看翡翠兰苕上，未掣鲸鱼
碧海中。

不薄今人爱古人，清词丽句必为邻。窃攀屈宋宜方驾，恐与齐梁
作后尘。

未及前贤更勿疑，递相祖述复先谁？别裁伪体亲风雅，转益多师
是汝师。

"别裁伪体亲风雅，转益多师是汝师"，这两句是他通身血脉所贯注的结晶点。大凡论文，最难得是这种圆融广大知古知今的精神。昭明、刘勰都曾经表现过。老杜之为诗圣，就在这几首诗里可以看得出。他做这几首诗的动机，是针对当时一班时流而发。大概那个时候的人，厌薄齐梁，高标风雅，已成了一定的风气；人人都自负是与古为徒，而对于近代或当时的作家，都先怀着一个看不起的念头。老杜自己，当然是领袖风雅的英杰，但他的意思很广大，他以为文章之事，不是张幌子，喊口号，抬出一种空壳大帽子所能济事，最要紧是要有真面目、真才性之表现。否则，附庸风雅，高攀屈、宋，都是毫无道理。大家不要看不起庾信，也不要看不起王、杨、卢、骆。庾信虽是齐梁的作者，但确有他的特色，到老年更有凌云的健笔。而世人乃时时拿他早年流行的那些轻艳的小赋，做讥弹的口实，好像庾信这种老宿，就怕了你们这班后生似的，其实都是谬妄啊。王、杨、卢、骆固然不是真有古筋古骨，上追汉魏胼蠁风骚的人，而且也诚然略为六朝以下时风所囿，但他也有他不朽的真价值，世人过于轻薄诋毁，其实大家如果试验起来，有几个能赶得上他们的呢？才人难得，目前一班文士，不过是小草敷荣，至于山海大观，都不曾梦见。我们爱古人，同时也不必薄今人。古诗风雅之音，固然可贵，但今人的清词丽句，也可以近取。世人都高自附于屈、宋，恐怕动起笔来，实在还赶不上齐梁啊。文章之事，流别承传，都可以递相师法，多所取材。当然不可执末而忘

本，也不可以执本而废末。多师而有真面目，是最要紧的精神。我们以风雅为宗主，为裁别伪体的绳尺。有真面目的文章，就不是伪体。没有真面目的，虽天天讲风雅，也是伪风雅。这都是老杜的主张。他对于昭明《文选》再三称道。他训儿诗，有"熟精《文选》理"一句（《宗武生日》诗），尤为后人所称颂。昭明《文选》的眼光通达，我前边已经说过。唐人尚《文选》，也是一时风气，不过拿"理"字来说《文选》，实在是老杜心得的精言。王渔洋师弟之间，称道这句话，但以为对于这个"理"字，不必过求深解，恐限于宋诗的理窟，固有深心（见《师友诗传录》）。其实这"理"字，似乎原来下得很斟酌，不是随便讲的。《文选》出世以后，大概文人多取其艳辞，而略其理致。杜甫要救那辞胜于理的文弊，所以提出"理"字，正是有所用意咧。

二十一、蓄道德而后能文章是韩愈眼中的根本标准

韩愈称赞陈子昂（见《荐士》诗），尤其推崇李、杜。他说："李杜文章在，光焰万丈长。不知群儿愚，那用故谤伤？蚍蜉撼大树，可笑不自量。"（《调张籍》诗）韩愈是少所许可的人。他这样推崇李、杜，好像和李、杜是"沆瀣一气"了。其实他的眼光还略有不同。李、杜不废六朝，并且他们的诗风，总是从曹、阮、鲍、谢之流变化而出。韩愈做文章，就主张要严格地复古了。他的复古，并不像苏绰、宋祁那种装模作样的复古，他是要先从道德学养上严格地取法圣贤，然后发为圣贤的文章。所以他是专法六经。虽然说"非三代两汉之书不敢观"，其实是专以三代为主，对于荀、扬诸子，尚且有所别择，对于两汉，只不过称道司马相如、司马迁、刘向几个人，其余东汉班固以下，都不是他所取法的。《新唐书·文艺传序》所说"攗哗道真，涵泳圣涯，韩愈倡之"，正是他的态度。关于他的论文的话，可以分作两部分说：一种是讲文章的根本，一种是讲文章的技术。但他所说的两种，都是互相统贯的。他论文章根本，例如《答尉迟生书》里说：

> 夫所谓文者，必有诸其中，是故君子慎其实。实之美恶，其发也不掩。本深而末茂，形大而声宏，行峻而言厉，心醇而气和，昭晰者无疑，优游者有余。体不备，不可以为成人，辞不足，不可以为成文。

又说：

> 愈所能言者，皆古之道。

又《答李翊书》说：

> ……道德之归也有日矣，况其外之文乎？抑愈所谓望孔子之门墙而不入于其宫者，焉足以知其是且非耶？虽然，不可不为生言之。生所谓立言者是也，生所为者与所期者，甚似而几矣。抑不知生之志蕲胜于人而取于人耶？将蕲至于古之立言者耶？蕲胜于人而取于人，则固胜于人而可取于人矣。将蕲至于古之立言者，则无望其速成，无诱于势利，养其根而竢其实，加其膏而希其光，根之茂者其实遂，膏之沃者其光晔，仁义之人，其言蔼如也。

这些话都是以为文章和人的品性是表里相应的。什么样人就有什么样的文章，一毫不可假借。这种意思，从《周易·系辞》里所说"吉人之辞寡，躁人之辞多"那些话已开其端。扬雄《法言》也说："声画形，则君子小人见矣。"唐朝这个时候，开韩愈复古之先声的独孤及、萧颖士、元结这班人，也都不乏这一类的论调。这时候，有一个尚衡作《文道元龟》一文（见《唐文粹》），说："君子之作，先乎行，行为之质，后乎言，言为之文。行不出乎言，言不出乎行，质文相半，斯乃化成之道焉。"他又分别君子之文、志士之文、词士之文为三等。这些话，都和韩愈是一类。所谓古文，照韩愈的意思，就是"古圣贤人"之文，或是"古之立言者"之文。作古文，就是修到和他们一样从那样道德里发出的文章。在这一类的论调中，韩愈的话，最为透彻了。他说到作文的技术，也和他这表里如一的观念是一贯的。他《答刘正夫》说：

> 文宜师古圣贤人。……师其意不师其辞。问曰：文宜易宜难？曰无难易，惟其是尔。若圣人之道，不用文则已，用则必尚其能者，能者非他，能自树立不因循者是也。

此外，《答李翊书》所说：

惟陈言之务去，戛戛乎其难哉。……气，水也，言，浮物也。水大而物之浮者大小毕浮。气之与言犹是也，气盛则言之短长与声之高下皆宜。

他所谓"惟其是"，所谓"去陈言"，所谓"气盛"，都是说先从学养上有所得，然后自然能获得这种效果。否则学养毫无，如何能够分别什么为"是"什么为"不是"，如何能够"自树立"，如何能有自己心得之言而不用陈言，如何能够有自得之乐昌盛之气呢？所以有些人就把"去陈言""惟其是""气盛"，认为韩愈论文的根本标准，实在是只知道一半。不但后人只知道一半，即便他的从游弟子李翱，也似乎不能得其全体。李翱《答王载言书》（《李文公文集》），解释韩愈"陈言务去"的意思，以为譬如《周易》说"笑言哑哑"，《论语》上说笑，就不说"哑哑"而说"莞尔"，这就是修辞的要义。实在"去陈言"不是这样去法。韩愈最重要的话，是"惟其是尔"。"是"是合乎当前的情理。譬如"哑哑"是大笑，"莞尔"是微笑，这种字义是一定的，假使说大笑而用"莞尔"，说微笑而用"哑哑"，便是错误。我们只要用得恰当不错误，并不一定要故意翻新。像这种故意翻新，反而可笑。用字要训诂精切，断不能因为避陈言而胡乱杜撰。这才是韩愈所谓"去陈言"的真意。如果执着李翱之言，那么，结果非另造一部字典不可了。我们看元结《寄李翱书》（《次山集》）有劝勉李翱的话，也是正中他这种偏见之病。元结说："昔人有见小人之违道者，耻与之同形貌共衣服，遂思倒置眉目反易冠带以异也，不知其倒之反之之非也。"岂不是极可以救李翱之病吗？元结可算是韩愈的前驱。但是如果我们明白韩愈蓄道德而后能文章的根本主张，自然也就能明白随事制宜的"惟其是"了。

但是文章工夫，到了"惟其是""气盛言宜"，并非就从此停止。如果只知道"宜"字，似乎客观的条件太重，变为"酬世锦囊"了。各人有各人的面目，各人有各人的宜，不能一定的。他《答李翊书》，说到"气盛言宜"，就马上接着说："能如是，其敢自谓几于成乎？"底下又说"处心有道，行己有方"的道理。所以他不但以为文章发源于道德，即便下笔的时候，也是由于平日伟大的胸襟流露而出，不是临时苦心织绣而成，要有包络天地的胸襟，然后有淋漓大笔的文章。本来陆机、刘勰也都有这种说法，不过韩是专主此意，说得更透彻。他批评世人读李、杜的诗

（《调张籍》），"徒观斧凿痕，不瞩治水航"，是不能得到他们的好处的。又称颂李、杜说"想当施手时，巨刃磨天扬。……平生千万篇，金薤垂琳琅。仙官敕六丁，雷电下取将。流落人间者，太山一毫芒。我愿生两翅，捕逐出八荒。……腾身跨汗漫，不著织女襄。顾语地上友，经营无太忙"，都是这种意思。他的最相好的朋友孟郊，有几句诗说"天地入胸臆，呼嗟生风雷。文章得其微，物象由我裁。……苟非圣贤心，孰与造化该"（《赠郑夫子鲂》），正是互相发明的话。

至于文章的气体，他比较是欢喜"清奥"一路。"清奥"的境界，和李太白所谓"清发"，杜子美所谓"清新"，略有不同。我们看他的《荐士》诗（荐孟郊）说"周诗三百篇，雅丽理训诰。……中间数鲍谢，比近最清奥。……有穷者孟郊，受材实雄骜。冥观洞古今，象外逐幽好。横空盘硬语，妥帖力排奡。敷柔肆纡馀，奋猛卷海潦"，就可以知道他的欣赏所在了。"雅丽理训诰"，是他的目的，他心中似乎不但没有齐梁，汉以下都不放在眼里，要完全效法《诗》三百篇。但似乎只要学雅颂，不要学国风，我们看他说《诗》三百篇的好处，只说"雅丽理训诰"，就可以知道。本来他自己的诗，也确是雅颂铺叙之意多，而风人讽喻之意少。苏东坡说："诗格之变，自退之始。"（《志林》）陈后山说"退之以文为诗"（《后山诗话》），也或者看到这一点。韩愈称赞孟郊的话，正是说他自己的欣赏，说他自己的作风咧。

二十二、白居易的讽喻观和张为的《诗人主客图》

杜甫爱古人，也同时不薄今人。但大历十才子接在后面，过于求工秀，所以又激出元和时代韩、白的复古。韩固复古，白居易也实在是专爱古人而薄今人的。不过一个主鼻涩，一个主平易，笔调不同，而笃古的眼光是一样。韩愈论文是要先从道德学养上学古圣贤人，是文人心气上的复古。白居易的复古，是在文学作用上讲的。他认为诗的作用是：

> 上以诗补察时政，下以歌泄导人情。
> 文章合为时而著，歌诗合为事而作。

（《与元九书》）

又叹同时一些同调的朋友多已死了，以为：

> 不知天之意，不欲使下人之病苦闻于上耶？不然，何有志于诗者，不利若此之甚也。
>
> （《与元九书》）

称道民间疾苦，就是"下以歌泄导人情"的意思。这些都是诗的大用。他当然也是本着孔门的诗教，但又似乎只知道国风，不知道雅颂。他本着他这种观察，批评六朝以后的诗，这在《与元九书》中，说得很详尽。他说：

> 晋、宋已还，得（六义）者盖寡。以康乐之奥博，多溺于山水。以渊明之高古，偏放于田园。江、鲍之流，又狭于此。……陵夷至于梁、陈间，率不过嘲风雪弄花草而已。噫！风雪花草之物，《诗》三百篇中岂舍之乎？顾所用何如耳。设如"北风其凉"，假风以刺威暴也。……"采采芣苢"，美草以乐有子也。皆兴发于此而义归于彼，反是者可乎哉？然则，"余霞散成绮，澄江净如练""离花先委露，别叶乍辞风"之什，丽则丽矣，吾不知其所讽焉。……唐兴二百年，其间诗人不可胜数。所可举者，陈子昂有《感遇诗》二十首。……又诗之豪者，世称李、杜。李之作，才已奇矣，人不逮矣；索其风雅比兴，十无一焉。杜诗最多，可传者千余首，至于贯穿古今，觇缕格律，尽工尽苦，又过于李。然撮其《新安吏》《石壕吏》……"朱门酒肉臭，路有冻死骨"之句，亦不过十三四。杜尚如此，况不逮杜者乎？

这都是以讽喻时事为诗的正经。凡不是这样的诗，都是他所不取的。但白居易自己的诗，涉及的方面很多，并不严守这个标准，似乎有点矛盾。他把他自己的诗分为四大类：一是讽喻诗，皆有关于美刺比兴、因事立题的；二是闲适诗，都是退公闲居、吟玩性情的；三是感伤诗，都是事物牵情、随感咏叹的；四是杂诗。他自己最爱的，是他的讽喻诗，以为这都是本于兼济天下之志。其次闲适诗，也合于穷则独善其身的道理。至于"杂律诗与《长恨歌》以下"，都不是他自己所尚，并且叹惜世上人，都只能赏鉴这些杂诗，以为"时之所重，仆之所轻"。白居易的诗，到了现在，似乎还是《长恨歌》《琵琶行》那些篇最为人所爱诵，而当时杜牧之并且骂他那些杂诗为海淫，这都是居易所不及料的了。照他自己这样分诗体的办法，固是完全以"四始六义"为归宿，但结果反而因为偶作违背"四始六义"的诗而被谤，足见得高标宗旨是不容易的事。文学批评时时回返古义，和文学本身时时要轶出古义之外，这两个轮子是在那儿齐头并进的。诗教之不能范围骚赋，也和诗教之不能范围五七言诗，是一样的。要说复古，还是韩愈所说做人做到古圣贤人，然后文章才能做到古圣贤人，最为彻底，最为可信。否则，就文论文，也还是杜甫那种"别裁伪体亲风雅，转益多师是汝师"的眼光最为通达。唐末有个张为，撰了一部《诗人主客图》[纪晓岚（纪昀）的《镜烟堂十种》中收有此书]，专推崇白居易，以他为"广大教化主"。这本书是将中晚唐的诗人分别品次。所谓"主"者，第一个就是白居易，其次有孟云卿、李益、鲍溶、孟郊、武元衡，都各为一派之"主"，其余的人，附属在各"主"之下都是"客"。这书似乎是模仿钟嵘而下开宋人诗派图之风，但实在很浅陋，没有多大道理。诗的"广大教化主"，除了杜甫，似乎还没有第二人可以当得的。

二十三、可以略见晚唐人的才调观的《本事诗》和《才调集》

唐朝有几部诗话：皎然的《诗式》、孟棨的《本事诗》和司空图的《二十四诗品》。释皎然是谢康乐的十世孙，是天宝大历间人。刘禹锡的《灵澈上人集序》里说：当时江左的诗僧，以画公（皎然字）能备众体（《唐文粹》）。皎然对于诗道，当然自足名家。但可惜我们所有的这部《诗式》，已经丧失了真面目，怕是伪托的了。清《四库全书总目》诗文评类存目里，辨出其可疑之点，因为参照《直斋书录解题》所载的卷数和体裁，都不相符。我们看这个书，的确很琐碎。虽然不少刻骨之言，但大体是不大方，我们不必深论。孟棨、司空图都是晚唐的人。孟棨《本事诗》是略取历代诗人缘情之作，叙述作诗的本事，使人知道某诗是为某事而作，大抵是专以人事情感上所触发的诗为主，所说的，又多半是才调清美的诗，可以代表晚唐诗人欣赏的兴趣。他把他所讲的分作七类：一是"情感"，二是"事感"，三是"高逸"，四是"怨愤"，五是"徵异"，六是"徵咎"，七是"嘲戏"。他的叙述，颇能描写作者各人的才调。唐代诗人的轶事，多赖以存留。至于他的主张，好像以为诗是纯粹发挥人事情感之用，他的《本事诗·序》说：

> 诗者，情动于中而形于言，故怨思悲愁，常多感慨，抒怀佳作，讽刺雅言，著于群书。虽盈厨溢阁，其间触事兴咏，尤所钟情，不有发挥，孰明厥义？因采为《本事诗》，凡七题，犹四始也。

我前边讲过，《左传》里已经有诗本事。《毛诗·小序》更是具体的诗本事。古代采诗，当然专就那咏叹时政、咏叹人事一方面来着眼。但是后世的诗，像我前边引刘彦和所说正始仙心、江左玄风、宋初山水，乃至于初唐王、孟之兴象，白香山所说的"闲适"，这些诗，实在都不能一一求其本事。如果一定要求本事，就不无拘泥之过。这也是后来的诗轶出《诗》三百篇范围以外之一点。孟棨高攀"四始"，固然是不符其实，但即便论后世的诗，也实在不能一律用这个办法。他对于诗，好像完全主张发挥才情，不主张攻苦的作品。他叙李白赠杜甫的诗，说：

> 白才逸气高，与陈拾遗齐名，先后合德。其论诗云："梁陈以来，艳薄斯极，沈休文又尚声律，将复古道，非我而谁欤？"故陈、李二集，律诗殊少。尝言："兴寄深微，五言不如四言，七言又其靡也，况使束于声调俳优哉？"故戏杜曰："饭颗山头逢杜甫，头戴笠子日卓午。借问何来太瘦生？总为从前作诗苦。"盖讥其拘束也。

这段话，太过于扬李而抑杜，不足为据。李、杜并不曾互相排诋。《渔隐丛话》卷五引《洪驹父诗话》，谓李有《尧祠赠杜补阙诗》，不仅"饭颗山头"之句，又卷六引《学林新编》，谓杜赠李的诗，所说"李侯有佳句，往往似阴铿"，正是赞美太白善为五言诗。都说得有理。清《四库全书总目》所以说孟棨这段话，"论者以为失实"。我们看唐末韦庄著《又玄集》，选唐人诗，自己说："但掇其清词丽句，录在西斋，莫穷其巨派洪澜，任归东海，总其得者，才子一百五十人。"（《又玄集序》）五代时蜀韦縠所选的《才调集》，完全以晚唐人的眼光为宗，清代冯班评《才调集》，又推为西昆正宗，《四库全书总目》说韦縠是"以秾丽秀发为宗，救当时粗俚之习。以杜诗高古，与其书体例不同，故集中无杜诗"。这都是晚唐人的才调观，孟棨也正是这派人。

二十四、标举味外之味的司空图

唐末最善论诗的人,没有好过司空图的了。他的《二十四诗品》把诗的境界分作二十四种,各种都拿韵语十二句来形容它,说得十分精微。他这书也差不多是人人所诵习的了。我们看他所分的是:雄浑、冲淡、纤秾、沈著、高古、典雅、洗练、劲健、绮丽、自然、含蓄、豪放、精神、缜密、疏野、清奇、委曲、实境、悲慨、形容、超诣、飘逸、旷达、流动。这些名目,似乎是兼备众体,不主一格;但自来都认为他是主张味外之味,好像也是专讲神韵的。苏东坡说,司空表圣论自己的诗,以为得味外味,看他所做的,诚然很工,但有寒气。(《东坡志林》)清朝王士祯,更拿表圣《诗品》所说"不著一字,尽得风流",做他的诗学皈依之点。(《师友诗传录》)清《四库全书总目》在表圣《诗品》底下,又不以王士祯所认为然,说表圣"所列诸体毕备,不主一格"。"王士祯但取其'采采流水,蓬蓬远春'二语,又取其'不著一字,尽得风流'二语,以为诗家之极则,其实非图意也。"但我看表圣论诗,似乎确和王士祯是一路。《诗品》平列各体,所说的很浑括,诚然不容易指明他的究竟主张,但表圣有与人论诗书两通,说得很清楚。他《与李山论诗书》说:

> 文之难而诗之难尤难,而古今之喻多矣。而愚以为辨于味而后可以言诗也。江岭之南,凡足资于适口者,若醯非不酸也,止于酸而已;如为鹾非不咸也,止于咸而已。华之人以充饥而遽辍者,知其咸酸之外,醇美有所乏耳……《诗》贯六义,则讽谕抑扬渟蓄渊雅,皆在其中矣。然直署所得,以格自奇,前辈编集,亦不专工于此,矧其下者耶?王右丞、韦苏州澄澹精致,格在其中,岂妨于道学哉?贾阆仙(岛)诚有警句,然视其全篇,意思殊馁,大抵附于蹇涩,方可致才,亦为体之不备也。矧其下者哉?噫!近而不浮,远而不尽,然后可以言韵外之致耳。

(见《表圣文集》,《唐文粹》亦有。)

底下又接着举出他自己的许多诗句,好像自以为对于各种不同的情景,都能写得出来。大体上看来,似乎他主张兼备众美,但其实他是爱好风神。举出王右丞、韦苏州之澄澹精致,正和王士祯是有同样的欣赏。他又有《与王驾评诗书》说：

> 国初……沈、宋始兴之后，杰出于江宁，宏肆于李、杜，极矣。右丞、苏州，趋味澄复，若清沉之贯达。大历十数公，抑又其次焉。力勍而气孱，乃都市之豪估耳。刘梦得、杨巨源亦各有胜会，阆仙辈时得佳致，亦足涤烦。厥后所闻，逾褊浅矣。然河汾蟠郁之气，宜继起有人。今王生者，寓居其间，浸渍日久，五言所得，长于思与境偕，乃诗家之所尚者。
>
> （见《表圣文集》，《唐文粹》亦有。）

这也是俨然以王、韦为宗，以"思与境偕"为最胜。《蔡宽夫诗话》（《渔隐丛话》卷十九引）说："司空图善论前人诗。如谓元、白力勍气孱，乃都会之豪估，郊、岛非附于寒涩，无所置才，皆切中其病。"这样看来，司空图确是以盛唐为宗，不数中晚唐的了。他认为盛唐诗人能兼备众美，所谓酸咸之外者，正是因为酸止于酸，而没有其他的味道，咸止于咸，此外也一无所有，皆是偏于一格，所以不好。这和他列举二十四种诗品，正是一贯的主张。我们看他《诗品》第一首论"雄浑"，说：

> 大用外腓，真体内充。反虚入浑，积健为雄。具备万物，横绝太空。荒荒油云，寥寥长风。超以象外，得其环中。持之非强，来之无穷。

这大概是他心中所奉为至高无上之极品，所以列为二十四品之冠。这十二句实在可以包括后来严沧浪的"羚羊挂角"和王士祯的"神韵"。士祯不拿这十二句做他的宗旨，而拿后边的"采采流水""不著一字"那四句来讲，大概因为这十二句说得浑融阔大，学者难于捉摸，容易流为明七子之肤壳伪体，而后边那四句较为警醒，便于指点的缘故。

二十五、西昆家所欣赏的是"寓意深妙清峭感怆"

"诗家总爱西昆好，独恨无人作郑笺。"这是元遗山《论诗绝句》中讥笑西昆体的话。但杨亿原是改革文体的人，起五代之衰，开天水之盛，杨、刘也是开道的健将。（《四库全书总目》《武夷新集》下引田况《儒林公议》云:"亿在两禁,变文章之体,刘、钱辈皆从而效之。")本来自晚唐五代以来,文学界的风花雪月,柔而无骨,又到了极点。宋朝周紫芝《太仓稊米集》里,有一首《戏题韦庄浣花集》的诗,他说:"晚唐风月一番新,弄粉调膏点注匀。谁与花林诗宰相,聘将花蕊作夫人。"这首诗形容文格之低,十分刻骨。《西昆酬唱集》绝不是这一路。我最爱欧阳修《六一诗话》里对于这件事的批评。《六一诗话》说:"杨大年与钱、刘数公唱和,自《西昆集》出,时人争效之,诗体一变。而先生老辈,患其多用故事,至于语僻难晓,殊不知自是学者之敝。……如子仪《新蝉》云:'风来玉宇乌先转,露下金茎鹤未知。'虽用故事,何害为佳句也。又如'峭帆横渡官桥柳,叠鼓惊飞海岸鸥',其不用故事,又岂不佳乎。盖其雄文博学,笔力有余,故无施而不可。非如前世号诗人者,区区于风云草木之类,为许洞所困者也。"足见得杨、刘诸人和韦庄、韩偓,还有不同的地方。杨、刘诸人所奉的宗主是李义山。《全唐诗话》卷四说:

> 杨大年云:"义山诗,陈恕酷爱其一绝云:'珠箔轻明覆玉墀,披香新殿斗腰肢。不须看尽鱼龙戏,终遣君王怒偃师。'叹曰:'古人措词寓意,如此深妙,令人感慨不已。'"大年又曰:"邓帅钱若水举《贾谊》两句云:'可怜夜半虚前席,不问苍生问鬼神。'钱云:'措意如此,后人何以企及?'"鹿门先生唐彦谦为《诗纂》,慕玉谿,得其清峭感怆,盖其一体也。

他心中叹羡义山之情,跃然如见。但是我们要注意,他所叹羡的,是义山措辞寓意之妙,并不是专在丽巧上讲求。所以欧阳修的话,是深知其意。至于学西昆的人,学得僻涩,原不能归罪于杨、刘本人。杨、刘也欢喜唐彦谦,人家都说他因为彦谦的诗,用事精巧,对偶亲切(《石林诗话》),但我们看杨亿自己所说的,是因为彦谦"慕玉谿得其清峭感怆"。西昆家的精神,原来是注重这一点的,可惜后人很少注意。

老杜的诗,在唐朝并没有李白、白居易那样大的势力,没有好多人学他。王安石说,唐人只有李义山知学老杜而得其藩篱(《渔隐丛话》卷二十二引《蔡宽夫诗话》)。陈后山说,唐人不学杜诗(《后山诗话》)。到宋朝初年,仍然有些人不欢喜杜诗。杨亿说杜子美是村夫子(《诗话总龟》卷五引《古今诗话》),欧阳修不爱杜而尊韩(《诗话总龟》引《贡父诗话》），只有唐彦谦、黄亚夫（庶）、谢师厚（景）和亚夫的儿子黄山谷（又是师厚的女婿）才学杜诗（《后山诗话》）。黄山谷就做成了后来所号的江西派。但西昆家学李义山，而义山又原是学杜的。所以老杜的诗，实在是西昆体和江西派的共同祖师。知道西昆家以"寓意深妙，清峭感怆"为欣赏之点，就可以知道李义山所以能够走进老杜之藩篱的缘故。

二十六、晏殊对于富贵风趣的批评

文人少达而多穷，是人人常说的话。但是事实上，古今来也有不少的富贵文人。文章当然各从其境遇，然而就技术上讲，说快乐的话，比较说愁苦的话，还要难过百倍。韩愈有几句话讲得好，"和平之音淡薄，而愁思之音要妙；欢愉之词难工，而穷苦之言易好也。"（《荆潭唱和诗序》）大概无论说欢愉，说穷苦，总不可以沉溺太过，过于刻画，总要有超然于实境之外的精神才好。我们联想起"乐而不淫，哀而不伤"那两句话，毕竟是好的标准。譬如孟郊、贾岛一生穷饿，自然不得不发为穷苦之音，但是刻画穷况，未免太过。《全唐诗话》说："郊作诗曰：'食荠肠亦苦，强歌声无欢。出门如有碍，谁云天地宽。'其穷也甚矣。"所以后来有人讥笑孟郊，说天地并不碍，他自己碍了。《六一诗话》也引贾岛的"坐闻西床琴，冻折两三弦"，说他"其寒亦何可忍也"。至于说富贵的诗，如果刻画太过，毫无气象，也不免恶俗。关于这个道理，晏殊说得最好。本来宋朝到这时候，政治上是很清明的。自从太祖重书生，文人的际遇也算古今第一。好像钱若水、杨亿、王珪、宋庠、晏殊这班人，都是文章知遇，身登台阁，声华很盛，耳濡目染，自然都是富贵欢愉之事。但是同一富贵之音，而高下大有分别。晏殊的眼光，在这里就大有特色。他主张凡是说富贵，要说出富贵的气象，不可但说些金玉锦绣就算了事。《青箱杂记》里说：

> 晏元献公虽起田里，而文章富贵，出于天然。尝览李庆孙《富贵曲》云："轴装曲谱金书字，树记花名玉篆牌。"公曰："此乃乞儿相，未尝谙富贵者。故余每吟咏富贵，不言金玉锦绣而惟说其气象，若'楼台侧畔杨花过，帘幕中间燕子飞''梨花院落溶溶月，柳絮池塘淡淡风'之类是也。"故公自以此句语人曰："穷儿家有这景致

也无？"

像李庆孙这两句诗，对于那些金玉锦绣，似乎有点目眩意迷的情形，诚然很恶俗。晏殊自己那几句诗，能超然物外，自然有一种清华高贵的样子，绝不是穷苦怨叹的胸怀所能发出，这才是真正的和平富贵之音。又欧阳修《归田录》说：

> 晏元献喜评诗，尝曰："'老觉腰金重，慵便玉枕凉'，未是富贵话，不如'笙歌归院落，灯火下楼台'，此善言富贵者也。"人皆以为知言。

足见他对于这种富贵欢愉的文章，时时用到他的慧眼。和他同时的人韩琦、王珪，也以作富贵诗得名。不过王珪也只是外表的堆砌，没有晏殊这样得富贵的神理。所以《后山诗话》说："王岐公诗，喜用金璧珠碧以为富贵，而其兄谓之至宝丹。"正是说他只知堆砌金碧，而实无高贵的精神。

晏殊所欣赏的，是富贵的风趣，而不是富贵的物质。文章可以观人，正是在这些地方。如果真是雅人，无论处贫贱处富贵，都不失其雅，如果是俗人，处贫贱也俗，处富贵也俗。人的气量局格之大小，做出文章来，都完全可以表现，不能丝毫掩饰。《全唐诗话》（卷二）说："孟郊下第诗曰：'弃置复弃置，情如刀剑伤。'后及第，有诗曰：'一日看尽长安花。'一日之间，花即看尽，何其速也。果不达。"这种都是对于穷苦的境界沉溺得太过，不能自拔。因此，有些批评家往往拿文章来判断人的命运。这一种也是我国文学批评中一种有力的批评。《左传》里时时有拿言语文辞来判断人的吉凶的记载，就是这批评法的起源。《青箱杂记》里说："韦宙曰：'卢樵文章有首尾，异日必贵。'"《诗话总龟》（卷五）引《鉴戒录》曰："王建诗寒碎，故仕终不显。"像这种谈论，我们常常碰得着的。无论如何，文章的气度和为人的气度是表里如一，这一点是不会错的。《宋史·晏殊传》上说："晏殊虽处富贵，奉养如寒士，樽酒相对，欢如也。"有这样气度，所以他的文章慧眼，也与众不同。人人知道天怀淡泊的人才可以安处贫贱，而不知道处富贵，也未尝不要天怀淡泊。只有天怀淡泊超然于实境之外的人，才可以安享富贵，领略富贵的趣味。晏殊对于富贵诗的批评，就是告诉我们这个道理。《青箱杂记》又说：

> 公风骨清羸，不喜食肉，尤嫌肥膻。每读韦应物诗，爱之曰："全没些脂腻气。"故公于文章，尤负赏识。集梁以后，迄于唐，别为《集选》五卷，而诗之选尤精，凡格调猥俗而脂腻者，皆不载也。

可惜他这部《集选》竟失传了，不能使我们多得到一点他的批评标准。

二十七、欧阳修文外求文的论调

韩愈的文章，在唐朝并不很看重。后人这样推尊韩愈，实在是宋朝欧阳修所发起。所以陈善《扪虱新语》里也说："韩文重于今世，盖自欧公始倡之。"我们看欧阳修集中有《书韩文后》一篇，他说：

> 予少家汉东……有大姓李氏者，其子尧辅颇好学。予为儿童时，多游其家，见敝箧贮故书。发而视之，得唐《昌黎先生文集》六卷，脱落颠倒无次序，因乞以归读之。……是时天下学者……未有道韩文者。予后官洛阳，而尹师鲁之徒皆在，遂相与为古文，因出所藏《昌黎集》而补缀之。其后天下学者，亦渐趋于古。韩文遂行于世。

这就是欧阳修继柳开、穆修等而做复古大将的动机。但是欧阳修的立论，比较韩愈还有更严的地方。韩愈固然是效法六经，但是当时裴度还批评他不应该"以文为戏，而不以文立制"（裴度《寄李翱书》，见《唐文粹》）。就是指他作《毛颖传》那些游戏的文章，以为他的文集里，很少有关经术治道的文章。所以明末顾亭林《与李中孚书》也说："如韩退之但作《原道》《平淮西碑》诸篇，则诚近代之泰山北斗。"他们这种批评，都还是根据古义在思想和作用上讲究。古文家最注重的，本也在此。所以欧阳修一谈到文章，也就根本以文章为末务。对于技术上，毫无所陈，不像韩愈还有不少的文章格律之论。欧阳修《答吴充秀才书》说：

> 盖文之为言，难工而可喜，易悦而自足。世之学者往往溺之，一有工焉，则曰吾学足矣，甚者弃百事不关心，曰吾文士也，职于文而

已。此其所以至之鲜也。孔子老而归鲁，六经之作，数年之顷耳……大抵道胜者，文不难而自至也。故孟子皇皇不暇著书，荀卿盖亦晚而有作……后之惑者，徒见前世之文传，以为学文而已，故用力愈勤而愈不至。若道之充焉，虽行乎天地，入于渊泉，无不之也。

又《送徐无党南归序》说：

今之学者，莫不慕古圣贤之不朽，而勤一世以尽心于文字间者，皆可悲也。

本来韩愈的宗旨，也完全和这些话是一样，都是以为"道至而文亦至"。不过韩愈似乎还免不了唐代文士之习，以文章做应酬品，上书投赠颂扬夸张的地方还是很多。欧阳修比较这些习气删除殆尽，他修《唐书》，又自己作了一部《五代史记》，上法《春秋》，可以算是"以文立制"了。

二十八、欧阳修和梅圣俞同心爱赏"深远闲淡"的作风

但是欧阳修有一部《六一诗话》。他这诗话前面，题了几句话，说是："居士退居汝阴而集以资闲谈也。"这不过表示这部书是闲谈之作，不是什么精心结撰的东西。其实我们如果要略窥他论文的宗旨，这部书就很重要了。我们现在就他这诗话里，可以一条条地看出他对于诗的主张。他说：

仁宗朝有数达官，常慕白乐天体，故其语多得于容易。尝有联云："有禄肥妻子，无恩及吏民。"有戏之者云："昨日通衢遇一辎軿车，载极重而羸牛甚苦，岂非足下肥妻子乎？"闻者以为笑。

他这意中，就是不以白居易那种率易之体为可法。又说：

孟郊、贾岛皆以诗穷至死，而平生尤自喜为穷苦之句。孟有移居诗云："借车载家具，家具少于车。"乃是都无一物耳。又谢人惠炭云："暖得曲身成直身。"人谓非其身备尝之不能道此句也。贾云：

"须边虽有丝,不堪织寒衣。"就令织得,能得几何?又其《朝饥》诗云:"坐闻西床琴,冻折两三弦。"人谓其不止忍饥而已,其寒亦何可忍也。

这是不以郊、岛的诗骨过寒为然。在我前面论西昆体的诗那一章里,引了他诗话里一段话,可以见得他对于杨、刘的诗,也有很赞成的地方了。至于《后山诗话》说欧阳修不欢喜杜诗,我看也未必。他诗话里说:

> 唐之晚年,诗人无复李、杜豪放之格,然亦务以精意相高。

又说:

> 盖自杨、刘唱和《西昆集》行,后进学者争效之;由是唐贤诸诗集,几废而不行。陈公时偶得杜集旧本,文多脱误,至《送蔡都尉诗》云"身轻一鸟□",其下脱一字。陈公因与数客各用一字补之,或云疾,或云落,或云起,或云下,莫能定。其后得一善本,乃是"身轻一鸟过"。陈公叹服,以为虽一字诸君亦不能到也。

看他何等推崇杜甫。但欧阳修所佩服的,还是他的朋友梅圣俞。他这诗话里引梅圣俞的诗和圣俞论诗的话极多。他说:

> 圣俞尝语余曰:"诗家虽率意而造语亦难。若意新语工,得前人所未道者,斯为善也。必能状难写之景,如在目前,含不尽之意,见于言外,然后为至矣。贾岛云:'竹笼拾山果,瓦瓶担石泉。'姚合云:'马随山鹿放,鸡逐野禽栖。'等是山邑荒僻,官况萧条,不如'县古槐根出,官清马骨高'为工也。"余曰:"语之工者固如是;状难写之景,含不尽之意,何诗为然?"圣俞曰:"作者得于心,览者会以意,殆难指陈以言也。虽然,亦可略道其仿佛。若严维'柳塘春水漫,花坞夕阳迟',则天容时态,融和骀荡,岂不如在目前乎?又若温庭筠'鸡声茅店月,人迹板桥霜',贾岛'怪禽啼旷野,落日恐行人',则道路辛苦,羁愁旅思,岂不见于言外乎?"

他又说："圣俞诗覃思精微，以深远闲淡为意。"他自己并且有一首诗称赞圣俞，说："梅翁事清切，石齿漱寒濑。作诗三十年，视我如后辈。……苏（子美）豪以气轹，举世徒惊骇。梅穷我独知，古货今难卖。"他和梅圣俞，实是"沆瀣一气"。他这"深远闲淡"四个字，实是他论诗文的主见。我们读他的诗文，可以看得出他的作风和他的批评，是很相合的。虽然不是和梅圣俞完全一式一样，但是看他这样推尊圣俞的言论，所谓"状难写之景，含不尽之意"，这样详细的推敲，成了诗学上的至理名言，传诵千古，他心中即奉此为圭臬，是可以就这部诗话前后各条看得出的。欧阳修和晏殊的风趣，颇有相同的地方，声名地位都很高华。他本也是出于晏殊的门下。《扪虱新语》也说："欧公工于叙富贵。"但他的批评眼光，或者比晏殊更深入一点。所以他这诗话里有一节说晏元献不能算是梅圣俞的知己。

至于陈后山说他不喜杜诗，和叶梦得《石林诗话》里说他力矫西昆，本都不足信。清《四库全书总目》已经辨正了。欧阳修是宋朝一切诗文风气的开道者。他能会通盛唐、晚唐的诗，推崇李白、杜甫，也不薄晚唐及西昆，这是显而易见的。

又后来刘克庄的《后村诗话》里说欧诗是学韩愈，这话本不错。但我们看《六一诗话》里说到韩诗，也引梅圣俞的话，以为退之"拗强"，似乎也不一定要学他的拗体。总而言之，我们看《六一诗话》，知道欧阳修是爱李、杜之豪放，但也要求精意；爱韩愈之雄奇，但也不必要学他的倔拗；未尝不赞成白乐天的平易近人，但力戒浅俗；知道西昆末流的僻巧，但也取其佳致。他的眼光是很广大的。譬如他自己做的《崇徽公主手痕诗》中有两句："玉颜自昔为身累，肉食何人与国谋？"《石林诗话》说："虽昆体之工者，亦未易比。"可见得他的取法是不拘一格了。《后村诗话》说，开宋诗的风气的人，是梅圣俞，不是欧阳修，这话固然不错，但实在梅圣俞的诗，也完全亏得欧阳修的提倡。梅圣俞并且自叹再作诗三十年，亦不能赶得上欧阳修的《庐山高》（见于王直方的《直方诗话》）。欧的门徒虽极盛，曾巩、王安石、苏氏父子，都是他所奖进而成，但似乎都还不能赶得上他的全体。王安石选四家诗，以杜为首，以欧次之，最后是韩、李，颇具特识。欧公看诗的眼光，不能专当作宋诗的眼光看。

二十九、邵康节的忘情论

说到文学，人人都知道是情感的表现，都知道是以情感为唯一的元素。没有情感，就根本没有文学；但是情感这件东西，是很不容易驾驭的。宋朝邵康节对于这种意思，说得最多。他的《击壤集·序》里说：

噫！情之溺人也甚于水。古者谓水能载舟亦能覆舟也。

所以他主张一切以客观观物，不要轻于动私人情感。他这序里说：

以道观性，以性观心，以心观身，以身观物，治则治矣，然犹未离乎害者也。不若以道观道，以性观性，以心观心，以身观身，以物观物，则虽欲相伤，其可得乎？……虽死生荣辱转战于前，曾未入于胸中，则何异四时风花雪月一过乎眼也。……盖其间情累都忘去耳。所未忘者，独有诗在焉，然虽曰未忘，其实亦若忘之矣。何者？谓其所作异人之作也。所作不限声律，不沿爱恶，不立固必，不希名誉……因静照物，因时起志，因志发咏……故哀而未尝伤，乐而未尝淫。

他这段话，完全表示一种淡然忘情的文学。他的《击壤集》在文学界中特树一帜。所以严羽的《沧浪诗话》中，也立了邵康节一体。康节是把自己放在极空灵的地方，对于外物，只以客观的态度去看，不让它轻易撩起自己的情感，至于一切文章组织的技术，自然更无暇吹求。兴之所到，不计妍丑。

这种道理本来很好，文章根本的条件，本只有"辞达而已矣"一句已经说尽了。既然只以辞达为主，当然也就顺其自然，不去雕琢性情，做那些无聊的讲究。但是文学同性情的关系，毕竟是很密切的，因为文学是人事上的东西，不是玄理上的东西。拿文学来陶冶性情，是文学之大用。《毛诗·大序》说："故正得失动天地感鬼神，莫近于诗。……以是经夫妇，成孝敬，厚人伦，美教化，移风俗。"这些话虽然说得很阔大，但实在即是告诉人以诗是极切于人事的东西。如果不能感动人，不能陶冶性情，那种文学，是不切于人生的了。我们不废闲适的诗，但无论是"庄老",是"山水"(用《文心雕龙·明诗篇》语),总是要借物起兴,而不是逐物失性。严格地讲,像朱子说"王右丞诗清雅,亦少气骨"(《诗人玉屑》卷十五),清方东树说"辋川诗兴象超远,后人莫及,然无血气无性情"(《昭昧詹言》续卷三),都是这个道理。客观不动性情,是玄学家的话,拿来论诗,毕竟隔了一层。

但邵康节的意思,原是教人不要溺于小己的私情,要除去私情,养起真性。他守着一种悠然自得的态度,他自己所谓"安乐窝",他自说"平生不作皱眉事"(《渔隐丛话》二十二引《复斋漫录》),都是另外一种境界,毕竟不是普通的境界。照普通的讲,"情"是"性"的表现,要养"性",先要养"情",除了养"情"而外,也实在没有法子去养"性"。"情"要善为利导,要善为驾驭,利导驾驭的工具,就是文学。

三十、宋人眼中老杜的诗律和《江西宗派图》

诗话这种书,到宋朝最盛。而且后来的诗话,多半是以宋人诗话为模型,《六一诗话》成了祖师。这种"闲谈式"的诗话,就从此开始。但是《六一诗话》,确是不愧为"闲谈",它立论的态度很宽泛,很超脱,不尚苛细。本来宋以前论诗文的书,都是这样。即以诗话而论,像唐朝的《本事诗》《二十四诗品》之类,也都是宽而不迫的论调。欧公之后,宋人讲诗就日渐精细,谈论的范围,对于诗的内容技术格律精粗,就不肯轻易放过了。

"诗律"二字,本是杜甫自己先说起。"老去渐于诗律细",不是老杜的名句吗?宋朝自欧阳修开风气而门庭较为广大,他的后辈,如王安石、苏轼、黄庭坚以及陈师道,无论各人是何等的作风,但无不尊奉杜甫为百世不祧之祖。王安石有《四家诗选》,以杜为第一,而李白反在最后。《渔隐丛话》卷六引《遁斋闲览》说:

> 或问王荆公云,编四家诗,以杜甫为第一,李白为第四,岂白不逮甫也?公曰:白豪放飘逸,人固莫及,然其格止于此而已,不知变也。至于甫,则悲欢穷泰,发敛抑扬,疾徐纵横,无施不可……盖其诗绪密而思深,观者苟不能臻其阃奥,未易识其妙处,夫岂浅近者所能窥哉?此甫所以光掩前人而后来无继也。

杜的价值，和后来人所有对于杜的认识，都让这几句话说尽了。（又《渔隐丛话》卷六引王定国《闻见录》，说黄鲁直说荆公《四家诗选》是因陈和叔请业而作，和叔先持杜诗来，故荆公即签示之，和叔随所送先后而编集，初无高下。据这《闻见录》所说，这是黄鲁直亲自问荆公的，究竟不知确否。譬如荆公自己的《唐百家诗选序》说："欲知唐诗者，观此足矣。"而邵博《闻见后录》又说是宋次道家中钞胥所误，说是这些钞胥嫌钞得太多，偷偷地将长篇漏去了。这都使我们不容易断定。但是以理推之，既然亲操选政，应该不能怎样草率。书成之后，何以不复审一下？王定国，邵博这两段话，或不足信。）安石又做杜甫像赞，推崇他到极点。本来自从唐代元稹做李杜优劣论，先杜而后李，当时韩愈不以为然，所以有"李杜文章在，光焰万丈长"那首诗。但后来宋祁《新唐书·杜甫传赞》，以及王安石这种《四家诗选》，又及秦观《淮海集》里的《少游进论》，都是推杜甫为诗中集大成的人，都是本于元稹之说。大概都因为杜甫律深意切，而李白不易揣摩。所以元稹说杜诗"风讽清深，属对律切"。宋祁的赞里也说杜甫"律深清切"。宋人所讲究的，多半重在这一点。《石林诗话》说："王荆公晚年诗律尤精严，造语用字，间不容发。然意与言会，言随意遣，浑然天成，殆不见有牵率排比处。"清吴之振《宋诗钞》说："安石精严深刻，皆步骤老杜所得。"《诗人玉屑》卷十七说："吕丞相说，东坡自南迁以后诗，全类子美夔州以后诗，正所谓老而严者也。"《后山诗话》说："苏子瞻云：'子美之诗，退之之文，鲁公之书，皆集大成者也。'学诗当以子美为师，有规矩故可学。"至于黄山谷之学杜，更不待言。这几个人笔路固然不同，《后山诗话》里说"介甫以工，子瞻以新，鲁直以奇，而杜子美之诗奇常工易新陈，莫不好也"，但他们沉酣于子美之诗，都是一样。黄山谷学杜诗，自负是能去皮得骨的人，所以他有"天下几人学杜甫？谁得其皮与其骨"两句诗。到了吕居仁做《江西宗派图》（简称《宗派图》），又后来方回选《瀛奎律髓》，定"一祖三宗"之目，于是杜子美不但做了宋人的家祖，而且成了黄山谷、陈师道一班人所独有的了。

吕居仁的《江西宗派图》，照陈振孙的《直斋书录解题》及《文献通考》里的《经籍考》所录，称为《江西派》一百三十七卷，又有《续派》十三卷。陈振孙说他所录的，是"黄山谷而下三十五家"，又说"诗派之说，本于吕居仁。前辈多有异论，观者当自得之"。本来钟嵘、张为、司空图,都曾经依照诗的作风,分别品次;但明明地说出"派"字,而且专以一个地方风气为主,是从吕居仁这部书开始的。但是陈振孙说他所录的三十五家,而《渔隐丛话》卷四十八又说他所录的,是"自豫章(指山谷)以降,列陈师道、潘大临、谢逸、洪刍、饶节、僧祖可、徐俯、洪朋、林敏修、洪炎、汪革、李錞、韩驹、李彭、晁冲之、汪端本、杨符、谢迈、夏倪、林敏功、潘大观、何觊、王直方、僧善权、高荷,合二十五人以为法嗣,谓其源流皆出豫章也"。这两说,于人数上颇不相符。至王应麟之《小学绀珠》录此《宗派图》,又有吕本中(即居仁)自己,附在最后,内容二十五人,亦有不同。居仁原来只做了这个图,他的门人,又附录各家的诗,所以有一百余卷之多。后来传者不一,或甚至有所增减。据宋代刘克庄的《江西诗派小序》(今人丁福保编入其《历代诗话续编》)说:"诗派旧本,以东莱居后山上,非也。今以继宗派,庶几不失紫微(即居仁)公初意。"(东莱亦指居仁)这样看来,或者居仁不过举其大纲,他的门人弟子本着他的意思,略有推衍变化。所以《直斋书录解题》说:"诗派之说,本于吕居仁。"所谓本于吕居仁,即是从此发起,而附和者从而推衍的意思了。现在这一百三十七卷的原书,我们已看不着。他的《宗派图》的大略,只有以《渔隐丛话》所引为主了。《渔隐丛话》又略引居仁的原序,说居仁《宗派图》的原序本有数百言,大略是:

> 唐自李、杜之出,焜耀一世。后之言诗者,皆莫能及。至韩、柳、孟郊、张籍诸人激昂奋厉,终不能与前作者并。元和以后至国朝歌诗之作,或传者多依效旧闻,未尽所趣,惟豫章(指黄山谷)始大出而力振之,抑扬反复,尽兼众体,而后学者同作并和,虽体制或异,要皆所备者一。予故录其名字,以遗来者。

他所谓"录其名字以遗来者",即是但做了那个图。至于附录各人的诗,当然是他的后学所为了。对于他这《诗派图》,有许多人都欢喜加以批评或讨论。《渔隐丛话》颇不以这样过崇山谷为然,说:"余窃谓山谷自出机杼,别成一家,清新奇巧,是其所长。若言抑扬反复,尽兼众体,则非也。元和至今,骚翁墨客,代不乏人。观其英辞杰句,真能发明古人不到处卓然成立者甚众,若言多依效旧文,未尽所趣,又非也。所列二十五人，其间知名之士，有诗卷传于世为世所称者，止数人而已。其余无闻焉，亦滥登其列。居仁此图之作，选择弗精，议论不公，余是以辨之。"刘克庄的《江西诗派小序》也认为，这派中有些人的诗绝少，无可采，又有些人，本不是江西人，又有些江西人可采而不采。《渔隐丛话》是根本不赞成吕居仁这宗派之说。刘克庄所疑的，不过是居仁去取的标准。克庄并且发明黄山谷的特点，极其推崇，所以克庄是很赞成吕居仁的。克庄这小序上说："国初诗人，如潘阆、魏野，规规晚唐格调，寸步不敢走作。杨、刘则又专为昆体，故优人有挦撦义山之消。苏、梅二子，稍变以平淡豪俊，而和之者尚寡。至六一、坡公，巍然为大家数，学者宗焉。然二公亦各极其天才笔力所至而已，非必锻炼勤苦而成也。豫章稍后出，荟萃百家句律之长，究极历代体制之变，搜猎奇书，穿穴异闻，作为古律，自成一家，虽只字半句不轻出，遂为本朝诗家宗祖。"他这段话，发明山谷之所以特异，比较吕居仁《宗派图·序》所讲的还要透彻，并且比较还没有毛病。山谷之诗，如果一定说他"抑扬反复，尽兼众体"，似乎还不如克庄这"锻炼勤苦。……只字不轻出"几句话为形容得要，山谷所以究竟不同于欧、苏的，也正在此。至于陈后山本是和山谷齐名，功力悉敌的人，居仁把他置在此图之首，作为紧接山谷的法嗣，克庄说："后山树立甚高，不以一字假借人，然自言诗师豫章，后山地位，去豫章不远，故能师之。"这也说得很好。

本来以宗派言诗，其起源很早，我上边说过，像钟嵘《诗品》都算是这一路。我们看钟嵘的书中，欢喜说某人之诗出于某人，岂不也和居仁是一样的宗旨？宋朝的诗，除了初期有西昆体曾经盛极一时外，六一、荆公、宛陵、东坡这些人起来，大变风气，实在是和山谷、后山这些江西派，是"沆瀣一气"。六一、东坡等，实也是江西派的开道者，他们的诗，都是剥去浮艳，专存真气，正是开启江西派的作风，不过山谷于剥去浮艳、专存真气之中，也仍要讲究锻炼，不像六一多偏于疏散，东坡多偏于豪放罢了。吕居仁原来因为一班朋友结社吟诗，一时师友风气，瓣香山谷，以此作图纪事，后学附和，就编成了那一百三十七卷的总集。我们看居仁自己论诗的宗旨，极有自己心得之言，而且也不拘一格，足见得他这《宗派图》也不过是一时兴到之作。清代张泰来的《江西诗社宗派图录》（丁福保《清诗话》）说得好：

大抵宗派一说，其来已久，实不昉自吕公也。严沧浪论诗体，始于风雅，建安而后，体固不一。逮宋有元祐体、江西体，注云：元祐体即江西派，乃黄山谷、苏东坡、陈后山、刘后村、戴石屏之诗。是诸家已开风气之先矣。居仁因而结社，一时坛墠所及，遂有二十五人，爰作图以记之。观吕公自序有云：同作并和，虽体制或异，要皆所传者一。其厓略可睹矣。

他又引：

范周士云：吕公一日过书室，取案间书读之，乃《江西宗派图》也。公言："安得此书，切勿示人，乃少时戏作耳。"及举此语以问陵阳先生，公语云："居仁却如此说。《宗派图》本作一卷，连书诸人姓字，后丰城邑间刻石，遂如禅门宗派高下，分为数等，初不尔也。"（张泰来不信此说，我以为不妨存之。）

所以这样看来，这《宗派图》在居仁本人，实不是什么经意的书，不过自欧阳修、王安石、苏轼以及黄庭坚、陈师道一反西昆的作风，沉酣于唐朝李、杜、韩各大家，而尤皈依老杜，由他们这种宏雅之才，渊广之学，发为诗歌，成了宋诗的特色，于是效法黄、陈的那班江西社里的人，就捉着黄庭坚做一种格式，铸定了宋诗的模型。这种风气之转移、师承之大略，事实所现，固是如此。所以这《宗派图》，也未尝不是一种事实的书了。

至于究竟江西派所爱赏的是何种诗笔呢？要解决这个问题，仍不得不拿吕居仁的议论来研究一下。居仁的《紫薇诗话》所称引的，颇不拘一格。他称引张横渠、程伊川的诗，又极赞李义山的《重过圣女祠》诗及《嫦娥》诗句。清《四库全书总目》说他"未尝不兼采众长"，诚然不错。但他最精的议论，可以代表江西派的观念的，就是他所做的《夏均父集序》。他这序中说：

学诗当识活法。所谓活法者，规矩备具而能出于规矩之外，变化不测而亦不背于规矩也。是道也，盖有定法而无定法，知是者可与言活法矣。谢玄晖有言，好诗流转圆美如弹丸，此真活法也。近世豫章黄公，首变前作之弊，而后学者知所趋向，毕精尽知，左规右矩，庶几至于变化不测。

（刘克庄《江西诗派小序》引）

他这所谓"活法"，所谓"流转如弹丸"，诚然是很精辟的境界。山谷之精美清奇，学杜而能变杜，正是这样的情形。克庄又解释居仁这几句话，说："紫薇此序，天下之至言也。……所引谢宣城'好诗流转圜美如弹丸'之语，余以宣城诗考之，如锦工织锦，玉人琢玉，极天下巧妙，穷巧极妙，然后能'流转圜美'。近时学者，往往误认'弹丸'之喻而趋于易，故放翁诗云'弹丸之论方误人'。又朱文公云：'紫薇论诗，欲字字响，其晚年诗多哑了。'然则欲知紫薇诗者，以《均父集序》观之，则知'弹丸'之语，非主于易，又以文公之语验之，则所谓字字响者，果不可以退惰矣。"这样看来，江西派末流之枯涩颓唐，是不合于居仁之原意了。

陈师道的《后山诗话》，江西派人多奉为金科玉律，但其中也不无可疑。陆游《老学庵笔记》疑其伪托。《四库全书总目》也说他对苏、黄俱有不满之词，殊不类师道语。这诗话上有几句好像是严立宗旨之言，说："凡诗文宁拙毋巧，宁朴毋华，宁粗毋弱，宁僻毋俗。"这几句话，固然是诗文界一种良药，但是我看和吕居仁"弹丸""字响"的宗旨，和刘克庄所说的"山谷锻炼"，似乎都有点不同。山谷之诗，自然多向"僻"的一边走，但"僻"也正是锻炼，至于"粗""拙"二字，实在完全没有，并且冷艳芬芳的地方，也绝不是"朴"。即便陈师道自己的诗，也可以说是精巧在骨。以粗硬为尚，似乎都不是山谷、后山以至于居仁的主张。《后山诗话》，固然不能说完全不足信，但或者有后人传闻增附的地方。因为这个书，偶有自相矛盾之处。

江西派初期诸人所爱赏的，是精致灵活，而绝不是粗豪生硬，这一层是可以断言的。他们善于学杜，善于体会老杜的诗律，所以如此。杜诗之所以难学，而且往往学出毛病来，正是为那班拿粗豪的眼光来看杜的人所误。我们翻开这《后山诗话》一看，他上面正有与前一说相矛盾的话，他说："学杜不成，不失为工。"既然如此，为什么又说宁取粗拙呢？所以我们要想知道江西派的真心，还是不得不尊重吕居仁之言。

三十一、宋朝几部代表古文家的文学论的总集

自从欧阳修提倡韩愈的文章，所谓古文之学，就从此成立，历宋、元、明以至清朝，做古文的，虽然说是上法六经，而实是以韩愈为不祧之祖，以欧阳修为不迁之宗。宋朝人选有几部古文总集，就是根据这种观念而出现。最早的即是吕祖谦的《古文关键》。

《古文关键》虽是祖谦教授初学的书，但是影响很大。所有后来在古文家这一条路上走的人，都脱不了他的眼法。宋朝接着他起来的有楼昉的《崇古文诀》（《直斋书录解题》作《古文标注》）、真德秀的《文章正宗》、谢枋得的《文章轨范》，再到后来，像明朝茅坤的《唐宋八大家文钞》、清朝蔡世远的《古文雅正》、康熙御选的《古文渊鉴》、乾隆御选的《唐宋文醇》，乃至桐城派诸家的古文选本，都是在一条路上。宋人本来多讲古文，当时选本存到现在的，也就是楼、真、谢这几种，去取虽略有不同，而皆从吕祖谦的书脱化而出。

祖谦的书，第一种开启后人的，就是专取韩愈、柳宗元、欧阳修、王安石、曾巩、苏氏父子这几个人的文章，好像建立了一个古文正统，好像建立了后来所谓"唐宋八大家"的名目。自来选文之书，最早的像挚虞《流别》，固然已经失传，所存的像昭明《文选》，都是包括古今、不拘一格。此外如姚铉的《唐文粹》、吕祖谦自己的《宋文鉴》，又是断代的书，只备一代之文，而不计工拙，不立宗派。到了吕祖谦这部《古文关键》出来，兼包唐、宋而非断代，专取一体而非兼体，六朝的文章体制不同，固绝不收入，秦汉的文章和六经接近的，他也不收，好像以为古文正统，集于这几个人身上。在他自己，或者是为教授学徒，先取法于近代的意思，或者因为自韩愈倡为古文，开了这种专学六经的风气，所以说到古文，不妨断自韩愈以下，做一个段落。其实他这种观念，也本是宋朝自欧、苏以来一代的风气，非他所特创，不过他选了这部总集，当时颇为一班学人所传习，遂成了定论了。

其次，祖谦这书的特点，就是将文章的篇章用笔、字法句法，一切用意遣词结构，大体详细批了出来。这也是前人文学批评的书所不曾做过的。以前的人评论文学，不过略说大概。谈诗的人，或者偶然举出某人一两句诗，加以批评，但是论到散文，都未曾如此。一切选录诗文的总集，皆没有这样的批评。祖谦这书，虽是为初学而设，但是影响很大，开了后

来的"评点之学"。他这书,在每篇文章夹行之中,旁注小批,又于文中紧要的字句旁边,画一直线(评点家所谓"搠"或"抹"),使人注意。初学的人看起来,确是很足以启发的。后来方回的《瀛奎律髓》有评注,有圈点,也是这一路。到了明清两朝诗文家,以圈点来评文的,更是不计其数了。

他的书的前面,有几句很重要的批评。他对于这几家的文章,评论得极好。他说:

> 韩文简古,一本于经,亦学《孟子》。学韩简古,不可不学他法度,徒简古而乏法度,则朴而不文。柳文关键,出于《国语》,当学他好处,当戒他雄辩,议论文字亦反复。欧文平淡,祖述韩子,议论文字最反复,学欧平淡,不可不学他渊源,徒平淡而无渊源,则委靡不振。苏文波澜,出于《战国策》《史记》,亦得关键法,当学他好处,当戒他不纯处。曾文专学欧,比欧文露筋骨。子由文太拘执。王文纯洁,学王不成,遂无气焰。

这几句话,可以代表古文家的手眼,发韩、欧各家所不肯自言之覆。古文家都说上法六经,而实在专学六经的,只有韩愈。古文家最忌的是诸子百家的杂霸之气,所以除了韩一人而外,像柳的"雄辩",苏的"不纯",都在所必去之列。祖谦这样辨明,很有功于古文之学。至于"简古亦须学法度""议论要反复""平淡要有渊源""学王不成无气焰"这些话,对于文章的境界,极能引人向上,极能掘发各家的文髓了。

至于步随祖谦而起的楼昉《崇古文诀》,传本不多,见者甚少,但楼昉是祖谦的门人,《直斋书录解题》说:"其大略如吕氏《关键》,而所录自秦汉以下至于宋朝,篇目增多,发明尤精,学者便之。"那么,这个书的好处大略可知,他从秦汉选起,是略广于祖谦。

古文家本近于理学家。但理学家简直不言文,古文家虽亦尚理学,而亦不废文,韩愈所说"学古道故欲兼通其辞",就是这个意思。宋朝理学极盛。欧阳修等是古文家,固非纯然理学家,而且像苏东坡,尤其与理学相反,所谓洛、蜀二党的争论,是很显然的,但像欧阳修这种取法韩愈,比较多注重道的一方面的人,就与理学家更为接近了。我们看上边第二十七章所引欧阳修论古文的话,可以证明。到南宋时理学更盛,一班讲古文的人，像吕祖谦等，实在本是理学家。他所取的文章，都以义理纯正为主。稍后真德秀的《文章正宗》这部大总集出来，就代表纯粹理学家的文论了。真德秀这书，完全以"穷理致用"的文章为文章的正宗，否则不是正宗。他的序上说：

> 正宗云者，以后世文辞之多变，欲学者识其源流之正也。……昭明《文选》、姚铉《文粹》所录，果皆得源流之正乎？夫士之于学，所以穷理而致用也。文虽学之一事，要亦不外乎此。故今所辑，以明义理切世用为主。其体本乎古，其指近乎经者，然后取焉，否则辞虽工不录。

他这样宗旨鲜明，所以去取极严。他所选的是从《左传》《国语》以下直到宋朝之诗文，分为四类，一曰辞命，二曰议论，三曰叙事，四曰诗赋，以内容质素而分，不是以外貌形体而分，这就是他以言理为宗旨的意思。即如他选诗歌，也与别的诗家观念不相同。宋代刘克庄《后村诗话》说：

> 西山先生（即德秀）以诗歌一门属余编类，且约以世教民彝为主，如仙释闺情宫怨之类，皆勿取。予取汉武帝《秋风辞》，西山曰："文中子亦以此词为悔心之萌，岂其然乎？"意不欲收，其严如此。凡余所取而西山去之者太半，又增陶诗甚多，如三谢之类多不收。

完全以理学的眼光来看文学，当然是如此。顾亭林《日知录》里颇不以真德秀为然。顾说："《文章正宗》所选诗，一扫千古之陋，归之正旨，然病其以理为宗，不得诗人之趣。……必以坊淫正俗之旨严为绳削，虽矫昭明之枉，恐失国风之义。六代浮华，固当刊落。必使徐、庾不得为人，陈、隋不得为代，毋乃太甚，岂非执理之过乎？"顾氏一切立论，本都是鉴于明代理学家太过，流为迂腐而发，这几句批评真德秀之言，固然也本于普通的文学观念，但尚未搔着痒处。德秀此书，乃专为严立他的宗旨，故不惜一切异于他人。单拿普通的文学观念来责备他，他不见得心服的。不过我们要知道，古文家和理学家，都是专学六经，像真德秀这种书，当然是不背经义。所差者，就是不能将六经的主义各各地分别来看。六经不是专明一义的，各有各的面目，各有各的主义。《礼记·经解》里，不是有"洁净精微，《易》教也……温柔敦厚，《诗》教也"等等的话吗？这分明是告诉人，各部经书，有各部经书的用意。理学家穷理之学，本近于《易经》的路数，而不一定能兼有《诗经》的道理；《诗经》是切于人情的东西，人情很复杂，所以诗歌一类的文学，也体貌不一。风、雅、颂、赋、比、兴，各有其特性，所以各种诗都不能偏废。如果一种诗，专以"世教民彝"做正面的说法，那就和《易经》的卦词相近，和后世的格言相近，而与抑扬反复情感动人的诗教大不相同了。《文章正宗》这种书，所以诗赋一类最为人所议，其原因在此。至于所选的那些散文，其去取标准，和其他古文家，并没有什么大异。在文章的思想和作用上吹求，也本是根据古义，我前边说过很多。真德秀尤能把这种古义严格地表现出来。他和邵雍那种忘情论，近于佛家、道家另一境界的观念不同。

　　谢枋得的《文章轨范》，也是为教示士子习举业之用，大旨也和吕祖谦《古文关键》相同，都是理学家和古文家两层眼光混合一起的文学批评。他把文章分为大胆文和小心文两种，以为学文者先要大胆后要小心，这种看法，也很别致。至于他门人王渊济跋他这书，说他有表彰大义清节的寓意，也或者不错。

三十二、针对江西派的《沧浪诗话》

　　我前边说过，宋人的诗话多半是"闲谈式"的书。到了严羽的《沧浪诗话》出，就颇有严立宗旨，蔚然成一部著作的神气。严羽生在南宋之季，当江西派盛极一时之后，所以他的立论，多半是针对江西派而发。当他这个时候，所谓永嘉四灵——徐照、徐玑、翁卷、赵师秀，已经力矫江西末流粗涩之弊，而倡为晚唐体。一班江湖诗人，如陈起所刻《江湖群贤小集》，那些人都相与依仿，力反江西之作风。而且南宋大诗人如杨万里、陆游等，虽大概都是出发于江西派的宗风，但已经是脱化出去了。譬如杨万里在他的《荆溪集·自序》里说，他自己初学江西，后来"辞谢唐人及王、陈、江西诸子而不敢学，然后欣如也"。陆游《老学庵笔记》也有攻击黄山谷"字字求出处"之论。清《四库全书总目》所以说："游诗法传自江西派，然游清新刻露，而出以圆润，实能自辟一宗。"这时候风气所鼓荡,不得不有变化。四灵派等人遂高标唐宗了。不过四灵派所理会的只有晚唐,而严羽之特点,就是专言盛唐。

他的书,态度很矜张,批评别人很严苛,不稍含混,好像自负是诗统所在,气象不凡。他这小小一部书,影响之大,令人可惊。从明朝李东阳及前后七子,一直到清朝的王士祯都跑不出他的门限,不过各人引申的说法各不相同罢了。严羽说诗,欢喜借禅学为喻,他重要的宗旨,是说诗要法盛唐,以妙悟为主,要不落言筌,不拘于书卷与理趣。他这诗话中《诗辨》一章里说:

> 论诗如论禅。汉、魏、晋与盛唐之诗,则第一义也。大历以还之诗,则小乘禅也,已落第二义矣。晚唐之诗,则声闻辟支果也。……大抵禅道惟在妙悟,诗道亦在妙悟,且孟襄阳学力下韩退之远甚,而其诗独出退之之上者,一味妙悟而已。惟悟乃为当行,乃为本色。然悟有浅深,有分限,有透彻之悟,有但得一知半解之悟。汉、魏尚矣,不假悟也。谢灵运至盛唐诸公,透彻之悟也。……他虽有悟者,皆非第一义也。……天下有可废之人,无可废之言,诗道如是也。若以为不然,则是见诗之不广,参诗之不熟耳。……诗之极致有一,曰入神,诗而入神,至矣尽矣。……夫诗有别材,非关学也;诗有别趣,非关理也。……所谓不涉理路、不落言筌者,上也。诗者,吟咏情性也。盛唐诸人惟在兴趣,羚羊挂角,无迹可求,故其妙处,透彻玲珑,不可凑泊,如空中之音,相中之色,水中之月,镜中之象,言有尽而意无穷。近代诸公,乃作奇特解会,遂以文字为诗,以才学为诗,以议论为诗。夫岂不工,终非古人之诗也。

他的大段宗旨是如此。但是我们要知道,他这些话,是他所标的一种最高的目的,而且是专就境界品格上讲。严羽一切立论的动机,本都是对付江西派兼对付四灵派而发,实在是以救弊的动机,做建立宗旨的运动。所以他的口锋不妨犀利。目标虽然很特别,但他所说求达这种目标的方法,也很普通,也很平正。他以为用功要由上而下,不可抱住后世一师之言,死紧不放。所以他的《诗辨》一章里又说:"学诗以识为主,入门须正,立志须高,以汉魏晋盛唐为师,不作开元、天宝以下人物。若自退屈,即有下劣诗魔入其肺腑之间。故曰学上仅得中,学中斯为下。先须熟读《楚骚》、汉魏五言,即以李、杜二集枕藉观之,如今人之治经,然后博取盛唐名家酝酿胸中,久之自然悟入,虽学之不至,亦不失正路。"我们看《渔隐丛话》说"豫章之学,得法于少陵,今少陵之诗,后生少年不复过目",足见江西派的后生,简直不肯取法乎上。而四灵诸人,又只能以贾岛、姚合、晚唐为师,所以严羽特为此振起颓风之论。至于他的方法,上自《楚骚》、汉魏,而基础的工夫,还要寝馈于李、杜,然后博以盛唐诸公为酝酿,以待一旦之悟。这种路数、这种方法,实在极平妥。他以为诗之极致,是"入神",底下接着说,"惟李、杜得之,他人得之盖寡",更是十分推崇了。"妙悟""别材""别趣"这些话既是专为救弊而发,所以他这《诗辨》一章,最末就很痛快地责备当时的人,他说:"近代诸公多务使事,不务兴致,用字必有来历,押韵必求出处,末流甚者,叫噪怒张,殊乖忠厚,殆以骂詈为诗,诗至此可谓一厄!……国初之诗,尚沿袭唐人,至东坡、山谷出,始自出己意为诗,唐人之风变矣。山谷用功,尤为深刻,其后法席盛行,海内称为江西宗派。近世赵紫芝(师秀)、翁灵舒(卷)辈,独喜贾岛、姚合之诗,稍稍复就清苦之风,江湖诗人多效其体,一时自谓唐宗,不知只入声闻辟支之果,岂盛唐诸公大乘正法眼者乎?"他这种批评,自是称心而谈的话,既为救弊而言,所以就不得不这样发作出来。

但严羽的话,正因为多在救弊一方面用心,而不能十分圆满,所以结果也引出不圆满的影响。明清一班诗人,力言盛唐,而始终不能及盛唐,并且连北宋大家,也还赶不上,即是受他的不圆满的害。严羽以禅喻诗,在根本上已经差以毫厘,而又专在"境"上立言,所谓"透彻玲珑,不可凑泊,空中之音,相中之色",这种玄之又玄的境界,也令人难以理会。诗是理性情的东西,像这种玄妙不测的境界,必定要用参禅的工夫,才能够达到,不是涵养性情的工夫所能达到。所以严羽所差的,即是但言境界而未言性情。他虽然有一句"诗者吟咏情性也"的话,但底下接着说"盛唐诸人惟在兴趣",和上句意不相属,不知所谓吟咏性情者,在他心中是何种意义。难道说"兴趣"二字,可以代表性情之表现吗?这一点是不可索解的。严羽可以算得知"境"而不知"人"。明七子所以徒有盛唐之肤壳,王渔洋所以徒有风神而少情性,未尝不是因严羽的话,而差以毫厘了。

至于他论诗,欢喜多分体制,清朝冯班最反对他,做《严氏纠谬》

一书，痛陈其失。但严羽这诗话后面，有一封《答吴景仙书》，已经讨论此事。吴景仙也是不以他强分体制为然，景仙好像以为各家的诗，都有异户同门之处，不能严为分别。严羽则以为，"作诗正须辨尽诸家体制，然后不为旁门所惑，今人作诗差入门户者，正以体制莫辨也"。他又自谓，"仆于作诗不敢自负，至识则自谓有一日之长，于诸家体制若辨苍素，甚者望而知之，试以数十篇诗隐其姓名，举以相试，为能别得体制否"。他自负这样精于辨体，我们也无从试验他。不过就各人的面目而言，所谓人心不同，各如其面，从各人互异的方面看，这样详分体制，也未尝不好。他的分目，多半随事实、随习惯而称，非他一人闭门造车造出这些体的名目。譬如昭明《文选》的分目，后人有说他细碎的，但是昭明也是随事实、随习惯而分，细碎之中，自有他大段的类别，我中卷里论《文选》那一章，已经说过。严羽的分体，也可作那样看。例如他所谓"唐初体""大历体""元和体""晚唐体"，为明朝高棅的《唐诗品汇》所承用（不过以大历为中唐，合元和于晚唐），于是初盛中晚的唐诗，遂成了一定的名目。明末钱谦益的《唐诗英华序》，也力攻这种强分时代的办法。但钱谦益乃是力矫七子之弊的人，所以对于这承袭严羽之言的高棅，就明加排难。又《唐诗品汇》为明朝一朝馆阁所崇奉（《明史·高棅传》），这样初盛中晚之分，成了一代诗人的肤壳门户之见，因此引起钱氏的攻击。不过严羽的话，本来很通的。他虽是这样分，但他又说："盛唐人诗，亦有一二滥觞晚唐者，晚唐人诗，亦有一二可入盛唐者，要当论其大概耳。"这是示人以圆活的眼光，并不是自破其例。他所最提醒的，就是"大历以前，分明是一副言语，晚唐分明是一副言语，如此见方许具一只眼"。凡看诗文的人，能有这种灵敏的眼光，分体也可，不分体也可，严羽似乎没有大错。冯班锱铢较量，反为小气。

　　严羽的《诗评》一章里，有几句很别致的话，他说："诗有词理意兴。南朝人尚词而病于理，本朝人尚理而病于意兴，唐人尚意兴而理在其中，汉魏之诗，词理意兴无迹可求。"这样看来，他是祖汉魏而宗唐了。大凡诗文风气，有时代之迁流，而文学批评上所用的名词，也自然有时代迁流、因时设施之处。他拿词理意兴四种名词比较来讲，也完全为"本朝尚理而病于意兴"那一句而发，总是想拿唐诗来救宋诗之弊。清代胡应麟《诗薮》说："严仪卿（即羽）论诗，六代下便分明，至汉魏便鹘突。"他是看严羽所谓"汉魏无迹可求"这一类的话，好像不大懂得汉魏诗的样子。其实严羽较论汉魏六朝人的诗，也颇多心得之言。总而言之，凡是说诗，像《文心雕龙·明诗篇》那种根据各人性情遭际、时代兴衰来讲，为最识要领。自从钟嵘那样专门分品次、较诗格，已经多为后人所议，何况严羽。严羽诗话所引起的毛病，是不以性情言诗，其他没有什么错处。《四库全书总目》说"要其时宋代之诗竞涉论宗，又四灵之派方盛，世皆以晚唐相高，故为此一家之言，以救一时之弊。后人辗转承流，渐至于浮光掠影，初非羽之所及知。誉之者太过，毁之者亦太过也"，颇为公允。不过浮光掠影的毛病，虽非羽所及料，但他知"境"而不知"人"的议论，终是应该负责。这种责备，本来自诗话大盛以后，所有做诗话的人都应该负的。无奈严羽这诗话，俨然是一部郑重而出之的著作，不像其他闲谈式的诗话，因此他的影响极大，所以他应该多负一点责任。有许多人常有"诗话兴而诗亡"之叹，也未尝无故。宋代姜尧章的《白石道人诗说》里说："以我之说为尽，而不造乎自得，是足以为能诗哉？"原来批评家不过是引人自己入胜，并没有立意要引人入迷，迷者自迷。所以这样看来，应该负责的人，又不是作诗话的本人，反而是看诗话的人了。

三十三、《瀛奎律髓》里所说的"高格"

当宋朝亡的时候，诗学界有一个大批评家，就是方回。他的大著作，就是《瀛奎律髓》。他这书是把有宋一代的"诗话之学"和"评点之学"两种体裁综合起来，是很有规模的书。在主张上，他是江西派的后劲，对于西昆，固所不许，对于当时的四灵、江湖诸人，最为鄙薄。严沧浪要以盛唐的诗医宋诗的病，方回则仍抱定黄、陈诸子，以黄、陈接杜甫，建立一条边的大路，为江西派的护法，而且也是江西派的救弊者。宋朝一朝的诗，总还算江西派的势力最大，除了黄、陈本人而外，几个有名的大家，都是和江西派不即不离的。我们一说到"宋诗"两个字，脑筋里绝不会把西昆、四灵、江湖等派的诗拿来代表，一定是让东坡、山谷、后山、放翁这些大家占住了脑筋。所以照方回这部书的态度来讲，可以说他的批评，大致都不背于南北宋多数诗人的观念。固然各人口中的话不能完全相同，方回也当然有他个人的见解，但是可以浑括地说他是宋诗的眼光了。所谓宋诗眼光，就是说他不是唐诗的眼光，也不是明诗的眼光，也不是清诗的眼光。像严沧浪的论调，就可以和唐司空图、清王士祯相提并论了。

方回本来自命为宋之遗民，虽然周密《癸辛杂识》上论方回失节于元，许多丑行，有十一可斩之说，但宋人笔记小书，时时有党同伐异、轻薄诋諆之习，不必句句话都可信，况且正史上本没有他的传，生平详细事迹不可知，后人但凭周密这个记载，和刘壎的《隐居通议》上所说方回的事来讲，周密、刘壎都是和他同时的人，而刘壎说他"乞斩贾似道，觉得是一磊落士"，所以后人又何必一定要信周密而疑刘壎呢？我们可以一概不论，单论他的诗说。

又清代纪昀的《瀛奎律髓刊误·序》，说方回不应该攀附道学以自重，这也是以周密的话先入为主。我们就书言书，方回时时发其亡国之痛，又往往就诗而论人品论世道，实不愧一个有心的人。至于纪昀的议论，以及他所总裁的《四库全书总目提要》，都免不了清初一班馆阁之见，喜考据而厌道学，对于稍稍谈道学的人，总要设法吹求他一点末节细行，以文致其过。又动辄自夸其通识，好像最恨门户之见似的。例如纪昀既作《瀛奎律髓刊误》，以斥江西，又做《二冯评阅才调集删正》，以斥西昆，自负折中之识，其实他自己的纰缪也很多。像方回这种人，既然晚年在元朝统治之下，又时作宋室之思，这种态度，在清朝那些皇帝心中，是最所憎恶，如果方回生在清初，恐怕早已为文字狱所罗织，一班馆阁之臣习染成风，也从而吠影吠声，殊为可笑。《四库提要》是官书，有时比较还慎重，在方回的《桐江续集》那篇提要上，虽略引周密的话，但也称赞方回的识解。到了纪昀自己做这个《瀛奎律髓刊误》，就大事吹求，简直把他骂得无地自容，处处皆含成见，他所刊误的，自然也有些地方可以补救方回的，但实在远不及方回之精辟独到。关于这一层，我们不可不注意，凡是纪昀评点刊正的书，都切不可认为他所刊正全是有理，而被他刊正的人都是错的。

在《瀛奎律髓》前面，有方回一篇短短的自序，略说他选诗的义例：

  律者何？五七言之近体也。髓者何？非得皮、得骨之谓也。斯登也，斯聚也，而后八代、五季之文弊革也。文之精者为诗，诗之精者为律，所选诗格也，所注诗话也。学者求之髓，由是可得也。

他以为律诗是诗体之精者，所以他专选律诗。纪昀对于这句话就根本反对。纪昀又有《删正方虚谷瀛奎律髓》一书（在《镜烟堂十种》中，即是《瀛奎律髓刊误》之约本，或者是最后的定本，故与《瀛奎律髓刊误》多有异同）。在这书里，他驳方回这种以律诗为精之说，他说："古体岂诗之粗者？"纪昀的话，普通看来，当然似乎极有理，但是律诗是唐初承六朝之末，精研声律之风，而衍创出来的一种最工稳的诗体。梁陈的古诗，已经有大似唐初五七言律的地方，唐初沈佺期、宋之问等，又从这种趋势更加研精，遂成了所谓律诗。所以律诗本是代古诗而兴的一种作品。一切人事上的变迁，本都是由阔略而趋于细密，由简明而趋于烦碎。在意味上，不必今胜于古；在格律上，总是今密于古。"密"不一定就是好，而且古有古的"密"，今有今的"密"。不过照律诗的声调格律来讲，当然律诗密于古诗，亦即是律诗精于古诗。这是自有诗律以来的一种普通观念，并非方回自造之言。元稹的《杜君墓系铭》，已经讲得最清楚。他说："唐兴，……沈、宋之流，研练精切，稳顺声势，谓之为律诗，由是而后，文变之体极焉。"但是好古之情，人所恒有，虽然律诗欲取古诗的地位而代之，而作古诗的人，依然还是很多，所以元稹又说："然而莫不好古者遗近，务华者去实，效齐梁则不逮于魏晋，工乐府则力屈于五言，律切则骨格不存，闲暇则纤秾莫备。至于子美，盖所谓上薄风雅，下该沈、宋……尽得古今之体势。"这就是说律诗既兴之后，仍有许多作古诗的人，不过虽作古诗而终不及前人，又以为过于尊律诗，也不无毛病。到杜甫才兼工古今体，既能兼今体之长而无其病，又能上追一切古体之美，所以算个特出的人了。元稹所说的"律切"，正和方回所说"律者诗之精"是差不多的意思。所以方回的话，并未说错。而且照元稹的话看来，假使没有杜甫再振起古诗之体，恐怕古诗的地位，早已被今体诗挤去得无影无踪了。纪昀的批评，有些是随笔兴到不暇深思的见解。就《瀛奎律髓》而言，方回的话，都是句句思索过一番的说话，虽然不无偏见，但比较纪昀要警策一点。

　　方回的选法，是不以人为类，而以诗题的事类来分的，有所谓"登览类""朝省类""怀古类""风土类"等等四十九类，共四十九卷。这种选法，本于昭明《文选》，而宋元人最盛行，亦取便于学子之揣习。像《唐文粹》，固完全本于《文选》的选法，其他小的选集，像刘克庄的《分门纂类唐宋时贤千家诗选》，赵孟坚的《分类唐诗》，以及无名氏的《类编草堂诗馀》，等等，皆是这一路。有些人说，这种选法不大方。但是以人为类的选法，可以见一个人的精彩。以体为类的选法（例如以诗赋、碑铭、论序或四言诗、五言诗、七言诗等等为类之选本，即是以体为主之选法），能见一体之流别。至如欲观内容之指事抒情和各人心手异同之处，那么，这种以事类为别的选法，也未尝无功。凡是诗文选本，原是代表各人批评鉴别的眼光，并非教人专看选本而不看专集。所以无论如何选法，都可以各从其是，不必是甲而非乙。

但是既以事类为分，对于所分的标准用意，不能不有所说明，所以方回在每类之前，都有一篇小序，说明所以立这一类诗的用意。有些小序，作得甚有意味，譬如他的"怀古类"小序：

> 怀古者，见古迹思古人。其事无他，兴亡贤愚而已。可以为法而不之法，可以为戒而不之戒，则又以悲夫后之人也。齐彭殇之修短，忘桀纣之是非，则异端之说也。有仁心者必为世道计，故不能自默于斯焉。

纪昀也赞成这段话，以为"此序见解颇高，可破近人流连光景自矜神韵之习"。又"升平类"，方回的小序说：

> 诗家有善言富贵者，所谓"笙歌归院落，灯火下楼台""梨花院落溶溶月，柳絮池塘淡淡风"是也。然亦必世道升平而后可。李太白当唐明皇盛时，奉诏作《宫中行乐词》，虽渔阳之乱未萌也，而其言已近乎夸矣。今取凡言富贵者，不曰富贵而曰升平，必有升平而后有富贵。羽檄绎骚，疮痍憔悴，而曰君臣上下朋友之间可以逸乐昌泰，予未之信也。

这段话又大有道理，纪昀也说："此论却正。"我前边有论晏殊的富贵风趣一章，略说富贵诗的优劣，说明晏殊的意思，是以为必天怀淡泊的人，才能表现富贵的风趣。这个意思和方回可以互相发明。天怀淡泊不溺于富贵的人，自然就能体贴世道，言有分际，绝不会当忧而反乐了。关于这一层，欧阳修曾和晏殊闹过一次意见。《渔隐丛话》卷二十六引《隐居诗话》说："晏元献作枢密使，一日雪中退朝，客次有二客，乃欧阳修、陆经。元献喜曰：'雪中诗人见过，不可不饮。'因置酒共赏，即席赋诗。是时西师未解，欧阳修有'主人与国共休戚，不惟喜乐将丰登；须怜铁甲冷彻骨，四十余万屯边兵'。元献怃然不悦，尝语人曰：'裴度也曾燕客，韩愈也会做文章，但言园林穷盛事，钟鼓乐清时，却不曾恁地作闹。'"裴度当唐朝宪宗的时候，也是国家多事，淮西之乱，并且身自统兵平乱，而《唐书》力称其临事镇定，后来罢官，园林文酒之盛，一时称羡。韩愈是他的宾客。所以晏殊就拿这话来讲。我们看谢安当他的侄子和苻坚打仗的时候，乃对客下棋，也是镇静的意思。本来临事镇静是要紧的，临大事而手忙脚乱，徒悲嗟涕泣，反足误事。像晏殊这种文酒之会，也不见得就是耽逸乐而忘忧国。欧阳修这诗，未免太过。但是方回拿这种意思提醒人，确是大可注意。如果一个人生在乱世，不能有触于心，反而发出欢乐之音，那岂非等于刘后主的"此间乐，不思蜀"，等于陈叔宝之全无心肝吗？又"忠愤类"小序说：

　　世不常治，于是有《麦秀》《黍离》之咏焉。庾信《哀江南赋》，亦人心之所不容泯也。炎、绍间（南宋高宗年号建炎、绍兴），有和江子我诗者，乃曰："成坏一反掌，江南未须哀。"子我以为何其不仁之甚。惟出荆、舒之学，京、黻散之门者例如此。今取其可以怨者列之。

他引庾信《哀江南赋》，正是怀故国伤宋室之亡，其言甚切。那做"成坏一反掌，江南未须哀"两句诗的人，他认为太过达观无心肝，骂他是出于王安石、蔡京之门，这也是本于宋朝一班道学儒林中人共同的心理，所以憎王安石。方回这书，是做于元朝至元二十年，不无《麦秀》《黍离》之感，所以不觉情见乎辞。他对于这一类所选各诗，往往有很沉痛的批评，时有论及宋末的政事，十分感叹。像其中汪彦章《己酉乱后》那四首，和曾茶山《闻寇至》、刘屏山《北风》、刘后村《书事》那几首，方回的批评，反复论宋事，语气之间，那样凄楚，不是出于真心，哪能如此呢？纪昀动辄说方回故意矫情自掩其丑行，真太过信周密之言了。至于"闲适类"的小序说："穷居闲处，升高望远，采山钓水，黜陟不闻，理乱不知，闲适之味，诗家所必有而不容无者也。"纪昀以为这是偏滞之见，他说："人生穷达系于所遭，不必山林定高于廊庙，而四始六义，亦非专为石隐者设。"实在闲适一类的诗，在白居易诗集中，已自己立了这一类。"桑者闲闲兮"，在《诗经》中，也早有这种幽隐闲适之风。

而且方回并未曾说出山林一定高于廊庙，纪昀过于信手吹求。方回所谓"不容无"，不过说诗界中不可缺少这种风味，并非责廊庙之人一定要个个有这种风味，他这小序的下面不是说"要之闲适者流多在郊野，身在朝市而有闲适之心，则所谓大隐君子，亦世所希有也"吗？

方回所建立的门户，即是所谓一祖三宗之说。《瀛奎律髓》卷二十六中有一段批注说："乌乎！古今诗人当以老杜、山谷、后山、简斋为一祖三宗，余可豫配飨者有数焉。"这是比较《江西宗派图》略有不同的地方。《诗派图》好像专以黄山谷做一时诗坛风气之宗主。虽然吕居仁的序中提了杜甫，但还是和李白在一起提的。黄山谷之善于学杜，固是他们所公认，但是《宗派图》中，并未曾提及他是专学杜。学杜必由黄山谷，虽然是《后山诗话》的话，但《宗派图》也未曾提及。这样看来，大概江西派的末流，或者只知黄山谷而不知杜工部了。所以《渔隐丛话》也说："近时学诗者，率宗江西，而不知江西本亦学少陵者也。"这种情形，实是《宗派图》有以开其端。因此有些大家虽源出于江西而时时有起衰救弊之思，像杨万里、陆游等，岂不都要脱化于江西之外吗？（参见上边论《沧浪诗话》的部分）刘后村的《江西诗派小序》说"后来诚斋（即杨万里）出，真所谓得活法者，所谓流转圜美如弹丸者，恨紫薇公不及见耳"，又说"弹丸之语，非主于易，字字响者，不可退惰"，都是指江西末流之失，以为杨诚斋诸人可以救其弊。但江西派末流根本的病征，乃是虽知山谷之学杜，而不去学山谷之所学，即专门抱定山谷本人为主。所以和吕居仁同时的陈简斋（与义，字去非），就发了一种砭时之论。他说："诗至老杜极矣，苏、黄复振之而正统不坠。东坡赋才大，故解纵绳墨之外而用之不穷；山谷措意深，故游泳玩味之余而索之益远。要必识苏、黄之所为，然后涉老杜之涯涘。"他正是有专以老杜为法的意思，并且以苏、黄并称，又是不专守黄山谷。《江西宗派图》没有列简斋之名，或者即是因为这个缘故。而后来刘克庄诗话即说："元祐诗人迭起，不出苏、黄二体，及简斋始以老杜为师，建炎间避地湖峤，行万里路，诗益奇壮，造次不忘忧爱，以简严扫繁缛，以雄浑代尖巧，第其品格，当在诸家之上。"刘须溪序《简斋集》，又明说他较胜苏、黄。这样看来，直学老杜以振江西末流仅知山谷之弊，尊崇简斋以配山谷，正是方回的时候一班名家的公见。方回于是正式提出杜甫为祖，正式提出简斋和山谷、后山并为三宗，而非必如吕居仁以后山以下，硬要定为山谷之法嗣。他这种手眼，比较《江西宗派图》更要妥当，更无流弊。我所以说他不仅是江西的护法，而且是江西的起衰，不但是江西一派的拘墟之论，而且是南北宋一朝多数大家递变日新最后结晶之思想的总汇。

方回处处本杜甫为祖之意，又处处发明简斋之高，词气中即时以简斋学杜的本领，尚在山谷、后山之上。他这种观念，固稍异于《宗派图》，又固是本于宋末一班人的意见，但实是身丁乱世，受环境所激成的思想。《瀛奎律髓》卷一说："老杜为唐诗之冠，黄、陈为宋诗之冠。黄、陈学老杜者也，嗣黄、陈而恢张悲壮者，陈简斋也。"又卷十三说："简斋诗独是格高，可及子美。"又卷二十三说："去非格调高胜，举一世莫之能及，欲学老杜，非参简斋不可。"差不多一说到简斋，无不深致推崇，而所以推崇他的眼光，实专注在"恢张悲壮"四个字上。简斋身丁北宋之末，二帝蒙尘之痛，在南北宋之交，他最能表现一种沉痛激越之音。方回也有身世之感，比物连类而致其叹赏，不为无故。陆游的诗，固然也很悲壮，但比较容易流为圆滑。所以方回又提出"格调高胜"四字，以赞简斋，然后他的立说，才不易打破。老杜夔州以后之诗，本是有宋大家所公认的高格，好像《诗人玉屑》卷十七引，"吕丞相说东坡南迁后诗，类子美夔州以后诗，所谓老而严者也"。"老而严"，即等于方回所谓"格高悲壮"。所以在方回眼中，简斋学杜得髓，正在此处。山谷、后山所遭之时，较为承平。简斋"避地湖峤，行万里路，诗益悲壮，造次不忘忧爱"，正和老杜平生大有相同之点，因此学杜而得其最后的老境，本是理所应当，以此称之，不为太过。方回本着这种观念来论老杜，所以《律髓》卷十就说："大抵老杜集，成都时诗胜似关辅时，夔州时诗胜似成都时，而湖南时诗又胜似夔州时，一节高一节，愈老愈剥落。"所谓"愈老愈剥落"，正是剥去浮艳，专存真气，有宋大家所注意的，无不在此。江西派固因吕居仁而坚其壁垒，而末流反而束缚规矩无活气，求字响而反哑，求"弹丸"而反涩，正因求工太过，无真情境。方回以此振之，所以说他确是江西派之起衰者。西昆之流为僻，江西之流为险，都非原来主张者之本意。方回也并未曾有生硬粗豪之说，而纪昀《瀛奎律髓刊误·序》，硬说他是"以生硬为高格，以枯槁为老境，以鄙俚粗俗为雅音，名为尊杜，而工部之精神面目迥相左也"，实不免冤枉方回。方回所说的"剥落"，和"粗硬"二字相差太远。后山诗"宁拙毋巧，宁粗毋弱"那几句话，或者可疑，或者也是江西派中人有激而然，矫枉过正之言，但断没有以粗拙做正面的主张的道理。我们要知道清初的朝廷，本来专欢喜提倡和平中正之音，这本是时代环境不同，但对于这种稍近激昂慷慨的见解，无不大肆抨击，实在太过。纪昀把他抨击方回的话大书特书于《四库全书总目》之中，使得一班人对于《瀛奎律髓》，几视同"邪说"，这是纪昀之过了。历代国家衰乱的时候，往往美艳的文学特别发达，世愈乱，文章愈淫艳，这是常有的例子。六朝五代的文风，不是显而易见吗？方回在《律髓》卷七"风怀类"韩致尧的《幽窗》诗后面，加了几句批评说"岂非世事已不可救，姑留连荒亡以纾其忧乎"，这也是一种感慨的话。但是南宋之末，"世事不可救"的时候，居然一反向例，诗文界颇无荒亡淫艳之作，而随处有激昂悲壮之音，民气赖以不坠，这正是有宋诸大诗家的功劳。我们要想明了有宋诸大家的这种功劳，方回《瀛奎律髓》正用得着了。方回自序，所以特标出"革八代五季之文弊"一句，正是这种用意。文学批评，也未尝和诗代无关，纪昀何必定要反对？

  方回所最注意的，是"格高"二字，这是吕居仁所不曾说到的。所谓"格高"，是注意于意在笔先，先在性情学问上讲求的。《律髓》卷二十一说："诗先看格高而语又到意又工为上，意到语工而格不高次之，无格无意又无语下矣。"这是他论诗的根本标准。他这"格高"二字，颇与钟嵘《诗品》中的"风力"二字相当。我们看他推尊简斋，即是以格高为主，同时他又把"格高"二字遍赞他所谓"三宗"。《律髓》卷二十四说："盖学老杜而才格特高，则当属之山谷、后山、简斋。"总是表明他所以取为三宗的用意，完全是因为三人之格高。他讥评四灵、江湖诸诗人，都是本着这个观念。所以《律髓》卷十说"姚合与贾岛同时而稍后，格卑于岛，细巧则或过之，盖四灵之所宗也"，又说"姚合诗专在小结里，故四灵学之，五言八句，皆得基础，七言律及古体，则衰落不振，又所用料不过花竹鹤僧琴药茶酒，气象小矣"。又卷二十五说："今江湖学诗，喜许浑，以为'丁卯句法'。"又卷十说："许用晦诗，出于元、白之后，体格太卑，对偶太切，近世晚进，争由此入，所以卑之又卑也。"又卷十四于戴石屏诗后批云："石屏此诗，止于诉穷乞怜而已，江湖间人，皆学此等衰意思。"我们拿他这几段话一看，可以知道他所谓格高和格卑的大略分别了。卷四十七又说："江西诗，晚唐家甚恶之，然粗则有之，无一点俗也。晚唐家吟不著，卑而又俗，浅而又陋，无江西之骨之律。"这就是表示通江西派的全体而言，都是格高于四灵、江湖，他所以仍主江西一派正因这个缘故。至于江西之粗，他并不为之曲讳，又何尝主张粗硬呢？方回对宋朝一代的诗，有一个去取的总标准。《律髓》卷一说："老杜为唐诗之冠，黄、陈为宋诗之冠，黄、陈学老杜者也。嗣黄、陈而恢张悲壮者，陈简斋也。流动圆活者，吕居仁也。清劲洁雅者，曾茶山也。七言律，他人皆不敢望此六公。若五言律诗，则唐人之工者无数。宋人当以梅圣俞为第一，平淡而丰腴，舍是则又有陈后山也。此余选诗之条例，所谓正法眼藏也。"

至于论"响字"论"句眼"，方回在这些技术上，固详示后人，但也都是黄山谷、吕居仁以来的常见。《冷斋夜话》说："东坡诗：'只恐夜深花睡去，故烧高烛照红妆。'山谷曰：'此诗谓之句中眼，学者不知此妙，韵终不胜。'"至于吕居仁的话，我前章已经引过了。所以这种地方，并非方回的特创，也并非方回根本注意之点。他的根本要义，只有"格高"二字了。他这《律髓》，对于各诗，都详加圈点，所以说他又是兼综宋人圈点之学。但他圈点中所最用心的，就是将所谓"句眼"圈出来，句眼就是响字，诗句中有句眼然后才能"响"。《律髓》卷十说："未有名为好诗而句中无眼者。"譬如杜甫《登岳阳楼》诗中，"吴楚东南坼，乾坤日夜浮"，方回把"坼"字、"浮"字圈出来，说这是句中眼。李白《秋登宣城谢朓北楼》诗中，"人烟寒橘柚，秋色老梧桐"的"寒"字、"老"字，也是句眼。诗句中有句眼，然后才能把这一句的神情活泼泼地托出来，不然就是死句。这种解诗的方法，似乎说得琐碎一点，但为教示学人起见，也未尝无功。纪昀骂方回"逐流失本"，其实方回在卷四十二里早已自己表明不可逐流失本的意思。他说："潘邠老以句中眼为响字，吕居仁又有字字响句句响之说，朱文公又以二人晚年诗不皆响责备焉。学者当先去其哑可也，亦在乎抑扬顿挫之间，以意为脉，以格为骨，以字为响，则尽之。"这是根本的意思，并不是只管一个字响不响，而不管全篇通不通，往往正因为一个字用得好，而通篇意脉更能豁然呈露。一首诗如果曲折有意，又能句有眼而用字响，自然活气跃然，没有死气了。《律髓》卷二十说："居仁诗主乎活，茶山倡和求印可，而居仁教以诗法，故茶山以传放翁，其说曰：最忌参死句。今人看居仁诗，多不领会，盖专以工求，则不得其门而入也。以活求，则可参矣。"又卷二十二说："简斋诗高峭，吕居仁诗圆活，然必曲折有意，如'雪消池馆初晴后，人倚阑干欲暮时''荒城日落溪山静，野寺人稀鹳鹤鸣'，皆所谓清水出芙蕖也。"这些话更能补足居仁所谓"活法"之意，正是先在"用意"上讲求，何尝教人逐末忘本呢？如果照纪昀的方法来读书，恐怕无论何人都免不了语病，欲加之罪，何患无辞。

《律髓》又有"变体类"一卷，"拗字类"一卷，都是详论句调字法，更为精细。"拗字类"是举古今不必协平仄的律诗，他以为老杜这种拗体最多，谓之吴体，但往往因拗而骨格愈峻峭，才小者不能为。江湖诗人推崇许浑的拗体诗，称为"丁卯句法"，其实不知始于老杜。凡拗体总要诗句浑成、气势顿挫，则换一两字平仄无害。他又说："八句俱拗而律吕铿锵，试以微吟或以长歌，其实文从字顺也。此等句法惟老杜多，亦惟山谷、后山多，而简斋亦然。乃知江西派非江西，实皆学老杜耳……或以壮丽，或以沉郁，或以劲健，或以闲雅，又观本意如何。"他的意思，是说这种拗体不易学，总要看本意如何，要因拗而反峻峭才好，只有老杜最擅此，江西诸家亦得此意，并没有说江西学杜的本领，仅在于此。纪昀又骂他："以此种句法为学杜，杜果以此种为旨乎？"真是太过信笔吹求。方回以为"如必不可依平仄，则拗用之尤佳"，盖方不得已而后拗，自然也有拗的恰当处，非定主张拗体。纪昀说："拗亦有定法，非随意换易。赵秋谷《声调谱》言之详矣。虚谷尚未尽了了。"但方回又何尝说可以随意呢？《声调谱》难道就没有逐末忘本的流弊吗？不过江西派的人，往往特别欢喜做拗体，所以为人所厌。而《四库全书总目》说方回"以生硬为健笔，以粗豪为老境，以炼字为句眼，颇不谐于中声"，分明是先怀成见，不满意于方回的议论，好像以为他有碍于清初所提倡的和平中正的作风，其实冤枉了方回。

与方回同时而稍前一点，有一个周弼，选有一种《三体唐诗》，是专讨论五七言律诗和七言绝句的格律，有所谓四实四虚、虚实各半等等格律，把诗中句子，分为孰虚孰实，说得很明白，都是研究诗律的人所不可不看。但周弼所言多常例，方回的"变体类"，正是补其不及。方回说："周伯弼《诗体》，分四实四虚前后虚实之异。夫诗岂止此四体耶？然有大手笔焉，变化不同。用一句说景，用一句说情，或先后，或不测，今选于左，并取夫用字虚实轻重外若不等而意脉体格实佳，与凡变例之一二书之。"这种实是教人以圆活的眼光，和居仁所谓"活法"，正是一样。纪昀以琐碎责方回，不如说一切谈诗文的人都是琐碎。

清吴之振是深用功于宋诗的人，选有《宋诗钞》，久为艺林所称许。

之振序《瀛奎律髓》说:"其诠释之善,则不滥于饾饤而疏沦隐僻。其论世,则考其时也,逆其志意,使作者之心千载犹见。其评诗,则标点眼目,辨别体制,使风雅之轨后学可循。斯固诗林之指南,而艺圃之侯鲭也。"此论十分公允。我们如果略略细心读方回的原书,自然可以明白方回的真面目,他的立意甚高,而示人以轨辙甚明。像纪昀这样任意吹求,实在过分得很。他或者是读这个书的时候,随手批点,不甚经意。我们看纪昀《瀛奎律髓刊误》前又有一篇自己的小序,说:"余少时阅书好评点,每岁恒得数十册。此书李子约斋所录,可谓好事。惜余少暇,不能重为点勘一过。"然则纪昀的《瀛奎律髓刊误》,也不必深论了。

方回的自序里说:"所注,诗话也。"他这《律髓》的批注,如果有人把他提出来编辑一下,恐怕比任何一家诗话的规模,都要大些。宋代遗闻,所说尤多。清代厉鹗作《宋诗纪事》,所以采他的话最富。方回又有《文选颜鲍谢诗评》一书,《四库全书总目》甚称赞之,但不是可以代表他重要见解的书。

总而言之,方回的《律髓》,并非全无流弊,引用故事,也偶有错误,但都是小疵,对于这部书的大体,没有妨碍。清吴宝芝有一篇《重刻律髓记言》,说得也很公允,我现在引他一段,做我这篇的结论:

> 一祖三宗之说,论诗家每用相诟病,谓其不应独宗江西也。夫訾其为偏,诚所难辞,然观其《论诗小序》云:"立志必高,读书必多,用力必勤,师传必真,四者不备,不可言诗。"可知其于此事煞费工夫而来。盖从三折九变之余,而始奉此为归宿,其中甘苦得失之数,必有独喻其微旨者,非漫然奉一先生之号,傍人门户,以自标榜也。昔人积终身之功,晚年有得,乃始树帜立宗,接引后人。今人于四者之功,无一足恃,未尝入古人之藩篱,而造其堂,啐其醢,乃徒吹索瘢疵,弹驳古人,或訾其全体,或摘其片言,甚或剌取稗官琐语,用资讪笑,此徒为大耳。果能深历江西之阃奥,则从此推广,旁通触类,安在诸家之长,不可复兼收并蓄耶?

诗的风气和作者用心之甘苦,其内容曲折,斟酌于利弊多少之间,三折九变之余,而发为一种主张,绝非可以随便拿自己粗略无深切的成见,来乱加讥弹的。方回所谓"立志必高""师传必真",正是他不惜舌敝唇焦而作这个书的用意。吴宝芝笑那班刺取稗官琐语来讪笑方回的，即是指那班奉周密《癸辛杂识》所云方回十一可斩为至宝的人。这些人吹瘢索疵而不足，于是进而想出一种对人的问题，做根本打倒之计，未免太过了。除了《瀛奎律髓》而外，我国文学批评界，恐怕还找不出传授师法有如此之真切、如此之详密的第二部书。后人生在千百年以后，还幸而有这样一种师传真切的书，好像亲听许多诗家躬自指点一样，使文人瞒旰笼统之病，也不妨借这个书来医一医，岂不大可宝贵吗？学者先从这个"师传真切"的书中经历一番，然后再博观广学，恐怕更容易得益。吴宝芝的话，说得很清楚了。

三十四、元遗山以北人悲歌慷慨之风救南人之失

和方回同时的元好问，在金元之际，为文章界一个显学。他是北方人，对于南宋一切江西、四灵、江湖诸派一律扫除，提倡遒健宏敞的作风，他选有《中州集》和《唐诗鼓吹》，略可以看他的诗学眼光。《唐诗鼓吹》仅十卷，专选唐人七律，其去取亦颇有别裁，专为鼓吹唐音，改革宋代诸派而设。但是我们如果想切实明了他的主张，他的《遗山集》中有《论诗三十首》绝句，是最好的材料。他这三十首诗，可以说是自从老杜论诗六绝以后，绝无仅有的佳作了。他大概的主张，是要有风骨、有宏敞之气，多任自然，下笔大方，要除儿女之情，要多有悲壮风云之意。我现在略引他其中的几首：

汉谣魏什久纷纭，正体无人与细论。谁是诗中疏凿手，暂教泾渭各清浑。

他这三十首是从汉魏一直论到宋末，开口以"正体"二字为主，自有截断众流、独任大雅扶轮之意。

曹刘坐啸虎生风，四海无人角两雄。可惜并州刘越石，不教横槊建安中。

邺下风流在晋多，壮怀犹见缺壶歌。风云若恨张华少，温李新声奈尔何？

"建安风力"本是钟嵘所推之极则,钟嵘也说刘越石有"清刚之气",元好问正是主张风力清刚的人,所以入手批评就如此表现。他不满意于儿女情多的诗,所以他说钟嵘虽嫌张华儿女情多,风云意少,但比较温飞卿、李商隐还算好得多了。

  一语天然万古新,豪华落尽见真淳。北窗白日羲皇上,未害渊明是晋人。

他以为晋人诗都还有建安、黄初之意,像刘越石固可以与曹氏父子、刘公幹等相比,而渊明之自然高淳,也仍应列在晋诗之列,与渊明自己不忘晋室之意相符。这又是好问提倡天然不雕琢之作风。

  纵横诗笔见高情,何物能浇磈磊平。老阮不狂谁会得,出门一笑大江横。
  心画心声总失真,文章宁复见为人。高情千古《闲居赋》,争信安仁拜路尘?

阮籍之高横,自然是他所欣赏的。自此诸人以外,六朝文人,多半没有真情真气,像潘安仁《闲居赋》,说得何等清高,但他的为人却轻躁趋利,拜贾谧之路尘,为千古所笑。所以六朝的浮艳萎靡,好问一概抹杀。

  慷慨歌谣绝不传,穹庐一曲本天然。中州万古英雄气,也到阴山敕勒川。
  沈宋横驰翰墨场,风流初不废齐梁。论功若准平吴例,合着黄金铸子昂。

他以为诗到唐初为一振,但必推陈子昂为起衰之手;沈、宋仍不离齐梁,所以还不算。这也本是韩昌黎以来大诗家的公见。他又暗中以为南方俗弊文衰,北方的雄风代之而起,所以提出斛律金那首《敕勒歌》,好像以为南朝那样卑弱,幸亏有一个北齐的斛律金,能发慷慨之声,独存古风。这种嫌薄南风的思想,时时在他的作品中表露出来。他是北人,仕于金朝,雄奇之气,固所当然。

排比铺张特一途，藩篱如此亦区区。少陵自有连城璧，争奈微之识碔砆。

本来元稹表彰老杜，不可谓不至，他作杜的墓志，推老杜于李白之上。但他所指明老杜所以高于李白之点，实未能见其大处，不能令人满意。好问所以说老杜的精处，尚非元稹所能见到。因元稹只说："至若铺陈终始，排比声韵，大或千言，次犹数百，词气豪迈而风讽清深，属对律切而脱弃凡近，则李尚不能历其藩翰，况堂奥乎。"对于根本要点，未曾说出。不过元稹是就诗才与诗的技术上讲，也未尝不是确评。以思想作用来求文，固是根据古义，但老杜仍有"转益多师""清词丽句"之赏，足见得在才术上，也是不可不讲求的。宋人对于杜之崇拜，暗中即本于元稹的观念，涵泳于老杜的诗律甚深，是宋诗的特征。元好问注意于"心声"，注意于天然豪壮，厌薄有宋一代之风，所以有这种批评。

望帝春心托杜鹃，佳人锦瑟怨华年。诗家总爱西昆好，独恨无人作郑笺。

这是对于一班学商隐的西昆家而言。西昆之流为隐僻，也本是自来诗家所薄。不过我前边论西昆家的眼光，实注意于清峭感怆的风致，而且也多有不用典故之作。末流之弊，固不可法。

万古文章有坦途，纵横谁似玉川卢。真书不入今人眼，儿辈从教鬼画符。

出处殊途听所安，山林何得贱衣冠。华歆一掷金随重，大是渠侬被眼谩。

笔底银河落九天，何曾憔悴饭山前。世间东抹西涂手，枉着书生待鲁连。

切切秋虫万古情，灯前山鬼泪纵横。鉴湖春好无人赋，夹岸桃花锦浪生。

切响浮声发巧深，研磨虽苦果何心。浪翁永乐无宫徵，自是云山韶濩音。

这几首都是厌怪僻、重自然,以为不可认山林气味一定就高于廊庙。至于研四声研声病,不若一任自然。世人何必定要走诡僻的险路,不走光明的大路。杜甫大才,何尝苦吟。孟棨《本事诗》谓李白笑杜甫作诗太苦,是不可信的。

东野穷愁死不休,高天厚地一诗囚。江山万古潮阳笔,合在元龙百尺楼。

谢客风容映古今,发源谁似柳州深。朱弦一拂遗音在,却是当年寂寞心。

这是推尊韩愈、柳宗元。韩之大笔淋漓,固是他所必取,而且韩愈虽然尊孟郊,若以韩、孟比较而论,则决定取韩愈,而不取孟郊之穷愁。他说柳宗元简直是谢灵运第二,可惜人家多不知道他的功夫有这样深远。好问的《唐诗鼓吹》,拿柳诗冠一书之首,柳诗之得表彰,是他的特识了。

奇外无奇更出奇,一波才动万波随。只知诗到苏黄尽,沧海横流却是谁?

在好问心中,以为像东坡、山谷,都是故意要翻新出奇,而一班人就立刻风起云涌地随着他跑,只知诗道尽于苏、黄,而竟没有一个崛起于沧海横流之会的人。他不满意于苏、黄的诗,也因为宋朝一朝的诗人,尊苏、黄尊得太过,几不复知有苏、黄以上的人物,所以他有这样的大声疾呼。

百年才觉古风回,元祐诸人次第来。讳学金陵犹有说,竟将何罪废欧梅?

古雅难将子美亲,精纯全失义山真。论诗宁下涪翁拜,未作江西社里人。

池塘春草谢家春,万古千秋五字新。传语闭门陈正字,可怜无补费精神!

他以为宋朝兴国百年之久,始有欧阳修、梅圣俞、王安石这些人,革除西昆，上复古意。苏、黄诸人，无非承其后尘。不料宋人乃对于这几个开山初祖，反置之不理。至于以学王安石为忌，或者犹可以熙宁新政为嫌，而欧、梅二人，又因为什么罪名而被废弃呢？他的言外之意，当然是说宋诗应推欧、梅为冠，不应该大家这样过尊苏、黄。欧之自然，梅之清切，正合好问的宗旨。本来像欧阳修、梅圣俞论诗的眼光，确是不能当作宋诗的眼光看，我前边已说过了。好问又以为江西派虽名为宗杜，既远不能及杜，又并且还赶不上义山之学杜，仅仅守得一个黄山谷。所以他又退一步说，黄山谷固然不必一定可尊，但宁可佩服山谷本人，决不做江西社里的人物。这就是说江西社里那些人的议论，恐怕都不是山谷本人所许可的。好问又自题其所选《中州集》说"北人不拾江西唾，未要曾郎借齿牙"，更可以见他的态度了。陈后山之苦吟，当然更不合好问的标准。

好问重要的话，大概如此，心目中总是悬了一种门庭阔大、天挺自然的作风，痛诋寒俭僻涩之习。本来像严羽、像方回，都和好问一样，都是欲救宋诗之弊。严羽提出盛唐的妙悟。方回又鞭辟入里，正式提出老杜为祖，又推重简斋的高格，欲为江西派下一剂起死回生的妙药。而元好问又专宗那种慷慨的古风而贬斥宋调。不过好问的宗旨，他好像专取那些大开大合的笔调，以老杜所说的"掣鲸鱼于碧海"那样雄壮的境界为主。在好的一面说，当然可以救宋末诸弊；但在坏的一方面说，就不免使人因"雄"而至于"犷"，因"壮"而至于"粗野"了。杜甫论诗，尚有极细密的地方，所以为好问所不及。不过好问自己的诗，雄壮之中，仍有温润之美。他生于金末元初，兵戈满地，身世萧瑟，所以诗中有感叹宏深之致。但学好问的人，往往失于粗野，这是无可讳言的。清《四库全书总目》于《唐诗鼓吹》下，硬要说他这《鼓吹》一书，高出方回《瀛奎律髓》之上，这不特对于二书分量之大小、用力之勤逸，不是持平之论，而显然是有意偏袒金之遗臣，偏袒边塞的雄风，故薄南人的精作了。至于《四库全书总目》说好问所选的诗，"去取谨严，轨辙归一，大抵遒健宏敞"，这本不错，但也无非是事实上的问题。因为他所选的，专是唐人七律一种，又专以遒健宏敞为主，说他谨严归一，当然是可以的。但如果说他单调，又何尝不可呢？《四库全书总目》的批评，有许多是不可信的。至于好问的《中州集》，又是俨然以那些诗为正声的意思。清代翁方纲的《石州诗话》上说"遗山录金源一代之诗，题曰《中州集》，中州云者，盖斥南宋为偏安矣"，正是这个意思。至于好问同时的家铉翁题《中州集》说："壤地有南北，而文脉无南北，虽在万里外，皆中州也。生于四方，为道学文章为世宗，虽谓之中州人物可也。元子胸怀卓荦，彼同室藩篱，小智自私者，溟涬下风矣。"这是说好问《中州集》，是代表正宗的意思，并非有南北的畛域。家铉翁此话，实是为他曲解。

明末钱谦益极推尊好问的《唐诗鼓吹》，因为谦益最反对明朝高棅的《唐诗品汇》，他以为高棅专以初盛中晚来分唐诗，又分些"正宗""大家"等等名目，使人拘泥窒碍，不能得唐人整个的精神，不若元好问这个书来得大方，所以他力为表彰，并为之做注释。但翁方纲《石州诗话》上又说，《唐诗鼓吹》恐非真出于好问之手，方纲根据好问《论诗三十首》中于初唐举陈子昂，于晚唐举李商隐，以为识力高绝，不应该像《唐诗鼓吹》那样专主雄阔一路，因为好问分明以"精纯"二字推商隐，足见得他也不是不能够分别观察的。不过《唐诗鼓吹》，本来未曾题明是好问所著的，只有书前赵孟𫖯序里说是好问所编，门人郝天挺所注，于是大家就往往以此求好问之诗学。除了钱谦益曾经表彰一番外，这书影响并不大，也没有什么特别可讨论的地方。我们要研究好问的批评，还应该细看他《论诗三十首》。

又翁方纲对于好问这三十首诗，有详细的讨论，每首之后，曾经加了些评注。不过方纲这个评注，实是针对王渔洋而说的。他最不满意于王渔洋的诗论，因为渔洋专讲严羽的妙悟，而吐弃一切，尤诋山谷、江西一路，而方纲是提倡宋诗的。渔洋曾有《拟遗山论诗绝句》，对于宋诗，贬得太过，所以方纲就以好问与渔洋之论，两两比较，而深责渔洋，但因此不免有点曲解好问之言以迁就他自己的意见。譬如好问所说"古雅难将子美亲，精纯全失义山真。论诗宁下涪翁拜，未作江西社里人"，分明是不满意于江西之尊山谷，不过是退一步的说法。而方纲说这正是好问力尊山谷之处，以为他认山谷之学杜和义山之学杜，皆深得杜髓。又以为他以"精纯"二字称义山，足见他并非吐弃一切，专讲妙悟。方纲这样解法，似乎有点成见了。我们把好问这三十首诗前后通贯起来一看，就可以明白，好问不但不屑意于山谷，似乎对于杜甫，也不必一定视为唯一的宗主，李义山也不是他所尊崇的。

我看严羽、方回和元好问，都是欲救宋末诗学之弊，不过各人的药方不同。好问虽然没有明白吐弃一切格律精微之论，但无论如何，是欲以雄阔自然之风来救一班专讲格律的人的末路；江湖、四灵之小气，江西末流之生硬，他都一律厌弃。总而言之，好问是主张慷慨大方的真风骨，比较言盛唐而流于空壳无真味的明七子，确是好得多了。

三十五、宋濂论"模仿"和高棅的"别体制审音律"

文学上的好尚，经过南宋、金、元这样长久的乱离扰攘之世，到了明初，自然另有一番铺排。刘基、宋濂诸人博大沉郁之风，本是时代上所必有，而文人之宗仰唐风、点缀盛世，又是上承严沧浪一缕清芬而发作于这个时候。高棅的《唐诗品汇》，于是大启门庭，几乎为有明一代的典范。刘基、宋濂等，固非徒以文人称，但实为一代开基的大手笔。宋濂有一篇《答章秀才论诗书》，大致以为古人的诗，都是前后相模仿，特立独行自名一家，是成功者之事，而不是初学者所能借口。宋濂的话，虽是对初学而言，但用意恐怕很深。因为金源的诗风，像元好问那种雄放的派头，往往引出粗豪犷野之弊。到元朝又另有一种纤丽的作风，不袭金人悲壮之习，而流弊亦至于轻佻，都是物极必反。所以宋濂这封书上说：

> 近来学者，类多高自操觚，未能成章，辄阔视前古为无物，且扬言曰：曹、刘、李、杜、苏、黄诸作，虽佳不必师，吾即师，师吾心耳。故其所作，往往猖狂无伦，以扬沙走石为豪，而不复知有纯和冲粹之意，可胜叹哉！

所以他又说：

> 诗之格力崇卑，固若随世而变迁，然谓其皆不相师可乎？第所谓相师者，或有异焉。其上焉者师其意，辞固不似，而气象无不同；其下焉者师其辞，辞则似矣，求其精神之所寓，固未尝近也。然惟深于比兴者，乃能察知之耳。虽然，为诗当自名家。为人臣仆，尚乌得谓之诗哉？古之人其初有所沿袭，末复自成一家。乌乎，此未易为初学道也。

他这样发挥文学的模仿性，可谓十分透彻，也是因为元末的诗风，近于荡检逾闲，所以提出这种规矩方圆之论。像元末明初的杨维桢，当然是个奇才，但往往受"文妖"之称（朱国桢《涌幢小品》载王彝语）。所以宋濂所说的"猖狂"，在这时候，有救弊之必要，而且严立轨范，以为模拟之资，像宋濂所兢兢于"文必先相师"的意思，又隐然为明代的文学先注定一个特征了。严沧浪所主张的盛唐模范，于是完全表露于高棅的《唐诗品汇》。

《唐诗品汇》是专就声律兴象词致（简括地说，就是明朝人所常常说的"格调"）上面，将唐一代的诗人，分出品汇来。他的总叙说：

> 有唐三百年诗众体备矣，故有往体近体长短篇五七言律句绝句等制，莫不兴于始，成于中，流于变，而陊之于终；至于声律兴象文词理致，各有品格高下之不同。略而言之，则有初唐盛唐中唐之不同；详而分之，贞观、永徽之时，虞、魏诸公稍离旧习，王、杨、卢、骆因加美丽，及刘希夷、上官仪……此初唐之始制也。神龙以还，洎开元初，陈子昂古风雅正，李巨山文章宿老，沈、宋之新声，苏、张之大手笔，此初唐之渐盛也。开元、天宝间，则有李翰林之飘逸，杜工部之沉郁，孟襄阳之清雅，王右丞之精致，王昌龄……高适、岑参、李颀、常建……此盛唐之盛也。大历、贞元中，则有韦苏州之雅澹，刘随州之闲旷，钱郎之清赡，皇甫之冲秀，秦公绪之山林，李松一之台阁，此中唐之再盛也。下暨元和之际，则有柳愚溪之超然复古，韩昌黎之博大其词，张、王乐府，得其故实，元、白序事，务在分明，与夫李贺、卢仝之鬼怪，孟郊、贾岛之饥寒，此晚唐之变也。降而开成以后，则有杜牧之之豪纵，温飞卿之绮靡，李义山之隐僻，许用晦之偶对，他若刘沧、马戴、李频、李群玉辈……此晚唐变态之极，而遗风余韵犹有存焉。……靡不有精粗邪正长短高下之不同。观者苟非穷精阐微，超神入化，玲珑透彻之悟，则莫能得其门而臻其阃奥。今试以数十百篇之诗，隐其姓名以示学者，须要识得何者为初唐，何者为盛唐，何者为中晚，又何者为王、杨、卢、骆……何者为李、杜……辨尽诸家，剖析毫芒，方是作者。

严羽的宗旨，到这里可算得发挥尽致了，总是以声律兴象为主，要有玲珑透彻的妙悟，对于初盛中晚各家的诗，必须辨明各有一副言语，掩其人名，一读便能分晓。句句话都是严羽的中心结晶的议论。所以高棅也专以"辨尽诸家剖析毫芒"为第一等的工夫。他的意思，是把这些人的诗分别出品汇来,按照源流正变的品次,使人讽诵自得,所以他很少加以评语。即是期望读者自己以"无迹可求"的超越精神,达到玲珑透彻的妙悟,辨出各人各时代的声调。高棅这个书的首卷,有《历代名公叙论》一卷,里面引严羽的话最多最备,隐然奉为圭臬。揣摩兴象格调,俨然唐音,遂成了明诗的特色。而高棅此书,据《明史·文苑传》说:"终明之世,馆阁以为宗,厥后李梦阳、何景明等模拟盛唐,名为崛起,其胚胎实兆于此。"

高棅此书,就五七言各体之中,各分"正始""正宗""大家""名家""羽翼""接武""正变""馀响""旁流"九格,大略以初唐为正始;盛唐为正宗,为大家,为名家,为羽翼;中唐为接武;晚唐为正变,为馀响;方外异人等为旁流。譬如五言古诗,即以初唐四杰等人为正始,以陈子昂、李白为正宗,以杜甫为大家,以王、孟、韦、柳等为名家。七言律诗,即以沈佺期、宋之问等为正始,以崔颢、李白、王维、李颀、孟浩然为正宗,以杜甫为大家。如此等等分类,不暇细引。他心目中,总是以初唐与盛唐之初几个人为正式宗主,认唐人诗终是另有一种声容,上不同于汉、魏、六朝,下不同于宋以后,要推求此理,必于音律体制上求之,所以高棅的总叙上,又借当时杨伯谦的《唐音集》,来表明自己的意思。他说:"前哲采摭群英,裒成一集……惟近代襄城杨伯谦氏《唐音集》,能别体制之始终,审音律之正变,可谓得唐人之三尺矣。"这"别体制""审音律",即是他一书的眼目。像杜诗向来公认为集大成,集大成就是不必专限于唐一代的意思。唐人自己选唐诗,都往往不选杜诗,譬如殷璠《河岳英灵集》,高仲武《中兴间气集》,韦縠《才调集》,这些集皆不录杜。严羽也说:"众唐人是一样,少陵是一样,韩退之是一样。"高棅所以多以初唐和盛唐之初那些人为正宗,而多不以杜为正宗,也是力从音律体制上,辨别唐诗的特别面目。他的总序最后几句就说:"诚使吟咏性情之士,观诗以求其人,因人以知其时,因时以辨其文章之高下,词气之盛衰,本乎始以达其终,审其变而归于正,则优游敦厚之教,未必无小补云。"这审变调而归于正宗的意思,说得更显明了。后来钱谦益最攻击这种详分时代的办法,谦益《赠王贻上》的诗,有"初盛别中晚,画地坐陛牢。妙悟掠影响,指注窥厘豪"几句话,正是对此而发,也因为明人动辄高言初唐盛唐,肤壳影响之谈,流弊太大,所以他在明末,就大声疾呼,欲救此病。不过严羽的议论,我前边已讨论过了,也不是完全高张门户，不能融会贯通的人。他提出盛唐以救宋诗之弊，到了高棅，就专本此意，详细分析，而明人又寻流而忘返，也难怪钱谦益有这样的攻击。但就高棅此书而论，在当时不为无功。清《四库全书总目》说："宋之末年，江西一派，与四灵一派，并合而为江湖派，猥杂细碎，如出一辙，诗以大弊。元人欲以新艳奇丽矫之，迨其末流，飞卿、长吉一派，与卢仝、马异、刘义一派，并合而为纤体，妖冶俶诡，如出一辙，诗又大弊。百余年中，能自拔于风气外者，落落数十人耳。明初闽人林鸿，始以规仿盛唐立论，而棅实左右之，是集其职志也。"为救元末之弊，高棅此书，不可不出。至于划分初盛中晚，本是根据时代风气，也不是无稽之论。《四库全书总目》又说："限断之论，亦大概耳。寒温相代，必有半冬半春之一日，遂可谓四时无别哉？"唐宋之分，本是朝代之名，朝代可以浑括言之，至于时世之治乱盛衰，与人情之悲欢离合相激相附，自各有其以时异以人异之面目，如果照钱谦益《赠王贻上》诗所说"有唐盛词赋，贞符汇元苞。……千灯咸一光，异曲皆同调"，岂不太笼统吗？况且初盛中晚，大体上分明各有一副言语，无非根据各人的时代、各人的遭际、各人的性情而自有差别，如果一概不论，岂不反与知人论世之义相违背吗？批评家的议论，往往为救弊而发，救人之弊，而自己的弊病，也不免生于不知不觉之中，这是无可如何之事。

本来古时论诗，也有专诵本诗自求其意，而不必一定要考其人考其事。譬如《诗》三百篇，本不必一定要小序，我们看孔子、孟子时时说诗，《左传》《礼记》所引诗，以及《韩诗外传》所纂记的诗说，多是不管作诗的本事本人，由读者玩味本诗的文句，而发挥其辞理。孟子说："《诗》云：'迨天之未阴雨，彻彼桑土，绸缪牖户，今此下民，或敢侮予。'"孔子曰："为此诗者，其知道乎，能治其国家，谁敢侮之？"这是一个最好的例子。《鸱鸮》一诗，固是周公所作，但孔子说这个话的时候，就是离开本事本人，而以己意求得其辞理，所以他说："为此诗者，其知道乎？"心目中必是先观本诗，而后推想到作诗的人，并非先把周公之为人，放在脑筋里，然后始发此言，如若不然，他应该说"周公其知道乎"了。《左传》所载吴季札到鲁国来观乐，听了所奏的诗，他能一一辨别是某国某国的风。譬如鲁人为之歌邶、鄘、卫，他听了之后，就说："美哉渊乎！忧而不困者也，吾闻卫康叔、武公之德如是，是其《卫风》乎。"原来奏诗的时候，并未曾先告他是《卫风》，他听了之后，自己会判断出来。这种情形,正合于作诗之本义。因为诗与文不同,文要直说,诗要含而不露。含而不露,即是不要直率,不要把真人真事平铺地写出来。要听读者讽玩本文,而自得其讽喻不言之意。所以当初采诗的时候,本是专以一国的风气为主,未尝计较一篇篇的作者,或一篇篇的本事。《诗》三百篇之有序,无论是国史所题,或是孔门弟子所作,都是读者考求古今事势,博稽掌故,或根据传说而作,但断乎不是诗人自己作的,这一点,是毫无可疑的。如果诗人把自己作诗的原意原事,和盘地说出来,那么,他作一篇明白晓畅的文章,岂不更清楚,何必又弯弯曲曲地再作诗呢?他所以要作诗,正是要人专就他诗的本文——不必借助于诗以外的材料——领略他的情感,于是诗人的情感和读者的情感,自然能够不知不觉地融会起来,这就是"言之者无罪,闻之者足以戒"和"可以兴,可以观,可以群,可以怨"的道理。我们看《左传》所载那些称诗以见己志的人,不知多少,他们用起诗来,用得何等活泼玲珑,足见得他们平日读诗,读得何等有"妙悟"了。本来诗这件东西,是古时教士子的主要科目,起初固没有小序,更没有传笺注疏,都是就本文上讽诵。《汉书·艺文志》不是说古时人读经,都是存大体玩经文吗?后来小序和笺释注解的书,一天一天地多,读诗者缴绕于小序和笺释之言,处处求事实,处处求解说,往往连本文都不顾,结果充满脑筋的,尽是注解之言,而诗的本文,反而忘记,还说得上什么吟咏性情呢?宋代朱子舍弃小序,独申己意,未尝没有缘故。我们看《尚书》里说到诗的欣赏,从"诗言志,歌永言",一直说到"八音克谐,无相夺伦,神人以和",这几句实在是双关的话,就作诗的人一方面讲,从"诗言志"一直做到"八音克谐,无相夺伦",才算圆满。就读诗的人一方面讲,起初实在没有法子立刻知道这个诗人的"志"是何种样子,如果想知道诗人之"志",一定先要从"八音克谐"上注意起,由"八音克谐"而知其"律和声",由"律和声"而知其"声依永",由"声依永"而知其"歌永言",由"歌永言"而后知其"诗言志"。这就是我国最早的教人欣赏诗的方法。后来《周礼》上说的"以六德为之本,以六律为之音",又何尝不是这样意思。我在上卷头几章里,已经略略地讨论过。吴季札读诗的方法,尤其显明。后人未读诗的本文以前,先把这些序传章句,记在脑中,好像先有了成见似的,于是愈解愈烦,愈解而诗的本义愈不见,这是把知人论世的意思误会了。孟子说知人论世,本是告诉那已经先读过诗的本文的人,所以他又说："说诗者不以文害辞，不以辞害意，以意逆志，是为得之。"这就是教人要就诗的本文，窥测诗人的意志，不是教人先不管诗的本文而妄言知人论世的，他所说"以意逆志"，尤其是教人读诗的时候，要自运灵心，由文以深索其志，而不必先借助于别的材料，不必先怀别的成见。缴绕于事实理论的人，实不免差以毫厘，谬以千里了。后世的批评家，像昭明太子，像刘勰，这种规模广大的人，都还能兼重文章本身的"辞"和文外的"理"。唐人论诗，像司空图，也是很广大的。到了宋人，往往专尚理趣，而不在词调兴象上讲求。在好的一方面说，当然是剥肤存液，直露真性，树立文学界的清风亮节，但其流弊，太过以质胜文，太过刻露，失了文学的美境，处处讲知人论世，而每每忽略了"文"的本质。《左传》引孔子的话，不是说"言以足志，文以足言"吗？专求言以足志，而忽略了文以足言的"文"，似乎是不可以的。然则这个"文"又如何求法呢？严羽提出"参诗"之法，他的《沧浪诗话》上说："诗道亦在妙悟……试取汉魏之诗而熟参之，次取南北朝之诗而熟参之，次取沈、宋、王、杨、卢、骆、陈拾遗之诗而熟参之，次取开元、天宝诸家之诗而熟参之，次独取李、杜二公之诗而熟参之……又取晚唐诸家之诗而熟参之，又取本朝苏、黄以下诸家之诗而熟参之，其真是非，亦有不能隐者。"这"熟参"的方法，就是摆落一切枝枝节节的解说，专取本诗反复吟玩。严羽又说："诗之法有五，曰体制，曰格力，曰气象，曰兴趣，曰音节。"大致是就这几点来熟参之，熟参之久，自然可以一旦得着玲珑透彻的妙悟了。高棅把严羽这种意思解得更透彻，上边引他《唐诗品汇总序》里所说的"诚使吟咏性情之士，观诗以求其人，因人以知其时，因时以辨其文章之高下，词气之盛衰"，又所说的"观者苟非穷精阐微，超神入化，则玲珑透彻之悟，莫得其门"，正是和我所说先由诗的本文以通诗人之言，由诗人之言以通诗人之志的道理是一样，所以严羽和高棅，更明白地教读诗者，在未读之先，不必知道作者是谁，不妨将人名掩起来，一望而知为何时代何体制的诗，那才算是善读诗的人。这种意义，确是很重要，文学和别的东西不同，也未尝不在这一点，本身的声容和气象，可以给人以深刻的印象，不在乎他所说的是什么理论，什么事实。六经中的诗教，也正是如此。六经各明一教，《诗》和《易》《书》《春秋》不同，岂不是显然的吗？高棅专分别品汇，不赞一词，不加评释，使人自己玩出源流正变的声音，未尝不合于《诗》三百篇风雅正变的分类。他所说"本乎始以达其终，审其变而归于正，则优游敦厚之教，未必无小补"，岂非拿《诗》三百篇的"雅颂各得其所"的意思存在胸中吗？

方回《瀛奎律髓》正和高棅的书立在相反的地位，方回专以诗的内容情事为类别，而所讨论的，多是诗外的人事和文字的技术，不是从外面涵泳诗的体制音调，宋人家法略可代表。但他和高棅这书，实在可以互为医药。高棅的好处，是有功于唐音，亦暗合《诗》三百篇的书式。但是我上卷头几章里本早讲过，古诗皆可合乐，不是徒诗，所以古诗的看法，当然必先从音调上着眼。到了孔子之门，已是比较的偏重文义了。后世的诗，根本不入乐，比较算是文字一方面的东西，如果专从声容格调上讲，而不求情理，流弊所及，实在难免"浮光掠影"之讥。《明史·高棅传》说："论者谓其所采择，严于音节，疏于神理。"已经有人看出流弊了。况且严羽所说的"空中音，象中色，水月镜花，羚羊挂角"，本太过渺茫，不合诗道。自高棅此书出，明朝诗人又承流不返，大家虚拟揣摩，不见性情，但见虚壳，不见骨格，但见浮声。方回的书，对于这种流弊，未尝不是救药。至于原来剥肤存液剥得太过，猖狂轻肆而无法纪，自是宋诗元诗的流弊，在明初的时候，自不得不有高棅此书乘时而出。

三十六、李东阳所谈的"格调"和前后七子所醉心的"才"

文学所以能动人，究竟不能没有美的外形，由其外表上声容构造之美以窥其立言之情致，这种意思很重要，上一章已说过。明朝李东阳对于这一点，推阐得更有力。他的《怀麓堂诗话》上说：

> 《诗》在六经中，别是一教，盖六艺中之乐也。乐始于诗，终于律。人声和则乐声和，又取其声之和者，以陶写情性，感发志意，动荡血脉，流通精神，有至于手舞足蹈而不自觉者。后世诗与乐，判而为二，虽有格律而无音韵，是不过为排偶之文而已。如徒以文而已也，则古之教，何必以诗律为哉？

自从诗与乐分，诗徒为文人之余事，大家只知道文有用而以诗为无用，至多不过当作私人朋友之间娱情写意的玩品。加以后来谈文学者，过于偏重"质"一方面，失其美性。高棅、李东阳在此时提醒这个问题，不为无见，也合于《尚书》《周礼》上论诗的意思，又合于吴季札观诗的方法，古义正是如此。东阳又说：

> 诗必有具眼，亦必有具耳。眼主格，耳主声。闻瑟而知为第几弦，此具耳也。月下隔窗辨五色线，此具眼也。费侍郎廷言尝问作诗，予曰："试以所未见诗，即能识其时代格调，十不失一，乃为有得。"费殊不信。一日与乔编修维翰观新颁中秘书，予适至，费即掩卷问曰："请问此何诗也？"予取读一篇，辄曰："唐诗也。"又问何人？予曰："须看两首。"看毕曰："非白乐天乎？"于是二人大笑。启卷视之，盖《长庆集》。

这更是明白告诉人要从声容格调上认识作者。严羽和高棅都有这种掩去人名猜想作者的提议，但他们还不曾详细说明，究竟应该用什么方法去猜，现在李东阳却明白告诉人了，就是从"声音格调"上去猜。这种工夫，实在很不容易做到，若非平日对于各时代各人的作品，下过"熟参"的工夫，骤然之间，是不容易辨别的。人的语气吐属，各不相同，我们往往对于自己极熟的朋友，平日把他言谈的神气，深印在脑筋里，虽隔数千里外，如果有人传述他的话，我们总可以辨别其真伪。所以读前人的作品，也要和交朋友一样，熟读细参之后，自然他的神气也深入了脑筋，随处见其作品，皆可辨别。这种道理，自吴季札观诗以后，也可以说是千古不传之秘，严羽、高棅以至于李东阳，把它宣发出来了。东阳于是又说出他的根据：

> 观《乐记》论乐声处，便识得诗法。

《礼记·乐记篇》发明由声音以论世知人的道理，本很详明。例如："其哀心感者，其声噍以杀；其乐声感者，其声啴以缓。……郑、卫之音，乱世之音也，比于慢矣。桑间濮上之音，亡国之音也，其政散，其民流。……诗，言其志也；歌，咏其声也；舞，动其容也。三者本于心，然后乐器从之。是故情深而文明，气盛而化神，和顺积中而英华发外，惟乐不可以为伪。"这些话即是告诉人由声以知诗的道理，吴季札听了各国的诗，都能一一辨别其为何国之风，即是这个道理。严羽、高棅、李东阳掩卷读诗而能知道诗的作者为谁，也是本于这个原则。人心不同，所以各人的声音也不同，不同之中自有高下。因此，东阳又说：

> 陈公父论诗专取声，最得要领。潘应昌尝谓予诗，宫声也。予讶而问之。潘言其父受于乡先辈曰："诗有五声，全备者少，惟得宫声者为最优，盖可以兼众声也，李太白、杜子美之诗为宫，韩退之诗为角，以此例之，虽百家可知也。"予初欲求声于诗，不过心口相语，然不敢以示人，闻潘言，始自信以为昔人先得我心。

"宫"声最铿锵，此外"商""角""徵""羽"，都有偏于厉偏于薄或偏于哑的毛病，所以他说"宫"声最优，能兼众声。《周礼·大司乐》郑注说："凡五声，宫之所生，浊者为角，清者为徵羽……商，坚刚也。"《汉书·律历志》也说："宫者，居中央，畅四方。"东阳的话，即是从这些话脱胎的。古乐律已经失传，我们也难知其详，根据经典所说，大概的意思是这样：总是铿锵宽宏的声音为宫声，最为中正，其余都嫌单调小气了。东阳这段话，即是以为诗的声调，也以铿锵宽宏者为上。他们取盛唐，取李、杜，也因为这种缘故。东阳又举出几条声调好的例子，讲给人听，他说：

> "鸡声茅店月，人迹板桥霜。"人但知其能道羁愁野况于言意之表，不知二句中不用一二闲字，止提掇出紧关物色字样，而音韵铿锵，意象具足，始为难得。若强排硬叠，不论其字面之清浊，音韵之谐舛，而云我能写景用事，岂可得哉？

"音韵意象"，是他看诗所注意之点。字面要清，音韵要谐，都是表明他所留心的地方。《六一诗话》引梅圣俞，称赞这两句诗，以为能够写难写之景如在目前，含不尽之意见于言外。李东阳意中，大概认为他所说的，还未尽其美，以为专在"意"上求，还是不妙的。至于音节之美，也非处处有一定的格式，要知道自然天成的佳韵。所以东阳说：

> 古律诗各有音节，然皆限于字数，求之不难。惟乐府长短句初无定数，最难调叠，然亦有自然之声……若往复讽咏，久而自有所得，得于心而发乎声，则虽千变万化，如珠走盘，自不越法度。

"熟读""细参",是他们辨别前人诗的方法,也是他们自己作诗的基础工夫。他于宋人论诗的话,当然是不满的,因为他和严羽、高棅是抱着一路的主张。他说:

> 唐人不言诗法,诗法多出宋,而宋人之诗无所得。所谓法者,不过一字一句对偶雕琢之工,而天真兴致,则未可与道。其高者失之捕风捉影,而卑者坐于黏皮带骨,至于江西诗派极矣。惟严沧浪所论,超离尘俗,真若有所自得,反复譬说,未尝有失。

他认宋人论诗之弊如此,推到极点,以为宋人之学杜甫,也是不善学。他说:

> 长篇须有节奏,有操纵正变,唐诗类多委曲可喜之处,惟杜子美顿挫起伏,变化不测,可骇可愕。盖其音响与格律正相称,回视诸作,皆在下风。然学者不先得唐调,未可遽为杜学也。

严羽所说"众唐人是一样,杜甫是一样",得东阳此解,颇能说明其意。宋人学杜甫,而所作终是宋人之诗,不是唐诗。照东阳这样讲法,即是因为未曾先得唐调的缘故。又恐怕对于杜的"音响与格律相称"一层,宋人也未曾理会着。

东阳的眼光,确是很高。严羽、高棅之主张,若无东阳,仍然使人难于索解。看诗要由"格调"下手,"格调"就是一切声容意兴体制之"总抽象"。照他所说的这种看诗的方法,似乎是有定法而亦无定法,因此严羽所说玲珑透彻的"妙悟",我们在这里才得着很明白的解释了。

但是李东阳并不主张模拟,他说:"林子羽《鸣盛集》专学唐,袁凯《在野集》专学杜,盖皆极力模拟,不但字面句法,并其题目亦效之,然细味之,求其流出肺腑卓尔有立者,指不能一再屈也。"东阳既这样反对模拟,所以他自己的作风,总是力求其自然而匀稳,不有意求古,以为"诗太拙则近于文,太巧则近于词,宋之拙者皆文也,元之巧者皆词也"。他又说:"作诗必使老妪听解固不可,然必使士大夫读而不能解,亦何故耶?"在东阳的本心,已是力振当时三杨台阁体之衰,然他自己也是台阁中的老宿,及李梦阳、何景明等所谓前七子者起来,又力攻东阳,嫌他软滑了。前七子中之王九思有诗云："进士山东李伯华，相逢亦笑李西涯。"因为这个李伯华，也附和他们攻击东阳，说："西涯为相，诗文取熟烂者，人材取软滑者，不惟诗文靡败，而人材亦从之。"所以他们论文的眼光，全和东阳相反。东阳不高语唐以上，不主张模拟。但明代文风之转变，终起于东阳。后来所谓后七子之中的王世贞也说："长沙之于何、李，犹陈涉之启汉高。"虽是抑长沙，而终认为起衰之手。东阳所以不同于前后七子者，就是不要赝古，不要太做作，至于从"格调"上看诗，多注意于其声容体制，少注意于其神理意脉，总是高棅、李东阳以至于前后七子一切人的眼法，无论所说是秦汉，是唐宋，都是相差不远。时代风气所牢笼，往往各人自己都不觉得。

　　李东阳的议论，到了明末钱谦益，始大加推重，李梦阳和何景明，原皆出于东阳的门下，而反大肆攻击。梦阳、景明力主复古，力主模仿。《明史》上说："献吉（梦阳）才思劲鸷，恫然谓天下无人。宏治中宰相李东阳主文柄，献吉初以师事之，既而讥其萎弱不足法，倡言复古，文必秦汉，诗必盛唐，非是弗道，唐以后事不得用。又专以模仿为主，谓今人摹临古帖，不嫌太似，反曰能书，诗文之道，何独不然。一时奉为宗匠。与何景明……称七才子。"何景明《答李空同（梦阳）书》也说："诗溺于陶，谢力振之，而古诗之法亡于谢。文靡于隋，韩力振之，而古文之法亡于韩。"景明复古的标准，更有如此之严咧。

　　他们虽是反对李东阳，但事实上不过因为要自肆其才，争为雄长；至于他们所到的境界，实在并不能及东阳。东阳所注意的，是要往复吟咏古人之诗，得其自然天成之妙，最忌字字模仿。李梦阳、何景明等或者因为自己不能够"熟参"古人的"格调"，而得其自然天成的精神，于是专在字句上模拟其音，在章法上模拟其气，以期切合古人的格调。他们所以原本于东阳而反而与东阳相反，其病根在此。但是我上章讲过，东阳的话本来不错，东阳的诗也很真切，不过其流弊所及，必定至于专讲"格调"，不注意情理了。至于模仿之说，宋濂也已经说得清楚，初学固不能不模仿，而且离形得神，本不容易，但决不能这样字字临摹和写字临帖一样。字和诗绝然两道，字的本身，原是取"形"，文学本身，乃是取"意"，况且也断没有专临帖而能成书家的。李梦阳的话，在理由上似乎难以成立。所以七子之诗，模仿古人太过，都成了赝鼎了。文学作品至于使人看不见本人的心情面目，那还有什么价值？即便使明朝人说话，说得和唐朝人一样，又岂不自失其为明朝吗？况且各人的性情，和一切环境时势，绝对没有可以张冠李戴的道理，明朝人又有什么法子说得和唐朝人一式一样呢？

梦阳、景明复古模拟之帜，到了李攀龙、王世贞等所谓后七子者之手，又复大张。攀龙、世贞气焰，更高于前七子。攀龙自夸"微吾竟长夜"，又拿王世贞比左丘明而自比孔子〔王世贞《艺苑卮言》（简称《卮言》）〕，所选的《古今诗删》，自古逸诗以逮汉魏六朝唐，唐以后乃继以明，而删除宋元两代一字不录。既名为古今诗，而居然能把宋元一笔勾销，未免太不合理。这都是李梦阳以来教人勿读唐以后书的方法了。我们要看前后七子论诗的主张，这部《古今诗删》略可代表。高棅、李东阳完全以唐为主，而且东阳看六朝诗，也和宋元诗一样，不及唐诗；又虽然如此，他又说各时代的诗，各自为体，彼此不容相入，议论很平允。譬如他说苏东坡的诗，可以尽天下之情事（皆见于《怀麓堂诗话》），他的眼光如此，所以不提倡盲目地复古。到了七子之流，高语周秦汉魏，像王世贞的《艺苑卮言》批评所及，更是目空一切，自六经以下，皆有所指摘，无可幸免了。世贞晚年颇自悔，《明史》上说："元美尝曰：'吾作《卮言》时，年未四十，与于麟辈是古非今，至于戏学《世说》，比拟形似，既不切当，又伤轻薄，惟有随事改正，勿误后人而已。'又赞归熙甫像，有'千载有公，继韩、欧阳，余岂异趋，久而自伤'之语。晚年讽玩《东坡集》不置。"但是我们为欲略知前后七子的议论条理，仍不得不拿他的《艺苑卮言》来研究一下。《艺苑卮言》在诗话文话一类书中，算是一部大著作，古今上下，信笔评议，卷帙甚富，气焰极盛。譬如他所说周公文不如诗，孔子诗不如文，又《诗》三百篇里的句子，有太拙太直太庸太鄙之处；像这样话，实在令人无法较论。我们就他那里面找出他的结晶之论，略有如下数条：

才生思，思生调，调生格，思即才之用，调即思之境，格即调之界。

贞元而后，足以覆瓿，大抵诗以专诣为境，以饶美为材，师匠宜高，捃拾宜博。

李献吉劝人勿读唐以后文，吾始甚狭之，今乃信其然耳。记闻既杂，下笔之际，自然于笔端搅扰，驱斥为难。若模拟一篇，则易于驱斥，又觉局促，痕迹宛露，非斲轮手。自今而后，拟以纯灰三斛细涤其肠，日取六经、《周礼》《孟子》《老》《庄》《列》《荀》《国语》《左传》《战国策》《韩非子》《离骚》《吕氏春秋》《淮南子》①《史记》《汉书》《西京》以还至六朝及韩、柳，便须铨择佳者，熟读涵泳之。令其渐渍汪洋，遇有操觚，一师心匠，气从意畅，神与境合，分途策驭，默受指挥，台阁山林，绝迹大漠，岂不快哉？世亦有知是古非今者，然使招之而后来，麾之而后却，已落第二义矣。

他拿"才""思""调""格"来论诗，好像是说"诗起于才而终于格"，又似乎以"才"为一切的根本，和"诗言志"的定义，总是相差一间。结果，照王世贞这样讲法，读诗者一定是由"格调"而窥其"才"，而不是由"格调"以窥其"志"了。高棅所说的，"诚使吟咏性情之士，因诗以求其人，因人以知其时"，和世贞也究竟不同。"才"是从性情发出来的，况且"才"不过是文学中成分之一。我们固不必处处征引古义，但是像《文心雕龙》那种圆融的法眼，总是可信。《文心雕龙》讲"才"的，只有《才略》一篇，其余《神思》《体性》《风骨》等篇，说到文学上种种要素，在他书的下编里头，何等赅备。世贞如何竟将"才"当作唯一的元素呢？再者，"才"的种类也很多，有粗才，有笨才，有好的才，有恶的才。世贞的意思，当然是取那些好的才，而不取那些坏的才，但是用什么方法来辨别呢？这一层，他不曾说明。我们再看他下面两段话，又不知不觉地发现他原来是不要辨别的。他的脑筋里，只认为古代一切都是好的，不管内容有如何的千差万别。他立志要把六经以下西汉以前的书，一齐不择精粗地吞下肚子里，也不管六经之各有面目，不管诸子百家之分驰，不管虞夏之异于商周，商周之异于战国秦汉，一律要生吞活剥地吃下去，岂不是原来就无意于辨别才情之美恶吗？他所谓"专诣为境"者，即是专诣于西汉以上的意思；"饶美为材"者，即是专取西汉以上之材料的意思；"师匠宜高……"等等的话，都是要囫囵吞枣地把西汉以上一口包起来的意思了。如果照他所说，"以纯灰三斛细涤其肠"的方法，那似乎又是要自没其心灵，而将古人的心灵，装置在自己身上，姑无论为事势所不许，即便成功，也不过成了文学界的王莽罢了。他这《卮言》

---

① 《淮南子》即《淮南鸿烈》，书中也简称为《淮南》。

上又说：

> 孟轲氏，理之辨而经者；庄周氏，理之辨而不经者；公孙侨，事之辨而经者。苏秦，事之辨而不经者。然材皆不可及。

这更足以证明他是只管材不材而不管为何等材了。至于他说三百篇《诗》，有太拙太鄙之类，乃是摘出一二个句子来讲，不管各国的风气思想和全篇的意脉如何，也正是但求有精巧的才，而不暇计及其他了。

前后七子之弊，大致是如此，李（梦阳）、何（景明）、王（世贞）、李（攀龙）是其中的巨擘，他们自己，也有互相推崇的，也有互不相下的，其为赝古，都是一样。论诗只在"格调"上讲，结果必至于此。我们看吴季札，何尝不先注意于"格调"，但他听了《卫风》之"渊乎"，就一直推到"忧而不困，康叔、武公之德"，这才是真有眼光的人。李东阳本严羽之言而讲"格调"，但他还提出"感发志意"四个字（见上引《怀麓堂诗话》），即是说"由格调可以窥见其人的志意"，这种说法，本来不错，不过他没有多多声明罢了。到了王世贞，发出这样"才思调格"一贯相生的议论，于大家所能从"格调"上看出来的，不过作者之"才气"而已。作诗文专以模仿古人的"才气"为主，又安得不失败呢？《艺苑卮言》最末有一段说："颜之推云：'文章之体，标举兴会，发引性灵，使人矜伐，故忽于操持，果于进取。今世文士，此患弥切，一事惬当，一句清巧，神厉九霄，志凌千载，不觉更有傍人，加以砂砾所伤，惨于矛戟，讽刺之祸，速于风尘，深宜防虑，以保元吉。吾生平无取进意，少时神厉气凌之病或有之，今老矣，追思往事，可为扣舌。'"这一段是世贞晚年所加入的话。但古今文人之所以往往有如此之恶习者，正因为只讲究"才气"的缘故。这一点是万万不得不注意的。

三十七、唐顺之的"本色"论和归有光的《史记评点》

当李梦阳、何景明诸人流风极盛的时候，唐顺之、王慎中、归有光、茅坤等别张异帜，仍以欧阳修以来古文家的议论为归宿，持守甚坚，不为七子所动。唐顺之的议论很精妙，他的文章"本色"论，颇足以推倒一时的豪杰。大凡古文家的态度，都是专在文学的根本思想上讲究，他们虽然时时做文章，实在不大欢喜谈文学的技术。他们以为凡人只要思想纯洁，学养精深，就自然会做出好文章来。唐顺之也是如此。他文集中有《答茅鹿门知县书》（茅坤号鹿门）说：

> 学者先务，有源委本末之别耳。文莫犹人，躬行未得，此一段公案，姑不敢论，只就文章论之。虽其绳墨布置奇正转折自有专门师法，至于中一段精神命脉骨髓，则非洗涤心源，独立物表，具古今只眼者，不足以与此。今有两人，其一人心地超然，所谓具千古只眼人也，即使未尝操纸笔呻吟，学为文章，但直摅胸臆，信手写出，如写家书，虽或疏卤，然绝无烟火酸焰气，便是宇宙间一样绝好文章，其一人犹然尘中人也。……此文章本色也。

以"本色"为主，是他论文的根本见解。他又以为凡是没有本色的人，绝做不出好文章，所以他接着说：

> 即如以诗为喻，陶彭泽未尝较声律雕句文，但信手写出，便是宇宙间第一等好诗。何则？其本色高也。其较声律雕句文，无如沈约，苦却一生精力，使人读其诗，只见其捆缚龌龊，满卷累牍，竟不曾道出一两句好话。何则？其本色卑也。本色卑，文不能工也。而况非其本色哉。

他以为一切文章格律，都不必苦求，凡是本色不高的人，虽苦求格律，也不会做出好文章，何况完全没有本色的人呢？他用这样眼光来观察文学，所以他平日对于古今的诗人，曾经提出邵康节的诗，为三代下第一人（《与王遵岩书》）。不但因为邵康节的诗全是本色语，并且说："诗思精妙，语奇格高，未有如康节者，古今诗庶几康节者，独寒山、靖节二老翁耳，亦未见如康节之工也。"这种见解，可算得极其特别，都是根据他所提倡的"本色"论，以为但要有"本色"，就一定会"工"，不然，绝不会"工"。所以他对于当时的那班讲模仿复古的人，就大加指摘，他的《与洪方洲书》说：

> ……开口见喉咙，使人读之，如真见其面目，瑜瑕不容掩，所谓本色，此为上乘文字。杨子云闪缩谲怪，欲说不说，不说又说，此最

下者，其心术亦略可知。近来作家，如吹画壶，糊糊涂涂不知何调，又如村屠割肉，一片皮毛，斯益下矣。

至于说到"本色"，他认为不拘一格，不必一定儒家的文章才有本色，无论什么家数，都各有其本色。他的《答茅鹿门书》又说：

两汉而下之文之不如古者，岂其所谓绳墨转折之精之不尽如哉。秦汉以前，儒家有儒家本色，至于老庄家有老庄本色，纵横名墨阴阳家有纵横名墨阴阳本色，其为术也虽驳，而莫不皆有一段千古不可磨灭之见，是以老家必不肯剿儒家之说，纵横名墨诸家必不肯借老家之谈，各自其本色为言，是以精光注焉而其言不泯。唐宋而下，文人莫不语性命，谈治道，满纸炫然，一切自托于儒家，然非真有一段千古不可磨灭之见，而影响剿说……是以精光枵焉。

当李梦阳等一派人气焰大盛的时候，他这种批评，正是最好的针砭。本色的文章当然是好，但是他的话，也有和自来古文家不同的地方。韩愈对于文章的技术，也时有讨论，不像顺之专任本色。我们看《易经》上说"言有序"，《论语》上说"出辞气，斯远鄙倍矣"，足见得做文学工夫的人，对于修辞技术上，也不能不考究，太过粗鲁鄙俗的文章，总不能入于文学之林。唐顺之深恶当时七子的文章太过没有本色，所以他的议论，也实是以救弊为动机，因此不免主张太过。以邵康节那种率意信口的诗为千古第一，恐怕不容易服人的心。再者韩愈、欧阳修这些古文家，都以儒家为宗，诸子百家杂驳的文章，虽各有本色，但都是他们所不取。韩愈对于儒家荀卿、扬雄，尚且说他二人是大醇而小疵。唐顺之只以为有本色的即是文章，不管是什么派的思想学问。所以就古文家的家法而言，这一层也是顺之的特点。顺之晚年颇好道家之学，所以他不一定守儒家。他欢喜邵康节的诗，大概也因为康节的学问杂有道家气味的缘故。

与顺之同时的茅坤，选有《唐宋八大家文钞》，为后来一二百年言古文的人家弦户诵的书。茅坤虽和顺之同道，并且时时称述顺之之言，但他看文章的眼光和顺之略有不同。顺之本也选有一部古文集，叫作《文编》，从周朝的文章一直录到宋朝，并且诸子的文章，像庄子、韩非、孙子等，都有入选，不专以儒家为主，所以清《四库全书总目》说顺之此书并非以真德秀的《文章正宗》为蓝本,因为德秀书主于论理,而此书主于论文。《四库全书总目》这个解释是很对的。茅坤此选,专录唐宋八家,不远录唐以上文,又专以合于六经的宗旨为标准。自宋代吕祖谦选《古文关键》,专录韩、柳、欧、曾、苏、王等的文章,隐然建立"唐宋八家"的名目。明朝初年,有一个朱右选此八人之文,名为《八先生文集》。到了茅坤,遂明白定出"唐宋八大家"之名了。当前七子等高唱文必秦汉的时候,像茅坤这样脚踏实地地拿唐宋的人做切近的门径,不必惹起光怪陆离的赝古,这种态度是很得当的。茅坤这个书的自序说:

> ……六艺之旨渐流失,魏晋宋齐梁陈隋唐之间,文日以靡,气日以弱,……韩愈出而振之,柳柳州又从而和之,于是知非六经不以读,非先秦两汉之书不以观,其所著书论叙记碑铭颂辨诸什,故多所独开门户,然大较并寻六艺之遗略相上下而羽翼之者。……宋欧阳修偶得韩愈书,读而好之,而天下之士,始知通经博古为高。而一时文人学士苏氏父子兄弟及曾巩、王安石之徒,其间材旨小大、音响缓亟虽不同,而要之于孔子所删六艺之遗,则共为家习而户眇之者也。

这样严定"六艺之旨"为去取的标准,是唐顺之所不曾正式宣布的。他又以为七子之流,胸中横了一个时代的观念,抹杀唐以后的文学,未免不公。他这序中所说:

> 世之操觚者,往往谓文章与时相高下,而唐以后且薄不足为。噫,抑不知文特以道相盛衰,时非所论也。其间工不工,则又系乎斯人者之禀,与其专一之致否何如耳。如所云,则必太羹元酒之尚,茅茨土簋之陈,而三代而下明堂牺樽之设,皆骈枝也已。

正是极好的批评。本来文学的工拙,全在乎各人的造诣如何,不一定后人就不能及古人。七子等成见在胸,断定三代秦汉不分纯驳,一切皆好,唐宋以后,一切皆不好。这种见解,实无理由。茅坤又对于他们下了一个根本的批评:

> 我明弘治、正德间,李梦阳崛起北地,豪俊辐辏,已振诗声,复

> 揭文轨,而曰吾《左》吾《史》与《汉》矣,又曰吾黄初、建安矣。以予观之,特所谓词林之雄耳,其于古六艺之遗,岂不湛淫涤滥,而互相剽裂已乎。

即是认为他们不合于六经之旨,不过自骋才华而已。这种说法,算是正式对他们提出纠弹了。明七子等,专模仿古人的才调,不在性情志意上做工夫,我前边已经讨论过。茅坤说他们不合于六经之旨,即是指着这一层而言。

茅坤对于唐宋八家的文章,各予以很精密的批评。他这书的前面,又有一篇"论例",大意是说,屈原、宋玉以后文章之雄伟广大莫如司马迁,渊雅莫如刘向、刘歆,好像认为这两个人为六经以后文家之极则,自此以后,韩愈的文章突兀惊人,柳宗元巉削凄清,欧阳修遒美逸宕,苏轼浩荡酣畅。除了韩、柳等八家而外,他并且提出王守仁为一大家,他虽然未选他的文章,但他很郑重地提出这一点,教人注意。又说叙事文以欧阳修为最好,因为最能得司马迁之风神。韩愈的叙事文,稍觉险崛,不能得司马迁的好处。他认司马迁为文家之最上品,而欧公又和他最近,所以他意中似乎于八家中,偏爱欧阳修。这种远尊司马迁而近爱欧阳修的态度,自茅坤和归有光表现之后,此后的古文家,都隐隐中奉此为归宿了。

归有光在古文家里面的地位,当然比唐顺之、茅坤等更高。他诋王世贞为妄庸巨子(《震川集·项思尧文集序》),态度尤为严厉。他一生的精神,差不多全部集中于《史记》一书,他所有对于文学上的批评眼光,也完全射在司马迁一人身上。《归氏史记评点》遂成了后世古文家的秘宝了。有光的文章,本最近于欧阳修,也是很得《史记》的风神。所以黄宗羲的《明文海》上就说:"震川之所以见重于世者,以其得史迁之神也。"他这《史记评点》,可算得自吕祖谦《古文关键》以来"评点学"之最上乘。因为普通各家的评点,不过随便圈出诗文中的好句子,或将比较精彩的一段圈点出来。到了后来,时文八股家的圈点,就更为琐碎无聊了。有光这部圈点,简直是一种很精心结撰的著作。他对于全书只加圈点,不曾有评语,一切精神意脉,皆见于圈点之中,只附带有一篇《圈点例意》。他的圈点很大方,用五色笔分别表示出来,大概是除了句子或内容精美之处略略圈点之外,最好是能将司马迁的大义微言、意脉所在,表露给人看。这一点,是很不容易的。清朝方苞也有《史记评点》,后人将他二人的评点合刻起来,所谓《归方评点史记》(如王拯辑本、张裕钊辑本),清朝桐城派古文家,往往传为研究古文方法的指南针了。

像唐顺之、茅坤、归有光等,差不多都是注重古人的"本色",在精神意脉上着眼,不像前后七子之流,只揣摩语气句调。但他们也未尝不讲格律法度。例如唐顺之虽然好像专重本色,但也说到文章的法度。不过他晚年学道,越发不欢喜谈文,所以往往主张本色太过了。他早年所选的《文编》自序上说"文者,神明之用所不得已也……然不能无文,而文不能无法。法者,神明之变也",就是说文章本是出于不得已之情,不是无病呻吟的。但既是不得已,也当然有一种不得已的法度。求这种法度,也应该从作者精神上去求,就是从他不得已的地方去求。虽然不能专从句调格律上求法度,但也未尝没有法度。这种看法,又和袁宏道、钟惺等抹杀一切法度的论调不同。

三十八、竟陵派所求的"幽情单绪"和陈眉公的"品外"观

袁宏道、钟惺、谭元春当然也是反对七子的,他们的评论,都是注重个人的灵智,不避鄙俚之言,又多半欢喜禅学,以文字掉机锋。宏道《与张幼于书》骂李、王那班七子,说他们"粪里嚼渣",可以想见他对李、王等如何深恶痛绝的态度。宏道和他的弟兄宗道、中道等都力主唐宋以后的文风。宗道爱白居易、苏轼,取"白苏"二字做他书斋的名字。宏道更主张清新轻俊的作风,但亦多杂有嘲笑俚语。他作中道的诗集序说:"文必秦汉矣,秦汉曷尝字字学六经?诗准盛唐,盛唐曷尝字字学汉魏?惟代有升降而法不相沿,斯为可贵。"又《与丘长儒书》说:"大抵物真则贵,真则我面不同于君面,而况古人之面耶。"钟、谭等又更加大发妙论,所谓公安派(指宏道)、竟陵派(指钟、谭),遂横行天下了。钟惺的根本宗旨,在他所做的《诗论》。《诗论》是发明《诗经》的读法,大略说:

> 诗,活物也。游、夏以后,自汉至宋,无不说《诗》,不必皆有当于《诗》,而皆可以说《诗》。其皆可以说《诗》者,即在不必有当于《诗》之中。非说《诗》者之能如是,而《诗》之为物,不能不如是也。何以明之?读孔子及弟子所引诗,列国盟会聘享之所赋诗,与韩氏之所传诗者,其诗其文其义,不有与《诗》之本事本文

本义绝不相蒙者乎？夫诗，取断章者也，断之于彼，而无损于此。说《诗》者盈天下，屡变屡迁而《诗》不知，而《诗》固已行矣，然而《诗》之为《诗》自如也，此《诗》之所以为经也。汉儒说《诗》，据小序，每一诗必欲指一人一事实之。考亭儒者虚而慎，宁无其人无其事，故尽废小序。然考亭所间指为一人一事者，又未必信也。考亭注有近滞近肤近累者，考亭之意，非以为《诗》尽于吾之注，若曰有进于是者，神而明之也。予暇日取《诗》三百篇正文流览之，意有所得，间拈数语，大抵依考亭所注，稍为之导其滞累迂疏。后之视今，亦犹今之视昔，何不能新之有？

这种眼光，本来极好。我前边也略说过，凡读诗，总要先就本文上体会，以意逆志，不可拿汉儒所传小序处处讲事实的方法，做唯一的标准。因为如果先怀了这种事实上的成见，必定不能窥见诗人的意志。但是关于这一点，不可不有点分寸。我们把前人的诗意融会出来，作自己的诗，本可以随便化合，不必拘定前人的本义。至于我们读前人的，所抱的目的，是要从诗里面窥见他本人的意志情感，又似乎不可全拿我们自己的意思为主。如果全拿我们自己的意思，随便解释别人的作品，岂不反为强人就己吗？"断章取义"这句话，不过是引诗的时候一种方便法门，至于他原来整个的篇和这个诗人整个的意志，就不容我们随便把他断为几截了。孟子说："固哉，高叟之为诗也。"正因为高叟随便拿自己的成见胡乱说诗。高叟说《小弁》是小人之诗，他因为凡人不可怨恨父母，而《小弁》诗中有怨恨父母的意思，他不知道越亲爱的人，越容易相怨，这是一定的道理，不然就成了痛痒不相关的路人了。钟惺这种论诗的方法，本都有绝顶的聪明。他的论调，的确可以打破一班拘泥之见，可以警醒一班只用眼不用心的人，而且和严羽所说的"妙悟"，也有些相近。但是如果听从他的话，听得太过，反而变妙悟为固执己见了。钟惺和谭元春二人，曾作了许多诗文选本，有《周文归》《两汉文归》《诗归》《明诗归》等等。其中《诗归》，是他二人最用心的书，他们所有的批评识解，大概都集中在这一书上。内容所选，分古诗、唐诗两部分，取名《诗归》，是表明他们自己所获得于古人者，乃是如此，并非说古人之诗，即以他所选的为归宿。钟惺所做的《诗归序》说：

> 非谓古人之诗，以吾所选为归，庶几见吾所选者，以古人为归也。引古人之精神，以接后人之心目，使其目有所止焉，如是而已矣。昭明选古诗，人遂以其所选者为古诗，因而名古诗曰"选体"，乌乎！非惟古诗亡，几并古诗之名而亡之矣。

这个议论很好，凡选诗文的人，都不过表示个人的去取眼光，并未尝认古人的诗即尽于他所选之中。我们如果要研究这些选家的批评眼光，自然应该注意他们所选的这些总集。但是如果要对于各文家作品的本身，作专攻的研究，就应该详读各人的专集，不可但以选本为主了。钟、谭这种选本，也不过代表他们自己的眼光，当明末的时候那样风行一时，固不免太过，后人又诋毁说他一文不值，也可不必。钟、谭也是主张以精神求诗，不赞成以形迹求诗。钟惺的序上又说：

> 作诗者之意兴，无不代求其高。高者，取异于途径耳。途径之变不能不穷，操其有穷，以其异与气运争而终不能为高，不亦愈劳愈远乎？此不求古人真诗之过也。今非无学古者，大要取古人极肤极狭极熟便于口者，以为古人在是。……惺与同邑谭子元春忧之，内省诸心，不敢先有所谓学古，但求古人真诗所在，真诗者精神所为也。察其幽情单绪，孤行静寄予喧杂之中，而乃以其虚怀定力，独往冥游于寥廓之外。

他所说"取异于途径"，即指那班分别家数，专拿唐诗、宋诗、古诗、今诗种种名目为标准的人。一条路走穷了，又千方百计找别的路，不管目的如何，只是东奔西跑，换途觅径，仆仆风尘。历来谈文学的人，都免不了这种见解。看见宋诗发生了毛病，就提出学唐诗的途径来。看见晚唐的派头不好，又提出盛唐来。把许多时代名目上的差别，横梗在胸中，结果不过是一些笼统皮毛之见，总不容易发生精光。他所说"取古人极肤极狭极熟便于口者，以为古人在是"，当然更是骂李、王七子之流了。至于他们所自矜为独得之秘的，就是能得"古人真诗所在"。所谓古人真诗所在，即是察见古人的"幽情单绪孤行静寄"。本来求真之义是毫无可疑的，但他说到这种幽情单绪上面，就不得不有讨论之余地了。因为这种话在好一方面说，可以使人多求言外之意，不死于句下；但在坏一方说，不免使人专拿隐僻的眼光去凿空了。谭元春所做的《诗归序》说："夫真有性灵之言，常浮出纸上，不与众言伍。而自出眼光之人，专其力，壹其思以达于古人，觉古人亦有炯炯双眸从纸上还瞩人。"他又说："人有孤怀孤诣其名，必孤行而不肯遍满寥廓，而世有一二赏心之人，独为之咨嗟旁皇者，此诗品也。"他们总有一种孤僻独往的性情，所以谈到文学，也不知不觉流露出这种性情。文学这件东西，本是为人类互通性情之用，不是专为孤芳自赏而设。如果专为孤芳自赏而设，大可以放在心中，不必写出来。文学家固时时有一种宏识孤怀，但他既然写出作品来，他的孤怀，也未尝不期望与人以共见。《毛诗·大序》所说"正得失，感鬼神，莫近于诗，先王以是厚人伦，移风俗"，虽然是很古的话，但也正是说明诗是人类性情互相感动的东西。古今来自然也有一班文人，生性很孤僻，不希望自己的情愫得人家共表同情，但这种人是很少的。伟大的作家，都是要和一切人类同好恶同歌哭。天下之乐，与天下共享之；天下之苦，与天下共怜之。有这种心胸的人，他的作品必定永远不朽。如果像钟、谭这种说法，人人都把自己的情愫这样隐僻起来，以等待杳杳无期的一二知己，那未免领着一世人去索隐行怪了。他们对于所选的诗文都加有详细评语。清《四库全书总目》说他们"大旨以纤诡幽渺为宗，点逗一二新隽字句，矜为玄妙"，实在深中他们的毛病。譬如《诗归》上，录有《史记》所载的伯夷、叔齐《采薇歌》，他对于里面"黄农虞夏忽焉没兮"一句，所加的评注说："放开殷家，妙甚。"又对于孔子的《去鲁歌》"彼妇之口，可以出走；彼妇之谒，可以死败；盖优哉游哉，聊以卒岁"，他评注说："入一盖字，挺然森然。"这种看法，实在琐碎附会，十分可笑。杂书上所传许多古逸诗，本都纷纷难信，《史记》取材也很杂，钟、谭都一律用这样附会巧妙的方法去看，真未免太过支离了。

但钟、谭的议论，毕竟有一种很重要的影响。我在书首导言里说过，凡是看别人对于某种文学的批评，千万不可忘了自己也有批评的本能，又不可听了别人的批评，就自己以为可以得了某种文学的真相。钟、谭提出这种空无依傍、独运灵心的读书法，正是一班有胸无心、贵耳贱目的人的当头棒。在这一点上，我们也有取于钟、谭的态度。

当时陈继儒，也是一个博雅的文儒。他对于文学上的欣赏也是力求新颖。袁宏道选有《明文隽》，陈继儒为他作《标旨》，有互相发明的地方。《四库全书总目》里总集类存目，说此书恐是伪托。但继儒自己选有《古文品外录》一书，就可以略见他的主张。至于他的《评点琵琶记》，更是久已通行的了。《古文品外录》所选，皆是古今来普通人不大注意的文章，取其颇有别趣，超于恒品之外。他的意思，以为世人对于那些正式的总集，自昭明《文选》以至于宋朝那些人所选的，都太过受他们的牢笼，好像以为一定要守他们所选的范围，丝毫不敢跳出圈子外，来一领略别种的风味。所以这《品外录》有王衡一篇序，引眉公（继儒）自己的话说："昭明以降，选者莫烦于宋，要之世囿文，文囿识矣。非但自囿其识，抑且囿百世之下读者之识，抑且百世以前作者之神情筋骸，亦囿而不得出矣。"他又说："余所为如是者，欲使学者知九州之外，复有九州。"他所选的，都很隐僻，像《汉武帝内传》里《答上元夫人》和《杂事秘辛》里《汉桓帝选后》，这些极幽隐的文章，皆以入选，斑斓五色，奇趣横生。当前后七子等抱守典型规规雅步之后，一班人厌肤壳而求清新，平正通达的人，就提倡清深疏畅的笔调；聪颖秀特的人，就不免跃跃欲试、摩拳擦掌的，都来打通壁子说亮话了。弄手眼、掉机锋、闹口舌，纷呶不休。因此，明末的文学批评界，可算得异彩四射，极一时之盛了。

三十九、钱谦益宗奉杜甫的"排比铺陈"

当明末这种异论纷起的时候，魄力较大的人，都想把各派的议论拿来论断折中一下，钱谦益即是这种人。他极力反对前后七子之剽窃摹古，又极反对钟、谭等人之幽仄诡僻的主张。他的宗旨，在论文方面则皈依归有光，论诗则皈依李东阳。他的议论，对于有明一代的文学批评，可算是一个总结束。《列朝诗选》是他发表他的文学批评的大著作。

在论文方面，看他所做的《题归太仆文集》，可以略见他的宗旨。他这篇文里说：

> 熙甫生与王弇州同时，弇州晚悔少作，亟称熙甫，赞其画像曰："千载有公，继韩、欧阳，予岂异趋，久而自伤！"其推服如此，而又曰："熙甫志墓文绝佳，惜铭词不古。"推公之意，其必以聱牙佶屈不识字句者为古耶？不独其护前仍在，亦其学问种子埋藏八识田中，所见一差，终其身而不能改也。如熙甫之《李罗村行状》《赵汝渊墓志》，虽韩、欧复生，何以过此。以熙甫追配唐宋八大家，其于介甫、子由，殆有过之，无不及也。士生于斯世，尚能知宋元大家之

文,可以与两汉同流,不为俗学所澌灭,熙甫之功,岂不伟哉!

明七子横亘了一种时代古今的观念,一定说宋元不如汉唐,而不详考各人的面目真伪,这种眼光之误,自不待言。我们记得杜甫说"别裁伪体",又说"不薄今人",这种话实在是对于像明七子这类人的一服良药。钱谦益心中所以尊敬归有光而反对王世贞,也是本于这种"别裁伪体""不薄今人"的宗旨。

所以谦益论诗,差不多处处都提出杜甫这句话做他的唯一的标准,我们翻阅他的《初学集》《有学集》可以知道。他的《徐元叹诗序》说:

> 自古论诗者,莫精于少陵"别裁伪体"之一言。当少陵之时,其所谓伪体者,吾不得而知之矣。宋之学者,祖述少陵,立鲁直为宗子,遂有江西宗派之说。严仪卿辞而辟之,而以盛唐为宗,信仪卿之有功于诗也。自仪卿之说行,本朝奉以为律令,谈诗者必学杜,必汉魏盛唐,而诗道榛芜弥甚,仪卿之言,二百年来遂若涂鼓之毒药。甚矣伪体之多而别裁之不可以易也。乌乎! 诗难言也。不识古学之从来,不知古人之用心,徇人封己而矜其所知,此所谓以大海内于牛迹者也,王、杨、卢、骆见哂于轻薄者,今犹是也,亦知其所以劣汉魏而近风骚者乎?……先河后海,穷源溯流,而后伪体始穷,别裁之能事始毕。虽然,此盖未易言也。其必有所以导之。导之之法维何? 亦反其所以为诗者而已。《书》不云乎:"诗言志,歌永言。"诗不本于言志,非诗也。歌不足以永言,非歌也。宣言谕物,言志之方也。文从字顺,永言之则也。宁质无佻,宁正无倾。……宁为长天晴日,无为盲风涩雨,导之于晦蒙狂易之日,而徐反之言志永言之故,诗之道其庶几乎。

钱谦益用功于杜诗很深,他做的《读杜小笺》,详考唐代史事以求杜甫诗情的来由,在许多注解杜诗的人当中,他这部《读杜小笺》是很伟大的。所以他实是隐然自命以杜甫之眼光为眼光的人。明朝无论是前后七子,或是钟惺、谭元春之流,在他看来,都是伪体,都是盲风涩雨了。

他评论各家的诗,也拿杜甫做标准,看看各家所得于杜甫的究竟有多少,拿这种意思来分别各家的高下。因为无论是宋元的诗家,或是明朝的诗家，无论是江西派，或严沧浪，都无不奉老杜为诗家集大成的人。虽有一班人因为自己力量不够而走小路取巧的，但也不敢不推杜为大宗。所以钱谦益就拿众人所膜拜的杜甫，来反照众人的本身。他的《读杜小笺序》说：

> 自宋以来，学杜诗者，莫不善于黄鲁直。评杜诗者，莫不善于刘辰翁。鲁直之学杜也，不知杜之真脉络，所谓前辈飞腾余波绮丽者，而拟议其横空排奡奇句硬语，以为得杜衣钵，此所谓旁门小径也。辰翁之评杜也，不识杜之大家数，所谓铺陈终始排比声韵者，而点缀其尖新俊冷单词只字，以为得杜骨髓，此所谓一知半解也。弘正之学杜者，生吞活剥，以捃撦为家当，此鲁直之隔日疟也，其黠者，又反唇于江西矣。近日之评杜者，钩深抉异，以鬼窟为活计，此辰翁之牙后慧也，其横者，并集矢于杜陵矣。

他批评黄山谷的话，不免有点成见。明人一提起宋诗，总是满肚皮不高兴。所谓"以排奡硬语，为得杜衣钵"，是江西派末流之过，对于山谷，似乎不能这样一概而论。至于说到弘正以来七子之学杜，他笑他们生吞活剥捃撦为富，实丝毫不为过分。他所说的"钩深抉异，以鬼窟为活计"，又是骂钟、谭那班竟陵派的人了。他这种以杜为宗主的批评，又见于他所做的《曾仲房诗序》："本朝学杜者，以李献吉为巨子，生吞活剥，本不知杜，而曰必如是乃为杜也。今之訾謷献吉者，又岂知杜之为杜，与献吉之所以误学者哉？献吉辈之言诗，木偶之衣冠也，烂然满目，终为象物而已。若今之所谓新奇幽异者，则木客之清吟也，幽冥之隐壁也，纵其凄清感怆，岂光天化日之下所宜有乎？"这里所说"今之所谓新奇幽异者"，又是指摘钟、谭一班人。至于他的《列朝诗选》中《钟惺小传》说："当其创获之初，亦尝覃思苦心，寻古人微言奥旨，少有一见，略影希光，以求绝出于时俗。久之见日僻，举古人高文大篇铺陈排比者以为繁芜熟烂，胥欲扫而刊之，而惟僻见之是师，幻而入鬼国。"又谭元春小传云："以俚率为清真，以僻涩为幽峭，求清而转浅，求新而转陈，无字不哑谜，无章不破碎，如隔吴越，莫辨阡陌。"这样对于钟、谭二人，尤为大声痛斥了。

他总论明代诗文界之病，在他的《郑孔肩文集序》里说："近代之伪为古文者，其病有三，曰僦，曰剽，曰奴。窭人子赁居廊庑，主人翁之华屋，皆若其所有，问所托处，求一茅盖头不可得，故曰僦。椎埋之党，铢两之奸，夜动昼伏，忘衣食之源而昧生理，韩子所谓降而不能者，故曰剽。佣其耳目，囚其心志，呻呼唔哎，一不自主，仰他人鼻息，故曰奴。"又《题怀麓堂诗钞》说："近代诗病，其证凡三变：沿宋元之窠臼，排章俪句，支缀蹈袭，此弱病也。剽唐选之余沈，生吞活剥，叫号隳突，此狂病也。搜郊原之旁门，蝇声蚓窍，晦昧结骨，此鬼病也。救弱病者，必之乎狂，救狂病者，必之乎鬼。"这些话深疏明代诗文之病理，极为精到。凡崛起一代自矜为诗文界的巨眼的人，无不是鉴于过去的积弊，想出方法来救起沉疴。像钟惺所骂当时的人，只知东奔西跑，寻找路途，而不知道求真，也何尝不是洞微之言；但不幸他们自己又过于独任僻见，变妙悟为固执了。

谦益对于明朝的人，仅推服一个李东阳。本来李东阳之识解大方，妙达自然之理，我前边已经说过。谦益的《题怀麓堂诗钞》说："弘正间，北地李献吉临摹老杜，为槎牙兀傲之词，以訾謷前人。西涯在馆阁负盛名，遂为其所掩。……孟阳（他同时朋友程孟阳）于恶病沉痼之前，出西涯之诗以疗之曰，此引年之药物，亦攻毒之箴砭也。"又《书李文正公手书东祀录略卷后》说："西涯之文，有伦有脊，不失台阁之体，诗则原本少陵、随州、香山，以逮宋之眉山，元之道园，兼综而互出之。弘正之作者，未能或之先也。李空同后起，力排西涯以劫持当世，而争黄池之长。试取空同之集，汰去其吞剥挦撦呀牙龃齿者，而空同之面目犹有存焉者乎？西涯有少陵、随州、香山、眉山、道园，要其为西涯者，完然在也。"

谦益对于以前的选诗的人，最反对高棅的《唐诗品汇》。他也是因为明朝人的诗病，多半是从高棅这部书引出来的。高棅本于严沧浪，所以谦益对于沧浪，也提出异议。他的《唐诗鼓吹评注序》说："三百年来，诗学之受病深矣。馆阁之教习，家塾之程课，咸禀承严氏之诗法，高氏之《品汇》耳。迨其后时知见日新，学殖日积，洄盘起伏，只足以增长其邪根缪种而已矣。唐人一代之诗，各有神髓，各有气候。今以初盛中晚厘为界分，又从而判断之，曰'此为妙悟，彼为二乘，此为正宗，彼为羽翼'，支离割剥，俾唐人之面目，蒙幂于千载之上，而后人之心眼，沈锢于千载之下，甚矣诗道之穷也！"又《唐诗英华序》说："夫所谓初盛中晚者，论其世论其人也。以人论世，张燕公、曲江，世所称初唐宗匠也，燕公岳州以后，诗章凄惋，似得江山之助，则燕公亦初亦盛。曲江自荆州以后，同调讽咏，尤多暮年之作，则曲江亦初亦盛。以燕公系初唐也，溯岳阳唱和之作，则孟浩然应亦盛亦初。以王右丞系盛唐也，酬春夜竹亭之赠，同左掖梨花之咏，则钱起、皇甫冉应亦中亦盛。一人之身，更历二时，将诗以人次耶？抑人以诗降耶？"平心而论，严沧浪、高棅都有他各人的通识，我前边都讨论过了。明朝前后七子自己走错了路，我们不能拿后来的错误，归咎于原来确有见地、开辟门庭的人。谦益的批评，大致都是很平正的，驳严、高二氏的话，固然也未尝无理。但严沧浪早已告诉人这种分法，不过是论其大略，自然各时代不无互相阑入的人。高棅也是有很大的魄力，胸中有很高的楷模的。谦益这种以矛攻盾的方法，似乎还不是恰当的针砭。明人承严、高二人的诗论，所犯的毛病，就是多注意于格调，很少有人能够深入一步注意于各人的性情意志。严、高虽也说过求性情的话，但说得不很切实，所以盲从他们的人，都犯这种毛病。谦益本人对于文学上的批评，攻驳别人的话很多，自己建立的话，比较不甚透彻，而且我们看他自己的诗文，也很驳杂不纯，缺少滋味。他说到杜诗，总欢喜拿元稹所赞的"排比铺陈"那几句话来做幌子，所以他所认识的杜甫，虽不必就等于元稹之"识碔砆"，但也不见得能认识到很高的境界。他所注的杜诗，考论史实固然极详尽，功夫极坚密，为读杜诗者所不可废；但有些太烦，有些也未免太过实在了。凡谦益一生著书立说，都差不多犯了这种繁杂芜蔓的毛病。他固然时时要"别裁伪体"，他自己的诗文，也诚然没有"伪"的毛病，但因为要不"伪"，就不免泥沙俱下，赘累得不能自举了。他的心目中，大概还是拿"排比铺陈"做唯一的美点。至于他对于有明一代的诗病和各人的弱点，所指摘的都很详尽，可以作为有明一代文学批评之总结束了。

四十、王船山推求"兴观群怨"的名理

明末诸遗老，像顾炎武、黄宗羲、王夫之这些人，都有极重要的论文之言。黄宗羲的《明文海》收录有明一代之文，宏博无比，评论当然也很公允，大致都是反对明七子之模仿，而专以"情至"为主，但微嫌所收稍滥，不免芜杂。清《四库全书总目》说："恐是晚年未定之本，其子主一所编。"我们看宗羲所著的书，像《明儒学案》那些大著作，都不是

及身的定本，《明文海》或者也是如此。顾炎武《日知录》中所有论文之言，更是切实平正，无可非议。像他那里面论"文须有益于天下"，论"近世模仿之弊"，论"文章繁简，以辞达为主，而不在字句之多少"，论"文人求古之病"各条，平允通达，眼光远大，能救一切文人的毛病，数百年来学者，无不推服。但顾、黄、王诸老之中，最鞭辟入里，而议论最精刻的，还要推王夫之。夫之的《船山遗书》中有《夕堂永日绪论》和《诗绎》两种，即是他的诗话。《诗绎》是绅绎《诗》三百篇的辞理，又有《诗广传》一种，是仿《韩诗外传》的体裁，推论《诗》三百篇的诗人言外之意。这几种，都是很精辟的书。

自来我国的文学，大家都认为源于《诗》三百篇，推《诗》三百篇为极则。但究竟《诗》三百篇所以为万万不可及的道理，批评家都不过言其大概，而不曾有切实的指示。王船山的书，就是专为切实指示此点而作。

他论诗，一切拿"兴观群怨"那四个字为主眼，以为无论什么作品，如果不能使人看了有所兴感，那种作品就不足置论。他的话当然一切皆是从孔门的"诗教"中阐发出来的。《诗绎》里面说：

> 诗可以兴，可以观，可以群，可以怨，尽矣。辨汉魏唐宋之雅俗得失以此。

这是他所立的标准。他又加以解释：

> 可以云者，随所以而皆可也。于所兴而可观，其兴也深；于所观而可兴，其观也审；以其群者而怨，怨愈不亡；以其怨者而群，群乃益挚；出于四情之外以生起四情，游于四情之中情无所窒。作者用一致之思，读者各以其情而自得。故《关雎》，兴也，康王晏朝而即为冰鉴，"訏谟定命，远猷辰告"，观也，谢安欣赏而增其遐心。人情之游也无涯，而各以其情遇，斯所贵于有诗。是故延年不如康乐，而宋唐之所由升降也。

这一段话，从来没有人说得到他这样精微了。他在《夕堂永日绪论》里说："经生家析《鹿鸣》《嘉鱼》为群，《柏舟》《小弁》为怨，小人一往之喜怒耳。"意义更明显。他又随举《诗》三百篇中的诗句,详为较论。例如《诗绎》里说:"'昔我往矣,杨柳依依。今我来思,雨雪霏霏。'以乐景写哀,以哀景写乐,一倍增其哀乐。"他又说:"'庭燎有辉。'乡晨之景,莫妙于此。晨色渐明,赤光杂烟而叆叇,但以'有辉'二字写之。唐人除夕诗'殿庭银烛上熏天'之句,写除夜之景,与此仿佛,而简至不逮远矣。"他又说:"苏子瞻谓'桑之未落,其叶沃若',体物之工,非沃若不足以言桑,固也;然得物态,未得物理。'桃之夭夭,其叶蓁蓁''灼灼其华''有蕡其实',乃穷物理。夭夭者,桃之稚者也。桃至拱把以上,则液流蠢结,花不荣,叶不盛,实不蕃。小树弱枝,婀娜妍茂,为有加耳。"又《夕堂永日绪论》说:"不能作景语,又何能作情语耶?古人绝唱句多景语,如'高台多悲风''蝴蝶飞南园''池塘生春草''芙蓉露下落',皆是也,而情寓其中。以写景之心理言情,则心身中独喻之微,轻安拈出。谢太傅于《毛诗》取'訏谟定命,远猷辰告',以此八字如一串珠,将大臣经营国事之心曲,写出次第,故与'昔我往矣,杨柳依依'四句,同一达情之妙。"这些解释,都很恰当,不为穿凿。至于说到诗的理趣,他有些地方不免过于深刻,但实在并不是误会。例如《诗绎》里说:"始而欲得其欢,已而称颂之,终乃有所求焉,细人必出于此。《鹿鸣》之一章曰'示我周行',二章曰'示民不恌,君子是则是效',三章曰'以燕乐嘉宾之心',异于彼矣。杜子美之于韦左丞,亦尝知此乎?"这个话和他《诗广传》里所讥杜甫的"残杯与冷炙,到处潜悲辛"近于游乞之音,如何能够自比稷契,是一样的深刻。这种议论,但就他发挥《诗》三百篇的辞理一方面看,是很对的。

他总是认为诗这件东西,一定要有可兴可观可群可怨的地方,一方面固不可浮光掠影而不得理趣,一方面也不可拘泥板滞而失了诗的原意。他的《诗绎》里说:"王敬美(王世贞之弟)谓诗有妙悟,非关理也。非理抑将何悟?"这是把严沧浪以来"妙悟"之说,下了一个注解。他又说:"杜甫得诗史之誉,夫诗之不可以史为,若口与目之不相为代也久矣。"这又是骂那班拘泥事实的人了。诗史之说,本不容易解释。诗和史可以相通,即是因诗而可以知人论世的意思,《毛诗·大序》所发明的,都是这个道理;但我们不可说诗即是史,史即是诗。唐朝当时的人称杜甫为诗史,原见于孟棨《诗本事》。《诗本事》说:"杜逢禄山之难,流离陇、蜀,毕陈于诗,殆无遗事,故当时号为诗史。"这种话本是当时流俗随便称赞的话，不足为典要。宋朝人多欢喜诗史之说，王世贞《艺苑卮言》里曾经加以排斥，说："杜诗含蓄蕴藉，盖亦多矣。宋人不能学之，至于直陈时事，类于訏讪，又撰出'诗史'二字（实非宋人始撰）以误后人。如诗可兼史，则《尚书》《春秋》可以并省。"这个话和王船山的抨击，也是同样一针见血的话。钱谦益解杜诗，正是染了诗史之毒，所以不免累赘。不过杜甫固不能比《诗》三百篇，但也似乎不能拿后人的诗史观念来责备他的本身。杜诗号称大家，他的方面太多，兼有风、雅、颂之体，虽有近于平铺叙事，像《北征》那些诗，但那些诗也未尝无情致，而且也近于《诗》三百篇之"雅"。船山是专拿《诗》三百篇里"风"的意思来衡量他了，但船山并非反对整个的杜诗的。

　　船山对于明七子之模仿皮壳，和钟、谭之僻陋，当然都反对，但他对于一切建立门户的人，通同反对。例如说："建立门庭，自建安始。曹子建铺排整饬，立阶级赚人升堂，用此致趋赴之客，雷同一律。子桓精思逸韵以绝人攀跻，故人不乐从。"船山的性情，实在有点厌薄文人，凡是徒以文人自命，或是仅能以工文见长，而没有特别怀抱、特别志事的人，都为他所不取。但他的议论，确是可以开拓心胸，我们看他对于历代诗人的评判，可以知道。他说："如郭景纯、阮嗣宗、谢客、陶公，乃至左太冲、张景阳，皆不屑染指建安之羹鼎，视子建蔑如矣。降而萧梁宫体，降而王、杨、卢、骆，降而大历十才子，降而温、李、杨、刘，降而江西宗派，降而北地、信阳、琅邪、历下，降而竟陵，所翕然从之者，皆一时和哄汉耳。宫体盛时，即有庾子山之歌行，健笔纵横，不屑烟花簇凑。唐初比偶，即有陈子昂、张子寿扢扬大雅。继以李、杜代兴，杯酒论文，雅称同调，而李不袭杜，杜不谋李，未尝党同伐异，画疆墨守。沿及宋人，始争疆垒。……胡元浮艳，又以矫宋为工，蛮触之争，要于兴观群怨丝毫未有当也。伯温、季迪以和缓受之，不与元人竞胜，而自问风雅之津。故洪武中兴，洗四百年三变之陋。"他所取的，都是特别超健不落门户的人；一落门户，或者容易被旁人借作门户的人，他都厌恶。明代七子和竟陵之流，当然是他所万分不屑，对于宋诗西昆和苏、黄，也诋諆甚力，他根本就不欢喜宋诗。他说："人讥西昆体为獭祭鱼，苏子瞻、黄鲁直亦獭祭耳。彼所祭者，肥油江豚，此所祭者，吹沙跳浪之鳝鲨也，除却书本子，则更无诗。"

　　船山身丁亡国之痛，著书立说，上下千古，在诸遗老中，尤有极沉痛的情怀。所以论起文学来，也说到十分彻底之处。但大致都是很正当，并不穿凿，和各大家的见解都是一样的宏伟，而尤多似元好问。心中所赏的，多半是慷慨有天机的作风，深厌饾饤绮靡之习。我们看他对于明人，甚赞刘基、高启、李东阳、汤义仍、徐文长，正是不取那些圈牢里讨生活的人，和好问论诗的宗旨，有些相合。

但船山最精卓的地方，仍在于推求《诗》三百篇的辞理。我前边说高棅、李东阳主张先玩味诗的本身，以求诗人的意志，颇合于古时看诗的方法。关于这种方法，船山所推求的辞理，是极好的参证了。但是我们也不可把他所已经推求出来的话死守太过，总要能够举一而反十。我们看别人的批评，无论如何，都不可把自己的灵机锢闭不用。

四十一、王渔洋"取性情归之神韵"

清初的王渔洋，是大家所推为一代的宗匠了。他少年颇得钱谦益的奖励，谦益有《古诗一首赠王贻上》，夸赞他好像李、杜复生，又好像要传授心法的样子。但渔洋和谦益的见解后来有些不同，渔洋并不苦摹李、杜，又谦益反对严沧浪，渔洋反以沧浪为归宿，谦益痛诋明七子，渔洋对于七子的议论，反有承袭之处。渔洋自己说，平生论诗的宗旨，曾经变过好几次，大致也是随着本身的遭际情怀和交游朋友的商讨而变迁。像他这种自述的话，正是深得批评学的本源。他的伟大的规模，即建立在这种态度之上。他的《渔洋诗话》，书前有俞兆晟一篇序，序里说："新城先生晚居长安，位益尊，诗益老，每勤勤恳恳以教后学，辄从容言曰：'吾老矣，还念平生，论诗凡屡变，而交游中亦如日之随影，忽不知其转移也。少年初筮仕时，惟务博综该洽，以求兼长，文章江左，烟月扬州，人海花场，比肩接迹，入吾室者俱操唐音，韵胜于才，推为祭酒，然而空存昔梦，何堪涉想。中岁越三唐而事两宋，良由物情厌故，笔意喜生，耳目为之顿新，心思于焉避熟，明知长庆以后已有滥觞，而淳熙以前俱奉为正的。当其燕市逢人，征途揖客，争相提倡，远近翕然宗之。既而清利流为空疏，新灵寝以佶屈，顾瞻世道，恕焉心忧，于是以太音希声药淫哇锢习，《唐贤三昧》之选，所谓乃造平淡时也，然而境亦从兹老矣。朋旧凋零，吟情如睹，吾敢须臾忘哉？'噫！知此言可以读先生之诗，即可以读先生诗话矣。"我们研究渔洋的诗学批评，不可不细看他自己这一段话。

又《渔洋诗话》里说："余于古人论诗，最喜钟嵘《诗品》、严羽

《诗话》。"他又说:"弇州《艺苑卮言》品骘极当,独嫌其党同类,稍乖公允耳。"我们要知道渔洋的宗旨,对于这几句话也不可不注意。

渔洋有《戏仿元遗山论诗绝句三十五首》,略可以见他的主张。翁方纲《石州诗话》里,也说渔洋这绝句,是"二十九岁作,与遗山之作皆在少壮,然二先生一生识力,皆具于此,未可仅以少作目之"。方纲虽是反对渔洋的人,但这个话是很对的。我们拿渔洋此外论诗之言,来和他这《论诗绝句》一一比证,都可以看出他的思想线索有一贯的痕迹。

渔洋一生显贵,又当清初承平之世,风流文采,照映海内。他所欢喜的,是清华俊秀的笔调。在个人的风趣上,和宋朝的杨亿、晏殊差不多是一流人物。所以他的文学欣赏,也和他本人的风趣有表里相生之处。我现在略引他这《论诗绝句》来讨论一下。他的绝句第一首是:

巾角弹棋妙五官,搔头傅粉对邯郸。风流浊世佳公子,复有才名压建安。

论诗的人多从建安说起,这是本于钟嵘《诗品》。但渔洋心目中曹氏兄弟的"公子才名",大概和钟嵘所说的"建安风力",和元遗山所说的"曹刘坐啸虎生风",略有不同。

青莲才笔九州横,六代淫哇总废声。白纻青山魂魄在,一生低首谢宣城。

倾倒李白的才笔,又兼提出李白所低首的"小谢清发",也可以看出他的微意。

挂席名山都未逢,浔阳喜见香炉峰。高情合爱维摩诘,浣笔为图写孟公。
风怀澄淡推韦柳,佳处多从五字求。解识无声弦指妙,柳州那得并苏州?

渔洋一生结穴之论,就是推重王、孟以及韦、柳,以清澄妙远的神韵为宗。他晚年所选的《唐贤三昧集》,就是拿这种意思做一生的归宿。自从司空图提出"味在酸咸之外"的批评，严羽又提出"妙悟"二字，他二人都是以盛唐为归宿。明朝人的手眼，大部分也都在这种空气笼罩之下。前边已经说过很多了。但渔洋绅绎明一代的诗弊，以为明人之学盛唐，只能学得一点肤壳，不能得盛唐真面。推求他们所以只得肤壳不得真面的原因，虽非一言可尽，但大致是因为他们只从"高华壮丽"那一路笔调上追求，所以就不免趋于浮嚣。再者，盛唐的家数本来很多，杜甫那种万钧之力，不善学之，正是容易受病的地方。渔洋本于这种意思，于是专拿王维、孟浩然这种清澄蕴藉而又华妙的诗，来规定盛唐的真面，不但别唐音于汉魏宋元，而且是把严羽以来所推尊于盛唐者，说出一种究竟的道理。简单说来，就是认为盛唐之音，不仅上异于汉魏，下异于宋元，而且确是上不同于初唐，下不同于中晚，而自为一种绝后空前的境界。表现这种境界的人，是王维、孟浩然等而不是李、杜。李、杜这些大家，本不可以时代限；言盛唐而皈依于牢笼今古的李、杜，结果必定迷眩。这样精微之论，是高棅以至于李东阳、明七子、钱谦益以来所不曾明白示人的。渔洋自己的《唐贤三昧集·序》说："严沧浪论诗云：'盛唐诸人惟在兴趣，羚羊挂角，无迹可求。故其妙处，透彻玲珑，不可凑泊，如空中之音，相中之色，水中之月，镜中之象，言有尽而意无穷。'司空表圣论诗亦云：'妙在酸咸之外。'戊辰春杪，归自京师，居宸翰堂，日取开元、天宝诸公篇什读之，于二家之言，别有会心，录其尤隽永超诣者，自王右丞而下四十二人，为《唐贤三昧集》。不录李、杜二公者，仿王介甫《百家》例也。"我们看前面引渔洋自己的话说，他平生最爱严羽《诗话》，他既然这样爱重严羽的书，所以寝馈之余，就能"别有会心"了。所谓"别有会心"者，正是发明明朝人之所未发的意思，就是说严羽的话，必定要参照他这《唐贤三昧集》，然后才有着落，而明朝人并未曾明白严羽的真意。渔洋的门人所记的《然灯纪闻》里面，又载渔洋自己详论《唐贤三昧集》的话，大略说："吾疾夫世之依附盛唐者，但知学为'九天阊阖''万国衣冠'之语，而自命高华，自矜壮丽，按之其中，毫无生气，故有《三昧集》之选。要在揭出盛唐真面目与世人看，以见盛唐之诗原非空壳子大帽子话，其中蕴藉风流，包含万物，自足以兼前后诸公。彼世之但知学'九天阊阖''万国衣冠'等语，果盛唐之真面目真精神乎？抑亦优孟、叔敖也？苟知此意，思过半矣。"渔洋的意思，自己解释得很明显了。他的《唐贤三昧集》，本是他所辑的《十种唐诗选》之一。他把所有唐人自选的唐诗集,自殷璠的《河岳英灵集》、高仲武的《中兴间气集》、芮挺章的《国秀集》、元结的《箧中集》、令狐楚的《御览诗集》、姚合的《极玄集》,以及韦庄的《又玄集》、韦縠的《才调集》、《唐文粹》里的诗,合起他的《唐贤三昧集》,共为十种。他的用意,无非要表示唐朝的诗和汉魏、宋元的诗,皆不相同,如果要知道所以不同的缘故,必定要玩味唐人眼中的唐诗。后人拿后人的眼光来评选唐诗,不若唐人自己评选唐诗,能够自露真面了。

    涪翁掉臂自清新,未许传衣蹑后尘。却笑儿孙媚初祖,强将配食杜陵人。

  渔洋对于宋诗,也颇能鉴拔,黄山谷是他很心折的人。他的《古诗选》里七言诗凡例说:"山谷虽脱胎于杜,顾其天姿之高,笔力之雄,自辟门庭,宋人作《江西宗派图》以配食子美,要亦非山谷意也。"这几句话可以算是这首绝句的小注。渔洋对于宋诗所赏识的,在七古一体。因为他论诗,欢喜讲体格。例如他的《古诗选》,对于五古一体,专以汉魏六朝为主,唐人除张曲江、陈子昂、李太白、韦应物、柳宗元几个人,是他认为能存古音于唐音之中而外,像杜甫的五古,他一字不录,这是本于李梦阳所说"唐无古诗而有其古诗"的意思。宋元的五古,更是一概不入格了。至于七古一体,他对于唐宋金元各家,都无不收采。《师友诗传录》里说:"阮亭曰:'沧溟谓唐无五言古诗而有其古诗。'此定论也。常熟钱氏但截取上一句以为沧溟罪案,沧溟不受也。要之,唐五言古固多妙绪,较诸十九首、陈思、陶、谢,自然区别。七言古若李太白、杜子美、韩退之三家,横绝万古。后之追风蹑景,惟苏长公而已。"所以姜宸英的《阮亭古诗选序》说:"七言去'三百篇'已远,可以极作者之思,义不主于一格,故所钞及于宋元诸家。"徐乾学的《十种唐诗选书后》也说:"《渔洋前后集》中,惟七言古颇类韩、苏,自录各体,持择不可谓不精,造诣固超越千载,而体制风格,未尝废唐人之绳尺。"这些话可以见渔洋所取于宋人者是什么了。至于他对于各种诗的体裁,都有很详细的辨别。《然灯纪闻》里说:"为诗各有体格,不可混一。如说田园之乐,自有陶、韦、摩诘;说山水之胜,自是二谢;若道一种艰苦流离之状,自然老杜。不可云我学某一家,则无论那一等题,只用此一家风味也。"又说:"七律宜读王右丞、李东川，尤宜熟玩刘文房诸作，宋人则陆务观，若欧、苏、黄三大家，只当读其古诗歌行绝句，至于七律必不可学。学前诸家七律久而有所得，然后取杜诗读之，譬如百川至海。"这都是他博取宋人之点，我们也可以借此看到他对于各诗体的分析。

　　李杜光芒万丈长，昌黎《石鼓》气堂堂。吴莱苏轼登廊庑，缓步空同独擅长。
　　薿姑神人何大复，致兼《南》《雅》更《王风》。论交独直江西狱，不独文场角两雄。
　　文章烟月语原卑，一见空同迥自奇。天马行空脱羁靮，更怜谭艺是吾师。

渔洋对于明人，并不菲薄，不特深赏高启、徐祯卿，对于李梦阳、何景明等，他有这样赞美之词。《师友诗传续录》记渔洋的话说："明诗胜金元，不逮宋。宏正四杰，在宋亦罕匹。嘉隆七子，则有古今之分。"所以他的议论，实多半和钱谦益相反。他对于李东阳和明七子两派，认为互有是非，不像谦益尊东阳而贬七子。他《古诗选凡例》说："西涯之流，源本宋贤，李、何以来，具体汉魏，平心论之，互有得失。"所以他的《居易录》里说"虞山訾謷李、何，则并李、何之友而俱贬之，推戴李宾之，则并宾之门生俱褒之"，即是不满意于谦益之过抑李、何。谦益最反对严羽、高棅对于初盛中晚唐的分限和正宗、大家等等差别，渔洋又不然。《师友诗传录》里说："阮亭曰：'唐人七律，以李东川、王右丞为正宗，杜工部为大家，刘文房为接武，高廷礼之论，确不可易。'"《然灯纪闻》里说："为诗要穷源溯流，先辨诸家之派，如何者为曹、刘，何者为沈、宋，何者为王、孟，何者为李、杜……何者为唐，何者为宋，何者为南宋。"这些意思，岂不是和严羽、高棅完全相同吗？所以姜宸英的《唐贤三昧集·序》，也发挥渔洋的意思，说："钱受之极论严，以禅喻诗之非，而于高廷礼之分四唐，则案以当时作诗之岁月而驳之。余以《毛诗》考之，作诵之家父，为东迁以后之人，其于诗也，不害其为小雅。《黍离》行役之大夫，及见西京之丧乱，尝为东迁以前之人矣，其于诗也，不害其为王降而风。故初盛中晚亦举大概耳。盛唐之诗，实有不同于中晚者，非独中晚而已。自汉魏及今有过之乎？盖论诗之气运，则为中天极盛之运。而在作者心思所注，则常有不极其盛之意，所谓不涉理路，不落言筌，言有尽而意无穷，譬之于禅，则正所谓透彻之悟也。不求之此，而但规模于浮响漫句以为气象而托之盛，此则明嘉、隆以来称诗者之过也，于前人何尤？"姜宸英这段话，把渔洋所以仍建立盛唐的断限，而尤切实示人以盛唐真境的缘故，发挥得十分透彻、十分高远了。我在上卷《孔门诗教》一章里，说《诗》三百篇之六义，唯有"兴"的境界，最为难能可贵，曾经拿严沧浪的"盛唐诸人惟在兴趣"一语去做参考。我们现在再拿姜宸英所说"中天极盛之运，而在作者心思所注，则常有不极其盛之意"，来和《周礼·太师》郑注所说"兴，见今之美，嫌于媚谀，取善事以喻劝之"的意思对照一下，又不知不觉地使严沧浪的话更增加许多价值了。这一层不得不推渔洋的大功。我们对于严沧浪所说的"盛唐兴趣"，一定要把他和《诗经》六义里面的"兴"在一块儿看，才有价值，所谓和平中正之音，也必如此解释才算有着落，不然，就成了明七子之"浮响漫句"了。

太平之世，必有中正和平之音，这是我国文学批评界的古义。《乐记》里说："治世之音安以乐，其政和；乱世之音怨以怒，其政乖；亡国之音哀以思，其民困。"早建立了这种标准。渔洋生当盛世，当一朝开国之时，气象所笼罩的，当然就是这种和平安乐之音。他的心和眼所趋赴的，也正是这一点，以雅正为归，以《诗》三百篇的正风为准则。他的论诗的话太多，我们不能一一列举，但他的结晶之论——可以说是最后的安身立命之点——终以《唐贤三昧集》为代表。此外，《古诗选》和他门人所纂的种种诗话，出出入入，和历来各大家之论异同互见，都无甚重要的关系，而且也都是从这结晶之论产生出来的枝叶。《师友诗传录》说：

阮亭曰："《尚书》云：'诗言志，歌永言，声依永，律和声。'此千古言诗之妙谛真诠也。故知志非言不形，言非诗不彰，祖诸此矣。何谓志？'石韫玉而山以辉，水怀珠而川以媚'是也。何谓言？'其为物也多姿，其为体也屡迁，其会意也尚巧，其遣词也贵妍'是也。何谓诗？'既缘情而绮靡，亦体物而浏亮''播芳蕤之馥馥，发青条之森森'是也。"昌黎曰："诗正而葩。"岂不然欤？

这一段话，是他全部心情之表露。他一生前后论诗的话，和他一生所操的选政，从《古诗选》一直到《唐贤三昧集》，都是以这段话为解释。他主张诗的意志，要蕴藉含蓄不可直写无余，所以《师友诗传录》里说："不著一字，尽得风流，此性情之说也。"他主张要读破万卷书，而用起来毫不拖泥带水。所以《师友诗传录》里又说："读千赋则能赋，此学问之说也……性情学问相辅而行，无性情而侈言学问，则点鬼簿獭祭鱼。学力深，始能见性情。……诗有别才，非关学也，为读书者言也，非为不读书者言之也。"他主张诗要美妙，不可粗犷寒枯，但必须清雅而不浓俗。所以《师友诗传录》里又说："诗人之赋丽以则，凡诗之丽而失其则者，皆不能以轻清为体，而驰骛于鲜荣者耳。至于卢仝、马异、李贺之流，牛鬼蛇神耳。"《然灯纪闻》里又说："诗要清挺，纤巧浓丽，总无取焉。……为诗先从风致入手，久之要造平淡。……为诗且无计工拙，先辨雅俗。品之雅者，靓妆明服固雅，粗头乱服亦雅；其俗者满面脂粉，总是俗物。"他的雅正的规则，大致是这样。

《诗》三百篇以"温柔敦厚"为主。"温柔敦厚"者，无论是喜是怒是哀是乐，一切都要温柔敦厚，含蓄而不刻露。喜的时候，固然应该如此，即便哀痛愤怨的时候，也应如此。这样才可以当得治世之音。凡是稍近于剑拔弩张、号呼跳踉的声音，都近于乱世之音，都在所大忌。渔洋所主持的正宗，就是如此。徐乾学《十种唐诗选序》说："余交新城王先生四十年，侧闻绪论矣。诗之为教，主于温柔敦厚，感发性情，无古今之别。……以唐人而论唐人之诗，当时闻弦识曲，多有赏音，惟以意寄深远，兴情遒逸，机趣蕴蓄，神采照灼，能略得六义之遗者为宗。非是，语虽惊人，置之弗录。挺章《国秀集序》云：'秘书监陈公，国子司业苏公，尝论风雅之后数千载间，讽者溺于所虑，志者乖其所务，以声折为宏壮，势奔为清逸，可为太息。'挺章天宝时人，苏源明词坛尊宿，其持论如是，足知后人之赞叹踊跃者，皆当时动色相戒，惟恐稍涉凌厉，有乖温柔敦厚之旨，亟亟乎其敛而抑之也。先生金口木舌以警学者，用心苦矣。"乾学这段话，是深通渔洋之学。但是文学上风会所趋，多半随时代环境而推动。治世之音和乱世之音，在读诗的人一方面讲，皆可以观风俗、论世变。读清和安乐的诗，自然和作者同表清和安乐之情；读了愤激哀怨的诗，也自然和作者同表愤激哀怨之感。我们为知人论世起见，对于无论何种诗，都可以有用。自从后世文人天天讲究作诗的方法，时时在许多前人中间分别抉择，借古人做幌子，各立宗旨，各标途径，于是不免时时引起争端。但其实对于原来历代的诗篇，都无损毫发。世界的治乱、人情的正变，本不能一定。《诗》三百篇之温柔，不能不降为楚骚之悲放，又不能不降为汉魏六朝，又不能不降为唐宋元明清，势所必然，无法阻止。即便《诗》三百篇的正风正雅，也不能不降为变风变雅，不过时代人心相差不远，变得不大厉害罢了。所以这样看来，如在治世而强人作乱世之音，在乱世而强人作治世之音，恐怕事实上本不容易办到。但是豪杰之士，究竟不为时代所拘束，总认为文学这件东西，和人心风俗有关，出于此人之心，入于彼人之心，潜移默化的力量，超过一切其他的力量。因此，看见病态危险，不得不设法医治，看见胜境美景，不得不引人同入。对于社会治乱之运转，又未尝没有先机消息，为时代设想的地方。文学批评所负的使命，本是如此，而时代也往往随他转移。《师友诗传录》里说："阮亭曰：诗之陵夷者，其流波之颓乎。诗之滥觞者，其浚发之源乎。不有始也，孰导其初；不有终也，孰持其后。天道由质趋文，人道由约趋盈，诗道由雅趋靡，诗之变也，其世变为之乎。"所以他就"顾瞻世道，悠焉心忧，于是以太音希声，药淫哇锢习，《唐贤三昧》之选，所谓乃造平淡时也"了（见上引俞兆晟《渔洋诗话序》）。渔洋根本的宗旨，既是如此，所以他以为文学固是表现性情，但必将性情含蓄不露而自见于神韵，即是把性情归纳到神韵之中。他的意思，也是拿"国风好色而不淫，小雅怨悱而不乱"做标准，所以他即引用严羽的"羚羊挂角，无迹可求"和司空图的"不著一字，尽得风流"来解释性情二字。严羽说"诗者吟咏性情也"，底下接着说"盛唐诸人惟在兴趣，羚羊挂角，无迹可求"，用意本是如此，不过假若没有渔洋这一解释，严羽的本意绝不会显白于世。明朝人解释严羽的话，终是捕风捉影，摸不着边际的。总括起来，渔洋的批评原理，是"直取性情归之神韵"（《十种唐诗选》前盛符升序）。

四十二、清初"清真雅正"的标准和方望溪的"义法论"

清初文学界，大家所欣赏的和所倡导的，都是"清真雅正"的作风，这也和隋朝的厘正文体以及唐宋初叶的复古运动，是一样的动机，我在前面论王通删诗那一章里已经说过。凡是乱极思治的时候，文学上的心理都不觉趋向到这一点，大家的手眼，都趋于扫淫哇而归清正，一心要树立和平的文学。王渔洋之论诗，已经是这时候的一种象征，看上章所说，可以明了。清初有几部御选的诗文集，例如《古文渊鉴》《唐宋诗醇》《唐宋文醇》《钦定四书文》等等，都可以代表政府里一班人所鼓吹的心理。《古文渊鉴》是康熙年间所选，是徐乾学所主编的，所选皆是辞理纯粹而又实用的文章，虽不拘于任何一朝代或任何一派，但大旨是取平正通达一路。《唐宋文醇》《唐宋诗醇》《钦定四书文》都是乾隆年间所选。关于这些书的宗旨，不可不看《四库全书总目提要》，提要所说虽多是馆阁赞颂之辞，但我们欲知道当时政府中所提倡的文学面目，当然必以他们自己所说的为主。《四库全书总目》里说："《古文渊鉴》，康熙二十四年御选，内阁学士徐乾学等奉敕编注，所录上起《春秋左传》，下迄于宋，用真德秀《文章正宗》例，而不同德秀之拘迂。名物训诂，各有笺释，用李善注《文选》例而不烦碎。每篇各有评点，用楼昉《古文标注》例而不简略。备载前人评语，用王霆震《古文集成》例而不芜杂。"又说："《唐宋文醇》，乾隆三年御定。明代茅坤编《唐宋八大家文钞》，国朝储欣增李翱、孙樵为十家。兹以欣所去取尚未尽协，所评论抑或未允，乃定为此集。考唐之文体，变于韩愈。宋之文体，变于欧阳修。愈《答崔立之书》，深病场屋之作。修知贡举，亦黜刘几等以挽风气。则八家之所论著，其不为程式计，可知也。茅坤所录，大抵以八比法说之。储欣虽以便于举业讥坤，而亦相去不能分寸。夫能为八比者，其源必出于古文，自明以来历历可数。坤与欣即古文以讲八比，未始非探本之论。然论八比而沿溯古文，为八比之正派，论古文专为八比设，则非古文之正派。此如场屋策论，以能根柢经史者为上，操文柄者，亦必以根柢经史者为上。至讲经评史，而专备策论之用，其经不足为经学，其史不足为史学。茅坤、储欣之评八家适类是。兹所甄择，其上者，足以明理载道经世致用，其次者，亦有关法戒不为空言。其上矩镬六艺，其次者，波澜意度亦出入于周秦两汉诸家。"这些御选的书，本皆为科甲中人习读之用，恐怕他们以为举业而外即无所谓学问，又恐怕他们以为一切的文章，皆只为举业之用，所以选出这许多诗古文，来令他们习读，或者科举成功后，在翰林院中可以习读，不要以为除了制艺八股试帖诗赋而外，便没有文学。因此，一切的眼光都注意在平正不偏，不会生出流弊一点上，然后才合于政府教士的宗旨。《四库全书总目》又说："《唐宋诗醇》，乾隆十五年御定。凡唐诗四家，曰李白、杜甫、白居易、韩愈。宋诗二家，曰苏轼、陆游。诗至唐而极其盛，至宋而极其变，盛极或伏其衰，变极或失其正，亦惟两代之诗最为总杂，于其中通评甲乙，要当以此六家为大宗。盖李白源出《离骚》，而才华超妙，为唐人第一；杜甫源出于国风、二雅，而性情真挚，亦为唐人第一；自是而外，平易而最近乎情者，无过白居易；奇创而不诡乎理者，无过韩愈。录此四家，已足包括众长。至于北宋之诗，苏、黄并驾，南宋之诗，范、陆齐名。然江西宗派，实变化于韩、杜之间，既录杜、韩，可毋庸复见。《石湖集》篇什无多，才力识解亦均不能出剑南上；既举白以概元，自当存陆而删范。国朝诸家选本，惟王士祯书最为学者所传。其《古诗选》，五言不录杜甫、白居易、韩愈、苏轼、陆游，七言不录白居易，已自为一家之言，至《唐贤三昧集》，非惟白居易、韩愈皆所不载，即李白、杜甫亦一字不登。盖明诗模拟之弊，极于太仓、历城，纤佻之弊，极于公安、竟陵。物穷则变，故国初多以宋诗为宗。宋诗又弊，士祯乃以严羽余论倡神韵之说以救之，故其推为极轨者，惟王、孟、韦、柳诸家。然《诗》三百篇，尼山所定，其论诗，一则谓归于温柔敦厚，一则谓可以兴观群怨，原非以品题泉石，摹绘烟霞。洎乎畸士逸人各标幽赏，乃别为山水清音，实诗之一体，不足以尽诗之全也。宋人惟不解温柔敦厚之义，故意言并尽而为钝根；士祯又不究兴观群怨之原，故光景流连而变为虚响。各明一义，遂各倚一偏，论甘忌辛，是丹非素，其斯之谓欤。"这一段论诗的话，也可以见得他们的主张。官修的书，总是以平正阔大的态度为主，对于特标一种面目的主张，极力避免，防有流弊，心中虽知道渔洋是能救弊，但也提出警告，以免人家又中了他的弊病。所以尊奉李、杜、韩、苏等六个人，因为他们是大宗。"大宗"二字，好像是把高棅所分的"正宗"和"大家"两种名目和合起来的。大概是认为"大家"可以包"正宗"，而"正宗"不能包"大家"，因此就建立一种"大宗"的名目。《唐宋诗醇》自己的凡例也说："惟此六家足称大家。大家与名家，犹大将与名将，其体段正自不同。"足见得是拿高棅所立的那些名目做较量的根据，以为"大家"上足以包"正宗"，下又高于"名家"了。但王渔洋的议论，究竟是很精微的，他胸中确有所见，无论在救弊一方面讲，或倡导一方面讲，他都有很坚卓的立场，不是普通才人标榜之言。他所以主盛唐而折中于王、孟，并非仅仅因为他们是"山水清音"，他自己早已说"盛唐之诗，风流蕴藉而包含万物，自足以兼前后诸公"了。（参看上章）这《唐宋诗醇》的宗旨，尚不及渔洋宗旨之鞭辟入里。像李、杜、韩、苏这种博大奔放的大家，在渔洋眼中，认为千古有数的人物，不是人人可以学步的，而且不善学之，最容易生出毛病。这些"大家"可以开拓心胸，但自来猖獗的作风，也未尝不借口于学步"大家"的。乾隆时的风气，已经和清初那种一味清醇的好尚，略有不同，尤其《四库全书》馆里重要的角色，像纪昀、戴震等，都是尚综博，爱旁贯，无论经学方面，或文学方面，已经异于康熙时候的风气。但是我们如果照和平文学的原理讲，还应推王渔洋的议论为宗主。这些御选的书，不过略见一时的规模，不必深论。

至于"清真雅正"四个字，本是清初科举场中取录文章的标准，而影响及于其他一切文学。清初像康熙年间的韩菼、李光地、蔡世远这些人，都站在政府的地位提倡这种风气。大致在学问根柢上专宗程、朱，对于文学，好像也是略以朱子和真西山这种人论文的宗旨为主，主张辞清理醇，比较唐宋那些古文家的宗旨，还要严格一点。韩菼、李光地等，都是当时所谓程、朱学者，韩菼在制艺里面，提倡这种作风，俨然是一个开道的人。所以韩菼死后，乾隆十七年的上谕里说："韩菼种学绩文，湛深经术，制艺清真雅正，实开风气之先。"方望溪的《礼部尚书韩公（即菼）墓表》里又说："自明亡，科举之文日就腐烂，公出始渐复于古，世以比于昌黎。"这又是说他在科举文里，等于韩愈之起衰。足见得所谓"清真雅正"者，即是清初鉴于明末制艺之有流弊，鼓吹这种厘正文体的运动。于是大家体会这种风气，又把他推到其他一切的文学。像蔡世远所选的《古文雅正》，李光地所选的《榕村诗选》，都是要树立诗文界"清真雅正"之风。但这些人虽然鼓吹"清真雅正"，要建立和平的文学，然而不一定都是文学专家；所以如果要讨论"清真雅正"的原理，又必从这些人当中提出一二专家的议论，来做根据。所谓专家者，在诗学方面，即是王渔洋；在古文方面，即是和韩菼、李光地同时的方望溪了。王渔洋的年辈，比较这些人稍早一点。渔洋的诗学当然是可以独立的，他的议论确也和这种"清真雅正"的风气互相唱和。而且在诗的原理上讲，必定要照渔洋"以性情归之神韵"的宗旨，然后诗的"清真雅正"，才能够彻底建立起来。李光地的《榕村诗选》也很精严，他所选的，专以有关于性情伦理者为主。曹、陶、杜、韩这几家的诗，选入最多。因为这种人的性情人格，流露于诗里面的，皆可以给读者一种好影响。他只就诗论诗，就人论人，对于历代诗家各标宗旨的言论，一概不取。但是说到文学上精微的造诣，李光地自是不及渔洋。

方望溪也是专习程、朱之学。他生在康熙年间，又因为戴南山的史狱牵连受祸，被赦之后，清政府又把他编入旗籍，后来免了旗籍，虽名位显达，但我们看他的文章，时时有一种孤怀。他是古文家，和他的哥哥百川都是制艺名家，平生治经的工夫最多，深于三礼、《春秋》，这都是他的根本思想。知道他的根本思想，然后可以讨论他的文学批评。

上边所说，清初清真雅正的标准，从制艺文推到其他一切文学，说明这种情势，莫详于方望溪。《钦定四书文》是望溪一手所承修的，在几部御选的书中，最为出色，关系也最大。《四库全书简明目录》里说他："大旨以清真雅正为宗。"《四库全书总目》里说："《钦定四书文》，乾隆元年方苞奉敕编。盖经义始于宋，《宋文鉴》中所载张才叔《自靖人自献于先王》一篇，即当时程式之作也。元延祐中，兼以经义经疑试士。明洪武初，定科举法，亦兼用经疑。后乃专用经义。其大旨以阐发义理为宗，厥后其法日密，其体日变，其弊亦遂日生。洪、永以迄化、治，风气初开，文多简朴，逮于正、嘉，号为极盛。隆、万则贵机法而趋佻巧，启、祯警辟奇杰而驳杂不醇，猖狂自恣者亦出于其间。于是启横议之风，长倾诐之习，文体蹩而士习坏，士习坏而国运亦随之。我国家列圣相承，谆谆以士习文风勤颁诰诫。我皇上（即指清高宗）复申明'清真雅正'之训。是编所录，大抵皆辞达理醇，可以传世行远，非徒示弋取科名之具也。"（大意）这一段话，即是隐括望溪自己所做的《钦定四书文凡例》。照这样看来，清初的政府想改革文体，就在考试士子的时候，立这种标准。至于"清真雅正"四个字成为一种固定的名词，原是始于雍正十年的上谕。清代梁章钜《制艺丛话》卷一里说："雍正十年始奉特旨，晓谕考官，所拔之文，务令清真雅正，理法兼备。"到了乾隆时，又常有申明这种宗旨的上谕，于是选了这部《钦定四书文》，把清初八九十年衡文的风气归纳起来，明白规定下了。望溪所作《钦定四书文凡例》里也说："凡所取录，以发明义理，清正古雅，言必有物为宗。""清真雅正"四个字确切的定义，即是如此。本来自有制艺以来，其中的名家多是把自己所有其他一切学问思想容纳在所做的制艺之中。制艺的形式虽有一定，而也未尝不本于普通行文的原则，不过定出八股的格式，比较严密些。然而有才学的人，也是一样行所无事。人的学问思想是各人自己所具有的，如果真有才学，无论用何种随宜的方式表达出来，皆有价值。所以制艺之体，虽是科举制度施行以来一种时文形式，但历宋元明清数代，学人才士也未尝不可以从里面露出各人的特色。凡是高手，都能够将制艺文会通到其他的文体，讲求利病，较论原理，并没有差别。茅坤、储欣所评论的唐宋八家文，本已是多为作制艺的人设想，但照上面所引《四库全书总目》里的话，他们又似乎稍稍偏重在制艺一方面了。大凡评论文学，一切从思想、精神、内容、情味上看，才能说出它的所以然，形式外表上的东西，本无轻重之可言。我们所要研究的，即是"清真雅正"的原理，不是"清真雅正"的形式。即是要研究他们如何以"清真雅正"的眼光来衡量一切文学。关于这种原理，除了诗学方面的王渔洋，上章已经说过外，文的一方面，就要看方望溪的议论。望溪论文的宗旨，大部分见于这《钦定四书文凡例》和他另外代当时果亲王所选的《古文约选》里面。看他对于四书文和古文所综合贯通的论调，就可以使我们详细地知道"清真雅正"的原理。《钦定四书文凡例》里说：

> 韩愈有言："文无难易，惟其是耳。"李翱又云："创意造言，各不相师，而其归则一。"即愈所谓"是"也。文之清真者，惟其理之"是"耳，即翱所谓创意也。文之古雅者，惟其辞之"是"耳，即翱所谓造言也。而依于理以达其辞者，则存乎气。气也者，各称其资材而视所学之浅深以为充歉者也。欲理之明，必溯源六经而切究乎宋元诸儒之说；欲辞之当，必贴合题义而取材于三代两汉之书；欲气之昌，必以义理洒濯其心，而沉潜反复于周秦盛汉唐宋大家之古文。兼是三者，然后清真古雅而言皆有物。故凡用意险仄纤巧而于大义无所开通，敷辞割裂卤莽而于本文不相切比，及驱驾气势而无真气骨者，虽旧号名篇，概置不录。

"文之清真者，惟其理之'是'""文之古雅者，惟其辞之'是'"，这两句话，拿来解释"清真雅正"的根本原理，岂不是很明显吗？《古文约选·序例》里说：

> 自魏晋以后，藻绘之文兴。至唐韩愈起八代之衰，然后学者以先秦盛汉辨理论事质而不芜者为古文，盖六经及孔子、孟子之书之支流余肆也。盖古文所从来远矣。六经、《语》《孟》，其根源也，得其支流而义法最精者，莫如《左传》《史记》，然各自为书，具有首尾，

不可分剟。惟两汉书疏及唐宋八家文，篇各一事，可择其尤。而所取必至约，然后义法之精可见。故于韩取者十二，于欧十一，余六家或二十三十而取一焉，两汉书疏则百之二三耳。学者能切究于此而以求《左》《史》之义法，则触类而通，为制举之文，敷陈论策，绰有余裕矣。

古文家认为文学根本在六经，后世的文章凡是合于六经的神思的，皆可尊贵，看望溪这段话，更可以明了。他以为即便是制举之文，也应当拿这个意思做标准。前面引《四库全书总目》论《唐宋文醇》的宗旨那一段，也说起韩愈是鉴于场屋文体之坏，而提倡这种古文。茅坤、储欣所选唐宋八家，也多半是为提高制举文的体制而设。望溪也有这种用意。不过望溪把古文的系统，胪列得更清楚一点，而且他又举出《左传》《史记》做文章义法的宗主。因为六经的文章义法，不是骤然间可以求得的，必以《左》《史》为阶梯，再下一步，又教人由两汉唐宋各大家以上窥《左》《史》、由《左》《史》以入六经，用这样方法比较容易些。

从来古文家，自韩愈提倡蓄道德而后能文章的主张，人人无不奉为标准。他们说起文章，一定先在道德学养上注意。望溪又本是专学程、朱的人，他平日的志愿，是要"学行继程、朱后，文学在韩、欧间"（见《望溪文集》前王兆符的序），有些人以为望溪是专学唐宋八家的人，又有些人以为望溪是接武归有光的人，其实不是的。望溪的《书归震川文集后》里说："震川庶几言有序，而言有物者盖寡。"这可以见他对归有光的态度。又后来专治望溪之学的戴钧衡也说："熙甫生程、朱后，圣道闿明，其所得乃不能多于唐宋诸家。方先生承八家正统，就文核之，亦与熙甫异境同归。独其根柢经术，因事著道，油然浸溉学者之心，则不惟熙甫无以及之，即八家深于道如韩、欧者，抑或犹有憾焉。盖先生服习程、朱，其见于道者备，韩、欧因文见道，其入于文者精。入于文者精，道不必深而已华妙而不可测。得于道者备，文若为其所束，转未能恣肆变化，然而文家精深之域，惟先生掉臂游行。"这几句话，可以说明望溪在古文家里面的立场。所以望溪每谈到文学，对于道德学养上的注意，比较自来的古文家更为严格。他的文集里有一封《答申谦居书》，讨论这种意思很详细。他的严格的主张，在这封信里可以看见。他说：

仆闻艺术莫难于古文。自周以来各自名家者仅十数人，则其艰可知矣。苟无其材，虽务学，不可强而能也；苟无其学，虽有材，不能骤而达也；有其材，有其学，而非其人，犹不能以有立焉。古文本经术而依于事物之理，非中有所得不可以为伪。韩子有言，行之乎仁义之途，游之乎诗书之原，兹乃所以能约六经之旨以成文，而非后世文士所可比并也。姑以世所称唐宋八家言之，韩及曾、王并笃志于经学，而浅深广狭醇驳等差各异矣。柳子厚自谓取原于经，而掇拾于文字间者尚或不详。欧阳永叔粗见诸经之大意，而未通其奥赜。苏氏父子则概乎其未闻焉。此核其文，而平生所学不能自掩者也。韩、欧、苏、曾之文，气象各肖其为人；子厚则大节有亏，而余行可述；介甫则学术虽误，而内行无颇。其他杂家少能以文学襮者，必其行稍异于众人者也，非然则一事一言偶中于道而不可废者也。以是观之，苟志乎古文，必先定其祈向，然后所学有以为基，匪是则勤而无所就。若夫《左》《史》以来相承之义法，各出之途径，则期月之间可讲而明也。

再者，古文家对于文之技术，总以为不必多讲，以为但能有学养，则技术自然会好。有些人偶然也有说到技术上的问题，但往往又引起争端。望溪以为能够得一句话兼贯学养和技术，可以执简御繁，岂不更好。因此，他每每论文的时候，就有"义法"两个字提出来。望溪被后来人推为桐城文派的初祖，后来人所常说的"桐城义法"，即本于此。

望溪所说的"义法"，是从《史记·十二诸侯年表序》里抽出来的。《史记·十二诸侯年表序》里说："孔子论史记旧闻，次《春秋》，约其文，去其繁重，以制义法，王道备，人事洽。"望溪本深于《春秋》之学，所以就从这里面抽出"义法"二字，做文章法度的标准，拿"义法"二字，来推论《左传》《史记》以及后世各家的古文。望溪对于文章的观念，既然一切归本于六经，而在六经中，尤其深致力于《春秋》，《左传》《史记》又皆是"春秋家"之枝叶（《汉书·艺文志》列《左氏传》及《太史公书》在"春秋家"），所以他又次一步推《左传》《史记》为最精于"义法"的了。望溪在《古文约选》中，选了《史记》这篇《十二诸侯年表序》，附带做了一段批注，解释"义法"两个字的意思。他说：

> 《春秋》之制义法，自太史公发之，而后之深于文者亦具焉。必以义为经，而法以纬之，然后为成体之文。

他对于《左传》《史记》两部书都有评论，都是发明这两部书的义法。关于《左传》，就是他门人所笔记经他自己鉴定的《左传义法举要》。关于《史记》，就是《史记评点》。他的文集里，本有许多讨论《史记》的文章，后人都采入他的《史记评点》，又将他和归有光的评点合刻起来，所谓《归方评点史记》了。在《左传义法举要》里，他又有几句话，差不多是替"义法"二字下了一个简明的解释。他说：

> 古人叙事，或顺或逆，或前或后，皆义之所不得不然。

这"义之所不得不然"一句话，不特确实解明"义法"二字的意思，实在又可以扫除文学批评界里的无限葛藤。他评论《左传》，即是完全根据这个意思做标准。本来《左传》一书，除了经学家所讲论的而外，有些人完全拿文章的眼光去看它。这一类批《左传》文法的书很多，其中有不少是很陋的见解。像王源的《左传评》和冯李骅的《左绣》，已经是这一类书里面的上品了。但王源专以奇变的眼光看《左传》的文章，冯李骅的评论又太过细密了。望溪这部《左传义法举要》说的话很简单，专就《左传》行文结构所以不得不然的道理说出来，使人知道左丘明不是故意弄巧怪。望溪又本着这个眼光，看《史记》及后世各家的文章，他的《史记评点》和《古文约选》里的评语，都注重在这一点。总括起来，望溪是主张"义之所不得不然的'义法'"；换句话说，就是"辞理皆'是'的清真雅正"。

望溪的眼光，大致是如此。至于他的门人刘海峰和海峰的门人姚惜抱，也都是桐城人，后来所以有"桐城派"之称。这一派的人，从海峰、惜抱以及海峰的门人所间接传授的张惠言、恽敬，和惜抱的门人梅曾亮、管同、方东树，一直到曾国藩、张裕钊、吴汝纶等，诚然都是由望溪下来一系的古文家。但他们也各有心得，对于文学上的批评，说的话也很多。姚惜抱的门徒很盛。他的议论，往往被人家看作超过刘海峰而上配方望溪，但他的头绪稍繁，没有望溪那样洁净。惜抱选有《五七言今体诗钞》，他因王渔洋只有《古诗选》，没有另外专选律诗，所以他就著了这部诗钞。他对于诗学上的议论，是主张折中唐宋，辞理音容，样样都讲究。他又选有《古文辞类纂》，又成了近代家弦户诵的书。但望溪的《古文约选》，对于稍近辞华一路的文章，一概不选。惜抱选《古文辞类纂》，竟收了许多辞赋。望溪《古文约选·序例》里说："辨古文气体，必至严乃不杂。既得门径，然后纵横百家，而后能成一家之言。古文气体所贵清澄无滓，澄清之极，自然而发精光，则《左传》《史记》之瑰丽浓郁是也。始学而求古求典，必流为明七子之伪体。故于《客难》《解嘲》《答宾戏》《典引》之类，皆不录。虽相如《封禅书》，亦姑置焉。盖相如天骨超俊，不从人间来，恐学者无从窥寻而妄摹其字句，则徒敝精神于塞浅耳。"望溪要严立清真雅正的标准，所以去取的眼光，如此谨严，但绝不是认为此外的文章皆可不读。自来凡选诗文的人，原是要表明自己的特见，并不一定要兼收并蓄，所以范围越约越好。不然，无取乎这些重重复复的诗文选本。好像王渔洋要严立蕴藉含蓄的诗风，所以《唐贤三昧集》专取王、孟、韦、柳那一等的诗，而不曾选李、杜。姚惜抱有建立广大门庭的意思，论诗则熔铸唐宋（《惜抱尺牍》里《与鲍双五札》），论文论学也有兼人之志。他平日的议论，以为"学问之事有三端，曰义理，曰考证，曰文章，是三者苟善用之，皆足以相济，不善用之，皆足以相害"（《惜抱轩文集》里《述庵文钞序》）。他这个话，是针对当时汉学考证家而言，有一种折中的意思。《古文辞类纂》也是志在兼综，所以把昭明《文选》里汉魏的辞赋差不多全数收进去了。在他心中，似乎以为文章的内容，也应该参酌汉赋那种气魄和笔势，然后才能尽文家之能事。但他的门人梅曾亮，又选了一部《古文词略》，删去了那些辞赋，而代以汉魏以来的五七言古诗，大概以为后世五七言古诗的做法颇通于古文，与其采那些纵横繁重的赋，不如这些五七言古诗能够上撷《骚》《选》之精英，下通唐宋以后之古文了。惜抱对于文学批评上贡献了许多细则，他在《古文辞类纂·序目》里说："凡文之体类十三（即指他在《古文辞类纂》里所分"论辨""序跋""书说"等等体类），而所以为文者八，曰：神、理、气、味、格、律、声、色。神、理、气、味者，文之精也；格、律、声、色者，文之粗也。然苟舍其粗，则精者亦胡以寓焉。学者之于古人，必始而遇其粗，中而遇其精，终则御其精者而遗其粗者。"这些话，也都是想网罗众美的意思。我们求他最能和望溪的宗旨互相发明的言论，只有《古文辞类纂·序目》里所说：

> 夫文，无所谓古今也，惟其当而已。得其当，则六经之于今日，其为道也一。知其所以当，则于古虽远而于今取法，如衣食之不可释。

这一段话最好。如果没有这个话，恐怕世人都要认为古文家不过是有意好古而薄今，不做现在的生人，而愿做过去的死人了。望溪那样明明白白地告人以"文之清真者，惟其理之是，文之古雅者，惟其辞之是"和"义之所不得不然"的道理，也是和姚惜抱同一样的用意。此外桐城派文家中，议论很精辟的，还有梅曾亮。梅曾亮说明骈文和散文的异点，说得最清楚。他的《柏枧山房集》里《复陈伯游书》说：

> 某少好骈体之文，近始觉班、马、韩、柳之文为可贵。盖骈体之文，如俳优登场，非丝竹金鼓佐之，则手足无所措，其周旋揖让非无可贵，然以之酬接，则非人情也。

文章的用处，是表达自己的意志，使人共晓。而且文和诗不同，诗要长言咏歌、手舞足蹈，文要坦白直说。骈体文被那些笔调音容，把各人的真面目、真语气掩盖起来了。即便拿唱戏一道来做比譬清唱的本领，当然比借锣鼓弦管来助势的高得多，即便借助于锣鼓弦管，也必定要能驾驭锣鼓弦管，而不可为锣鼓弦管所驾驭。这就是骈文和散文的区别。况且骈文因为要对仗，不得不用些不必要的词意去凑成篇幅，岂不和望溪所说"义之所不得不然"那个道理又正相反。所以梅曾亮也就说"以之酬接，则非人情"了。曾亮又有一篇《书管异之（即管同）文集后》，那里面说："曾亮少好骈体文。异之曰：'人有哀乐者面也，今以玉冠之，虽美，失其面矣，此骈体之失也。'余曰：'诚有是。然《哀江南赋》《报杨遵彦书》，其意顾不快也，而贱之也？'异之曰：'彼其意固有限，使有孟、荀、庄周、司马迁之意，来如云兴，聚如车屯，则虽百徐、庾之辞，不足尽其一意。'"这也是较论骈、散文的内容。曾亮又推论韩愈所说的"去陈言"的道理，他的《答朱丹木书》里说：

> 文章之事，莫大乎因时。立吾言于此，虽其事之至微，物之甚小，而一时朝野之风俗好尚，皆可因吾言而见之。使为文于唐贞元、

元和时，读者不知为贞元、元和人，不可也，使为文于宋嘉祐、元祐时，读者不知为嘉祐、元祐人，不可也。韩子曰：惟陈言之务去。岂独其言之不可袭哉？夫古今之势，固有大同者矣，其为运会所移，人事所推衍，而变异日新者，不可穷极也。执古今之同而概其异，虽于词无所假者，其言已陈矣。

这也和望溪的"惟其辞之是""惟其理之是"那些宗旨相合，但专就时代环境讲，没有讲到人的本身，稍觉偏于一面。然无论如何，历来古文家中很少有人能够说到这样透彻的了。惜抱门人，除了管同、梅曾亮而外，方东树的《昭昧詹言》又是文学批评界里一部精心结撰之作。他是就王渔洋的《古诗选》和姚惜抱的《五七言今体诗钞》所选的诗，首首加以批注，书首又有许多泛论诗文的话，内容很精详，大旨是和惜抱论诗的宗旨相发明。在书的体式上，有些近于《瀛奎律髓》那样剀切详明，不过《瀛奎律髓》只代表江西派，而《昭昧詹言》承着惜抱论诗的宗旨，可算是代表"熔铸唐宋"的眼光。

总而言之，望溪和渔洋是清代诗文界里两个宗匠。后来未尝没有人反对他二人的，也未尝没有人自以为可以超过他二人的，但他二人仍是不可摇动。譬如有意和渔洋作对的赵执信，和后来提倡宋诗的翁方纲，都是力诋渔洋的人。赵执信的《谈龙录》太过褊狭负气，崇拜那个评点《才调集》的冯班，也未免过当。例如《谈龙录》里，讥渔洋不应该拿司空图的话来附会《唐贤三昧集》，他说："司空表圣所第二十四品，设格甚宽，后人得以各从其所近，非第以'不著一字，尽得风流'为极则也。严羽之言，宁堪并举？冯先生论之详矣。"不知司空表圣虽是设格甚宽，而渔洋正是"各从其所近"。况且渔洋的《三昧集》本是专以严羽的话为主，不过以司空图的话做一层参证，他的序文上很明显的。翁方纲解释宋诗的佳境，本有心得，他的《石州诗话》，也很多特见；但他的学问稍觉拘泥，而且因为要反对渔洋而曲解元遗山的《论诗绝句》（见前面论元遗山那一章），实可不必。姚惜抱曾经说："覃溪先生不应以大家自待。"他又说："近人为红豆老人（钱谦益）所误，随声诋明贤，乃是愚且妄耳。覃溪先生正有此病。"惜抱颇不菲薄渔洋，对于方纲的批评，很能说到他的隐病。所以这些反对渔洋的人，在文学上的见解，毕竟不容易站得住。而和方纲同时的沈德潜（著有《说诗晬语》《古诗源》《五朝诗别裁集》）、姚惜抱以及方东树这几家，在诗一方面，大都是引申推广渔洋之论，终能使渔洋之论颠扑不破。（惜抱论翁方纲的话，见于《惜抱尺牍》里《与陈石士札》。）

又譬如方望溪的议论，也有人嫌他太束缚，嫌他过于崇质而略文。即便姚惜抱也说："望溪阅《史记》，其精神似不能包括其远处疏淡处及华丽非常处，止以义法言文，则得其一端耳。"（《与陈石士札》）但不知惜抱所谓"远淡非常"者，究竟是什么？文章里面的"远淡非常"，必定有所以"远淡非常"的道理，岂可舍义法而捕风捉影地去求？当清道光、咸丰年间，惜抱的门徒阐扬师说盛极一时的时候，仁和邵懿辰即提出异论。懿辰的《半岩庐文集》里有一封《答方君书》，对于望溪下了一段很明白的评语，他说：

> 天下言文章必曰桐城，而桐城人之言文章必曰方、刘、姚氏。刘居其间如蜂腰鹤膝，人知之；而以方、姚相提而论，必右姚而左方；而真知方氏之文者，今日已鲜矣。夫方氏以义法言文，此本史公语，而溯源于大《易》之所谓有物有序者，亦即孔子所谓"辞达"，而曾子所谓"远鄙倍"也。其理岂不甚卓？凡韩、欧以下论文之旨皆统焉。而刘氏乃以音节，姚氏乃以神韵为宗，斥义法为言文之粗，此非后学所能知而能信也。音节神韵，独不在法之内乎？

刘海峰有《论文偶记》，里面说文章的音节很为重要，有"音节高神气必高"一句话，是他最注意的原理。他又说："近人论文不知有所谓音节者，至语以字句，必笑以为末事，此论似高实谬。"姚惜抱论文以神理气味为文之精，以格律声色为文之粗，上面已经引过。姚所谓"格律"，即是指望溪所说的"义法"，所以他又说："以义法言文，则得其一端耳。"（上引）姚的意思，本欲兼包方、刘，认为音节、义法皆是粗境，只有神理气味（即邵懿辰所指的神韵）是文之精境。其实望溪的"义法"，并不是仅仅的格律上的问题。邵懿辰所以要拿"音节神韵，独不在法之内乎"来质问他。天下本没有故意扭捏做作出来的好文章。

袁枚的《随园诗话》里说："渔洋之诗，望溪之文，同为一代正宗，后人诋之者诗文必粗，而尊之者诗文必弱。"他所谓"弱"，大概认为如果专遵王、方二人的主张，结果必定使诗文中缺少纵横奇霸之气。但是我们应该知道，纵横奇霸的气概，本是他二人所引为大忌的。

四十三、金圣叹论"才子"李笠翁说明小说戏曲家的"赋家之心"

普通人对于批评家的观念，总以为批评家都是站在旁观的地位，做客观的批评。其实不然。杜甫说："文章千古事，得失寸心知。"虽然作者的寸心，不是别人可以完全知道，但如果想对于一个作品加以批评，至少也要设身处地，替作者多多设想一下。否则，作者的心理和读者的心理，两不相关，隔岸观火，如何能够说得中肯呢？告诉我们这种批评原理的人，莫善于明末清初的金圣叹。圣叹负性之奇，遭际之惨，自是人人所知道的。我们现在讨论他所评的书。他把古今的书，抽出几部出来，名之为"六才子书"，一是《庄子》，二是《离骚》，三是《史记》，四是杜诗，五是《水浒传》，六是《西厢记》。他对于这几部书，都有很详细的批评，一空依傍，专用个人的心理去揣摩这些书。他所评的《庄子》《离骚》《史记》、杜诗，在见解上，可以说和明末钟惺、谭元春那种"幽情单绪"有相近之处，或者还更加奇辟一点，但是还赶不上他所评的《水浒传》《西厢记》那样用心之深。向来我国读书人，总把小说一类的书看作小道。自从《汉书·艺文志》里说："小说家者流，出于稗官……道听途说者之所造也。"孔子曰："虽小道必有可观者焉，致远恐泥。是以君子弗为也。"所以人都认为小说这一类的书，是诬罔不足信的东西，不足挂齿。但我们看古时辞赋家之托辞讽喻，像宋玉之《高唐》《神女》，司马相如之《子虚》《乌有》，以及东方朔之"博观外家传语"，和陆机《文赋》所说的"说炜晔而谲诳"，这一类的东西何尝不与小说家有相通之处。况且元明两代的小说传奇，简直是大规模的文学作品，文人心力所瘁，把全部精神学问集中在小说传奇之上的人不计其数，所以元明的小说传奇已经不是小道。作品方式不必一定，其足以发挥性情才学都是一样。金圣叹批评这些书，正是拿很广博的眼光去看。他在着手评书之先，胸中本怀了一段很奇的感想，以为天下的书太多了，"破治破道"，都由于书太多的缘故。他很羡慕秦始皇烧书，又很恨汉朝皇帝之求书。他的《第五才子水浒传·序》里说："原夫书契之作，昔者圣人所以同民心而出治道也。其端肇于结绳，而其盛殷而为六经，其秉简载笔者，皆在圣人之位而又有其德者也。……仲尼无圣人之位，而有圣人之德；有圣人之德，则知其故,知其故,而不能已于作,此《春秋》是也。……自仲尼以庶人作《春秋》,而后世巧言之徒,无不纷纷以作,纷纷以作既久,庞言无所不有;君读之而旁皇于上,民读之而惑乱于下,势必至于拉杂燔烧,祸连六经。……并烧圣经者,始皇之罪也;烧书,始皇之功也。无何汉兴,又大求遗书。……四方功名之士无人不言有书,一时得书之多,反更多于未烧之日。……烧书,而天下无书;天下无书,圣人之书所以存也。求书,而天下有书;天下有书,圣人之书所以亡也。……烧书,是禁天下人作书也;求书,是纵天下人作书也。至于纵天下人作书矣,其又何所不至之与有!……破治与道,黔首不得安也。"这一段话,是他心中一向的感想。因有这种感想,所以他就发愿评书。何以因有这种感想而发愿评书呢?又不得不看他自己的解释。他这篇《第五才子水浒传·序》里又说:"乌乎!君子之至于斯也,听之则不可,禁之则不能,其又将何法治之欤?曰,吾闻圣人之作书也以德,古人之作书也以才。知圣人之作书以德……吾知今而后不敢于《易》之下作《易传》,《书》之下作《书传》也。……何也?诚愧其德之不合而惧章句之未安,皆当大拂于圣人之心也。知古人作书以才……吾知今而后始不敢于《庄》之后作《广庄》,《骚》之后作《广骚》,稗官之后作新稗官也。何也?诚耻其才之不逮而徒唾沫之相袭,是真不免于古人之奴也。夫扬汤而不得冷,则不如勿进薪;避影而影愈多,则不如教之勿趋也。恶人之作书,而示之以圣人之德与古人之才者,盖为游于圣门者难为言,观于才子之林者难为文,是亦止薪勿趋之道也。然圣人之德,则非小子今日之作能及;彼古人之才,或犹夫人之能事,则庶几予小子不揣之所得及也。"他的意思,以为书之所以多,由于人人自以为有才有学,都想写出来一试好身手,其实多是不自量。所以他就除了六经而外,抽出几部才高绝顶的作品——《庄子》、《离骚》、《史记》、杜诗、《水浒传》、《西厢记》——所谓"六才子书",将这几个人绝顶无双的才情,指点给人看,或者人皆知难而退,不至于无知妄作、重叠不休、汗牛充栋了。这就是圣叹评书的动机。至于他所谓绝顶的才情,究竟是什么样子呢?他以为:"古人之才,世不相延,人不相及,庄周有庄周之才,屈平有屈平之才……施耐庵有施耐庵之才。……才之为言材也。凌云蔽日之姿,其初本于破荄分荚,于破荄分荚之时,具有凌云蔽日之势,凌云蔽日之时,不离破荄分荚之势,此所谓材也。又才之为言裁也。有全锦在手,无全锦在目;有全锦在目,无全衣在心,见其领知其袖,见其襟知其皴也。今天下之人，徒知有才者始能构思，而不知古人用才，乃绕乎构思以前；徒知有才者始能立局琢句安字，而不知古人用才，乃绕乎立局琢句安字以后也。彼未尝经营于惨淡，隙然放笔自以为是，而不知彼之所谓才，实非古人之所谓才也。古人之才，绕乎构思以前，绕乎构思以后，心之所至，手亦至焉，心所不至，手亦至焉，心手俱不至而亦至焉，神境也，圣境也，然亦才以绕其前，才以绕其后，非徒然亦非卒然之事也。依世人之所谓才，则是文成于易，则必迅疾挥扫神气扬扬者，才子也。依古人所谓才，则必文成于难，则必心疾气尽面犹死人者，才子也。若庄周、屈平……施耐庵……之书，是皆所谓心疾气尽面犹死人，然后其才前后缭绕得成一书者也。然后知古人作书非苟且也。而世犹不审己量力，废然歇笔，然则其人真可诛，其书真可烧也。身为庶人，无力以禁天下人之作书，而忽取牧猪奴手中之一编，条分而节解之，而反能令未作之书不敢复作，已作之书一旦尽废，是则圣叹扩清天下之功，更奇于秦火，不敢谓斯文之功臣，亦庶几封关之丸泥也。"他这些话，当然都是很奇的思想，但说得也有他的道理。古今真正的才人，诚不易得，他笑世人以迅疾挥扫神气扬扬为才子，这个批评很中肯。古今来，当然也有许多下笔万言或文不加点的才人，但这些下笔万言、文不加点的文章，实在多半是偶然随笔应付，虽然一时间也未尝不可以动人观听，然究竟不能成为惊心动魄永垂不朽的东西。不过圣叹以为必定要"心疾气尽面犹死人"，然后写出来的东西才算好，这句话又未免太过。文学上事前的修养，本是很要紧的。修养有素，胸中蕴蓄宏富，临文下笔，自然有不期工而自工者。古今的名作，岂是尽从"心疾气尽面犹死人"这样奇惨的状况中发出来的吗？

圣叹的原意，乃是劝人不要妄自恃才，苟且下笔，不觉说得过火一点。他以为如果要观察一个才人之才，应该注意他意在笔先的才，不可但求字面上的才。圣叹对于这些名作，都能够设身处地，替作者的心理设想。这种批评眼光，确是他最见本领的地方。譬如他的《水浒传序》里说："论人者贵辨志。施耐庵传宋江，而题其书曰《水浒》，恶之至，屏之至，不与同中国也。不知何等好乱之徒，乃谬加以'忠义'之目。乌乎！忠义而在水浒上也哉？水浒有忠义，国家无忠义耶？由今日之《忠义水浒》言之，无美不归绿林。已为盗者，读之而自豪，未为盗者，读之而为盗也。削'忠义'而仍《水浒》者，所以存耐庵之书者其事小，所以存耐庵之志者其事大也。"他在《读第五才子书法》里又说："大凡读书先要晓得作书之人如何心胸，如《史记》是太史公一肚皮宿怨发挥出来。《水浒传》却不然。施耐庵本无一肚皮宿怨要发出来，只是饱暖无事，又值心闲，不免伸纸弄笔，寻出一个题目，写自家许多锦心绣口，故是非皆不谬于圣人。后人不知，却于《水浒》上加'忠义'二字，遂并比于史公发愤著书，正是使不得。《水浒》又有大段正经处，只是把宋江深恶痛绝，使人见之，真有犬彘不食之恨，亦是歼厥渠魁之意。"这都是推求言外之意。

他又赞美《水浒传》的用笔，以为高于太史公的《史记》。他说："《水浒传》方法，都从《史记》出来，却有许多胜《史记》之处。若《史记》妙处，《水浒》也是件件有。凡人读书，须要把眼光放得长。如《水浒传》七十回，只用一目俱下，便知其二千余纸是一篇文字，中间许多事体，便是文字起承转合法。若是拖长看下去，却都不见。某尝道《水浒》胜《史记》，人都不肯相信，殊不知某却不是乱说。其实《史记》是以文运事，《水浒》是因文生事。以文运事，是先有事生成如此，如却要算出一篇文字来，虽是史公高才，也毕竟是吃苦事。因文生事即不然，只是顺着笔性去削高补低都由我。若别一部书，任他写一千个人只是一样，便只写得两个人，也只是一样。"他这些话虽是就《水浒传》而言，却开了批评家许多法门。他对于《水浒传》书中所详细批评的，都是详推作者的用心，也正因为他能够深入的缘故。他的目的，总是要使人知道"苟且"弄笔的人，不能列于"才子"之林。他这种"才子论"，在文学批评界里，是可以站得住的。

圣叹批《西厢记》，他自己说："我真不知作《西厢》者之初心，其果如是否耶？设其果如是，谓之今日始见《西厢记》可；设其果不如是，谓之前日久见《西厢记》，今日又适见别一《西厢记》可。"他这些话，虽然说得好像很奇怪，但也实在是告人要把自己的心思和作者的心思凑泊到一起。他本着这种眼光读一切的书，所以他自己说："圣叹本有才子书六部，《西厢》乃是其一。然其实六部书，圣叹只是用一副手眼读得。如读《西厢记》，实是用读《庄子》《史记》手眼读得。便读《庄子》《史记》，亦只用读《西厢记》手眼读得。"他又说："《西厢》是妙文，不是淫书；文者见之谓之文，淫者见之谓之淫耳。"他这种议论，也是教人不可以皮相读书，粗才不但不能著书，也不能读书。但是这种话，在事实上不能成立。因为世上以皮相读书的人，总比较不以皮相读书的人多得多。

他的苦口婆心，恐怕很少人动听。汉朝的扬雄曾经对辞赋一类的文章，下过几句批评。他说："赋者将以讽也，必推类而言，极丽靡之辞，使人不能加也。既乃归之于正，然览者已过矣。往者武帝好神仙，相如上《大人赋》以讽，帝反缥缥有凌云之志。由是言之，赋劝而不止明矣。"辞赋家和小说家，都是拿寓言来表示自己的宗旨，但是读者多半忽略它里面的宗旨，而执着了它的外形。这是无可如何的事。

圣叹所批评的书，内容十分细密。他自己说："仆最恨'鸳鸯绣出从君看，不把金针度与人'之二句，谓此必是贫汉自称王夷甫口不道阿堵物耳。若果得知金针，何妨与我略度。今日见《西厢记》，鸳鸯既绣出，金针亦度尽，益信作彼语者，真是脱空谩语汉。"但是和他同时的李笠翁又说，圣叹所评的书，说得太过细密了。

李笠翁是戏曲学专家，他对圣叹有一段很详细的批评。笠翁《一家言》里《词曲部》，有说到圣叹自评的《西厢》。他说："读金圣叹所评《西厢记》，能令千古才人心死……自有《西厢》以迄于今，四百余载，推《西厢》为填词第一者，不知几千万人，而能历指其所以为第一之故者，独出一金圣叹。是作《西厢》之人，四百余年心未死，而今死矣。不独作《西厢》者之心死，凡千古上下操觚立言者之心无不死矣。"但笠翁以为圣叹所评的《西厢》，是文人所读之《西厢》，不是戏曲家眼中的《西厢》，又说圣叹所评过于密。他的《词曲部》里说："圣叹评《西厢》，可谓晰毛辨发，穷极幽微。然以予论之，圣叹所评之《西厢》，乃文人把玩之《西厢》，非优人搬弄之《西厢》也。文字三昧，圣叹得之，优人搬弄之三昧，圣叹犹有待焉。……圣叹所评，其长在密，其短在拘，拘即密之已甚者也。无一字一句，不逆溯其源而求其命意之所在，是则密矣。然亦知作者之于此，有出于心者，有不必尽出于心者乎？心之所至，手亦至焉，是人之所能为也。若夫心所不至，手亦至焉，尚得谓之有意乎哉？"本来圣叹的宗旨，总以为好的作品，都是从"心疲气尽面犹死人"那样惨淡经营中发出来的。笠翁指出他这种因"密"而反"拘"的弊病，很足以补圣叹之过。

我这书不是讨论专门的戏曲学或小说学，也不是讨论专门的诗学或散文、骈文学，本书的目的，是要从批评学方面，讨论各家的批评原理。现在说到曲学家的李笠翁，就要研究曲学家——连带小说家——的批评原理。我国文学批评界，大家所群奉为独一无二的最初的批评标准，就是

《尚书》中所说的"诗言志"和《毛诗·大序》所说的"诗者，志之所之也"那两句话。所以向来名家的议论，都以为无论什么诗文，总要和作者本人性情相符，然后才有价值；否则，做出来的东西，不能表现本人的面目，那就成了虚伪的文学。但是戏曲小说家的眼光，就不是这样。他们以为作戏曲小说的人，正要把自己的面目和身份丢开，而化作意中所要描写的那种人格，即是要彻底地把主观变为客观。笠翁说："文字之最豪宕，作之最健人脾胃者，莫过填词一种。若无此种，几于闷煞才人。我欲做官，则顷刻之间，便臻富贵。我欲致仕，则转盼之际，又入山林。我欲取绝代佳人，即作毛嫱、西施之元配。我欲成仙作佛，则西天蓬岛，即在砚池笔架之前。……欲代此一人立言，先代此一人立心。无论立心端正者，我当设身处地；即遇立心邪僻者，我亦当暂为邪僻之思。务使心曲隐微，随口唾出，说一人肖一人，勿使雷同，弗使浮泛。若《水浒传》之叙事，吴道子之写生，斯称此道中绝技。"这种境界，我国自来论文的人，很少说过。但是我们看《西京杂记》里说："司马相如为《上林》《子虚》赋，意思萧散，不复与外事相关，控引天地，错综古今，忽然如睡，焕然而兴，几百日而后成。"又说："相如曰：'赋家之心，包括宇宙，总览人物，斯乃得之于内，不可得而传。'"照这样看来，从前辞赋家的用心，也能够冥想入微，舍去自己的面目，与外物相融化。假使不是这样，司马相如又如何能够忽而变为《长门赋》里的怨女，忽而又变为《大人赋》里的神仙，千变万化，都惟妙惟肖呢？李笠翁所说戏曲小说家的用心，颇有些通于这种赋家之心。沈约《宋书·谢灵运传论》里说："相如工为形似之言。"所谓"形似之言"，正合于戏曲小说家的描写技术。自来我国文学家，凡是宗奉《诗》三百篇的诗教的人，从扬雄数起，多半不赞成这种"工为形似之言"的辞赋，扬雄说这种作品是"丽以淫"，又说辞赋家"颇似俳优"。但是后来小说戏曲界的作手，可以说是遥承辞赋家的"心法"了。（参见中卷第七章）

四十四、随园风月中的"性灵"

清代文学批评界，有许多新开辟的领土。金圣叹和李笠翁，都有辟草莱的成绩。用历史方法来看，他们都是上承辞赋家的心法，而脱离了历来文人所守的孔门诗教，上章已经说过。但是即便在普通讲诗教的文人当中，也有多少变态。自从王渔洋的诗学受赵执信、翁方纲等人的抨击，到了沈德潜，又隐隐中引申渔洋之论，德潜尤特别阐明诗教里面"温柔敦厚"的宗旨。这时候有一个异军突起的人，就是随园主人袁枚了。袁枚一变旧说，极力反对"温柔敦厚"的宗旨，与沈德潜力争。他的《随园文集》里《答沈大宗伯（即德潜）论诗书》说："所云诗贵温柔，不可说尽，又必关系人伦日用，此数语有褒衣大袑气象。仆口不敢非先生而心不敢是先生。何也？《戴经》不足据也。惟《论语》为足据。子曰：'可以兴''可以群'。此指含蓄者言之，如《柏舟》《中谷》是也。曰：'可以观''可以怨'。此指说尽者言之，如'艳妻煽方处''投畀豺虎'是也。曰：'迩之事父，远之事君。'此诗之有关系者也。曰：'多识于鸟兽草木之名。'此诗之无关系者也。仆读诗常折衷于孔子，故不得不小异于先生。"他因为"温柔敦厚"四个字，是小戴《礼记》里《经解》篇所述孔子之言，所以他要根本把《礼记》的话看作不足信。

他既然这样反对"温柔敦厚"的宗旨，因此，他不得不打破一切传统的观念。《随园文集》里《再与沈大宗伯书》说："闻《别裁》中独不取王次回诗（指德潜所选《国朝诗别裁》），以为艳体不足垂教，仆又疑焉。夫《关雎》即艳诗也。以求淑女之故，至于辗转反侧，使文王生于今，遇先生危矣哉！《易》曰：'一阴一阳之谓道。'又曰：'有夫妇然后有父子。'阴阳夫妇，艳诗之祖也。杜少陵，圣于诗者也，岂屑为王、杨、卢、骆哉？然尊四子以为'万古江河'矣。黄山谷，奥于诗者也，岂屑为杨、刘哉？然尊西昆以为'一朝郛郭'矣。孔子不删郑、卫之诗，而先生独删次回之诗，不已过乎？不特艳体宜收，即卢仝、李贺之险体亦宜收，然后选之道全。"

袁枚是风流自赏、自适己意的人，所以他谈到文学，也就这样任性而谈，毫无拘束。他的许多著作，当中除了《随园文集》而外，《随园诗话》是最流行的书。但这两封与沈德潜的信，可以代表他的全部宗旨，其他的议论都是枝叶。他因为主张作诗不必温柔敦厚，又主张不拘任何体裁，艳情险体，无不可以任情发挥，所以就提出"性灵"二字，做诗道的根本，以为只要是作者兴趣所到，性灵中所要说的话，无论说的是什么话，皆可以成好诗。《随园诗话》里说："杨诚斋曰：'格调是空架子，有腔口易描；风趣专写性灵，非天才莫办。余深爱其言。须知有性情便有格律，格律不在性情外。'"他的"性灵"二字，就是这样从杨诚斋的话中抽出来的。他的《续元遗山论诗绝句》里说："天涯有客号诊痴，误把钞书当作诗。钞到钟嵘《诗品》曰,该他知道性灵时。"因为钟嵘《诗品》也主张吟咏性情的自然风格,所以他也拿来做根据,至于各人含义之广狭,或者尚附带有别种条件,当然他不屑较论。《随园诗话》里说:"凡诗之传者,都是性灵,不关堆垛。"又说:"诗道最宽,有读破万卷不得阃奥者,有妇人女子村氓浅学偶有一二句,虽李、杜复生必为低首者。"这都是他的"性灵论"。

袁枚的原意,未尝不是为救弊而发,他想拿"性灵"二字,来医诗学界那些讲空架子或搬弄书卷的毛病。不过他的话,又专为回护自己的主张,时时说得过分了。譬如大小戴《记》是孔子的七十弟子后学者所记,自汉儒以来无异词。若认为弟子所传皆不足信,那么《论语》一书又岂是孔子自己亲手写出来的?"温柔敦厚"四字,实不应怀疑,况且底下还有"温柔敦厚而不愚则深于诗者也"一句,用意很周到,并非教人泊没性灵。所谓"可以兴,可以观,可以群,可以怨",一直到"迩之事父,远之事君,多识于鸟兽草木之名",这几句话的意思是一贯的,断没有割开某一句是可以兴、某一句是可以观、某一首是群、某一首是怨这样肢分瓦解的论诗的道理。王船山说:"可以者,随所以而皆可也,于其兴者可观,于其群者亦可怨……"(参见下卷第四十章)那个解释是很对的。袁枚这样强生分别,断不可从。况且作诗必有借用的材料,《诗》三百篇里拿草木鸟兽之名,用在任何一首诗上,都是比兴之意,正都是可兴可观的地方。袁枚说:"多识于鸟兽草木之名,此诗之无关系者也。"这未免随意附会了。至于艳体宫体诗,本是齐梁末世的作品。徐陵采录艳歌为《玉台新咏》,徐的自序里并且说:"亦靡滥于风人。"那时候的艳歌,绝不同于白居易、元稹的《长恨歌》《会真诗》,更绝不同于王次回的《疑雨集》。袁枚主张那种绘画媟亵状态的《疑雨集》,实在已经和起初的艳歌大相径庭。《关雎》一诗,经学家的解说当然很多,我们不暇征引。但即请看《关雎》的本文,又岂有丝毫和《疑雨集》那种艳体诗相近的地方?他拿《易经》里的话来比譬,更是有意取闹。王、杨、卢、骆和西昆家的诗,是"清词丽句",而不是猥亵的《疑雨集》可比。把王、杨、卢、骆和西昆家的诗,加上艳体之名,也是我们闻所未闻的。

他又反对唐诗宋诗的界限,反对初盛中晚的界限,反对一切空格调或堆书卷的作风,这些见解都和历来诗家的争论互有出入,没有什么特异之点。他又有诗宽文严之说,《与邵厚庵书》里面说:"诗言志,劳人思妇皆可以言，'三百篇'不尽学者作也。若夫始为古文者圣人也，名之为文，故不可俚也，名之为古，故不可今也。"这种话和韩愈以来古文家的议论，也不相同。韩愈说，"文无难易，惟其是耳。"并未曾说："文无难易，惟其古耳。"袁枚自己最得意的见解，大概就是与沈德潜所争论的那两点，而那两点的基础，也不见得稳固。

我们知道章实斋是鄙薄袁枚的人。实斋《文史通义》里有《妇学篇》《妇学篇书后》《诗话》等篇，都是专为诋斥袁枚而作。这也和唐朝杜牧之反对白居易，是同样的态度（参见上卷第六章引王船山语）。但袁枚本是天性率易的人，他并无以著述传名于后世的意思。王昶《湖海诗传》里说："子才来往江湖，太邱道广，不论贤郎蠢夫，互相酬和。又取英俊少年著录为弟子，授以《才调》等集，挟之以游东诸侯。更招士女之能诗画者十三人，绘为投诗之图，燕钗蝉鬓，傍柳随花，问业请前，而子才白须红鸟，流盼旁观，悠然自得，亦以此索当涂之题句，于是人争爱之，所至延为上客。"这就是他当时随园里面的风物。和他同时的姚惜抱，虽然论文的宗旨和他相反，但他二人也本是世交老友，《惜抱轩集》里有《挽袁简斋》诗四首，说："千篇少孺长随事，九百虞初更解颜；……浑天覃思胡为者，纵得侯芭亦等闲。"又说："点缀江山成绮丽，风流冠盖竞攀追。烟花六代销沈后，又到随园感旧时。"这样看来，他自己本是随笔取乐，点缀江山，并非欲以深沉之思博身后之知己，和金圣叹那样苦索深思，又不相同。

四十五、眼力和眼界的相对论

眼界宽，眼力也宽。时代愈新，"陈言"愈要铲净。这好像是人类普通思想上的定律。文学好恶，也不能做例外。近代的文学批评，我们最应该注意的，就是那些标新立异的见解，其余的颠倒唐宋，翻覆元明，都是"朝华已披"了。百年以来，一切社会上思想或制度的变迁，都不是单纯的任何一国国内的问题，而且自来文学批评家的眼光，或广或狭，或伸或缩，都似乎和文学出品的范围互为因果，眼中所看得到的作品愈多，范围愈广，他的眼光也从而推广。所以"海通以还"，中西思想之互照，成为必然的结果。

"五四运动"里的文学革命运动，当然也是起于思想上的借照。譬如因西人的文言一致，而提倡国语文学，因西人的阶级思想，而提倡平民社会文学,这种错综至赜的眼光,已经不是循着一个国家的思想线索所能讨论。"比较文学批评学",正是我们此后工作上应该转身的方向。

批评力和被批评的事物,似乎是两相对待的。但金圣叹在《西厢记》上批有一段话:

> 仆幼年曾闻人说一笑话,云昔一人贫苦特甚,而生平虔奉吕祖。感其心,忽降其家。见其赤贫,不胜悯之,念当有以济之。因伸一指指其庭中磐石,灿然变为黄金。曰:汝欲之乎?其人再拜曰:不欲也。吕祖大喜,谓子诚如此,便可授子大道。其人曰:不然,我心欲汝此指头耳。仆当以为戏语,以为若果真是吕祖,便当以指头予之。今见《西厢记》,真吕祖指头也。得此指头,处处变黄金。

假如圣叹的话是可信的,那么,批评的力量,岂不又是绝对的而不是相对的吗?

第二部分 中国散文概论

上卷 本体论

一、散文的含义

散文本对骈文而称 散文这个称号,每是对骈文而称的。论其本体,即是不受一切句调声律之羁束而散行以达意的文章。如沈约所说的"前有浮声,则后须切响,一简之内,音韵尽殊,两句之中,轻重悉异"(《宋书·谢灵运传》,论兼诗文而言),柳宗元所说的"骈四俪六,锦心绣口"(《乞巧文》),李商隐所说的"四六之名,六博格五四数六甲之取"(《樊南甲集》自序),这些都是骈文所守的规律,散文是没有这些形式上的拘束的。

散文形式异于骈文之处 原来散文运动之起源,正是针对骈文而生的。散文运动即是唐宋以来所谓古文运动。所以当清朝姚鼐编出一部《古文辞类纂》以综合唐宋以来诸古文家所讲求的古文之学,而同时李兆洛即编出一部《骈体文钞》来和姚氏对抗,这即是李兆洛拿他的骈文学来对抗姚鼐的散文学了。所以骈文、散文之对立,即是骈文和古文之对立。这是自来一般普通的观念。再上溯古文运动之起源,韩愈所做的工作,即以力矫骈俪之形式为其宗旨中一个显而易见之点。他自己在《题欧阳生哀辞》那篇文章里说:"愈之为古文,岂仅以其句读不类于今耶?思古人而不得见,学古道则欲兼通其词。"足见得句读不类于骈俪之文,本是古文形式上先决之点。又唐裴度有一篇《与李翱书》,里面说到韩愈和李翱师弟间所讲求的作风,以为他们是"以时世之文,多偶对俪句,属缀风云,羁束声韵,为文之病,故以雄辞远致矫之"(见《唐文粹》)。又足见得打破那些声律羁束,一切用散行自然的体势写出来,正是古文形式的标准。

散文精神异于骈文之处 至于就内容方面讲,古文运动之针对骈文而立义者,乃是以朴质代浮华,以确切恰当的文句代替那些敷衍熟烂泛堆藻典的陈言。本来我们对于任何事物,凡说到一个"古"字,自然都带了一种天真朴质的意思。朴质而切当情理，即是古文家的中心标准。韩愈曾提出他的正式主张，说"文从字顺各识职，有欲求之此其躅"（《樊绍述墓志铭》）。文从字顺即是朴质，各识职即是切当情理。总而言之，对骈文之形式而言，则称散文；对骈文之精神而言，则称古文。清梅曾亮说："骈文如俳优登场，非丝竹金鼓佐之，则手足无所措。其周旋揖让非无可贵，然以之酬接，则非人情也。"（《复陈伯游书》）又管同也说："人有哀乐者面也，今以玉冠之，虽美，失其面矣，此骈体之失也。"（梅曾亮《管异之文集书后》引）这都是指斥骈文的精神方面而见古文的特色。

向来较论骈散文的议论　自来也有不少的骈文家，站在骈文的立场上，较论骈散文性质。我们就这些人所较论的来看，更可以显出散文的特性。宋朝罗大经《鹤林玉露》里引周益公的话，说"四六特拘对耳，其立意措词，贵浑融有味，与散文同"。到了清代，那些骈文家尤爱较论骈散。如孔广森《答朱沧湄书》说："六朝文无非骈体，但纵横开阖，一与散文同。"袁枚《胡稚威骈体文序》说："散文可踏空，骈文必征实。"刘开《与王子卿书》说："文之有骈散，如树之有枝干。"这四个人当中，周益公（即周必大）和孔广森是认识散文的好处，而谓骈文中也有这种好处。那么，我们大可以就他二人的话下个转语，即有骈文固亦能如散文以浑融有味纵横开阖见长，散文岂非本来更以浑融有味纵横开阖见长。此外，袁枚的话，是有点抑散文而扬骈文的神气。但是我们也可以说，袁枚所谓散文之"踏空"，正是散文家所主张的"去陈言"。（韩愈所说"惟陈言之务去"）最末，刘开是主张骈散二者不可偏废。他认骈体是枝，散体是干。但我们又可以说，树木固兼需枝干，然而枝无干不能生，干无枝还可以存立，这正是骈体和散体的重要区别。

二、散文学的演进

散文学大明于唐宋以后　散文之学，自唐朝韩愈、柳宗元以后才有途径可循，本来散文是自古有之，但古时人不谈文术，也无所谓骈散之别，至于救六朝骈俪文之流弊，取法古时崇尚质朴之文，开启途术，自成一学，为此后千余年之效法，乃是韩愈所倡始。所以说散文之学开自韩柳以后，并非说散文起于韩柳。

有人说，魏晋的时候，不是有文笔之分吗？那时候的人所说的笔，似乎应当作散文看。我们较论散文的文术，岂不应该从这个文笔之分为起点吗？这个话我以为不然。魏晋人所说的文笔之分，即是诗赋和杂文之分。魏晋六朝的杂文，皆是骈俪之体，人所共知，正是韩愈所要救弊的。其习于骈俪的句调，当然不是散文。况且那时候普通所认文笔之分，以有韵无韵为标准，那个标准，即不适于区分那时候的文笔。刘勰《文心雕龙·总术》篇里，已在另一意义中加以驳斥。萧统《文选》也并收诗赋杂文而统谓之文。盖魏晋之笔，虽不拘于句尾押韵，而通体字句之调和音律（即《文心雕龙·声律》篇所说的音以及上引沈约所说浮声切响两句异韵那些话），也算是有韵。简单说来，本来文和笔在文学体统上是未尝不可以分开的，但魏晋六朝的文和笔，实在不容易分开。再就内容方面讲，在韩愈提倡古体散文的眼光里看来，魏晋六朝的笔，都是"其声清以浮，其节数以急，其辞淫以哀，其志弛以肆，其为言也乱杂而无章"（这是韩愈《送孟东野序》里的话，他这几句话是兼对六朝的诗和文的批评）。所以他就发起起衰救弊的运动，而建立了后世所谓散文学。就韩愈的意思看来，即是因为六朝人的观念，多把六经子史"立意为宗"的笔除开，而专注意于"沉思翰藻能文为本"的笔，如萧统《文选·序》里所表现的，已经发生不少流弊，所以他要加以救济，他的救济方法，正是专以立意为宗来改革那些沉思翰藻能文为本的习气。即照前面所引周必大和孔广森的话来讲，虽然六朝骈文亦能浑融有味、开阖动荡，但是能如此者未必十分多，所以这样看来，我们自不能混魏晋之笔于唐宋以后所谓散文了。

有人又说，魏晋之笔固可不论，但前面不是说散文自古有之吗？那么，应当以先秦盛汉为法度之始了，何必说散文之学起于韩柳以后呢？我又回答他说，你这话诚然不错，我这书下半部方法论中所举种种方法，正是处处上溯先秦盛汉而立论，并且还是详于古先而略于后世。但是我们要知道，以先秦盛汉为法度之始，正是韩柳等所大声疾呼，特别提倡使人注意的。古时候本无专论文术的话，经典古籍中，虽偶有一二近于建立文术的话，但都说得很浑括，而且杂有其他方面的意义，不可以一端论。至于明定途术、开启户牖、有阶有梯，使散文学者有轨道可循，乃不能不推韩柳为首功。他们的散文学所取法的，固完全是先秦盛汉，而先秦盛汉何以能为法度之极则，则非借径于他们所说的话，无从获得明确的认识。换句话说，散文方法非经他们详细指点出来，即无从得有严格的依据。像东汉王充《论衡》里，也主张朴质明晓的文章，但他的话多嫌笼统单调，他自己的文章，也嫌烦冗零碎，实不能建立正确的散文途径。他在《论衡》

里说："文字与言同趋，何为犹当隐闭指意？……口论以分明为公，笔辩以获露为通，吏文以昭察为良……深覆典雅，惟赋颂耳。"这一类话，主张散文朴质明显，本说得极透彻。但只知朴质而不知讲求切当，仍有毛病。徒任笔直写，而不顾说的话是否切当而有力，一片肤词泛语，杂乱烦冗，那又何能动人观听呢？王充自己文章之烦冗琐碎，正因为这个缘故。韩愈说"文从字顺"，又说"各识职"，所以最为圆满了。总而言之，先秦盛汉六经子史的文章，除开《诗》一部分，无一非散文的好模范。但自来都认为先秦盛汉之文是文成法立（参看《四库全书总目》诗文评类序语），所谓文成法立者，即是无法以告人，至于唐宋诸家乃是有法以告人了。有法以告人，所以散文之学，就从他们建立起来。据唐宋之有法，以上求先秦盛汉之无法，即是我国散文学的轨道。所以说散文之学，是大明于唐宋以后的。

散文学发展经过之略况　现在提起散文学的历史，即大略如下。《新唐书·文艺传》里说："高祖太宗，大难初夷，沿江左余风，绮句绘章，揣合低昂……玄宗涵经术，群臣稍厌雕琢，索理致，崇雅黜浮。是时唐兴已百年，诸儒争自名家。大历贞元间，美才辈出，擩哜道真，涵泳圣涯，于是韩愈倡之，柳宗元、李翱、皇甫湜等和之，排逐百家，法度森严，抵轹魏晋，上轧汉周，唐之文完然为一王法。"《韩愈传赞》里说："愈遂以六经之文为诸儒倡。障隄末流，反刓以朴，划伪以真……粹然一出于正，刊落陈言，横骛别驱，汪洋姿肆。"又清方苞在所编的《古文约选·序例》里说："自魏晋以后藻绘之文兴，至唐韩愈起八代之衰，然后学者以先秦盛汉辨理论事质而不芜者为古文。"以上数段，足以说明韩愈等所倡导的工作了。至于韩愈所提出的散文规矩，为自来散文家所奉为金科玉律的，即是"文从字顺各识职""文无难易，惟其是耳""惟陈言之务去""气盛则言之短长、声之高下皆宜""所谓文者，必有诸其中，故君子慎其实，实之美恶其发也不掩，本深末茂，形大声宏，行险言厉，心醇气和，体不备不可为成人，辞不足不可为成文"那些话。到了宋朝，欧阳修得韩愈文集于汉东李氏（欧阳修《书韩集后》），因复倡古文，以改革五代的风气。《宋史·文苑传》所说，"欧阳修以古文倡，王安石、苏轼、曾巩和之"，就是他们的工作。从此历元入明，有唐顺之、归有光、茅坤等，力排明七子伪古之体。《明史·文苑传》所云，"唐顺之辈文宗欧曾，归有光以司马欧阳自命，力排李何王李"，又是他们的工作。到了清代，说到散文运动之有力者,普通自会想起方苞、姚鼐那些人了。方苞主张辞理皆是之清真雅正(见《古文约选》及《四书文选》诸序例),姚鼐也说,"文无所谓古今,惟其当而已。得其当,则《六经》之于今日其为道也一,知其所以当,则于古虽远而于今取法,如衣食之不可释"(见《古文辞类纂·序目》)。这就是他们所注意之点,都是韩愈以来诸大家的共同主张。此外,古今能做散文和阐发散文途径的人,自然是很多的。我现在不过略举途术明确、易知易从、为人所共晓的,略溯其源流,其他则治文学全史的人多已知道,不是本书窄狭范围所能概括,兹姑不论。

下卷　方法论

三、字句的格律（上）

"文从字顺各识职"即是字句之唯一格律　我们讲求文章的道理，必先讲方法。方法上第一要件，即是字句之格律。本来就作者方面说，必定要以立意为先，然后达之于篇章字句，断没有毫无立意而能勉强连缀字句以成文的。但在读书者方面说来，必先循字句以观其篇章，由篇章以得其命意；也断没有对于章句字义还未曾知道，而可以自谓得作者之命意的道理。自来论散文途术的人，没有好过韩愈的了。他的话最能兼该本末。关于做文章的基础道理，他自然说得很多；对于字句的格律，即从他所说"文从字顺各识职"那句话里面，也可以获得极明白的轨道。

先秦盛汉经典名作最能满足这种条件　韩愈本着这个条件去上求师法，认为只有先秦盛汉经典子史那些伟大的作品，是最能"文从字顺各识职"的，六朝的文字，就不能合这个条件。所以在他的《答刘正夫书》里说"文宜师古圣贤人"，底下又接着说"师其意不师其词"，又说"文无难易，惟其是耳"。他所谓"文无难易，惟其是耳"，即是说古大家的文章做得或艰深，或平顺，都有他必然的道理，都是"各识职"。我们须随处推求他们一字一句所以能够"各识职"的原理，拿这个原理，应用到我们自己做文章的时候，即是"师其意不师其词"的方法。六朝的文章，他认为不能"文从字顺各识职"，所以就说他们"乱杂而无章"。而他自己入手初做工夫的时候，也就"非三代两汉之书不敢观"了（《答李翊书》）。

我们现在就本着韩愈取法《六经》的观念，来研究《六经》中的字句。本来《六经》之文所以能够永远不朽，固然因为内容道理好，但也因为文章构造之精。《六经》的文章一字一句都有万牛莫挽之重，后世人无论怎样力追，都不容易赶上。推求所以然的道理，即因《六经》之文没有一个字不是合于"义之至安、理之至顺"。后世文人，虽号为工于选词造句的人，但拿他和《六经》一比较，都不免近于苟且命笔了。

究竟何谓格律　但我下文所引证的，并非和《马氏文通》那一类的书所讨论的相同。因为那一类的书比附西人文法，虽略可为修辞之助，但和我们现在所讨论的散文格律性质不甚相同。拘于文法之例，知其然而不知其所以然，做出文章来，未必能办到惬心贵当的地步。我们所说的散文之学，虽确有其格律，但这种格律实是一种抽象凌空的东西，并非画有一定的框格。大概融贯前人的作品，得文义之至安，自然可以获得一种自然天成的格律。做文章的人，借文字以表达胸中的意思，和行远者借舟车以达目的地，是一样的道理。行远者以得达目的地为主，至于沿途所借的舟车，有时大船，有时小艇，有时火车，有时人力车，随地从宜，在没有一定的成例当中，自有其一定的成例。文章借字句以达意，亦是有因地制宜无格律之格律。

这样讲来，所谓字句之格律究竟是什么呢？我明白地回答说，即是上文所谓"无一字一句不是义之至安、理之至顺"那句话。换句话说，凡因达意而选辞，选辞必以确能运载吾意以出，而使读者入耳而动于心者为主。凡因述事而选辞，选辞必以确能运载吾所欲指之事物以出，而使读者栩栩然如身历其境者为主。大概立意既定，于是词句之或曲或直或顺或逆，无往不合于职分之当然，这就是文从字顺之至轨。

六经之字句　前人论《六经》文字的人很多。我现在择取数种条理精密、能抉发《六经》的词致所以最为精美的缘故的话，列举在下面。

唐朝孔颖达注《尚书·尧典》里"允恭克让，光被四表，格于上下"那几句话，他说："持身能恭，与人能让，自己及物，故先恭后让。""其名远闻旁行则充溢四方，上下则至于天地，向上向下至有所限，旁行四方无复限极，故四表言被，上下言至……先四表后上下者，人之声名宜先及于人。"清朝戴东原对于《尚书》里这几句话的文义，也曾有讨论。戴氏文集中，有一篇《与王凤喈书》，里面说："横四表、格上下，对举也。溥遍所及曰横。贯通所至曰格。四表言被，以德加民物言也。上下言于，以德及天地言也。"我们看孔戴二氏所举这个例子，知道《尚书》里的措意遣词，有这样的严密。

明末王船山有论《诗经》文句的话，他的《诗绎》里说："苏子瞻谓'桑之未落，其叶沃若'，体物之工，非'沃若'不足以言桑，非桑不可以当'沃若'，固也。然得物态，未得物理。'桃之夭夭，其叶蓁蓁''灼灼其华''有蒉其实',乃穷物理。夭夭者,桃之稚者也。桃至拱把以上,则液流蠹结,花不荣,叶不盛,实不蕃。小树弱枝,婀娜妍茂为有加耳。"这虽是论《诗》,但就字句而言,也可为散文家寻求词理之助。

至于专著一书较论《六经》字句的,有宋朝的陈骙。陈骙著有《文则》一书,专论此事。他说:"辞以意为主,故辞有缓急轻重,皆生于意也。韩宣子曰'吾浅之为丈夫也'(《左传·襄公十九年》),则其辞缓。景春曰'公孙衍、张仪岂不诚大丈夫哉'(《孟子》),则其辞急。狼瞫于是乎君子(《左传·文公二年》),则其辞轻。子谓子贱,君子哉若人(《论语》),则其辞重。"又说:"《诗》《书》之文,有若重复而意实曲折者。《诗》曰'云谁之思,西方美人。彼美人兮,西方之人兮'(《邶风·简兮》),此思贤之意,自曲折也。"又说:"'自古在昔,先民有作'(《商颂·那》),此考古之意,自曲折也。"又说:"《书》曰'眇眇予末小子'(《顾命》),此谦托之意,自曲折也。'孺子其朋,孺子其朋,其往',此告戒之意,自曲折也。"又说:"文有意相属而对偶者,如'发彼小豝,殪此大兕'(《小雅·吉日》),'诲尔谆谆,听我藐藐'(《大雅·抑》),故谋用是作,而兵由此起(《礼记·礼运》)。"又说:"文有事相类而对偶者,如'威侮五行,怠弃三正'(《尚书·甘誓》),'佑贤辅德,显忠遂良'(《尚书·仲虺之诰》),此皆浑然而成,非有意于媲配。凡文之对偶者,若此则工矣。"又说:"夫文有病辞。病辞者,读其辞则病,究其意则安。如《曲礼》曰'猩猩能言,不离禽兽'。《系辞》曰'润之以风雨'。盖禽字于猩猩为病,润字于风为病也。"陈氏所说,都是发明《六经》的字句上,无论是常态或变态,无往不是辞意交融诉合无间,有不可以常律论之妙处。

又清代俞樾有《古书疑义举例》一书,提出经典中所有异于后人行文之法的文句,分类编列出来,尤足为考求经典字句的帮助。其实所谓异于后世行文之法者,都是意之所到,不得不然,关于上下文义者至多。我们看他所举的,可以知道,凡借文字以达意,实是变动不居,没有死板的定格,而但以达到言以足志之目的而止。而文才有高下,实由于用意有浅深罢了。我们先玩味文句之异同离合,但期为启发的材料,并非欲揣合低昂,步趋于词气语势之间。兹截取俞氏书中最有裨于文义者,条列于下:

古人行文不嫌疏略例。襄二年《左传》"以索马牛皆百匹",《正义》曰"《司马法》:'丘出马一匹,牛三头'",则牛当称头,而亦云匹者,因马而名牛曰匹,并言之耳。经传之文,此类多矣。《易·系辞》云"润之以风雨",《论语》云"沽酒市脯不食",《玉藻》云"大夫不得造车马",皆从一而省文也。按此古人行文不嫌疏略之证。使后人为之,必一一为之辞:曰"以索马百匹,索牛百头",曰"沽酒不饮,市脯不食"。此文之所以日繁也。

古人行文不避繁复例。《孟子·梁惠王》篇:"故王之不王,非挟泰山以超北海之类也,王之不王,是折枝之类也。"《离娄》篇:"瞽瞍厎豫而天下化,瞽瞍厎豫而天下之为父子者定。"而两"王之不王"、两"瞽瞍厎豫",若省其一,读之便索然矣。

语急例。古人语急则有以如为不如者,隐元年《公羊传》①:"如勿与而已矣。"注曰"如,即不如"是也。有以"敢"为"不敢"者,庄二十二年《左传》:"敢辱高位。"注曰"敢,不敢也"是也。

语缓例。古人语急,则二字可缩为一字,语缓,则一字可引为数字。襄三十一年《左传》:"缮完葺墙以待宾客。"急言之,则止是"葺墙以待宾客"耳,乃以"葺"上更加"缮完"二字。

两人之辞而省曰字例。有两人问答,因语气相承,谓之易晓,而"曰"字从省不书者。如《论语·阳货》篇:"子曰:'由也,女闻六言六蔽矣乎?'对曰:'未也。''居,吾语女!'""居,吾语女",乃夫子之言,而即承"对曰:'未也。'"之下,无"子曰"字。"子曰:'食夫稻,衣夫锦,于女安乎?'曰:'安。''女安,则为之。'""女安,则为之",乃夫子之言,而即承"曰安"之下,无"子曰"字。

文具于前而略于后例。僖十九年《穀梁传》②:"梁亡自亡也,湎于酒,淫于色,心昏耳目塞,上无正长之治,大臣背叛,民为寇盗,梁亡自亡也,如加力役焉湎不足道也。"范注曰:"如使伐之而灭亡,则淫湎不足记也。"按上文已备列梁所以亡之故,使下文必一一言之,则累于辞矣,故曰"湎不足道",止一"湎"字该之,具于前而略于后也。

---

① 《春秋公羊传》,书中也简称为《公羊传》《公羊》《公》。
② 《春秋穀梁传》,书中也简称为《穀梁传》《穀梁》《穀》。

文没于前而见于后例。《书·微子》篇：" 我祖底遂陈于上，我沉酗于酒，用乱败厥德于下。"按："底遂陈于上"，盖以德言。纣所乱败者，即汤所底遂而陈者也。德字见于后而没于前。《枚传》不达其义，乃曰"致遂其功，陈列于上世"，则上句增出"功"字矣。又《诗·生民》篇："诞寘之隘巷，牛羊腓字之；诞寘之平林，会伐平林；诞寘之寒冰，鸟覆翼之；鸟乃去矣，后稷呱矣。"按：后稷所以见弃之故，千古一大疑，而不知诗人固明言之，盖在'后稷呱矣'一句。夫至鸟去之后，后稷始呱，则前此者未尝呱也。凡人始生无不呱呱而泣，后稷生而不呱，于是人情骇怪，佥欲弃之于隘巷、于平林、于寒冰，愈弃愈远亦愈险，圣人不死，昭然可见。而后稷亦既呱矣，遂收而养之，命之曰弃，志异也。诗人歌咏其事，初不言见弃之由，盖没其文于前而著其义于后，此正古人文字之奇也。后人不达，而异义横生矣。

蒙上文而省例。定四年《左传》："楚人为食，吴人及之，奔，食而从之。"此文"奔"字一字为句，言楚人奔也。"食而从之"四字为句，言吴人食楚人之食，食毕而遂从之也。"奔"上当有"楚人"字，"食而从之"上，当有"吴人"字，蒙上而省也。

探下文而省例。夫两文相承，蒙上而省，此行文之恒也。乃有逆探下文而预省上字，此则于例更变，而古书亦往往有之。《尧典》："舜生三十征庸，三十在位，五十载。"因下句有"载"字而上二句皆不言"载"。《孟子·滕文公》篇："夏后氏五十而贡，殷人七十而助，周人百亩而彻。"因下句有"亩"字，而上二句皆不言"亩"，是探下文而省者也。

举此以见彼例。孔子曰："举一隅不以三隅反，则不复也。"是以古书之文往往有举此以见彼者。顾氏炎武《日知录》云："以纣为弟，且以为君，而有王子比干。并言之则于文有所不便，故举此以该彼，此古人文章之善。且如'郊社之礼，所以事上帝也'，不言后土；'先王居梼杌于四裔'，不言浑敦、穷奇、饕餮。后之读书者，不待子贡之明，亦当闻一以知二矣。"

以大名冠小名例。《荀子·正名》篇曰："物也者，大共名也；鸟兽也者，大别名也。"是正名百物，有共名别名之殊。乃古人之文，则有举大名而合之于小名，使二字成文者，如《礼记》言"鱼鲔",鱼其大名,鲔其小名也。《左传》言"乌乌",乌其大名,乌其小名也。《孟子》曰"草芥",芥其小名,草其大名也。

举小名以代大名例。《诗·采葛》篇:"一日不见,如三秋兮。"三秋,即三岁也,岁有四时而独言秋,是举小名以代大名。《汉书·东方朔传》:"年十三学书,三冬文史足用。"三冬亦即三岁也,学书三岁而足用,故下云"十五学击剑"也,注者不知其举小名以代大名,乃泥冬字为说云"贫子冬日乃得学书",失其旨矣。

实字活用例。宣六年《公羊传》:"勇士入其大门,则无人门焉者。"上"门"字实字也,下"门"字,则为守是门者矣。襄九年《左传》:"门其三门。"下"门"字实字,上"门"字则为攻是门者矣。执持于手,即谓之手,庄十二年《公羊传》:"手剑而叱之。"怀抱于腹,即谓之腹,《诗·蓼莪》篇"出入腹我"是也。又以女妻人即谓之女,以食饲人即谓之食,皆此类也。

语词复用例。古人用助词有两字同义而复用者,《左传》:"一薰一莸,十年尚犹有臭。"尚,即犹也。《礼记》:"人喜则斯陶。"斯,即则也。此顾氏炎武说。"何"谓之"庸何"。文十八年《左传》:"人夺女妻而不怒,一抶汝,庸何伤?"庸,亦何也。此王氏引之说。《尚书·秦誓》篇:"尚犹询兹黄发。"言尚又言犹。《礼记·三年问》篇:"然后乃能去之。"言然后又言乃。

上下文变换虚字例。古书有叠句成文而虚字不同者。《尚书·洪范》篇:"水曰润下,火曰炎上,木曰曲直,金曰从革,土爰稼穑。"上四句用"曰"字,下一句用"爰"字,爰,即曰也。《论语》:"富贵而可求也,虽执鞭之士,吾亦为之,如不可求,从吾所好。"上句用"而"字,下句用"如"字。《孟子·离娄》篇:"文王视民如伤,望道而未之见。"上句用"如"字,下句用"而"字,而,即如也。《礼记·文王世子》:"文王九十七乃终,武王九十三而终。"上句用"乃"字,下句用"而"字,而,即乃也。

反言省乎字例。"嚚讼,可乎?""乎"字已见于《尧典》。是书未尝不用"乎"字。然"乎"者语之余也,读者可以自得之。古文往往有省"乎"字者。《尚书·西伯戡黎》篇:"我生不有命在天?"据《史记》则此句未有"乎"字。《吕刑》篇:"何择非人?何敬非刑?何度非及?"《史记》作"何择非其人,何敬非其刑,何居非其宜乎？"

　　句尾用故字例。凡经传用故字多在句首，乃亦有在句尾者。《礼记·礼运》篇："则是无故，先王能修礼以达义，体信以达顺故。"此"故"字在句尾也。

　　俞氏的话详尽如此，凡古经之奇辞秀句，几乎是揽胜不穷了。但是俞书原意，实资经生，今取论文，乃是借径，因为他止疏其例，而未释其理，固有待于补说。凡辞致之轻重顺逆繁省，皆有其必然之故，兹举一例言之，可以隅反。例如，俞氏说《尚书·西伯戡黎》我生不有命在天，下省乎字。实则此句必须如此亢声而止，决不可缀乎字，纣之刚愎拒谏之神始可表见。若加乎字，即将语气改较纡缓，似乎纣有危惧之情了。《史记》加乎字以求显豁，而实失去原文之美。凡文字之美，盖皆以时以地而各有所擅，有因通译而违真，转述而失意者，古今中外之隔，此例甚多。明朝王世贞《艺苑卮言》里说："孔子曰'辞达而已矣'，又曰'修辞立其诚'。盖辞无所不修，而意则主于达。今《易·系》《礼经》《家语》《鲁论》《春秋》之篇存者，抑何尝不工也？太史避其晦，故译而达之，作帝王本纪。扬雄避其达，而故晦之作《法言》，俱非圣人意也。"我们看世贞的话，可以知道读经者，应求其辞理之所以然，而不可强为增减字句，以合后人之心，学文者，应沉潜于其言之所足者为何志，而不可揣合低昂，强步趋于神态之间了。

　　总起上面几个人所说的看来，如孔颖达、戴东原所论之《尚书》，王船山所论之《诗》三百篇，是学者闻之而即可行的。陈骙之《文则》，俞樾之《古书疑义举例》，则学者闻之而尚须济以思考的。因孔、戴、王氏所论，在于辞理之精切。辞理之精切，是第一必要的条件，有闻斯行，是人们所比较易做的。陈、俞所论，在其变化无方之例，变化无方者，非常例之所必然，我们务必见而思其故了。总而言之，文章字句之格律，终不出此二种。由孔、戴之说以遵其常，由陈、俞之说以窥其变。又陈、俞之说虽同，而俞举其例，陈则颇能阐发其理。学者执理以驭其例，则所谓变化无方者，仍是精切恰当之一类。这样讲来，字句之格律，终无他奇，为常为变，都以各识其职为主罢了。

　　刘知几所评《史记》《汉书》之字句　六经以后，文家所仰慕的，不待言又是以马《史》班《书》为斗极了。但是唐朝刘知几乃有《点烦》

之作。他认《史记》《汉书》颇有烦冗的字句，可以删去。此正吾人商讨字句格律之良资。清朝方苞也曾经说过："《易》《诗》《书》《春秋》及《四书》，一字不可增减，文之极则也。降而《左传》《史记》、韩文，虽长篇，字句可薙芟者甚少，其余诸家，虽举世传诵之文，义枝辞冗者不免矣。"（《古文约选·序例》）所以他的《古文约选》既于唐宋诸家文句，每有勾画，以表可削之处，又复有删点《汉书》及柳宗元文集之作（此二书但有故家传录之，本未有雕版），又其《左传义法举要》于《左传》文亦有一芟薙之段。凡此皆商讨字句格律者可贵的材料。

《史通·点烦》篇，在现在所传的本子里面文多脱误，或多非知几原意，今截取二段文义较为明显可以见其删改之用意者如下：

（其删改）《史记·鲁仲连传》曰："仲连好奇伟俶傥之画（《史记》原有策字），而不肯仕官任职，好持高节，游于赵。赵孝成王时，而秦王使白起破赵长平之军前后四十余万。秦（《史》有兵字）遂东围邯郸，赵王恐。诸侯之救兵，莫敢击秦军。魏安釐王使将军晋鄙救赵，畏秦，止于荡阴，不进。魏王使客将军新垣衍间入邯郸。因平原君谓赵王曰：'秦所为急围赵者，前与齐湣（《史》衍，下同）王争强为帝，已而复归帝号（《史》无号字），今齐湣王已益弱，方今惟秦雄天下，此非必贪邯郸，其意，欲复求为帝。赵诚发使尊秦昭（《史》衍）王为帝，秦必喜罢兵去。'平原君犹豫未有所决。此时鲁（《史》有仲字，下同）连适游赵，会秦围赵，闻魏将欲令赵尊秦为帝，乃见平原君曰：'事将奈何？'平原君曰：'胜也何敢言事，前亡四十万之众于外，今又内围邯郸而不能去。魏王使客将军新垣衍令赵帝秦，今其人在此，（《史》作是）胜也何敢言事？'鲁连曰：'吾始以君为天下之贤公子也，吾乃今然后知君非天下之贤公子也。梁客新垣衍安在？吾请（《史》作且）为君责而归之。'平原君曰：'胜请为绍介而见之于先生。'平原君遂见新垣衍曰：'东国有鲁连先生者，今其人在此，胜请为绍介而交之于将军。'新垣衍曰：'吾闻鲁连先生，齐（《史》有国字）之高士也，衍，人臣也，使事有职，吾不愿见鲁连先生。'平原君曰：'胜（《史》有既字）已泄之矣。'新垣衍许诺。鲁仲连见新垣衍而无言。新垣衍曰：'吾视居此围城之中者，皆有求平原君者也。今吾观先生之玉貌，非有所求于平原君者也。曷为(《史》有久字)居此重围(重围《史》作围城)之中而不去?'鲁连云云。适会魏公子无忌夺晋鄙军以救赵击秦军,秦军遂引而去。于是平原君欲封鲁连,鲁连辞谢者三(此四字《史》作辞让使者三),终不肯受。平原君乃置酒。酒酣起前,以千金为鲁连寿"云云。

（又删改）《汉书·龚遂传》曰:"上遣使者征遂,议曹王生请(《汉书》原作愿)从。功曹以为王素嗜酒无节度,不可使。遂不听(听字《汉书》作忍逆二字)。从至京师,王生日饮酒,不视太守。会遂引入宫,王生醉,从后呼曰:'明府且止,愿有所白。'遂还问其故。王生曰:'天子即问君何以治渤海,君不可有所陈对,宜曰:"皆圣主之德,非小臣之力也。"'遂受其言。既至前,上果问以治状,遂对如王生。(《汉书》有"言"字)天子悦其有让,笑曰:'君安得长者之言而称之?'遂因前曰:'臣非知此,乃臣议曹教戒臣也。'"云云。

我们看知几所删改,全注意于辞句之简洁,力避疲缓浑滞重复或前后冲犯之病。大抵文章律法,后密于前。然古时之文,实多有不修边幅之美。知几所改,不足为《史》《汉》病。但从他所改的看来,固未尝不足为修辞简洁之助。所以浦起龙加以解释,说:"河东云,参之太史以著其洁,夫洁非瘦削之谓也,刘子则以削为宗。然当六朝涂泽之余,从未有此辣手刮世眼者,故是韩柳辈先驱也。太史公杂取群书,叠见复出,古趣自流,寻行数墨,大家弗屑,虽烦亦复何疵。然刘氏之前,论者已振振有辞矣。班叔度曰:'刊落不尽,尚有盈辞也。'观是书者,切磋究之,固不必为烦者病,亦不得谓点者苛。"浦氏这话甚是。盖不修边幅之美,乃自然之极致,非可学而能。至于寻行数墨,吹求律法,总是后人胜过前人。在前人未必受过,而后人所推的,固亦未尝不是。又如知几《史通·叙事》篇云:"《汉书·张苍传》云:'年老口中无齿,盖于此一句之内,去年及口中可矣。'"又《点烦》篇谓:"《史记·吴世家》阖闾、《越世家》勾践,每于其号上,加吴王越王,字字句句,未尝舍之。《孟尝君传》曰:'冯公形容状貌甚辨。'案形容状貌同是一说,而敷演重出,分为四言,榛芜若此。"凡此知几所纠弹,于理则是,而于《史》《汉》亦未必即为大病。又譬如《汉书·张禹传》本有"丝竹管弦"之句,而王羲之

《兰亭序》用之,遂有人以为昭明不录此序之原因。(宋马永卿《懒真子》)此皆于理则是,于原书不必为损,而在学者则必深守此种格律。

四、字句的格律(下)

本来先秦盛汉经典史籍高文大册,本不可徒以寻行数墨之文法求之;上篇所述,略资探胜之径,譬如涔蹄之于大海,非区区略涉之所能尽。《六经》固来是好,即《史》《汉》之文,亦非可以襞积字句之法,妄为窥测。如果学者必欲于此效管中之窥豹,则有倪思《班马异同》一书,考校两书字句异同,由之以兼窥迁固之文心,亦未始无补。其书甚不容易割裂,现在不暇详征了。

韩愈文中之字句 散文家遣词造言,至唐韩愈突破群贤,开启户牖,遂为后此千余年之宗主。韩之造言,就其镕旧者而言,无一字无来历(黄山谷语),此其《进学解》中所谓"沉浸浓郁,含英咀华,作为文章,其书满家"者是。就其铸新者而言,绝不蹈袭前人(宗祁语),此其《答李翊书》所云"惟陈言之务去",《樊宗师墓志铭》所谓"惟古于词必己出,降而不能乃剽窃"者是。就其安置妥帖而言,章吐句适,精能之至,其辞与意适,当其下笔时,如他人疾书之,写诵之,亦不能过也(皇甫湜、李翱语),此其《樊宗师墓志铭》所谓"文从字顺各识职",及《答刘正夫书》所谓"文无难易惟其是"者是。就其警策有力而言,鲸铿春丽,惊耀天下,冲飙激浪,汗流不滞(皇甫湜语),此其《答尉迟生书》所谓"昭晰者无疑",及《答李翊书》所谓"气盛则言之短长与声之高下皆宜",又其《送孟东野序》所为讥魏晋文章"其声清以浮,其节数以急,其辞淫以哀,其志弛以肆,其为言也乱杂而无章"者是。

我现在先泛录前人笔记丛谈中论韩文字句者如下,以资博趣,然后举其三数名篇,详为推论,以见楷模。

邵博《闻见后录》曰:"退之于文,不全用《诗》《书》之言,如《田弘正先庙碑》曰:'昔者鲁僖公能遵其祖伯禽之烈,周天子实命其史官克作为《駉》《駜》《泮》《閟》之诗,使声于其庙,以假鲁灵。'其用诗之法如此。"

又曰:"宋玉《招魂》,以东南西北四方之外甚恶,俱不可以托,欲屈大夫近入修门耳。时大夫尚无恙也。韩退之《罗池碑词》云:

'北方之人兮谓侯是非，千秋万岁兮侯无我违。'时柳仪曹已死，若曰国中于侯或是或非，公论未出，不如远即罗池之人，千秋万岁奉尝不忘也。嗟夫，退之之悲仪曹，甚于宋玉之悲屈大夫也。"

洪迈《容斋三笔》曰："《盘谷序》云：'坐茂林以终日，濯清泉以自洁，采于山美可茹，钓于水鲜可食。'《醉翁亭记》云：'野花发而幽香，佳木秀而繁阴，临溪而渔，溪深而鱼肥，酿泉而酒，泉香而酒洌，山肴野蔌，杂然而前陈。'欧公文势大抵化韩语也。然'钓于水鲜可食'，与'临溪而渔，溪深而鱼肥'，'采于山美可茹'与'山肴野蔌杂然而前陈'之句，烦简工夫，有不侔矣。"

又曰："韩公用譬喻处，重复联贯，至有七八转者，《送石洪序》云：'论人高下事后当成败，若河决下流东注，若驷马驾轻车就熟路，而王良、造父为之先后也，若烛照致计而龟卜也。'《盛山诗序》云：'儒者之于患难，其拒而不受于怀也，若筑河堤以障屋霤，其容而消之也，若水之于海，冰之于夏日；其玩而忘之以文辞也，若奏金石以破蟋蟀之鸣虫飞之声。'"

又曰："宋景文修《唐书·韩文公传》，全载其《进学解》《谏佛骨表》《潮州谢上表》《祭鳄鱼文》，皆不甚润色，而但换《进学解》数字，颇不如本意。原云，'招诸生立馆下'，改'招'字为'召'，既言先生入学，则诸生在前，招而诲之足矣；何召之为？'障百川而东之'，改'障'字为'停'字，本言川流横溃，故障之使东，若以为停，于义甚浅。改跋前'疐后'为'踬后'，韩公本用《狼跋》诗语，非踬也。其他以'爬罗剔抉'为'把罗'，'焚膏油'为'烧'，以'取败几时'为'其败'。又《吴元济传》，其《平淮西碑》文千六百六十字，固有他本不同，然才减节，辄不稳当。'明年平夏'一句悉芟之，'平蜀西川'，减'西川'字，'非郊庙祠祀其无用乐'，减'祠'字。其两字'皇帝以命臣愈臣愈再拜稽首'，减下'臣'字，殊害理。汝其节都统讨军，以讨为诸，尤不然。讨者如《左传》讨军实之义，若云诸军，何人不能下此语。"

《瑞桂堂暇录》曰："《唐国史补》云：'元和以后，文笔学奇于韩愈，学涩于樊宗师。韩之文如水中盐味，色里胶青，未尝不用字而未尝见其用字之迹。尽去陈言，足起八代之衰。然或者又谓坐茂树濯清泉即《楚辞》饮石泉阴松柏也。飘轻裾翳长袖即《洛神》扬轻褂鬓修袖也。昌黎岂肯学人言语，亦偶然相类耳。'"（按：此亦自与原句意味各胜。）

《吴氏林下偶谈》曰："退之《获麟解》云：'角者吾知其为牛，鬣者吾知其为马，犬豕豺狼麋鹿，吾知其为犬豕豺狼麋鹿也，惟麟也不可知。'"句法盖本《史记·老子传》云："孔子谓弟子曰：'鸟吾知其能飞，兽吾知其能走，鱼吾知其能游，走者可以为罔，游者可以为纶，飞者可以为矰，至于龙，吾不知其乘风云而上天。'"（按：此《韩》及《史记》二段起讫变化亦各有胜处。）

唐庚《文录》论文章句法曰："凡为文，上句重，下句轻，则或为上句压倒。韩退之与人书云：'泥水马弱，不敢出，不果鞠躬亲问而以书。'若无'而以书'三字，则上重甚矣。此为文之法也。"

杨慎《丹铅总录》曰："庾阐《扬都赋》'涛声动地，浪势黏天'本是奇语。昌黎祖之曰"洞庭漫汗，黏天无壁。"（按：此远胜原语。）

本来一个人读破万卷，直吐胸臆，当其下笔落纸，铸新镕旧两无容心。镕旧而仍非陈言。铸新而亦非不根。黄山谷《与洪驹父书》，谓"老杜作诗，退之作文，无一字无来处，盖后人读书少，故谓韩杜自作此语耳。古之能为文章者，真能陶冶万物，虽取古人之陈言，入于翰墨，如灵丹一粒点铁成金也。"此言最为破的。洪迈《容斋随笔》亦谓："东方朔《答客难》自是文中杰出，扬雄拟之为《解嘲》，尚有驰骋自得之妙。至于崔骃《达旨》，班固《宾戏》，张衡《应闲》，皆屋下架屋，章摩句写，使人读未终篇，往往弃之。及韩退之《进学解》出，于是一洗矣。"大概凡事出于自得者，必言之有味。《吴氏林下偶谈》记："叶水心与赘窗论文至夜半，水心自言譬之人家筵客，或虽金银器照座，然皆出于假借。自家罗列仅磁缶瓦杯，然却是自家物色。"水心于力去陈言之乐，可谓言之亲切有味了。现在拿昌黎《原道》一篇来讲。《原道》开首数语，"博爱之谓仁，行而宜之之谓义，由是而之焉之谓道，足乎己无待于外之谓德"，这几语实学《中庸》开首解性道教句法。（明蒋之翘《韩昌黎集辑注》引茅瓒说。）但变化动荡，鞭辟入里。虽不敢望《中庸》之浑穆，而在后世可谓显豁轩昂，当者立碎。"其所谓道，道其所道，非吾所谓道也，其所谓德，德其所德，非吾所谓德也"，此即针对老子"道可道，非常道，上德不德，是以有德"之旨而言，而翻腾对阵，以子之矛攻子之盾；虽不敢望《老子》之简严，而笔势夭矫，真极辩才无碍之观。此所谓读破万卷，此所谓点铁成金。"其言道德仁义者不入于杨，则入于墨，不入于老，则入于佛"，此是化用孟子"天下之言不归杨则归墨"句法，而变"归"为"入"，戛戛独造（蒋之翘说）。以"入"字逗出下文"入于彼必出于此"之"出"字，草蛇灰线，潜气内转，语语有脉，字无空下，虽谓之不本《孟子》亦可。"为之工以赡其器用，为之贾以通其有无，为之医药以济其夭死，为之葬埋祭祀以长其恩爱，为之礼以次其先后，为之乐以宣其壹郁，为之政以率其怠倦，为之刑以锄其强梗"，此等处尤其是真实本领，能道出礼乐刑政制作之原意。每事以一字括之，灼见要义。赡字、通字、济字、长字、次字、宣字、率字、锄字，下得万分稳当，不可更易。（蒋之翘引何洛文说。）连用众多"为之"字而不觉重复者，由下诸字句句更换而有有力之意义的缘故。非深知六艺指归，而又通达人事，何能取镕经义，自铸伟词，以一敌万，不艰深，不尘腐，显豁明了，入耳动心，至于如此？此是真才实学，非徒斗巧于字句者可得比拟，而字句之法，亦未尝不即推此为铁铸之纪律了。

再以《画记》一篇而言。《画记》杂记画中人物，字斟句酌，因物肖形，工致惬当，千古独步。字字生成，而实字字有本。求造句选字之法，这真广大教化主了。其文曰："杂古今人物小画共一卷"，此画大抵专以摹绘杂品人物见工，错落有致。而人物之品式装饰，亦杂陈古今，不拘一格。开首总提此句，以见全神。"骑而立者五人，骑而被甲载兵立者十人，骑且负者二人，骑执器者二人，骑拥田犬者一人，骑而牵者二人，骑而驱者二人，执羁靮立者二人，骑而下倚马臂隼而立者一人，骑而驱涉者二人，徒而驱牧者二人，坐而指使者一人，甲胄手弓矢铁钺植者七人，甲胄执帜植者十人，负者七人，偃寝休者二人，甲胄坐睡者一人，方涉者一人，坐而脱足者一人，寒附火者一人，杂执器物役者八人，奉壶矢者一人，舍而具食者十有一人，挹且注者四人，牛牵者二人，驴驱者四人，一人杖而负者，妇人以孺子载而可见者六人，载而上下者三人，孺子戏者九人。凡人之事三十有二，为人大小百二十有三，而莫有同者焉。"凡画虽杂陈景物，要必有所主，然后众物有所拱向。此画以人为主，而杂畜器物皆依人之动作静止为用。故先叙人，然后叙马，叙杂兽，叙杂器也。其叙人也，自其全部动作之要，及其身手间携带之物，与携带之种种形态，皆于一句三数字中，配搭恰当，表露如生，而用字之雅切，又是深于经传训诂，而安置自然，若皆自造。此又昌黎自谓"凡为文章须略识字"之说也。如"甲胄手弓矢铁钺植者七人"一句，甲胄者此人服装之要，弓矢铁钺者此人所持品物之目，植者此人持弓矢铁钺植立于地兀然不动之神。"骑而下倚马臂隼而立者一人"一句则又写出动之情态，与夫物之随身者以何式而见异。吾人观其所写，即知此画画手之高，所状之物，栩栩如生，非昌黎亦不能摹传此画也。至于猎犬之为"田犬"，本《诗·驷铁》"狻猲骄"与《礼记·少仪》。"执羁靷"之本《礼记·檀弓》。"骑且负"诸句本《易》之"负且乘"之句法。"偃寝"之本《论语·颜渊》篇。"寒附火"之本王弼《易注》"火有其炎，寒者附之"之解。"奉壶矢"之本《礼记·投壶》。如此之类，更仆难数。而用之确切生动，即丝毫不觉为陈言，亦绝无其他只字单词更佳于此者可以更换。吾上文所云虽镕旧而仍非陈言，虽铸新而亦非不根，即此类可见梗概。蒋之翘辑注于《进学解》"上规姚姒，浑浑无涯"一段下有曰"世儒评退之文，无如退之自评。文章不本六经，虽生剥子云之篇，行剽相如之籍，辞非不美，总属无根之学，故退之必上规姚姒，而始下逮百家也"云云。蒋氏此语，真知言矣。"马大者九匹：于马之中，又有上者，下者，行者，牵者，涉者，陆者，翘者，顾者，鸣者，寝者，讹者，立者，人立者，龁者，饮者，溲者，陟者，降者，痒摩树者，嘘者，嗅者，喜相戏者，怒相踶啮者，秣者，骑者，骤者，走者，载服物者，载狐兔者；凡马之事，二十有七，为马大小八十有三，而莫有同者焉。"此段速写马之品类状态，尤活跃飞动，令人耳目旋眩而心神愈朗，化工之笔，殆不是过。"牛大小十一头，橐驼三头，驴如橐驼之数而加其一焉，隼一，犬羊狐兔麋鹿共三十，旃车三两，杂兵器弓矢旌旗刀剑矛盾弓服矢房甲胄之属，瓶盂簦笠筐筥锜釜饮食服用之器，壶矢博弈之具，二百五十有一，皆曲极其妙。"此段总述杂兽器物，又精整如此，又以"皆曲极其妙"一句为总煞，大力千钧，画龙点睛，通身灵活矣。通全篇而言，始也于人最详，用笔曲折变化，有急有缓。既而叙马，则简速飘逸，若骤雨跳珠，阵势敏锐；亦以马之见骑者已因人而见其用，其杂于侍人之中动作静止各异者，即如此点明，已足以托出其形态，其他毛鬣骨相，不能一一尽写；以免文之烦碎，没其神也。末段叙述杂兽器物又为次要，故出之精整综合之笔，凝然煞尾，苍然后劲。章段前后有重轻，而字句之繁简缓急即应之也。这篇文章美妙多方，一时也赞述难尽了。欧阳修对于韩公《画记》自愧万不能及，诚然灼有所见了。

韩文遣词之美，要非数例可尽。朱晦庵谓其"博极群书，奇辞奥旨，如取诸室中物"。盖退之之文，天资学力，两臻其极。其下字之踌躇满志，乃由于平日好学深思心知其意。即如《进学解》中所云："上规姚姒，浑浑无涯，《周诰》《殷盘》佶屈聱牙，《春秋》谨严，左氏浮夸，《易》奇而法，《诗》正而葩，下逮《庄》《骚》，太史所录，子云相如，同工异曲。"此数语实深抉经史文章之心，各以一二字点逗全书，而使通体精神豁然呈露，他人千言万语搔不着痒处者，昌黎举重若轻，毫不费力。较之扬雄《法言》所云"虞夏之书浑浑尔，商书灏灏尔，周书噩噩尔，或问左丘明，曰品藻"那一类的话，虽造语尖新，而意义实不易捉摸者，似犹不可同日而语。学者于此等处多着眼孔，就不难有得了。

方苞所评柳欧以下诸家文之字句　其次柳子厚、欧阳永叔以下，皆肩随退之而各极其才者。但他们所为文，以退之之义衡之，字句之间非必真只字不可增减。上文曾引方苞对于柳子厚、欧阳永叔以下诸家之文，皆有删削字句，以为学人之法。他这种删削的地方，见于他的《古文约选》里很多，也无从一一征引。大抵和刘知几《点烦》的意思差不多，而注意文义文气的疵病，较之知几所点勘，尤为重要。譬如他说柳宗元《封建论》篇首"天地果无初乎，吾不得而知之也"那几句话，"起势奇特，而按之无实理"。他又将《封建论》首段"势之来，其生人之初乎？不初，无以有封建，封建非圣人意也"那几句删去，旁边加了一个字的批，说他"稚"。如此之类，都是推求文义文气，而定字句之当否，用心很精。或者有讥方氏过事苛求，迹涉无谓者。然方氏本为善诱学人而设，而吾人今日讨论散文字句之格律，利此为有用之资料，正不嫌其苛求。但亦望学者读方氏所删削之文，亦以吾上文所论读知几点烦之法读之，知其于原文不必为大损，而吾人则不可不守此格律。总而言之，方氏所删削的，都是去冗去琐，去芜字累句，一切幼稚萎弱无意义不必要之字句，皆刊落无余，字字切当而尽意，通篇不懈，然后才能遒健明显，所谓字句之格律，除此亦无他可说了。

五、篇章的体裁

篇章二字的解释与其体式之镕裁　我们提笔作文，无论是表达一种意见，或叙述一种事实，说到意思满足、条理完密为止，就叫作"成篇"。反复申明，层次迭出，借以达出本篇所欲说的情事，就叫作"敷章"。有章法然后成篇幅。孔颖达《毛诗疏》卷一说"篇者遍也，言出情铺事，明而遍者也。章者明也，总义包体，所以用情者也"，即是篇章二字之确解。凡一篇文章里必定包有许多章，这许多章段，即是用以表达这一篇的大意。简单说来，即是篇必赖章而成，章以成篇为用，譬如人有四肢五官，人和四肢五官是相须而成的。所以韩愈《答尉迟生书》里说，"体不备不可以为成人，辞不足不可以为成文"，成人即是成篇幅，备体即是有章法。有章有篇，然后才算成体之文。所以说到谋篇裁章的方法，又可以总括起来，叫作体裁，或体制、体式、体段，皆此一意。凡做一篇文章，要剪裁分配，做成一副很合式的体式，这就是篇章之学了。

刘勰《文心雕龙》里有《镕裁》一篇，里面说："立本有体，意或偏长，趋时无方，辞或繁杂。……规范本体谓之镕，剪截浮词谓之裁。……骈拇枝指，由侈于性，附赘悬肬，实侈于形。……是以草创鸿笔，先标三准：履端于始，则设情以位体；举正于中，则酌事以取类；归余于终，则撮辞以举要。……夫百节成体，共资荣卫……非夫镕裁，何以行之乎？赞曰：篇章户牖，左右相瞰。辞如川流，溢则泛滥。权衡损益，斟酌浓淡"。这些都是解释剪裁篇章的方法。

篇章之体裁因类而异亦有因时而异　文章的用处，门类很多。所以他的体裁，也是因类而异。又时代迁流，各类的体裁也因时而异。萧统《文选·序》里说："古诗之体，今则全取赋名。"这种例子，就是体裁因时而异。《文心雕龙》每分别各类文章的体裁，如《论说》篇说"原夫论之为体"，《诔碑》篇说"属碑之体"，《檄移》篇说"凡檄之大体"，等等，这种就是体裁因类而异。

照这种分类辨体的眼光，上溯到文学史上的古义，也有可以探源立论的根据。《六经》中，《诗》和《书》是相对的体裁。诗以言志，要嗟叹咏歌手舞足蹈以达之，所以孔颖达《毛诗大序疏》里即说"直言者非诗"。书的体裁则以实写为主，所以孔颖达《尚书序疏》里说"书者如也，则书写其言如其意"。明末王夫之的《诗广传》里对于这种分别也说得很好。他说："意必尽而俭于辞，用之于书。辞必尽而俭于意，用之于诗。"简单地说，即是书以质辞写实意，诗以腴辞达深情罢了。再到后来，萧统《文选·序》又将文体分为"沉思翰藻"和"立意为宗"二种，这"沉思翰藻"应归在《诗》的一系，"立意为宗"应归在《书》的一系。

散文以"立意为宗"为其总体式　要之，后世文章的分类，固然是日趋细密，但大概普通的分别不外诗和文两项。后世诗和文相对而立，即等于古时诗和书的对峙。我们现在研究散文的篇章法度，当然是《书》的一系而异于《诗》的一系，即是"立意为宗"的一系，而不是"沉思翰藻"的一系。

六、议论文之体裁

现在让我们就散文中各种门类来讨论篇章之体裁。散文的门类，大概区分起来，不外论说与记事二种。虽子目甚多，而大别总是如此。兹先就论说一类的文章来研究。

散体的议论文和骈体的议论文　《汉书·严助传》说："东方朔、枚皋不根持论，上颇俳优畜之。"这样看来辞章家对于持论，不一定都能擅长。这即因为辞章家以翰藻为主，不以立意为主的缘故。像清代李兆洛推尊骈体，以为骈体文之指事述意，"能泽以比兴，故词不迫切，资以故籍，故言为典章"（《骈体文钞·序目》）。这种话实不足为凭。凡辞藻之粉泽，和故典之搬用，皆足掩盖面目，为指事述意之累。用之于诗，曲成讽喻之意，最为相宜，用之于文，则徒掩蔽体质而已。譬如梁元帝的《郑众论》里，那些"风生稽落，日隐龙堆，翰海飞沙，皋兰走雪"，那许多句法，辞藻故典之美，固十分可爱，但全然是诗的笔意，而于议论文之体裁，实相去太远了。

议论的体裁异于词赋　说起论说一类的文章，我们不难立刻就想起贾谊的《过秦论》（简称《过秦》）。不妨拿来讨论一下。《过秦论》诚然是千古论说文中的魁杰，但是我们对于他这篇论的篇章体裁，要注意一下。要知道他是三篇合成一篇，若专取第一篇，那就犯了昭明太子专取翰藻的毛病了。《过秦论》本是三篇合成一整篇，贾谊《新书》分开为三段者，因《新书》是辑合他平生所有的议论文字，分节而存，自成一部子书。譬如他的《陈政事疏》在《新书》里不是分为许多节吗？所以若单论《过秦》这个题目，这三篇文章，每篇只当得一段，合起三段，才能成一完整的篇幅。如果单割裂一篇来读，那就是条理不完密、意思不充足了。他这三篇，是综合始皇、二世、子婴三人，各各为他设谋。说始皇不明攻守之势异，二世不知正倾，子婴不能救败。他的宗旨是"过秦"，不是单过始皇。所以三篇连环相属，万不可分。（三篇次序依卢文弨校本贾谊《新书》，不依《史记·秦始皇本纪》所引。）自从昭明《文选》专取首篇，后世亦多偏重。不知昭明太子所选，是专以能文翰藻为主，而不管他的立意的。专以文辞翰藻来讲，当然首篇最好，后二篇差得远。若以意思深刻而论，那就非有后二篇，不能见其剖析之精微了。再者，单就首篇言，他的做法，本非论说文的做法（合起三篇整个的看来，才是论说的做法），因为他这首篇完全是体物描写的本领，是赋家实写的方法，而不是论家辨疑析理的方法。章学诚《文史通义·诗教》篇说"《过秦》《王命》《六代》《辨亡》诸论，抑扬往复，诗人讽谕之旨"，正是说他近于诗赋。宋陈善《扪虱新语》里也说"贾谊《过秦》是赋家之经营"，也是这个意思。至于论的体裁，总以《文心雕龙·论说》篇所云"论如析薪贵能破理"为正体，拿华腴的辞藻、缠绵的情调来表现一种抑扬讽喻的作用，那就完全是诗赋的体裁了，所以陆机以下，作论模仿《过秦》亦步亦趋，不但后世散文家向来不取，即便《文心雕龙》也有嫌他"效《过秦》而不及"的话。今人章炳麟《国故论衡·论式》篇说"晚周之论，内发膏肓，外见文采，其语不可增损。汉世之论，自贾谊已繁穰，其次渐与辞赋同流；千言之论，略其意不过百名"，所见极有道理。不过《过秦论》终是论说文中一面最大的旗帜，至于模仿《过秦》的陆机以下，就大差了。清朝方苞《古文约选》选录《过秦论》三篇，后面加有一段批评，说"古文之法，一篇自为首尾；此论则联三篇而更相表里，脉络灌输。辑《史记》者误倒其序，首尾衡决而不可通；昭明《文选》又独取首篇，皆不讲于文律"。这个话说得很清楚。后来李兆洛的《骈体文钞》一定要改从《史记》所引，拿末篇做首篇，实在不合。至于曹元首《六代论》诸篇，所以不及《过秦》的缘故，李兆洛却也评得很对。他说"《六代论》一气奔放，尚是西汉之遗，往复过多，言之灌灌"，又说"陆士衡《五等论》运思极密，细意极多，以此累气"。他这种看法，本也与散文家的看法大致没有差别。凡是风骨质健、条理完密而辞无枝叶的文章，正是散文家所最归心的。

七、儒家的论（上）

议论文的体裁因家数而异 但论说之文，本皆原于周秦诸子，各人拿自己的学说思想著出书来，以告诉后世的人；所以论说之文，终以中心义理主张之高下，来分别它的价值。儒家、纵横家、名家等家数，主张不同，而文理亦各有高下。后世议论家，各就才性所近，发为文章，也终有家数可言，或近于儒家，或近于名家，或近于纵横家，都可以看得出来的。

儒家议而不辩的家法　先说儒家。儒家本来不尚辩论，处处都讲事实。《庄子·齐物论》里说："六合之外，圣人存而不论；六合之内，圣人论而不议；《春秋》经世，先王之志，圣人议而不辩。"《庄子》一书，多通于儒家，庄子之学，原亦本于田子方，所以《齐物论》这几句话，可以说是解释儒家重实在不重玄虚的精神。《汉书·艺文志》也说"儒家者流，如有所誉，其有所试"，也是不尚空谈的话。凡是拿议论来驰骋意气，拿空理来争是非，都是儒家所不爱做的。所以孟子说"予岂好辩哉？予不得已也"，正是力避好辩之名的缘故。庄子所说"《春秋》经世，先王之志，圣人议而不辩"，照郭向的注释说，是"顺其陈迹，拟乎至当之极，不执其所是以非众人"，实在就是专在事实上陈列妥当，而不以空理争是非。所以《周官·考工记》说"坐而论道谓之王公"，郑康成注说"论道谓谋虑治国之政令"，都是在事实上考求的意思。结果，儒家既然专在事实上考求，遇有不得不施议论的时候，也不过把自己的意思用诚恳的态度、朴实的文辞，正面讲出来为止，不肯多逞辞锋，以炫耀于听者之前，譬如《论语》之近于格言，《孟子》之近于直觉，都是本于这种心理。当然，这种格言直觉的方式，用来持论，在尚文的时候的确是不利于攻守的，但是我们从他们家法本意上看，应当知道他们所以不肯多逞辞辩的缘故，乃是有所本的。

《论语》《孟子》的论理相同相异之点　大抵格言直觉式的议论，在欢喜他的人看来，凡事能从根本上立说，上文所谓诚恳朴实，就是这个意思。对于一切问题，都推到根底上去，对于问题之现阶段，不肯敷衍将就。譬如《论语·季氏将伐颛臾》一章，可算《论语》中最长的议论文，这一章里说："冉有曰：'今夫颛臾，固而近于费，今不取，后世必为子孙忧。'"孔子听了这个话，就立刻发出他的一片道理，所谓"有国有家者，不患寡而患不均，不患贫而患不安，远人不服，则修文德以来之，既来之，则安之"，这一整段，都是他最诚恳朴实的意见。最末，拿"今由与求也，相夫子，远人不服而不能来也，邦分崩离析，而不能守也，而谋动干戈于邦内，吾恐季孙之忧，不在颛臾，而在萧墙之内也"做他的结论。孔子所说，都是推到季孙根本的错误，以为季孙之忧，恐怕等不到颛臾为子孙忧的时候，已经有萧墙内部的危险了；而对于颛臾固而近于费这个现阶段的问题，不加丝毫解决的方法，所谓从根本上立义，不肯敷衍将就，即是如此。这种格言式的态度，在不欢喜他的人看来，自然就说他迂远不切事实了，所谓不切事实者，就是孔子意中对于这问题的办法，和季孙心中所忧虑的问题现状，太不接头了。话不投机，自然人家觉得枯燥不入耳。所以对于这种格言式的议论，或欢喜，或不欢喜，完全由于听的人投机不投机。

但无论如何，近于格言，或近于直觉，内容的条理总要分明，不可汗漫疏漏。譬如《孟子》一书上承《论语》之一脉而气体更加奔放，但其文中经脉条理，也丝毫没有紊乱疏漏或模糊晦暗的地方。所以赵岐的《孟子题辞》里，说他"直而不倨，曲而不屈"，这就是说他的用意和文理之中，本末四围，皆能周到。《孟子》是儒家论说文的大宗，内容浩穰，我们无须多论；但他的好辩的态度和《论语》不甚相同之点，我们也不可不认清楚。赵岐《孟子题辞》里曾说："《论语》一书为六艺之喉衿，《孟子》则而象之。卫灵公问陈于孔子，孔子答以俎豆。梁惠王问利国，孟子对以仁义。宋桓魋欲害孔子，孔子称天生德于予。鲁臧仓毁隔孟子，孟子曰，臧氏之子，焉能使予不遇哉？旨意合同，若此者众。"我们得赵岐所举此例，正好用来做一个比较。卫灵公问陈之事，《论语》的原文是："卫灵公问陈于孔子，孔子对曰：'俎豆之事则尝闻之矣，军旅之事，未之学也。'"孔子意中，虽是不赞成灵公之用武，但他立言的态度很诚朴，不执己以非人。但就自己所学与未学两层来说，不显斥他人，颇有含蓄，所以不为好辩；而在论理方面，抱定自己的立场，不为泛论，也条理严密，毫无语病。《论语》之文，全是如此。孟子答梁惠王问利国，则直排人言，坚伸己见，而下文推论利与仁义之趋势，又十分雄阔。他的全书也多是这种态度。所以《论语》和《孟子》旨意虽同，而在立言的态度和持论的条理方面，总是有些不同。简单地说，一个全不好辩，一个就近于雄辩了。这种当然也是时代的关系。但儒家的根本主张，总是重事实的表现，和平心静气的敷陈，而不主张与人争口舌之是非，这一点总是要注意的。宋朝张横渠《东铭》《西铭》二篇初做成的时候，原来自己所拟的题目是"砭愚"和"订顽"，后来程伊川看见了，说他这样恐怕生出是非争端，他于是就改为《东铭》《西铭》，这件事尤可以为儒家不好辩观念之表现。

八、儒家的论（中）

儒家虽议而不辩，但亦戒笼统。荀卿、董仲舒、扬雄、刘向的较论
至于孔孟以后，其他的儒家，像荀子和汉朝大小戴所辑——多半是荀子一派的论文，凡有持论，多半皆是援古证今，正言明志。其内容皆援据有实，而体裁甚直，不加曲论。不过往往头绪繁杂，缀记增附者甚多，不可以成篇散文论。譬如《礼运》那一篇，所记皆是极大的议论，但亦嫌零碎，所以孔颖达的《正义》也说，这篇"烦杂，不可以一理目篇"。若《大学》《中庸》两篇，条理最为整密，是儒家的长篇大论，宋儒把他抽出来，和《论》《孟》相并，是家喻户晓的了。

汉朝儒者扬雄著《法言》，学《论语》，但《论语》没有说不清楚的话，而《法言》则嫌晦。王世贞《艺苑卮言》里说得好，他说："孔子曰'辞达而已矣'；又曰'修辞立其诚'。盖辞无所不修，而意则主于达。今《易·系》《礼经》《鲁论》《春秋》之篇存者，抑何尝不工也？扬雄避其达，而故晦之作《法言》。"这种避达而故为晦的缘故，大概是由于中心义理上的缺陷，他心中本没有一段很切实不可少的见解，所以就不能做出切实明爽的文章。宋朝苏洵，曾做了一篇《太玄论》，批评扬雄，颇中其病。他说："疑而问，问而辨，问辨之道也。扬雄之《法言》，辨乎其不足问也，问乎其不足疑也。"这个话甚切当，本来扬雄是专求文章成名后世，《汉书·扬雄传》说他以为"经莫大于《易》，故作《太玄》，传莫大于《论语》，故作《法言》"，他专求文名，而立意未必甚坚，所以就难免有浮词晦语了，我们读《法言》，每觉得他说话多笼统，难明其真意所在。譬如他说"诗人之赋丽以则，辞人之赋丽以淫"，这两句话，虽是我国文学史中的名言，但实在没有说清楚。所谓"则"究竟是什么，殊令人费解。《论语》之文，就不是这样，《论语》说"诗三百，一言以蔽之，曰思无邪"，这"思无邪"一语较之扬雄，就彻底得多。"思无邪"即是"法则"，但空言"法则"而不说出所以然，在义理上为笼统，在文义上为欠完密。要之扬雄《法言》，在儒家中终是巨擘，但他文义晦涩，差不多是千载定评，不可为讳。只有宋朝司马光极力为他辩护，甚至于说"周公以来，未有若汉公之懿也，勤劳则过于阿衡"那两句话也为之曲解。司马光《迁书》上说扬雄说这个话的意思是以为"莽自况伊周则与之，况黄虞则不与也"，其实扬雄的意思，未必是这样曲折。我们就文字说，他这两句话，都是犯了文理不完全的毛病。何以周公以来未有若汉公之懿，他并没有解释，底下忽然掉到伊尹，又是以不了了之。像《论语》里说"禹，吾无间然矣"，下文的解释是"菲饮食而致孝乎鬼神，卑宫室而尽力乎沟洫"，何等分明呢？《二程语录》载程伊川说"扬子无自得者也，故其言蔓衍而不断，优柔而不决"，所谓蔓衍优柔，不断不决，正是说他笼统而无断制，所以学儒家之论说，虽可以正言不曲，而决不可以笼统。

《汉书·刘向传赞》说："自孔子后，缀文之士众矣，惟孟轲、孙况、董仲舒、司马迁、刘向、扬雄。此数公者，皆博物洽闻，通达古今，其言有补于世。"这几个人当中，孟轲、孙况、扬雄上边已略论过了。此外，司马迁应归在叙事文一类去讨论。至于董仲舒、刘向等，自然皆是儒家的大宗，凡所论著，也自然皆是精深宏博，但微嫌健拔处稍逊古人。诵数固然很富，而不能指画分明，简而有要。董仲舒的对策，已经招汉武帝"条贯靡竟，统纪不终，辞不别白，指不分明"之评。他这三篇对策，固是儒家议论之结晶品，以文章论，只能说以浑穆见长，而不能明健动人。刘向的作品，温文尔雅，独步一时，而亦有近于平衍散漫之处。其蕴藉抑扬处，又近于诗人的意境。王世贞《艺苑卮言》里说："西京之流而东也……由学者靡而短于思，由才者俳而浅于法。刘中垒宏而肆，其根杂。杨中散法而奥，其根晦。"刘向之近于杂，宋朝曾巩也略说过。曾巩《新序目录序》说："向不免为众说之所蔽，而不知有所折衷。"简单说来，学力甚富，而断制折中之处少，故多近于平衍了。章炳麟《国故论衡·论式》篇说："雅而不核，近于诵数，汉人之短也。"所谓诵数者，即是引经据典，书卷极多；雅而不核，即是断制不甚警策了。至于此后儒家之论，如《文心雕龙·论说》篇所举的石渠论艺、白虎讲论，皆是疏解经义的书，可不必与单篇创作之散文并论了。

九、儒家的论（下）

儒家之论力顾本位，韩愈以下渐避本位 儒家之论，本以多说正面话为主，所以最要紧是顾住本位。清代刘熙载《艺概》里说："文有本位，孟子于本位毅然不避，至昌黎则渐避本位矣，永叔则避之更甚矣。凡避本位易窮眇，亦易选懦。至永叔以后，方以避本位为独得之传，盖亦颇矣。"这个话是很对的。所谓本位者，就是对于自己的正面的主张，务必说得彻底，不是专就旁面侧面来生波澜。譬如《孟子》答梁惠王问何以利吾国一章，"何必曰利"，是他的本位，所以下文发挥言利之害十分透彻，而对于"亦有仁义而已矣"一层的解释，也还是抱住"何必曰利"的本位而言，毫不放松。大旨是说仁义正是可以利国的东西，言利反不能利国而有害于国。何等透彻？至于韩愈的《原道》，自然是儒者家数中之伟作，但略嫌本位不详了。他这篇《原道》，是辟佛老之道，而伸儒家之道。然开口即言"道与德为虚位"，实有自离本位之嫌。因题目既是《原道》，必定要指出一个唯一的道，而显出其他的道皆不是道，才可以服人。乃他断定道为虚位，而下文空说"其所谓道，道其所道，非吾所谓道"，又说"凡吾所谓道德云者，合仁与义言之，老子所谓道德云者，去仁与义言之"，而不知道既虚位，则不妨各执一物以实此虚位。他们道其所道，虽不为儒所许，而各行其是，似可无碍。所以宋儒程伊川说"韩愈道德为虚位之说非是"（《伊川语录》）。又他伸述儒家之道，多在生活事态与政教上说，所以前人又说"退之原道，大抵原教"（明蒋之翘《韩昌黎集辑注》《原道篇》下引）。因为儒家谈道的书，总应该上推《中庸》，而《中庸》开首便说"天命之谓性，率性之谓道，修道之谓教"，韩愈所说，专是礼乐刑政修道之教的一方面，对于率性之道，未有发挥，而道为虚位各道其所道之意，与《中庸》"可离非道"之语，又不相同了。宋朝杨时《龟山集》中论《原道》，有据《中庸》驳他的话，大意也是如此。要之，《原道》文中闪避正面，而泛阔挥斥之笔颇多。宋梅圣俞拿《原道》里的话反赠韩愈本身，他说"愈者择焉而不精，语焉而不详，而健于言"（蒋之翘引），也未尝不是搔着痒处的批评。

欧阳修等以风神波澜占本位　但这些话，是就理论上追求深处，至于韩文之规模裁体，自然是全法《六经》与《孟子》。后世所谓唐宋八家中，本只有韩欧一二人可以说是专门儒家。宋代吕祖谦的《古文关键》，是最先提出这八大家之名的总集。吕氏对于这几家所下的总批评，是"韩文简古，一本于《经》，亦学《孟子》。学韩简古，不可不学他法度。徒简古而乏法度，则朴而不文。欧文平淡，祖述韩子。学欧平淡，不可不学他渊源。徒平淡而无渊源，则委靡不振。王文纯洁。学王不成，遂无气焰"。此外如柳子厚之文，他以为"雄辩处可戒"。苏氏父子之文，他以为"不纯处可戒"。都不一定全认为儒家了。他所说韩文简古而又有法度，即我上章所说儒家之论虽正正堂堂而绝不可以笼统，他所说学欧文平淡而不可不学他渊源，即是刘熙载所讥的自欧以后多以避本位为独得之传。因为欧文多以风神摇曳、妙远不测见长，后人不善学之，虚处多，实处少，就成了平淡而无渊源。多就旁面起波澜，而本位正面之言，不能透彻入骨了。清代方苞《书归震川集后》说"震川可谓言有序，而言有物者盖寡"，也是根据平淡不可无渊源的原则去批评他。

儒家之论亦不可无气焰　至于吕祖谦所说气焰一层，也不可不注意。文章明健透彻，就是有气焰。风骨、气势都是气焰之说，那些见地不真、不敢放手立论的人，往往囫囵含糊过去，不免近于气息奄奄了。从前宋朝陈亮最反对道学。他的《上孝宗皇帝书》里说："今世之儒士，以为得正心诚意之学者，皆风痹不知痛痒之人。"陈亮好为大言，近于纵横家，这个话本不可信。清代方苞曾告李刚主曰："子毋视程朱为气息奄奄人。观朱子《上孝宗书》，虽晚明杨左之直节，无以过也。其备荒浙东安抚荆湖，西汉赵张之吏治，无以过也。"（方苞《李刚主墓志铭》）这个话，正可以答复陈亮了。但是我们亦有不可不注意者，譬如自宋元以后，历代以经义取士。学者造次不离于经训。似乎这些制科经义之文，应该为近代儒家论说文之极品了，但事实完全相反。这是什么缘故呢？就是因为这些经义多是没有真切意义和个性的风骨，陈陈相因，奄奄一息，虽有一二大家可以自立，但究竟是极少数。清代梅曾亮《读庄子书后》里说："言之纯，义之精，未有如今所谓经义者矣，而岂得为立言乎？"陈亮所说的风痹不知痛痒，正不妨赠这些经义家。所以无论如何，真切的意义和透彻的言辞，是作文的唯一条件。

十、纵横家的论

揣摩与肤言　至于纵横家之论，多半是齿牙甚利，而无甚真理。《汉书·艺文志》纵横家者流篇目下说"邪人为之，上诈谖而弃其信"，正是定评。纵横家以揣摩迎合为立论的宗旨。《史记·苏秦传》说："秦得周书《阴符》，伏而读之，期年，以出揣摩，曰：'此可以说当世之君矣。'""揣摩"两字，照司马贞《索隐》的解释，是"揣情摩意"，即是"揣人主之情，摩而近之"，这样说来，他们的立论完全没有诚意，不过随事迎合而已。飞短流长，都是揣合听者的心理，利用人家的弱点，骋一时口舌之便利，所以又叫作短长术。（见《汉书·张汤传》《汉书·主父偃传》）《鬼谷子》书里面所说"智者不用其所短，而用愚人之所长"，正是这种愚弄听者的诈术。我们看苏秦当战国的时候，想利用合纵的局面，游说六国之君，所说的话，各各不同。凡是可以欣动各国之君，壮其胆气以成其合纵之计的话，无不说得铺张扬厉，颇为可听。但若详细地追究起来，也都是用躲闪之法，肤壳大言，懈处甚多，不堪一击。幸而当时六国之君，都是尸居余气，没有一个是有切实经济的人，所以能听苏、张一班人大愚弄而特愚弄。至于秦国的人，行事较为切实，所以就能利用张仪而不是张仪所能利用的了。而秦惠王之时，张仪与司马错辩论伐蜀之事，且不免为司马错所挫折。《战国策》上说："张仪劝秦伐韩勿伐蜀，以为下兵三川，塞斜谷之口，当屯留之道，临二周之郊，诛周王之罪，侵楚魏之地，据九鼎，按图籍，挟天子以令天下，此王业也。今夫蜀西僻之国，而戎狄之伦也，敝兵劳众不足以成名为利。"像这种口气阔大的话，是他们游说诸侯处处不离的法宝，但实是一片虚词滥说，理论极粗浮。细心的人一看便见破绽，所以司马错就提出反对。司马错比较能从根本立义，以为"欲富国者务广其地，欲强兵者务富其民，欲王者务博其德。今王地小民贫，故臣愿先从事于易。今蜀西僻之国，戎狄之长，有桀纣之乱。以秦攻之，譬如使豺狼逐群羊，得其利足以广国，取其财足以富民缮兵，不伤众而彼已服，拔一国而天下不以为暴，利尽四海而天下不以为贪，而又有禁暴止乱之名。今攻韩劫天子，恶名也，而未必利也。周，天下之宗室也。齐、韩之与国也。周自知失九鼎，韩自知亡三川，二国并力，因齐赵而求解乎楚魏，王弗能止也，此臣之所谓危也。不如伐蜀之完也"。结果，秦惠王听他的话，不伐韩而伐蜀，得蜀之后，秦益富强。我们看司马错也未尝不是为秦求王业，但他先为根本富强计，不欲冒昧从事，本此立论，自然坚实得多。张仪一片疏阔欺诈之言，不得不退避三舍了。明朝林西仲说，"张仪为王业起见，语虽大而实疏；司马错只拿定富强二字做去，而王业不争自成，何等万全。优劣判如指掌。战国中求实落经济，无出司马错之右者"，评得甚切。所以说纵横诈谖之言，经不得切实的追究。刘向的《战国策序》，颇原谅这些纵横家的苦心，以为"当时君德浅薄，为人谋策者不得不度所能行，为一切之权"，刘向这话，是立言忠厚，其实苏、张这些人并没有真为人谋之心，一切都是利用愚人之所长而不用其所短罢了。宋曾巩《战国策目录序》里就很不以刘向此言为然，以为"以前历代帝王之治，其变固殊，其法固异，而为国家天下之意，本末先后未尝不同也。……战国游士则……乐于说之易合，其设心注意偷为一切之计而已，故论诈之便而讳其败，言战之善而蔽其患，其相率而为之者，莫不有利焉而不胜其害也，有得焉而不胜其失也"。曾巩这段话，说明战国纵横之士不但非真心救世，而且是偷心自便，不管六国之利害；对六国之君的本身也并非忠实。我们就文章言，正因为纵横家不忠实，所以他们的文章就不免浮夸泛滥而少惬心之美。后世凡有徒骋浮词，虚张声势，专摆空架子，而按之无甚精意之文，虽号称儒家，而实近纵横。吕祖谦所说苏氏父子之不纯，正是关涉此点。

十一、名家的论

词是理违与两可之说 此外名家之论，也是论说文中一大支派。章炳麟《国故论衡·论式》篇里，颇主张这一派的论。他说："凡立论欲其本名家，不欲其本纵横。"他以为名家"精微简练"，不本名家者，多好为"广居自恣之言"。他极力推崇魏晋人的论，以为下轶唐宋，上越两汉，由于魏晋人之持论核实精微，近于名家的缘故。章氏这些话，我以为一半是对的，一半是不对的。立论必求其核实，切忌杂有纵横家广居自恣的习气，这个意思诚然不错，但若一定认为名家之论高于一切，那就恐怕不能使人心服。因为名家的最大流弊，是"话虽说得是，而理不是"，言辞虽若无破绽，而理论实不可通。这是自来对于名家的定评。《庄子·天下》篇所说，"惠施能服人之口，不能服人之心"，又《史记·自序》载司马谈所说的"名家苛察缴绕，使人不得反其意，专决于名，而失人情，故曰，使人检而善失真"，又《孔丛子》所说，"平原君谓公孙龙辞胜于理，孔子高理胜于辞，辞胜于理，终必受屈"，又《汉书·艺文志》所说，"名家者流，讦者为之，则苟钩𫓧析乱而已"，都是这个意思。

例如，《孔丛子·公孙龙》篇说："公孙龙言臧三耳甚辩析，子高不应。明日平原君曰：'畴昔公孙龙之言信辩也。'答曰：'仆愿得又问于君。今为臧三耳甚难而实非也，谓臧两耳甚易而实是也。不知君将从易而是者乎？'亦从难而实非者乎？平原君不能应。谓公孙龙曰：'子勿与孔子高辩，君辞胜于理，终必受屈。'"说人有两只耳朵本是很易知、很顺耳的话，公孙龙一定要诡更名实，故作难晓之言，这又何必？他这三耳之说，和他所说的鸡三足牛羊各五足，（见《公孙龙子·通变》篇）是一样的话。他的《通变》篇里说:"谓牛羊足一,数足四,四而一,故五。谓鸡足一,数足二,二而一,故三。"(宋谢希深注曰:"人之言曰:'鸡有足,牛羊有足,则似各一足而已,然而历数其足,则牛羊各四,而鸡二,并前所谓一足,则牛羊各五足,鸡三足。'")凡此种种,都是虚词巧辩,故为深涩。如果要驳他,并非难事。即拿普通平易近人之言,都可以打倒他的。譬如他的白马非马论,不是经孔子高驳倒吗?(见《孔丛子·公孙龙》篇)公孙龙以为"白马非马,因为言色则形不当与,言形则色不当与,求马则黄黑马可致,求白马则黄黑马不可致。今黄黑马可以应有马,而不可以应白马,则白马非马明矣"。这些话见《公孙龙子》书中,言辞甚繁。大意都是循名责实,极其深僻的意思。但是孔子高说:"《春秋》记六鹢退飞,睹之则六,察之则鹢。鹢犹马也,六犹白也。睹之则见其白,察之则见其马。色以名别,内由外显。谓之白马,名实当矣。若以丝布加以虹为缁素青黄,色名虽殊,其质一也。是以《诗》云素丝,不云丝素。《礼》有缁布,不云布缁。"这个意思,岂不是人人易晓吗?假如照公孙龙的话,循名责实,反而混乱名实,对于世间事,反有极大的流弊,而且也万难使人了解。桓谭《新论》里说,"公孙龙常争白马非马,人不能屈。后乘白马,无符传,欲出关,关吏不听,此虚言难以夺实也",可见得这种虚论难见诸事实了。又名家的邓析子好为两可之辞。两可之辞,也即是所执全无定理,但求言词上各方面都无破绽,足以御人。《列子·力命》篇说:"邓析操两可之说,设无穷之辞,数难子产,子产诛之。"我们看《列子·杨朱》篇说:"子产治郑国治,而兄公孙朝弟公孙穆舍百事而溺于酒色,子产以为戚,造邓析谋之。邓析曰:'吾怪之久矣,未敢先言。子奚不喻以性命之重礼义之尊乎?'子产用邓析言告兄弟。朝、穆曰:'吾择之久矣,奚待若言而识哉?凡生之难遇而死之易及,以难遇之生,俟易及之死,可孰念哉?而欲尊礼义矫性情以夸人,吾以为不如死。以若之治外,其法可暂行于一国而未合于人心。以我之治内,可推于天下。'子产无以应。他日以告邓析。邓析曰:'子与真人居而不知也,孰谓子智乎?郑国之治偶尔,非子之功也。'"假若《列子》的话是可信的,那么,邓析这样两可之辞,难怪实心任事的子产不能容他了。(杀邓析《左传》定公八年所记,是驷颛的事,不是子产,不过我们但就《列子》所举的理论来讲,不必论邓析实为何人所杀。)后世凡有但顾词锋锐利,不管于心安不安,都犯了名家的毛病咧。

十二、魏晋本名家的论

清谈名理的论说 至于魏晋六朝的论,虽可以说是本于名家,但和古名家实不相同。我们一讲到魏晋六朝的时候,自然会想起那个时候思想来源之复杂。《文心雕龙·论说》篇,已经把那时候的言论思想分析得很清楚。他说:"魏之初霸,术兼名法。傅嘏、王粲,校练名理。迄至正始,务欲守文。何晏之徒,始盛玄论。于是聃、周当路,与尼父争涂矣。……次及宋岱、郭象,锐思于几神之区,夷甫、裴颜,交辨于有无之域,动极神源,其般若之绝境乎。"这些论说,因为思想来源之复杂,自然都离了儒家的论体。好尚清谈,推崇口辩,以清辞名理相夸耀,根据这些心理所成的论文,当然是辞致极美了;但于理亦未必惬心。关于当时这些论说上的故事,《世说新语·文学》篇,载得很多。那时候一班名士,多欢喜著论以资谈助。宾筵客座,以俊语见排调,而实无真是非。那时候一些有名的论文,即是傅嘏、钟会的《四本论》,何晏的《道德二论》,裴颜的《崇有论》,嵇康的《声无哀乐论》《养生论》,欧阳坚石的《言尽意论》,以及王弼、郭向、阮籍等之所著,都是才藻新奇,花烂映发。当时脍炙人口,极文字欣赏之乐。但是《文心雕龙》评得好,他这《论说》篇,对于魏晋以来这些论说,以为"固是独步一时,流声后代,然滞有者全系于形用,贵无者专守于寂寥,徒锐偏解,莫诣正理。……是以论如析薪,贵能破理,斥利者越理而横断,辞辨者反义而取通,览文虽巧,而检迹如妄。惟君子能通天下之志,安可以曲论哉"。所谓"徒锐偏解,莫诣正理,览文虽巧,而检迹如妄",即是我上文所说"辞是而理不是"的意思。本来在那个时候,清谈的风气之下,大家说话,无不讲究极端的漂亮,以口舌御人。至于真理是非,实无人过问。《世说新语·言语》篇载:"支道林、许椽诸人,共在王斋头。支为法师,许为都讲。支通一义,四座莫不厌心。许送一难,众人莫不忭舞。但共嗟咏二家之美,不辨理之所在。"又记,王羲之劝告谢安,说"今四郊多垒,宜人人自效,而虚谈废务,浮文妨要,恐非当今所宜",谢安回答说:"秦任商鞅,二世而亡,岂清言致患耶?"我们看谢太傅这句反驳的话,在言辞上,如何能说他不漂亮呢?但在理论上,岂能令人心服?又譬如嵇康的那些论,固是自居有极精的理论,但实在他本身对于这些理,也未必能体认真切。既说声无哀乐,声是无常,又何必于临终的时候,叹广陵散之成绝调呢?又譬如王导平日最爱谈嵇康这些论，但也无非资为谈助，并非有资于事理。《世说·文学》篇，说"王丞相过江左，止道声无哀乐、养生、言尽意三理而已。然宛转关生，无所不入"。当时一班的人，清谈雅辩，都仿佛各人必备有一种枕中鸿宝，所以王丞相就熟玩这三篇论，以为宾座雅谈之资助。这个时候，对于论说文的观念，已经大变自古以来的风气。像孙权终身服读《过秦论》，（《三国志·阚泽传》）这种意思，都已经没有了。从前汉武帝以辞赋家为俳优，六朝的论说家，也似乎被人看作俳优了。论说变为俳优，未免大离论说的本体，可谓我国文学史中一个大变化了。所以六朝的论说，按照我国周秦诸子的流别来讲，固然不合于儒家，也不合于其他诸子的家数。因为周秦诸子，虽家数不同，而其言论多少皆是有关于实事实理的。（即司马谈《论六家要指》所云"皆务为治者也"。）而六朝的一班论说，则但是戏论。章炳麟谓那时候的论说本之名家，严格讲来，似乎可以说他拟于不伦。我们看公孙龙子在战国的时候，本是鉴于当时名实淆伪，赏罚混乱，想以严格正名之论来救世之弊啊。

李兆洛《骈体文钞》里对于嵇康《养生论》那一类文章，有两句批评："此等文自《论衡》出，时有牙慧可取。"这个批评很对。我们看魏晋这些论，都是未尝无牙慧可取，但未必实当人心。

十三、叙事文的体裁（上）

叙事文三要件：信、有序、动人观感　作叙事的文章，有三种必要的条件。第一要"信"，第二要"有序"，第三要"动人观感"。若上推之古义，"信"即是"疏通知远而不诬"（《礼记·经解》所言书教）。"有序"即是"属词比事而不乱"（《经解》所言春秋教）。我国记事文之最高最美者，莫如《尚书》和《春秋》。所以关于作叙事的文章，有这两部书已经为我们开出无限的法门。至于叙事文的根本目的，是不待言要使人看了有所动心。无论所记的事是表彰好的一方面，或是实写坏的一方面，都必定要使读者对于所记之事有深刻的印象。像孔子所说"《帝典》可以观义，《大禹谟》《禹贡》可以观事，《皋陶谟》《益稷》可以观政，《洪范》可以观度，《秦誓》可以观志，《五诰》可以观仁，《吕刑》可以观诫"（《尚书大传》），就是《尚书》所给人的观感。孟子所说"《春秋》成而乱臣贼子惧"（《孟子·滕文公》篇），虽是古话，亦即是《春秋》所给人的观感。所以要求这第三种条件，也应以这两部书为极则。叙事文以能否动人观感为其价值之标准。所动的观感愈大，他的价值亦愈高。亦如议论的文章，无论说得如何好听，而终以立意之高下为其价值之标准，情形是一样。但这三种条件不可分离，是相需而成的，能信而有序，即不难动人观感。凡能动人观感的必是信而有序。

传信传疑之实录与繁简之剪裁　先讲第一种条件：信。凡执笔记事，其材料的来源，约有三种：或得之远年之传闻，或得之负责者之见告，或得之亲身之闻见。远年之传闻，即明据故书雅记以见信，故书雅记所未言，不可妄事臆测。亲身之闻见，即明据耳目所及以见信。耳目所未及，不可妄事臆测。《春秋》书法，有所谓"疑以传疑，信以传信，著以传著"（《榖梁传》桓公五年，庄公七年），就是对于这三种材料来源之处置方法。司马迁的《史记》是《尚书》《春秋》以后最好的叙事文。当时刘向、扬雄已一致推服，说他这书可当得实录二字。（《汉书·司马迁传赞》）"实录"即是"信"，即是能够"信以传信、著以传著、疑以传疑"。所以晋范宁亦拿"实录"二字，来注释《榖梁传》上这几句语。《史记》每篇论赞中，自己声明取材之来源，传疑传信之苦心，几乎篇篇都有，不可胜引。总其大概言之，于远年传闻之争，据《六经》及孔门之传述；于近代之事，本之父执师友之见告；于当时之事，本之亲身之闻见，而又以游历四方耳目参证之所得，经纬于其中。所以这部书，不愧为最佳之实录。至于其中所有疏阔的地方，亦正是他谨严传信，不肯妄加增损的地方。《史记》立后世叙事文之极则。后世凡有能本着他的方法去做叙事文的，无论形式外表上如何不同，都可以成为佳作。自来论者多以为《史记》之后，《汉书》以详赡见长，《三国志》以高简见长。这种话实是皮相之谈。难道司马迁不能为班固之详赡吗？难道班固不能为陈寿之高简吗？其实他三人不过各行其是罢了。《史记》所包括的时代远而长，《汉书》所包括的时代近而短，近而短，所以就能以详赡见长了。至于三国的时候，情形又甚不同。三国纷争的局面，事实之传说，人物之是非，皆极混乱。正式确实的史料，很不容易获得。像当时蜀国，就根本没有史职。（《三国志·蜀志·后主传》云："蜀无史职故灾详靡闻。"）对于这种史实材料纷乱抵牾之时代，记述者为求慎重起见，自应以简严为主，不然像裴松之注子里面所引杂书小说那样丰富，难道陈寿会没有看见吗？陈寿正因为看见那些杂书小说踳驳浅陋，不足为凭，所以绝不取它。若是照这样说来，司马迁若换作班固，也必定能为《汉书》之详赡；班固若换作陈寿，也必定能为《三国志》之高简咧。

但以上所讲对于信字的这一种条件不过仅仅说到一部分，很容易了解的一部分。根据材料之有无多少来传信传疑，岂不似乎很容易吗？如果专照这样讲来，司马迁又何必定为千古的文雄？后世史家又何必不如马、班、陈、范呢？所以信字条件之另一方面，不可不讲。本来叙事文虽说是以信字为第一步条件，这个信字实不容易做到。虽是以材料事实之有无多少为标准，而非专以此为简单的标准。顾亭林说得好，他的《日知录》卷十九说："辞主乎达，不论其繁与简也，繁简之论兴而文亡矣。《史记》之繁处，必胜于《汉书》之简处。"这个话说得真好，就是说《史记》虽简，《汉书》虽繁，但《史记》有繁的地方，必非《汉书》所能及。《史记》非不能繁，而且他的能繁之才尚过于《汉书》。他的能简之才，更是《汉书》所难望及，所以这样看来，繁简之外尚大有事在。

传真与从是 所谓繁简以外的事就是要能够"传真"。所叙述的言行事迹，一定要力求符合原来的情况。王世贞《艺苑卮言》曾说，《史记·帝王本纪》中，不应该改《尚书》诸经之语句。（他说："孔子曰'辞达而已矣'，又曰'修辞立其诚'。盖辞无所不修，而意则主于达，今诸经之篇存者，抑何尝不工也。太史避其晦，故译而达之，非圣人意也。"）这个批评颇有理。因为《史记》虽以训诂字易本字，求其易于了解，但颇失原来浑穆的神气和简严的节奏。易于成为散漫平衍，没有精神。例如《尧典》开首几句，"九族既睦，平章百姓，百姓昭明，协和万邦"，这几句，照古韵家说，都是叶韵的。我们看他声调何等铿锵？《史记》改为"九族既睦，便章百姓，百姓昭明，合和万国"，就失了节奏了。但这种还不过是文字上两可之事。如放齐曰："胤子朱启明。"帝曰："吁，嚚讼可乎？"雒兜曰："共工方鸠僝功。"帝曰："吁，静言庸违，象恭滔天。"《史记》把尧所答的两句话，改为"吁，顽凶，不用。共工善言，其用僻，似恭漫天，不可"，就觉得散漫无精神，不及原来语气之深严了。又譬如"肆觐东后"，他改为"遂见东方君长"，此亦失真。经典上"君长"两字连言者甚少。古时泛称人君皆曰后，《尚书》所见多是。稍后见于《春秋》《左传》里泛称人君多曰君。这都是一时的习惯语，未见有连称"君长"者。应该一切从原文。况且"君长"二字重复，亦失于太随便。"觐"字是体制上的专名，"见"字亦近于随便了，这都是失真。不过《史记》这种古帝王纪，本是重在整理古书上的传说，加以解释疏通，本不必如此吹求。然而我们专论文义，正不妨如此观察。至于战国秦汉以后，太史公自作之《列传》《世家》，那就完美到极点了。

人之言行动作，各有体态，会通其大礼观之，自有不能相易者。又有时代与事势之不同，古今异宜，彼此各有面目，断不可随意假袭。《三国志·魏武纪》裴注中，引孙盛《魏氏春秋》，说魏武答诸将曰"刘备人杰也，将生忧寡人"，裴氏不以为然。他说"孙盛制书，多用左氏以易旧文，后之学者，何所取信。且魏武方以天下励志，而用夫差分死之言，尤非其类"。(《左传》哀公二十年载，吴王夫差使谓赵孟曰："勾践将生忧寡人，寡人死之不得矣。"次年越灭吴，夫差缢死。)《史通·言语》篇也说："夫《三传》之说，既不习于《尚书》、两《汉》之词，又多违于《战策》，足以验氓俗之递改，知岁时之不同，而后来作者……罕能从实而书，方复追效昔人，示其稽古。……用使周秦言辞，见于魏晋之代，楚汉应对，行乎宋齐之日。而伪修混沌，失彼天然。"这裴松之和《史通》所说的，都是力求叙述之传真，极为有见。清代梅曾亮有《答朱丹木书》说，"文章之事莫大乎因时，立吾言于此，虽事之甚微物之甚小者，而一时朝野风俗好尚皆可因吾言而见"，也是同样的立论。像苏轼《表忠观碑》文章固极好，但篇首"臣忭言"三字模仿李斯上书的体式，而非宋朝当时公文体式，即是犯了好古而失真之疾。章学诚《文史通义》已抉发其病了。像韩愈的《平淮西碑》虽胎息甚古，而实未袭用古时的成语。李商隐说他"点窜《尧典》《舜典》字，涂改《清民》《生民》诗"，实说得不对。前人已评论过了。即便后世小说传奇家，描写事情，都须注意于此。高下之分，多以此为标准。所以清代李渔《曲语》里说："说何人肖何人，说某事切某事，说张三要像张三，难通融于李四。"他又举例说："《玉簪记》之陈妙常，道姑也，非尼僧也。其白云：'姑娘在禅堂打坐。'其曲云：'从今孽债染缁衣。'禅堂缁衣，皆尼僧字面，而用入道家，有是理乎？吾于古今文字中取其最长最大而寻不出纤毫渗漏者，惟《水浒传》一书。"他举例甚多，关于叙述言行之传真方面，精论甚多，颇可参考。

有事实的叙事文和小说戏曲本不相同。小说的材料或得之道听途说、街谈巷语，或出自本人之臆造，其来源皆不足为凭，徒供人一时快意玩好。但其技术之高下，关于能否传摹真情，恰如分际，无过无不及者，都有如此之大，何况有事实之叙事文？

搬弄辞藻之失真 至于骈俪家之叙事,好用故典以点缀当前之事实,笼统含糊,尤不能传真,实不如散文质朴之叙事来得清楚。在骈文本身本是自成一格,若作散文亦采用这种叙述法,那就大不可了。章学诚《文史通义》里《古文十弊》说:"叙事叙言,为文为质,期于适如其事,适如其言。善相夫者何必尽识鹿车鸿案?善教子者岂皆熟记画荻熊丸?自文人胸有成竹,遂致闾行皆如刻印。与其文而失实,何如质以传真?由是推之,名将起于卒伍,义侠或奋闾阎,言辞不必经生,记述贵于宛肖。世有作者,于斯多不致思,又文人之通蔽也。"章氏这个话可谓十分痛切了。

传真不计繁简 再者,欲叙事文之能传真,又必求事实之安排得法。盖事实之安排与取舍,必以事实之必要性为标准。例如赵翼《陔余丛考》说:"《史记·淮阴侯传》全载蒯通语,正以见淮阴心乎为汉,虽以通之说喻百端,终确然不变;而他日之诬以反而族之,冤痛不可言也。班书则《韩信传》尽删蒯通语,而另为蒯作传。不知通本不必立传之人,载其语于《淮阴传》则淮阴之心迹明,而通之为辨士亦附见,且省却无限笔墨。班氏因此语为通立传,反略其语于《淮阴传》中,是舍所重而重所轻,宜乎后代之史日繁也。"像这种事实分配去取之用心,尤其是叙事家所最应注意的。蒯通之语,必载《淮阴传》中,始可以见淮阴之真,与汉高诛绝功臣惨刻少恩之实状。《淮阴传》虽以此而见繁,而实传真所必要。删蒯通语于《淮阴传》中,而淮阴之精神,因而不显。《淮阴传》虽去此而见简,但不觉失了传真之要素了。所以顾亭林所说繁简非论文要义,《史记》之繁处,必胜《汉书》之简处,正是这些道理。所以照这个例子推广看来,作者求能传信传真,必对于事实之安排要大费心思,不是可以随便挥掉的。材料虽可凭,而不善安排也是不能传真的。叙事家能将以上数义切实遵行,那就对于信字这一条件,可以差告满足了。

十四、叙事文的体裁(中)

以天然事实为次序 叙事文第二个条件是"有序"。本来立言必须有序,不限于叙事文。任何文体皆然。但叙事文是要将复杂错综的事实用客观的手眼将它表达出来,较之主观的、单纯自吐意见的议论文,尤以秩然有序为最重要之一点。但叙事求其有序,又实非难事。有天然呈露的事实,已经为我们铸就了现成的模型。我们的文章,如能恰合这天然的模型,那就自然成为有序的文章。换句话说,即是倘能将事实之经过观察得极清楚，成竹在胸，六辔在手，然后提笔运载，自然就能够恰到好处。

凡对于事实经过之观察，必注意其始终本末，与其旁面、侧面的连带关系。将说事实之正面，必先叙事实之前面；正面既明，余波结果也要补足，旁面、反面连带的关系也要随手说明。《春秋穀梁传》所说，"将有其末不得不录其本"（庄十七年），又每说《春秋》因要书某事不得不连带书某事（如成十五传谓"因葬共姬不可不书葬共公"），杜预注《左传》，处处注明某事为某事张本（如开首惠公元妃一段，为隐元年不即位之张本），与某事所以终某事（如补叙哀公十四年以后之传，所以卒前事），某事所以穷某事之枝叶（如隐九年注），都是说明叙事者摄取事件之本末枝叶经营完密之用心。

主干与枝叶　总而言之，做叙事文的技术，不外先立主干而后顺干铺叙，铺叙所及，或追补一事，或旁带一事，或反衬一事，皆是见有必要，随手生枝，枝干交荣，就蔚然成树了。大抵叙事文的主干，不外三种：一种是以一个时代之首尾为主干，如《尚书》中之《尧典》（从今本合《舜典》）、《春秋左传》及《史记》中三代周秦之本纪皆是；一种是以某项事件之始终为主干，如《尚书》中之《禹贡》《顾命》，后世史部之纪事本末，以及后世文集中如曾巩之《越州赵公救灾记》之类皆是；一种是以一人之生平为主干，如正史之列传及文集中传状墓志等皆是。（真西山《文章正宗》对于叙事文是这样分类，甚为得要，凡文章的分类，实应以内容为别，不应徒以外形为别。）这三种主干不同，其叙述的方法，经营条理疏密繁简，也自然随着主干而有差别。譬如以一时代为主干者，自应疏举大端；以一事一人为主干者，自应曲表细微。但这三种叙述体式，虽有不同，而实在讲起来，皆必以充实这个躯干，首尾枝叶正反四面，无一可缺为共同之目的。例如，《尧典》若不叙舜事，则唐虞相授一代之治功未竟，是谓有首而无尾。《左传》若不始叙惠公之事，则隐公摄位之来历不明，是谓有尾而无首。《禹贡》若不旁叙各州之土壤、草木、鸟兽、风土，则禹之因地宜制贡法之原委不明。《左传》若不随时杂采琐闻佚事言语文辞，以傅翼正事，则事件之旁侧因缘不显。《史记·老子列传》若不以韩非为反衬，则老子之为深远，不能显白。《孟子荀卿列传》若不连叙邹衍、公孙龙、墨翟等以反形孟荀，则孟荀之可贵与孟荀所辞而辟之对象不明。凡此各种，篇章体段，肥瘦广狭，虽各不同，而各具之五官、四肢、肌肤、筋络，其理皆无丝毫之差别。所以吾人提笔做叙事之文，不论题目如何，苟能对于所叙事件，或所叙之人物，深察其条理原委，于事之直接、间接之关系，正面、反面、旁面、侧面之现象，一一揽其端绪，而忠实地叙述出来，则未有不能成为极有序的叙事文了。总而言之，文章中一切的波澜，皆有自然的定理。归有光评《史记》说："《史记》如水，平平说去，忽遇石激将起来。"又茅坤评王安石的《给事中孔公墓志铭》说："于序事中一一点缀，若顺江流而看两岸之山，应接不暇。"二人之言，最能形容叙事文的骨法。顺流平平，即是一篇通体的主干，遇石而激，随事点缀，即是随宜而生的枝叶。识得此意，其他一切琐琐论文之言，皆可以自悟了。

十五、叙事文的体裁（下）

于重轻浓淡中见生意　至于说到第三种条件，动观感，那就不是专门外表形式上的事了。文章能动观感，必是内容充满了情味的文章，所以欲动人之观感，必求叙述之有情味。凡文不佳，皆由于无情。在主观发表胸襟的文章，比较还容易见情味。至于客观的叙事文，就比较难了。叙事文求有情味，有两种必须的条件：第一要识得重轻，第二要置身境中。所谓识重轻者，即是当重的要尽力描写，当轻的可从轻描写。有加倍渲染之笔，有轻描淡写之笔。两两配带，自能使人触目动心。若一片平庸，如刻板的图画，如账簿，如算子，则万不能使人看了有情味。譬如《史记·项羽本纪》专记项羽生平，全篇共一万字左右，而于鸿门宴一事，即占了一千二三百字。其他巨鹿之战和乌江之败，亦皆尽力摹写。以这三处都是极能见项羽之为人，又是极有关系之大事。所以加倍渲染，使声情如见。清代曾国藩曾说，"《项羽本纪》如此长篇，实只专纪一事，古今罕有，读之丝毫不觉其长"，所以如此，即因他内容叙述有重有轻，生气勃动，毫不刻板，所以令人不厌。又譬如《史记·管仲传》全篇一千字之中，叙管鲍交情处，即占了二三百字。亦以此为管仲一生最要之事，所以特别加写。使读者读此，朋友之感，油然而生。其情味深长，皆是由于叙述的方法能分别重轻的缘故。

叙述有情，置身境内　至于所谓置身境中者，即是作文者如欲使读者生情，必先求自己有情。盖叙事者，必先对于所叙之事件，用一番冥想的工夫，仿佛身入该事境之中，喜怒哀乐，感同身受。如此入而复出，写了出来，自然所写之事谈笑皆真，跃然如见了。如果所叙之事，是自己亲身耳闻目见得来的，那么，本着当时所受的深刻的印象，写了出来，本来很容易见情味。但即使所叙之事是传闻得来的，或载籍遗留下来的，亦必先设身处地冥想一番，以揣摩那事件的真面目，然后下笔书写，驱遣材料，也自能倍见精神。譬如司马迁在《屈原传赞》里自己说："余读《离骚》《天问》《招魂》《哀郢》，悲其志。适长沙，观屈原所自沉渊，未尝不垂涕想见其为人。"他对于屈原的平生心事，先有一番体贴入微的观察，所感极深，所以他的《屈原传》能写得那样好。又他在《晏子传赞》里自己说："假令晏子而在，吾虽为之执鞭，所欣慕焉。"他对于晏子，也是有一番深刻的想慕，所以《晏子传》也写得那样好。此外，司马迁一肚皮的郁积悲愤之情，遇有足以发泄之处，如《伯夷传》《货殖传》《游侠传》，皆非常有精神，皆由于他平日对于这一类的人情世故，熟烂于胸中，早有一番沉痛深刻的感想的缘故。

情感与意趣　但是我们还要知道，世间可以动人情感之事，不知有几千几万种。而一种事件所招的情感，则人各不同，不能一律。或此人对此事有情感，而对他事无情感。而对于同一事件，或此人之观感与彼人之观感各不相同。大抵人人各有兴趣上所独到的地方，而对于同一事件之观察，实多因平日意趣所殊而生差别的感想。每见同此一人一事，而几个叙事家的叙述，人各不同。即因为各人意趣有殊，所以对于同此一人一事，所观察、所注意的，各有所偏重。于是对于材料事实之取舍，布置经营，自然也不免各显手眼，不相符同了。从前有人说《史记》叙游侠则见精神，述圣贤便无气象。这个批评，正是对于司马迁的胸中意趣加以分析。司马迁的意趣，本是好奇的方面居多，叙游侠尤见精神，即是这个缘故。拿他和《左传》比较起来，意趣之殊，也可以看得出来。例如管仲这个人，照《史记》所叙，只是一个才人，但如果照《左传》所叙，则完全是一个笃实守体的人，意趣相差甚远。这自然也是由于二家各有注意之点，因此关于材料之取舍，不免有纯驳之分。所以这样说来，文章之高下，固系于情感之有无；但是有了情感，尚不是区别高下之最终标准。高下所分，最终的标准，还在于意趣。

第三部分　方孝岳文存

上卷　文选

一、国学流别叙目

传曰："触石而出，肤寸而合，不崇朝而徧雨天下者，惟泰山尔。"此宗邦之学所以历序而广运也，而望祀光气，瞧翠云盖，若有象景，时有羡心难见者焉。晚近以来，扬雄旧贯，率尔简择，语隆古则舍六籍而专锲杂坟，订文字则不应雅故而艳夸尊鼎。探赜索隐，钩深致远，则疏于柱史蒙吏之谈空而张皇辨经，以合异口耳之俗。濡翰操觚，名为摹古，而素所诵习者不入于毫端，遣词造言，未离宋明之笔，乃复拘宗派之称，昧体裁之义。游士不揣其源，学者弥以驰逐，非所谓操末续颠者欤。善夫会稽李氏之叹也！曰，嘉庆以后之为学者，知经之注疏不能徧观也，于是讲《尔雅》《说文》；知史之正杂不能徧观也，于是讲金石讲目录，志已偷矣。道光以后，其风逾下，《尔雅》《说文》不能读而讲宋版矣，金石目录不能考而讲古器矣。至于今日，则诋郭璞为不学，许君为蔑古，偶得一模糊之旧椠，亦未尝读也。瞥见一误字，以为足补经注矣；间购一缺折之雁器，亦未尝辨也；随摸一刻画，以为足傲汉儒矣。金石则欧赵何所说，王洪何所道，不暇详也，但取黄小松《小蓬莱阁金石文字》数册，而恶《金石萃编》之繁重；目录则晁、陈何所受，焦、黄何所承，不及问也。但取钱遵王《读书敏求记》，而厌《四库提要》之浩博，以为不胜诘也。(见《越缦堂日记》)。夏声湮瘵，承流百年，匪朝夕之故矣。余以戊辰之岁，尝息肩弛担于辽沈之间，为校生讲国学要略，将以范其佔毕，俾识康庄，经营义例，每穷昏旦。惟彼史家，部录艺文，本以辨章学术，昭示原流，班志所为，夐乎尚矣。惜隋书以降，矩矱不存，坐令承学之徒，踯躅于四部者，视听不决，即班志亦恐过删二刘，于六艺经传之从生异路，传播后先，与夫百家众氏宗趣承流错综孳乳之故，多含未发。爰不自揆，检审古学，溯回道术之分合，剖析名实之异同，略以官守、私学二目，陈之就列。其"春秋"

一家（即后世所谓史部）所穷推其变，别为一篇，亦以其流衍特长，嬗蜕之迹，鳌然可睹。而于今兹竟言史术之时，为起废耳。讲贯粗毕，余即来南，匆匆撰此讲稿，定为一编。昔后魏刘献之讲春秋左氏，尽隐公八年，谓义例已毕，遂不复讲。兹述国学，略正晚周，诚不敢比于刘氏立达例以概通体，然苟学者本此循名责实，条别家数之旨，以治后此二千余年之学，顺斯术也以往，验其倘有肯綮之卒尝，然后回车改图。庶几即我瑕疵，而攻以求是，则所望于通方之士矣。

遂古灭矣，后王粲然。百官相齿，以事为常。旧法世传，经典斯缙。幽厉伤人，舍鲁何观。信言不美，讵托神坊，作宫守篇第一。

畴人分散，图法异适。征藏博大，抱道既逸。子所雅言，明于四术。春秋后作，五十学易。殊途为治，百家罔极。亦有闻风，不为巫贼，作私学篇第二。

史氏失官，私门撰记。春秋何为，正文制义。其文则史，传疑传著。义则窃取，异辞三世。树兹二辙，体无达例。望远察貌，形则难谛。稗说可观，谲诳恐泥。后有述焉，良史是契，作史法篇第三。

己巳十一月方孝岳撰。

（原载《国立中山大学文学院专刊》）

二、国学流别（史法篇）

古者天子以逮百官，皆各有史以记其言行。

按古天子亦与百官同为一职。《孟子》云："天子一位，与公侯伯子男凡五等。"《王制》亦同。《诗》云"衮职有阙"，《考工记》云"国有六职，坐而论道谓之王公"，盖自天子以逮百官皆世其位，事同一例也。《礼记·玉藻》曰："动则左史书之，言则右史书之。"孔疏曰："《周礼》有五史，有内史、外史、大史、小史、御史，无左右史之名者。熊氏云：'按《周礼·大史之职》云，大史抱天时，与大师同车。'又襄二十五年《传》曰：'大史书曰崔杼弑其君。'是大史记动作之事，在君左厢记事，则大史为左史也。"按《周礼》内史掌王之八枋，其职云"凡命诸侯及孤卿大夫则策命之"。僖二十八年《左传》曰"王命内史叔兴父策命晋侯为侯伯"，是皆言谱之事，是内史所掌，在君之右，故为右史。是以《酒诰》云"矧大史友内史友",郑注"大史内史掌记言记行",是内史记言,大史记行也。此论正法,若其有阙,则得交相摄代。故《洛诰》史逸命周公伯禽,服虔注文十五年传云"史佚,周成王大史",襄二十年"郑使大史命伯石为卿",皆大史主爵命,以内史阙故也。以此言之,若大史有阙,则内史亦摄之。按《觐礼》"赐诸公奉箧服,大史是右者,彼亦宣行王命,故居右也"。此论正法,若春秋之时,则特置左右史官。故襄十四年左史谓魏庄子,昭十二年楚左史倚相,《艺文志》及《六艺论》云"右史记事,左史记言",与此正反,于传记不合,其义非也。

刘知几《史通·史官篇》曰:"盖史之建官,其来尚矣。昔轩辕氏受命,仓颉、沮诵实居其职。至于三代,其数渐繁。"案《周官》《礼记》,有大史、小史、内史、外史、左史、右史之名。……《曲礼》曰:"史载笔,大事书之于策,小事简牍而已。"《大戴礼》曰:"太子既冠成人,免于保傅,则有司过之史。"《韩诗外传》云:"据法守职不敢为非者,太史令也。"斯则史官之作,肇自黄帝,备于周室,名目既多,职务咸异。至于诸侯列国亦各有史。……至如孔甲、尹逸名重夏殷,史佚、倚相誉高周楚,晋则伯黡司籍,鲁则丘明受经,此并历代史臣之可得言者。降及战国,史氏无废。盖赵鞅,晋之一大夫尔,有直臣书过,操简笔于门下。田文,齐之一公子尔,每坐对宾客,侍史记于屏风。至若秦、赵二主,渑池交会,各命其御史书某年某月鼓瑟击缶,此则《春秋》"君举必书"之义也。

乃至燕昵之私,游观之顷,亦记注无遗,事彰于外。

《史通·史官篇》曰,又按《诗·邶风·静女》之三章,君子取其彤管。夫彤管者,女史记事规诲之所执也。古者人君外朝则有国史,内朝则有女史,内之与外,其任皆同。故晋献惑乱,骊姬夜泣,床笫之私,房中之事,不得掩焉。楚昭王宴游,蔡姬对以其愿,王顾谓史:"书之,蔡姬许从孤死矣。"夫宴私而有书事之册,盖受命者即女史之流乎?

是为官吏,官吏之外,街谈巷语道听途说,则有诵训太师之陈道,稗官青史之载书。

> 诵训太师，见前《官守篇》。
> 《汉书·艺文志》"小说家者流盖出于稗官"（如淳曰："王者欲知闾巷风俗，故立稗官，使称说之。"今世亦谓偶语为稗师。师古曰："稗官，小官。"《汉名臣奏》唐林请省置吏，公卿大夫至都官稗官，各减十三是也。），街谈巷语道听途说者之所造也。
> 《汉书·艺文志》小说家有《青史子》五十七篇，班自注："（虞初）古史官记事也。"又有《周考》七十六篇。班自注："考周事也。"《虞初周说》九百四十三篇，班自注："（虞初）河南人，武帝时以方士侍郎号黄车使者。"

而官史之笔，亦有"大事书策，小事简牍"之分，将命有据者则策书，传闻诵习者则简牍。

> 见杜预《春秋左传序》及注文，见上引。

策书即为经，简牍方版为传记，而诵训稗官则为小说之滥觞也。

> 参看前《私学篇》解经传志记之名。
> 孔颖达《左传序》疏曰："大事者，谓君举告庙及邻国赴告，经之所书皆是也。小事者，谓物不为灾及言语文辞，传之所载皆是也。"……杜所以知其然者，以隐十一年传例云："灭不告败，胜不告克，不书于策，明是大事来告，载之策也。"策书不载，丘明得之，明是小事传闻，记于简牍也。以此知仲尼修经，皆约策书成文，丘明作传，皆博采简牍众记。故隐十一年注云："承其告辞，史乃书之于策"，若所传闻行言，非将君命，则记在简牍而已，不得记于典策，此盖周礼之旧制也。又庄二十六年经皆无传，传不解经，注云"此年经、传各自言其事者，或策书难存而简牍散落，不究其本末，故传不复申解。"
> 《隋书·经籍志》以土训、诵训为小说之本。

自史职或阙，经策中止，公私简牍，蔚为大国，而稗官青史尤传颂焉。

《庄子·外物》曰："饰小说以干县令，其于大达亦远矣。"（按：此庄生慨世之言，其下文儒以诗礼发冢，称青青之麦生于陵陂，生不布施，死何含珠为？盖亦诗礼经传之余，小言稗官之流欤？）

是故小说者正史之枝叶也。史得其职，则小说为扶轮；史失其职，则小说为谲诳。虽小道必有可观，其失则巫，非疏通知远之大顺也。

《汉书·艺文志》小说家者流下引"孔子曰，虽小道必有可观者焉，致远恐泥，是以君子弗为也。"

汉志列小说家于十流，小说家之出于稗官，（颜师古曰："稗官，小官。"）盖实兼诵训、行人之遗。

《周礼》秋官小行人职"其万民之利害为五书，每国辨异之，以五物反命于王，以周知天下之故"。《汉书·艺文志》小说家著《虞初周说》，班自注"武帝时，以方士侍郎号黄车使者"。

而通于从横。

《汉书·艺文志》："纵横家者流，盖出于行人之官。"
按：《汉书·艺文志》云"诸子十家，其可观者九家而已"，盖以纵横家可包小说家欤？

要之，诸子百家既为王官之流裔，其为书亦与旧法世传六经传记相表里。

《汉书·艺文志》曰："今异家者……合其要归，亦六经之支与流裔。"

蜂出并作，各引一端，崇其所善，以此驰说，取合诸侯。其缘饰经策传记以为容悦，所难逃也，而纵横小说家为尤。

古之使者，受命而不受辞，辞取足达而已。

《春秋公羊传》曰："大夫出使受命不受辞。"
《礼仪》聘礼记曰"辞无常，孙而说，辞多则史，少则不达"，辞苟足以达，义之至也。
《汉书·艺文志》纵横家下云："言其当权事制宜，受命而不受辞，此其所长也。"

战国争雄，辨士私起，失权宜之义，上诈而弃信。

《汉书·艺文志》纵横家"及邪人为之，则上诈谖而弃其信"。

至汉时，外家传语遂车载斗量。

《史记·滑稽列传》褚先生补东方朔曰："多所博观外家之语，(《索隐》曰，即传记杂说之书。沈钦韩曰，即传记小说也。) 朔初入长安，至公车上书，凡用三千奏牍，公车令两人共持举其书，仅然能胜之。人主读之，二月乃尽。"（按：此必东方朔举其平日所读，外加传记小说之书，述之以上武帝，故武帝诏与谈语，未尝不悦也。）

夫言恣悦怿，过悦则必伪。

《文心雕龙·论说篇》曰："说者，悦也。兑为口舌，故言资悦怿，过悦则必伪。"
按：陆士衡《文赋》云"说炜烨而谲狂"，彼遂以谲狂为说之定式矣。

此仲尼所以虑为致远之泥，而庄周所以致慨于不达欤。

按：《史记·滑稽列传》首引孔子言六艺之语，继称太史公曰"天道恢恢，岂不大哉。谈言微中，亦可以解纷"云云，此识其流别也。盖滑稽者即饰小说以干县令之流，而抽引六艺经传杂说以为谈言也。

史迁著百三十篇，自述家门之志，谓绍明世，正《易》传，继《春秋》，本《诗》《书》《礼》《乐》之际，略以拾遗补艺，成一家言，厥协六经异传，整齐百家杂语。

《太史公自序》文。

盖欲兼综六艺诸子之流，非自范于后世四部之所谓史也，而尤自拟于孔子之《春秋》。

按《太史公自序》明云继春秋，又特提与上大夫壶遂设问答孔子何为作《春秋》之语，谓《春秋》采善贬恶，推三代之德，褒周室，非独刺讥而已。明其《史记》非谤书，以间执壶遂之口，虽云比于春秋谬矣，实反言见志也。

《春秋》者，正事制义，用兼乎二者也。正事则始隐终哀，三世异辞；制义则拨乱反正，道尧舜以俟后圣。

《春秋》哀公十四年西狩获麟，《公羊传》曰："《春秋》何以始乎隐？祖之所逮闻也。所见异辞，所闻异辞，所传闻异辞，何以终乎十四年，曰备矣。君子曷为《春秋》？拨乱世，反诸正，莫近乎《春秋》，则未知其为是欤？其诸君子乐道尧舜之道欤？末不亦乐乎尧舜之知君子也，制《春秋》之义，以俟后圣，以为君子之为，亦有乐乎此也。"

夫听远音者闻其疾而不闻其舒，望远者察其貌而不察其形。夏五阳生之不革，夜中雨星之不从，及史之阙文，测情以笔削。此《春秋》所以为史法之大宗，而历史之所以终异于小说也。

《春秋》桓公十四年夏五，《穀梁传》曰："孔子曰：'听远音者闻其疾而不闻其舒，望远者察其貌而不察其形，立乎定哀以指隐桓，隐桓之日远矣。'夏五，传疑也。"

《春秋》昭公十二年春，齐高偃帅师纳北燕伯于阳。《公羊传》曰："伯于阳者何？公子阳生也。子曰：'我乃知之矣。'在侧者曰：'子既知之，何以不革。'曰：'如尔所不知何。'"《春秋》庄公七年夏四月辛卯夜（穀梁经作昔）恒星不见，夜中星陨如雨。《公羊传》曰："恒星者，列星也，列星不见，何以知夜之中星反也？如雨者何？如雨者，非雨也。非雨则曷为谓之如雨。不修《春秋》曰：'如雨星不及地尺而复。'君子修之曰：'星陨如雨。'"《穀梁传》曰："恒星者，经星也。日入至于星出，谓之昔。不见者，可以见也。夜中星陨如雨。其陨也如雨，是夜中与？《春秋》著以传著，疑以传疑。中之几也，而曰夜中，著焉尔。何用见其中也？失变而录其时，则夜中矣。其不曰恒星之陨，何也？我知恒星之不见，而不知其陨也。我见其陨而接于地者，则是雨说也。著于上见于下谓之雨，著于下不见于上谓之陨，岂雨说哉。"按孔子修《春秋》，实因依史文，似未尝大有涂抹，但微损益，颠其一二字耳，所谓修也。《孟子》明云"其文则史"，《公》《穀》皆知此意。如此所引庄七年经，孔子深不以旧史之武断为夜中为雨星为是。但旧史既著之矣，不欲全改也，故即就其原文稍易为"夜中星陨如雨"。故《公羊》于非雨则曷谓之雨下，既引不修《春秋》之文，意谓不修《春秋》本如是著之矣，君子明知雨星二字之不当，而不欲全革也，但略修之云云，稍使近理。《穀梁》亦曰"中之几也，而曰夜中，著焉尔"，盖云旧史已著之如此焉尔，君子著以传著，因旧史之著从而著之也；石之崩流无端现于地耳，又不待王充始能驳正也。窃意孔子之于旧史有确信史文之无讹而径沿之者，即《穀梁》所谓信以传信也。（桓四年传）知旧文之不常而著其原文微移易之者，即《穀梁》所谓著以传著者也；有史文阙失而孔子有知有不知者，则亦径沿其原文，即《穀梁》所谓疑以传疑也。夫天王狩于河阳，乃刘知几所讥为"情兼向背，志怀彼我"者也，而不知亦稍因旧史之文而未大背也。《左传》及《史记·晋世家》皆有孔子读史至此天王狩于河阳，旁征之《汲冢纪年》，亦有周襄王会诸侯于河阳，杜预谓即《春秋》所书天王狩于河阳，以臣召君不可以训也云云。据此则知晋侯之召王，旧史已未明著矣。夫《公》、《穀》所传当乎笔削之本末者多矣。

按杜预亦曰"仲尼因鲁史策书成文，考其真伪而志其典礼"，其教之所存，文之所害，则刊而正之，以示劝戒，其余则皆即用旧史。史有文质，辞有详略，不必改也。故传曰"其善志"，又曰"非圣人孰能修之"。

又《春秋》之与左氏，如车之与辅，终不可两离。杜预所明三体五情，又史法不祧之祖也。

按史迁于《春秋》亦兼综今古文说，明于《春秋》之教本，有正事制义者之分。《十二诸侯年表序》于孔子次《春秋》后即论本事，称《左氏春秋》，末又称董仲舒推《春秋》义。其他篇称《春秋古文》《春秋国语》者多矣，又于自序特述其闻于董生之《春秋》义。

杜预《春秋左传序》曰："故发传之体有三，而为例之情有五。一曰微而显，文见于此而起义在彼，称族尊君命，舍族尊夫人，"梁亡""城缘陵"之类是也；二曰志而晦，约言示制，推以知例，参会不地、与谋曰"及"之类是也；三曰婉而成章，曲从义训，以示大顺，诸所讳辟，璧假许田之类是也；四曰尽而不污，直书其事，具文见意，丹楹刻桷、天王求车、齐侯献捷之类是也；五曰惩恶而劝善，求名而亡，欲盖而章，书齐豹盗、三叛人名之类是也。推此五体以寻经传，触类而长之，附于二百四十二年行事，王道之正，人伦之纪，备矣。"或曰："《春秋》以错文见义，若如所论，则经当有事同文异而无其义也，先儒所传皆不其然。"答曰："《春秋》虽以一字为褒贬，然皆须数句以成言，非如八卦之爻，可以错综为六十四也，故当依传以为断。"

而范宁韩愈之流，议其夸巫，亦未识其本末耳。

范宁《春秋·穀梁传·序》曰："左氏艳而富，其失也巫。"
韩愈《进学解》曰"左氏浮夸"。

按左氏之疑，汪中释之甚详，兹录如下，亦略见古史法焉。汪中《左氏春秋释疑》曰："《左氏春秋》，典策之遗，本乎周公；笔削之意，依乎孔子。圣人之道，莫备于周公、孔子，明周公、孔子之道，莫若《左氏春秋》，学者其何疑焉？然古者左史记事，动则书之，是为《春秋》。而左氏所书，不专人事，其别有五：曰天道，曰鬼神，曰灾祥，曰卜筮，曰梦，其失也巫，斯之谓欤？吾就其书求之。楚子庚侵郑，董叔言天道多在西北，南师不时，必无功。叔向以为在其君之德，有星孛于大辰，西及汉。禅灶曰：'宋、卫、陈、郑将同日火。'……明年郑火，禅灶曰：'不用吾言，郑又将火。'子产以为天道远，人道迩……不用灶言，亦不复火。由是言之，左氏之言天道，未尝废人事也。随侯以牲牷肥腯，粢盛丰备，谓可信于神。季良以为：民，神之主也。圣王先成民而后致力于神，民和而神降之福。齐侯疾，梁邱据请诛于祝固、史嚚，晏子以为祝不胜诅。由是言之，左氏之言鬼神，未尝废人事也。郑内蛇与外蛇斗，内蛇死，申繻以为妖由人兴，人无衅焉，妖不自作。陨石于宋五，六鹢退飞过宋都，内史叔与以为是阴阳之事，非吉凶所生，吉凶由人。由是言之，左氏之言灾祥，未尝废人事也。晋献公筮嫁伯姬于秦，史苏占之不吉。及惠公为秦所执，曰：'先君若从史苏之言，吾不及此。'韩简以为先君多败德，史苏是占，勿从何益。南蒯将叛，筮之得《坤》之《比》，子服惠伯以为忠信之事则可，不然必败，《易》不可以占险。由是言之，左氏之言卜筮，未尝废人事也。卫成公迁于帝邱，梦康叔曰：'相夺予享。'公命祀相。宁武子以为'相之不享于此久矣，非卫之辜，不可以间成王、周公之命祀'。晋赵婴通于庄姬，婴梦天使谓己'祭余。余福女'，士贞伯以为'神福仁而祸淫，淫而无罚，福也。祭其得亡乎？'祭之明日而放于齐。由是言之，而左氏之言梦，未尝废人事也。此十者，后世儒者之所执以疑《左氏春秋》者也。而当时深识远见之君子，类能为之矢德音，蔽群疑，而左氏则已广记而备言之，后人何其疑焉？若夫……吉凶之应，有时而爽，策书旧文，谨而志之，所以明教也。问者曰：'天道、鬼神、灾祥、卜筮、梦之备书于策者何也？'曰：'此史之职也。'其在《周官》，大史、小史、内史、外史、御史皆属春官，若冯相氏、保章氏、眂祲，职司天者也；大祝、器祝、甸祝、司巫、宗人，司鬼神者也；太卜、卜师、龟人、𦮔氏、筮人，司卜筮者也；占梦，司梦者也。与五史皆同官。周之东迁，官失其守，而列国又不备官，则史皆得而治之。其见于典籍者，曰瞽史、曰祝史、曰史巫、曰宗祝巫史、曰祝宗卜史，明乎其为联事也。楚公子弃疾灭陈，史赵以为岁在析木之津，犹将复由；吴始用师于越，史墨以为越得岁而吴伐之，必受其凶，然则史固司天矣。有神降于莘，惠王问诸内史过，过请以其物享焉；狄人囚史华龙滑与礼孔，二人曰：'我大史也'，实掌其祭。然则史固司鬼神矣。陨石于宋五，六鹢退飞过宋都，襄公问凶于周内史叔兴，有云如众赤鸟，夹日以飞三日，楚子使问诸周大史，然则史固司灾祥矣。陈敬仲之生，周太史有以《周易》见陈侯者，陈侯使筮之；韩起观书于太史，见《易象》；孔成子筮立君以示史朝，然则史固司卜筮矣。昭公将适楚，梦襄公祖，梓慎以为不果行；赵简子梦童子嬴而转以歌，问诸史墨，然则史固司梦矣。司其事而不书，则为失官，故曰天道、鬼神、灾祥、卜筮、梦之备书于策者，史之职也。古者《诗》《书》《礼》《乐》，大司乐掌之；《易象》《春秋》，太史掌之。而儒则有道者有德者，使教国之子弟，死则以为乐祖，祭于瞽宗者也。后世二官俱亡，而六艺之学并于儒者，于是即儒之所业以疑太史，此偏知之所得，未足语于大道也。曰：'是皆然矣，抑犹有可疑者。'左氏之纪人事，所以笇善抑恶以诏后世也，而有不信者焉，有不平者焉，其类有百，请约言之。郑、息有违言，息伐郑而败，左氏以其犯五不韪而伐人，知其将亡。郑请成于陈，陈桓公不许，左氏谓其长恶不悛。按郑庄公之在位，四邻构怨，无岁无兵，取成周禾黍，射王中肩，置母城颍，誓不复见，人道尽矣，而为周孟侯以没元身。陈、息一眚而亟称其恶，其可疑者一也。楚武王将齐而心荡，邓曼知其禄尽，莫敖举趾高，斗伯比知其必败。按商臣弑父与君，享国十二年，灭江、六、蓼，服陈、郑、宋，身获考终，子有令德。潘崇教人之子使为大逆，奄有大子之室，为大师掌环列之尹，伐麋袭舒，屡主兵事，有孔及党，为国世臣。比于武王、莫敖，其咎孰多，其征安在？其可疑二也。有神降于莘，虢公享神，神赐之土田，内史过、史嚚知其将亡。虢公败戎于渭汭桑田，舟之侨、卜偃知其将亡。按虢为卿士，于周为睦，子颓之乱，勋在王室，不幸晋方荐食，不祀忽诸，而四子备举报其亡征，且东周拜戎不暇，渭汭桑田之役，岂不亦敌王所忾以张中国之威，而以为召衅，斯过矣！晋献王上烝诸母，尽灭桓庄之族，以妾为妻，逐群公子而杀其世子。虢多凉德，岂其若是。而曰辟百里，晋是以大，其可疑三也。公孙归父言鲁乐，晏桓子知其将亡，按归父欲去三桓以张公室，与公谋而聘于晋，欲以晋人去之，其忠盛矣！不幸宣公即世，其事不成。行父假于公义以敌私怨，遂逐子家，由是公室四分，昭、哀失国。斯可谓国之不幸，而远以怀鲁蔽其罪，且意如内攘国政，外结齐、晋之臣，同恶相济，贼杀不辜，有君不事，使之野死，又废其子，其为谋人不已多乎？而及身无咎，后嗣蒙业，其可疑四也。凡若此者，是有故焉，天道福善而祸淫，祸福之至必有其几。君子见微知著，明征其辞，其后或远或近，其应也如响。作史者比事而书之策，侍于其君则诵之，有问焉则以告之。其善而适，福足以劝焉，淫而适，祸足以戒焉，此史之职也。故《国语》'史献书'，又'临事有瞽史之道'。又楚有左史倚相，能道训典，以叙百物，以朝夕献善败于君，使无忘先王之业。《礼运》'王前巫而后史'，《保傅》'传瞽史，诵诗'。又'博文强记，接给而善对者谓之承'。承者，承天子之遗忘者，常立于后，是史佚也。其见于《左氏春秋》者，曰'君举必书'，曰'史为书'，曰'诸侯之会'，其德刑礼义无国不记。及夫国中失之事，咸问之史，是其事也。意主于戒劝，不专于记述。其所载之事，时有异闻，故史克数舜之功十六，相四凶之名，不同于《尚书》，意有所偏重，故昭公失国，史墨谓'为君慎器与名，不可以假人君父，不校之义，非所及也'。所谓言岂一端，各有所当者，此也。其有善无福，淫而无祸，虽有先事之言，不足以为劝，则遂削而不书，其事不可没则载之，其故不可知，则不复为之辞，故史之于祸福，举其已验者也。其在上知，不闻亦式，不谏亦入，其于戒劝无所用之，则祸福虽验焉可也。其在下愚，不可教诲，不知话言，其于戒劝亦无所用之，则祸福无验焉可也。天下之上知下愚少而中人多，故先王设之史，使鉴于前世之善淫祸福以知戒劝者，为中人也。苟为中人，则举其已验者可也，此史之职也。……祸之有无，史之所不得为者也。书法无隐，史之所得为者也，君子亦为其所得为者而已矣，此史之职也。百世之上，时异事殊，故曰'古之人与其不可传者死矣，所贵乎心知其意也'。明乎此，则《左氏春秋》之疑于是乎释。"

自史迁宏孔左之体，立正史之楷模，于是后世遂知雅驯之言，永与从横驰说谲诳为诬者异途，听远音而强闻其舒者，莫得与焉。

然孔左史迁皆兴于官司记注失其法守之时，以私门载述网罗旧闻，夫官司记注无成法，则史材难辨，晚周以逮汉初纷然淆乱，史迁尤为其难。

> 章学诚《书教篇》曰："三代以上之为史与三代以下之为史，其同异之故可知也。三代以上记注有成法而撰述无定名，三代以下撰述有定名而记注无成法。夫记注无成法则取材也难，撰述有定名则成书也易，成书易则文胜质矣，取材难则伪乱真矣，伪乱真而文胜质，史学不亡而亡矣。良史之才间世一出，补偏救弊，愈且不支，非后人学识不如前人，《周官》之法亡，而《尚书》之教绝，其势不得不然也。"又曰："何谓《周官》之法废而书亡哉？盖官礼制密而后记注有成法，记注有成法而后撰述可以无定名，以谓纤悉委备有司具有成书，而吾特举其重且大者笔而著之。至官礼废而记注不足备其全，《春秋》比事以属辞，而左氏不能不取百司之掌故，与夫百国之宝书，以备其事之始末，其势有然也。马、班以下，演左氏而益畅其支焉，所谓记注无成法而撰述不能不有定名也。"

父子相续，整齐考信，其于上世三代之迹，经纬六艺经传，而多傍于孔氏师弟之传业，固已自言去取之所自矣。其于近古当代，则述其见闻所据，几于篇有所书，班氏以下良史多踵其法，此即《春秋》正事之教也。又自官司记注散乱芜失，则私门一家之著述，不得不有其义例屈伸之独运焉，此又《春秋》制义之教也。史迁既往往篇著作旨，而于自叙叙目发其大凡，本末粲然，岂琐琐焉为私人著谱牒哉。夫良史不世出，征文考信之业固有其人，至于屈伸详略，立规通变，应乎《春秋》无达例，而比德于圆以神者，则旷代难遇之矣。

钱大昕《史记志疑序》曰："太史公修《史记》以继《春秋》，成一家言，其述作依乎经，其议论兼乎子，班氏父子因其例而损益之，遂为史家之宗，后人因踵事之密而议草创之疏，此固不足以为史公病。"

又《与梁耀北论史记书》曰："足下谓《秦楚之际月表》当称秦汉，不当以楚跻汉先，俨然承周、秦之统，其意诚善，然蒙未敢以为然也。史公著书，上继《春秋》，予夺称谓之间，具有深意，读者可于言外得之。即举《月表》一篇，寻其微恉，厥有三端：一曰抑秦，二曰尊汉，三曰纪实。何谓抑秦？秦之无道，史公所深恶也。秦虽并天下，附书于《六国表》之后，不以秦承周也。及陈涉起义，秦犹未亡也，而即侪楚、齐、燕、赵之列，则犹六国视之也。虽称皇帝者再世，与楚之称霸王等耳。《表》曰秦楚，言秦之与楚匹也。何谓尊汉？史公以汉继三代，不以汉继秦，若系汉于秦之下，是尊秦而贬汉也。《十二诸侯年表》不题周而尊周，《秦楚之际月表》不题汉而汉尊，秦、楚皆亡国之余，以汉承之，失立言之体矣。陆贾《楚汉春秋》，其命名不如《史表》正也。何谓纪实？楚虽先亡，覆秦之社稷者楚也。汉高初兴，亲北面义帝，汉王之国又项羽封之。秦亡后，主天下命者，非楚而何？《本纪》既述其事，而《表》又以《秦楚之际》目之，言天下之大权在楚也，此亦实之不可没者也。自王子师诋子长为谤史，宋、元、明儒者议尤多，仆从未敢随声附和。"

章学诚《书教篇》曰："《易》曰：'筮之德圆而神，卦之德方以智。'间尝窃取其义以概古今之载籍，撰述欲其圆而神，记注欲其方以智也。夫智以藏往，神以知来……往欲其赅备无遗，故体有一定而其德为方。知来欲其决择去取，故例不拘常，而其德为圆。《周官》三百六十，天人官曲之故，可谓无不备矣。然诸史皆掌记注，而未尝有撰述之官。（祝史命告，未尝非撰述，然无撰史之人。如《尚书》誓诰，自出史职，至于帝典诸篇，并无应撰之人），则传世行远之业，不可拘于职司，必待其人而后行。又曰《尚书》无定法，而《春秋》有成例，故《书》之支裔折入《春秋》，而《书》无嗣音。有成例者易循，而无定法者难继。……史氏继《春秋》而有作，莫如马、班。马则近于圆而神，班则近于方而智也。《尚书》一变而为左氏之《春秋》，《尚书》无成法，而左氏有定例，以纬经也。左氏一变而为史迁之纪传，左氏依年月，而迁书分类例，以搜逸也。迁书一变而为班氏之断代，迁书通变化，而班氏守绳墨，以示包括也。……推精微而言……盖迁书体圆用神，多得《尚书》之遗，班氏体方用智，多得官礼之意也。"

又曰："迁书纪、表、书、传本左氏而略示区分，不甚拘拘于题目也，《伯夷列传》乃七十篇之序例，非专为伯夷列传也；《屈贾列传》所以恶绛、灌之谗，其叙屈之文非为屈氏表忠，乃吊贾之赋也。《仓公》录其医案，《货殖》兼书物产，《龟策》但言卜筮，亦有因事命篇之意，初不沾沾为一人具始末也。《张耳陈余》因此可以见彼耳，《孟子荀卿》总括游士著书耳。名姓标题，往往不拘义例，仅取名篇。譬如《关雎》《鹿鸣》所指乃在嘉宾淑女，而或且讥其位置不伦（如孟子与三邹子），或又摘其重复失检（如子贡已在《弟子传》又见于《货殖》），不知古人著书之旨，而转以后世拘守之成法，反讥古人之变通。"

又曰："迁《史》不可为定法，固《书》因迁之体而为一成之义例……史才不世出，而谨守绳墨，待其人而后行，势之不得不然也。然而固《书》本撰述而非记注，则于近方近智之中，仍有圆且神者以为之裁制，是以能成家而可以传世行远也。后史失班史之意，而以纪表志传同于科举之程式、官府之簿书，则于记注撰述两无所似……史不成家，而事文皆晦，而犹拘守成法，以谓其书固祖马而宗班也，而史学之失传也久矣。"

按《史记》述作之大指，固杂见书中与其自叙之前幅，至其每篇作旨，具于自叙后幅。百三十叙目中，微言要义，往往而在。如于作《始皇本纪》之后，著秦失其道，豪杰并扰，项梁从之，子羽接之，诸侯立之，诛婴怀，天下非之。作《项羽本纪》，明谓秦亡后，天下政柄曾操之羽手，则本纪之立，岂得议之哉。作《孔子世家》，盖谓孔子达王道、匡乱世、制仪法、垂六艺之统，纪于后世。有同于周公之辅翼成王，诸侯宗周（《周公世家》叙目文）。又同于五帝之厥美帝功，万世载之（《五帝本纪》叙目文），故列之世家。以孔子之事业实异于诸列传之人，荀子所谓成名，况乎诸侯也。又其他若《三王世家》则曰"三子之王，文辞可亲，作《三王世家》"，则但录策文，亦所谓《尚书》之遗意也，又岂无故哉？于作《十二诸侯年表》则曰《春秋》有所不纪,明十二年表乃有补《春秋》之不足者,非于《春秋》经文为叠床架屋也。凡若此者,累累如贯珠,议《史记》者,幸先详此百三十叙目可也。

何谓征文考信之有人耶？盖载籍繁芜,则有赖于博雅君子之增修旧闻,综文辅阙,自昔探穴藏山之士,怀铅握椠之客,何尝不征求异说,采摭群言,然后成一家,传诸不朽。(《史通》语)要当善思异辞,曲为比事,史迁于此,固已多方矣,其书周以上择言尤雅。

《史通·采撰篇》曰："子长之撰《史记》也,殷周已往,采彼家人；安国之述《阳秘》也,梁益旧事,访诸故老。"

赵翼《陔余丛考》曰："《史记》尧纪,全取《尧典》成篇,舜纪用《舜典》及《孟子》,禹纪用《禹谟》《禹贡》及《孟子》。其《自序》谓择其言尤雅者,故他书不旁及也。又如周穆王西巡见西王母之事,《周本纪》不载,而于赵造父之御见之,亦见繁简得宜。"

于晚周以后兼采宏多,而断刺杂语,严得要删,大抵世近,文献足征,见闻弥切。

《史记·太史公自序》曰："天下遗文古事,靡不毕集太史公。"
《汉书·司马迁传》曰："司马迁据《左氏》《国语》,采《世本》《战国策》,述《楚汉春秋》,接其后事,讫于天汉。"
按《史记》之较论杂语,每见于论赞中,论赞所称逸事,多为外家小闻之传说,其无征不信者亦著而驳焉,深得比事之意。如《周本纪》云,学者皆称周伐纣,居洛邑,综其实不然。《仲尼弟子列传》云,学者多称七十子之徒,誉者或过其实,毁者或损其真,均之未睹厥容貌。《苏秦列传》云,世言苏秦多异,异时事有类之者,皆附之苏秦……吾故列其行事,次其时序,毋令独蒙恶声焉。《刺客列传》云,世言荆轲其称太子丹之命,天雨粟,马生角,也太过；又言荆轲伤秦王,皆非也。始公孙季功、董生与夏无且游,具知其事,为余道之如是。《郦生陆贾列传》既两具郦生见高祖事,又云世之传郦生书，多曰汉王已拔三秦，东击项籍而引军于巩洛之间，郦生被儒衣往说汉王，乃非也。其有征而可信者，如《项羽本纪》云，吾闻之周生曰，舜目盖重瞳子，又闻项羽亦重瞳子。《鲁周公世家》云，余闻孔子称曰，甚矣，鲁道之衰也，洙泗之闲龂龂如也。观庆父、叔牙、闵公、隐、桓之事，何其乱也？襄仲杀嫡立庶，三家北面为臣，亲攻昭公，昭公以奔。至其揖之礼则从矣，而行事何其戾也。《伯夷列传》云，说者曰，尧让天下于许由，许由不受，耻之逃隐，及夏之时有卞随务光者，此何以称焉？余登箕山，其上盖有许由冢云。孔子序列古人圣贤人详矣，余以所闻由光义至高，其文辞不少概见，何哉？《樗甘列传》云，樗里子以骨肉重固其理，而秦人称其智，故颇采焉。《孟尝君列传》云，吾尝过薛，其间里率多暴桀子弟，与邹鲁殊。问其故，曰孟尝君招致天下任侠，奸人入薛中盖六万余家矣。世之传孟尝君好客自喜，名不虚矣。《樊郦滕灌列传》曰，吾适丰、沛，问其遗老，观故萧、曹、樊哙、滕公之家及其素，异哉所闻，方其鼓刀屠狗卖缯之时，岂自知附骥之尾名传汉廷，德流子孙哉？余与他广通为言高祖宗功臣之兴时若此云。《韩长孺列传》云，余与壶遂定律历，观韩长孺之义，壶遂之深中隐厚，世之言梁多长者不虚哉。

班氏继起，亦博探前记，缀辑所闻。

《汉书·叙传》："况生三子伯、游、稚。游与刘向校秘书，上赐以秘书之副。稚生彪，彪与从兄嗣共游学。家有赐书，内足于财，好古之士自远方至，父党杨子云以下莫不造门。彪有子曰固。固永平中为郎，典校秘书，专笃志于博学，以著述为业。"

《史通·采撰篇》曰："班固《汉书》则全同太史，自太初以后，又杂引刘氏《新序》《说苑》《七略》之辞。"

部次序列，信而有法。

全祖望《经史问答》答：人问《梁书》刘之遴传所称《汉书》古本，曰所谓古本者伪也。外戚传、元后传与莽接，有深意焉，则必无升在列传首卷之理。外戚传不列于陈、项之上，则诸王传亦不次外戚也。盖陈、项是群雄，其不为诸王屈也，是史法也。之遴妄信而仍之。

录载琐语，犹自述本源。

《汉书·元帝纪》赞曰"臣外祖兄弟为元帝侍中，语臣曰'元帝多材艺'"云云。

又《成帝纪》赞曰："臣之姑充宫为婕妤，父子昆弟侍帷幄，数为臣言"云云。

又《东方朔传》赞曰："刘向言，少时数问长老贤人通于事及朔时者，皆曰朔之诙谐逢占射覆，其事浮浅，行于众庶，儿童牧竖莫不炫耀，而后世好事者因取奇言怪语附著之朔，故详录焉。"

故以范蔚宗之扬己，虽抗颜无愧，然亦推其赡而不秽，详而有体。

《宋书·范晔传》载："晔与诸生侄曰：'吾杂传论皆有深旨，至于《循吏》以下及《六夷》诸序论，实天下奇作，比方班氏，非但不愧之而已。'"

《后汉书·班固传》论曰："固文赡而事详，若固之序事，不激诡，不抑抗，赡而不秽，详而有体，使读者亹亹而不厌，信哉其能成名也。"

自斯以降，可以继明先典者，陈寿为尤，三国分立，逸闻错出，史职有阙（如《蜀志·后主传》云，蜀无史职，故灾详靡闻），讹说独多，祚严黜异端，曲存时事，比于丘明之述宝书，凭借之难，功德百之。

按《三国志》一书，自晋书称其有良史才，上继班马，其后王通推为依大义而黜异端。晁氏《郡斋读书志》亦云，今细观之，实高简有法，惟议其正统予魏，索米挟嫌，党护贬亮者终不乏人。钱大昕正之允矣，钱大昕《三国志辨疑序》曰，《三国志》创前人未有之例，悬诸日月而不刊也。魏氏据中原日久，而晋承其禅，当时中原人士知有魏不知有蜀吴也。蜀之灭，晋实为之。吴蜀既亡，群指为伪朝。自承祚书出，始正三国之名，且先蜀而后吴。又于《杨戏传》末载季汉辅臣赞，亹亹数百言，所以尊蜀殊于魏吴也。习凿齿作《汉晋春秋》，不过因其意而推阐之。然吾所以重承祚者，又在乎叙事之可信，予性喜史学，马班而外，即推此书，以为过范、欧阳云云。王鸣盛《十七史商榷》辨寿索米丁氏与党护马谡贬孔明事亦详。

其剪裁之慎，曲存异说，有得于《春秋》推见至隐之旨。

赵翼《廿二史札记》曰："鱼豢《魏略》谓刘备在小沛生禅，后因曹公来伐出奔，时年数岁，随人入汉中。有刘括者养以为子，已娶妻生子矣，禅记其父字元德。比邻有简姓者，会备得益州，使简雍到汉中见简，简讯之符验，以告张鲁，乃送禅于备。按后主生于荆州，当长坂之败，方在襁褓，赵云抱而奔得免。其后即位时年十七，即位之明年诸葛亮领益州牧，《与杜微书》曰'朝廷今年十八'，此可证也。若生于小沛，时则三十余岁矣，陈专据诸葛集书即位时年十七，而并无奔入汉中为人义子事。《魏略》谓诸葛亮先见刘备，备以其年少轻之云云，然亮《出师表》谓三顾草庐，是备先见亮。亮本传徐庶谓先主曰：'孔明可就见，不可屈致，先主三往乃见。'如此之类，可见寿作史不惑异说。又孙策为许贡客所射中创死，《江表传》《志林》《搜神记》皆以为策杀道士于吉之报，寿作策传独以为妖妄，削不书，亦见其有识。"

王鸣盛《十七史商榷》曰："裴松之注专务博采，所采《蜀记》六条、《典略》一条，多属虚浮诬妄，松之虽亦尚知驳正，然徒劳笔墨矣。观裴注，愈知陈寿史法之严。"

《郡斋读书志》曰："寿书高简有法，如不言曹操本生，而载夏侯惇及渊诸曹传中，则见嵩本夏侯氏之子也。高贵乡卒，而载司马昭之奏，则见公之不得其死也。他皆类此。"

赵翼《廿二史札记》曰："甄后之死，本纪虽不言其暴亡，而后传中尚明言文帝践阼，郭后、李贵人并幸。甄后失志出怨言，帝怒赐死，是虽讳之于纪，犹载之于传也。郭后之死，《汉晋春秋》

谓文帝赐甄死，即命郭母养其子明帝。明帝即位，向郭后问母死状，后曰：'先帝自杀，何责问我？'帝怒，逼杀之。《魏略》则谓，甄临殁，以明帝托李夫人。及郭太后崩，李夫人始说甄惨死不得大敛状，帝令殡郭太后一如甄法。按明帝即位，郭为皇后，凡九年始崩，若明帝欲报怨岂至如许之久？则逼杀当是讹传。或死后因李夫人而敛不以礼，或生前明帝虽恨之，而以先帝所立犹崇以虚名，徙之许昌，而未尝逼杀。魏自文帝已都洛阳，何以帝居洛阳而太后居许，此可见当日情事矣。《寿志》于《明帝纪》书皇太后崩，《郭后传》亦但云太后崩于许昌，葬首阳陵西。盖甄之赐死系事实，郭之逼杀讹传，故传不书。而'崩于许昌'四字略见其不在宫闱，此又作史之微意也。"

范书后出，自欲以体例整理之长，驾越班书之瞻。

范晔《与诸生侄书》曰："班氏最有高名，既任情无例，惟志可推耳，传瞻不可及之，整理未必愧也。"

故其损益繁简之宜，论次褒讥之允，颇有可称。

钱大昕《潜研堂文集》卷十二答问，驳刘知几言范书应首为更始立纪曰，光武虽受更始官爵，亦犹高祖之于义帝耳。更始则因人成事，继以失道而破亡，若欲列诸本纪，则失地之君《春秋》所贬，范史登诸传首，篇中称字而不名，准以史法，最为得中。

赵翼《廿二史札记》，谓范书《儒林传》五经各先载班书所记之源流，而后以东汉习经者著为传，尤见各有师法。又如《卓茂传》叙与茂具不仕莽者五人，及《来历传》叙同谏废太子者十七人，此等既不能各立一传，又不忍没其姓名，故立一人传而同事类叙附见一传，亦见其简而该也。又谓有详简得宜无复出叠见之弊者。如《吴汉传》叙其破公孙述之功，则述传不复详载；袁绍诛宦官二千余人，事见《何进传》，则绍传不复载，此可见其悉心核订。又其论和熹后、隗嚣、李通皆持论平允，足见蔚宗之有学有识，未可徒以才士目之。

特稍著杂闻，朱紫不别，遂见笑于子玄矣。

《史通·采撰篇》曰："王乔凫履出于《风俗通》，左慈羊鸣传于《抱朴子》，朱紫不别，秽莫大焉。"《潜研堂文集》卷十二答问论范书曰："野王二老、汉滨二老、陈留老父，此子虚、亡是公之流，列诸逸民可乎？向栩踪迹诡异，无善可称，列诸独行可乎？方术一篇如徐登、刘根、费长房以下，皆诞妄难信，不特王乔、左慈已也。"

然汉末独行之风、术士之盛，固得此为其实录也。下及延寿亦号良史，南北史中虽于机祥诙嘲小事无所不载，而简径之笔，不同芜秽。

司马光《贻刘道原书》曰："细观延寿之书，亦近世之佳史，虽机祥诙嘲小事无所不载，然叙事简径，比于南北正史，无烦冗芜秽之辞，窃谓陈寿后惟延寿可以亚之也。渠亦当时见众人所作五代史不快意，故别自私书也。"

事增文省，

钱大昕《跋南北史》曰："《新唐书》之进表曰：'其事则增于前，其文则省于旧。'李延寿之南北史则事增文省，两者兼有之矣。然亦有增所不必增，省所不必省者。"

传写风化气泽之所及，盖得实焉。

钱大昕《潜研堂文集》卷十二，答人问延寿列传但以家世类叙，不以朝代为限断，是乃家乘，岂史法乎？曰："延寿既合四代为一书，若更有区别，破碎非体，又必补叙家世，词益繁费，且当时本重门第，类而次之，善恶自不相掩，愚以为甚得《史记》合传之意，未可轻议。"

宋代史学，高附《春秋》，抗颜司马，欧宋新书乃以好征异闻、比次杂说见讥当世。

欧书既出，吴缜者著《新唐书纠谬》驳之，其序曰："尝阅新书，其失有八，五曰多采小说而不精择。"

不知《新书》正以旧书卑弱浅陋，秉命刊修。

宋仁宗以刘昫等所撰《唐书》卑弱浅陋，命欧阳修、宋祁刊修，曾公亮提举其事。

欲广其陋，旁搜必富。

《四库全书总目提要》中《新唐书》下云，是书本以补正刘昫之舛漏，自称事增于前，文省于旧。刘安世《元城语录》则谓事增文省，正新书之失，而未明其所以然。今即其说推之，史官记录具载《旧书》，今必欲广所未备，势必搜及小说而至于猥杂。

然别择有故，未必滥收。

赵翼《陔余丛考》者曰，吴缜《纠谬》谓《新书》多采唐人小说，但期博取，故所载或全篇乖牾。然李泌子繁尝为泌著家传十篇，《新书》泌传采之，而传赞云繁言多不可信，按其近实者著于传，是《新书》未尝不严于别择。今按唐人小说所记轶事甚多，而《新书》初不滥收者，如《王播传》不载其阇黎饭后钟之事，《杜牧传》不载其扬州狎游、牛奇章遣人潜护及湖州水嬉、绿树成阴之事，《温庭筠传》不载其令狐绚问故事答以出在南华遂遭摈抑之事，《李商隐传》不载其见摈于绚因作诗谓郎君官贵东阁难窥之事，此皆载诗话及《北梦琐言》等书，脍炙人口，而《新书》一概不收，则其谨严可知，然此犹稗官也。刘秩为房琯所器，琯出兵，尝曰贼曳落河虽多，岂能当我刘秩。郭暧尚升平公主，夫妻有违言，为公主所诉，代宗慰郭子仪有"不痴不聋不做阿家翁"之语。此等事司马温公及范淳甫曾采入《通鉴》，则非谀闻可知。而《新书》《秩传》《暧传》《公主传》俱无，然此犹曰非《旧书》所有也。杨绾四岁时，坐客各举一物以四声呼之，绾指铁灯树呼曰"灯盏柄曲"。钱起客湖湘间，遇鬼吟"曲终人不见，江上数峰青"之句，后入试用以押官韵遂登第。傅孝忠善占星，姜师度喜穿漕渠，时人语曰"孝忠两眼看天，师度一心穿地"。史思明攻太原，李光弼使人为地道，突出擒贼，贼惊呼为"地藏菩萨"，此皆《旧书》所载，《新书》以其稍涉于纤且俚，遂削而不书，则其立言有体矣。……《段秀实传》则采柳子厚所撰《逸事状》以增之；《鱼朝恩传》则采苏鹗《杜阳杂编》以增之，《旧书·良吏传》无韦丹、何易于，则采杜牧《樊川集》以补丹，采《孙樵集》以补易于，此岂得谓徒摭小说也？亦有琐言碎事，《旧书》所无而《新书》反增之者，如《韦皋传》：李白为《蜀道难》以讥严武，陆畅为《蜀道易》以美皋，此以见皋之能好士。《李贺传》：韩愈、皇甫湜至其家，贺即赋《高轩过》，及出游得句即投古锦囊事。《陈谏传》：尝览染署簿，悉能记其尺寸。贺与谏本文人，无他事迹可纪，此正以见其才，非好奇也。

《五代史记》（《新五代史》之本名）亦善核小说，以救薛书全本实录之不实。

《四库全书总目提要》中《旧五代史》下云，《玉海》引《中兴书目》云："开宝六年四月，诏修《五代史》，七年闰十月书成，多据累朝实录及范质《五代通录》为稿本。"

赵翼《廿二史札记》曰："五代虽乱，而各朝俱有实录，薛即本之，故一年内即告成。今按其纪载，不惟可见其采取之迹，而各朝实录之书法，亦可概见焉。"

宋吴缜又有《五代史记纂误》，据王氏《挥麈录》、晁氏《读书志》、陈氏《书录解题》皆云，缜因私怨指摘瑕疵，误有诋诃。钱大昕亦谓《纠》非无可采，然多不中要害。

王鸣盛《十七史商榷》曰："何义门谓欧公《五代史》喜取小说，不如薛史多本之实录。愚谓实录与小说互有短长，去取之际，贵考核斟酌，不可偏执。如欧史《温兄全昱传》载其饮博取骰子击盆，呼曰，朱三，尔砀山一百姓，灭唐三百年社稷，将见汝赤族云云。据王禹偁谓《梁史·全昱传》但言其朴野，尝呼帝为三，讳博戏事，所谓'梁史'正指'梁太祖实录'。今薛史《全昱传》亦不载博戏之语，欧公采小说补入最妙。"

及温公合刘范之力以成《通鉴》，博极群书琐语，而刊落巫罔，尤精鉴别。属词比事之旨明于《考异》《释例》诸书者，其通识盖绝等矣。后世不该不偏之徒，盖莫得而几焉。

全祖望《鲒埼亭文集·通鉴分修诸子考》曰："胡梅磵言温公修《通鉴》，汉则刘攽，三国迄于南北朝则刘恕，唐则范祖禹，不知何据，然历五百年以来无不信者。予读温公《与醇夫帖子》，始知梅磵言不然。贡父所修，盖自汉至隋，而道原任五代。贡父所修一百八十四卷，醇夫所修八十一卷，道原所修二十七卷，而当时论者推道原之功为多，何也？盖温公平日服膺道原，其通部义例多从道原商榷，故分修虽止五代，而实系全局副手，观道原子义仲所纪可见（按：《文献通考》记温公子康告晁说之之言，及《四库全书总目提要》刘义仲《通鉴问疑》下引邵伯温《闻见录》所云与胡三省同，当是三省所本）。"

司马光《与范祖禹书》曰："妖异有所警戒，诙谐有所补益，皆存之，余乃删去。又《文献通考》记温公子公休谓，在正史外，楚汉事则司马彪、荀悦、袁宏，南北朝则崔鸿《十六国春秋》、萧方等《三十国春秋》、李延寿《南北史》……唐以来柳芳《唐历》最可喜，唐以来稗官野史暨百家谱录、正集、别集、墓志、碑碣、行状、别传亦不敢忽也。"高似孙《纬略》曰："司马《通鉴》，人但以为取之正史，予尝穷极《通鉴》用功处，以其所用之书随事归之于下，凡七年而后成，《通鉴》中所引凡二百二十余家，皆本末粲然，则杂史、琐说、家传，岂可尽废。"

按自史迁往往自言史材去取之故，其后诸人虽偶言之，然已逊其详矣。温公乃专为一书，参举同异以示从违，实开史家未有之例。《四库全书总目提要》云："昔陈寿作《三国志》，裴松之注之，详引诸书错互之文，折衷以归一是，其例最善。而修史之家未有自撰一书明所以去取之故者，有之，实自光始。"

又按《通鉴释例》一卷及《通鉴问疑》中之与刘道原十一帖，尤为通鉴家学之瑰宝，虽子弟僚友传拾于残阙之余，胜于杨恽、马融徒诵马、班之书，而没其所独受者矣。

夫征之远古，官记之曲备也如彼。考之中世，私家之论撰也如此。前者则据粲然之迹，后者则昭独鉴之明。史道之伤，自设局官修始矣。其在平日，官司记注疏而不实，临时则众手獭祭，芜秽抵牾。

按欧宋《新唐书》尚为官撰之佳史，而当时吕夏卿吴缜乃多有违言，夫自作而不逮，诋诃则能焉。固不必全执此而非彼，然吴缜《新唐书纠谬》序言修书之初，其失有八，其凡目一曰责任不专，二曰课程不立，三曰初无义例，四曰终无审覆，五曰多采小说而不精择，六曰务因旧文而不推考，七曰刊修者不知刊修之要而各徇私好，八曰校勘者不举校勘之职而惟务苟容云云，虽仅即《新唐书》而言，然官局众修之史，其弊亦皆如是矣。

钱大昕《潜研堂文集·万先生斯同传》曰，先生病唐以后设局分修之失，尝曰，昔迁、固才既杰出，又承父学，故事信而言文。其后专家之书，才虽不逮，犹未至如官修者之杂乱也。譬如入人之室，始而周其堂寝偃溷，继而知其蓄产礼俗，久之其男女少长性质刚柔轻重贤愚无不习察，然后可制其家之事。若官修之史，仓卒而成于众人，不暇择其材之宜与事之习，是犹招世人而与谋室中之事也。又曰，史之难言久矣……而在今则事之信尤难。盖俗之偷久矣，好恶因心而毁誉随之，一家之事言者三人而其传各异矣，况数百年之久乎！言语可曲附而成，事迹可凿空而构，其传而播之者，未必皆直道之行也；其闻而书之者，未必有裁别之识也，非论其世知其人而具见其表里，则吾以为信而人受其枉者多矣。按《方望溪集·万季野墓表》所引亦同。

继世而有良史出焉，欲整齐旧闻以发蒙聩，则欧宋温公之杂采谀闻，正莫二之良规也。盖记注不实，则小家珍说反为钩稽参伍之资，直道之言，固往往而在。惜也自注之法，踵为者少，不足以合同异、彰史德耳。夫《春秋》文或数万，其指数千，约文以立史纲，长编以昭此事，车辅相依而两行其体。约文不立，则年邈事系，难资众晓。长编不著，则稽古有志者又无以考详，独抱遗经与偏计三传者，固均之未有当也。自史迁继作，传之其人而不得，则亲述断制之微，其于谋己，固已忠矣。过此以往，苟有代斫之良，犹不啻若自其口出。然松之而后，概乎未闻，此自注之所由尚也。卓尔宋人，妙得史法，考异说书，自穷原委。

  章学诚《文史通义·史注篇》曰：昔夫子之作《春秋》，笔削既具，复以微言大义，口授其徒。三传之作，各据闻见，推阐经蕴，《春秋》以明。……史迁著百三十篇，乃云：藏之名山，传之其人。其后外孙杨恽，始布其书。班固《汉书》，学者未能通晓，马融乃伏阁下，从其女弟受业。……古人专门之学，必有法外传心，笔削之功所不及。迁书自裴骃为注，固书自应劭作解，其后注者犹若干家，则皆阐其家学者也。魏晋以来，史籍之掌，代有其人，而古学失传，史存具体。惟于文诰案牍之类次，月日记注之先后，不胜扰扰。而文亦繁芜复沓，是岂尽作者才力之不逮，抑史无注例，其势不得不日趋于繁富也。子长之外孙、孟坚之女弟必不得之数也。太史《自叙》之作，其自注之权舆乎？班书年表十篇与地理、艺文二志皆自注，则又大纲细目之规矩也。其陈、范二史尚有松之、章怀为之注，自后史权既散，纪传浩繁，宋范冲修《神宗实录》别为《考异》五卷，当与《通鉴举要》《考异》之属同为近代之良法也。且人心日漓，风气日变，缺文之义不闻，而附会之习且愈出而愈工，在官修书，惟冀塞责，私门著述，苟饰浮名，诚得自注以标所去取，则诚伪灼然，可见于开卷之顷，而风气可以渐复于古质，为益尤大。

信信之道乃复尊乃稗官，《涑水日记》之篇，比于子玄所称小书人物与史臣自刊之类。则又伦叙有故，非凭骥尾，扶轮枝叶，冥契前典。

  《四库提要》子部小说家《涑水纪闻》下云，是编杂录宋代旧事，起于太祖，讫于神宗，每条皆注其述说之人，故曰纪闻。或偶忘名姓者，则注曰不记所传，明其他皆有证验也。间有数条不注者，或总注于最后一条以括上文，或后来传写不免有所佚脱耳，《文献通考·温公日记》条下引李焘曰，文正公初与刘道原共议取实录、国史，旁采异闻，作《资治通鉴后纪》。今所传纪闻及日记、朔记，皆

"后纪"之具也。

《史通·补注篇》曰，既而史传小书，人物杂记，若挚虞之《三辅决录》、陈寿之《季汉辅臣》等，文言美辞，列于章句，委曲叙事，存于细书，此之注释，异夫儒士者矣。次有好事之子，思广异闻，而才短力微，不能自达，庶凭骥尾……若裴松之《三国志》、刘孝标《世说》之类是也。亦有躬为史臣，手自刊补，虽志存该博，而才阙伦叙，遂乃定彼榛楛，列为子注。若萧大圜《淮海乱离志》、杨衒之《洛阳伽蓝记》之类是也。

遗风所被，近世纪昀之流，亦明录街谈巷语之所自，以托于青史之遗，此则小道可观，文有其质矣。

由斯以谈，偏记小说，自成一家，而能与正史参行，资人善择，本其所由来，亦可谓渊远而流长矣。自《隋书》明立史部，于正史外，有古史、杂史、霸史之别，后世沿袭，稍有屈伸，支离破碎，使公私简牍，稗官青史，流别不明，子玄杂述，粗知叙次，权而为论，其类有十。

《史通·杂述篇》曰，在昔三坟、五典、春秋、梼杌，即上代帝王之书。中古陈侯史记，行诸历代，以为格言。其余外传，则神农尝药，厥有《本草》；夏禹敷土，实著《山经》；《世本》辨姓，著自周室；《家语》载言，传诸孔氏。是知偏记小说，自成一家，而能与正史参行，其所由来尚矣。爰及近古，斯道渐烦，史氏流别，殊途并骛，权而为论，其流有十焉。一曰偏纪，若陆贾《楚汉春秋》、乐资《山阳载记》。二曰小录，若戴逵《竹林名士》、王粲《汉末英雄》。三曰逸事，若和峤《汲冢纪年》、葛洪《西京杂记》。四曰琐言，若刘义庆《世说》、裴荣期《语林》。五曰郡书，若圈称《陈留耆旧》、周斐《汝南先贤》。六曰家史，若扬雄《家谍》、殷敬《世传》。七曰别传，若刘向《列女》、梁鸿《逸民》。八曰杂记，若祖台《志怪》、干宝《搜神》。九曰地理书，若盛弘之《荆州记》、常璩《华阳国志》。十曰都邑簿，若潘岳《关中》、陆机《洛阳》。

则细目繁苛，多可合并。夫中古以降，旁记纷纶，诚极驰骛，约斯十类，宜立二端，一则私人丛录之谈，一则郡国地方之志耳。前者盖本于古时小事之简牍，由官史载笔而变为私闻；后者盖本于诵训稗官之陈道，由副记野书而归于官籍，此古今旁史升降之大凡也。自《禹本纪》《禹受地记》《禹大传》《伊尹说》《鬻子说》《师旷》《天乙》《黄帝说》《汲冢师春》《周穆王美人盛姬死事》，下及子玄所称偏记、小录、逸事、琐言、家史、别传，皆属前类。

  《困学纪闻》曰：《三礼义宗》引《禹受地记》，王逸注《离骚》引《禹大传》，岂即太史公所著《禹本纪》欤。

  《伊尹说》以下五书见《汉书·艺文志》小说家。

  《晋书·束皙传》曰：汲郡人不准盗发魏襄王墓，或言安釐王冢，得竹书数十车。……《师春》一篇书《左传》诸卜筮，"师春"似是造书者姓名也。……《穆天子传》五篇，言周穆王游行四海见帝台、西王母。又杂书十九篇内有《周穆王美人盛姬死事》。

自《山海》《职分》《周考》《周说》《周纪》，张骞述西域，司马迁传货殖，刘向、朱赣之言域分风俗，《汲冢》《国语》《梁丘藏》《周书》，下及子玄所称郡书、杂记、地理书、都邑簿皆属后类。

  《周考》《周纪》《周说》见《汉书·艺文志》小说家。

  《史记·大宛列传》曰：骞身所至者大宛、大月氏、大夏、康居，而传闻其旁大国五六，具为天子言之。

  《汉书·地理志》曰：汉承百王之末，国土变改，人民迁徙。成帝时刘向略言其域分，丞相张禹使属颍川朱赣条其风俗，犹未宣究，故辑而论之。

  《晋书·束皙传》又曰：《竹书》《国语》三篇言楚、晋事，《琐语》十一篇诸国卜梦妖怪相书也。《梁丘藏》一篇先叙魏之世数，次言丘藏金玉事。又杂书十九篇内有《周书》论楚事。

夫述远则嫌于矫诬，记近则曲为弹饰，此皆良史之所无，偏记之所擅。

  按《文心雕龙·史传篇》，乃合正史旁记而言，其论述远记近之难，极中旁记小书之失。知几《杂述篇》所讥弹十流偏记者，莫能外焉。其言曰：若夫追述远代，代远多伪。文疑则阙，贵信史也。然俗皆爱奇，莫顾实理。传闻而欲伟其事，录远而欲详其迹，于是弃同即异，穿凿傍说，旧史所无，我书则传，此讹滥之本源，而述远之巨蠹也。至于记编同时，时同多诡。虽定哀微辞，而世情利害，勋荣之家，虽庸夫而尽饰；违败之士，虽令德而常嗤。吹霜煦露，寒暑笔端，此又同时之枉，可为叹息者也。析理居正，惟素心乎。

而私人丛录者为尤，其见裁于良史斟酌损益之间，固已戛乎其难，具如前述。若夫郡国地方之记，苟托付有人而讲隆其职，则于官司记注疏而不实之时，亦足以此为平日史料整理之业，而作正史秉笔之巨资，实斋章氏嘅乎言之，非无故也。

> 章学诚《方志辨体》曰：方州虽小，其所承奉而施布者，吏、户、礼、兵、刑、工无所不备，是则所谓具体而微矣。国史于是取裁，方将如《春秋》之藉资于百国宝书也，又何可忽欤？或曰，自有方志以来，未闻国史以为凭也。今言国史取裁于方志，何也？曰方志久失其传，今之所谓方志，非方志也。其古雅者，文人游戏，小记短书，清言丛说而已耳。其鄙俚者，文移案牍，江湖游乞，随俗应酬而已耳。搢绅先生每难言之，国史不得已而下取于家谱志状，文集记述，所谓礼失求诸野也。然而私门撰著，恐有失实，无方志以为之持证，故不胜其考核之劳，且误信之弊，正恐不免也。盖方志亡而国史之受病也久矣，方志既不为国史所凭，则虚设而不得其用，方志乎哉。

大哉，孔左史迁，于考信征文之法树立二极，盖传闻私记则往往两存。

> 按自孔子有异辞之科、比事之教，丘明因孔子史记成《左氏春秋》，亦纂于异同稽其逸文别说为《国语》。司马迁之本纪著要事，于世家列史著别录，正记旁闻，铨配极当，史才之难，于此为尤。刘彦和《史传篇》曰：或有同归一事而数人分功，两记则失于复重，

偏举则病于不周，此又诠配之未易也云云。谈言微中，道尽此事之甘苦，彦和史学良不可及。夫孔左错文见义之例，传注家言之详矣，兹举《史记》记孝惠免废一事，以证彦和之言，并列宋以来诸家之辨论，以见史识之不易也。《史记·吕太后本纪》言如意立为赵王后，几代太子者数矣，赖大臣争之，及留侯策，太子得毋废云云，明谓太子之不废非一人之功也。《留侯世家》言上欲废太子，大臣多谏争未能得坚决者也。叔孙太傅称说古今，以死争太子，上佯许之，犹欲易之，竟不易太子者，留侯本招四人之力也云云。又《叔孙通传》亦详叙通以死谏废太子，高祖曰吾听公言之事。又《周昌传》亦言期期不奉诏事，明四皓之来与其他诸大臣及叔孙通等，共为孝惠之功人耳，非四皓之力也。留侯因之将成之势，设巧计以定之，故史迁重称之。然其兼推叔孙与留侯并功，意亦彰明，此正彦和所谓一事分功，铨配之极则也。司马温公疑四皓之事，《通鉴考异》曰，按高祖非畏搢绅讥者也，但以大臣皆不肯从，恐身后赵王不能独立，故不为耳。若决意欲废太子立如意，以留侯之久故亲信，犹云"非口舌所能争"，岂山林四叟片言遽能泥其事哉？借使四叟实能泥其事，不过污高祖数寸之刃耳，何至悲歌。若四叟实能制高祖，使不敢废太子，是留侯为子立党以制其父也，留侯岂肯为此哉！此特辩士欲夸大四叟之事故云然。司马迁好奇，多爱而采之，今皆不取。胡寅《读史管见》驳之曰：善乎子房之能纳说也，不先事而强聒，不后事而失机，不问则不言，有言则必当其可，故听之易，而用之不难也。评之者曰，汉业存亡在俯仰间，而留侯于此每从容焉。诸侯失固陵之期，始分信、越之地，复道见沙中之聚，始言雍齿之侯，善言子房矣。至于引致四皓，羽翼储宫，方之齐桓公会合八国，定王世子于首止，事简而力不劳，其绩尤伟耳。世之君子乃至疑焉，谓审有此，是子房为子结党以制父也。而汉庭大臣力谏之强，岂不贤于四人之助乎？是盖未尝知圣人深许首止之盟，而称管仲相齐，一匡天下之美也。《易》于"坎之九二"曰，樽酒簋，贰用缶，纳约自牖。先贤以子房、四皓之事明之，曰人心有所蔽，亦有所明。欲立赵王如意者，帝之所蔽也。闻四老人之贤，愿见而莫能致者，其心之所明也。子房用其明以去其蔽，是自牖纳约者，宜其从之之速也。今当据旧史详载之。且子房时然后言，言必有益，而前史谓良与上言，前后甚多，非天下所以治乱安危者，故不载。呜呼，良岂有费言哉！全祖望《四皓论》复张温公之说曰：高祖《求贤诏》不过曰有能从吾游者，吾能尊显之，斯其言其陋，无求贤真意。而谓求公数岁，其为处士张大之词固不必问。且留侯既知四人足以安太子，则当高祖击黥布时，四人已在东宫，何不竟言委以保傅之任，又宁待高祖破布还愈欲易太子而始见此四人，何其迟而拙也。四人既为太子出也，不一年而高祖崩，太后酖赵王，喑戚姬，惠帝遂为淫乐不视政，汉业以衰，其时四人安在也？四人而非贤人则可，四人而贤人也，安有国事至此，而无一言匡之者？倘谓惠帝定位，四人遽去，亦何所见而去耶？故曰，此四人者不过东宫旅进旅退之客，偶有说建成侯之一节，而后人从而张大之者也。四人之不敢使太子监军者，鉴申生之祸也。高祖欲易储，亦颇以太子柔弱，恐难任大事，四人果有材，辅太子而东，隶以樊、灌之徒，一战而收黥布，则太子安有失位之恐？乃心怵于诸将之不受节度或至偾军，必欲高祖之扶疾亲将，是明示之懦，不堪任也，四人才亦仅矣。总之，高祖无如大臣自留侯而下输心太子，是则真所谓羽翼者也。举汉庭将相不足翼太子，而必待此四人，何其愚也。杨维桢曰：四人殆留侯以其雁者诡高祖，则徒重视此四人者，而谓留侯与太子敢于此而欺君父，留侯可诛，太子亦良可易也。观此三家之论，则温公、谢山皆未明，《史记》明言大臣皆有功，且所推者乃留侯策，非推四皓也，四皓之进退与真伪，即"留侯策"三字，已足见其惝恍不可知之实矣。然直道之言，固有不及主文谲谏者，致堂胡氏之见是矣。

宝书郡计，则宏资取据。

《春秋公羊传》卷一疏引闵因叙云：昔孔子制《春秋》之义，使子夏等十四人求周史记，得百二十国宝书，九月经立。

按《周礼》小史掌邦国之志，郑注谓《春秋传》所谓"周志"，《国语》所谓"郑书"之属是也云云。钱大昕《凤阳县志序》曰，《周礼》小史掌邦国之志，训方氏掌道四方之政事，与其上下之志，诵训掌道方志，以诏观事，其志之权舆乎云云。窃意小史所掌，盖诵训、训方、小行人所传道而上之者，三官采之，小史守之。小史虽不必当撰述之才，然诏上之时，必分别部居以邦国为纪，则謏闻小说宜有所整理矣，此后世官修方志之所本欤？又按《周礼》外史亦掌四方之志，细观其文有微别。盖外史所掌为大事书之于策者，故云书外令掌四方之志。郑注谓若鲁之《春秋》、晋之《乘》、楚之《梼杌》是也。小史所掌盖为小事书之简牍者，故郑引《周志》《郑书》释之。外史所掌，或即《尚书》《春秋》之所据。《汉仪注》曰：太史公，武帝置位在丞相上，天下计书，先上太史公，副上丞相，序事如古《春秋》。

明此二科，可以尽旁史小说之大用矣。

何谓立规通变之难其人耶？曰通变之事，一为书法，其说在钱大昕之《春秋论》。

钱大昕《春秋论》曰，《春秋》褒贬奈何？直书其事，使人善恶无所隐而已矣。曰崩，曰薨，曰卒，曰死，以其位为之等。《春秋》之例书"崩"、书"薨"、书"卒"，而不读"死"者，"死"者庶人之称，庶人不得见于史，故未有书死者。古今史家之通例，非褒贬之所在，圣人不能以意改之也。或曰先儒所重者，善善恶恶之大义，自我作古，不必因乎《春秋》。曰人之善恶，固未易知，论人亦复不易。班固以上中下九等品古今人，后世犹且非之，况以"死"与"卒"二者定君子小人之别，其权衡轻重，果无一之或爽乎？扬雄之仕于莽，于去就固不无可讥，然方之刘歆、甄丰之徒何如？方之莽、操、懿、裕之徒又何如，操、懿尚不能概以"死"书之，何独责于雄哉？后汉之名臣曾仕莽者不少，有书有不书，是为同罪而异罚，后人求其说不得，则上下其手，一以法吏舞文之术行之，又非作者之意也。故曰明于《春秋》之例，可与言史矣。又曰昔唐吴兢撰《天后本纪》，次高宗下，而沈既济非之，以为当合以《中宗纪》，且引《春秋》书"公在乾侯"之例，请每岁书"皇帝在房陵，太后行某事"，当时议竟不行。至紫阳《纲目》出，始采其说。每岁首书帝所在，又嫌于用武氏纪元，乃虚引嗣圣年号，自二年讫二十一年至神龙反正而止，于是唐无君而有君，中宗无年号而有年号。后儒推衍其例，以夏少康始生之岁为元岁，而夏之统不中绝。又有议引孺婴居摄之号，而黜王莽纪元以存汉氏之统者，此亦极笔削之苦心，而称补天之妙手矣。谓如此而合于《春秋》之指，则愚窃未敢以为然也。鲁昭公之出也，鲁未尝立君，鲁之臣民犹君之也。若齐若晋，犹以诸侯之礼待之也。昭虽失国而未失位，故生称公，薨称我君，非《春秋》强加之也。公之丧至自乾侯，而嗣君始即位于枢前，明乎鲁人犹公之也。公之号未替，故《春秋》据实而书之，非已降而虚尊之也。昭公之在外者七年，而岁首书公在者三，其始居于郓，郓本鲁地，则犹在国也，故不曰公在郓也。乾侯非鲁地，则谨而书之，犹襄公二十七年，书公在楚也。此亦方策之例，非《春秋》之特笔也。唐之中宗尊号已去，此山阳公、陈留王之类也。武氏篡夺已成，其纪元也，欲以《春秋》昭公之事例之，是不然矣。或曰武氏虽篡，唐之臣民未尝忘唐也，缘臣子之心而书之，奚为不可。曰汉之亡，其臣民亦未忘汉也。今有编汉魏之年者，改黄初二年为建安二十六年，岁首书曰帝在山阳邸，以为缘故臣之心而书之，可乎不可乎？或曰唐之亡也，河东凤翔称天祐者二十年，古固有虚称年号，而无其实者矣。曰史者，纪实之书也，当时称之吾从，而夺之非实也，当时无之吾强，而名之亦非实也。天祐之君已亡，其纪年已替，然一方固犹称之矣。河东凤翔之人知有天祐，不知有开平、贞明也。叙一国之事用其本国之元，自古良史之法固如此，嗣圣纪元止一年耳。自二年以至廿一年，皆后人强名之而非其实也，非史法也。自古以攘夺而立国者多矣，幸而统一寰宇，则不得不纯以天子之制予之，要其篡夺，自不可掩，不系乎年号之大书与否也。

一为体载，其说在章学诚之论书教。

章学诚《书教篇》曰：《尚书》变而为《春秋》，则因事命篇，不为常例者，得从比事属辞，为稍密矣。《左》《国》变而为纪传，则年经事纬，不能旁通者，得从类别区分，为益密矣。纪传行之千余年，学者相承，殆如夏葛冬裘，渴饮饥食，无更易矣。然无别识心裁，可以传世行远之具，而斤斤如守科举之程式，不敢稍变。不知纪传原本《春秋》，《春秋》原合《尚书》之初意也。《易》曰：穷则变，变则能，通则久。纪传实为三代以后之良法，而演习既久，卷王之大经大法，转为末世拘守之纪传所蒙，曷可不思所以变通之道哉!……自刘知几以还,莫不以谓书教中绝,史官不得衍其绪矣。自《隋志》著纪传为正史,编年为古史,历代因之,遂甲纪传而乙编年。则马、班以支子而嗣《春秋》,荀悦、袁宏以《左氏》大宗而降为旁庶矣。纪事本末,《尚书》之遗也。在袁氏初无其意,亦未足语此,但即其成法,加以神明变化,则古史之原隐然可见。又日本纪编年之例,自文字以来,即有之矣。《尚书》为史文之别具,如用《左氏》之例而合于编年,即传也。以《尚书》之义为《春秋》之传,则《左氏》不致以文徇例,而浮文之刊落者多矣。以《尚书》之义为迁《史》之传,则八书、三十世家不必分类,皆可仿《左氏》而统名曰传。或考典章制作,或叙人事终始,或究一人之行,或合同类之事,或录一时之言,因事命篇,以纬本纪。则较之《左氏》翼经,可无局于年月后先之累,较之迁《史》之分列,可无歧出互见之烦。至于人名事类,合于本末之中,难于稽检,则别编为表,以经纬之。天象、地形、舆服、仪器难以文字著,别绘为图以表明之。盖通《尚书》《春秋》之本源而拯马、班书之流弊,莫过于此。

夫名足以指实,辞足以见极。外此者谓之言,生百世之后,泥一科之律,欲明清于单辞,以当簿往古。伪朝正朔,恣意抑扬,此书法之大弊也。人无动而可以不与权俱,衡不正,则重悬于仰而人以为轻,轻悬于俛而人以为重,乃纷纷于纪传编年,填其匡格,此又立体之大弊也。谅哉,钱、章之言,若夫润泽之,则在其人矣。

(原载《国立中山大学文学院专刊》)

三、左传略

疑《左传》者,始见于刘歆《让太常博士书》所诋当时学者谓左氏不传《春秋》,此疑左之见端也。后世认《左传》为独立自为书者亦多有其人,上篇已略述之。至清代刘逢禄之《左氏春秋考证》遂专伸此说,谓条例皆刘歆所窜入,授受皆歆所构造。章炳麟又详驳之。然自《史记》已称左丘明惧弟子人人异端,各安其意,失其真,故因孔子、《史记》,具论其语,成左氏之《春秋》,则此书全为孔子《春秋》而作,毫无可疑。章氏难刘之言綦烦,不可尽引,唯谓传之体本不一,唯《穀梁传》《仪礼·丧服传》《夏小正传》与《公羊》同体耳。毛公《诗传》则训诂多而说义少，体稍殊矣。伏生作《尚书大传》则叙事八而说义二，体更殊矣。左氏之为传正与伏生同体，亦犹裴松之注《三国志》撰集事实以见异同，左氏自释《春秋》不在名传与否云云。此言殊为得要。盖古者书名多随宜而称，本不一律。即如《晋乘》《楚梼杌》亦得云《春秋》，孔颖达、杜预《春秋序》疏言之已详。又《春秋》亦得名"史记"。公羊闵元年称以《春秋》为《春秋传》，休云古者谓"史记"为《春秋》，皆是也。《左传》之称《左氏春秋》或称《左氏传》，本无异也。《公》《谷》《丧服》、七十子所传之传与鲁君子左丘明为传之体亦固不必从同也。又刘氏以《汉书》称刘歆引传文以解经，由是章句义例备焉，遂断左氏书法及比年依经皆歆所为。章氏驳之曰"左氏本史官，《艺文志》谓据行事、仍人道、假日月、定历数、藉朝聘、正礼乐者。亲闻圣旨，自能瞭如，歆引传解经亦犹费氏说《易》引《十翼》解经，若其自造，何引之有？且杜预《释例》所载子骏说经之大义尚数十条。此固出自胸臆，亦或旁采《公羊》而与传例不合。若传例为子骏自造，何不并此数十条入之传文，顾留此以遗后人指摘乎"云云，此可信也。刘歆时诸五经博士所谓左氏不传《春秋》者，其义据不可知，刘逢禄即引申此语以疑左氏，兹得章氏所驳，是足以捍卫左氏者。

唐啖助本甚重左氏，但谓《左传》亦是左氏口授于其弟子，其弟子不无推演附益之语。啖氏曰："古之解说，悉是口传，自汉以来乃为章句，如《本草》皆后汉时郡国而题以神农。《山海经》广说殷时而云夏禹所记。自余书籍比比甚多，是知三传之义本皆口传，后之学者乃著竹帛，而以祖师之目题之。予观《左氏传》自周、晋、齐、宋、楚、郑等国之事最详。晋则每一出师具列将佐，宋则每因兴废备举六卿。故知史策之文每国各异。左氏得此数国之史以授门人，义则口传，未形竹帛。后代学者乃演而通之，总而合之，编次年月，以为传记，又广采当时文籍，故兼与子产、晏子及诸国卿佐家传并卜书及杂占书、纵横家、小说、讽谏等杂在其中。故叙事虽多，释意殊少，是非交错，混然难证，其大略皆是左氏旧意。故比余传其功最高，博采诸家，叙事尤备，能令百代之下颇见本末，因以求意。经文可知，又况论大义，得其本源，解三数条大义（天王狩于河阳之类）亦以原情为说，欲令后人推此以及余事，而作传之人不达此意，妄有附益，故多迂诞。"（陆淳《春秋集传纂例》引）啖氏此说亦自持之有故。然《史记》明云左丘明恐七十弟子得之口授，各安其意，损其真,故具论其语成《左氏春秋》,则左氏正鉴于口授之易失真而后有作,其本书非口授甚明。且《史记》又云铎椒虞卿撮采左氏之书,如为口授,安所从撮取乎?

赵匡又变啖氏之说,遂疑及左氏非丘明,其言曰:"啖氏依旧说以左氏为丘明,受经于仲尼。今观左氏解经浅于《公》《谷》,诬谬实繁。若丘明才实过人岂宜若此?推类而言皆孔门之后人。但《公》《谷》守经,左氏通史,故其体异耳。且夫子自比皆引往人,故曰:'窃比于我老彭。'又说伯夷等六人云'我则异于是',并非同时人。丘明者盖孔子以前贤人。如史佚、任迟之流,见称于当时耳,焚书之后莫得详知。学者各信胸臆,见传及《国语》俱题左氏,遂引丘明为其人。此事既无明文,唯司马迁云:'丘明丧明,厥有《国语》。'刘歆以为《春秋左氏传》是丘明所为,后世遂以为真。"或曰:"迁、歆与左丘明年代相近,固当知之。"夫求事实当推理例,岂可独以远近为限。且迁作《吕不韦传》云:"不韦为秦相,为《吕氏春秋》。"及《报任安书》乃云:"不韦迁蜀,世传《吕览》。"其说丘明之谬复何疑焉。杜预云:"凡例皆周公之旧典礼经。"按其传例云弑君称君君无道也,称臣臣之罪也。然则周公先设弑君之义乎?或曰:"若左氏非受经于仲。"则其书多与《汲冢纪年》符同,何也?曰:"彭城刘惠卿云:'纪年序诸侯列会,皆举其谥。知是后人追修,非当时正史……别有《春秋》一卷,全录《左氏传》卜筮事,无一字异,故知此书按《春秋》经传而为之也。'刘之此论当矣。"《竹书》所记多诡异鄙浅,不足凭据而定邪正也。近代之儒(指陆德明)又妄为记录云"丘明授曾申,申传吴起,以至张苍、贾谊,此乃近世之儒欲尊左氏,妄为此记。向若传授分明如此,《汉书》张苍、贾谊及《儒林传》何故不书"云云。按赵氏谓孔子所自比者多前世人,遂疑丘明亦然,此近臆断。且老彭之老,王弼已云是老聃(《邢昺疏》引),安可断定丘明非同时人。至司马迁《报任安书》乃是私人孤愤之作,随笔成趣,一时兴到,不为典要。至其《十二诸侯年表序》述丘明著书本末其详若彼,何可诬也?杜预虽称旧典礼经,然其《释例》已自云"诸凡虽是周公旧典,丘明撮其礼义约以为言"非纯写故典之文。盖据古文覆逆而见之,是杜氏已知丘明有以意覆逆之说矣。《竹书纪年》不足凭以考经,斯为确论也。陆德明所叙左氏传授,本于刘向《别录》,孔颖达亦引之,此固不应致疑。孔颖达、陆德明皆硁硁守古之士,断非构造。《汉书》张苍、贾谊传叙其平生大事，又本非徒经生，于体不必琐琐记一经之传授。即《儒林传》亦但于《易》叙孔子以来之传授，于《诗》《书》《礼》《春秋》诸经皆未远征。不得以《汉书》未言，详略不一，反疑刘向也。

王安石有《春秋解》一卷证左氏非丘明者十一事。陈振孙《书录解题》谓出依托，今未见其书。不知十一事者何据也。

郑樵《春秋传》有"左氏非丘明辩"一篇，证左氏非丘明者八事，其言曰："《左氏》纪韩魏智伯之事，又举赵襄子之谥，则是书之作必在赵襄子既卒之后。若以为丘明，自获麟至襄子卒已八十年。使丘明与孔子同时。不应孔子既没七十有八年之后丘明犹能著书，今左氏引之，此左氏为六国人，在于赵襄子既卒之后，明验一也。《左氏》'战于麻隧，秦师败绩，获不更女父'，又云'秦庶长鲍、庶长武帅师及晋师战于栎'。秦至孝公时立赏级之爵乃有不更、庶长之号。今左氏引之，是左氏为六国人，在于秦孝公之后，明验二也。《左氏》云'虞不腊矣'，秦至惠王十二年初腊。郑氏、蔡邕皆谓腊于周即腊祭，诸经并无明文，惟吕氏《月令》有腊先祖之言，今左氏引之，则左氏为六国人，在于秦惠王之后，明验三也。左氏师承邹衍之诞而称帝王子孙，按齐威王时邹衍推五德终始之运，其语不经，今左氏引之，则左氏为六国人，在齐威王之后，明验四也。《左氏》言分星皆准堪舆，按韩、魏分晋之后，而堪舆十二次'始于赵分曰大梁'之语，今左氏引之，则左氏为六国时人，在三家分晋之后，明验五也。《左氏》云左师展将以公乘马而归，按三代时有车战、无骑兵，惟苏秦合纵六国，始有车千乘、骑万匹之语，今左氏引之，是左氏为六国人在苏秦之后，明验六也。《左氏》序吕相绝秦，声子说齐，其为雄辩狙诈真游说之士、捭阖之辞，此左氏为六国人，明验七也。《左氏》之书，序晋、楚事最详，如楚师熸渐犹拾潘等语，则左氏为楚人，明验八也。"据此八节亦可知左氏非丘明，是为六国时人无可疑者云云。按郑樵所疑终于智伯及虞不腊矣二层，《朱子语类》及叶梦得《春秋谳》皆同此疑，叶梦得昌言推鞫，尤多同于郑樵。清《四库全书总目》释之曰："考《史记·秦本纪》称惠文君十二年始腊，张守节《正义》称秦惠文王始效中国为之，明古有腊祭，秦至是始用，非至是始创。"阎若璩《古文尚书疏证》亦驳此说曰"史称秦文公始有史以记事，秦宣公初志闰月，岂亦中国所无待秦独创哉？则腊为秦礼之说未可据也。……经止获麟而弟子续至孔子卒，传载智伯之亡，殆亦后人所续。《史记·司马相如传》有扬雄语，不能执是一事指司马迁为后汉人也。则载及智伯之说不足为疑也"云云。按郑樵所举实嫌繁碎，得《四库全书总目》之释可以涣然冰解。即如庶长、不更之爵亦非自孝公始有，《史记·秦本纪》明云"宁公卒，大庶长弗忌、威磊、三父废太子而立出子"，此尚在春秋之初，则庶长、不更诸爵当是秦人祖法，孝公商鞅或有所损益，要非始创也。堪舆分野之名，其在天者相承甚古，下土分域，时有变更，而星次诸名则古堪舆之旧，《周礼》保章氏注疏可详览也。故郑樵所举第四验以下，尤全为臆测，不根已甚。彼尽以六国之事疑《春秋》，安知六国之事不萌芽于《春秋》时耶？近人李慈铭谓就令左氏为六国时人，亦不得以后日之官制追纪前事。(《越缦堂日记》《孟学斋甲集》首集下) 可谓一语破的矣。

唯《四库全书总目》谓传载智伯之亡，殆亦后人所续，此论亦有未审。盖此事尤为疑左者之口实，不可不辨，请详论之。按故书雅记言及左丘明者凡有三处，皆可证丘明为孔子同时人，且年少于孔子。知丘明年少于孔子，则《左传》记智伯卒以及赵襄子之谥尽无可疑。

(1)《论语》孔子谓"巧言，令色，足恭，左丘明耻之，丘亦耻之，匿怨而友其人，左丘明耻之，丘亦耻之"。

(2) 严彭祖《严氏春秋》引《观周篇》谓"孔子将修《春秋》，与左丘明乘，如周，观书于周史，归而修《春秋》之经，丘明为之传，共为表里"。《观周篇》者，旧《孔子家语》之文也。此而说在《史记》前。

(3) 刘向《别录》言左丘明作传，授曾申，此一说又在《汉书》前。

要之三者皆确可据依，可以考见丘明生世大略，固无疑也。赵匡疑《论语》所称左丘明非孔子同时人，前已驳之。且孔子于老彭则曰窃比，而直呼"左丘明耻之，丘亦耻之"，其为称扬友生后进，亦犹"孝哉，闵子骞吾与点也"之类，而非如老聃齿德之尊可知。此据《论语》不独丘明为孔子同时人，且似齿少于孔子也。《别录》谓"丘明授曾申，曾申授吴起"。夫曾申为曾参之子，见于《檀弓》。据《史记·仲尼弟子列传》曾参之少于孔子已四十六岁。丘明为曾申之师，曾申且下及吴起，则丘明之年必大少于孔子而与曾参不相远，可断言也。知丘明之年与曾参相若，则《观周篇》所云，尤可据推丘明之年寿矣。欲明丘明之年寿，不可不先征其偕孔子如周之年岁。孔子晚而著书，《史记·孔子世家》所谓孔子去鲁十四岁而返乎鲁，鲁终不能用孔子，孔子亦不求仕，于是追迹三代之礼，序《书》删《诗》，赞《易》作《春秋》。及《十二诸侯年表序》所谓明王道干七十余君，莫能用，然后西观周室，论史记旧闻，次《春秋》者是也。《春秋》尤为最晚之作，绝笔于哀公十四年春，越三岁而孔子卒矣，此固确切不移之事实。然则《史记》所云西观周室论史记旧闻，正与《观周篇》相合。盖既老而述作之志定，乃如周观书。所谓周史盖即老子也。按孔子适周之事，《史记·孔子世家》言之甚详，惟文义稍混，说者纷如，令人迷惑。盖《史记》于孟釐子卒，南宫敬叔往学礼于孔子。是岁季武子卒，平子代立之下，实欲总提孔子一生大略。故即接以总括之辞曰："孔子贫且贱。"及长当为季氏史，当为司职吏，由是为司空，已而去鲁，斥乎齐，逐乎宋卫，困于陈蔡之间。于是返鲁，南宫敬叔言于鲁君，请与孔子适周观礼，盖见老子云云。此乃通论平生总括数十年之事，非与篇中前后逐年专条事迹相接。所谓去鲁斥齐，逐乎宋卫，困于陈蔡而返鲁，其为鲁哀公十一年之返鲁尤明，是时孔子年六十八矣。返鲁而哀公终不能用，于是论次六艺，最后及于《春秋》。而《春秋》叙至获麟，其命笔也自尤在哀公十四年春以后。杜预所谓感麟而作，何休所谓端门之命，辞意虽殊，论其命笔之时则固相若。南宫敬叔请与适周而见老子，正宜在此数年。《史记》所谓南宫敬叔之请及西观周室论史记旧闻而次《春秋》，即《观周篇》所云将修《春秋》而后乃与左丘明观书周室之时矣。是时孔子年七十一矣。《庄子·天道篇》云"孔子西藏书于周室往见老聃翻十二经以说"，又云"孔子见老聃而有'甚矣，道之难行'之叹"。又《庄子》佚文有孔子读《春秋》，老聃踞灶觚而听之文。此皆历聘诸邦，老废自叹六艺《春秋》述作将定之言，非早岁之言也。又《庄子》所谓孔子年五十一南游见老子，五与七古文形似，五十一盖七十一之误耳。此皆可证孔子适周之时者也。今断孔子适周定在哀公十四年春以后。而《礼记》曾子问有，孔子昔从老聃助葬于巷党及土恒而遇日食之文，此则哀公十四年五月庚申朔日有食之见于《春秋续经》之策。由是言之，孔子适周即在哀公十四年，此无疑矣。因感麟而作《春秋》，因作《春秋》而观周室。陈恒弑君而鲁不讨，孔子之言终不能用，作然而起，即在斯时。是故总上诸证而定孔子适周即为哀公十四年四月，是时孔子年七十一。知孔子适周之时年七十一，于是左丘明之年寿可论矣。假令丘明之年即同于孔门最少之曾子与子夏诸人,曾子少孔子四十六岁。假令丘明亦少孔子四十六岁,则孔子与之乘以如周之年丘明年二十五矣。由是而推,自哀公十四年之后,终哀历悼,以至赵襄子之卒之年。合《史记》十二诸侯及六国年表观之,丘明至是才八十一岁。方之汉之伏生,犹未为老,百岁上寿,书传所录,古尚多有,不独赵襄子卒在所比见。虽目击韩赵魏列为诸侯可也。丘明固春秋、战国之交人也。本孔子史记,续以后所闻见,秉笔作传,乱思遗老,固悠然有余年矣。今为左丘明生世大略表一篇,可以考鉴焉。

左丘明生世大略表

（合《史记》《十二诸侯年表》《六国年表》比证书传为此表）

丙申	周敬王十五年	鲁定公五年		据《论语》孔子曰："左丘明耻之,丘亦耻之。"则丘明当是年辈后于孔子。据刘向《别录》"左丘明作传,授曾申",则丘明当与曾子之年相若。假令丘明亦如曾子少孔子四十六岁,则当于是年生
辛丑	周敬王二十年	鲁定公十年	鲁公会齐侯于夹谷,孔子相,齐反鲁地	
癸卯	周敬王二十二年	鲁定公十二年	齐人归鲁女乐,季桓子受之,孔子行	
甲辰	周敬王二十三年	鲁定公十三年	孔子适卫,卫禄之如鲁	
乙巳	周敬王二十四年	鲁定公十四年	孔子适陈	
己酉	周敬王二十八年	鲁哀公三年	孔子适宋,桓魋恶之	
丙辰	周敬王三十五年	鲁哀公十年	孔子自陈适卫	
丁巳	周敬王三十六年	鲁哀公十一年	孔子归鲁,年六十八	

续上表

庚申	周敬王三十九年	鲁哀公十四年（是年春，西狩获麟。）（是年五月，庚申朔，日有食之。见《春秋续经》）	据《史记·孔子世家》，孔子自卫返鲁，南宫敬叔乃言于鲁君，请与适周，见老子。《十二诸侯年表》："孔子明王道，干七十余君，莫能用，西观周室，论史记旧闻，次《春秋》。"《严氏春秋》引《观周篇》："孔子将修《春秋》，与左丘明如周，观书于周史。"杜预《春秋序》："孔子感于获麟而作《春秋》。"《礼记·曾子问》："孔子从老聃，助葬而遇日食。"《左传》哀十四年，四月甲午，齐陈恒弑君，孔子请哀公讨之，不许。定是年四月，孔子适周。左丘明、南宫敬叔从。是岁，孔子年七十一	据《观周篇》，左丘明与孔子乘以如周观书于周史。则是岁丘明年当二十五
壬戌	周敬王四十一年	鲁哀公十六年	孔子卒，年七十三	
戊寅	周贞定王六年	鲁悼公五年		《左传》终此。是岁丘明年当四十三
丙辰	周威烈王元年	鲁元公四年		赵襄子卒，《左传》记赵襄子谥。则丘明是时尚未卒，是岁年当八十一

（《文学杂志》第 8 期）

四、公羊旁记

（何休治公羊，自谓檃栝就绳墨。就绳墨者，不为支离之言以酿嘲辞也。余为校生讲此经，于学期之末，为欲备知新之助，书此数篇示之，亦期其平易不背绳墨也。）

（一）行事

《春秋》为孔子行事之书，所谓如有用我者也。孔子曰："我欲讬诸空言，不如见诸行事之深切著明也。"不曰见诸事，而曰见诸行事，即已自明其旨矣。故曰"《春秋》重义不重事"，盖《春秋》非记事之书。其经纬万事，处常处变，屈伸顺应，无往不备。孟子曰："《春秋》，天子之事。"董生曰："《春秋》修本末之义，达变故之应，通生死之志，遂人道之极者也。"（《繁露·玉杯》）司马迁曰："王道备，人事浃。"（《十二诸侯年表序》）何休曰："治世之要务，信矣夫。"吾人于《春秋》，可以见孔子之行事。假如孔子为政，则《春秋》为其本纪矣，此素王之说也。明乎此，则知《春秋》无一纯然铺叙事实之实笔，即无一字一句非表示其动作施为者也。或者乃以典章制度与事实异同之举证，毛举细故，较量于三传之间。此所谓不能三年之丧而缌、小功之察，盖不知务者也。

例如元年春王正月，元年指君之始年。何休云："王者诸侯皆称君。"故不曰公之始年，而曰君之年，所以通其义于王者。盖言凡王者当继天奉元，改元立号，此王者行事之第一先务。若言公之始年，即是专指鲁隐元年，为纯然叙事之笔，无所讬义矣。

春者何？岁之始也。何休解曰："岁者，总号其成功之称。"引《尚书》以闰月定四时成岁之义，即是言王者继天奉元之后，必定四时，成岁历，授民时，记时事也。如孔安国、郑康成谓《春秋》从周，周人时月俱改。程伊川、胡安国以为改月不改时，蔡沉以为时月俱不改，纷无定论。观何休解诂，不曰《春秋》从夏历，故曰岁，而引《尚书》成岁之言，知此岁字为言王者行事必定岁授时而已，非必斟酌载岁祀年，有所择取。年者，十二月之总号。岁者，总其成功之称。何休言之甚明，皆取其设施之义，非拘于周夏何世之制也。诸如此类，何休发明行事之义，几于条条可征，学者可以三反也。

（二）科旨

《春秋》有通义，有别义。通义易知，别义难知也。太史公引董生之言曰："《春秋》文成数万，其指数千。"又曰："万物之聚散皆在《春秋》。"又《繁露·十指》曰："天下之大，事变之博，无不有也。"盖《春秋》总人事之大全，故曰"人事洽"。事有常义，有变义，是故通义与别义相须而成。无通义则不能立其纲，无别义则不能尽其目。合众条之通义，而后三科、九旨、五始、七等、六辅、二类、七缺之通义乃得而建立也。亦惟此三科、九旨、五始、七等、六辅、二类、七缺诸通义，交迕错综以极其变化，然后别义乃得而见也。

譬如元年春王正月公即位，此《春秋》五始之通义也。何休曰："诸侯不上奉王之政，则不得即位，故先言正月而后言即位。政不由王出，则不得为政，故先言王而后言正月。王者不承天以制号令则无法，故先言春而后言王。天不深正其元则不能成其化，故先言元而后言春。"盖此五始者为王者行事之首，大一统之要义也。然则隐公之不书即位，何也？曰："此即所谓别义矣。"隐之不书即位，含义甚多。可得而言者，约有四端。一曰不书即位，以起其让。二曰隐之不书即位，为正妃匹之礼、立嫡庶之法，此与七缺之通义有关者也。三曰隐之不书即位，亦讳之也，盖隐公实已行即位之礼。故徐彦疏云："二年以后，终隐之篇去正月以见其让。今元年言正月者，公时实行即位之礼也。"盖隐公非诚贤君，既为桓立，而久假不归，又不能以行事明心迹。如周公之于成王，卒见疑而被杀。又灭极入邴，取郜取防。狐壤见获，不能死难。观鱼于棠，与民争利，其非真贤君有让国之心可知。故其即位，揆之立长贵之义，实为非礼，实为大恶。《春秋》于传闻之世内，小恶书，大恶讳，故为隐讳即位也。至昭公被逼出亡而死，定之即位，同于继弑君，本为非礼。《春秋》于所见之世，见治太平，讬得礼之正，故言即位，此又与三世异辞之通义有关者也。四曰不书即位，所以成隐之意，盖以文成其意，则其事实之不终成可知也。《传》曰："何成乎公之意？"《解诂》曰："据刺欲救纪，而后不能。"《疏》曰："庄三年冬，公次于郎。"《传》曰："刺欲救纪，而后不能。"然则欲救纪是善事，公不能救是不终善事，而《春秋》次于郎以刺之。今隐公有让心，实是善事，但终让不成，为他所杀，亦是善心不遂，而《春秋》善之，故以为难云云。吾人观传文下句即答曰："公将平国而反之桓。"知同一不终善事，而刺于彼不刺于此者，盖假定隐公本有让心，以成桓公之过。善之不终，非隐之过。欲救纪而避难道还，则过在己矣。陈立云："按此可知《春秋》无达例矣。"《春秋》之道，视人所惑为立说，以大明之也。以此而论，《春秋》每条之别义，层见叠出，不可胜穷。故《繁露·竹林》曰："《春秋》无通辞，从变而移。"又曰："辞不能及，皆在于指，见其指，不任其辞。不任其辞，然后可与适道。"又《精华》云："《春秋》有常义，又有应变。"董生之言，可谓深切著明矣。程伊川《春秋传自序》曰："《春秋》大义数十。其义虽大，炳如日星，乃易见也。惟其微词隐义，时措从宜，为难知也。或抑或纵、或予或夺、或进或退、或微或显，而得乎义理之安。文质之中，宽猛之宜，是非之公，乃制事之权衡，揆道之模范也。夫观百物，然后识化工之神聚众材，然后知作室之用。于一事一义，而欲窥圣人之用心，非上智不能也。故学《春秋》者，必优游涵泳，默识心通，然后能造其微也。"朱子《答黄仁卿书》亦曰："所示《春秋》大旨甚善。此经固当类例相通，然亦须随事观理，反复涵泳。"孔广森《公羊通义·庄公二十六年下》云："《春秋》，圣者之作，一言时管数旨。《传》虽举隅，《经》自该蕴也。此皆与董生之意相发明也。"

（三）信史

《春秋》既重义不重事，然则《春秋》非信史乎？曰："不然。"昭十二年传文明云："《春秋》之信史也。盖《春秋》因鲁史与百二十国宝书之史料而成书，非颠倒事实而为伪史，亦非一字不移，纯然钞胥之业也。"其曰笔则笔，削则削，游夏不能赞一辞，明是有改，有不改矣。公穀左氏三家，皆知此义。《穀梁传》曰："《春秋》信以传信。"（桓四年传）又曰："《春秋》著以传著，疑以传疑。"（庄七年传）此穀梁家信史之说也。杜预《春秋经传集解序》曰："其教之所存，文之所害，则刊而正之，以示劝戒，其余则皆即用旧史。"此《左传》家信史之说也，公羊于此尤多发明，使人知《春秋》一经为治世要务外，又知其可以为后世史法之导途者，亦无尽藏也。

《公羊》庄七年"星陨如雨下"云："不修《春秋》曰：'雨星不及地尺而复。'君子修之曰：'星陨如雨。'"何休曰："明其状似雨耳，不当言雨星。不言尺者，陨则为异，不以尺寸录之。"此《公羊》发明《春秋》有改更旧文之所也。改更旧文者，非改更信史。且其析理居正，益能增重于信史。昭十二年传"伯于阳者何？公子阳生也"。子曰："我乃知之矣。"在侧者曰："子苟知之，何以不革？"曰："如尔所不知何？《春秋》之信史也。其序则齐桓晋文，其会则主会者为之，其词则丘有罪焉尔。"此又发明《春秋》，纯本信史，而词句则有所改易。其有知而不改者，盖不得其证，改则有伤信史也。后世良史自司马迁、班固、陈寿、司马光皆能整齐故事，善为折中，即有得于此义也。

虽然《春秋》为示义行事之书，信史云云亦示义一端，亦万物聚散之一种耳。《春秋》无通辞，又不可专执上所云云，视《春秋》纯为史学也。徐彦疏云："（隐公第一下）孔子修《春秋》，有改之者何？可改而不改者何？"答曰："其不改者，勿欲令人妄亿揩（本何休语），其改者，所以为后法，或改或不改，示此二义。"知其借此为欲示此二种之义，则亦行事之一端，垂教尤博深切明矣。

尚有其他义例，尤不专为信史而发，而后人随取一二，即能蔚然成著作之良者，亦不可悉数。三世异辞，为详近略远之例，常事不书，为折中烦简之准。知以《春秋》为《春秋》，齐无仲孙，则谱牒世系，可得而求矣。知器从名之例，则迁固书志之记典章名物，皆上起隆古，以溯至当代，为得体矣。知地从主人之例，则班固地理，据汉郡县以上推前世，为有据矣。知定哀多微词，主人习读而问传，未知己之有罪。则彦和所讥吹霜煦露寒暑笔端同时之枉可为叹息者，非《春秋》之无枉矣。凡此诸条，本皆含义甚富，而见智见仁。史家即奉此为鸿宝矣。

（四）拨乱

《传》曰："拨乱世，反之正，莫近乎《春秋》。"夫当乱而欲反之治，其必有术矣。何休曰："于所传闻之世，见治起于衰乱之中，用必尚粗略，故内其国而外诸夏，先详内而后治外。于所闻之世见治升平，内诸夏而外夷狄，至所见之世，著治太平。夷狄进至于爵，天下远近，小大若一，盖由乱而致之太平，渐进之术也。"

然则定哀之世，乱已极矣！孔子何不专当世之事论断以著治法，而必上起二百年前始隐公乎？曰："正其本，万事理。"积善必有余庆，积不善必有余殃，正《春秋》之义也。《春秋》推当世之故，而归于本之不正，故于始灭，始不亲迎始僭诸公，凡此讬始之讥，不一而足。不揣其本，末不可齐也。为邦百年，胜残去杀。卫君待子而为政，子将先之以正名。名正，则物可而理矣。

然则孟子所谓以齐王犹反手者，何欤？曰："不曰可以久则久，可以速则速乎，虽有智慧，不如乘势，虽有镃基，不如待时。盖事有万世之宜，亦有一时之计。万世之宜，圣人所得而为也。一时之计，有待于时势，非圣人所得而为也。制万世之宜，而应之于一时之计。虽一时之计，而不背万世之宜，所谓权者，反于经而有善者也。此管仲之以其君霸，不及孟子之所谓反手也。"何休其知之矣，曰："本据乱而作。"其中多非常异义可怪之论，知据乱而作，而有非常异义。即知拨乱世反之正者，可以反手而以王矣。仕鲁三月而大治，非其效欤。得百里之地，而君之皆足以朝诸侯有天下，三世之义，先详内而后治外，为邦百年者此也，反手而王者亦此也。

《礼记·大传》曰："圣人南面而治天下，必自人道始矣。立权度量，考文章，改正朔，易服色，殊徽号，异器械，别衣服，此其所得与民变革者也。亲亲也，尊尊也，长长也，男女有别，此其不可得与民变革者也。"又曰："自仁率亲，等而上之至于祖。自义率祖，顺而下之至于祢，是故人道亲亲也。亲亲故尊祖，尊祖故敬宗，敬宗故收族，收族故宗庙严，宗庙严故重社稷，重社稷故爱百姓，爱百姓故刑罚中，刑罚中故庶民安，庶民安故财用足，财用足故百志成，百志成故礼俗刑，礼俗刑然后乐。"此又《春秋》拨乱反正，而必始隐终哀三世异辞之要旨也。何休曰："此以三世者，礼为父母三年，为祖父母期，为曾祖父母齐衰三月，立爱自亲始。故《春秋》据哀录隐，以上治祖祢，时恩哀义缺，将以理人伦，序人类，因制治乱之法。盖据哀录隐者，自仁率亲等而上之至于祖也。始隐终哀者，自义率祖顺而下之至于祢也。尊尊亲亲之义定，仁义之义揭，治乱之法成，人治之道备矣。"

（五）礼义

董生曰："《春秋》者，礼义之大宗也。礼禁未然之前，法施已然之后。法人所为用者易见，而礼之所为禁者难知。"此言最得大义。盖《春秋》以道义。义者，行事之宜也。行事之宜，莫著乎礼。礼者为之轨范（犹今云积极之动作），所谓齐之以礼也。法者为之防闲（犹今云消极之制裁），所谓齐之以刑也。轨范之用，大于防闲，故《春秋》非刑书也。

以刑书视《春秋》，后世之过也。虽然，礼可义起。所谓礼义之大宗者，非概据一定典章，以绳律一切也。有时措之宜，而缘义以起礼者，即《春秋》经纬万事之意。康成时时分别夏殷，强为征实，与杜预所谓周之旧典礼经，皆不知此意也。《春秋》书法，非据何代之礼，一切皆加以一己之王心也。

《春秋》之义，归于正本。凡所以先心虑患者，皆礼禁未然之前。后世曲学阿世，缘于饰奸，弊且至于惨刻少恩，皆误解未然之禁，曲附诛心之刑，纯以舞文弄法之奸，被罪于《春秋》耳。书克段大郑伯之恶，《传》曰："母欲立之，己杀之如勿与而已矣。"郑瞻自齐逃来。《传》曰："佞人来矣，佞人来矣。"此正未然之禁，非文深曲，附以成狱也。季子遏恶于仓卒，因有君亲无将之义。然牙之弑械已成，非莫须有也。许世子不尝药，因书以弑君，讥子道之不尽。又复书葬许缪公以赦之，非惨刻少恩也，岂狱吏之所知哉？刘逢禄曰："持《春秋》以决秦汉之狱，不若明《春秋》以复三代之礼。"斯言近之矣。吾则曰："持《春秋》以决秦汉之狱，不若明《春秋》以知孔子治世之要也。西汉号为通经致用，而仲舒之学未行，遂专以《春秋》断狱矣。"

（六）一统

《传》曰："何言乎王正月？大一统也。"何休解之曰："统者，始也，总系之辞。王者，始受命，改制布政，施教于天下。自公侯至于庶人，自山川至于草木昆虫，莫不一一系于正月，故云政教之始。"然则大一统者，大一始也，视大始而欲正本也。正始者，先求诸己。己正而后万物莫不获其所矣。《春秋》之道，明王者当继天奉元，养成万物。孔子曰："惟天为大，惟尧则之。"董仲舒发挥"如天之为""循天之道"（《繁露》有《循天之道》《如天之为》二篇），其贤良对策曰："谨案《春秋》，谓一元之意。一者，万物之所从始也。元者，辞之所谓大也。谓一为元者，视大始而欲正本也。《春秋》深探其本，而反自贵者始。故为人君者，正心以正朝廷，正朝廷以正百官，正百官以正万民，正万民以正四方。四方正，远近莫敢不一于正。是以阴阳调而风雨时，群生和而万民殖，五谷熟而草木茂，天地之间被润泽而大丰美，四海之内闻盛德而皆来臣，诸福之物，可致之祥，莫不毕至，而王道终矣。"董生此言明大一统之义，可谓深切著明矣。夫奉天之义，旨意玄远，非言辞之所能及，非人之所共晓。

今可得而言者，正己而后万物正，正己而后万物莫不统矣，得百里之地，而君久之皆可以朝诸侯有天下。王者，人之所归往，此真大一统之确诂也。何休曰："王者不承天以制号令，则无法。"不曰天制号令以强王之承之也，曰诸侯不上奉王之政，则不得即位以正竟内之治。不曰王者强诸侯之奉其政也，是待于物者也，非驰骛于物，以奔走一世者也。事之成，无不积小以致高大，无不正其本根以及其枝叶。太平之治，天下远近大小若一者，起于先详内也。然则鞭笞挞伐以混一囊括者，岂非毫厘千里之谬哉？

（七）王鲁

何休曰："《春秋》讬新王受命于鲁。"盖王鲁者，借《鲁史》所记之事，讬以见王者行事之式也，非实以鲁为王也。岂特不实王鲁哉？亦不必实尊周也。王者受命，在所欲用耳，何地不成？得道者多助，失道者寡助。欲观周道，幽厉伤之，舍鲁何适矣！周岂真可尊哉？甚矣，鲁道之衰也。洙泗之间，龂龂如也。鲁亦岂可王哉？明王不兴，而天下孰能宗予？无尧舜之知孔子，则素王之行事，不可不见。《春秋》作新王，与后王共之，不可不作矣。知此者，则亡国之君，尸居余气，不可与图存。后世史家正统伪朝之争，非《春秋》所欲论矣。僭诸公犹可言，僭天子不可言。（隐五）书鲁以公（隐元疏）不奉王政则不得即位，（隐元解诂）此非不王鲁乎。受命改元，不书平王四十九年。书王子瑕奔晋以恶天子，（襄三十年）书王室乱，以刺周微，（昭二十二）其他刺周失礼，不一而足。此非不虚奉正统，以尊周乎？善哉，庄生之言也。《春秋》经世，先生之志，圣人议而不辨。郭向注之曰："顺其成迹，拟乎至当之极，不执其所，是以非众人也。"夫曰顺其成迹者，盖云据鲁史及百二十宝书也。曰拟乎至当之极者，假以见王者受命之制作也。曰不执其所是以非众人者，不实王鲁，亦不实尊周，不置身于后世，正统伪朝之小辨也。此其微言之仅存者欤？

刘逢禄《公羊何氏释例》曰："夫制新王之法，以俟后圣，何以必乎鲁？曰：因鲁史之文，避制作之僭，祖之所逮闻，惟鲁为近。故据以为京师张治本也。圣人在位，如日之丽乎天。万国幽隐，莫不毕照。庶物蠢蠢，皆得系命，尧舜禹汤文武是也。圣人不得位，如火之丽乎地，非假薪蒸之属，不能舒其光，究其用。天不生仲尼，万古如长夜，《春秋》是也。《春秋》者，火也，鲁与天王、诸侯皆薪蒸之属，可以宣火之明，而无与于火之德也。"刘氏此言，谓《春秋》借鲁与天王诸侯之属，为其驱遣之资材耳。

（八）文义

孔子在位，听讼文词有可与人共者，弗独有也。至于为《春秋》，笔则笔，削则削，子夏之徒不能赞一词。然则欲求含章之玉律，亦舍《春秋》何适矣？《春秋》约其文词而指博。董生曰："词不能及，皆在于旨，见其旨不任其词，然则未见其旨者，不可不先任其词。"求《春秋》之文，亦所先务矣。明《春秋》之文义者，莫长于二传，尤莫畅于《公羊》。明《公羊》之文者，莫备于董仲舒、何休。

《春秋》有属辞比事之教。属辞者，盖万八千言循其上下而通乎一贯也。比事者，盖伍比其类以旁尽其端绪也。董生曰："《春秋》所见六十一年，所闻八十五年，所传闻九十六年。于所见，微其辞；于所闻，痛其祸；于传闻，杀其恩，与情俱也。屈申之志，详略之文，皆应之。"（《繁露·楚庄王》）盖屈申详略，顺其迹而圆以神，此即其一往属辞之针缕也。何休曰："于所传闻之世，见治起于衰乱之中，用心尚粗略。故内其国而外诸夏，先详内而后治外。于所闻之世，见治升平。内诸夏而外夷狄，至所见之世著治太平。夷狄进至于爵，天下远近小大若一。"（隐元哀十四解诂）至于王道备，麟瑞应，此其一往属词之命意也，受天命而新王。盟仪父以渐进，讨郑伯以正大恶。赴仲子以来诸侯之职祭，来周使盟宋，人以礼二王之后。正祭伯以正外，录益师以恩内。凡此文义连属，累累如贯珠。庄十三年，公及齐侯盟于柯。其后即连记伐宋、伐郑、鄄幽之会，公羊于盟柯之下。亦曰："桓公之信著乎天下，自柯之盟始。"此盖示盟柯之文与下伯讨主会之文连属相生之针缕也。故董生亦曰："齐桓于柯之盟，见其大信，一年，而近国之君毕至，鄄幽之会是也。即如隐元正月之下，即接之以公及邾娄仪父盟于蔑。"（《繁露·精华》）《公羊》曰："渐进也。"虽含义甚广，而其示人以《春秋》，文势相生，亦可征也。如此引而后之，万八千言皆上下一贯矣。

董生曰："《春秋》法布二百四十二年之中，相为左右，以成文采，其居参错，非袭古也。是故论《春秋》者，合而通之，缘而求之，伍其比，偶其类……此即比事之大意也。"（《繁露·楚庄王》）何休曰："于所传闻之世，录大略小。内小恶书，外小恶不书。大国有大夫，小国略称人。内离会书，外离会不书。于所闻之世……书外离会。小国，有大夫，至所见之世，用心尤深而详。崇仁义，讥二名，此比事之略例也。"（隐元解诂）其他及犹汲汲，暨犹暨暨。及我欲之，暨不得已。粗者曰侵，精者曰伐。当时而不日正，当时而日危不得葬也。凡此比类合义以见指归者，皆比事之切教也。

夫在心为志，不得已而后有言。言之不可以已，则辞达而已矣。此言语之科律也。辞多则史，少则不达。辞苟足以达，义之至也。《春秋》之文辞，则洽心而贵当矣。论文者，贵观其志。观其志者，求其先心于文外也。不得先心藏密微意，曲致于文外，则不能得洽心贵当之美于文中。《公羊》，何休盖见之矣。孔子志在《春秋》。《春秋》者，不得已而有言也。然而其文则史，其义则窃取之，因旧史之文，为之屈申详略，以见其志。故其选义按部，考辞就班，甘苦可得而言也。"元年春王正月公即位。"即此九字之文，而求孔子先心藏密之志。则奉天正始受命制作之义，森然在目矣。然而所书之年则鲁隐也，所称之君则鲁侯隐公也，所书之月则周正也。隐公之爵不进称王，周王之号不退为公。何以为不正名，何以为不顺言乎？如此屏营于一心，戛戛乎独造。举此一隅，则知先秦之文未有若是之精能矣。

在心为志者，可以无言。然不言，谁知其志？言者，因疑因问而后发也。或设吾言于此，期将有疑者问者之来扣也。或立吾言于此，以待共晓者之不问而心契也。古今之立言者众矣，均之不离此三科。《春秋》者本以待共晓者之不问而心契也，所谓乐尧舜之知君子也，尧舜不可期矣，犹有老子。是故孔子读《春秋》，老聃踞灶觚而听。老子亦往矣，犹有颜渊。故曰："回也，不违如愚。于吾言，无所不悦。"然而回也亦不幸短命死矣。故曰："颜渊死，天丧予也。"是于七十子之徒乃不得不口授其传旨。口授其传旨者，诸据疑问，所不知而告之也。问所不知，则亦本有所知者矣。本所知以问所不知，此之谓博学而审问，慎思而明辨。

读书贵得间。得间者，求其空曲交会也。弟子习经之读而问其义，诸据疑理。有不解者，乃有问也。如元年者何？非不知元年作何解也。《易》始乾元，《书》始钦若昊天，《诗》始《关雎》，言后妃之行，侔乎天地。（本匡衡义）皆统天，以正性命之理。弟子盖已博闻他经之义，而于《春秋》变一为元之义，无所折中，故发此问。又《元命苞》有子夏问夫子作《春秋》,不以初哉首基为始何?则知此元年者何,乃含义甚广之问也,非盲问也。春者何?《解诂》曰:"独在王上,故执不知问。"《疏》云:"夏秋冬三时,常不得配王。惟春常在王上。故问之,王者孰谓?"《解诂》曰:"欲言时王则无事,欲言先王又无谥。故问谓谁,曷先为言王而后言正月。"《解诂》云:"据下秋七月天王,先言月,而后言王。"凡此,皆慎思明辨,可以取则不远者也。刘逢禄曰:"使人深思而自省悟,应问以穷其奥。故曰知其人不待告,告非其人,虽言而不著。"董生亦云:"不能察,寂若无。深察之,无物不在。非博学、审问、慎思、明辨而得之者,皆末学肤受贵耳而贱目,有胸而无心者也。"

《传》注之于经,所以钩钾其晦奥,抉发其文心。譬如扁鹊,解肌诀脉,结筋搦髓,非如后世之碎义逃难便辞巧说也。汉代释经之书曰通、曰微、曰章句、曰说义,其程功所期,皆欲使其冰释而理顺也。昔颜之推称《毛传》解"萧萧马鸣,悠悠旆旌",言不喧哗也,谓此解有情致。宋洪迈亦称,康成所注《檀弓》简当得要,旨意出于文外。(《容斋三笔》)夫子夏传经,《仪礼》《丧服》,及公穀之所传授传注之学,秩然肇其典垦。《公羊》发明《春秋》文义,尤多传神之笔。如"隐六年春郑人来输平",《传》曰:"败其成也。"曰:"吾成败矣,吾与郑人未有成也。庄十七年秋,郑瞻自齐逃来。"《传》曰:"书甚佞也。"曰:"佞人来矣,佞人来矣。闵二年冬,齐高子来盟。"《传》曰:"喜之也。何喜尔?正我也。其正我奈何?庄公死,子般弑,闵公弑,比三君死,旷年无君,设以齐取鲁,曾不兴师,徒以言而已矣。桓公使高子将南阳之甲,立僖公而城鲁。或曰自鹿门至于争门者是也,或曰自争门至于吏门者是也。"鲁人至今以为美谈,曰:"犹望高子也。"此摹绘临危得救,喜蹈之情,跃跃如生。凡此皆使读者如一旦披豁其胸襟,亲接其謦欬,喜怒哀乐、舞蹈顿足之情,若与共之者也。《公羊》叙事,最无浪墨,盖本不为铺观事实之书。其屈申详略,不离其宗,皆因事以明义,虚实轻重各得其指。如孔父、仇牧二人,皆因累被杀而其情有异。《公羊》叙二人事,用笔不同,极见经营。桓二年,宋督弑君及孔父。《传》曰:"孔父可谓义形于色矣。"下即专就孔父正色立朝,人莫敢致难于君之义,以临虚之笔唱叹出之,而不必曲叙琐事,以无关宏旨也。至庄十二年,宋万弑君及其大夫仇牧。宋万则一暴慢之狂且耳,且非有若何大志。君臣肆虐,遂成喋血之惨。仇牧亦但不畏疆暴,遂以身殉,本非社稷之臣,徒以一时忠勇有足称者，故传即曲绘当时情事。于以见宋闵公之佻，宋万之轻肆，而仇牧之节即从而见焉，等一殉君，而所由盖与孔父义形于色者异矣。举此一节，其他可较论者，不难会矣。治经者，固不可专以文章言。然不曰"言以足志，文以足言"乎？后世但知高头讲说，丹黄评骘之书之有裨于文义，而不知古时传注之学之由文以足言，且进而明其志者，尤不可及也。

（《文学杂志》第 6 期）

五、桐城文概

（一）桐城文概一

在昔邹鲁之士为洸洋自恣者，时用以诋訾，司马迁亦谓稷下先生岂可胜道。知学以封域地望而言，姝姝自悦，良为不达。近百年来，由湘乡曾氏援引周书昌一时兴到之言，序欧阳生文集，摹致声华，比于汉代师儒私门传业之盛，于是天下谈士始隐然视桐城为有自封之学。然曾氏服膺姚先生持论宏通，为之激流扬波，终异乎吕本中之于江西也。张文襄《书目答问》宾座丛谈，多张家数，家喻户晓，有桐城、阳湖、不立宗派诸名。承学之士参其部居，未为大过，以为石室津逮，则或有迷方者乎。夫因革之故，已曰乃孚，义据所资，时会所适。易之时义，可通于文。承流于先民，存一家之言，以俟来者，则方姚于此曾兢兢焉，彦和不云乎"原始以要终，虽百世可知也"。

道者何？自然之谓也。龠于众籁，文以载之，美成久矣。言，心声也；书，心画也；声画既形，则君子小人居可别也。修之于身，其德乃真，本斯立矣，末于何有？文学子游、子夏，而《春秋》南面之术，则游夏之徒不能赞一词。西汉彬彬，蓄德多而周于用。其有辞人之赋，则曼倩见蓄于诙调，子云致悔于篆刻，归之于正，潭思绝伦，扬雄之书遂以文章成名于后世，桓谭定其必传，下开子桓不朽大业之帜志矣！儒林、文苑之分，启自范氏。观其文苑，自王逸、祢衡数人以外，若平子、中郎犹通在列传也。而论文之书于六朝，蔚为大国矣。刘彦和独能振叶寻根，述先哲之诰，益后生之虑。意蕴尽宣，比诸后代错举偶见之谈，不啻山海。唐宋诸家起衰救弊，亦跬步不能过越也。骈散所分，在于法式。超然之观，当辨其质。兼得文理，休文以推彦和，辞胜于质，李觏不及韩愈。近代管异之与梅伯言论及此事，谓《哀江南赋》报徐遵彦书，非不快也。彼其意固有限，使有孟、荀、庄周、司马迁之意，来如云兴，聚如车屯。则虽百徐庚之词，不足以尽其一意，斯亦辨质之说也。宋景文厌薄骈文，平生喜读《大诰》，与欧阳分撰《唐书》，务为艰涩。然其晚年自记有云："年过五十作《唐书》，乃悟文章之难。"视前作报然，知所效皆糟粕刍狗。文章必自成一家，然后可传。若体规画圆，准方作矩，为人臣仆，屋下作屋。陆机云："谢朝华于已披，启夕秀于未振。"韩愈惟陈言之务去，此乃为文之要，吾亦悟之晚矣。观此所言，知起衰救弊则同，而殚力翻新，亦各有所至耳。明代前后七子高唱复古。何大复曰："诗溺于陶，谢力振之。古诗之法亡于谢，文靡于隋，韩力振之。古文之法亡于韩，钱牧斋撰历朝诗乃力诋之。"王凤州谓："大历以下之书不可读。"后亦心折归有光。及于明末，几社复社之集，钱艾钟谭之徒，各出新机，穷而多变。七子之焰息，而形景之竞烦矣。亭林顾氏以上哲之才，大声发于空谷，佑启有清一代道术文学之规。《日知录》中所载论文之语，由本以及末，寻波而探源，遂渊为轨范之率先，不必自我而成者矣。

　　高明者特达，沉潜者周密，秉质气习不同，施于人事与文章者，不能无歧也。明代风教之美，见于在野。朝政颠倒，儒效无征，比方宋代，非但有愧。明初诸儒伊洛之支流余肄，锱铢竞爽，遂启歧趋，袭取糟粕，实丛诟萃。自后积重甲科，儒风稍替，异军突起，乃有白沙阳明。在朝文臣如三杨东里，当轴处中，括囊无咎。台阁文章，身名安泰。望溪先生观于明代三百年之故事，时慨乎言之，而归重于人之气质。其《阳明祠堂记略》曰："嗟乎！贸儒耳食。"亦知阳明氏揭良知以为教之本指乎？有明开国以来，淳朴之士风，至天顺之初而一变。盖由三杨中衰于爵禄，以致天子之操柄、阁部之事权，阴为王振汪直辈所夺。而王文万安首附中官，窃据政府，忠良斥，廷杖开。士大夫之务进取者，渐失其羞恶是非之本心，而轻自陷于不仁不义。阳明氏目击而心伤，以为人苟失其本心，则聪明人于机变。学问助其文深，不若固守其良知，尚不至梏亡，而不远于禽兽。盖明室之亡，事为最酷。万历崇祯本号英主，而在野儒生，亦多激越有为之士，竟使金壬执柄，鱼烂土崩，溃及大防，蒙羞于国。天时人事，大可心伤，故亭林顾氏特为亡国与亡天下之言，并时王黄诸老，匿游深山。或风波憔悴，皆沉思百王之规，极研兴衰之故，望溪生晚。当清祚大定之时，家承遗民之泽，躬逢难言之境，深湛之思，鞭辟而近里。其负性似尤与船山为近，举一切政教文学，皆将求其所以然，而裁其所不然，以免夫生心害事之过。立言之旨，非一时一地之为，与黄顾诸老同符无间也。学必程朱，则精粗始备。政必复礼，则可以尽人性；文必雅正，则可以去诡随。平生大旨，多有自言，以为道有异入。学有异流，而大要在于立身。其记阳明祠堂曰："阳明之门如龙溪心斋，有过言畸行。"而未闻其变诈以趋权势也。再传以后，或流于禅寂，而未闻其贪鄙以毁廉隅也。若口诵程朱而私取所求，乃孟子所谓失其本心与穿窬为类者，阳明氏之徒且羞与为伍。又曰："自余有闻见，百数十年间，北方真儒死而不朽者三人。曰定兴鹿太常，容城孙征君，睢州汤文正，其学皆以阳明王氏为宗。鄙儒肤学，或剿程朱之绪言。漫诋阳明，以钓声名而逐势利。故余于平生共学之友，穷在下者，则要以默识躬行；达而有特操者，则勖以睢州之志事，而毋标讲学宗指。"然望溪宗程朱者也，慨于明末诸儒伟异节烈之行，可以激一时风气，而不能尽修己治人周密万事之理。故较论大旨于《学案》序曰："昔先王以道明民，范其耳目百体，以养所受之中。故精之至于命，而粗亦不失为寡过，又使人渐而致之，积久而通焉。故入德也易，而造道深。"程朱之学所祖述者此也。自阳明王氏出，天下聪明秀杰之士，无虑皆弃程朱之说而从之。盖苦其内之严且密，而乐王氏之疏也。苦其外之拘且详，而乐王氏之简也。凡世所称奇节伟行非常之功，皆可勉强奋发一旦而成之。若夫自事其心，自有生之日以至于死，无一息不依乎天理，而无或少便其私，非圣者不能也，而程朱必以是为宗。由是耳目百体一式于仪则，而无须臾之纵焉，岂好为苟难哉？不如此，终不足以践吾之形而复其性也。自功利辞章之习成，学者之身心荡然无所守也久矣，而骤欲事于此，则其心转若戁虺而不安。而或招之曰："由吾之说，途之人可一旦而悟焉。任其所为而与道大适，恶用是戋戋者哉。取其决而趋之也，不待顷矣。"然而由其道醇者，可以蹈道之大体而不能尽其精微，而驳者遂猖狂而无忌惮。此朱子与象山辨难时，即深用为忧，而豫料其末流之至于斯极也。望溪于学，自穷经外他无所好。而《三礼》《春秋》尤为毕生专业，以为程朱于《诗》《书》《易》诸经皆已训发其义，独于《礼》则引其大端而未尽缕析，于《春秋》心知其意而未以自任，欲本二子之意补为之焉。尤欲求其所以云之意而措之于事，异乎呫毕诵数之为。故其立朝预政，原本经术以切当世之故，知无不言，所为扫除积习，兴起人材及九卿会议诸奏，皆起废之忠言。其他论教士制夷河防水利，亦贾让赵充国之遗。至请定经制一疏，深思世变，运《周官》遗意，归于富而后教其民者，规模盖远矣。与侄观承手札自言其书曰："《周官》解辨圣人经世之法，《春秋》通论圣人断事之义，乃担当世道为国股肱者所宜用心，非经生之业也。"于崑山徐氏通志堂所刻宋元人经解，删点数过，用力最勤。晚年承召纂修《三礼义疏》，盖自谓唐宋以来，诂经之书未有闻而不求，得而不观者。偶举一节，前儒训释，一一了然于心，然后究极经文所以云之意，而以义理折中之。又谓礼经之散亡久矣，群儒各记所闻，记者非一时之人，所记非一代之制，必欲会归其说于一，其道无由，第于所指之事、所措之言无失焉斯已矣。故望溪所诠释发明，皆切之于人情日用之常，借以论断古今宰世之迹，欲用此为程器，此其治经之法也。

望溪平生本无意为文，自云见万季野后，即辍古文之学而治经。又云"愚散体文从不示人，惟贯一辑得十八"。望溪本与其兄百川先生以制举文名天下，浸淫于四书义者深，又终身治《礼》《春秋》，故笔墨所及，莫不有六籍之精华。所为简严易直之义法，其所从来可以概见。于文章示辙之书，有所承修之《钦定四书文》，及为果亲王所选之《古文约选》。今摘录其序例，则论文大旨略尽之矣。

《进四书文选表》略曰："窃惟制义之兴七百余年，所以久而不废者，盖自诸经之精蕴汇涵于四子之书，俾学者童而习之，日以义理浸灌其心，庶几学识可以渐开，而心术群归于正也。臣闻言者心之声也，古之作者，其气格风规，莫不与其人性质相类，而况经义之体，以代圣人贤人之言。自非明于义理，挹经史古文之精华，虽勉焉以袭其貌，而识者能辨其伪，过时而湮没无存矣。其间能自树立各名一家者，虽所得有浅有深，而其文具存。其人之行身植志亦可概见，使承学之士能由是而正所趋，是诚所谓有关气运者也。明人制义，体凡屡变。自洪永至化治百余年中，皆恪遵传注，体会语气，谨守绳墨，尺寸不逾。至正嘉，作者始能以古文为时文，融液经史，使题之意蕴隐显曲畅，为明文之极盛。隆万间兼讲机法，务为灵变，虽巧密有加，而气体荼然矣。至启祯，诸家则穷思毕精，务为奇特，包络载籍，刻雕物情，凡胸中所欲言者，皆借题以发之。就其善者可兴可观，光气自不可泯。凡此数种，各有所长，亦各有其弊。故化治以前，择其简要亲切、稍有精彩者，正嘉则专取气息醇古、实有发挥者。其规模虽具，精义无存，及剽袭先儒语录、肤壳平衍者，不与焉。至启祯，名家之杰特者，其思力所造，途径所开，或为前辈所不能到。其余杂家，则俌弃规矩以为新奇，剽剥经子以为古奥，雕琢字句以为工雅。书卷虽富,辞气虽丰,而圣经贤传本义转为所蔽蚀,故别而去之,不使与卓然名家者相混也。至于我朝,人文蔚起。守洪永以来之准绳而加以变化,采正嘉作者之意蕴而挹其精华,取隆万之灵巧、启祯之恢奇,而去其轻浮险谲,兼收众美,各名一家。昔宋臣曾巩尝称《诗》《书》之文作者非一。相去千余年,而其所发明更相表里,如一人之说,惟其理之一也,况制科之文诂四子之书者乎。故凡所录取,皆以发明义理,清真古雅,言必有物为宗。唐臣韩愈有言:'文无难易,惟其是耳。'李翱又云:'创意造言,各不相师。'其归则一,即愈所谓是也。文之清真者,惟其理之是而已,即翱所谓创意也。文之古雅者,惟其辞之是而已,即翱所谓造言也。而依于理以达乎其词者,则存乎气。气也者,各称其资材而视所学之浅深以为充歉者也。欲理之明,必溯源六经而切究乎宋元诸儒之说。欲辞之当,必贴合题义而取材于三代两汉之书。欲气之昌,必以义理洗濯其心,而沉潜反覆于周秦盛汉唐宋大家之古文。兼是三者,然后清真古雅而言皆有物。故凡用意险仄纤巧而于大义无所开通,敷辞割裂卤莽而与本文不相切比,及驱驾气势而无真气者,虽旧号名篇,概置不录。"

代果亲王为《古文约选·序例》略曰:"自魏、晋以后,藻绘之文兴。至唐,韩氏起八代之衰,然后学者以先秦盛汉辨理论事质而不芜者为古文,盖六经及孔子、孟子之书之支流余肄也,盖古文所从来远矣,六经语孟,其根源也。得其枝流,而义法最精者莫如《左传》《史记》,然各自成书,具有首尾,不可以分劙。其次《公羊》《穀梁传》《国语》《国策》,虽有篇法可求,而皆通纪数百年之言与事,学者必览其全,而后可取精焉。惟两汉书疏及唐宋八家文,篇各一事,可择其尤,而所取必至约,然后义法之精可见。故于韩取者十二,于欧十一,余六家或二十、三十而取一焉;两汉书疏则百之二三耳。学者能切究于此,而以求《左》《史》《公》《穀》《语》《策》之义法,则触类而通,为制举之文,敷陈论策,绰有余裕矣。虽然,此末也。先儒谓韩子因文见道,而其自称则曰:'学古道,故欲兼通其辞。'群士果能因是以求六经语孟之旨而得其所归,躬蹈仁义,是则余为是编以助流政教之本志也。周末诸子,精深闳博,汉、唐、宋文家皆取精焉。但其著书,主于指事类情,汪洋自恣,不可绳以篇法。其篇法完具者,间亦有之,而体制亦别,故概弗采录,览者当自得之。在昔议论者皆谓古文之衰自东汉始,非也。西汉惟武帝以前之文,生气奋动,倜傥排宕,不可方物,而法度自具。昭、宣以后,则渐觉繁重滞涩，惟刘子政杰出不群，然亦绳趋尺步。盛汉之风，貌然无存矣。韩退之云：'汉朝人无不能为文。'今观其书疏吏牍类，皆雅饬可诵。兹所录仅五十余篇，盖以辨古文气体必至严乃不杂也。既得门径，必纵横百家而复能成一家之言。退之自言'贪多务得、细大不捐'是也。古文气体，所贵清澄无滓。澄清之极，自然而发其光精，则《左传》《史记》之瑰丽浓郁是也。始学而求古求典，必流为明七子之伪体，故于《客难》《解嘲》《答宾戏》《典引》之类皆不录。虽相如《封禅书》，亦姑置焉。盖相如天骨超俊，不从人间来，恐学者无从窥寻而妄摹其字句，则徒敝精神于蹇浅耳。子长"世表""年表""月表"序，义法精深变化，退之、子厚读经，子永、叔史志论，其源并出于此。孟坚《艺文志》"七略序"，淳实渊懿，子固序群书目录，介甫序《诗》《书》《周礼》义，其言并于此。概弗编辑，以《史记》《汉书》治古文者，必视其全也。独录《史记》自序，以其文虽载家传后，而别为一篇，非《史记》本文耳。退之、永叔、介甫俱以志铭擅长，但序事之文，义法备于《左》《史》，退之变《左》《史》之格调而阴用其义法，永叔摹《史记》之格调而曲得其风神，介甫变退之之壁垒而阴用其步伐。学者果能探《左》《史》之精蕴，则于三家志铭无事规模，而自与之并矣。故于退之诸志，奇崛高古清深者皆不录。录马少监、柳柳州二志，皆变调，颇肤近。盖志铭宜实征事迹，或事迹无可征，乃叙述久故亲交而出之以感慨，马志是也。或别发议论可兴可观，柳志是也。于永叔独录其叙述亲故者，于介甫独录其别生议论者，各三数篇，其体制皆师退之，俾学者知所从入也。退之自言所学'在辨古书之真伪，与虽正而不至焉者'，盖黑之不分，则所见为白者非真白也。子厚文笔古隽，而义法多疵。欧、苏、曾、王亦间有不合，故略指其瑕。俾瑜者不为掩耳。《易》《诗》《书》《春秋》及四书，一字不可增减，文之极则也。降而《左传》《史记》、韩文虽长篇，字句可薙芟者甚少。其余诸家，虽举世传诵之文，义枝辞冗者不免矣，未便削去，姑钩划于旁，俾观者别择焉。"

又《与申屠谦书》曰："仆闻诸父兄，艺术莫难于古文。自周以来，各自名家者，仅十数人，则其艰可知矣。苟无其材，虽务学不可强而能也。苟无其学，虽有材不能骤而达也。有其材，有其学，而非其人，犹不能以有立焉。盖古文之传，与诗赋异道。魏晋之后，奸佥污邪之人而诗赋为众所称者有矣。以彼暝瞒于声色之中，而曲得其情状，亦所谓诚而形者也。故言之工而为流俗所不弃。若古文，则本经术而依于事物之理，非中有所得，不可以为伪。故自刘歆承父之学议礼稽经而外，未闻奸金污邪之人而古文为世所传述者。韩子有言：'行之乎仁义之途，游之乎诗书之源。'兹乃所以能约六经之旨以成文，而非前后文士所可比并也，姑以世所称唐宋八家言之。韩及曾、王并笃于经学，而浅深广狭醇驳等差各异矣。柳子厚自谓取原于经，而掇拾于文字间者，尚或不详。欧阳永叔粗见诸经之大意，而未通其奥赜。苏氏父子则概乎其未闻焉，此核其文而平生所学不能自掩者也。韩、欧、苏、曾之文气象各肖其为人。子厚则大节有亏，而余行可述。介甫则学术虽误，而内行无颇。其他杂家小能以文字曝者，必其行能稍异于众人者也。非然则一事一言偶中于道而不可废，如刘歆是也，然若歆者亦仅矣。以是观之，苟志乎古文，必先定其祈向，然后所学有以为基，匪是则勤而无所就。若夫《左》《史》以来相承之义法，各出之径途。则期月之间，可讲以明也。称心从好，孚于话言。"望溪于文，其寡过矣乎。

　　明代建文之难，方氏有官四川都司断事名法者，不奉贺表，见罪永乐，被逮沉江。万历之时，明善先生学渐讲学东南，号为阳明功臣。其后，即贞述先生孔炤、密之先生以智也。望溪本支，则高祖太仆卿冲含先生名大美，曾祖闻庵先生象乾，于明季避寇乱，侨居金陵，遂为始居金陵之祖，集中所称曾祖副使公是也。望溪生吴会，自谓少所交多楚越遗民。重文藻，喜事功，其自身修学立行，盖尤以兄百川先生贞固藏密为近师。及迈连至友南山先生之祸，身世尤悲，被宥于朝，羁身在位，怀颠陨之痛，阴鸷彝伦，志启当宁，而终身于役。思深故里龙眠浮渡山川之乡重厚务本业，江南之好，亦被之辞翰。读其《送王箬林南归序》曰："吾知箬林抵旧乡。《春秋》佳日，与亲懿友好徜徉山川间，酣嬉自适。忽念平生故人有衰疾远隔幽燕者，必为北乡惆怅而不乐也。"亦所谓思奢俭之中，念生死之虑，可以低徊者矣。望溪晚归，闭户金陵北山，犹深居演礼，少以文字教人。然再传得邑人惜抱先生，聪明早达，退主金陵讲席数十年，继而惜抱弟子超然燕处者，有上元梅郎中。桐城之言，终以金陵一隅而昌于外。

（《文学杂志》第 6 期）

（二）桐城文概二

颜黄门称沈隐侯之言曰："文章当从三易。易见事，一也。易识字，二也。易读诵，三也。"此可推而论也。《书》以道事，疏通知远而不诬，此记事之法也。《易》曰："君子以多识前言往行，以蓄其德。"此隶事之法也。子夏读《书》曰："昭昭如日月之代明，离离若星辰之错行。"夫子造然变色，以为可与言《书》。盖昭然与众共之者，是《易》见之说也。《春秋》不改伯于阳之文，众之所难晓耳。孔子告哀公《尔雅》，以观于右，以为小辨则破言，小言则破义。《春秋》经世，先王之志。圣人议而不辩。其街谈巷语、道听途说之言，则致远恐泥矣。雅俗对举，始于荀卿。缪学杂举，明不能别。呼先王以欺愚者，是俗儒也。其言行已有大法，知之曰知之，不知曰不知。内不自以诬，外不自以欺，是雅儒也。司马迁其知之矣。厥协六经异传，整齐百家杂语。刘知几所谓邱明所记《史记》《汉书》皆当时雅言也，无邪僻者也。老聃为周室征藏史，五千言之作，实为史家三长之大宗，慈故能勇者才也，俭故能广者学也，不敢为天下先故能成器长者识也。谈迁父子家世传业，引申道论，以为无成势，无常形，故能究万物之情。不为物先，不为物后，故能为万物主。有法无法，因时为业；有度无度，因物与合。故曰"圣人不朽，时变时守"，此述而不作之极谈，非较量烦简短长者所得知也。自烦简之说兴，而三长之意失矣。顾亭林曰："辞主于达，不论其烦与简也。"《史记》之所烦，必胜于《汉书》之所简。《新唐书》之简，不简于事而简于文，所以病也。望溪先生谓"子厚以洁称《史》迁"，非谓辞无芜累也。盖明于体要，而所载之事不杂，其气体为最洁耳。盖有略其终身百行，而至详于一事之敷陈、一意之慨叹者矣。以规模相称者传其人，恍若接席而面诏。奋乎百世之上，百世之下闻者莫不兴起。人与人精神相合于无尽，必由此而能真也。若夫隶事之术，远则毋剿说、毋雷同为小戴《记礼》之训，近则不啻若自其口出，见于彦和事类之文。彼谓屈宋属篇，号依诗人。虽引古事而莫取旧辞，唯贾谊《鵩赋》始用鹖冠之言。相如《上林》撮引李斯之书，此万分之一会也。字也者，又章句之所赖而积成也。是故字之所安，章句之所托命。古文读应尔雅，古之听受施行者，非今之所共晓。今之于古，亦犹是也。惟器与名，不可以假人。物有成亏，名有兴废。制器百物，极命虫鱼，因时而损益者也。《春秋》不用初哉首基之文，康成折中今古仪文之字，盖名实之孚，无征不信，易简之故，可得而知。至于故书短记、艳称诵数之烦。郯子知少皞之官，子产辨黄熊之祟，行人所讬，纵横所源。虽后有贾谊升堂、相如入室，而终不用于孔氏之门者也。然汉初承秦隶书，古文多绝，博士诸生，守所习见，房中十九章之乐，一经之士且不能独知其辞。故相如之伦，奇辞奥旨，遂倾侧人主。又《凡将》著作与扬雄《训纂》讽籀奇字之学，业有专长，是用极其丽靡形似之言，竞于使人不能过越。致讽神仙，而武帝反缥缥有凌云之志，劝而不止，久已其讥。是则依义弃奇，名从其主，不必假宠于辞人，乞灵于菟园也明矣。律本和声，而律成声附。故先秦之文，韵可读也。不歌而诵者，要为腾之于口舌，不读默识于寸心。孔子读《春秋》，老聃踞灶觚而听。长言短言，辞气盖有别也。飞沉双叠，切响浮声。俪语之硎，早发精论。至于散文之作，亦本心而立意。由气以生辞，昌于外者，手足蹈之，气盛则言之短长与声之高下皆宜。所谓《易》读诵者，义又在此也。夫耳目口鼻，肢骸百体，触于外物，感于寸衷。或顺应当今，或冥契往古。当其文心飞动，屏营古今，必有一洽心贵当之言。自然奔赴于腕下，苟造境于机先，得曲致于文外，则惟其是者。固将百世以俟圣人而不惑者矣，乌有袭取一律之为暇哉？以此言桐城，则望溪、海峰以逮惜抱三先生者，神思异向造境遂有不同。望溪周情孔思，吐言从心。古之遗直，惜抱承闻海峰，更启疆宇，周历百氏，蔚为雅材。其同于沈约三易之术，发为自立不蹈袭之言，皆将与人共见之焉。

(《文学杂志》第 7 期)

(三) 桐城文概三

康熙之末，望溪名重海内外。海峰先生以邑子见于京师，望溪遂自贬而推服焉。惜抱诵此以寿海峰。望溪集中与魏定国札有及门刘生大櫆，天资超越，诗、古文、词眼中，罕见其匹，为人开爽之语。今读海峰祭望溪之文，长歌唏嘘，知其知己之感深矣。李祖陶《国朝文录》海峰文钞引，极论其意，谓先生豪于文者也，冲口而出，循手而成，羽毛华实，并足供其剪裁。长逾千言，短或二三百字，皆行以浩瀚之气，运以洁朴之思。间或溢为怪奇，茫无畔岸，于望溪范围，疑若撞突而堕坏之。然海峰实从望溪学文，望溪亦以奇才许之。故说者谓文必有所法而始能，有所变而后大也。海峰终身橐笔，历观海内佳山水。晚教黔学，老归故里，乐志咏歌。

浮渡之山、七十二峰照其衡宇，大江带其下，为《浮山记》一篇，二三千言，喻小于大，将使兹山寂历、空蒙幽光长闭者，一旦待而发焉。又好为诗，音响激越。其《历朝诗选》尤为巨帙，要之喜怒哀乐，盘薄子史百家之林，不必以经训限之者也。年陟大耋，时与其徒论文不衰。弟子著称者自惜抱先生外，有桐城王悔生灼、歙县吴殿麟定、阳湖钱伯坰鲁斯。殿麟之学，长于礼经。悔生、伯坰交阳湖恽子居、张皋闻，皆尊大其师。及子居、皋闻以其驰骤逸丽之才，闻悔生、鲁斯之说，折为古文。海峰之学，遂隐然张于阳湖。惜抱壮而服官京师，其追随海峰，不若王吴诸君之久。游踪所及，或归过江上接席论文，而惜抱又参以其所自得，推究阃奥，开设户牖，遂为后百余年言桐城者之所宗主。惜抱当时与乾嘉诸朴学大师亦上下其议论，殚见洽闻，能拣别古籍、尤经意者，在其论断老庄扬雄之书，以为天下之道一而已。贤者识大，不贤者识小。贤者之性，又有高明沉潜之分，行而各得其所乐。于是道有异统，遂至相非而不并立，夫恶知其始之一也。子曰："述而不作，信而好古，窃比于我老彭。"老彭者，老子也。方老子好学深思，以求先王制礼本意。得其本意，而观末世为礼者，循其迹而谬其意，则不胜悁忿而恶之。礼云礼云，玉帛云乎哉。夫礼贵有诚也。老子之初志亦如孔子，且孔子固重礼之本。然使人宁俭宁戚，下学上达而已。庸言之必谨。老子书所云"绝圣弃智"，盖谓圣智仁义之伪名，若臧武仲之为圣耳。而庄子乃曰"圣人不死，大盗不止"。老子云："贵以身为天下者。"言不以天下之奉，加于吾身，虽有荣观，燕处超然，以是为自贵爱也。而杨朱乃曰："不拔一毛，以利天下。"皆因其说而益甚为谬也。昔孔子以《诗》《书》、六艺教弟子，而性与天道不可得闻。其得闻者，必弟子之尤贤者也。然而道术之分，盖自是始。夫子游之徒述夫子语，子游谓"人为天地之心，五行之端。圣人制礼以达天道，顺人情"，其意善矣。然而遂以三代之治为大道，既隐之事也。子夏之徒述夫子语。子夏者以君子必达于礼乐之原。礼乐原于中之不容已，而志气塞乎天地。其言礼乐之本亦至矣。然林放问礼之本，夫子告以宁俭宁戚而已。圣人非不欲以礼之出于自然者示人，而惧其知和而不以礼节也，由是言之，子游、子夏之徒所述者，未尝无圣人之道存焉，而附益之不胜其弊也。夫言之弊，其始固存乎七十子，而其末遂极乎庄周之伦也。庄子之书，言明于本数及知礼意者，固所谓达礼乐之原，而配神明醇天地与造物为人，亦志气塞乎天地之旨。但周承孔子之末流，乃有所窥见于道，而不闻中庸之义，不知所以裁之。遂恣其猖狂而无所极，岂非"知者过之"之为害乎？于扬雄则曰："昔侯芭、张衡之伦，推《太玄》比于圣经。"然世或谓其非圣作经。如吴楚之僭王，宋苏轼尤诋之，至谓以艰深文浅陋。窃以为是二者皆过也。盖谓圣人之道，原本盛大，以仁义中正顺播于万事，惟变所适而物得其理。于是作《易》以教世，错综万端，经纬人事。虽庸愚不肖，苟筮之而见所以处事应物者，皆合乎圣人之道也。故曰："吉凶者，言乎其得失也。得义为吉，失义为凶。"故《易》者，导民于义者也。自孔子之时，老聃之说兴。其道以观乎阴阳运行，屈伸循环，制为用舍退进之度。因时而为业，若有同于《易》者。然而古之圣人，当隆盛郅治之世，居位则裁成辅相乎天地，而维天下万世之安，非第不居盛满，功成身退而已，《易》云"勿忧宜日中"是也。当否遁之日，有济天下之心，有进德修业及时之志。又不幸所遇祸乱，必不可避，则致命遂志，非第全身远害之为善也。故有休否干蛊者，又有过涉灭顶凶无咎者。以老子之懦弱谦下，而不涉乎世患，视世之骛于功利名誉之徒，其贤则多矣。及以圣人之道揆之，然后知老氏之为陋也。孔子没，七十子徒传诵六艺，转相为说，或得或否，瞀乱本真。其时杂家并兴，仁义蒙塞。而汉世尤重黄老之书，盖至元成之间，蜀严君平以老子为教，扬雄少而学焉，及自著书，覃思竭精，贡律历之数，究万物之情，而旨不出乎老氏而已。盖彼不备知圣人之道，而以所窥于老氏者为同乎《易》，于是作《太玄》以拟《易》而无惭也。其《晦家》上九赞词曰："晦，冥冥利于不明之贞。"测曰："晦冥之利，不得独明也。"此特老氏之和光同尘于《易》，箕子之贞明，不可息之训，不亦远乎。其他盖多类是。然而雄为是书，亦可谓好学深思，言之近道者矣。孔子讥臧文仲不仁不智，而文仲卒以立言不朽，夫雄盖亦其俦与，惜抱之言如此，未知于孔子微言七十子之大义为何如。然古之人与其不可传者往矣，謦欬之接，惟在文字，哲人之言，往往叩其两端而竭。经传既已乖离，群言瞀乱。晚周诸子皆各有其条别论断之言，汉之司马、谈迁、刘向父子亦欲广撮要归，衷于至当。然言之不怍，则为之也难。得之于身，则知人也易。下及近古伊洛关闽之绪，亘千余年不绝。流风所被，以为总道术之极。察古人之醇，折中夫子，于斯为盛。夫人能宏道，固有得失多寡之差。得道者多助，失道者寡助。寡助之至也，天下久已其叛之矣。惜抱本乡先辈之轨，由洛闽洙泗以旁观百氏，而粹然有窥于自然之旨，推论立言之极，归本于天地之道，阴阳刚柔。《与鲁絜非书》曰："文者，天地之精英，而阴阳刚柔之发也。惟圣人之言，统二气之会而弗偏。然《易》《诗》《书》《论语》所载，亦间有可以刚柔分矣。值其时其人告语之，体各有宜也。自诸子而降，其为文无弗有偏者。其得于阳与刚之美者，则其文如霆如电，如长风之出谷，如崇山峻崖，如决大川，如夺骐骥，其光也如杲日如火、如金镠铁。其于人也，如凭高视远，如君而朝万众，如鼓万勇士而战之。其得于阴与柔之美者，则其文如升初日，如清风，如云如霞如烟，如幽林曲涧，如沦如漾，如珠玉之辉，如鸿鹄之鸣而入于寥廓。其于人也，廖乎其如叹，邈乎其如思，暖然其如喜，愀乎其如悲。观其文，讽其音，则为文者之性情形状，举以殊焉。且夫阴阳刚柔，其本二端。造物者糅而气有多寡进绌，则品次亿万以至于不可穷，万物生焉。故曰一阴一阳之为道，夫文之多变亦若是也，糅而偏胜，可也。偏胜之极，一有一绝无，与夫刚不足为刚，柔不足为柔者，皆不可以为文。"惜抱自著之文，所谓有得于阴与柔者，昔人称其清深谐则，无客气假象。

而惜抱《与鲁宾之书》则云："《易》曰吉人之词寡。夫内充而后发者，其言理得而情当。理得而情当，千万言不可厌，犹之其寡矣。气充而静者，其声闳而不荡。志章以检者，其色耀而不浮。邃以通者义理也。杂以辨者典章名物。凡天地之所有也，闳闳乎聚之于锱铢，夷怿以善虚，志若婴儿之柔，若鸡伏卵，其专以一，内候其节而时发焉。夫天地之间，莫非文也。故文之至者，通于造化之自然。然而骤以几乎合之则愈离，今足下为学之要，在于涵养而已。"此尤先生通微之谈，发覆之精论也。当是时，穷经稽古之儒言满天下，皆上溯二千年前，以附于汉代专门之业。惜抱抗心独往，以为大丈夫宁犯天下之所不韪，而不为吾心之所不安。其治经也亦若是而已，所服膺者真见其善而后信也，其所疑者必核之，以尽其真也，岂非通人之用心，烈士之明志哉。于是有义理、考据、辞章三者，不可缺一。义理为质，以一贯三之说。并时戴东原氏亦有是言，其后湘乡曾氏遂取其三科，以部当古今圣哲。其他惜抱评骘古今文章源流正变，见于《古文辞类纂》，以为凡文之体十三，而所以为文者八，曰"神理气味，格律声色"。神理气味，文之精也。格律声色，文之粗也。盖将融会魏晋以来究心于文之说，世多有其书，望溪之录文也略于汉代辞人。以为如相如者，天骨超俊，不从人间来，恐学者骤难窥寻。然亦期人既得门径，必纵横百家。先之以约，意余言外。惜抱即尽取汉赋，纳之总集，不愧万钧之力矣。李祖陶谓清中叶以后,学术多岐,文体亦因之猥杂。博古者以征实见长,意尽言中。有书卷而无情绪,师心者以标新自别,音在弦外,有神致而无体裁。盖谈经既菲薄程朱,论文亦藐视唐宋。朱梅崖模仿古人弊如明之王李,而任意放言如袁子才者,尤不足道。然二三老辈,好学深思如刘海峰、姚姬传、鲁絜非、蒋心余者,尚在在不乏云。

  惜抱早岁通籍,有声于时,预修《四库全书》。年四十余,挂冠南归,优游于海宇清平之会,历主江南讲席四五十年。弟子著者,有上元管异之、梅伯言、桐城姚石甫及吾家植之先生。异之才高早卒,石甫以功名著,独伯言、植之两先生尤卓然以学显。植之先生,博极群书。旁追二氏,其为人气度,殆与汉之何邵公、赵邠卿相近。弟子桐城戴钧衡,尤笃守望溪之学。伯言先生则刊落枝叶,天机清妙,抑扬爽朗,情见乎词,尽取古人精华,自道胸中之语。当清中叶以后,吏治民生隤坏苦窳。先生见事机先,推论至隐,所为《民论》《臣事论》《后汉书书后》《上汪尚书书》诸篇,意谓民生万汇烦嚣之气,必由执政者设法,以鼓舞震荡,采色声乐,耳目之娱,驰骤而消息之。合于古者,以乐和民之道,否则析骸之剌,张而不弛,文武弗能,遂有左道奸民,窃柄以持众而大乱至。又国家设官,必大臣小臣,均其利害之责。不可大臣专其利,小臣专其害,以大臣之事统责之小臣。自以县令为末吏,为一切祸殃践踏之尾闾,而民事不可问矣。盖皆烛照于至深,蹙蹙不可终日,通达治体,大声呼号,莫之省忧。及乱既成,而躬亦丁其会矣。伯言在京,沉潜郎署。朱伯韩、龙翰臣、鲁通甫、吴子序、邵位西诸君子,从而讲论,散之四方。曾文正亦接席伯言,而上穷惜抱之论。伯言老归金陵,遭洪杨之乱,避之临淮。依故人杨志堂漕督以居,至堂殁,伯言亦下世矣。其于为文,多得诗人之意,精光莹然,无不达之词,而曲致犹余于文外。选有《古文词略》,旨尤要眇。去汉赋而益以汉魏唐宋以来五七言古诗,以感物造端材,知深意之美,超然游于比兴之林者矣。曾文正于学,无所不好,力尤闳肆,导途惜抱,而取于经史百家无所不用其极。铿锵跌宕,声容茂焉,平生好以裁划章段,言文下启来学。其于宗邦之学,所为心知其意者,固非一孔之儒所得而并论也。武昌张廉卿、桐城吴挚父二先生起于曾氏之门,章显矣。张则服膺班固,吴则致力于《尚书》《史记》者深,皆学古有得,自用其才。豪杰之士,不校得失于一先生之前。近数十年,桐城马通伯先生,学于张、吴二老,又治《毛诗》《费氏易》,有《桐城耆旧传》,论次得良史之意，见推侪辈，覃思人情。为文峻絜而意厚，亦庶几古之遗爱者焉。

(《文学杂志》第 9 期)

六、文章流别新编序

挚虞《流别》，世已不传。任昉《缘起》，断自秦汉。谓六经旧有歌诗诔铭之类，《尚书》帝庸作歌，《毛诗》三百篇，《左传》叔向贻子产书、鲁哀公孔子诔、孔悝鼎铭、虞人箴，此等自秦汉以来，沿著为文章名之始。夫体有万殊，而征之六经，固无乎不备矣。魏晋初有文笔之分，萧统所选，义归翰藻，裁剪篇什，略笔而主文。要之，此书于诗赋一流，已卓然综其原委。盖承挚虞芟夷之例，兴慨于辞赋之繁。(《隋书·经籍志》曰："总集者，以建安之后，辞赋转繁。众家之集，日以滋广。晋代挚虞，苦览者之劳倦，于是芟剪繁芜，自诗赋以下，各为条贯，合而编之，谓之流别。")而于笔之为用，实有未尽。① 书说序论，采取润色，不以立意为宗。凡为游目骋怀，深得言生于情之旨而已。然其选例森严，确不可犯。后世非之，良多事矣。自时厥后，二千年来，始有姚氏《类纂》一编心知其意，而②偏爱八家，与统之困于六朝，同为安其所习。夫文章之事不可故立宗派，而体裁不可不修，即有踵事增华，变本加厉，而体之大凡，则恢万里、通亿载而不可偭。所谓文无定体，而以有体为常者也。③迩者，文律大隳，后进时髦，靡所依范。政乖世变，宣之风声。投篇命笔之徒，竞为繁乱哀思之作。衡文及乎异域，而谓连文缀字，可以冗沓不修，放乎体律之外。不知文字固国自为形，而辞达之理罔有二致。意靡所不该，而离方遁圆，必归于妥帖。彼浮漂率尔者，安在其为慊心，语蔓多枝，遑云条贯，况乎异域之字？有声而无韵，声固不离乎抗坠，无韵则无事乎铿锵。④ 而音声迭代，五色相宣之美，遂为汉字之特长⑤，亦天籁之所影响⑥矣。自来总集之选，要皆囊括精英，而严于辨体者少。昔仲尼删削繁芜，领之以四始，而六义之旨，备于篇什。选义按部，考辞就班，然

---

① "盖承挚虞芟夷之例"至"实有未尽"，《今编》无。
② "而"，《今编》作"然其"。
③ "所谓文无定体，而以有体为常者也"，《今编》无。
④ 此句之后《今编》增"此于《乐记》所称知声而不知音者，诚无讥焉"。
⑤ "特长"，《今编》作"独长"。
⑥ "影响"，《今编》作"肸蠁"。

后雅颂各得其所。故诗著三百，实总集辨体之至规。魏晋以降，含毫之士，多能曲尽文心。《典论》所谈，《雕龙》所析，而士衡《文赋》之区分，尤为执简御繁之矩矱。后世不该不偏之才，不能赞一词也。乘也无能，居多暇日，纵情文苑，目眩心疲，意有所蓄，感于时而益信。因袭流别之名，著最录一篇，区分本之士衡，而补其所不及。① 为目十有二，为篇六十有一②，形各有当，体不相侵。非藻缋之苟施，尽古今之绝作。私已玩览而已，匪敢范世也。羁旅之人，所居湫隘，几席逼于巷陌。击柝在门，震动心魄，乃复剖析毫芒，自附于达变识次者流。于稽其类，其衰世之意耶？第七十八甲子之岁春正月，方乘序于都门赁庐之随珠寝。③

（《学衡》1925年第39期，署名方乘。又见《文学杂志》第5期）

七、文章流别今编序

挚虞《流别》，世已不传。任昉《缘起》，断自秦汉。谓六经旧有歌诗谏铭之类。尚书帝庸作歌，毛诗三百篇，《左传》叔向贻子产书，鲁哀公孔子诔，孔悝鼎铭，此等自秦汉以来，沿著为文章名之始。夫体有万殊，而征之六经，固无乎不备矣。魏晋初有文笔之分，萧统所选，义归翰藻，裁剪篇什，略笔而主文。要之，此书于诗赋一流，已卓然综其原委。书说序论，采取润色，不以立意为宗，凡为游目骋怀，深得言生于情之旨而已。然其选例森严，确不可犯，后世非之，良多事矣。自时厥后，二千年来，始有姚氏《类纂》一编心知其意，然其偏爱八家，与统之困于六朝，同为安其所习。夫文章之事不可故立宗派，而体裁不可不修。即有踵事增华，变本加厉，而体之大凡，则恢万里、通亿载而不可偭，迩者，文律大隳。法式多异，承学之徒，靡所依范。政乖世变，播之风声，投篇命

---

① "乘也无能"至"补其所不及"，《今编》作"夫缀辑之难，后起为烈。窃以为选文之例，要当因义以辨体，不得随形而立义。刘勰曰今之常言有文有笔，有韵者文也，无韵者笔也。夫文笔之分，诚为达要。虽不足以律经典文章之源，然后世流别纷繁，众体孳乳，统诸二类，亦见卓裁。独有韵无韵之形，不能据为文笔之界耳。文则咏写情思，而以诗之六义统其纲目，笔则主于条达，而士衡所谓精微平彻者庶几近之。而无韵之作，有称情而言者，其抑扬感激之声施，亦使人赴节而投袂。苟为六义之所该，即不得屏诸文外。兹之所辑，袭流别之名，就文笔二类，立其大凡"。

② "六十有一"，《今编》作"八十有九"。

③ "第七十八甲子之岁春正月方乘序于都门赁庐之随珠寝"，《今编》作"甲子春正月序于都门宣南寓庐"。

笔之徒，竟为繁乱哀思之作。衡文及乎异域，而谓连文缀字，可以冗沓不修，放乎体律之外，不知文字固国自为形，而辞达之理罔有二致。意靡所不该，而离方遁圆，必归于妥帖。彼浮漂率尔者，安在其为惬心。语蔓多枝，遑云条贯，况乎异域之字？有声而无韵，声固不离乎抗坠，无韵则无事乎铿锵，此于乐记所称知声而不知音者，诚无讥焉。而音声迭代五色相宣之美，遂为汉字之独长，亦天籁所肸蠁矣。自来总集之选，要皆囊括精英，而严于辨体者少。昔者仲尼芟削繁芜，领之以四始，而六义之旨，备于篇什。选义按部，考辞就班，然后雅颂各得其所。故诗著三百，实总集辨体之至规。魏晋以降，含毫之士，多能曲尽文心。《典论》所谈，《雕龙》所析，而士衡《文赋》之区分，亦为执简御繁之矩矱，后世不该不偏之才不能赞一词也。夫缀辑之难，后起为烈。窃以为选文之例，要当因义以辨体，不得随形而立义。刘勰曰今之常言有文有笔，有韵者文也，无韵者笔也。夫文笔之分，诚为达要。虽不足以律经典文章之源，然后世流别纷繁，众体孳乳，统诸二类，亦见卓裁。独有韵无韵之形，不能据为文笔之界耳。文则咏写情思，而以诗之六义统其纲目；笔则主于条达，而士衡所谓精微平彻者庶几近之。而无韵之作，有称情而言者，其抑扬感激之声施，亦使人赴节而投袂。苟为六义之所该，即不得屏诸文外。兹之所辑，袭流别之名，就文笔二类，立其大凡。为子目十有二，为篇八十有九。形各自当，体不相侵，非藻缋之苟施，守中区以居要，非曰能尽，略著含章之义律而已。羁旅之人，所居湫隘，几席逼于巷陌。击柝在门，震动心魄，乃复剖析毫芒，自附于达变识次者流。于稽其类，其衰世之意耶？甲子春正月序于都门宣南寓庐。

（《文学杂志》第 5 期）

八、尚书读序

昔者离忧迟暮之思，陈词三后；相览周流之观，敷衽重华。司马迁发其治乱之条，刘彦和明其典诰之体。是则瞻前顾后之情，亦即疏通知远之教。楚客哀时，骚经道古。此益阳曾星笠先生发读《尚书》之微意也。夫经有显晦，学有通塞。显中视月，有北人之观书；牖里窥天，亦南人之承学。古经难读，失本义于先师；坟典抱残，尤乖离于章句。经家之争，纷其殊致；贤人有作，孰授微言。而况黄序帝魁之籍，于万斯年；幽厉秦火之余，离词绝代。汉之所奏御而讲习者，区区二十有八篇，而壁中书不与焉。由是真伪早晚，攘臂陈言；今古异同，恣情骋辨。大道以多歧而亡羊，谈者亦白首而自蔽。坐令裂冠毁冕，罄东序以投河；掩骼埋胔，慕太康而发冢。星笠先生于是发愤于宝书，欹唾于文致，以为《汉志》有言。《书》者古之号令，言不立具，则听受弗晓；词非就得，则雅俗何分。且自古鸿文佚荡之材，羞称章句讲说之士；欧阳说经之守，不敌向雄宏览之功。譬如后世彦和宗经，则曰《尚书》览文如诡，而寻理即畅，视彼冲远《正义》，所云古人言在达情，非辞皆有义。其为明暗，判若晨昏。苟由冲远之言，姑舍彦和之说。是令辰告之讦谟，下等候时之虫鸟。将见音辞蛊拙，周旦落黄门之讥；白项乌哑，汤武受道林之诮。且辞达岂塞缓之称，行远无鄙僈之病；流波浑灏，扬雄好古之明；佶屈聱牙，韩愈荒经之误。于是本其涵雅，故通古今之学，为此玩经文存大体之书，颜曰《尚书读》，凡若干卷。艰深者理之而即安，平易者舍之而自见。寻其妙传本义之乐，实有善达神旨之征。汉师读应《尔雅》，每信雅而屈经。清人会通六书，好穿文而改字。先生创通小学，早著经神。是用刊彼扶疏，申兹讽籀。不增字以说经，不破言以逆志。殷盘周诰，触手而如新。五家三科，击目而可辨。优贤扬历，何夏侯响壁之愚。耄逊于荒，笑旧传囊萤之智。凡皆夸目者不尚奢，而惬心者终贵当矣。若乃《商书微子》，证鲁论三仁之诠；《大诰》陈龟，协《周官》太卜之制。女封小子，明刑慎恤民之心；发往吾家，殷祀赖亢宗之计。或洞洞若观火，或昭昭如日星。明片言之居要，得一篇之警策。若章句，若故训，若注疏，多其立说。曰考据，曰文辞，曰义理，此为折中。律以蔡九峰、金仁山诸儒，差无泛论。揆之郑康成、陆元朗之法，亦本通规。美成在兹，庶其信矣。呜呼！陈尧舜之耿介者，固前修之所化也。诵圣哲之茂行者，期遵道而得路也。然而九州安错，招魂河洛之滨；历服无疆，埋汨箕畴之业。徒见怡情翰墨之书，藏身赵氏；寂寞草玄之迹，延赏侯芭。癸酉冬桐城方孝岳撰。

(《文学杂志》第 8 期)

九、公羊注疏索引自序

夫姬周丧轨，旧闻犹具于宝书；后圣作经，制义乃终夫麟应。文成数万，其旨数千。仲舒发礼义之宗，子都出条例之目。一脉两家，隆于何氏。况复名彰学海，经纬典谟，说异守文，妙诠本意，固已跨步于当时，论定乎史氏矣。

尝即《解诂》之书得四珍焉，西河授旨，竹帛乃存，谶记师传，遗规已邈。本四传之家法，存先汉之典型，檃栝前修，就于绳墨，缅兹绝学，缀续千年，其珍一也。

麟经理事，加乎王心，避害隐书，口传褒损，微言有述，多在公羊。缘隙旁生，遂兴左学。永滋异讼，悲不自胜，遂乃哂二创于膏肓，振风声于败绩，欲解远难全身之惑，终推非常异义之文。虽幽光闭自隋唐，而大业昌于近代，得所凭依，后起者胜，其珍二也。

今古二学，交相訾謷，彼以浮夸，操矛入室。扇风扬焰，富丽徒陈。遂激深沉之智，蛰户廿年；乃兴要妙之思，辨言六百。穷圣人之极致，约礼制于一书。运纬扶经，典罗三代。因卜郊而详夫牲角，注什一而及夫井田。奥衍如斯，邃数莫极。彼学后生，徒侈官厨之颂；守兹壁垒，无愁卖饼之讥，其珍三也。

两汉大师，书名多别，曰通、曰微、曰传、曰诂。章句条例，炳若繁星。众名杂见于他经，条例独钟夫三传。是知约文旨博，此经之长。学者窥钻，舍兹莫达。又况繁露玉杯，徒成外传；精专密勿，恐让子都。何君生炎汉之将倾，绍群师于故武。虽体兼故传，而条例为宗。配例于经，疏通传意。岂若颖容之作，翻厄于征南；更始之传，汨沈于武子，其珍四也。

呜呼！经无达例，语本仲舒。而迷误之徒，遂多创格。唊赵兴风，久而弥炽。不知属词比事，起义森然，垂戒所昭，恐失则乱。且经之义例授之于传，传之义例具在本文。苟陋守隅，未妨兼掇。贾服诸师，每参二传。穀梁范氏，亦畅旁通。若斯之流，未为乖舛，岂可逞向壁之玄谈，遗虚造之口实乎。左、穀两家，辛勤补缀，猗欤解诂，岿然独完。将欲穷圣志之所存，明据乱之作旨。舍兹一籍，奚其适归。旧传徐疏，体例严洁，多存佚书，合此文更四手之编，宜在条理表彰之列。

余束发受经，心乎此学，长更服习，益靡津涯。每入宝山而空回，迷繁音于终奏。辄欲本执简御繁之蕲，会屈申详略之文。爰师了翁之于九经，效西籍之有索引。本何君之科旨，揽宋均之说文。立目之详，稍参刘释。（刘逢禄《公羊释例》）寻行数墨，一准阮书。（阮刻注疏本）为卷有二，一曰类目，二曰检目。学者苟上下而循之，（检目）知众源之所出；旁行以指索。（类目）则纲举而目张。事异冥行，程功则易。先民设轨，吾何以加。敢谓眠思经事，寤寐有通。庶几葛巾之儒，入座无讥焉尔。

(《文学杂志》第 2 期)

十、腊斋诗集序

绍弼诗人既病卒，其遗孤子女，及门后进，以君平生为诗，多不自收拾，时有散佚，相与详搜博采，衰集成编，分手写定，用力甚勤。谬以余为知君，持以示余，属为之序。读竟，乃作而言曰：夫诗有正有变，此就其源流气泽，有关于时世者而言。而宋人严沧浪氏，又有"诗有别才，非关书理"之说，乃专就人之才情之别异者言之，夫由正而变，而至于专论其才之别，此固时为之，亦人为之也。时者，不可强为，而人者，究非学无以自致。是故谓有别才可也，谓其不关于学则不可也。及其才之既致，或为正，或为变，或变而不失其正，而终不能不出于所谓别，则亦未尝非时为之矣。君少著才名，博览群籍，而一意于诗，举天下之好，无有过于诗者也。本其方刚之气，深情至性，掬肺腑，披肝膈以示人。以诗为学，亦以诗为教，其一门子女，群从后学，无不沉浸于此诗教之中，而不知其所由。至门庭坐榻，家人宾客，涵咏呻吟，商量投递，洋洋乎盈耳，非诗则无以言者，殆无虚日。君于其间，则拈髭吟断，出入风雅，亲为指授，扬榷古今，斧藻人物，哀乐关于一心，朋友为其性命。其行事也，则无不出之以至诚，将之以直道，急人之急，而忘自其勖，教人以善，而忘人之过。性亦嗜酒，往往善醉，高谈促膝，慷慨悲歌，或广座放言，或稠人默对，见者多以为奇人，而余独以为如君者，洵可谓有别才而能自致，有关于时世而有不尽于时世者在此，则君之所以为君，而君之诗所以为君之诗也，不可及矣。君早岁已诗篇漫与，挥斥自如，声响绵邈，于欢娱寂寞之中，无不尽达其胸中所欲言而止，偶为古体，则尤敦朴肫挚。晚年溢为诗余，高致隽语，又层出不穷，有填《卜算子》咏红梅一阕，中有句云："不是人间铁石肠，那解花情味。"此一语也，可谓文心道心，抉其奥髓，殊令人有味乎其言，惟刚肠乃有至性，此真别才之解，而不可以他义混。君于晚年，深道所得而为自古诗人之息壤者也。乌乎，复矣。余落南来粤，识君甚夙，但不数数见，谈言微中，莫逆于心，为异乡知己。方期须暇从君，为岁晚过从之乐，不意余长君十余年，而君竟先我而卒，序君之诗，而君已不及见矣，可痛也夫。

（陈永正、徐晋如编《今文言》）

十一、藤花别馆诗钞序

论诗者主风神①,主学问,主性灵,皆各就其一端而言,要之诗以言志而已。虽然,诗固与文异。王船山曰:"意必尽而俭于辞,用之于书;辞必尽而俭于意,用之于诗。"此其说也。盖言之不足,而嗟叹咏歌手舞足蹈以继之,皆所以求足于意,而未尝言广骛杂采以求多于意也。夫惟意缺于本心,然后乃泛滥而无所归宿,此诗学之大弊也。诗弊而风俗随之。同光以来,鞠輣佶屈者与漫羡泠汰之音,交和于朝野。辞意虽富,而言之转有所不足,读者亦为之气结而不扬。高者深锤博炼,又往往以文为诗。其纵者则烦而不杀,逐物而不返。语及性情兴象②,则概视为惝恍不足道。难于此而易于彼,莫知其所由,然以此争鸣于乱离扰攘之间,毋乃令读者之兴稍为索然乎。赣州罗子雨山深于诗,有所作则风神秀逸,如其为人。③ 往者余因友人刘宣阁获交雨山,宣阁每比④之罗昭谏。夫昭谏生当唐末五代之际,其伤离怨乱,则曰"芳草有情皆碍马,好云无处不遮楼",何其旨远而兴宏也。雨山流寓岭南,不获归安乡里。其所沉吟于身世者,固有合于此矣。谨进瞽说,为其诗之序。⑤ 癸酉夏方孝岳撰。

(原载《文学杂志》第 6 期,又见《岭雅》第 56 期、第 57 期)

十二、椒远堂诗钞序

诗史之说,实创《毛诗》大序,后世承之,其流远矣。然诗之为用,尚非史所能及,盖本之文心,以综于史志,则其喜怒哀乐歌哭舞蹈之情,随事境之迁流激荡翕辟以见于文者,皆不啻亲历其世而身受之也。是故谱一国之风,录一家之作,用见兴衰,初无二致。古之国犹之一家也,称述家之作莫详于马班。马史、班书自叙所著,文采烂然。自余如韦孟之称祖,康乐之述德,亦皆美成在久,非徒为夸目而已。夫昭文章、陈美恶,隘己者不称物,夸自者不逮意,本之由此风雅而来,则虽述亦犹作也。唐

---

① "风神",《岭雅》本作"丰神"。
② "兴象",《岭雅》本作"气象"。
③ 此句之后《岭雅》本有"其取径之高,辞与意适,固今之诗人之独行者也。"
④ "比",《岭雅》本作"方"。
⑤ "雨山流寓"至"诗之序",《岭雅》本作"雨山于此得毋有旷世相感者耶?宣阁可谓深得其用心,即以此叙雨山之诗,而参以瞽说,以为质证之资,其可乎?"

宋以来，家集颇著，唐窦氏之《联珠集》，卷首各冠小序，述其本末，盖略得诗教之意。其后宋有《三刘家集》，明有长洲文氏五家之选，皆祖孙父子，世济其美，士林多之。文弊到今，重以世变，数典之志，寥廓难承。余来岭南，当桴鼓交侵之会，击柝声闻，周于四境。问于故老，征其文献，则如九江朱氏传芳之集，既已诵其清芬。近者大埔萧子菊魂，又示以其家先丛集一册，曰《椒远堂诗钞》，受而读之。《椒远堂诗钞》乃清初至今萧氏先德之作，所录凡十四家，而题名从始祖之祠堂者也。萧氏自宋庆元间，由闽迁粤，历元明以降，多有诗人。世远年湮，遗集时有丧失。兹之所录，断自清始。观其诗中所及，凡问学感怀，与夫客游踪迹，乡土风物，以及其他人事之合散悲欢，皆足以论世知人，观风俗而知厚薄。此虽私门一姓之传，而其为用亦一方诗史之林也。萧子郑重兹编，辱来问序，其用心为有本矣。昔孔悝之铭鼎也，曰"纂乃祖，服乃考"。《戴记》著之曰"古之君子，论撰其先祖之美，而明著之后世者也"，以比其身，以重其国家如此。然则吾宗邦保世滋大之教，其犹有闻萧子之风而反顾兴起者乎？此尤区区所乐赞者矣。桐城方孝岳序。

（萧济川编《椒远堂诗钞》，1933年广州市蔚兴印刷场）

十三、恬园诗草题辞

诗之佳者，謦欬皆出于真放。所谓诗有别才，非关学者，戒人之落曰科耳。性情不真，言之无物，虽读破万卷，亦安能下笔有神乎？余不能诗，而好近诗人，以为惟明于温柔敦厚之教者，为能尽人与人相偶之道。游粤既交高斋，又因高斋得黄子拜言、黄子伯轩，皆尽读其诗而伟异之。今年春，拜言诗卷刊成，属余一言为赠，乌乎！友朋气类之感，有莫知其然而然者，以拜言之天机奔放，慨慷横逸饶于才，而不以学为累。以此上跻作者之林，古今诗家之涂辙，要亦无以尚兹。而高斋之与数子，以诗教相契合，性情相感通，尤无取乎标举。后世一二论诗之说，立宗旨以为高。余复离群索居，见闻孤陋，亦何能仰赞于万一乎？虽然，拜言胸中，固有其不得已者在也。读其忧国忘身，感时抚事之作，沉痛壮阔，拟之古人，一饭不忘，如杜少陵、陆剑南辈，许身立志，殆无愧色。此乃拜言之所独至，而今日何日，尤非此诗不足以达人间之歌哭者也。诗之道于此为最大，将见拜言胸中之所不得已者，长留真放于天壤之间矣。谨郑重题而归之，并以质高斋诸君子以为何如？桐城方孝岳。

（《恬园诗草》1940年广州印本）

十四、题《层冰文略》

伏读大集,襟袍雅饬,风力清远,情愫所充,以文章为性命。就体而论,则机轴关键,原本选理,声情开阖,时睹唐贤,孤行侧出,每入宋室,在公固纯任自然,不假客气。而星宿发源,波澜到海,亦非具有大家之本领者,不能发露此种境界耳。至其调高韵美,杂以排奡,霜秋雕鹗,见其为人,则又公能独矣。乙亥年(1935年),方孝岳读竟敬识。

(《国学家古直》)

十五、跋临桂龙翰臣先生《经籍举要》

条举应读之书,为始学示途径。此于目录家,盖为别出之宗。其取舍镕铸神明于轨范之中者,实与著书立说者同科,非仅排比铺陈而已。如程端礼《读书分年日程》,《四库全书》列之子部儒家是也。晚近有南皮张氏之《书目答问》,本为教士而作,胪举敷陈,纷纶交错。使人手一编,则于古今之书名派别,诚不难博辩在口。其于目录之学,是几欲以支子继大宗者矣。然而问津探胜者,或所见有异同焉。龙氏此编,作于其道光二十七年视学鄂中之时,下距今日,为时稍远,固不能如南皮之书之盛行于晚近。然观其宏通高简,疏节阔目,所举之书,轻重皆有深旨,则镕裁之识,似尤有独至者焉。龙氏当道咸之交,与湘乡曾氏及当时二三老学,如梅伯言、邵位西诸君子者,声气交磨,学行志事之所树立,皆不屑屑校得失于一先生之前。讲论发擿,蔚成风气。即此沾丐士子之作,可觇其用心之要。今之学者,苟能于习观南皮书目,狎于近代闻见之余,仍取此编浏览及之,其足为恢张心志之助,当不浅也。方孝岳识。

(《文学杂志》第 10 期)

十六、致刘严霜书

严霜先生:

奉书及诗,发缄惊喜。隆施厚贶,远道加遗。湘如何人,竟得此于君子。见赐二诗,精严极矣,古体尤所爱诵。然而品题之处,实无一语所敢承当,真不知所措。先生以典赡工致之笔,所谓三十六体者流,而居然能层出不穷,将与渭南万首同其富美,真罕见之奇才,非妄贡誉。其他诗歌十首,当再悉心揣摩,亦可起予废疾,现尚不便伏案也。希望能果如大诗之笔歌墨舞，霜天南返，明年共对春山，其为乐何限。赐诗得见，喜不可言，作字不便，先立覆数字，以鸣感激，余俟长言。敬祝撰福。

弟湘如七一年五月六日
(《严霜诗词钞》)

十七、跋吴荷屋家书册

近世吉金之学，自阮文达大启土宇，而吴荷屋先生筠清馆著录，崛起海表，抗衡中原。虽得定庵诸老之助，而浸润之深，自得之乐，衡其书法，要非沉思翰藻、具摄鼎彝者，莫能为也。观此家书数帧，信笔走墨，跌宕昭章，体方而用圆，不仅为帖学之渊薮也。清代书家，前有吴荷屋，晚有杨惺吾，皆能融贯南北，神理颇同，蔚为大国，不与他家齐风。若论标格，当在绝品。安吴扬榷，不收荷屋，殆偶失之耳。荷屋复有《历代名人年谱》，记自汉以来名人生卒之略，与史事相统贯。知人论世，有裨来学，于此帖中可略瞻其精撰之意。□君藏此，为缥缃之光，抑尤论岭表艺文者所乐征矣。

(《文学杂志》第1期)

十八、李蘅甫先生家传

先生姓李氏，讳杜，字蘅甫。世为潮州丰顺县小胜乡人。祖丹桂，太学生。父云岩，武德骑尉。先生少负文誉，而尤以操行正直为乡里所惮敬。桑梓之谊，终身以之，故能化成于乡，卒以有述也。光绪癸卯，受知学使朱祖谋，补县学生员。既而毕业韩山师范学校，遂以其业教授，主讲邑官学十余年。鼎革后，又倡办邑中学，邑中学子多出其门下。晚以亲老家居，兼治乡族事。公正富胆略，隐然为一邑之望。每官府有兴革大计，议不协者，往往得先生一言为重。民十八九年，邑中乱民祸作，闾舍为墟，家人多避地不敢留，先生独不去，益挺身卫乡里。治团练捕匪，昼夜警戒，无片刻安息，屡频于危。如是者凡三年，而乡亦卒赖以安，邻里得还保聚。由是益归德先生，事无大小，咸来取决，片言立解，各得所需而去。兢兢于恤贫振匮，扶弱锄强。兴学校，敬宗族，修葺先代祠墓，订族谱，建桥梁道路。凡有博施济众之事，无不见义勇为，尽其力之所及，仍丝毫不自市也。卒之日，乡人来吊，哀而出涕者数百人，不期而会丧者三四千人。村姁野老，及不知谁何之人，日来拈香望灵膜拜者络绎充庭，累昼夜不绝，为李氏开族丰顺四百年来未有之盛，人以此益知其德云。先生读书通大义，尤熟于史，兼善方舆算数医卜之学。爱藏书，得佳本珍护之。既家居奉亲，处理乡事之外，仍手不释卷。吟诗著文，啸歌自得。筑室于其乡之羊公坑上，有草木禽鱼之胜。顺德黄节颜其楣曰"种德草庐"。春秋佳日与宾朋戚好，徜徉其中，见者或疑为萧然物外无意于世者流。而不知其临事有为，任重致远，实有过人之才，而所施仍有不尽者也。春秋六十有五，民国二十六年（1937年）四月一日夕，宾宴毕就寝，夜半无疾而卒。所著有《万松草堂诗文》二十卷，《读史纪要》四十卷，日记杂稿数十卷，藏于家。

方孝岳曰："余客岭南，交李君沧萍，先生长子也。文雅有志行，与余同教授中山大学。过从有深契。又因沧萍识其弟韶清，亦才贤人也。因得备闻先生行谊。距先生卒三年，相与避难香港，出状属为家传，乃著之如此云。"

（《岭雅》第 18 期，1948 年 8 月 30 日）

十九、先母丁安人行状

今夏五月，时乔客广州。家君自里以书来谕之曰，冬日之吉，将率尔以尔亡母之柩，自怀宁大龙山三十里铺权厝之室，安葬于桐城龙眠山下雾冲之丘。尔其追述行略，信尔亲于人，以谋不朽。时乔泣而受命，谨具如次。

乌乎！吾母生则劬瘁以不永其年，殁而骨肉不安于土，二十五年于兹，伤哉。母合肥丁氏，考讳德昌，从李文忠公立战功，统领乐字营，记名提督。晚驻沧州十余年，民感功德，殁祀专祠。妣金，诰封一品夫人。初吾大父柏堂公用曾文正公荐，宰枣强。提督兄乐山先生时官直隶按察使，过从之日，见家君嶷然侍坐，遂介许婚焉。母年二十一来归，时大父辞官归寓安庆，以修己治人之学导于后进，皖督学使者奏请朝廷，与南海朱九江大令、番禺陈兰甫广文，同给五品卿衔，以旌老学，一时称盛。而中兴遗宿，江介诸儒，宾从往来，座无虚席。一门之内，上下老幼子姓妇女簇簇百人。大父益守其少时所闻于兄植之先生训家之语，教子綦严，律躬峻厉，刑于家人。而吾母以幼履丰顺，来嫔儒门，恪恭执礼，上侍庭闱，尤婉娩谦下于娣姒之间，未尝以诟嫉之私，稍累怀抱。不私财帛，胠箧键钥，一奉于姑，资其散给，无毫发之怨，以是终吾大父大母之身。逮于世母代秉家政之日，宾客祭祀，酒食之议，趋跄相助，威仪可则。退即不参一言，聚处雍然，久益无间。而戚党内外知其事者，莫不以吾母为难能也。母性慈仁，好施与，亲见道途废疾老幼茕独，或闻人举告，则周给之无不至。于大母在时所矜恤者，尤岁时存问不衰。平居自奉，则淡泊无所玩好，克己卑服，不慕荣利。而相夫教子，一劬于学。故家君得以安处丘园，观览书史，从容游于父执师友之间。立节砥行，以文章艺事肆其余力，而与世父贲初翁吟哦一堂。兢兢传相堂遗泽于后昆，手足之谊，为乡里所称道，而尤多吾母将顺佐成相夫之德为不可及也。光绪庚子后，朝廷方欲新张皇维，人有以学古入官之说挽家君赴京，就职郎署。母闻而言曰，世方艰危，隐忧仍切。况有先人遗业可守，万卷传家，宁不乐乎。伯兄时晋既长，母则遣兄入学而告之曰，在家敦子弟之职，处世为笃行之士，是亦足矣，毋以功名为也。于是䌷针宏纤，辛劳一室。不肖弟姊妹成群，疾痛寒热，一身任之，不以几希之故为家君渎告。闻之伯兄，尝见暑夜弟妹各据竹榻，纳凉小院，宅基卑湿，多蚊蚋，母即郁郁执扇坐其旁，扑蚊送风，喘汗不休，往往达旦。伯兄疾剧，命几革，母忧泣在视，寝食罔宁。距兄斋数百步，盛暑日炙，往来穷朝暮辄数十番。宵深急雨，柝声遥闻，则母复携仆篝灯持药至矣。既而时乔病疟，瘟疠益之。母则自忘己病之躬，保抱煦妪，益染被其疾。乌乎！母自来归，亘二十年，服勤事长，逮处家人。于世之所称闺门庸德之行，差将无憾。独以抚育不肖兄弟瘝瘝一身，备其百役，终其生殆无一日之燕处安闲，积苦销精以延此不肖无用之身，而母寿遂不永矣。既殁之后，乃析爨，家君携将子女迁归桐城勺园之宅。庭院闲旷，竹树交荫，书声琅琅。兄姊先后嫁娶，侍亲归宁，抱婴而至，于是家君慨然叹曰，此安人生时之所望也，何期茹苦先逝，不及享此稍闲之岁月也。仆妇里妪及旧时母所厚视者，亦吁嗟言曰，方氏仍世厚德，任恤周亲，被于里。安人亦能继其家声，而遽殁矣。而不肖兄弟学行无成，咸不克以有立，遭世多屯，不获安乡里。朝夕趋庭，守母之训。惟伯兄近岁家居，教授乡校。时乔与仲兄时亮负米四方，游迹寥远。时乔尤十余年不得一归，居京师十年，禄薄不能迎养。前年在辽，今年在粤，于人子守身事亲之乐，徒望羡之。遥念家山，则母也一棺萧然，浮厝隔邑，久不得地，卜葬屡愆。母殁之时，时乔年方毁齿，今年已三十有四矣。母卒诞于光绪三十年三月二十三日，享年四十有三，以家君光禄寺署正，例封安人。不肖兄弟三，长时晋，次时亮，次即时乔。姊妹五人，惟妹甫六龄殇于母卒之次年，余四姊均适士族。及继母葛安人来归，又生幼弟竑幼妹一人，今并逾冠笄之岁，不肖兄弟亦有子八人矣。日月迈往，报称已微，惟思得矜怜于当世通人处逸大儒，锡文铭幽，垂光来禩，谨百拜涕泣以俟。庚午秋不肖子时乔谨状。

(《文学杂志》第 4 期)

二十、古直、曾运乾、陈鼎忠、方孝岳四位先生的意见

承教以读经为问，谨答如次。

时流谈学术者矜重先秦诸子，下及流沙坠简，殷墟书契，靡不珍之。顾于三极彝训，反从弃捐，蒙所未喻也？夫国于天地，必有与立。经也者，吾国立国之精魂，民族由此而尊，民权由此而崇。满清猾夏，祀逾二百，吾人根于《春秋》大义，卒颠覆之，斯其明效大验已！向使清初诸帝，置经典于焚毁诸书之列，尽拔其根，无使萌蘖，吾人尚能哀思故国，作为《民报》《国粹学报》以唤醒民族邪？舍经而言教育，吾惟亡国是惧，他何论焉！

(《教育杂志》第 25 卷第 5 号，全国专家对于读经问题的意见)

中卷　白话文选

一、我之改良文学观

改良政治，人民所以图生存。改良道德学术，人民所以求进化。政治之改良，责成于宪法。道德学术之改良，则赖思想家鼓励于政治范围之外而已。文学与道德、学术有密切关系，谋一群之进化，首当从事。

文学革命之声，倡之于胡君适，张之于陈君独秀。二君皆欲以西洋文学之美点输入我国，其事甚盛。但吾人既以西洋文学之眼光，考我国文学史之得失，则不可不将两方文学史之异点，表而出之。知其异点，然后改良者有叙可循。盖尝思之，其大要有三。

（一）中国文学主知见，欧洲文学主情感

曾国藩分文学为三门，曰著述、曰告语、曰记载。著述固纯以学为主，而告语、记载，亦皆为知见之表示。其所以谓美者，以西洋文学眼光观之，不过文法家（grammarian）、修辞学家（rhetorician）所精能者耳。小说词曲，固主情感，然在中国文学史中不据主要位置。

（二）中国文学界广，欧洲文学界狭

自昭明哀集文艺，别类至繁；下及曾国藩、吴汝纶，遂以经史百家列入文学。近人章炳麟于有字之文外，且加以无字之文。是文体不一，各极其美，乃我国所特具者。欧洲文学史皆小说诗曲之史，其他论著书疏一切应用之作，皆不阑入。

（三）中国文学为士宦文学，欧洲文学为国民文学

仲尼之学，学为人臣，自汉世学定一尊，于是士之所学，唯以干禄，发为文辞，本此职志。于是学术文艺界，无平民踪迹，而学而优则仕，仕而优则学，学问界皆为求仕之士所盘踞，虽有外此例者，亦仅也。诗赋歌

曲，虽略近单表情感，然考其大凡，或以陈辞巧丽，取悦人君；或以怀抱不展，发为哀怨，皆非平民所可与闻。不似欧洲文学，立于政事学术社会之外，以个人地位，表直观之情感。虽与三者有密切关系，然具转移三者之能力而与之并立，不若我国限入三者之漩涡也。欧洲文学发源于神话（myths），民智鄙野，神万物而为言也。其后国际多故，人事渐杂，于是诗歌繁兴，或表神物之信仰，或表英雄之崇拜，或夸武勇，或达敬爱，如 country song, lyric poem, heroic poem, epic 等是也。由韵言变为散文，于是有幻言之类（romance）。国家精神、宗教精神、恋爱精神，俱席卷而入。降及近世，小说戏曲大盛，曲尽情态，气象更富。凡皆本国民之精神，表其对物之情感，或批评，或叹美，或实写，于自身有独立之价值，而不假他物（政治学术等）之价值为价值。作者亦仅持其对物之观念，而绝不有自身地位存于胸中也。

今日言改良文学，首当知文学以美观为主，知见之事，不当掺入。以文学概各种学术，实为大谬。物各有其所长，分功而功益精，学术亦犹是也。今一纳之于文学，是诸学术皆无价值，必以文学之价值为价值，学与文遂并沉滞，此为其大原因。故着手改良，当定文学之界说。凡单表感想之著作，不关他种学术者，谓之文学。故西文 literature 之定义曰"All literary productions except those relating to positive science or art, usually, confined, however, to the belles-lettres."。belles-lettres 者，美文学也，诗文、戏曲、小说及文学批评等是也。本此定义，则著述之文，学术家用之；记载之文，史家用之；告语之文，官府用之。此指书疏之关于政者事言之，其他私人往来之事，亦只以达意为主，不必列入文学。是皆应用之作，以辞达意尽为极，不必以美观施之也。世有作者，首当从事戏曲小说，为国人先导，而寻常诗文集，亦当大改面目。胡适君所谓不模仿、言有物、不作无病之呻吟，其义盛矣。

无国民文学其主因固如前述。然言文不一，亦为致此之要点。陈、胡二君定白话文学为将来文学正宗，实为不易之论。尝考不统一之由有三。

（1）国境内无外种之杂入也。欧洲中古时代，罗马衰，北方诸侯南侵，虽采拉丁语，而本族语仍多存者，于是言文渐分（文用拉丁）。然是诸族，皆本无学术。及后裂地自国，文豪渐起。以本国方言，述其所得于罗马之学，而文言又以一致。我国向无他族杂居内地。苗民式微，其他西北所谓羌狄匈奴，虽有时侵入内境，而不久即被驱出。是故数千年来，除南北朝及元清二代，大陆上纯是汉人势力。文艺学术界，既无平民之踪迹，而士大夫相习成风，文求古而言从俗，言文遂终古不得复合。唯元代以蒙古族来中夏，不谙文理。应用文字，多用白话，今所传《元秘史》及天宝宫圣旨碑文是也。故是时白话小说词曲大盛，倘元不灭，由此以往，文言或有合一之望。五胡纷纷，无暇及此。清帝多好汉文，崇奖古学，故皆无甚影响。

（2）无新学术之发明也。我国有述古之学，无发明之学。即日用事物，亦无甚变迁。文人思想既不能推陈出新，而所用事物之名，亦相承不变。故方言虽庞杂，而文言习气近古，不可易之势也。

（3）文人言复古也，文之行远者，必其通于民之至广者。是文家当从国民之倾向，非欲国民从文家之倾向也。基督新旧约《圣经》，能传至近代而精神信仰终不递者，虽多由教徒之势力，而其大因，乃各国时时以新国语释之。即希腊人做《新约》时，已用当时国人用语，非古代文家所用者。我国文人，以模古为特长，人物事故，虽极新者，必以古名名之，以旧态状之，其结果遂与当时事实大相反。责国民文学于此，亦缘木求鱼耳。

吾人既认白话文学为将来中国文学之正宗，则言改良之术，不可不依此趋向而行。然使今日即以白话为各种文字，以予观之，恐矫枉过正，反贻人之唾弃，急进反缓，不如姑缓其行。历代文字虽以互相模仿为能，然比较观之，其由简入繁，由深入浅，由隐入显之迹，亦颇可寻。秦汉文学异于三代文学。魏晋文学异于秦汉文学。隋唐文学异于魏晋文学。宋以后文学异于隋唐文学。苟无时时复古之声，则顺日进之势，言文相距日近，国民文学必发达而无疑。故吾人今日一面急宜改良道德学术，一面顺此日进之势，作极通俗易解之文字，不必全用俗字俗语，而将来合于国语可操预券。（白话小说诗曲自是急务）

总之一国文学之改良，其事甚大，篇首所云端赖识者倡导于政治范围之外而已。予之所陈，与胡陈二君有相发明处，有相出入处。二君倡之于先，吾人不得不论之于后。尚望国人不鄙此意，共进而从事于此。

愚意白话文学之推行，有三要件，首当有比较的统一之国语，其次则须创造国语文典，再其次国之闻人多以国语著书立说。兹事匪易，本未可一蹴而几者。高明以为如何？独秀识。

（《新青年》1917年第3卷第2期，又收入郑振铎编"中国新文学大系"中的《文学论争集》）

二、关于屈原《天问》

（一）《天问》的怀疑精神和它所受向来传统眼光的歪曲

《天问》是有关屈原思想的一篇重要作品，可是向来还没有得到足够的重视。从司马迁作《屈贾列传》起，虽然这篇作品是相当郑重地被提出来，不像后来有些人把《天问》看作是屈原作品中最不重要的一篇，仿佛只是一种"泄愤"的东西①，是旁人编辑的，或者是托名"屈原"的，但司马迁那样提法，还不能使人得到应有的认识。他说"余读《离骚》《天问》《招魂》《哀郢》，悲其志"，似乎已经认识到《天问》的重要仅次于《离骚》。他引《淮南》《离骚传》"劳苦倦极未尝不呼天"那一段，正是他所同意的对屈原作品的整个看法，也正是所谓"悲其志"一个很好的说明。他大概以为《天问》的问天，和《离骚》《哀郢》等篇提到皇天上帝，都是无可奈何的呼声，并没有从《天问》一篇中看出屈原的思想意识的特异之点。这和后来刘勰的《文心雕龙》为着"宗经"而"辨骚"，毕竟是一样的手法。《文心雕龙》在《宗经》之后来一篇《辨骚》，拿它"合于典诰"的地方来和它"异乎经典"的地方两两相抵，希望它不因所谓"诡异""夸诞"而减少价值。司马迁的"悲其志"，大概也以为是对屈原应有的原谅。其实这都是完全用不着的，反而歪曲了他。

我以为向来最能了解屈原的，倒是那个做《反骚》的扬雄。可以说扬雄和屈原的不同，正是屈原思想特异之点。扬雄《法言·君子篇》里说："或问'屈原智乎？'曰'如玉如莹，爰变丹青。如其智，如其智。'"② 这正是扬雄站在"正统派"的地位来批评屈原。所谓"丹青"，大概是当时一般儒士的惯语，拿来标榜儒家的经典的，就是所谓"圣人之言"。所以《法言·君子篇》里有"或问'圣人之言炳若丹青'，有诸？"就是"或人"拿这句惯语来问扬雄。扬雄在《君子篇》里就是借用

---

① 参见〔东汉〕王逸《楚辞章句·天问叙》。
② 近人汪荣宝《法言疏证》在这条下面，驳正俞樾把"爰变丹青"改从唐人类书作"爰见丹青"的说法，但又依他的弟弟汪东宝读"变"为"辨"，作"爰辨丹青"，说是"与丹青之久则渝者别也"，更是迂晦得很。这句话应该还照原来的字面解，用不着曲解。

这句惯语指出屈原虽然"如玉如莹",但有"变乱圣言"的地方。根据他这种说法,当然除了《天问》一篇而外别无重要可指之处。《天问》一篇,从天到人,从遂古到他的当代,对一切传统的观念,对当时的"显学"儒家一派的史事传说,差不多尽情揭发,彻底怀疑。最明显容易看出的如"鲧"之被刑,"益"之被代,乃至夏殷之际殷周之际一切"信史"化的是非,他都有很露骨的怀疑。后来"汲冢"书里许多不同于儒家经典的古史传说,如舜放尧、桀让汤等等,和刘知几《史通》里《惑经》《疑古》各篇所谈到的问题,在《天问》里都可以得到很好的启发。甚至古代史实有些解不通的地方,反而从他的疑问当中找到一些线索。这一层留到后面再讲。扬雄对《天问》本写过一部注解①,现在已经失传了。他应该站在反对的方面来注解他的。假使这部书还在的话,一定比后来王逸这些人的注解要好得多。因为他既然向来反对"屈原"的见解,就绝不会像后来一班人硬要拿"正统派"的眼光故意回护屈原而恰恰是歪曲了他。不过我们现在从《天问》的本文看,从扬雄这句话来看,又拿后来地下发掘的材料和一些大胆怀疑的议论配合起来看,已经可以明白地说屈原《天问》实在是"疑古""惑经"之先驱,打击显学儒家教义之发难者。可笑后来的人有许多竟把《天问》里明明否定的地方说成肯定,种种曲解,迂腐难通。例如,他同情于"鲧",说"顺欲成功,帝何刑焉",分明是说"鲧"将要成功,为什么要加以刑罚。王逸的《章句》硬要解作"鲧设能顺众人之欲而成其功,尧当何为刑戮之乎",不知"顺欲"是虚词连语,"顺欲"等于"驯致"②,而硬要加添几个字,作为假设的话来责备"鲧"。像这种例子太多,使这篇作品的真正面目埋没了许多。这实在是一件很冤枉的事。

(二) 屈原和稷下学派

屈原曾经到齐国去了好几次。当时正是齐国"稷下先生"集会最盛

---

① 〔东汉〕王逸《楚辞章句·天问叙》有"至于刘向、扬雄援引传记以解说之,亦不能详悉"。
② 《广雅》:"将,欲也。"又"驯""顺"通,"致""欲"古皆舌头音。

的时候。① 屈原在那里当然接触到许多东西。当时以邹衍、邹奭为首的阴阳家一双而为神仙家的学说是稷下派的大宗。我们从《史记·封禅书》《田敬仲世家》《孟荀列传》《汉书·郊祀志》里都可以看得清楚。② 《山海经》这部书所提到的材料是他们的大本营。③ 后来《淮南鸿烈》又是他们的学说一个发挥的场所。④ 屈原当时对齐国这些东西当然接触过。《山海经》本是晚出的书⑤，后来有人说它是为着解释《天问》而作，又说《离骚》本于《山海经》，这些话都只说对了一半。其实屈原的时候未必已有《山海经》这部书，但它里面的材料是和屈原的写作有极大的关系的。屈原由于常常出使外国，"接遇宾客，应对诸侯"，对各国政治上的接触，和在本国所受政治上的刺激，思想上自然起伏很大，影响他的整个宇宙观和社会观。对过去的一切都不肯轻于置信，处处要表示自己的特

---

① 齐国"稷下"学馆的历史相当长。齐宣王的时候又重复兴盛起来。《史记·田敬仲世家》说："齐宣王好文学游说之士，自如邹衍、淳于髡、田骈、接予、慎到、环渊之徒七十六人皆赐列第为上大夫，不治议论。是以齐稷下学士复盛，且数百千人。"《孟荀列传》称这七十六人为"稷下先生"，"先生"就是稷下学馆的老师，"学士"就是来学的人，这都是起自齐宣王时候的事。宣王之后是湣王，湣王之后是襄王。襄王的时候荀卿还在稷下"最为老师"，做列大夫的"祭酒"。《史记》所记屈原到齐国的事是在湣王的时候，也正是稷下邹衍之徒讲学最盛的时候。这都是根据《史记》中《田敬仲世家》《孟荀列传》《屈贾列传》《六国年表》可以知道的。

② 《史记·田敬仲世家》和《孟子荀卿列传》提到稷下先生，都以邹衍为首。《孟荀列传》又特别提到齐国人称"雕龙奭"等等。邹衍、邹奭在《汉书·艺文志》里都是阴阳家。《史记·封禅书》："自齐、威、宣时，邹子之徒论著终始五德之运。及秦帝，而齐人奏之，故始皇采用之。而宋毋忌、正伯侨、充尚、羡门高最后，皆燕人，为方仙道，形解销化，依于鬼神之事。邹衍以阴阳主运显于诸侯，而燕、齐海上之方士传其术不能通。然则怪迂阿谀苟合之徒自此兴，不可胜数也。自威、宣、燕、昭使人入海求三神山……终莫能至……及秦始皇至海上，则方士争言之。"《汉书·郊祀志》所载相同。这就是阴阳家和神仙家合流的经过。从齐宣王的时候已经如此。

秦始皇、汉武帝迷信方士，求仙访道，乃至仙都帝室昆仑瑶池的追求，像《史记·封禅书》《大宛列传》所记的，都可以在《山海经》这部书里找到它们的根据。所以司马迁在《大宛列传》里讽刺汉武说："《禹本纪》《山海经》所有怪物余不敢言也。"这些东西正是这班阴阳神仙家的传说的大本营，也就可以说是稷下方术的总汇。

③ 《汉书·淮南王安传》里说"安招致宾客方术之士数千人，作为内书二十一篇，外书甚众。又有中书八篇，言神仙黄白之术"，这说明了淮南国又是神仙方士们的活动场所。所以《淮南子》一书虽然号称杂家，其实是阴阳家和道家的支流占主要的成分，尤其和《山海经》相通的地方极多。这是向来读《淮南》的人所知道的。

④ 《天问》后段从"师望在肆昌何炽"以下，句调近"成相"。

⑤ 《山海经》有汉代郡邑的名字，又避汉景帝讳，称夏后启为夏后开，这显然不是汉以前的书。

见。所以他所吸收的方面虽然极其广博，从儒家的经典一直到阴阳家神仙家等等都无所不有，但可以说他是一方面无所不采取，一方面又无所不扫除。他的"博闻强志"当然不能没有一些北方的来源。单就《天问》这篇的体裁来讲有些地方和《荀卿·成相篇》的句调一样，出于"成相杂辞"，和《逸周书·周祝解》的体裁相似。"成相"等于今天北方的"打连相"。"成"就是"打"。"相"是古时一种鼓形的乐器，外面是皮革包着，里面是糠。当时齐国方言说"糠"叫作"相"。这都见于《礼记·乐记》和《周礼·大师》的郑注。所以"打糠鼓"叫作"成相"。① 这显然是北方的一种调子，和屈原其他各篇为"涂山""候人"南音一系不同。② 这说明屈原的作品不但内容丰富，外表形体也吸收很多。《天问》一篇就不是"楚骚体"所能包括的了。

（三）屈原怎样在运用阴阳家、神仙家的资料中表现他现实性的思想

屈原在写作中所运用材料对象，有绝大部分在《淮南鸿烈》书里可以找到。这由刘安所招的宾客方术之士，人数既多，来源又极复杂。当时

---

① 《艺文志》诗赋家第三类列《荀卿赋》十篇，第四类有成相杂辞。王先谦说荀赋十篇包括成相在内，我看不是的。《荀子》书中分明赋篇和成相分开，他的赋篇也还有佚文在《战国策》里面，可见现在的本子赋篇或有残缺。"成相"即《尚书·尧典》所谓"搏拊"。"相"即古乐器之"拊"。形如鼓，中实以糠。"成"就是"打"。"成"从"丁"，和"打""撑"同一个声纽。《管子·宙合篇》"若鼓之有撑"，"撑鼓"即"打鼓"，也就是"成相"了。当时齐人称"糠"为"相"，所以"打糠鼓"叫作"成相"。先打鼓然后开声唱，所以说"请成相"。这种通用的鼓词句调，被一班瞽史祝宗采来作为应用文辞的格式。好像旧时民间的揭帖，官府的布告，多半用六言韵语，成为通行的格式一样。"成相"的内容很朴实，和赋显然不同。句子长而韵律很紧张，既近于口语，又便于记诵，是一种通俗应用的体裁。《逸周书·周祝解》即是这种调子。《荀子·成相》也恐怕是写给当时的巫祝拿来念给国王听的，《周祝解》也是同样的性质。《史记·孟荀列传》说"荀卿""嫉亡国乱君不遂火道而营于巫祝"。他大概就是想提高巫祝文辞的内容，把他的所谓"大道"来结合巫祝之辞。这和"赋"的内容托物写意绝然不同。所以《汉书·艺文志》把这两类分开，是有道理的。这种文体后来应用得很广。《淮南子》有"成相"，见《艺文类聚》八十九。乃至史游《急就篇》、许慎《说文》部首都是这个调子。（清代苗夔说《说文》部首的调句同于《急就篇》。）可见这是北方中原相承很久的一种实用韵文的体裁，和骚赋是两回事。

② 参见《吕氏春秋·季夏纪》。

在野的齐鲁儒家一派都归到河间献王那里①，阴阳方士一派都归到刘安那里。这些稷下诸子的末流所传述的材料既为刘安所网罗，他就有资格做《离骚传》。我们看汉武帝读了《淮南鸿烈》就要刘安做《离骚传》，还不是因为看见他书中的材资恰好是屈原所运用的，所以才要他做吗？刘安能提起笔来，一挥而就，所谓"旦受诏，日食时上"②，也还不是因为自己的《淮南鸿烈》书里已经有了底子，所以就那样容易吗？他的《离骚传》，除了司马迁所引的几句而外，虽然已经丧失了，但我们现在要了解屈原，有许多地方仍非通过《淮南鸿烈》不可。从前注解屈原作品的人也都能引用《淮南》，但对于屈原运用这些材料的真意所在，还未能表白出来。在屈原是引用这些材料又加以否定的，表示他自己的思想是不能为他们所范围的，在他们的思想中找不到自己的出路的。这就是屈原作品中运用那些帝阍天阊、神仙美人、烟云惝恍的材料的意义所在，处处表示他热爱祖国的心情决不能为求仙遁世的思想所改变，并不一定是拿天阊来比喻君王，拿美女来比喻贤人的。例如，《淮南·俶真训》里说："若夫真人则动溶于至虚，而游于灭亡之野，骑蜚廉而从敦圄，驰于方外，休乎宇内，烛十日而使风雨，臣雷公，役夸父，妾宓妃，妻织女。天地之门何足以留其志？"屈原的《离骚》正是运用这些材料。还有许多在《原道训》《俶真训》里都可以看到的其他材料。我不过单引这一节来做例子。但屈原所以用这些材料是利用它表示他的彷徨失望的心情，不相信真有所谓神仙方外可以逃避。所以在《离骚》里说"吾令帝阍开关兮，倚阊阖而望余。时暧暧其将罢兮，结幽兰而延伫""求宓妃之所在……忽纬繣其难迁""望瑶台之偃蹇兮，见有娀之佚女。吾令鸩为媒兮，鸩告予以不好"。这些话都好像在说，假使认为这个世界是不好的话，那天上的神仙境界也未必真好过这个世界。结果是"闺中既以邃远兮，哲王又不寤"。上面说"闺中"，下面说"哲王"，分明是两件事。"闺中"就代表上面所提的那些游仙的境界。这就是总结他对于游仙遁世的说法始终不能相信的意思。底下"哲王又不寤"当然是指他的楚国，所以后面设想一番远走高飞之

---

① 《汉书·景十三王传》说："河间献王德修学好古，实事求是，四方道术之人不远千里，或有去祖旧书，多奉以奏献王者，故得书多，与汉朝等。是时淮南王安好书，所招致率多浮辩。献王被服儒术，山东诸儒多从而游。"

② 《汉书·淮南王安传》："安入朝，所作内篇新出，上爱秘之，使为《离骚传》。旦受诏，日食时上。"

后，忽然"临睨旧乡"，仍然停留下来不肯再走了。《离骚》一篇的线索大致是这样。尽管说得光怪离奇，而思想上的积极意义还是十分显明的。《远游》那一篇是伪作，经陆侃如、游国恩两先生考订得很清楚了。①

总而言之，屈原的思想是富有现实性的。我们读他的作品，不论是抒情的如《离骚》《九歌》等，或是谈论事实的如《天问》一篇，都应该从这种积极方面去了解他。他的政治主张是要自强，要尽人事。一切依靠天命，倚靠联横的外交，倚靠巫祝，乃至一切相传所谓"明王圣主"是是非非，都是不足为凭的。他说到"美政"（《离骚》），说到"法度"，说到"富强"（《惜往日》），说到"天命反侧，何罚何佑"（《天问》），提出对大司命的怀疑，说"人命兮有当，孰离合兮可为"，表示信人而不信天。《九歌》中对一切的神，都写出一种渺茫恍惚、难于接近的神气。唯有在后面《国殇》一首里，给不朽的"鬼雄"以十分现实的描写，声势非常雄壮，和前面九首那种虚空渺茫的情调大不相同。这种用意是很容易看得出的。《招魂》中说"君无上天些"那一段，更是十分露骨。《离骚》中对于巫咸灵氛意见之不能接受，《天问》中怀疑巫的神力，《招魂》开头几句和神巫开玩笑，都和稍后的荀卿反对"不遂大道而营于巫祝"精神有些相近。本来古代巫祝的迷信在南方民族中历史尤长。《国语》观射父答楚昭王说三苗恢复"九黎之德"，使"民神杂扰，家为巫史"。"三苗""九黎"都是南方民族，楚国巫风之盛是有理由的。《晏子春秋》里还有谏齐景公信楚巫一章，可以想见楚巫的影响很大。王逸《九歌叙》中所说屈原改定民间的巫歌，这是可信的。屈原就是在楚国人民所熟悉的巫歌本身上加以提高，来表示现实性的思想，这种伟大的艺术手法是可以敬佩的。

（四）《天问》和"盖天家"的天文论

《天问》不是一篇没有首尾的作品，内容难保没有窜乱的地方，但恐怕乱得不多。单看它首尾节奏安排得很有步骤，韵律那样精严，已经可以知道，它究竟是诗，不是历史。诗的形式最要紧的是韵律。大家都拿历史眼光来计较他所引史实的先后，这实在是可以不必的。《离骚》"汤、禹俨而求合兮、挚繇而能调"，把"禹"和"咎繇"放在"汤"和"挚"

---

① 参见游国恩《楚辞概论》、陆侃如《屈原》。

之后，不是也可以说他是颠倒了吗？所以《天问》里有些地方表面好像有时代错乱，"文义不次序"①，但内容的连贯也并不是没有一点理由的。例如："勋阖梦生少离散亡，何壮武厉能流厥严（"严"应作"庄"，是汉人改的）？鼓铿斟雉帝何飨？受寿永多夫何长？"这几句连成一节在古音上是"阳部"的韵。但上两句说吴王"阖闾"，下两句说"彭祖"，时代既极远，内容又毫不相干，表面看真是"文义不次"。但他是因为传说"彭祖上及有虞，下及五伯"，《庄子》里面有这样的话。吴王阖闾本来有人算他为春秋五伯之一，是五伯最后的一个，所以他因为阖闾的时代而说到传说春秋末年还存在的彭祖。像这类例子不能因时代"不次"就说是别人凑集的。总之，这一篇伟大的作品，单看它能保存一套相当完整的古代宇宙观和历史传说的底子，已经有极大的价值，何况它还有许多思想上的特点呢？郭沫若先生说："凡在《天问》中有其梗概的，我们便可以相信是先秦的真实资料，而非秦汉以后人所杜撰。"他又郑重提出《天问》里可发现的东西还很多。②这些话都是很正确的，现在把我所能看出的值得注意的几点提出来谈谈。

《天问》开始一部分就很重要，对于我国古代一套完整的天文观念大有关系。它所针对的资料在《淮南·天文训》里有很清楚的线索，向来注《天问》的人也知道引的。《淮南·天文训》和《山海经》相通，都是古天文学家所谓"盖天"一派的传说，稷下派邹衍的谈天也不离盖天的原则。稷下派阴阳家将古盖天的传说加以夸大，又加上神仙家的附会，就成了这一套的东西。③ 屈原可以说是首先对所谓盖天家的学说表示怀疑的人。我们知道汉代桓谭、扬雄、王充、蔡邕都是不相信"盖天"的人。④ 但屈原在这里已经做了先锋了。"浑天家"扬雄有"虽盖天八条"说得最明显可看。⑤ 它里面所提的问题竟有和《天问》所提有相同的意

---

① 〔东汉〕王逸：《楚辞章句·天问叙》。

② 参见郭沫若《屈原研究》和《屈原赋今译》。

③ 〔清〕钱塘《淮南天文训补注》："古言天虽有三家，太初以后始用浑天，其前皆盖天也。淮南亦主盖天。""天缺西北，地陷东南"，即盖天的重要原则。邹衍所说"赤县神州在地东南"就是本于这个以西北为天地之中的原则。

④ 参见〔东汉〕桓谭《新论》《隋书·天文志》、〔东汉〕王充《论衡·谈天篇》和〔南朝梁〕刘昭注《续汉书》八志《天文志》。

⑤ 参见《隋书·天文志》。

义。扬雄先是盖天派,后来受了桓谭的影响而改信"浑天"。① 不知他是否在这一点上也受了《天问》的影响。本来这种原始的天文学说,无论假托任何古代帝王,盖天也罢,浑天也罢②,他们的是非都是五十步笑百步,都是说地静天动的。③ 但比较起来自然是盖天在前,浑天是后起的说法,较为进步。"盖天"更是只知道一半,盖天学说虽可以从《周髀算经》里找出来源,但《周髀算经》没有画出明白的盖天图,而盖天家所说的加以神话附会,就不免支离怪诞了。他们说"天似盖笠,地法覆盘。北极(即所谓北辰)之下为天地之中"④,"天如欹车盖"⑤,"昆仑山中应于天"⑥,"天则西北既倾而三光北转,地则东南不足而万穴东流"⑦,就是说天像一把伞,斜罩在地上,一直在转动着。北极星那里是它转动的轴心。天的轴心和地的中心昆仑山相对,昆仑山正当北辰之下,日月五星二十八宿都附在伞盖里边绕着北辰在转动。他们认为既然日月星辰是环绕天的轴心北辰在转动,当然天的轴心部分容量最大,是天的中洼之处。天的轴心是下对地上的昆仑,所以日月星辰只是环绕昆仑山做出没隐现的遮蔽之所,昼夜由此而分。这和古代印度人所说"日月绕须弥"是一样的。昆仑是在中国西北,高距天中,所以说"天缺西北"。就是说天的轴心那

---

① 参见〔东汉〕桓谭《新论》。
② 《春秋文曜钩》:"帝尧时羲和立浑仪。"《晋书·天文志》引宋氏云:"盖天即周髀也。其本包牺氏,立周天历度,其传则周公受之于商(即商高)而周人志之,故曰周髀。"又有传黄帝作盖天,颛顼作浑天的。这一说法比较最通行。《素问》有"黄帝问天如车有盖"的话。《隋书·天文志》引刘智说:"黄帝为盖天,颛顼造浑仪。"〔清〕梅文鼎《历学疑问补》说:"容成作盖天在黄帝时,颛顼作浑天在后。"
③ "盖天"说天如欹车盖,倚地斜转,详见下页②的脚注。他们自然说地是不动的。浑天家也是一样。东汉张衡是中古"浑天家"的泰斗,他造出"浑天仪"是历代谈浑天历法的根据。他有一篇书名《灵宪》。它里面说:"天体于阳,故圆以动,地体于阴,故平以静。"所以到清朝梅文鼎一家虽强调浑盖合一,也仍然说"地居天中,亘古不动"(梅瑴成《操缦卮言》)。
④ 参见《周髀算经》和《晋书·天文志》。所谓天的"北极",一名"紫微",一名"紫宫",就是北斗七星中第一星所贴近的地方。《春秋运斗枢》:"北斗七星,第一天枢。"徐发《天元历理》:"天枢星与北极贴近。"《淮南·天文训》:"紫宫执斗为旋。"
⑤ 〔南朝梁〕祖暅《天文录》引盖天家的话。
⑥ 参见《河图括地象》。这是盖天家说,和《山海经》《淮南·天文训》所说昆仑是一致的。《史记·大宛列传》也说:"《禹本纪》言昆仑其高二千五百余里,日月所相避隐为光明也。其上有醴泉瑶池。"这都是本于盖天家,认昆仑为地中,上与"天极"相当,所以日月绕昆仑,世间由此分为昼夜。
⑦ 参见〔唐〕杨炯《浑天赋》引盖天说。

里的天最高。中国东南大海,所以说"地陷东南"。只看到地平线上一半天地,就认为天地只是如此。其实天有什么高低可言呢?他们所用"立表测日影,千里差一寸"的办法,已不准确,而拿所测日影的里数当作南北的天有高下,尤其是莫名其妙的说法。① 最可笑的是说天的周边是在地的海中出没,又说天的周边在地上转动,好像我们磨石磨子一样。② 虽然后来有人认为浑盖原是一家③,但无论如何,一班盖天家的说法本是这样,所以浑天家要驳斥他。不然,也用不着驳了。屈原《天问》首先就指斥这些说法。他说:"干维焉系?天极焉加?八柱何当?东南何亏?"就是指斥所谓"北极天中"和"地缺东南"的说法。下面"康回冯怒,地何故以东南倾",更是针对着这个说法所附加的神话。所谓"共工与颛

---

① 《淮南·天文训》:"欲知天之高,树表高一丈,正南北相去千里,同日度其阴。北表一尺,南表尺九寸,是南千里阴短寸,南二万里则无阴,是直日下也。(钱塘注云:"既得千里短寸之率,即弃南表不用,但用北表阴以推日下之数。")阴二尺而得高一丈者南一而高五也。(钱云:"置表高一丈,以阴二尺除之,得五。是南万里而日高五万里也。")则置从此南至日下里数,因而五之为十万里,则天高也。若使影与表等,则高与远等也。"(钱云:"即千里差一寸之通率,去日下十万里,影与表等,即可从日远以知天高。")钱塘又绘了一个测日图。

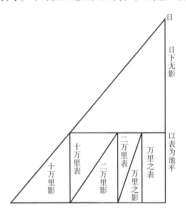

《周礼·考工记·匠人》"以土圭之法测土深正日影",郑玄注云"凡日景于地,千里而差一寸",即是《淮南·天文训》这个通率。《隋书·天文志》引刘焯等已纠正比率之误。清梅毂成、江永、林颐山均有纠正。梅说见《操缦卮言》。江、林说见孙诒让《周礼正义》。

② 〔清〕梅文鼎《历学疑问补》指摘一班谈盖天的人说:"但泥倚盖覆盘之语,妄拟盖天之形,竟非浑体?天有北极无南极,倚地斜转,出没水中,而其周不合。荒诞违理,有是理乎?"杨泉《物理论》:"盖天言天气循边而行,从磨石焉。"何谓循边而行?就是循着地的边在磨转。

③ 〔南朝梁〕崔灵恩始有浑盖合一之说,见《梁书》本传。〔明〕李之藻有《浑盖通宪》。〔清〕梅文鼎一家也主张浑盖合一。

项争为帝,怒而触不周之山,天柱折,地维绝。天倾西北,故日月星辰移焉。地不满东南,故水潦尘埃归焉",这几句话见于《淮南·天文训》,也见于晚出的《列子》。旧传黄帝作盖天,颛顼作浑天。虽然这个故事是神话,但我认为可以反映古时天文观念上的斗争。"盖天派"要打倒"浑天派",所以把天缺西北、地陷东南的理由来托之共工的神力。后来王充《论衡·谈天篇》里对这个神话曾大加驳斥①,屈原在这里已首先发难了。他又说"九天之际安放安属?天何所沓?十二焉分?"又是针对那些认为天的四周入地,出没在海水之中的一类荒谬说法。所以问究竟天的四周边际达到什么地方?在什么地方和地相合呢?所谓日月十二躔次为十二分野,又是怎样分的呢?分野之说正是把中国看作整个大地,把整个天空分配为中国的天空了。至于"何阖而晦?何开而明?角宿未旦,曜灵安藏?""西北辟启何气通焉?""昆仑悬圃,其尻安在?""日安不到,烛龙何照?"即是问天既倚地斜转,日月星辰均紧围着轴心在转动,应该都是在西北方,随时可见,所谓"天倾西北,日月星辰移焉"。为什么早晨东方苍龙星看见的时候,日头看不见呢?什么东西隐蔽着就看不见?什么东西一开着就看得见呢?这西北之门昼夜开阖是什么气在那里推动呢?你们说昆仑山为日月隐蔽之所,究竟昆仑居在何处呢?日头既始终在天盖上转,还有什么照不到的地方吗?为什么说西北方有看不见日头的地方要"烛龙"来照呢?后来桓谭和扬雄对这个问题也讨论过。桓谭《新论》说:"与子云坐'白虎殿'廊庑下,以寒故背日曝背。有顷日光去背不复曝焉。因以示子云曰:'天即盖转而日西行,其光影当照此廊下,而稍东耳。'不当拔出去。拔出去,无乃反应浑天家说焉?"扬雄"难盖天八事"里有一条也说:"日入而星见。日出而不见。即斗下见日六月,不见日六月。北斗亦当见六月,不见六月。今夜常见何也?""斗"即是指紧靠近天轴的北斗星。盖天家也知道地上极西北方(实在就是我们现在所知道的地球北极地方,盖天家根本不知道有现在所谓南半球和南极。)有半年看不见日头的地方,就是扬雄所谓"斗下见日六月,不见日六月。"扬雄所问也和上面所引屈原的问意相同。即是说如果说看不见,应该都看不

---

① 《论衡》把这个话归到"儒者"。但现在儒家的书里并没有这个话。这所谓儒应该就是《论衡·儒增篇》里所说的"儒",尤其是儒与阴阳合流的"纬书"。所以"纬书"所说,多半和这些话一脉相通。上面注解里已经引了了。

见。为什么北斗下面的地方看不见日头的时候，还可以看北斗呢？桓谭所问也是差不多的意见，以为日既始终在地上，只应日影东西移动，不应该拔离地上。这些问题的提出，在现在看来当然觉得幼稚，在当时，不能不说是一种相当勇敢的探索。像《天问》开头一部分，如果把它看作儿戏之谈，固然不对①，看作对天泄愤，或无可奈何的呼声，也是不对的。屈原如果不是有勇敢的科学研究精神要对天文学的旧说和阴阳家附会之谈，做一番澄清的工作，只是发发牢骚而已。那么，他尽可以随便说几句就够了，为什么问得这样细致深入，左攻右击，提出这样有系统的许多问题，好像对一篇《淮南·天文训》和《地形训》从头到尾一气直追，简直按图索骥可以看出他的对象呢？在屈原作品中，《天问》一篇已不是一般人所十分重视的，而《天问》开首一部分更容易被认为"谲怪"而轻轻放过，向来注家胡乱堆砌一些材料说不出所以然，柳宗元的《天对》和朱熹在《楚辞集注·天问注》中所拟答的话，都是隔靴搔痒之谈，完全不是那么一回事。

（五）关于古史传说

1. 禹的故事和血缘婚姻制

屈原的怀疑精神，在《天问》中关于古史的部分尤其显著。扬雄说他"爱奇丹青"。在他的眼光中，屈原简直是"颠倒黑白"的人了。屈原不但在尧和舜、鲧和禹、启和益之间，所提的问题，和《韩非子》所说以及后来汲冢所发掘的材料是相通的②，甚至汤武和桀纣的是非，他都要来个疑问。如"武发杀殷何所悒？载尸集战何所急？""授殷天下，其位安施？反成乃亡，其罪伊何？妹嬉何肆？汤何殛焉？"这些离经叛道的话，在"正统派"的人看来，应该和纪晓岚对于《史通·疑古》篇一样，认为是万分纰缪，在所必删的了。朱熹在《天问注》中所说屈原和伯夷

---

① 参见〔宋〕朱熹《楚辞集注·天问注》。

② 《韩非子》说："尧欲传天下于舜，鲧谏，不听，举兵杀鲧于羽之郊。"《天问》说到鲧的事，问"顺欲成功，帝何刑焉？"

《史通》引《汲冢琐语》："舜放尧于平阳。"《天问》："舜闵在家，父何以鱻？尧不姚告，二女何亲？"即疑尧畏舜。

又《汲冢琐语》："益为启所诛。"《天问》："启代益作后，卒然离蠥。何启惟忧而能拘是达？"

是同样误会,那也不是偶然的。屈原的怀疑,本来无所谓误会,这一点是肯定的,我想不会有人再去歪曲,用不着多谈。我们现在所要注意的,就是我上面所说《天问》里有些话能帮助我们了解一些古史传说的"素地"。现在先谈他所提禹的问题。

禹娶于涂山这件婚姻案子,在古代传说中是有相当重要性的,但向来只不过把它当作禹的"过门不入"的一个配带的材料,没有十分注意。屈原毫不客气提出很深刻的疑问,他说:"禹之力献功,降省下土方,焉得彼涂山之女而通之于台桑?闵妃匹合,厥身是继,胡维嗜不同味而快朝饱?"本来我们从前读《尚书·皋陶谟》里禹劝告舜,有"罔水行舟,朋淫于家,用殄厥世"几句话,觉得这所谓"行舟朋淫"似乎和舜的事情不大切合,后来看见汉朝人引用这几句话都说明是舜告诫禹,不是禹告诫舜,才明白下面禹所以要答复"余娶涂山,辛壬癸甲,启呱呱而泣,予弗子"那几句话的理由。对墨子所说"禹有淫湎之意而人讳之",也稍微明白一点。但究竟怎么一回事,还是搞不清楚。等到读到《天问》这几句话,才觉得这件传说简直和古时婚姻制有关,是相当重要的了,中国古时血缘婚姻的大略,我们从这里可以推论一下。

传说中舜娶尧的女儿,当然是同姓婚的一个重要例子。照《史记·五帝本纪》和《夏殷周本纪》所说,自黄帝至夏、殷、周三代都是黄帝一系。而《史记·五帝本纪》论到姓氏问题,又说自黄帝至舜、禹都是同姓,到了禹才别姓姒氏,契别姓子氏,周别姓姬氏。其实所谓五帝的系统,是出于后来阴阳家所附会的"五德之运",我们看商朝人只说"天命玄鸟,降而生商",周朝人只说"厥初生民,时维姜嫄",他们并没有一句纪念"黄帝""颛顼""帝喾"为始生之祖的话。"生民诗""履帝武敏歆"也并不是指帝喾。这一层后面再讲。《左传》里说到陈国,也只说"有妫之后",并不曾提到"舜"。这说明了当时各族的出生来源,都是以女姓为系统。一个女系之下,都谓之同姓。一个女系之下,同姓婚配。所以《史记》明白地说"自黄帝至舜,禹皆同姓",那就是说自"黄帝"至"舜"等皆出于一个女系,都是同姓婚配所生。所重的系统,并不在于"黄帝",而在于各人之母皆互为同姓。不然的话,照现在看来,"黄帝"子孙当然和"黄帝"同姓,这还用得着说吗?尽管书上所说各人的母亲名氏不同,什么"黄帝娶西陵之女""帝喾娶陈锋氏女",但这些只是就所居的地方而言。"氏"字本是"坻""阺"之本字。"陈锋氏之女"

等于说"陈锋村之女""陈锋堡之女","西陵之女"更是容易明白的,这都无碍为其同姓。《世本》说"言姓则在上,言氏则在下",就等于说"姓"是大的系统,"氏"是小的支派。一个系统之下,所生的儿子当然都是同姓了。到了禹、契、弃才有别姓。所谓"别姓"就是说他们的出生历史都已经打破了原来的女系而各人另属一个女系,他们已是姒姓的女系、子姓的女系等等,而不是原来的同姓婚所产生的了,所以《史记》特别声明这一点。从这里我们可以知道禹娶涂山为什么会引起问题,乃至契的母亲为什么要托于"玄鸟",弃的母亲为什么要托于"大人之迹"的理由所在了。禹的母亲,据说也是吞薏苡而生禹,这也是同样理由。

我们现在先从禹本身谈起。大概照舜以前的例子,禹本来也应该婚于同姓。但禹忽然在治水游巡的时候爱上了涂山氏之女。涂山氏之女,对禹说来,是一个很生疏的族姓。《吴越春秋》里有一段神话,说禹到涂山,想要娶妇,忽然有个九尾狐来到禹的地方。别人阻止禹娶她,禹说出一大堆祥瑞的理由,结果就娶了这个女子。这虽是神话,但是古代神话里面往往有它的"素地"。这说明涂山氏之女,在禹的一群看来,是非我族类的人,或者是另外一种图腾,不能通婚姻的。《天问》所说"嗜不同味",就是这个意思。《左传》记晋献公要立骊姬为夫人,他的卜官说"一薰一莸,十年尚犹有臭",也正是拿草木的臭味来比婚姻关系,也就是看骊戎为不同味,和《天问》这个词意一样。

禹这件事可以说就是异姓婚姻的开始,是同姓婚姻过渡到异姓婚姻的一种迹象。初时异姓婚姻也必定有习惯的对方,要通过氏族公议。如果对方的族姓是互相敌对的寇仇,或有关某种迷信上的禁忌,就不能通婚。后来礼书上所说"婚礼合二姓之好",《周易》里所说"匪寇婚媾",都表示有这种意味。禹大概就是不考虑这些问题,娶了涂山氏之女,犯了本群的规矩,所以大家都不同意。《天问》这几句话问得很清楚。"闵妃匹合"应该读作"婚配胖合"。从前人解作"忧无妃匹",是望文生义,极其不通的。尤其把这几句话解作赞美禹的意思,说他是忧无妃匹,以嗣续为重,所以娶涂山氏之女,不是图一时的淫欲,这又是我篇首所说,把否定变成肯定了。"昏""闵"古音同真类,所以通用。"配"字古本作"妃",不作"配","夫妇胖合"见于《仪礼》,"匹"从"八"得声,"胖"从半得声,也就是从"八"得声,所以也可以通用,"匹合""判合"都是古书上常用音义相同的连语。所以《天问》这几句话就等于说人的婚配胖合，目的是要继续本身的族类，为什么图快一时而爱上非我族类的人呢？后人凭空把"闵"字解作"忧"，又加添一字解作"忧无"，实在没有意义。这个"闵"字的解法，在《天问》下面说到舜的地方也有关系。下面有"舜闵在家，父何以鳏。尧不姚告，二女何亲"几句话。这个"闵"字也就是"昏"字，"父"读"夫"，就是说舜婚在家，夫何以鳏？这一来就把《礼记·檀弓》所说"舜葬于苍梧之野，盖妃三未之从也"这句话搞清楚了。向来说舜有二妃，这里忽然有三妃，注疏家解来解去都解不清楚。皇甫谧《帝王世纪》说出第三妃的名字叫作"癸比"，也不知道他是什么来源。屈原这里就提出舜本有婚配在家。这个问题就比较明白了，虽然群婚时代无所谓一夫一妻制，但既有婚配在家，就无所谓鳏了。所以问尧为什么不告诉舜的家族，何以这样亲厚就送女给他呢？尧、舜的传说，本代表当时氏族内部的一种纠纷。舜的势力很大，尧所以要结纳他。《吕氏春秋》说舜耕"历山"，陶"河滨"，钓"雷泽"，天下说之，秀士从。《史记·五帝本纪》也说他"一年所居成聚，二年成邑，三年成都"。他的势力这样一天天地膨大起来，所以尧就命"九男二女以事舜"。以上是连带谈起的问题。

现在再回头来讲禹的事情。大概涂山之女，因族中反对，后来竟为禹所遗弃。所以《天问》后面又问"启棘宾商，九辩九歌，何勤子屠母而死分竞地"。我们看汉嵩山开母庙所纪念的夏后启母石，《淮南子》记启母化石，禹剖石生启所谓"启生而母化为石"，这些传说就含着屈原所问的本事。最明显的是夏启这个人，因为是涂山氏所生，招了族人有扈的不服，而惹出一场战争。《史记·夏本纪》将这一点特别提出。它里面说："夏后帝启，其母涂山氏之女也。有扈氏不服，启伐之，大战于甘。"在有扈看来，启是非我族类的人了。这都是有关古时族姓问题的重要启示，也是屈原《天问》所启发值得探索的问题。

这种由同姓婚姻过渡到异姓婚姻的痕迹，在契和弃的出生关系上也可找到。相传契的母亲简狄吞鸟卵而生契，为商汤的先代，就是《诗·商颂》所说"天命玄鸟，降而生商"。弃的母亲"姜嫄"踩着一个神人的脚印而生弃，嫌他不祥，弃掉不要。这就是《诗·大雅》所说"厥初生民，时维姜嫄。……履帝武敏歆……载震载夙，载生载育，时维后稷"。《天问》也提出疑问，它说"简狄在台，誉何宜？玄鸟致贻，女何喜？""稷维元子，帝何竺之？投之于冰上，鸟何燠之？"这些故事，汉朝今文家说成"圣人无父,感天而生"。古文家毛亨又不承认,只说他们是帝喾所生,说玄鸟是指春分节气燕子来的时候,说"履帝武敏"是跟着帝喾去祀郊禖。其实诗经里所有"帝"字都是指上帝,古文家许多"信史化"的说法是靠不住的。我们从今文家的"非常可怪之论"倒还能探索出许多史实"素地",因为它还杂有原始神话的痕迹。

我认为简狄和姜嫄的事情是当时婚姻禁忌中一种避讳的说法。大概他们男女两方的族姓本来是不许通婚的,所以只好隐瞒已成的事实,假托一种神话,为他们的后人装点面子。我们看后稷生下来已惨被遗弃,后来虽然又被收养,但还是跟着母亲在母家养的。《诗·生民》篇里很明白地说出"即有邰家室"。姜嫄是有邰氏之女,这一方面说明了当时女系为主的家族制度,一方面又说明姜嫄的对方一定是她族中不许通婚的一姓,犯了禁忌,所以始终隐秘起来,独自收养了后稷。群婚时代本是血缘杂交,血缘的婚禁,是有的。后稷被弃,无疑是有所避讳,但绝不是后人所说的讳淫佚之行。至于附会姜嫄为帝喾之妃,又说尧封后稷于邰这是汉朝古文家有意将它"信史化",完全靠不住的。我上面说过,商周人的诗并没有纪念帝喾为始生之祖的话。如果说因为"偷合"而生子,为着遮羞而"故神其说",这更是拿后世的观念来衡量古事。

当时的图腾婚忌,究竟怎样,虽然不能知道,但我们不妨从汉朝那些纬书和一班今文家的书里就这件事作一种推测。郑玄在驳"五经异义"里采用《春秋纬》的话,说"姜嫄履苍帝之迹,简狄吞黑帝之精",这正是纬书里保存了古神话的痕迹,把姜嫄和简狄的对方故意加以神格化的说法。照《汉书·五行志》眭孟、夏侯胜的《洪范》五行传说里所说水火木金土五位,照五行相克的道理,轮流相配,水配火,木配土,土配水,火配金,金配木,所谓"妃以五成",那么,姜嫄为炎帝火德之后,苍帝是木德,木火是不能相配的。当时或者有这种禁忌。五行之说本反映着早期人民幼稚的唯物思想。《春秋纬》所说"炎帝赤熛怒,木帝灵感仰"等等,就是"朱鸟""苍龙",暗示着原始图腾的标志。他们中间大概有不能通婚的惯例,所以只好附会神话说什么"苍帝之迹",使他们的后代反而宝贵这个来源。

《史记·五帝本纪》吐露出从禹以后才另有别姓,和黄帝到舜的一系是同姓,这一点是值得注意的。《左传·成公》四年晋国人说楚国"非我族类,其心必异"。如果照《史记·楚世家》来看,楚国祖先是黄帝的孙子颛顼，和晋国是周朝的同宗，是黄帝曾孙帝喾之后，都是一族的人，怎么说"非我族类"呢？可见得所谓"族类"，就代表"女系"的族姓，到了周朝才定出同姓不婚的例子，定出男系的"宗法"。《礼记·大传》说："同姓从宗，合族属，异姓主名，治际会。……系之以姓而弗别，缀之以嗣而弗殊，虽百世而婚姻不通者，周道然也。""系之以姓而弗别"，就是不许另从母系别为一姓了。虽然如此，到春秋的时候同姓婚姻还是很多。如齐襄公、桓公"姑姊妹不嫁"，并通令全国人家长女都不许出嫁，"楚王妻妹"，"鲁公娶吴为同姓"，晋献公娶骊姬，这许多例子说明同姓婚姻的习惯到那时候还很难改变。所谓"男女同姓，其生不蕃"，正说明同姓婚制由来已久，有相当长久的经验了。后来虽然废除同姓婚，而"姪娣备女媵"的制度，又是所娶的女群必是互为同姓。《春秋左传》所记"烝""报"的事件，和《仪礼·士丧礼》所说"妇人夹床"，依照郑注，是把"士妻曰妇人"的称呼来包括"妻妾子姓"。这些地方仍可以看出有群婚的迹象。这些探索，是可以帮助我们了解《天问》所提的问题的。

2. 周朝初年所谓"定天保"的问题和"巫""尸""灵""保"制度

《天问》对周朝初年的史事又提出下面一个问题："到击纣躬，叔旦不嘉。何亲揆发足（"足"字当是"定"字之误）周之命以咨嗟？"这"定周之命"就是《逸周书·度邑解》周武王灭商之后所谓"未定天保"的问题。这件事向来人都很少注意。解释《天问》的人也从来没有引它。《史记·周本纪》特别转载这件事，大家也并未重视。《史记》说："武王征九牧之君，登豳之阜以望商邑。武王至于周，自夜不寐。周公旦即王所曰曷为不寐。王曰，自发未生，于今六十年，麋鹿在牧，蜚鸿满野。天不飨殷，乃今有成。维天建殷，其登名民（《逸周书》作"厥征天民名"），三百六十夫，不显亦不宾灭（《隋巢子》作"天鬼不顾亦不宾成"，一本无灭字）。以至今，我未定天保，何暇寐？王曰，定天保，依天室，悉求夫恶贬从殷王纣，日夜劳来我西土。……粤詹洛伊，毋远天室。……"这就是《天问》里"何亲揆发定周之命以咨嗟"的本事，是周王朝当时最感苦恼的一件事，所以说"咨嗟"，弄得周武王整夜睡不着觉。

《天问》这句话的"到"字，就是"倒"字。"嘉"，就是"贺"。"仪礼觐礼""予一人嘉之"之"嘉"，今文作"贺"。揆就是"谁"，就是呵问的意思。《史记·武帝本纪》《索隐》里说"河东人呼谁与葵同"。

"揆""谁""葵"三字古音同属脂类。"以"就是"与"。《天问》这几句话就是说打死了纣之后,周公旦不来贺喜,反而向武王问"定周之命"的事,两人对着叹气,这是为什么呢?这可以很清楚地看出屈原所问就是"度邑解"里那件事了。所谓"天保""天命"在《诗经》和《尚书》里,我们都常见过,究竟是怎么一回事,现在不妨研究一下。原来古时所谓天命都是从"巫""尸""灵""保"的口中说出来的。"巫""尸""灵""保"是被认为代表神的人,也就是被认为事实上能见着上帝或其他鬼神,能和上帝鬼神往来的人。人的意思由他们达到鬼神,鬼神的意思由他们口中传给人。他们代表神的时候,本身就被当作神了。这和犹太教的祭司和上帝交通,摩西口中说上帝的话,是同样情形。我们看《仪礼》所记祭祀的时候,"尸"以神的地位向人祝福,《左传》僖公十年、成公十年所记各国的巫代表上帝说话;《诗经·楚茨》等篇说"神保降福",《楚辞·九歌》里所谓"灵"、所谓"灵保",再前一点,《尚书·殷庚》里所谓"吊由灵格"之"灵",乃至殷卜辞中之"巫"(《铁云藏龟》百四三叶,就是"巫"字)和所谓"王宾"(就是"尸")①,都是这些东西。尤其和这个"天保"有关的,《诗经》里所谓"天保定尔",《尚书·召诰》《洛诰》《君奭》等篇所谓"天迪从子保""天迪格保""陈保""大保"等等,在这里应该多谈一下。"保"字本是背抱小儿的意思。金文"保"字多作"㜅",从人从子。从"丿"像抱孩子所用的布,这差不多和广东女人背孩子的情形一样。"天子"既号称天的儿子,所以也必需人保抱。《尚书·金縢》有"有丕子之责于天"一句话,"丕子"即是"保子"。"丕"字一作"负","丕""负"和"保"三个字都是双声,这就是"天保"的来源。"天保"往来于上帝的左右,天子死在天上也对后来的天子负责。周朝"郊祀文王以配天",就是因为"文王陟降,在帝左右"。(《诗·大雅·文王》)"陟降"即是"往来"。往来上帝左右,就是"丕子之责于天",也就是《周颂·访落》篇"绍庭上下,陟降厥家,休矣皇考,以保明其身"那几句话的内容。在天上如此,在地上也要立

---

① "王宾"亦见于《尚书·洛诰》。《尧典》亦有"虞宾",即指舜祭神所用之"尸"。伏生《大传》有"舜入唐郊,以丹朱为尸,"即此事。古礼,"天子诸侯祭明日而绎"。"绎"即宾尸,见《仪礼》有司彻注。《洛诰》意"王宾杀里成格",即在"蒸祭岁"之明日,即绎尸之事。杀牲迎尸,亦合于《仪礼》,伪《孔传》强解为同日,不可信。伏生《大传》以"诸侯得见文武之尸"解释此句,足见旧训本如此。"王宾"即王所宾之尸,即以"玉宾"称"尸"。

一个人为"天保",来代天保护天子,在"天"和"天子"之间做一个传达的人。这就是"大保","天"和"大"等于一个字,"大保"就是这样从"天保"而来。"天保"口中说出天命,所以说"天保定尔",上帝要谁做天子,或不要谁做天子,上帝保谁,或上帝不保谁,都从他的口中说出来。《墨子》引《泰誓》也说:"夷虏(即是"殷")不肯事上帝鬼神,天亦纵之,弃而弗保。"凡祭祀的时候,都以"保"为"尸"。所以汉石渠《礼论》说:"周公祭天,以大公为尸。"《白虎通》说:"周公祭泰山,以召公为尸。""召公"就是周朝的"大保"。尸传达"天"的意思就是在受祭的时候口里说出来。"尸"又可以命令旁边的"祝史"帮助他传达。《逸周书》的《周祝》一篇就是"天"的长篇训辞,由祝史口中代达的。总之,一切"巫""尸""灵""保"都是假托能事鬼神,能和鬼神交通而暗中操纵人事进而掌握政权的人。他们的名称不同,实质只是一种东西。就他们事神的形状来讲,就叫作"巫"或"灵";就他们代神受祭来讲,就叫作"尸";就他们能保佑子孙来讲,就叫作"保"或"子保";就他们为尸像神来讲,就叫作"神保"或"陈保"("陈""神"都从"申"得声);就他们能到达天帝的住所来讲,就叫作"格保";就他们能代表天帝来讲,就叫作"天保";就他们的地位尊贵来讲,就叫作"大保"。古时政治机关就是神庙,巫尸灵保就是替神行道,口里衔着神的命令,掌握一切政权的人,我们可以说当时一切的官位都是神官。《礼记·礼运》所说:"凡政必本于天,殽以降地……"这些话的内容真相不过如此罢了。殷人尚鬼,做这些事的人当然特别多。《尚书·君奭》篇所谓"伊尹格于皇天",《保衡》所谓"巫咸",所谓"巫贤",这些是大家知道的,不待言。殷卜辞中也有所谓"天戊""爻戊"等等(即天巫、爻巫。见《殷虚书契前后编》),周朝人说殷纣王就是因为不事上帝,所以灭亡,到了周武王打倒了殷纣,首先,所谓"天命"的问题应该解决。这时候殷人不服周的很多,《尚书·周书》《多士》《多方》各篇所记武王死后,周公旦那样威风凛凛地对殷人一再训话,又把殷人迁到洛邑,搞来搞去,都不外这个理由。这些不服周的人当然绝大部分就是那些神官,而且当然是世官。这就是《度邑解》所说"天所登名民三百六十夫不显亦不宾灭"所指的事实了。虽然《度邑解》里字句必有错误,但大意是可以看得出的。周人原来大概还没有这些神官,还不会这套把戏。我们看周武王带着父亲棺材去伐纣,说什么"奉父之命",就是屈原所问"载尸集战何所急"那件事,证明他那时候还不会装出"文王陟降,在帝左右"的样子,只好守着棺材当作奉命。而且武王初时也还没有立什么"大保",后来才有"召公"做大保。这都可以看出这套把戏不是他们一开始就会的。① 现在打倒纣王之后要想定一个"天保"来假托天命,以便神道设教,就非有这些神官不可,所以这些人不服,周武王和周公旦就不得不大为烦恼。弟兄两人密室机谋,情形是相当严重的。我们看后来周公旦那样力劝"召公",要他负起殷代"保衡""巫咸"那些人的责任,就可以知道他们看这件职务何等重要了。屈原就是最反对所谓"天命"的人,《天问》全篇提出这一类的问题很多,这一条关于周初的问题,使得我们把向来所忽视的文献拿起来研究一下,对殷周之际这一段史实真相得到一点线索,对《尚书·周书》各篇内容也可以多明白一点,这种价值已是相当可贵。但《天问》所包含的东西实在太丰富,可以发掘的地方一定还很多,还需要大家努力。我这篇所说的也希望大家指正。

(原载《中山大学学报》(社会科学版)1955 年第 1 期)

---

① 这件事《淮南子》也说过,可见得是向来传说得很广的事。《史记·周本纪》改作"载木主",那大概是采用古文家孔安国粉饰过的话了。因为照古时规矩,死人葬了之后就立神主牌,这一来,就把伯夷所问"父死不葬"之话掩饰过去了。

下卷　诗词选

拟帬櫺集

　　先生晚岁集历年诗词为《帬櫺集》，付其子舒芜。舒芜同事陈迩冬尝见是集，并题诗两首。先生女随珠藏《己巳词稿》，或即先生早岁学词之作，今盖存美国。斯二集编者既未得觏，乃辑其散见诗词若干首，姑名之曰《拟帬櫺集》。编者识。

清平乐

　　曲传佳丽，引起渡江志。万里长江愁失际，解道朝三暮四。　　狂风轻絮难禁，好花只望春新。飞絮落花吹满，不须伴侣分明。

（署名方乘，《约翰声》1917年第28卷第5期，第44页）

题李光炯先生诗集

　　措手玄黄易帜年，座中人物尽翩翩。辛壬事业吾能说，此是龙雏一辈贤。

（竺夷元《方孝岳先生传略》，见安庆政协、桐城政协编《桐城近世名人传》。）

感事步某君韵

　　东郊尘吹沸天开，迢递关河几梦回。万舞无疆大历服，百金张矢远登来。长哀小腆安戎毒，一例难湛问墨灰。极听终生身劫事，上清凄切暮云堆。

我所思兮愁不开，绳床稽卜日三回。龟唇兆食文明见，瀍涧中原气象来。曾是寄奴能续命，故应殷亳验遗灰。萧寥此意当门雨，风急湛冥跋浪堆。

（署名孝岳，《枕戈》（上海）1932 年第 8 期）

浪淘沙慢

（艾老座上观赵承旨天马图卷）

扫神骏，生风步迹，到眼云遏。珠勒青丝待发，玉楼仗影乍阔。正十二天闲堪揽结，飐新旇，鞭影轻掣。料汉主长杨后车远，稍时似尘热。（图作奚官持羁索马，鱼贯前行状，后无车乘）　神切，画中凤舞龙阕。梦雾软鸾娇，流觞处，隐隐歌吹咽。抃旧殿年光，应恨离别。瑶池未竭，凭蕊黄，留取当时啼血。人寿河清烽烟歇，连钱短，汗收香爇。笑窗掩，轻盈窥技绝。太平醉，一展冰纨，纵戏笔，长余滚地花骢雪。

（《文学杂志》第 1 期）

水龙吟

（法源寺香雪雅集夜归柬空也上人证刚居士）

殿春芳事阑珊，去天一握楼空缀。晚阴蘸影，笼庭碎雪，隔尘无际。幽抱微酣，严更乍悄，唾零瓯底。又香生燃蜜，风前一片，深深拜，散花起。　坐到月华如水。照婆娑、树犹人未。苍鳞回舞，惊飚长啸，千年自倚。莫慢轻标，旧京胜赏，伤心此地。賸弥天一衲，素松香雪，共遗民泪。（谓谢叠山先生）

（《文学杂志》第 2 期）

木兰花慢

（秋日荔香园小坐陪海绡翁）

　　入青林灌莽，断桥锁，旧园亭。自步屟人归，江山怨写，物换星星。穿棂野阴暗下，正残荷，廊叶战秋清。门外荒湾棹碧，半村烟水愁人。

　　沉吟，燕老鸥盟，临流倦探芳新。笑登楼往往客情荏苒，井渫无声。芸壁故家在否，问座中，谷口老岩耕。一抹斜阳红袖，栖鸦升木微音。

（《文学杂志》第 3 期）

论词三首

（金陵得春痕寄示子言先生《无益有益行》，亦作《论词三首》赠春痕）

　　文字流燥呦，高下本心声。万籁各有主，亦有亏而成。堂堂比万竹，约约到唇精。吹气少荒秽①，俊语自当生。所以铁石人，窒息胀膨亨②。兹事洵可乐，造境美如英。未歌心已醉，曲罢数峰清。
　　白石以其拙，独步宋词林。翻遍石帚集，无和梦窗吟。有如春痕君，莫报吾哇淫。遥天擅风雨，白日绕妖祲。援琴一鼓荡，行路皆霑衿。吹箫怨慢曲，泪墨霜花蟫。清空与妥溜，不入两家音。
　　孟夏览风物，园柳变鸣禽。忽然忆掌故，为君陈古今。吴姜南渡客，大晟播徽钦。西湖与艮岳，才当词人心。惟此六朝山，五言启任沈。选楼一散策，天水亡金鍼。文章关时世，地利亦可寻。不然我无诗，尘到君阶岑。

（《文学杂志》第 5 期，又见《枕戈》（上海）1933 年第 13 期、第 14 期）

---

① "秽"，《枕戈》本作"蔵"。
② "胀"，《枕戈》本作"涨"。

闻简竹居先生下世作

　　万壑风雷欲问津，松窗当座想真人。龙图河洛陈前数，鸟迹苍苔闵此晨。斗室声名诸夏远，百年身世下帷贫。由来叹凤嗟麟意，徙倚巢居独怆神。

　　学海堂前数琬琰，川原崛起殿奇珍。九江传业终无忝，南海离居怅绝尘。一代乾嘉生世晚，千秋伊洛溯流新。将军山比兰陵峻，莫向临淄稷下陈。

　　宪章周孔到尧仁，每向遗编见远神。如海车书容大隐，极天耕凿任洪钧。经纶无限传闻盛，寥落难为拨乱身。一自百篇中候断，秦风哀怨不堪论。

（《文学杂志》第 6 期）

莺啼序

　　揭来京庽，秋夜引声，步梦窗韵。词小道也，然感物造端，皆本心声，以通世序。而吹万比竹，罄欬协于天然。证以彦和所谓龠合定管，无往不一者，固应旷代而勿违也。往见王无功称薛收赋，韵趣高奇，词意晦远，嵯峨萧瑟，真不可言，为之思心潭潭。怀此兴象，兹阕既成，词意謇涩，颓然自失，要其节文心声，归于不逐。因时替响，愿共订焉。第七十八甲子后二岁律中无射之月。

　　重门叩穿夜柝，湛秋空在水，段云表雁脚斜飞。过窗风暗灯蕊，悄燐照宫槐瞑合，巢鸟躁起惊飚坠。度签声，滴碎清宵，细生遐思。　　江介传舟，殢魂载杳，讯巫阳郑子。泛容与些曲重呼，玉京人久不至。记搴蒿滔滔夏莽，被奇服屯车西指。最逡巡，曼鬋明妆，撰兰芳意。　　阴晴昼合，做日玲珑，掩练单共寐。阑外远，箔帘拂曙，散彩嫣绮。误著桁衣，烬檠盈泪。吴山梦断，溪桥凭处，碧纹轻剪春波鹅，漾愁心那不和天悴，唇朱晕灭。金堂一霎平生，镜空梵天花里。　　凝凝蕾叶，野服黄华，有劲枫换翠。问小掾江东粮涨，导眼门材。好佩桃笈，年来尘起。微波啸侣，休迟佳丽。抽舲阿谷漂丝女，拟交辞难把琴心倚。从教千里囚歌，短角商音，剩縈蠹纸。

（《文学季报》1935 年第 1 期）

题自济图（并序）

（兑之以先德鲁青先生此图属题敬赋）

古人擅艺事，落笔觇所蓄。滔滔利涉心，托兴写清淑。长风送高浪，大海孤帆逐。危坐一身轻，默默神愈肃。枯查卷飞潎，云物鲜可烛。翰墨有光华，先声启门玉。图成自济名，余意后人续。屯难康斯民，渊源作乘轴。

（《文学杂志》第 14 期）

浪淘沙

客卧瞬经旬，愁看闲云，画堂寂寞悄无人。最是夜阑更静后，独自消魂。　策杖步山村，山色氤氲，见心斋上又黄昏。遥想白云亲舍里，无限温存。

（署名方乘，《艺风》1934 年第 2 卷第 11 期）

峨眉杂咏

景到川边处处奇，轻装缓带访峨眉。远山云影迎车近，高树蝉鸣入耳低。足踏芒鞋肩荷屦，朝登驿道夕寻栖。眼前且喜无风雨，金顶当头月在西。

（署名方乘，《旅行杂志》1943 年第 17 卷第 10 期）

戊子秋再客岭南雨山兄有诗见柬依韵奉酬

古有乘时杰，今言避世贤。再来疏鬓发，销尽是云烟。慷慨思良侣，风霜感暮年。还期子罗子，谈笑起吟边。

长作天南客，苏髯语最贤。冲波成小隐，回抱送遐年。雾近连村晓，山遥隔树烟。奔星能入户，横决白云边。

(《岭雅》第 36 期，1949 年 1 月 17 日)

夜过振华出示词集属题

我昔学为词，平直少曲境。脱手殊似赋，何由于比兴。及今悔少作，所短尤小令。兹事有别才，持较诗为甚。读君箧中集，心折此中圣。翩翩露华瞻，藻思实能横。犹自爱其才，束之成瘦硬。譬如大云垂，收缩忽如苔。刚赐而丽语，欧晏堪比并。昨者一宵语，二难杂嘲竞。仿佛卅年前，簧舍联吟政。隔世如一瞬，笺天复谁讯。幸此得棲心，劳人歌足听。朋来旧欢续，相质意无尽。辞归夜已阑，中天月华凝。

(《岭雅》第 37 期，1949 年 1 月 24 日)

癸未夏日逢演生海上坐其寓斋出示先世父贲初君及先府君遗墨嘱缀辞简末泫然成句即乞教正

城南联句集，遗札见生平。縢重黄垆感，难为屈些情。江山鲛室泪，风雨草堂铭。应共诗魂语，人间不可名。

对牀老兄弟，青眼为谁横。白战寻诗日，忘年特子倾。装成一卷在，独坐小楼清。话我先人处，孤生泪欲盈。

(《岭雅》第 38 期，1949 年 2 月 17 日)

秦淮旅夜

一树桐阴在半墙，疏星带月引晨光。风来欲堕翻枝雀，灯烬初回宿酒肠。乐苑华林山万里，春灯秋柳泪千行。新声莫问南朝事，小觉秦淮是异乡。

(《岭雅》第 45 期，1949 年 3 月 28 日)

龙华看桃又韩为之图以志亦抚琴动操之意也题诗二首同炳烛还与我友共之

一见桃花三十年，虚言有分作神仙。关情大是绥山实，破鼻香生丈室前。

细逐芳尘似流水，看花人道不如休。画图省识春风面，红颊千年露井头。

（《岭雅》第 49 期，1949 年 4 月 25 日）

霜花腴

（偶过次公所听其与倬庵论词，并观龙泉寺补罗汉图）①

暗芸乍蓺，醉冷香披图，又拟遗冠石。（平）语吹舟钵尘飘梦，层城住久应难带，围且宽。听磬声还落尊前。② 便寻思旧迹，南朝夜窥，跌影洒阶寒。　商略晟宫新句，辨心弦独续，咏慭秋蝉。飞鹤俄空，鱼山终闭③留难，倩曲谁笺。障灯过船，倚翠筝，低诉婵娟。甚江头，倦耳重温，绕铃天际看。

（署名孝岳，《国闻周报》第 4 卷第 48 期。又见方孝岳《学词集》）

八声酣州

（沈阳清太宗昭陵）

问昭陵，忽向海东来，佳气是耶非？指东南杜曲，遗墟欲弔，故号都违。（清太宗初建国号曰后金，后讳之，《实录》灭其迹，此与文王称王

---

① 词序，《学词集》作"次公伯裴座上论词，并观龙泉寺补罗汉图"。《学词集》见先生女孙方竹《人生实难》书前插图。（方竹《人生实难》，北京出版社 2017 年版。）
② "尊前"，《学词集》本作"庭前"。
③ "闭"，《学词集》本作"阏"。

事俱为疑案。）便是烟销竹帛，不拔万年基。雪满松楸，路人语忘机。

眼底龙盘虎踞，正番街尽处，朱阁飞辉。（陵上可望日侨市肆，并有□总帅别墅。）送城中歌障，日夕到陵西。扇平野枯桑自咽，甚关河冷落照原衣。丰碑在，八风不动，仆马成蹊。

次公评云：二词极似晁无咎，下笔大方，思与神行，极佩极佩。

（见方孝岳《己巳词稿》）

八声甘州

（读《宋史》太祖纪，忆《御批通鉴辑览》辨灯烛影事甚析感赋。）

拥貔貅，报到日边来，罗呼殿前归。算华山老子，知音物外，八表澄辉。更待丁宁金匮，寂寞竟成违。一笑江山事，灯影危机。　　看取[①]帝王生死，便苍梧葬处，斑雨霏霏。羡龙行治理，似此太平稀。有词臣纷纷弄管，纵千秋痴绝斧声非。丹青误，后王弹点，乙夜沾衣。

次公评云：此词昭忌古今，体大思精，如骀忌鼓弦，声流徽外，孙叔甘寝，郢甲投戈，尽遗山野史之亚匹也。

（见方孝岳《己巳词稿》）

哭绍弼

一九七〇年

梦断平生语，神伤往事过。高情犹昨日，后死欲如何？天行秋云淡，人间白露多。西风正摇落，承讯泪滂沱。

脱手蒙庄旨，常怀山水音。论诗曾我共，得句谢君深。六代源同尚，三唐绪可寻。沿流非薄宋，千载有孤斟。

君赴修文去，遗书尚在床。佳儿勤缵述，娇女解文章。朋旧崇私谥，

---

① "看取"，《学词集》本朱笔改为"莫问"。

交亲见古肠。向来追逐意,翘首白云乡。

(黄施民等主编《广东诗词选粹》第 1 集)

南 音

秋光好处胜天工,夺得如花照鬓红。遣尽清歌来致语,教成西子学东封。高云不动楚山雨,长笛难消北谷风。拗折珠喉成历块,粤讴哀怨竟谁踪。

(舒芜《陈方酬唱记事》)

戊申秋日记梦

晨光辨晞微,邂逅一道士。揖我顾我笑,祝我谓利市。卧蚕双疾厄,指日可消逝。语罢颇惜别,期子在遐契。翩翩玄鹤姿,欻欻有余意。隔宵果降灵,故人仗剑至。

抽鞘若游龙,铿响光晢晢。阴风卷榻来,念力能禁制。厉声正持诵,阿女止我寱。惊魂得暂定,远就医和视。云雷屯大雨,张盖路人致。历历梦中行,朱丝碧落识。

隶字可反镌,聂迂留钤记。梦也本朦胧,梦觉徒然谛。

(舒芜《陈方酬唱记事》)

五十自寿

一九四六年

为惜流光重此辰,高秋黄菊一时新。无边风雨成孤啸,何处江山结比邻。老去心情云赴壑,鬓边消息火传薪。唯余片石罗浮在,清供窗前作主宾。

(舒芜《七十二年后的重印》)

六十自寿

一九五六年

西风又作撼窗鸣,尚着残蝉向晚晴。时节不随人意尽,黄花空笑白头盈。髟髟自写褛襟态,邂逅谁为昔昔行。剩有宵来邻笛感,放怀同办酒杯倾。

(舒芜《七十二年后的重印》)

[附联语]

挽马其昶

碧梧翠竹散华来,异香仙乐,楼阁幢幡,弥顶踵,答神明,不肖管夷吾,忍将一束生刍奠。
月窟天心超象外,净洁精微,温柔敦厚,度津梁,藏腹笥,相攸晏元献,凄绝当年送女辞。

(《舒芜口述自传》第13页)

挽淞沪抗日阵亡将士

诅楚亦何词 西海衣裳主宗盟
南风非不竞 商音噍杀付胥涛

(《文学杂志》第2期)

附录　方孝岳先生小传

方和珠撰　冯先思订补

方孝岳（1897—1973），名时乔（一名乔，又名乘），字孝岳，以字行，安徽桐城人，生于1897年9月17日。方孝岳祖父方宗诚（？—1888），世称柏堂先生，与清代学者方东树为兄弟行。① 父方守敦（1865—1939），字常季，号盘君，与吴汝纶创办安徽省桐城中学堂（今桐城中学）。

方孝岳十四岁以前，在家乡读私塾，后转读安庆六邑中学。1911年，他进入上海圣约翰大学附中，毕业后考入圣约翰大学法律系。1918年离开上海，经陈独秀先生介绍，在北京大学担任预科国文课讲师。陈独秀与方孝岳的父亲是世交挚友。在北京期间，方孝岳与桐城宿儒马其昶之女马君宛结婚，证婚人为陈独秀、胡适。方、马育有一子方管（笔名舒芜）。

方孝岳在北大代课期满后，经北大教授胡适介绍，认识了当时商务印书馆审稿人陶里恭。经陶推荐，方孝岳于1920年在该馆编辑《辞源》。不久，当时商务印书馆的主持人张元济先生派方到日本东京大学进修。方孝岳一方面攻读，一方面翻译出版了《大陆近代法律思想小史》《古代法》等法律著作。

1924年方孝岳从日本回国，应华北大学李孝同先生之邀，赴华北大学任教。1928年又经纪湘涛先生介绍，赴沈阳东北大学师范学院任国文教授。后因时局混乱，一年后又返回华北大学。1930年华北大学停办，经广州中山大学古直先生介绍，南下广州，任当时广东省府主席陈铭枢的私人秘书。

1931年元月，陈铭枢为标榜"肃清吏治"，派遣方孝岳以私人秘书身

---

① 或以为与方苞同族，实非。方孝岳哲嗣方管（笔名舒芜）曾撰文《我非方苞之后》（《舒芜集》第8卷，第99页）辨之。

份，到广东省鹤山县任代理县长，同时兼任县公路局局长。同年 5 月，陈铭枢被军阀陈济棠赶下台，方也同时辞去县长职务。1932 年陈铭枢离开广东，方仍由古直先生介绍，在中山大学文学院任国文教授，讲授中国文学。1935 年，方孝岳应刘麟生、瞿兑之先生之约，编写《中国散文概论》和《中国文学批评》两部著作，收在刘氏主编的《中国文学八论》中。该书于 1935 年由上海世界书局出版。其中《中国文学批评》一书曾多次重印。

方孝岳的文学批评史研究于"选本批评"（如《文章流别》《文选》等）尤多致意，并编选《文章流别新编》（后改名《文章流别今编》），他认为"《典论》所谈，《雕龙》所析，而士衡《文赋》之区分，尤为执简御繁之矩矱。后世不该不徧之才，不能赞一词也。乘也无能，居多暇日，纵情文苑，目眩心疲，意有所蓄，感于时而益信。因袭流别之名，著最录一篇，区分本之士衡，而补其所不及"。该书分为十二目，最初选六十一篇，嗣后增补为八十九篇。惜此书未见传本。该书序言最初发表在《学衡》第三十九期（1925 年），后来改名《文章流别今编序》发表于广州《文学杂志》第五期（1935 年）。

方孝岳在研究文学的同时，还开展佛学和经学的研究。1939 年广州沦陷，中山大学迁往云南省，方孝岳在香港做短暂停留之后，就回到上海母校圣约翰大学任教，还在上海法藏寺藏经会兼校刊古代佛经的工作，直至 1948 年。

后受中山大学中文系主任孔德先生和文学院吴康教授之邀，方孝岳于 1948 年重返广州中山大学中文系任教。同时还兼任由吴康教授开办的私立广州文化大学中文系主任。广州解放前夕，吴康决定将文化大学迁往香港，邀方孝岳随校而迁。但方当时对国民党政府已丧失信心，决心留下迎接新中国的到来。

与方孝岳同时从东北大学来广州的，还有湖南籍学者曾运乾。方、曾长期同事，学术上互有影响，二人在音韵学和《尚书》研究等领域皆有著述。方孝岳曾为曾运乾《尚书正读》（彼时书名尚为《尚书读》）撰序。1959 年方氏出版了《尚书今语》。方孝岳曾致力于春秋学的研究，已出版的著述有《春秋三传学》《左传通论》。湖北图书馆藏方孝岳《穀梁春秋表》十五篇，已精缮待刊。另有《公羊注疏索引》（据方孝岳《公羊注疏索引自序》），存佚不详。

20 世纪 50 年代初，全国高校布局调整，以王力为代表的中山大学语言学科并入北京大学。方孝岳改任中文系音韵学的教学科研工作。1958年以后，方孝岳在中山大学中文系为"语言专门化"的学生开设"汉语语音史"，亲自编写讲义。1962年，在这门课讲义的基础上，写成了《汉语语音史概要》一书，交由广东省人民出版社出版。"文革"中，此书的出版中辍，直到1979年重新由商务印书馆香港分馆排印出版。这一时期，他还撰有《广韵研究导论》《广韵韵图》《广韵便览》《六朝书音反切谱系》①《广韵声类》《广韵又音谱》《集韵说文音》（一名《〈集韵〉引〈说文〉音》）等专著，《广韵研究导论》则经方先生助手罗伟豪老师增补，以《广韵研究》之名刊行。其余已刊行者仅有《广韵韵图》。另有音韵学论文十余篇。

方孝岳的未刊著述尚有多种。湖北图书馆藏《穀梁春秋表》为写样本，盖方孝岳已经写定待刊。②除《文章流别今编》《公羊注疏索引》存佚不详外，尚有方氏诗文集《桔橰集》。据舒芜介绍，陈迩冬（舒芜同事，人民文学出版社编辑）曾见过《桔橰集》，并题诗两首。方孝岳的学生李新魁曾撰文介绍方氏学术成就，其中提到未刊著述多种，其中，《六朝书音反切谱系》一书序言，以《论经典释文的音切和版本》之名于《中山大学学报》（1979年第3期）发表。此书想必尚存天壤之间，惜不知存藏何处，有待进一步搜访。近年方孝岳孙女方竹女士出版《人生实难》一书，书前插图披露方氏稿本多种。其中有关《广韵》释例研究著作一种，《己巳词稿》一种，其中所录之词有一首见于民国报刊登载。询诸方竹女士，亦不详所在。

方孝岳一生为教育事业呕心沥血，终生勤谨治学，严于律己，宽容待人。1966年遭到无端迫害，1971年被迫退休。他不顾自己高龄，体弱多病，念念不忘学术研究，辑集撰写论文。1972—1973年，他多次上书中山大学和广东省文教部门的领导，要求恢复工作，但只领退休工资。他考虑的是在晚年多做贡献。就在他去世前两天，他还写了一篇简化汉字的文章，在他的要求还未实现时，突然于1973年12月11日，因脑血栓不幸去世，终年76岁。

注：方和珠系方孝岳先生女儿。

---

① 《论经典释文的音切和版本》一文即该书序言。
② 此书拟收入《方孝岳经学论集》。

后　　记

　　《方孝岳中国文学论集》收录了《中国文学批评》《中国散文概论》两书，以及新辑散见诗文。《中国文学批评》《中国散文概论》初版于1935年，后来又多次重印。方先生散见诗文迄未结集，本书所收为古体诗词、文言文，以及与古代文学相关的白话文。

　　方孝岳先生佚文的搜集，得到了方先生的助手罗伟豪老师的大力支持。深圳大学徐晋如老师、方先生孙女方竹女士给予无私的帮助。北京燕山出版社夏艳老师、复旦大学吴格老师、上海社科院秦蓁老师、上海博物馆柳向春老师，以及中山大学李福标老师、张奕琳老师、刘梓楠同学也提供不少信息。中山大学中文系詹拔群老师和中山大学出版社嵇春霞副总编，以及本书编辑粟丹、刘亚平等老师为此书的录入、编辑、校对费心不少。得益于诸位师友的帮助，才有此书的结集，先思特致谢忱。

　　本丛书主编吴承学老师、彭玉平老师促成方先生著述的结集出版，彭老师还惠赐大序，谨此铭谢。

　　我们本着尊重历史与作者的原则，除了改正错误外，尽量保持原貌。如字词异体、通假混用："做"与"作"、"钞"与"抄"、"阙"与"缺"、"惟"与"唯"等，在此不一一列举。如有不尽如人意之处，还望读者海涵。

冯先思

2018年10月3日